D1389417

WIENER BLOED

FRANK TALLIS

WIENER BLOED

Verzamelde Werken van
Liebermann, deel 2

Vertaald door
Maaike Bijnsdorp en
Lucie Schaap

 Uitgeverij De Vliegende Hollander

Copyright © 2006 Frank Tallis
Oorspronkelijke titel *Vienna Blood*
Oorspronkelijk uitgegeven bij Century
Copyright Nederlandse editie © 2010 Maaike Bijnsdorp, Lucie Schaap en
Uitgeverij De Vliegende Hollander
Vormgeving binnenwerk Perfect Service
Omslagontwerp Wil Immink Design
Foto auteur Alain Longeaud

ISBN 978 90 495 0027 6
NUR 305

www.vaarmee.com

Uitgeverij De Vliegende Hollander is een imprint van
Dutch Media Uitgevers bv

DEEL EEN

De ideale verdachte

1

De Italiaan maakte een uitval. Voor een kleine, slanke man was hij opvallend gespierd. Wat hij tekortkwam aan lengte, werd ruimschoots gecompenseerd door zijn scherpe blik en verbazingwekkende snelheid.

Liebermann wist de steek van de floret met succes te ontwijken, maar verloor zijn evenwicht. Daardoor lukte het hem niet te riposteren en kon zijn tegenstander nog een pas voorwaarts zetten. De floret van de Italiaan kwam gevaarlijk dicht bij de beschermende, gewatteerde stof over Liebermanns hart. Toen hij zijn evenwicht had hervonden, koos Liebermann voor een passé: hij schoot langs de Italiaan en deed een paar stappen naar achteren. Zweet druppelde langs zijn verhitte wang omlaag. De Italiaan schokschouderde en liep weg, terwijl hij met een onverschillig gebaar zijn floret boog. Na een paar passen draaide hij zich met een snelle beweging om en ging in de stelling staan met zijn kin arrogant in de lucht. Liebermann schoof naar voren.

De Italiaan leek zich te ontspannen. Zijn floret zakte iets omlaag en zijn greep leek te verslappen. Die subtiele verandering ontging Liebermann niet en hij sloeg meteen toe. Een hard en schel gekletter werd gevolgd door het snerpen van over elkaar krassend metaal: de floret van de Italiaan gaf mee, bood geen weerstand. Liebermann wilde zichzelf al feliciteren in de overtuiging dat hij zijn tegenstander had weten te verrassen, maar de verslapping bleek ingegeven door tactische overwegingen. De kling van de Italiaan omcirkelde dehendig die van Liebermann en wist die met een kringwering te verdringen, waarna de punt van de floret van de Italiaan opnieuw moeiteloos door Liebermanns verdediging drong. Liebermann trok zich terug. Hij voerde een aantal afwerende manoeuvres uit en wist zo de hernieuwde felle aanval van de Italiaan maar net te pareren.

Ze draaiden om elkaar heen, waarbij de klingen elkaar af en toe kort raakten.

'U had bedacht moeten zijn op mijn *froissement*, dokter,' zei de Italiaan korzelig. Hij tikte met zijn vinger tegen zijn slaap en voegde eraan toe: 'Nadenken, dokter! Als u niet nadenkt, is alles verloren.'

Liebermann bestudeerde het verhullende ovaal van *signor* Barbasetti's masker, in de hoop er iets van menselijkheid in te ontdekken – een vergoelijkende uitdrukking of een zweem van een glimlach wellicht. Door het gaas was echter niets te zien.

Hun floretten sloegen opnieuw tegen elkaar en de klingen schitterden in een straal vroege ochtendzon. Een zwerm luie stofdeeltjes werd meegezogen in een miniatuurcycloon van verplaatste lucht.

Barbasetti koos voor een aanval waarbij hij van lijn veranderde, waardoor hij Liebermann naar achteren dwong. De jonge arts werd er echter niet door van zijn à propos gebracht en maakte een opzettelijk onhandige beweging, waarmee hij een voorspelbare, krachtige stoot van Barbasetti uitlokte. Liebermann wist die te ontwijken en sloeg toen de Italiaan hem passeerde tegen het sterk van zijn floret – Barbasetti moest het wapen bijna loslaten.

'Bravo, dokter,' lachte Barbasetti. 'Een uitstekende *falso*!'

'Dank u, signore.'

Barbasetti bleef stilstaan en bestudeerde de kling van zijn floret aandachtig.

'Eén momentje, dokter.'

Barbasetti liep naar de andere kant van de schermzaal en drukte de greep van zijn floret tegen het oppervlak van een versleten houten tafel. Vervolgens hing hij een klein ijzeren gewicht aan de punt en keek hoe de kling boog. De lichte kromming ontlokte de opmerkzame Italiaan een onbestemd gegrom.

'Is alles in orde, signore?' vroeg Liebermann.

'Ik geloof het wel,' antwoordde Barbasetti. De Italiaan rechtte zijn rug, kwam met ferme pas teruglopen en waarschuwde zijn leerling: 'En garde.'

Meteen begonnen ze weer en Liebermanns floret gleed langs de kling van zijn tegenstander tot de kommen op elkaar botsten. De schermmeester duwde door en Liebermann werd achteruit geworpen: hij kwam ongelukkig neer, maar kon toch nog een indrukwekkende wering in zijn val uitvoeren.

Barbasetti degageerde.

'Een stuk beter.'

Liebermann zag dat de bouton aan het eind van zijn floret trilde – hij was moe. Na de les zou hij naar het kleine koffiehuis vlak bij het Anatomisch Instituut gaan voor koffie en een croissant. Op een lege maag zou hij het niet lang volhouden...

'En garde!' blafte Barbasetti weer. De Italiaan had gemerkt dat zijn leerling afgeleid was. Liebermann stond versteld van het inzicht van de schermmeester.

Opnieuw raakten de klingen elkaar en het gekletter van strijdend staal weergalmde door de zaal. Liebermann had het idee dat ook signor Barbasetti vermoeid begon te raken. Zijn passen werden wat trager en zijn bewegingen iets minder precies. De Italiaan wist Liebermanns uitval te ontwijken, maar slaagde er niet in goed terug in de stelling te komen. Zodra Liebermann de onbeschermde borst zag, herkende hij de zeldzame kans. Opgewonden bij het vooruitzicht van de overwinning hief hij zijn floret, klaar om toe te slaan.

Maar de slag bleef onvoltooid.

Zijn lichaam verstarde, verlamd door de onverklaarbare druk die hij tegen zijn hart voelde. Toen hij omlaag keek zag hij daar het puntje van signor Barbasetti's floret, dat in de intercostale ruimte ter hoogte van de vijfde en zesde rib prikte.

Barbasetti drukte door en het koude staal boog omhoog.

'Hoe kan dat nou?' zei Liebermann.

'U was niet geconcentreerd, dokter,' zei de Italiaan. 'Zo'n fout zou u beslist de wedstrijd kosten... en onder bepaalde omstandigheden zelfs uw leven.'

Barbasetti liet zijn floret zakken en stak hem toen ter saluut in de lucht.

Liebermann beantwoordde het gebaar beleefd. Ondanks de theatrale terechtwijzing van de schermmeester merkte de jonge arts beschaamd dat hij in gedachten nog steeds bij het koffiehuis in de buurt van het Anatomisch Instituut was: knapperig boterbladerdeeg, een pot pruimenjam en een kop sterke zwarte koffie.

2

Detective-inspecteur Oskar Rheinhardt volgde het pad dat door een parkachtige bosomgeving naar boven liep. Hij keek over zijn linkerschouder naar beneden en zag door de bomen een gedeelte van paleis Schönbrunn. Het was een heldere, koude ochtend en de rottende bladeren waren bros bevroren. Ze knisperden aangenaam onder zijn schoenen.

Rheinhardt was in geen jaren meer in de dierentuin geweest. Tijdens de wandeling moest hij denken aan de tijd dat zijn dochters nog klein waren – toen was hij hier vaak geweest. Hij herinnerde zich nog goed hoe Mitzi haar ogen wijd open had gesperd toen er een leeuw op haar af was gekomen en hoe Therese om de kwetterende aapjes had moeten lachen. De herinneringen kwamen vanzelf weer boven, goede herinneringen, even helder en bontgekleurd als de plaatjes van een prentenboek. Rheinhardt lachte in zichzelf, maar zijn opgewektheid werd enigszins getemperd door schuldgevoel en spijt. Zijn politiewerk snoepte steeds meer tijd van zijn persoonlijke leven af. Als hij niet met een onderzoek bezig was, lag er altijd wel een stapel administratie – een eindeloze berg formulieren die moesten worden ingevuld en rapporten die moesten worden geschreven. Hoe moest hij daarnaast nog tijd vinden om met zijn dochters naar de dierentuin te gaan?

In de verte doemde een gietijzeren hek op. Toen hij dichterbij kwam, herkende hij de krullerige, ver uit elkaar staande gouden letters boven de ingang: TIERGARTEN. Eronder liep een stevig gebouwde man in een lange winterjas rokend te ijsberen. Af en toe stond hij stil om met zijn voeten te stampen. Toen hij Rheinhardt in het oog kreeg, begon hij te zwaaien – een ietwat overbodig gebaar. Rheinhardt kon hem niet missen.

'Goddank, u bent er,' riep de man hem toe en hij liep hem tegemoet, de heuvel af.

Rheinhardt glimlachte en voelde zich verplicht zijn pas te versnellen.

'Herr Pfundtner?' De man knikte. 'Inspecteur Rheinhardt.'

Ze schudden elkaar de hand.

'Fijn, dat u zo snel kon komen,' zei de directeur van de dierentuin. 'Deze kant op, alstublieft...' Hij zette er de pas in en begon meteen te praten.

'Zoiets heb ik nog nooit gezien. Wie doet er nou zoiets? Gewoon weerzinwekkend. Zo zinloos dat ik bijna niet kan geloven dat het echt gebeurd is.' Pfundtner stak zijn handen verbijsterd in de lucht en schudde zijn hoofd. 'Wat moet ik nou? Hildegard is onvervangbaar. Zo'n prachtig exemplaar van een *Eunectes murinus* vinden we nooit weer! Ze was het lievelingsdier van de keizer, moet u weten. Hij zal er kapot van zijn.'

De twee mannen liepen langs de tijgerkooi. Een van de beesten kwam op hen af gesjokt en drukte zijn snuit tussen de tralies.

'Hoe laat is het gebeurd?' vroeg Rheinhardt.

'Om zeven uur,' zei Pfundtner.

'Precies?'

'Ja, het was voedertijd.'

'Was er een verzorger bij?'

'Ja, Herr Arnoldt. Cornelius Arnoldt. Hij is bewusteloos geslagen.'

'Terwijl hij het dier aan het voederen was?'

'Nee, hij was het voer aan het klaarmaken in de ruimte ernaast.'

Uit de keel van de tijger kwam een reutelend geluid. Een diep, gorgelend geluid, als water dat in een afvoer verdwijnt.

'Kent u Herr Arnoldt?'

'Ja, natuurlijk. Ik ken al mijn oppassers. Hij is een prima kerel.'

'En de insluiper heeft Herr Arnoldt een klap verkocht en toen de sleutels gepakt?'

'Ja.'

'En daarna heeft hij zich toegang verschaft tot de kooi?'

'Juist,' zei de directeur.

De dierentuin was in de vorm van een fietswiel aangelegd, met paden die als spaken vanuit een centraal punt uitwaaierden. Alle gebouwen waren mosterdgeel geverfd, net als het aanpalende paleis. Die overeenkomst in kleur hield de herinnering aan de oorspronkelijke functie van de dierentuin als koninklijke menagerie levend. Ze liepen op het achthoekige gebouw in het midden af, een fraai gebouw dat was gedecoreerd met sierurnen en gevlochten bas-reliëfs.

'Hoe laat gaat u open?' vroeg Rheinhardt.

'Ik weet niet of we vandaag wel open moeten gaan. Mijn personeel is erg... aangeslagen.'

'Dat zou wel sneu zijn voor uw bezoekers.'

'Juist, inspecteur, heel juist. Wij hebben, net als u, onze plicht jegens de samenleving.'

'En een heel belangrijke. Ik heb hier met mijn gezin talloos veel gelukkige middagen doorgebracht in het gezelschap van de dieren.' Na een korte stilte voegde Rheinhardt daar nog aan toe: 'Ik heb twee dochtertjes.' Zijn aanvulling bleef in de lucht hangen.

De directeur keek hem aan en zei met een vaag lachje: 'We doen ons best, inspecteur.'

'Juist,' antwoordde Rheinhardt die zich daarmee schalks het stopwoordje van de directeur toe-eigende. Ergens in een verre hoek van de dierentuin maakte een onbekend dier, hoogstwaarschijnlijk een exotische vogel, een hard krassend geluid. Toen ze voorbij het achthoekige centrale gebouw waren, sloegen de mannen rechtsaf en kwamen ten slotte bij hun bestemming aan.

Ze betraden het reptielenhuis via de achterdeur. Binnen was het warm en vochtig, heel anders dan de ijzige kou buiten. Een lange dierenverzorger stond in de smalle gang bij een open deur.

'Deze kant op, alstublieft,' zei Pfundtner. De oppasser drukte zich met zijn rug tegen de muur om de directeur en Rheinhardt langs te laten. De deur van het kleine kamertje ging naar buiten open. Binnen ontvouwde zich een merkwaardig tafereel. Een tweede oppasser zat met een verband om zijn hoofd op een houten stoel. Naast hem stond een ernstig kijkende heer in donker pak (blijkbaar de dokter die het verband had aangelegd) en links van hen was een witte plank te zien waarop verschillende karkassen lagen. Rheinhardt meende ook een verzameling bontvellen te zien, waarvan er een in een plas bloed lag.

'Hoe is het met hem?' vroeg de directeur met een knikje naar de gewonde oppasser.

'Al een stuk beter,' zei de arts en hij legde zijn hand op de schouder van zijn patiënt. 'Een lichte hersenschudding, maar dat was te verwachten. Een paar dagen bedrust en hij is weer helemaal de oude.'

Rheinhardt ging de kamer binnen. 'Mag ik Herr Arnoldt een paar vragen stellen?'

'Natuurlijk,' zei de dokter. 'Maar ik weet niet of u daar veel aan zult hebben. Hij heeft last van retrograde amnesie.'

'Wat betekent dat?'

'Geheugenverlies,' legde de dokter uit. 'De meeste mensen met hoofdletsel hebben daar wel last van. Meestal gaat het dan om de herinneringen aan wat er gebeurde vlak voor het moment dat ze het bewustzijn verloren.'

'In welke mate?'

'Dat wisselt, maar Herr Arnoldt herinnert zich alleen nog dat hij vanochtend is opgestaan en heeft ontbeten.'

'Is dat zo?' vroeg Rheinhardt nu rechtstreeks aan de oppasser.

Herr Arnoldt probeerde op te staan.

'Nee, nee,' zei de dokter en hij duwde de oppasser zachtjes terug in zijn stoel. 'Blijft u vooral zitten.'

Herr Arnoldt liet zich weer op zijn stoel zakken en keek naar Rheinhardt op.

'Ik herinner me nog dat ik vanmorgen opstond en een paar eieren met ingemaakte komkommer heb gegeten.'

'En verder?' vroeg Rheinhardt.

'Niks. Het volgende dat ik me herinner is dat ik hier bijkwam... op de grond. En Walter... Walter die me hielp.'

'Walter?'

'Dat ben ik,' zei de oppasser op de gang. 'Walter Gundlach. Ik was op weg naar de hyena's toen ik zag dat de achterdeur openstond. Die zit meestal op slot, dus ik stak mijn hoofd even naar binnen om te kijken of alles in orde was. Herr Arnoldt lag op de grond.'

'Waar?'

'Hij lag half waar u nu staat en half op de gang.'

'Ik zie geen bloed op de grond,' zei Rheinhardt. 'Heeft iemand al schoongemaakt?'

'Er was geen bloed,' zei de arts. 'Er waren geen open wonden. Het lijkt erop dat Herr Arnoldt met flink wat kracht op zijn achterhoofd is geslagen, maar niet met een wapen.'

'Waarmee dan wel?'

'Een gebalde vuist... een onderarm, misschien.' De arts wees naar de nek van zijn patiënt. 'De nek is gevoelig en ernstig gekneusd.'

'Hebt u verder niets gezien?' vroeg Rheinhardt aan Gundlach. 'Niets ongewoons?'

De oppasser schudde zijn hoofd.

'Nee, ik heb eerst Herr Arnoldt geholpen en ben daarna de directeur gaan halen.'

Rheinhardt keek weer naar de dokter.

'Is zijn geheugenverlies blijvend?'

'Dat is moeilijk te zeggen. Sommige mensen krijgen hun geheugen terug, anderen niet. Dat zullen we moeten afwachten.'

'Maar hoe groot is de kans dat hij het terugkrijgt?' wilde Rheinhardt toch weten.

De arts keek naar Herr Arnoldt, kneep zijn ogen tot spleetjes en perste zijn lippen op elkaar.

'Die kans is redelijk groot,' zei de dokter.

Net als de meeste medici gaf hij liever geen eenduidig antwoord.

Rheinhardt keek naar de gezichten om hem heen: de dokter, de directeur, de beklagenswaardige heer Arnoldt en zijn stevig gebouwde collega op de gang. Ze leken allemaal een belangrijke mededeling van hem te verwachten. Rheinhardt zei, niet helemaal op zijn gemak: 'Waar is het...' Hij kon het woord 'lichaam' niet over zijn lippen krijgen en zocht aarzelend naar een geschikter alternatief. 'Waar is het stoffelijk overschot, Herr Pfundtner?' Het leek een aanvaardbaar compromis, niet te antropomorf en toch respectvol.

De directeur wees naar een tweede deur, naast de stapel harige karkassen.

Rheinhardt draaide de knop om en duwde de deur open. De lucht die ontsnapte was zwaar van een vreemde, doordringende geur. Hij stapte over de drempel en bekeek de ruimte. Hij was terechtgekomen in een oerwereld. De slangenkuil leek op een grote kom met een aarden rand met stenen en tropische vegetatie. Een in de groei geremde boom helde met kromgebogen stam over de kuil, die gevuld was met zwart, stilstaand water. Op het oppervlak daarvan dreven algenkolonies die een smaragdgroene archipel vormden. Aan de andere kant van de kuil stond een kale muur van waarachter de bezoekers konden kijken.

Rheinhardt hoorde de directeur achter zich zwaar ademen.

'Wie zijn hier vanochtend geweest?' vroeg Rheinhardt.

'Ikzelf,' antwoordde Pfundtner, 'en Herr Gundlach.'

'En u, dokter?' riep Rheinhardt achterom. 'Hebt u hier ook een kijkje genomen?'

'Nee, inspecteur,' zei de dokter. 'Ik had het te druk met het welzijn van mijn patiënt.' Hij klonk geïrriteerd.

Rheinhardt keek over zijn schouder naar de directeur. 'Waar moeten we heen?'

'Daarheen.' Pfundtner wees.

'Probeer precies dezelfde route te nemen als ik, Herr Pfundtner. En stap zo veel mogelijk op de stenen in plaats van op de aarde.'

'Waarom?'

'Voetafdrukken.'

Rheinhardt liep via de zacht glooiende helling, waarbij hij de rotsen als stapstenen gebruikte. Hij voelde ze iets wegzakken onder zijn gewicht, waardoor hij moeite moest doen om zijn evenwicht te bewaren. Het was onaangenaam vochtig in de kuil en er liepen zweetdruppels over zijn gezicht. Toen hij voorbij een grote, met zand bedekte rots was, zag hij het dier liggen. Ondanks het feit dat hij wist wat hij kon verwachten, stond hij versteld van het bizarre tafereel.

De slang was gigantisch – als een mythisch monster, een zeeslang of basilisk – maar haar afmetingen waren nog uitvergroot door de vreemde manier waarop het beest was toegetakeld.

'Hildegard,' zei de directeur.

Rheinhardt meende een brok in de keel van de directeur te horen. Het kostte hem geen enkele moeite mee te leven met de man.

De slang was in drie stukken gesneden: kop, romp en staart. Die delen waren in de juiste volgorde neergelegd, precies achter elkaar, maar tussen de delen was steeds een stuk van ongeveer een meter vrijgelaten; ze waren zo neergelegd dat ze de lijn volgden van de kromming van de waterrand. Dat had een wonderlijk en merkwaardig esthetisch effect. De drie gedeeltes waren samen langer dan een tram. In het middenstuk paste met gemak een klein kind.

Toen de twee mannen beneden waren aangekomen, klom Rheinhardt op een grote steen bij de kop van de slang. Hildegards ogen en neusgaten zaten hoog op haar platte, puntige schedel en een fijn gevorkt tongetje kwam tussen de krachtige kaken vandaan, die dankzij een steentje dat ertussen was geklemd open bleven staan. Dat leek louter uit artistieke overwegingen te zijn gedaan. De huid van de slang was groen – dezelfde tint als de algen op het water – met zwarte, ovale vlekjes. Rheinhardt bestudeerde geboeid de structuur van het oppervlak waarvan elke schub een kleine git- of grauwzwarte spetter vormde. Op de plaats waar het middenstuk was doorgehakt was een felrode dwarsdoorsnede van de ingewanden van het dier zichtbaar.

'Opmerkelijk,' zei Rheinhardt. 'Heel opmerkelijk.'

'Het moet wel het werk van een gek zijn,' riep de directeur uit. 'Een ontsnapte krankzinnige uit Am Steinhof.'

De grond aan de rand van het water was lichtbruin en zat vol donkere vlekken slangenbloed.

'Is het een python?' vroeg Rheinhardt.

'Hemel, nee,' zei de directeur. 'Hildegard is – was – een anaconda, een waterboa.'

'Niet giftig?'

'Juist. *Eunectes murinus* is een constrictor. In het wild liggen ze onder water om hun prooi te kunnen grijpen als die komt drinken.'

'En die wurgen ze dan?'

'Ja, of ze verdrinken 'm. Hun kaken zijn erg sterk. Ze kunnen grote dieren zonder al te veel moeite onder water houden.'

'Hoe groot?'

'Een volwassen hert kan niet aan die kaken ontsnappen. Grote anaconda's zoals Hildegard kunnen zelfs grote katachtigen, zoals jaguars, doden.'

'En mensen?'

'Er zijn aanvallen bekend, maar het komt zeer zelden voor.'

Rheinhardt bestudeerde de enorme omvang van de slang. Hij kon de uitroep 'Wat een monster!' nog net binnenhouden, bang als hij was daarmee de directeur te zullen kwetsen.

'Hoe lang is Hildegard?'

'Bijna negen meter. Pythons kunnen nog langer worden, maar die zijn minder zwaar.'

'Ook voor iemand die misschien wist dat anaconda's vrijwel nooit mensen aanvallen, moet het een angstaanjagend vooruitzicht zijn geweest om haar domein te betreden.'

'Juist,' zei de directeur nog maar eens. 'Maar de bruut zou nooit echt gevaar hebben gelopen. Hildegard verblijft al twintig jaar in deze kuil. Ze is...' De directeur corrigeerde zichzelf. 'Ze wás gewend aan mensen om zich heen, wat bijna altijd betekende dat er voedsel aankwam. Je zou het gezien haar uiterlijk misschien niet zeggen, maar ze was een heel volgzaam schepsel.'

Rheinhardt krabde op zijn hoofd.

'Heeft iemand van de oppassers iets ongebruikelijks gezien? Een bezoeker die zich verdacht gedroeg of iemand die overdreven veel belangstelling voor Hildegard vertoonde?'

'Nee. Dat zou trouwens heel moeilijk te zeggen zijn, want Hildegard heeft een grote schare toegewijde bewonderaars.'

'En zijn er misschien mensen die iets tegen de dierentuin zelf hebben? Kent u die?'

'We zijn het meest geliefde instituut van Wenen, inspecteur.'

'Zeker, maar ik vroeg me af of u misschien een oppasser hebt ontslagen, die...'

'Nee!' viel de directeur hem in de rede. 'Niemand is ontslagen. En de betrekkingen tussen het bestuur en de oppassers zijn altijd uitstekend geweest. Geloof me nou maar, inspecteur,' zei Pfundtner en hij wees naar de toegetakelde anaconda. 'Deze afschuwelijke daad is het werk van een gek!'

'Dat zou heel goed kunnen, directeur,' zei Rheinhardt en hij haalde zijn opschrijfboekje uit zijn zak. Op datzelfde moment ging de deur van de slangenkuil open en kwam Walter Gundlach binnen.

'Uw assistent is er, inspecteur.'

'Dank u, ik kom eraan,' riep Rheinhardt terug. En op zachtere toon zei hij vervolgens tegen Pfundtner: 'Denk eraan dat u alleen op de stenen stapt.' Vervolgens liet hij zijn lege opschrijfboekje weer in zijn jaszak glijden.

De twee mannen beklommen de helling weer en moesten af en toe met hun armen wijd balanceren om niet te vallen. Toen ze bij de deur waren, liet de directeur Rheinhardt beleefd voorgaan. De dokter stond nog steeds naast de stoel met zijn patiënt. Walter Gundlach gebaarde dat Rheinhardt moest doorlopen naar de gang, waar Haussmann, de jonge assistent van de inspecteur, stond te wachten. Zijn gezicht was rood aangelopen en hij hijgde alsof hij had gerend. Zonder een woord te zeggen voegde Rheinhardt zich bij zijn assistent en samen liepen ze een eind de gang in, tot ze konden praten zonder dat er iemand meeluisterde.

'Het spijt me heel erg, meneer. Er was...'

Rheinhardt had geen behoefte aan excuses. Zo erg te laat was Haussmann niet. Hij was niet van plan zijn assistent de mantel uit te vegen en onderbrak hem. 'Weet je al wat er is gebeurd?'

'Nee, meneer. Ik ben meteen vertrokken zodra ik wist waar ik u kon vinden.'

Haussmann haalde zijn opschrijfboekje tevoorschijn en wachtte tot de inspecteur zou beginnen te spreken. Zijn potlood hing boven het onbeschreven papier. In Rheinhardts omwalde ogen verschenen pretlichtjes.

'Het slachtoffer is een vrouw van negen meter lang en ongeveer 250 kilo zwaar. Ze is alleen bekend onder haar voornaam, Hildegard, en schijnt het lievelingetje van de keizer te zijn.'

De jongeman stopte met schrijven en keek op naar zijn baas.

'U maakt toch zeker een grapje, meneer?'

'Het is een slang, Haussmann. Een slang!'

'Een slang?'

'Een anaconda om precies te zijn. De dood is waarschijnlijk onmiddellijk na de onthoofding ingetreden. Daarna heeft de indringer zijn slachtoffer verminkt door haar staart af te hakken. Hij heeft zich toegang tot de kuil verschaft door een van de oppassers, Herr Arnoldt, bewusteloos te slaan. Dat is die arme kerel met dat verband. Regel zo snel mogelijk een politiefotograaf en maak een plattegrond van de omgeving. Maak afdrukken van de schoenen van de directeur en die van de twee oppassers, Herr Arnoldt en Herr Gundlach. Kijk daarna of je een afgietsel kunt maken van een van de afdrukken in de slangenkuil. Herr Arnoldt is zijn geheugen kwijt, maar de dokter zegt dat er een vrij grote kans is dat hij dat weer terugkrijgt. Ik zal hem over een uur of wat ondervragen, misschien heeft hij tegen die tijd meer te vertellen.'

Zijn assistent keek op van zijn opschrijfboekje.

'Dit is wel een beetje vreemd allemaal, meneer.'

'Dat is zacht uitgedrukt, Haussmann.'

Rheinhardt draaide zich om en liep naar de uitgang.

'Meneer?'

'Ja, Haussmann?'

'Waar gaat u heen?'

'Ik ga kijken of het hek om de dierentuin ergens beschadigd is.' Rheinhardt bleef even staan en voegde er toen aan toe: 'O ja, en zoek ook vast naar het moordwapen. Als dat hier nog ergens ligt, moet het makkelijk te vinden zijn. Iets groots, vermoed ik, een bijl of een of ander zwaard.'

Na de verstikkende hitte van het reptielenhuis was de frisse ochtendlucht een verademing.

3

De eetkamer was groot en statig ingericht. Aan het hoge plafond hing een kroonluchter en een van de wanden werd in zijn geheel in beslag genomen door een biedermeier kast met weelderig houtsnijwerk. Het was een gigantisch meubelstuk dat bijna tot aan de plafondlijst reikte. Liebermann, een man wiens esthetische voorkeuren uitgesproken modern waren, vond de krullen te overdadig en de degelijkheid ervan saai. Aan de muur ertegenover hing een groot doek van een populaire landschapsschilder waarop bomen te zien waren en een verre horizon met besneeuwde bergtoppen. Het had de weinig originele titel *Wienerwald*.

Sinds hij met Clara verloofd was, dineerde Liebermann minstens eenmaal per week bij de familie Weiss. Iedere keer dat hij Clara een bezoek bracht, stonden Jacob en Esther (haar ouders) er steevast op dat hij bleef eten. De maaltijden bij de familie Weiss vergden minder van hem dan het dineren met zijn eigen familie – wat altijd een nogal zenuwslopende affaire was – maar toch begon de verplichting hem steeds meer tegen te staan. Behalve Clara en haar ouders waren er verschillende andere leden van het gezin Weiss aanwezig: Clara's tienerzusje Rachel, haar oudere broer Konrad en diens vrouw Bettina. Konrad en Bettina's zoontjes – Leo en Emil – lagen al in de slaapkamer boven te slapen.

Het gezelschap was net klaar met het hoofdgerecht, dat uit gekookt rundvlees met bladgroenten bestond, en de bedienden waren aan het afruimen.

Clara was op dreef.

'Jullie raden nooit wie ik gisteren heb gezien – Fräulein Stahl. Voor de etalage van Lobmeyr. Ik had haar al in geen tijden meer gezien. Ze schijnt dit jaar in Franzensbad te zijn geweest, maar ze had er geen goed woord voor over.'

'Waar heeft ze gelogeerd?' vroeg Esther.

'In hotel Holzer. Ze zei dat het daar ontzettend arrogante lui waren.'

'Ja, ik zou alleen nog maar naar het Meran gaan,' verkondigde Jacob. Hij wendde zich tot Liebermann en zei op zachtere toon: 'Daar zijn we zelf immers van de zomer geweest.' Vervolgens richtte hij zich weer tot het hele gezelschap met de woorden: 'De sfeer is daar veel prettiger. Ik snap niet waarom we er niet eerder heen gegaan zijn. De druiven waren bijzonder smakelijk.'

'Fräulein Stahl zei dat het water in Franzensbad heel vies was,' zei Clara. 'En toch moest ze er emmers vol van drinken omdat ze volgens haar dokter, hoe heet hij ook al weer, Rozenblit, een zwakke lever heeft. Hij gelooft dat het water van Franzensbad goed is voor dat soort klachten. Ken je hem, Max? Rozenblit?'

'Nee,' zei Liebermann. 'Die ken ik niet. Sorry.'

'Max,' zei Clara en er sloop iets van wrevel in haar stem. 'Waarom ken je die beroemde dokters toch nooit?'

'Dat komt nog wel,' zei Jacob met een glimlach. 'Dat komt mettertijd vanzelf. Toch, jongen?'

Liebermann glimlachte geduldig naar zijn gastheer. 'Misschien, Herr Weiss.'

'Rozenblit raadde Fräulein Stahl aan de artsen in Franzensbad te consulteren,' vervolgde Clara haar verhaal. 'Die schreven haar een speciaal dieet van kool en knödel voor en ze moest elke dag baden in mineraalwater. Maar 's avonds verveelde ze zich verschrikkelijk. In de hoofdstraat had je alleen maar hotels en na achten was er niets meer te beleven.'

Het gesprek stokte toen de kok binnenkwam met een enorme schaal vol *Kaiserschmarrn*. Zachte brokjes geurig gebakken beslag vormden hoog opgetast een enorme gele piramide, waarvan de hellingen bestrooid waren met gulle sneeuwbergen van poedersuiker. Een keukenmeid volgde de kok met twee schalen in haar hand: de een met een dikke kastanjebruine pruimencompote en de ander met een enorme toef stijfgeslagen slagroom. Jacob prees de kok, wat aan de hele tafel werd nagevolgd.

Toen het gesprek weer werd hervat, vroeg Bettina of Fräulein Stahl nog steeds het hof werd gemaakt door Herr Bernhardt, de bekende zakenman, en van lieverlee ging het gesprek via beginnende romances en verlovingen in de beau monde over op de aanstaande bruiloft van het aanwezige koppel.

'Hebben jullie al besloten waar de plechtigheid zal plaatsvinden?' vroeg Bettina.

'In de Stadttempel,' zei Clara.

'O, geweldig,' riep Bettina uit. 'Ik ben dol op de Stadttempel – dat plafond met die gouden sterren.'

'Heel romantisch. En we laten de bruidsjapon maken door Bertha Fürst,' zei Esther.

'Je zult er adembenemend uitzien, Clara,' zei Bettina.

'En ik...' zei Rachel. 'Voor mij wordt er ook een gemaakt.'

'Nou,' zei Jacob. 'Dat weet ik nog niet...'

'Dat had u beloofd, vader!' zei Rachel, die een kleur kreeg.

'Ik heb je een nieuwe jurk beloofd, maar geen jurk van Bertha Fürst.'

'O, vader,' zei Clara en ze keek hem met grote ogen smekend aan. 'Rachel moet er die dag ook op haar allerbest uitzien.'

Jacob kreunde.

'Al goed, al goed, een Bertha Fürst.' Hij boog zich naar Liebermann over en fluisterde: 'Zie je nou wat ik hier allemaal moet doorstaan.'

Rachel klapte in haar handen en straalde van blijdschap. 'Dank u wel, papa,' riep ze. Vervolgens sprong ze op, rende om de tafel heen en gooide haar armen om Jacobs nek en kuste hem op zijn wang.

'En nu is het afgelopen,' zei hij en hij schudde haar gespeeld boos van zich af.

Rachel huppelde terug naar haar stoel.

'U zult er geen spijt van krijgen, vader,' zei Clara, nu serieuzer. 'Ze zal er als een prinsesje uitzien, hè Rachel?'

Rachel knikte en liet een vork slagroom haar mond binnenglijden.

Nadat de koffie was geserveerd werden de besprekingen over de bruiloft voortgezet. Het duurde dan ook niet lang voor Herr Weiss zei: 'Zullen wij ons dan nu misschien terugtrekken in de rooksalon, heren?'

Toen Liebermann opstond, keek Clara naar hem op, pakte zijn

hand en drukte die tegen haar schouder. Het was een klein gebaar, maar vol genegenheid. Haar ogen glansden in het kaarslicht en haar lippen gingen iets uit elkaar, waardoor een rijtje rechte witte tanden zichtbaar werd. Clara droeg haar haar los, wat ze niet vaak deed. De donkere lokken golfden glanzend om haar gezicht. Bij het opstaan draalden Liebermanns vingers onder de zachte druk van haar vingers.

In de rooksalon deelde Jacob Weiss sigaren en cognac uit. Hij stond bij de statige grijsmarmeren haard en leunde met zijn arm op de schoorsteenmantel. Zo nu en dan tikte hij de as van zijn sigaar in de vlammen. De twee jongere mannen zaten in diepe lederen leunstoelen die tegenover elkaar op het Perzisch tapijt stonden.

Het gesprek ging een tijdlang over politiek: de stuitende taal die werd uitgeslagen in de kolommen van het *Deutsches Volksblatt*, de ijdelheid van de burgemeester en de enorme cultuurverschillen binnen het keizerrijk, die er alleen maar groter op leken te worden in plaats van kleiner.

'Ik hoorde onlangs een goede grap,' zei Jacob. 'Jullie weten dat er op het dak van het parlementsgebouw strijdwagens staan die allemaal een andere kant op rijden. Ik sprak een olijkerd die beweerde dat ze steeds meer werden gezien als een bijzonder treffend symbool. Iedereen in dat gebouw wil een andere kant op. En het is echt zo: alles dreigt uit elkaar te vallen. Ik weet niet hoe het verder zal gaan.'

'Dat wordt al jaren gezegd, vader,' zei Konrad. 'En er is nog steeds niets veranderd.'

'O, maar er is een hoop veranderd. En niet altijd ten goede.'

'U maakt zich zorgen om niets.' Konrad drukte zijn sigaar uit en keek op zijn zakhorloge. 'Als u me wilt excuseren, ga ik even bij de kinderen kijken.'

'En dan zeg je dat ík me zorgen maak om niets.'

Konrad lachte naar zijn vader en verliet de kamer.

'Nog een sigaar, Max?' vroeg Jacob.

'Nee, dank u.'

'Maar vast nog wel een cognacje?'

Jacob verliet zijn plekje bij de haard om Liebermanns glas bij te vullen en ging in de door Konrad verlaten stoel zitten.

'Ik heb je vader onlangs nog gesproken,' zei Jacob. 'We hebben samen koffie gedronken in het Imperial.'

'O?'

'Het werd nog een lang gesprek.' Jacob blies een wolk blauwe rook uit. 'Hij wil graag dat jij op een dag zijn bedrijf overneemt. Dat weet je vast wel.'

'Ja.'

'Maar daar ben jij niet zo happig op.'

'Nee. Helaas heb ik geen enkele belangstelling voor textiel of voor de handel. Ik ben van plan arts te blijven.'

Jacob trok aan zijn kin.

'Hij is schijnbaar van mening dat je het daar niet makkelijk mee zult krijgen – financieel gezien dan. Als je eenmaal getrouwd bent, bedoel ik.'

Liebermann zuchtte.

'Het is waar dat ik nog niet zo'n hoge functie bezet in het ziekenhuis, maar ik hoop in de toekomst een aanstelling aan de universiteit te krijgen en ik ben ervan overtuigd dat het me zal lukken een grote praktijk op te bouwen.'

Jacob lachte. 'God weet dat er genoeg gekken in Wenen rondlopen om iemand met jouw vak aan het werk te houden.'

'Mijn vader is altijd...' Liebermann stond op het punt iets ongepasts te zeggen maar veranderde van gedachten. 'Ik ben bang dat ik hem op bepaalde punten misschien teleurstel.'

'Wie? Mendel? Nee, hij is heel trots op je, heel trots. Het is alleen... hij wil gewoon, zo God het wil, dat het jou en je gezin aan niets ontbreekt.' Jacob klopte met zijn knokkels op de leuning van de stoel om de wenselijkheid van financiële zekerheid te benadrukken. 'Onze generatie is minder...' Hij zocht naar het juiste woord. 'Minder onbezorgd dan die van jullie, er minder van overtuigd dat de wereld ons goed, of eerlijk, zal behandelen.' Liebermann schoof ongemakkelijk op zijn stoel heen en weer bij Jacobs gebruik van het woord 'ons'. 'Dat is alles. Nee, mijn jongen, hij is erg trots op je. Net als wij.'

Waar Liebermanns vader Mendel een lange baard had, die hem het uiterlijk van een hogepriester verleende, had Jacob slechts een kleine krulsnor. Zijn haargrens week iets, waardoor een hoog voorhoofd zichtbaar was, en op de brug van zijn neus rustte een klein brilletje met ovale glazen. Hij kon nog steeds beschreven worden als een knappe man.

'Weet je, Max,' vervolgde Jacob, 'we hebben nog nooit een gestudeerd man in de familie gehad.' Hij trok opnieuw aan zijn sigaar en blies een wolk rook uit. 'Ik had gehoopt dat Konrad arts of advocaat zou worden, maar om eerlijk te zijn denk ik niet dat hij daar de hersens voor heeft. Daarom is hij bij mij in het bedrijf beland. Zo zie je maar, niemand is tevreden met wat hij krijgt. Gaat het zo niet altijd?' Hij glimlachte vergoelijkend en nipte van zijn cognac. 'Ik begon hierover, Max, omdat ik wil dat je weet dat ik begrijp hoe belangrijk je vak voor je is. En als Clara en jij eenmaal getrouwd zijn... Mocht je ooit op wat voor manier dan ook in de problemen raken – financiële problemen – dan kun je altijd bij me terecht voor hulp. Ik heb veel liever dat mijn dochter trouwt met een gerenommeerde professor dan met een collega-zakenman, als je begrijpt wat ik bedoel.'

'Dat is heel vriendelijk van u, Herr Weiss, maar...'

Jacob stak zijn hand omhoog – een bruusk en gedecideerd saluut.

'Vertel maar niet aan Mendel dat we het hierover hebben gehad. En ook niet aan Clara, trouwens. Dit blijft tussen ons.'

4

Het bureau lag vol papieren en officiële documenten. Aan de ene kant zat Rheinhardt, aan de andere Haussmann. Hoewel het nog vroeg in de middag was, was het al vrij donker.

'Heb je geen afgietsel kunnen maken?'

'Nee, meneer.'

'Vreemd, de grond was toch vrij zacht.'

'Hij heeft kennelijk alleen over de stenen gelopen, meneer.'

'Maar toen hij de stukken slang in de gewenste positie neerlegde, moet hij toch aan de waterrand hebben gestaan.'

Rheinhardt bestudeerde een close-up van de dode anaconda.

'De enige afdrukken die ik heb gevonden, waren die van de directeur en de twee oppassers. Op dit spoor na.' Haussmann wees naar een gebogen rand vlak bij de slangenkop. 'Dat lijkt erop te wijzen dat de dader met zijn handen aan de grond heeft gezeten.'

'Om zijn sporen uit te wissen?'

'Ja, meneer.'

Rheinhardt draaide een van de scherpe punten van zijn snor tussen duim en wijsvinger in het rond.

'Als dat klopt, zou dat erop wijzen dat de schurk op de hoogte is van onze nieuwe opsporingsmethoden.'

Haussmann knikte.

De stilte die daarop volgde hield aan, terwijl de twee mannen zich het hoofd braken over het bewijsmateriaal.

'Meneer?'

Rheinhardt keek op.

'Is het geheugen van Herr Arnoldt nog teruggekeerd?'

'Nee. Ik heb hem in de dierentuin verhoord en hem gisteravond thuis nog bezocht, maar hij kon me niets nieuws vertellen. De dokter denkt dat er in de loop van de tijd misschien nog wel iets kan bovenkomen, maar ik zie het niet optimistisch in.'

IJsvlokjes vlijden zich op de ruiten.

'Het sneeuwt,' zei Haussmann zacht.

Rheinhardt draaide zich om en wierp een blik op de asgrauwe hemel voor hij Haussmanns observatie met een staccato grom bevestigde. Zich bewust van het feit dat hij misschien de indruk had gewekt niet helemaal geconcentreerd te zijn, vroeg de assistent-detective aan zijn chef: 'Denkt u dat er een motief was, meneer? Of is dit alleen maar het werk van een gek?'

'Dat laatste, vermoed ik.'

'Moeten we dan uw vriend, dokter Liebermann, er niet bij halen?'

'Zeker. Het is in elk geval vreemd genoeg om zijn nieuwsgierigheid te wekken.'

Rheinhardt maakte een plekje op het bureau vrij, trok een la open en haalde er een formulier uit dat hij voor zich neerlegde. Hij streek het papier glad met zijn handpalm, zuchtte en zei: 'Tja, Haussmann, nu rest me de onplezierige taak een voorlopig rapport te schrijven. Je zult me moeten excuseren.'

Toen Haussmann opstond, ging de telefoon. Rheinhardt nam op met zijn naam, maar zei vervolgens weinig terwijl de zachte stem van de beller licht in de hoorn kraakte. De gezichtsuitdrukking van de inspecteur veranderde van humeurig via bezorgd naar geschokt.

'Mijn hemel!' fluisterde hij.

Haussmann ging weer zitten.

Rheinhardt pakte zijn pen en krabbelde een adres op het rapportageformulier.

'Ik kom er meteen aan,' zei hij en legde de hoorn weer neer. Toch stond hij niet op, maar bleef met gefronst voorhoofd naar het adres zitten staren.

'Meneer?'

Rheinhardt schrok op en keek zijn assistent vanaf de andere kant van het bureau aan.

'Er is iets verschrikkelijks gebeurd in Spittelberg, Haussmann.' Zijn stem stond strak van ingehouden emotie.

'Een moord?'

'Nee,' zei Rheinhardt. 'Een bloedbad.'

5

Het rijtuig hobbelde de tramrails over en reed de kant van Spittelberg op. Rheinhardt en Haussmann waren allebei in gedachten verzonken en allebei weinig spraakzaam.

Door het raam ving Rheinhardt een glimp op van het indrukwekkende neorenaissancistische bouwwerk van het paleis van justitie. In gedachten bad hij tot de goden van de jurisprudentie om bijstand. Een maniak die tot dit soort gruwelijke geweldsdaden in staat was, moest onmiddellijk worden gestopt.

Het rijtuig maakte een scherpe draai en sloeg een smal, met kinderkopjes geplaveid straatje in.

'Spittelberg,' zei Haussmann.

Het contrast met de nabijgelegen paleisachtige rechtbank had niet groter kunnen zijn. Hoewel de huizen een zekere ouderwetse charme hadden, waren de meeste erg vervallen na generaties lang verwaarloosd te zijn. De gebouwen waren stuk voor stuk verschillend van hoogte en omvang en het schilderwerk was verschoten. Alleen wat achtergebleven streken roze, oker en blauw verrieden een kleurrijker en voorspoediger verleden.

Het rijtuig nam een scherpe bocht en ratelde door een duister steegje dat aan beide kanten werd ingesloten door krakkemikkige, bouwvallige woningen. Boven hun hoofd hingen waslijnen als uitvergrote draden van een spinnenweb. Rheinhardt stelde zich een reuzenspin voor die met zijn poten om het dikke lijf gevouwen zat te wachten om toe te slaan. Het rijtuig ontvluchtte het naargeestige straatje en reed een pleintje op. Aan een kant ervan was een herberg en daarnaast vormden kale muren een hoek waar een eenvoudig, metalen balkon omheen liep. Voor de herberg stond een treurig stemmende fontein – een stompe zwarte spits waaruit zwakke straaltjes water in verschillende bassins spoten. Het rijtuig sloeg weer een bocht om, maar nu vertraagden de paarden al snel hun tempo.

De koetsier had moeiteloos de bestemming van de rechercheurs weten te vinden. Het was een laag huis van twee verdiepingen dat tussen twee grotere gebouwen ingeklemd stond en bewaakt werd door twee agenten. De mannen bliezen in hun handen en stampten op de grond om warm te blijven. Aan de overkant van de straat stond een oudere man in een afgedragen jas met das en zigeunerhoed toe te kijken. Hij had een akelig kromme rug en steunde op een knoestige stok. Afgezien van deze eenzame sloeber waren er geen andere omstanders.

De wielen van het rijtuig kwamen knarsend tot stilstand.

Rheinhardt opende het portier, stapte uit en keek naar de huizen. De herinneringen aan gefortuneerder tijden waren hier duidelijk zichtbaar: reliëfs van cherubijnenkopjes staarden wezenloos voor zich uit onder de lijst van verschillende ramen. Eén gebouw had boven de voordeur een nis met een koepeldakje waarin een beeldje van de heilige Jozef stond met een aureool van uitwaaierende metalen stroken. Een mollig, maar verweerd Jezuskind balanceerde in het holletje van zijn linkerarm.

Het ging steeds harder sneeuwen: de hemel zat verstopt achter de vele vederlichte vlokken. Een vreemde stilte leek over Spittelberg te vallen, een mysterieuze geluidloosheid die op de een of andere manier werd benadrukt door een vaag besef van een voortdurende, hypnotiserende neerdaling. Het paard brieste en schudde zijn bit. Een van de agenten kwam dichterbij, waarbij zijn sabel over de kinderkopjes sleepte.

'Recherche?'

'Ja. Detective-inspecteur Rheinhardt. En dit is Haussmann, mijn assistent.' De agent boog en klakte met zijn hakken. 'Ik neem aan dat u en uw collega van bureau Neubaugasse zijn?'

'Ja, meneer.'

'Bent u al binnen geweest?'

'Nog nooit zoiets gezien, meneer,' zei de agent. 'Alleen God weet wat zich daarbinnen heeft afgespeeld.' Hij gaf een rukje met zijn hoofd in de richting van de halfopenstaande deur.

'Ik begrijp dat de rentmeester van de huiseigenaar de lichamen gevonden heeft. Waar is hij?'

'Op het bureau, meneer. Hij heeft ons de sleutel gegeven en weigerde mee te komen. Kijk uit als u naar binnen gaat, hij heeft in de gang overgegeven.'

Er landde een sneeuwvlok op een van de wimpers van de agent.

De inspecteur liep naar de deur, maar bleef toen plotseling staan. Hij draaide zich om en liep naar de oude man die nog steeds stond toe te kijken.

'Goedemiddag, meneer,' zei Rheinhardt.

De ogen van de oude man waren bloeddoorlopen. Hij bewoog zijn hoofd naar voren en weer naar achteren in een poging om degene die hem had aangesproken scherp in beeld te krijgen. Uiteindelijk vroeg hij in het Duits met een zwaar accent: 'Wat is er gebeurd?' Hij had vingerloze handschoenen aan en wees met een reumatische wijsvinger. 'Daarbinnen.'

'Kent u de bewoners?' vroeg Rheinhardt op zijn beurt.

'Op mijn leeftijd zeker?' zei de oude man. Zijn lippen gingen uit elkaar voor een tandeloze lach, waarvan de gebogen lijn werd doorbroken door één zwarte tand. 'Het is een hoerenkast!' Hij kon zijn lach niet meer inhouden, maar die ging meteen over in een scheurende hoest. Vocht kraakte in zijn longen.

Rheinhardt legde zijn hand op de arm van de oude man.

'Het is koud, vriend. Er is hier niets te zien.' De oude man haalde zijn schouders op. 'Ga thuis lekker bij het vuur zitten,' maande Rheinhardt hem.

De grijsaard hief zijn stok en liet hem met onverwachte felheid neerkomen op de kinderkopjes. Toen hij zijn tocht over de glibberige helling naar boven begon, lieten zijn slepende voeten twee parallelle sporen achter in de sneeuw.

Rheinhardt liep terug naar Haussmann en de twee agenten.

'Goed, laten we dan nu maar naar binnen gaan.'

In de gang was het schemerdonker, claustrofobisch en het stonk er naar braaksel. Een dikke soep van halfverteerd voedsel was op de vloer uitgespuugd. Haussmann wendde walgend zijn gezicht af.

'Dit is nog lang niet het ergste, vrees ik,' zei Rheinhardt stijfjes.

Links van hen lag een schaars gemeubileerde kamer met een sofa, een leunstoel en een tafeltje bij het raam. Daarop stond een paraffinelamp waarvan de bovenste helft van rood glas was. In het midden van de kamer stond een potkachel. Rheinhardt voelde aan het ijzer, maar dat was koud. De vloer was bezaaid met asbakken waarvan de meeste overvol zaten met sigarenpeuken. In de hoek stonden drie lege champagneflessen.

Plotseling werd de onnatuurlijke stilte verstoord door het geluid van kanonnen. Buiten schraapte het paard onrustig met zijn hoeven over de keien.

'De kazerne,' zei Haussmann.

'Ja. Gunstig gelegen.'

Ze liepen door de gang naar een tweede kamer die tegenover de eerste lag. Zodra ze er binnenkwamen, deinsden de twee mannen terug. Haussmann wendde met een ruk zijn hoofd af. Heel langzaam draaide hij het stukje bij beetje weer terug, alsof de gruweldaad waarmee hij werd geconfronteerd alleen maar in etappes kon worden bevat.

Het slachtoffer was een vrouw van middelbare leeftijd met blauwgrijs haar dat in sluike strengen langs haar opgezwollen en gekneusde gezicht hing. Haar lichaam lag languit op de grond. Haar handen lagen aan weerszijden van haar gezicht met de handpalmen open, wat een onderdanige indruk maakte. Ze had een blauwe badjas aan, die langs haar benen was opgekropen, waardoor de spataderen op haar kuiten, haar knokige enkels en sierlijke voeten in geborduurde zijden muiltjes zichtbaar waren. Haar keel was met een trefzekere, diepe snee opengesneden en er was een grote hoeveelheid bloed uit haar aderen weggestroomd. De vloer om haar hoofd was een zwart meer van geronnen bloed. Uit de wond stak duidelijk zichtbaar iets wat kraakbeen moest zijn. De arme vrouw was bijna volledig onthoofd.

Rheinhardt kwam dichterbij en hurkte bij het lichaam neer, waarbij hij er wel voor zorgde dat zijn jas niet in aanraking kwam met het bloed. Hij nam de stof van de badjas tussen zijn vingers en probeerde die op te tillen, maar het kledingstuk zat vast. Uiteindelijk wist hij het met een akelig scheurend geluid los te rukken.

'Ze is ook in het hart gestoken,' zei hij zacht.

Haussmann reageerde niet.

'Gaat het nog, Haussmann?'

'Ja, meneer. Ik geloof het wel, meneer.'

'Goed zo.'

Rheinhardt zette zijn handen op zijn dijen, kwam overeind en keek om zich heen. Er stond maar weinig meubilair in de kamer: een bureautje, een ladekast en een eenvoudig bed met een onbewerkte hoofdplank. De deken lag opengeslagen en het onderlaken was verkreukeld. Het raam achter het bed stond halfopen. Rheinhardt liep om de bloedplas heen en trok de gordijnen opzij. Tussen het bordeel en de overburen liep een slecht verlicht, nauw steegje.

'Hij is hierlangs vertrokken,' zei Rheinhardt. 'Er zitten bloedvlekken op het kozijn en de vensterbank. Zorg dat je zo snel mogelijk de omgeving uitkamt.'

'Ja, meneer.'

Rheinhardt liep terug naar het bureautje, draaide de sleutel om en schoof de klep omlaag. Er lagen wat documenten in, een paar zilveren munten en een geldkistje dat op slot zat. De documenten waren schuldbekentenissen waarin betaling werd beloofd aan ene madame Borek. Bijna allemaal waren ze ondertekend door militairen.

'Luitenant Lipošćak, kapitein Alderhorst, luitenant Hefner, soldaat Friedel...'

Rheinhardt haalde zijn opschrijfboekje tevoorschijn en noteerde hun namen.

Haussmann pakte het geldkistje en schudde ermee.

'Vol, meneer.'

'Uiteraard. Het motief voor een dergelijk buitensporig bloedbad is zelden diefstal.'

Haussmann zette het kistje terug en Rheinhardt sloot het bureautje weer af.

'Kom, Haussmann. Ik ben bang dat ons nog ergere gruwelen wachten.'

De twee mannen verlieten madame Boreks kamer en beklommen de trap aan het eind van de gang. Over de kale treden liep een spoor van donkere spetters, zag Rheinhardt. De braaksellucht werd bij het naar boven gaan steeds zwakker, maar maakte plaats voor andere, onheilspellender geuren. Toen ze bijna boven waren, kwam de muur van de overloop in zicht. Rheinhardts aandacht werd getrokken door een vreemd symbool dat in primitieve streken op de ongeschilderde pleisterkalk was getekend. Hij bleef staan.

'Kijk, Haussmann.'

'Een soort kruis?'

Langzaam liepen ze de laatste treden op. Donkergekleurde straaltjes liepen van een merkwaardig kruis met geknakte poten langs de muur naar beneden. Rheinhardt wreef met zijn wijsvinger over de opgedroogde vloeistof. Zelfs bij het weinige licht dat er was, zag hij dat het gruis dat op zijn vinger was achtergebleven uit roestkleurige kristalletjes bestond.

'Het is bloed, Haussmann. Het kruis is met bloed getekend!'

Rheinhardt kreeg medelijden met zijn lijkbleke assistent en zei zachtjes: 'Misschien moest je nu dat steegje achter madame Boreks kamer maar even gaan onderzoeken.'

De assistent-rechercheur bracht zijn hand naar zijn mond en kuchte.

'Ja, meneer, ik denk dat dat wel beter...'

Rheinhardt knikte en Haussmann haastte zich opgelucht naar beneden.

De inspecteur trok zijn opschrijfboekje tevoorschijn en schetste er een eenvoudig kruis in van twee even lange strepen. Vervolgens voegde hij aan de uiteindes van de verticale streep twee horizontale lijnen toe en aan die van de horizontale streep twee verticale. Hij vergeleek het met het origineel. Dit merkwaardige kladderwerk, en de bizarre uitvoering ervan, leek te duiden op het bestaan van een hogere graad van kwaadaardigheid dan Rheinhardt ooit was tegengekomen. Tevreden met de gelijkenis van zijn tekening met die op de muur, stopte hij het boekje terug in zijn zak en bereidde zich voor op de rest.

Op de eerste verdieping sijpelde door een groezelig raam naargeestig licht naar binnen. Vanaf het punt waar hij stond waren drie deuren te zien – twee links en één rechts. Rheinhardt liep verder. Zijn voetstappen klonken als een begrafenismars op de kale planken. Hij duwde met zijn vingertoppen tegen de dichtstbijzijnde deur – die aan zijn rechterzijde. Toen die openzwaaide werd door de steeds groter wordende opening centimeter voor centimeter het Grand Guignoltableau daarbinnen zichtbaar. Het was van zo'n onbeschrijfelijke verdorvenheid dat Rheinhardt onwillekeurig het hoofd boog.

'Lieve hemel...' mompelde hij tegen zijn schoenen.

Restanten van het geloof uit zijn kindertijd roerden zich.

Het stoffige interieur van een plattelandskerkje.

Soutanes en wierook.

De beschermende kracht van wijwater...

Een bijna instinctieve wens om zijn voorhoofd aan te raken en een kruis te slaan drong zich op.

Een jonge vrouw met dik bruin haar lag op een groot bed dat bijna alle ruimte in de kamer in beslag nam. De voorkant van haar met bloed doordrenkte nachtjapon zat in een doorweekte prop onder haar borsten geklemd. Net als bij madame Borek was haar keel doorgesneden, maar haar lichaam was zo neergelegd dat haar benen wijd uit elkaar lagen en de genitaliën open en bloot lagen. Ze was gruwelijk verminkt. Waar haar dijen bij elkaar kwamen zat een rafelige krater waar je een verticaal streepje zou verwachten. Een ongeremde stroom bloed was over de matras en de vloer gestroomd en daar gestold. Een flinke lap huid met samengeklit schaamhaar hing over de rand van het bed aan de sprei vastgeplakt.

Rheinhardt voelde zijn maag samentrekken. Een golf van misselijkheid deed hem wankelen. Zijn nuchtere alledaagse zelf kon dit soort verdorvenheid maar met moeite bevatten – zo'n onbeschrijfelijke wreedheid.

Het tafereel in de tweede slaapkamer was nog weerzinwekkender. Daar was een jonge vrouw in dezelfde pose neergelegd. Ook haar keel was opengesneden, maar het mes was bovendien in haar buik gezet en haar ingewanden waren eruit gehaald. Een dik stuk darm was als een ketting om haar hoofd gewonden. De stank was zo weerzinwekkend dat het Rheinhardt begon te duizelen. Hij stormde naar het raam en rukte het open. Toen hij naar buiten leunde, zag hij twee gezichten omhoogkijken.

'Ongelofelijk, hè?' riep de hoofdagent naar boven.

Rheinhardt knikte. Dat was niets te veel gezegd.

De straat was intussen bedekt met een dikke deken van sneeuw. In de nis aan de overkant hadden Jozef en het Jezuskind nu een decoratieve witte jas. Het winterweer zuiverde Spittelberg en verborg de armoede onder een mantel van vestaalse reinheid. Rheinhardt kon die pracht maar moeilijk rijmen met wat hij zojuist had gezien. Het leek onmogelijk dat één wereld twee zulke uiteenlopende taferelen kon herbergen. In de verte zag hij een gedaante de heuvel op sjokken. Het was de jonge Haussmann. Rheinhardt besloot met tegenzin zelf ook weer aan de slag te gaan.

In de laatste slaapkamer vond hij het vierde lichaam: een vrouw die met haar gezicht naar beneden op de grond lag. Het zag eruit alsof ze was gestruikeld en in haar val de lakens van het bed had gegrepen. Haar rechterhand, die met goedkope sieraden was getooid, zat nog steeds om een deken geklemd. Ze had een nachtjapon aan, maar anders dan bij haar huisgenoten was die van haar nog redelijk schoon. Er zaten geen bloedvlekken, spetters of klonters op.

Opeens realiseerde Rheinhardt zich dat het meisje misschien nog leefde. Hij haastte zich naar het gestrekte lichaam en liet zich op zijn knieën zakken. Bezorgd legde hij zijn hand op haar rug. Ze was koud, steenkoud, en bleef roerloos liggen. Rheinhardt weigerde te accepteren dat zijn nog maar zo kort geleden opgevlamde hoop al weer zo snel werd gedoofd. Hij griste een handspiegeltje van een stoel naast het bed en klemde dat tussen de neus en mond van de vrouw. Het besloeg niet. Ze was, het viel niet langer te ontkennen, echt dood.

Rheinhardt zuchtte en liet zich weer op zijn hielen zakken. Terwijl hij dat deed, viel hem een korstachtige afzetting op de kruin van de vrouw op. Hij kamde voorzichtig met zijn vingers haar haar opzij en groef zich een weg naar haar hoofdhuid. Hoe verder hij kwam, hoe meer de welriekende haren samengeklonterd zaten met bloed. Het was duidelijk dat ze een dodelijke klap op haar achterhoofd had gekregen.

Toen Rheinhardt opstond, zag hij iets onder een van de kussens vandaan steken. Hij draaide het om en zag een in versleten rood leer gebonden boekje liggen. Hij pakte het op, sloeg het open en trof op de eerste pagina een opdracht aan. Het kriebelschrift was in een vreemde taal, maar de naam herkende hij wel: Ludka. Op de volgende pagina was een davidsster afgebeeld en enkele Hebreeuwse letters. Rheinhardt bladerde door de dunne, bijna transparante bladzijden en nam aan dat het om een soort gebedsboekje ging. Hij stopte het in zijn zak en ging op de rand van het bed zitten.

Met zijn ellebogen op zijn knieën legde Rheinhardt zijn hoofd in zijn handen. In die houding bleef hij een tijd met gesloten ogen zitten, niet in staat na te denken en met een vreemd dof gevoel, terwijl beelden van moord en doodslag in het duister achter zijn oogleden langs flitsten.

6

Liebermann zat aan een tafeltje bij het raam in het kleine koffiehuis vlak bij het Anatomisch Instituut. Hij depte zijn lippen met een gesteven servet en bekeek de restanten van zijn ontbijt: een paar croissantkruimels en een donkerpaarse lik pruimenjam. Hij pakte zijn kopje, liet het donkere vocht ronddraaien en snoof genietend het aroma op. Dat was sterk en prikkelend. Toen hij de koffie ten slotte proefde vond hij hem zeldzaam medicinaal – bitter, maar heilzaam.

Buiten op straat waren de voorbijgangers hoofdzakelijk van mannelijke kunne, somber gekleed in lange winterjassen en hoeden, met zwartleren tassen en een ernstige, doelgerichte uitdrukking op hun gezicht. Een uitzondering hierop vormde een levendige jongeman met verbazingwekkend helderblauwe ogen die door het raam tuurde en op het glas tikte. Hij wees naar zichzelf en daarna naar Liebermann en vormde met zijn mond de woorden: 'Mag ik bij je komen zitten?' Liebermann wees bij wijze van reactie naar een lege stoel.

Stefan Kanner kwam het café binnen en ging zitten zonder zijn jas eerst uit te doen. Hij wenkte de ober en bestelde een *Brauner*.

'Ik kom net terug van een schermles van signor Barbasetti,' zei Liebermann. 'De tweede deze week. Vandaar dat ik snakte naar iets te eten.'

'Hoe ging het?'

'Ik ben weer grondig in de pan gehakt.'

'Moet ik medelijden hebben?'

'Helemaal niet. Ik heb weer een hoop geleerd.' Liebermann nam nog een slokje koffie en bekeek zijn vriend eens goed. 'Wat doe je hier zo vroeg?'

'Ik mag niet te laat komen voor de zaalronde van professor Pallenberg.'

Liebermann wierp een blik op zijn horloge.

'Nou, dat gevaar loop je voorlopig niet.'

'Er was nog nauwelijks verkeer op de weg.'

'Waarom ben je zo bang om te laat te komen?'

'Pallenberg wil dat ik aantekeningen maak. Hij gaat een nieuwe patiënt onderzoeken – een zeldzaam geval van het syndroom van Cotard.'

'*Le délire de négation.*'

'Je kent het?'

'Ik heb tijdens mijn studie Cotards *Maladies cérébrales et mentales* gelezen.'

'Soms ben je behoorlijk irritant, Maxim.' De ober arriveerde met Kanners koffie en een glas water op een zilveren blaadje. 'De patiënt is een zesenvijftigjarige winkelier,' vervolgde Kanner, die op de feitelijke opsommingsstijl van een casuspresentatie overging. 'Een paar jaar geleden zijn z'n klachten begonnen. Hij kreeg het idee dat hij dood was. Zijn vrouw regelde dat hij kon worden opgenomen in een sanatorium – het Bellevue, meen ik – waar hij enigszins opknapte, maar na zijn terugkeer in Wenen raakte hij uiterst depressief. Sinds die tijd staat hij onder behandeling van een huisarts. Korte tijd geleden veroorzaakte hij nogal wat opschudding bij zijn vrouw en kinderen door te beweren dat hij zich niet alleen voelde alsof hij dood was, maar dat ook echt was. Een paar dagen geleden verzocht hij te worden begraven.'

'Ik geloof dat patiënten op het hoogtepunt van hun Cotardwaan niet alleen hun eigen bestaan ontkennen, maar ook dat van het gehele universum.'

'Ik ben erg benieuwd hoe professor Pallenberg zo'n complex ziektebeeld gaat aanpakken. Ik vraag me af wat voor behandeling de oude rakker zal kiezen.'

'Morfine en chloraalhydraat, zoals altijd. Ik ben bang dat professor Pallenberg er nog niet achter is dat een slapende patiënt niet hetzelfde is als een genezen patiënt.'

Kanner wierp zijn hoofd in de nek en schaterde het uit, waarbij zijn roze geribbelde verhemelte zichtbaar werd.

Liebermann keek over de rand van zijn koffiekopje naar de drukte op straat. Tussen de vele voorbijgangers zag hij een jonge vrouw lopen. Op haar vuurrode lokken rustte een eenvoudig grijs hoedje. Haar jas was olijfgroen met zwartfluwelen biezen. Ze liep nogal snel en was bijna meteen weer voorbij.

'Momentje, Stefan,' zei Liebermann en hij kwam haastig overeind.

'Wat is er?'

'Ik ben zo terug.'

Hij holde naar de deur en rende buiten een stukje over de stoep.

'Miss Lydgate!' riep hij.

De jonge vrouw draaide zich om. Haar gezicht was bleek en haar blik gespannen. Ze lachte niet, maar uit een minimale verandering in haar uitdrukking viel af te leiden dat ze blij was hem te zien.

'Dokter Liebermann.'

'Ik zag u langs het koffiehuis komen waar ik zat.'

'Ik ben op weg naar het Anatomisch Instituut.'

'Voor een college?'

'Inderdaad.' Haar Duits was foutloos, maar met een licht Engels accent.

'Is alles goed met u?'

Heel even aarzelde Miss Lydgate voor ze 'Ja hoor' antwoordde, maar die aarzeling was voldoende om in Liebermanns hoofd een kiem van bezorgdheid te zaaien.

'Weet u dat zeker?' vroeg hij bezorgd.

De haar zo kenmerkende frons verscheen op Miss Lydgates voorhoofd.

'Om eerlijk te zijn, dokter Liebermann, speelt er een zekere kwestie – niets belangrijks en ik aarzel dan ook om u ermee lastig te vallen – maar ik zou er toch graag uw mening over willen horen.'

'Heeft het met uw studie te maken?'

Miss Lydgate zweeg weer even voor ze aarzelend zei: 'In zekere zin wel.'

'Dan sta ik geheel te uwer beschikking.'

'Kunnen we misschien later deze week een keer thee drinken?'

'Natuurlijk.'

'Dank u. Ik stuur u wel een briefje.' En met die woorden draaide Miss Lydgate zich om en liep weg. Heel even bleef Liebermann op de stoep staan kijken naar de zich verwijderende rug van Miss Lydgates olijfgroene jas, tot die verdween achter een groepje studenten en medici.

'Waar was je nou opeens naartoe?' vroeg Kanner toen Liebermann terugkwam.

'Ik zag Miss Lydgate,' zei Liebermann. 'Herinner je je haar nog?'

'Natuurlijk. Hoe is het met haar?' vroeg Kanner.

'Heel goed,' antwoordde Liebermann, maar hij voegde daar meteen wat voorzichtiger aan toe: 'Voor zover ik weet.' Hij nam een slokje van zijn koffie, die nu iets te koud naar zijn smaak was. 'Ze studeert tegenwoordig medicijnen.'

'Echt waar?'

'Ja, ze is toegelaten met een aanbeveling van Landsteiner, die trouwens ook heeft toegezegd haar proefschrift over bloedziektes te zullen begeleiden.'

'Heel bijzonder,' zei Kanner. 'Alles bij elkaar genomen...'

'Ja,' zei Liebermann, enigszins geprikkeld door de onuitgesproken suggestie van Kanner. Liebermann was erg gesteld geraakt op Miss Lydgate en zag haar niet graag als een ex-patiënte. 'Ze is een heel bijzondere vrouw,' vervolgde hij. 'Haar grootvader was de hofarts van de Britse koninklijke familie, moet je weten, en nogal een geleerde. Volgens mij heeft ze iets van zijn talenten geërfd...'

De deur van het koffiehuis ging piepend open en een forsgebouwde man bewoog zich met logge tred naar het achterste, donkere gedeelte. De twee artsen keken met hetzelfde soort zwijgzame en onbevangen genoegen toe als naar het binnenvaren van een groot zeeschip in de haven. Er was iets buitengewoon boeiends aan de imposante voortgang van de man. Toen hij zat, kruisten Liebermanns en Kanners blikken elkaar – allebei waren ze lichtelijk gegeneerd maar ook geamuseerd dat de ander zich net zo had laten afleiden.

Kanner schudde zichzelf wakker uit zijn afwezigheid. 'En jij bent zeker in de wolken?'

'Hoezo? Hoe bedoel je?' Liebermanns reactie klonk enigszins gespannen – bijna verongelijkt.

'Je bruiloft!' zei Kanner. 'Wanneer is het zover? Hebben jullie al een datum?'

Liebermanns vingers plukten aan de tafelrand.

'Clara wil graag in januari trouwen.' Zijn stem klonk merkwaardig mat. 'Ik denk zelf dat we beter tot het voorjaar kunnen wachten. Dan is mijn positie wellicht wat gunstiger en is het buiten wat zachter, mochten we willen reizen.'

'Nou, nou, Max,' zei Kanner. 'Van de vele bewonderenswaardige eigenschappen die je bezit, staat zelfbeheersing wel bovenaan.'

Liebermann bestudeerde het koffiedik in zijn kopje. Toen hij opkeek, zei hij niets, maar het gefriemel van zijn vingers verried een zekere onrust.

Kanners glimlach verdween en hij boog zich dichter naar zijn vriend toe.

'Wat is er, Max?' Zijn stem werd zachter. 'Je bent zo afwezig.'

Liebermann wapperde met zijn hand.

'Ach nee, Stefan, ik ben alleen een beetje moe. Ik weet niet of die schermlessen in de vroege ochtend wel zo'n goed idee zijn.'

7

De muren waren behangen met bontgekleurde wandkleden waarop een sprookjeswereld stond afgebeeld van gotische kastelen en riddertoernooien. Bij het flakkerende licht van de fakkels sprongen sommige figuren eruit: een groepje roddelende dames met punthoeden, twee jagers en hun honden, een verliefde page die in een poëziebundel verzonken was. Anderen verdwenen in de schaduw. Een van de kleden golfde zachtjes op de warme luchtstroom die uit een kachel in de buurt opsteeg. Desondanks was het er kil en rook het er licht naar vochtige aarde. Er waren geen ramen en een laag gewelfd, stenen plafond gaf de kelder iets uitgesproken benauwds.

Tegenover een houten troon op een verhoging stonden banken die in hoefijzervorm waren neergezet. De troon was van eikenhout en had zware leuningen die versierd waren met gekruld houtsnijwerk. De rugleuning liep naar boven in een punt toe, als een bisschopsmijter, en net onder de top was de 'Ur', de rune die lijkt op de Griekse letter *pi*, in een in reliëf aangebrachte cirkel gekerfd. Achter de troon hingen paarse gordijnen die eerbiedwaardigheid en luister suggereerden.

Gustav von Triebenbach was de middelbare leeftijdsfase al gepasseerd, maar was nog kwiek en stak met kop en schouders boven zijn metgezellen uit. Zijn dikke wenkbrauwen krulden naar boven en gaven hem de ernstige en verbaasde uitdrukking van een uil. Als hij niet praatte, werd zijn mond volledig bedekt door zijn woeste snor.

'Ik heb vanmiddag een briefje van raadslid Hannisch gekregen,' zei Von Triebenbach. 'Hij was zeer optimistisch.'

'Is de uitnodiging geaccepteerd?' vroeg Andreas Olbricht, die grote moeite moest doen om zijn opwinding te verbergen.

'Onze goede vriend het raadslid heeft de vrouw van de grote man gisteren gesproken... en ik heb begrepen dat hij zelf van plan was –

toen in ieder geval nog wel – om ons vanavond de eer te gunnen van zijn aanwezigheid.'

'Prachtig,' zei Olbricht. Hij had een ingevallen neus waardoor zijn ogen ongewoon ver uit elkaar leken te liggen. Als hij lachte, kwamen er twee rijen bijzonder kleine tanden tevoorschijn die aan de bovenkant nogal ruw en ongelijk waren. Vanuit zijn mondhoeken liepen diepe lijnen, waardoor hij er aanzienlijk ouder uitzag dan zijn tweeënveertig jaar.

'Wat een ruggengraat, wat een karakter!' zei de andere metgezel van Von Triebenbach.

'Dat is zeker, professor,' antwoordde Von Triebenbach.

'Hoezo?' vroeg Olbricht en hij keek van de professor naar Von Triebenbach en weer terug. 'Het weer kon beter, dat geef ik toe, maar de wegen zijn goed begaanbaar.'

'Nee, nee, mijn beste,' zei de professor. 'Je begrijpt me verkeerd. Ik had het niet over het weer. Onze gast heeft onlangs nog een zware operatie ondergaan, moet je weten. Vanwege staar.' De professor keek Von Triebenbach aan. 'Ik ken de chirurg.' Om er vervolgens tegen Olbricht aan toe te voegen: 'Hij is nog herstellende.'

Professor Erich Foch was medicus, maar zag er eerder uit als een begrafenisondernemer. Hij was broodmager en leek geen enkel kledingstuk te bezitten dat niet geschikt was voor een uitvaart.

'Uit het feit dat hij bereid is om zijn ziekbed te verlaten – op een avond als deze – om ons het profijt van zijn wijsheid en geleerdheid te gunnen blijkt zijn waardering voor ons,' zei Von Triebenbach.

'Een waar woord,' zei de professor instemmend. 'Van alle soortgelijke broederschappen in Wenen heeft onze Orde vast een bijzonder plaatsje in zijn hart.'

'Hebt u zijn laatste pamflet gelezen?' vroeg Olbricht aan de medicus.

'Tot mijn spijt moet ik bekennen van niet,' zei de professor met een enigszins beschaamde blik. Maar hij verontschuldigde zich meteen met de woorden: 'Vanwege mijn werkzaamheden aan de universiteit... verplicht en onafzienbaar in aantal.'

'Het is een voorbereidend onderzoek naar de herkomst van onze prachtige taal,' zei Von Triebenbach, waarmee hij zijn jongere metgezel een stap voor was. 'Een prachtig staaltje van zijn eruditie.'

'In dat geval hoop ik ten zeerste dat we vanavond meer over dat onderwerp zullen horen,' zei de professor. Met die woorden draaide hij zich om en liep naar de dichtstbijzijnde bank. Hij had een ouderwetse, geklede jas aan en hield zijn handen ineengevouwen op zijn rug. De manier waarop hij liep had iets uitgesproken vogelachtigs, wat hem in combinatie met zijn kledingkeuze iets van een grote rondstappende kraai gaf. Aangekomen bij de bank ging hij zitten en haalde een envelop uit zijn zak. Hij maakte hem open, haalde er een velletje papier uit en begon de brief te lezen.

'Ik geloof dat een felicitatie op zijn plaats is?' zei Von Triebenbach, die zich naar Olbricht toe had gebogen. Dat was wellicht een verzoeningsgebaar, omdat hij de jongeman zojuist de gelegenheid had ontnomen zijn belezenheid te demonstreren.

'O?' zei Olbricht vragend en hij keek Von Triebenbach met zijn grote, kikkerachtige ogen aan.

'Met de opdracht.'

Olbricht ontblootte opnieuw zijn hoekige tandjes tot een lach.

'Hoe weet u dat?'

'Ik doe zaken met Herr Bolle,' antwoordde Von Triebenbach.

'Aha,' zei Olbricht. 'Dan begrijp ik het. Ja, Herr Bolle heeft een groot doek voor zijn buitenhuis besteld. Ik heb de opdracht gekregen dankzij de vriendelijke hulp van mijn beschermvrouwe, barones Von Rautenberg. Zij speelt kaart met Frau Bolle.'

'En wat wordt het onderwerp van uw nieuwe werk?'

'Daar ben ik nog niet helemaal uit, maar Herr Bolle heeft aangegeven dat het een scène uit *De ring* moet zijn.' Von Triebenbach knikte tevreden. 'De goden in een zee van vuur, de rit van de Walkuren of misschien Siegfried op de brandstapel.'

'Schandalig!' riep de professor uit.

Von Triebenbach en Olbricht keken verbaasd op, omdat het leek alsof de professor – geheel tegen de verwachting in – bezwaar had tegen de esthetische voorkeuren van Herr Bolle. Dat misverstand werd door Foch echter al snel de wereld uit geholpen. Hij stak de brief die hij had zitten lezen in de lucht en scheurde hem met korte rukjes in de lengte door.

'Die was van de decaan van de medische faculteit,' snoof hij. 'Niet te geloven! Ik word berispt vanwege de manier waarop ik met mijn studentes omga.'

Von Triebenbach en Olbricht wisten nog steeds niet hoe ze moesten reageren.

'De faculteit had het nooit moeten toestaan!' vervolgde de professor. 'Vrouwelijke artsen! Wat een onzin! Ik heb ze verteld dat vrouwen niet toegerust zijn voor de eisen die een medische opleiding stelt, maar daar hebben ze niet naar geluisterd. Vrouwen zijn zwak, overgevoelig... je kunt van hen niet verwachten dat ze een borstkas openen zonder flauw te vallen! En het is toch ook niet gepast dat een jonge vrouw – van goeden huize – wordt blootgesteld aan die delen van de mannelijke anatomie die haar vóór haar huwelijksnacht eigenlijk niets aangaan?'

De professor scheurde de brief in vieren, stond op en beende naar de kachel waar hij elk van de vier stukken door het rooster wierp.

'Ik ben het van harte met u eens, professor,' zei Von Triebenbach. 'Ik zou mezelf nooit onderwerpen aan de vernederende ervaring om onderzocht te worden door een vrouw, hoe bevoegd die daartoe ook moge zijn. Maar waarvoor wordt u precies berispt?'

'Ik heb de enorme pech,' antwoordde de professor, 'dat ik in mijn practica een aantal van die nieuwe vrouwelijke studenten heb. Dat is verduiveld lastig! Zodra ze een druppel bloed zien, verbleken ze, worden ze angstig en leiden ze de aandacht van de mannelijke studenten af. Als gevolg daarvan heb ik ze er al tot vijf keer toe uit moeten sturen. Maar je weet hoe dat gaat, die vrouwen – meisjes zijn het eigenlijk – beweren dat het ze helemaal niet te veel werd en dat ik de situatie verkeerd heb ingeschat. Ik – al dertig jaar arts – zou me vergist hebben. En die idioot van een decaan en zijn kompanen zijn zo stom, zo debiel, om die verachtelijke lasterpraat serieus te nemen.'

'Schokkend gewoon,' zei Olbricht, 'dat zo'n vooraanstaand man als u, professor, met zo weinig respect wordt behandeld.'

'Verdomde hypocrieten!' riep de professor. 'Eigenlijk zijn de decaan en zijn kompanen net zo tegen het nieuwe toelatingsbeleid van de faculteit als ik. Maar omdat het zulke ruggengraatloze stroopsmeerders zijn, geven ze bij het minste beetje politieke druk al toe.'

Von Triebenbach schudde zijn hoofd. 'Neem maar van mij aan dat deze stad rampen en onheil uitlokt. Ik hoop met heel mijn hart dat we nog niet te laat zijn, anders vrees ik dat we de ondergang tegemoet gaan.'

Na Von Triebenbachs woorden klonk er een zacht, roffelend geluid, een holle galm die steeds luider werd. Er kwam iemand de trap af. Bij het harder klinken van iedere haastige stap verstrakten de mannen enigszins en namen ze een verstarde, afwachtende houding aan. De deurklink ging omlaag, de deur achter in de kamer zwaaide open en een jonge man verscheen in de deuropening. Hij had een bruin pak aan en een geelgroen geruite sjaal losjes om zijn hals geslagen. Zijn lange haar was naar achteren gekamd en zo blond dat het bijna wit was. Onder zijn linkerarm droeg hij een portfolio. Toen hij de kamer binnenkwam, strekte hij zijn rechterarm en riep hij *Heil und Sieg!*'

Als één man beantwoordden de aanwezigen de klassieke groet en strijdkreet.

De jongeman liep om de banken heen, de centrale open ruimte van het hoefijzer in. Hij knikte naar Olbricht en de professor en vroeg toen aan Von Triebenbach: 'Is het echt waar? Komt hij vanavond?'

Von Triebenbach legde zijn hand vaderlijk op de schouder van de jongen.

'Dat hopen we.'

Hermann Aschenbrandt veegde een handvol platinablonde lokken van zijn voorhoofd weg.

'Dat is schitterend nieuws. Schitterend.' Hij keek naar Olbricht en de professor. 'Dat is echt boffen.' En vervolgens wendde hij zich weer tot Von Triebenbach en voegde daaraan toe: 'Meneer de baron, mag ik u dan iets vragen? Mag ik als de vergadering afgelopen is de ouverture van mijn opera voor hem spelen? Die is gebaseerd op zijn magistrale roman *Carnuntum*. Dat zou veel voor me betekenen. Heel veel.'

Aschenbrandts ogen waren helder kobaltblauw. De gretigheid spatte ervan af. Hij was ademloos van opwinding.

Von Triebenbach vond de energie en geestdrift van zijn jonge gunsteling zoals altijd vermakelijk, gooide zijn hoofd in zijn nek en lachte hartelijk.

'We kunnen het hem vragen, beste vriend. En misschien is hij wel zo goed om naar je werk te luisteren. Hij is een grootmoedig mens.'

Aschenbrandt zuchtte diep, zodat zijn borst uitzette.

'Dat zou veel voor me betekenen,' herhaalde hij en zijn dunne lippen krulden zich tot een enigszins scheve lach.

8

Rheinhardt stelde het hoogste register van zijn stem met een ambiti-
euze gebroken drieklank op de proef. Hij hield de bovenste noot even
vast en trok toen een zuur gezicht.

'Nee,' zei hij. 'Er is echt iets mis. Zodra ik boven de eengestreepte c
kom, is het vals.'

'Zou het door de kou komen?' vroeg Liebermann.

'De kou?'

'Ja, de kou. Het weer zal toch niet aan je aandacht zijn ontsnapt,
Oskar?'

'Nee, dat niet,' zei Rheinhardt, die opnieuw zijn tanden in de hals-
starrige hoge e zette. 'Maar ik zou intussen toch wel opgewarmd moeten zijn?'

'Er is geen gevoeliger instrument dan de menselijke stem,' verklaarde Liebermann.

'Daar heb je vermoedelijk gelijk in,' mompelde Rheinhardt.

'Misschien moeten we maar eindigen met iets...' Liebermann liet
zijn vingers een eenvoudige c-groot drieklank vinden. '... niet te veel-
eisends. Iets wat een beetje vriendelijker is voor je stembanden?'

'An die Musik?' stelde Rheinhardt voor.

Liebermanns uitdrukking veranderde: een lichte, bijna onmerkba-
re verstrakking van de kaak die tegenzin uitdrukte. Dat was niet omdat Liebermann Schuberts toonzetting van Schobers lofzang op de
'gezegende kunst' van het musiceren niet mooi vond. Eerder het tegendeel. De woorden drukten gevoelens uit die hij zo diep, zo grondig ervoer dat het lied voor hem de kenmerken van een gebed had.
An die Musik spelen was een soort persoonlijke geloofsbelijdenis. Als
Rheinhardts stem last had van de kou, wilde hij daarmee dit lied niet
bederven, dat zou bijna heiligschennis zijn.

'Goed, goed,' vervolgde Rheinhardt, toen hij het gezicht van zijn

49

vriend zag betrekken. 'Wat dacht je dan van... *Litanei auf das Fest Aller Seelen.*'

Dat was een andere compositie van Schubert, in dezelfde sfeer als *An die Musik*, maar op een tekst van de dichter Johann Georg Jacobi.

Liebermann zocht tussen de muziek op zijn standaard naar de Schubertverzameling en zette die voorop. Hij bladerde door de bundel op zoek naar de juiste pagina.

'*Aller Seelen...*' zei hij afwezig. 'Is dat niet ergens rond deze tijd?' Hij kon de data van de joodse feestdagen al nauwelijks onthouden, laat staan die van de katholieke kerk, maar had het vage idee dat Allerzielen ergens aan het begin van de winter viel.

'Klopt,' zei Rheinhardt. 'Over een paar weken, op 2 november.'

'Hier heb ik het,' zei Liebermann en hij streek de pagina glad. Bij de pianopartij stonden met potlood aantekeningen, waar Liebermann de vingerzetting en frasering iets had aangepast.

De jonge arts keek op naar zijn vriend om te zien of hij klaarstond en begon toen. De muziek riep meteen een sfeer van verhevenheid en langzame vooruitgang op. Rheinhardt deed zijn mond open en met zijn handen op zijn hart zong hij zacht:

'Ruh'n in Frieden alle Seelen'
(Alle zielen rusten in vrede)

De begeleiding zwierf langs een stuk of wat kunstige harmonische modulaties, die de melodie nog indringender maakten. Hoewel de muziek heel vredig klonk, leken de akkoordwisselingen een onderliggend, kwellend verdriet te suggereren. Rheinhardts stem werd zekerder, beheerster, en hij haalde de hogere noten zonder veel moeite. Liebermann stond te kijken van de plotseling veel betere toon. Hij was nog dieper onder de indruk toen Rheinhardts bariton boven de begeleiding uit zweefde en een moment van haast onverdraaglijke lieflijkheid kende – schijnbaar los van al het lijden op aarde. Zoals wel vaker bij Schubert was dit moment van transcendente visie echter van korte duur en dwong de muziek Rheinhardt eerst één noot, toen nog een en nog een op te geven, tot de dalende reeks bij een langer aangehouden cesuur eindigde. Het was een blijk van Schuberts genialiteit dat hij in het eerste couplet één maat van ijzingwekkende stilte – stil als de dood, koud als de eeuwigheid – inlaste.

Toen Liebermann opkeek om te zien of zijn vriend klaar was om weer te beginnen, zag hij dat de tranen Rheinhardt in de ogen stonden. De inspecteur was in een ongewone vervoering, maar was zich nog wel zo bewust van zijn omgeving dat hij Liebermanns aandacht opmerkte. Rheinhardt drukte opnieuw zijn hand tegen zijn hart en vulde de kamer met de klagende melodie.

'Ruh'n in Frieden alle Seelen.'

Rheinhardts vertolking van het volgende couplet was nog indrukwekkender. Toen Liebermann het laatste akkoord had gespeeld, tilde hij zijn handen van de toetsen en boog respectvol het hoofd. Rheinhardt snufte even en Liebermann gunde zijn vriend de tijd om de tranen uit zijn ogen te vegen. Het gebeurde wel vaker dat Rheinhardt – evenals Liebermann trouwens – tot tranen geroerd werd door muziek, maar deze keer waren de tranen zo plotseling, en zo onverwacht, dat de jonge arts zich onwillekeurig afvroeg wat daarvan de reden was.

'Nou, Oskar,' zei Liebermann, terwijl hij het liedboek dichtklapte en zijn vriend nog steeds niet rechtstreeks aankeek, 'je hebt je stem aan het eind absoluut nog even teruggevonden. Dat was voortreffelijk gezongen...'

'Dank je, Max,' zei Rheinhardt. 'Op de een of andere manier was hij er opeens weer.'

De inspecteur klonk een beetje verbaasd.

Zoals ze aan het eind van elk muziekavondje gewend waren, liepen de mannen door de dubbele deuren naar de gelambriseerde rookkamer. Liebermanns bediende Ernst had daar al discreet zijn werk gedaan. Het haardvuur loeide en op Liebermanns nieuwe, uiterst modern ogende Mosertafel had de bediende een karaf cognac neergezet, kristallen glazen en twee vers geknipte sigaren. Naast de tafel, een holle zwarte kubus met een ebbenhouten blad, stonden twee wat traditionelere leunstoelen. Rheinhardt liet zich in de rechterstoel zakken en Liebermann in de linker. Hun beider plaatskeuze, waarover nooit werd onderhandeld of gesproken, was even onveranderlijk als de slaaphouding van een lang getrouwd stel.

Liebermann schonk de cognac in en bood zijn vriend een sigaar aan. Ze babbelden wat en daarna leunden de mannen achterover en staarden in het vuur. Er verstreken enkele minuten en de wolk scherp geurende sigarenrook die in de kamer hing werd steeds dikker. Uiteindelijk nam Liebermann het woord.

'Ik twijfel er niet aan, Oskar, dat je van plan bent me vanavond te raadplegen omtrent een moordzaak. Ondanks de vele jaren die je al bij de recherche werkzaam bent, geloof ik dat ik er niet ver naast zit als ik zeg dat lijken je nog altijd erg van je stuk brengen. In dit geval denk ik echter dat je getuige bent geweest van een tafereel dat nog verontrustender was dan anders. Het zou zelfs goed kunnen dat je niet slechts één, maar twee slachtoffers van moord hebt moeten onderzoeken. Als dat niet zo is, heb je in ieder geval te maken gehad met meer dan één lichaam. Het precieze aantal is lastig te bepalen, maar ik denk... twee. Ik ben er absoluut zeker van dat die lichamen ten eerste vrouwelijk waren, ten tweede jong en ten derde dat die jonge vrouwen om het leven zijn gekomen door opvallend veel geweld.'

Rheinhardt nipte van zijn cognac en zei: 'Niet slecht, Max. Helemaal niet slecht.'

'Klopt er ergens een detail niet?'

'Het aantal lichamen.'

'Aha. Dus het waren er meer dan twee?'

'Inderdaad. Het waren er vier.'

'Víér?' riep Liebermann ongelovig uit.

'Ja. En hoewel je correct had gededuceerd dat de meesten van hen jong waren, was de eerste dat niet. Zij was van middelbare leeftijd.'

Liebermann blies een wolk sigarenrook uit. Hij keek lichtelijk teleurgesteld.

'Kom op,' zei Rheinhardt. 'Je had het helemaal goed, op een paar kleine details na. Ik ben inderdaad op een plaats delict geweest met verschillende, door bruut geweld om het leven gebrachte slachtoffers en die waren inderdaad, zoals jij al had vastgesteld, allemaal van vrouwelijke kunne. Hoe wist je dat?'

'Tja...' antwoordde Liebermann. 'Mijn aandacht werd getrokken doordat het opeens zoveel beter ging met je stem. Je beweerde dat je moeite had om toon te houden in het hogere register, maar ik moet zeggen – met het grootste respect – dat elk aspect van je zang vanavond gebrekkig en moeizaam was.'

'Dat ben ik helemaal met je eens,' zei Rheinhardt en hij schudde berouwvol zijn hoofd.

'Het leek alsof je keel dichtgesnoerd zat,' vervolgde Liebermann. 'Ik schreef het toe aan het koude weer, maar je vertolking van Schuberts *Litanei auf das Fest Aller Seelen* was zo wondermooi, zo prachtig, zo perfect, dat ik vraagtekens zette bij mijn eerdere theorie. Als je stem echt te lijden had gehad van de kou, zou hij niet zo plotseling hersteld zijn. Vervolgens vroeg ik me af of dat dichtgesnoerd zijn misschien te wijten was aan een psychologische factor. Het is je vast ook wel eens opgevallen dat als mensen zenuwachtig zijn of onder spanning staan ze een dunne stem krijgen? Ik veronderstelde dat er iets soortgelijks bij jou aan de hand was. Door je op de muziek te richten kon je een herinnering – een verontrustende herinnering – uit je bewustzijn verdringen, maar die deed zich wel nog steeds gelden, veroorzaakte nog steeds een zekere spanning die groot genoeg was om de kwaliteit van je stem te beïnvloeden.

Ter afsluiting van ons concertje koos je Schuberts *Litanei auf das Fest Aller Seelen*, waarvan het onderwerp zoals de titel al aangeeft "zielen" zijn – meervoud, dus – die de wereld verlaten om "eeuwige rust" te vinden. Daaruit leidde ik af dat je onlangs meer dan één dode had gezien en dat die ongelukkigen het slachtoffer waren geweest van veel geweld. Waarom zou je anders zo graag willen dat ze "eeuwige rust" zouden vinden?

De combinatie van Schuberts muziek en Jacobi's woorden zorgde ervoor dat je gevoelens kon uiten die tot dan toe onderdrukt waren geweest en daardoor leidde het lied tot een catharsis en werd je stem onmiddellijk in zijn oude luister hersteld.'

Rheinhardt keek stomverbaasd. 'Toch lijk je je gevolgtrekkingen op een onjuiste veronderstelling te baseren, namelijk dat ik me Jacobi's tekst woord voor woord zou hebben herinnerd en dat is niet het geval. *Ruh'n in Frieden alle Seelen, die vollbracht ein banges Quälen...*

die... Nee, zie je? Ik weet het niet meer. Ik geef toe dat het lied griezelig toepasselijk is, met het oog op mijn recente ervaringen. Maar toen ik het uitkoos had ik daar geen andere reden voor dan de schijnbare technische tekortkomingen van mijn stem.'

'Hoe vaak moet ik je er nu nog aan herinneren, Oskar,' zei Liebermann, 'dat het onbewuste nooit iets vergeet? Het feit dat jij je de tekst op dit moment niet kunt herinneren, betekent nog niet dat hij daar...' hij wees met zijn sigaar op Rheinhardts hoofd, 'niet ergens zit.'

Rheinhardt kneep in de uiteinden van zijn snor.

'Hoe kwam je erbij dat het om twee lichamen ging?'

Liebermann nam een teugje van zijn cognac en boog zich met een bezorgde blik dichter naar zijn vriend toe.

'Het ontging me niet hoe geroerd je door het lied was...'

'Dat is zo,' zei Rheinhardt. 'Mijn borst leek bijna te knappen van emotie.'

'Daardoor vroeg ik me af: wat zou zo'n krachtige emotie bij mijn vriend kunnen opwekken? En ik kwam tot de conclusie dat de moord een snaar moest hebben geraakt doordat hij je deed denken aan iets wat van groot persoonlijk belang voor je is. En ik ging ervan uit dat niets de gevoelens van een vader van twee dochters meer zou kunnen raken dan het overlijden van twee jonge vrouwen. Maar wat dat betreft heb ik me dus blijkbaar vergist.' De teleurgestelde blik keerde weer terug, maar maakte bijna meteen weer plaats voor een andere toen Liebermann uitriep: 'Maar misschien kan ik dat toch nog een beetje goedmaken. Het lied dat je uitkoos was een litanie voor het feest van Allerzielen. Let wel, Állerzielen, van álle zielen. Het woord "alle" suggereert de wens om alle mensen in je gebeden op te nemen – de hele mensheid, de mensheid in haar totaliteit. Dat wekt bij mij het vermoeden dat de lichamen die jij hebt aangetroffen van personen waren die normaal gesproken uit de maatschappij worden geweerd. Een soort paria's? Uit medelijden wilde jij hen weer opnemen in de kudde...' Rheinhardt knikte, maar zei niets. 'In dat geval,' vervolgde Liebermann, 'zouden die moorden wel eens kunnen hebben plaatsgevonden in een bordeel!'

'Fenomenaal!' riep Rheinhardt uit. 'Heel goed! De lichamen zijn gevonden in een bordeel in Spittelberg.'

Liebermann, wiens zelfvertrouwen nu weer enigszins hersteld was, beloonde zichzelf met een tweede glas cognac.

'Zijn de lichamen al geïdentificeerd?'

'Ja,' zei Rheinhardt. 'De eigenaar van de woning waar de lichamen zijn aangetroffen heeft een rentmeester. Die hebben we zover gekregen dat hij het mortuarium heeft bezocht. Hij had er weinig zin in en dat kan ik hem niet kwalijk nemen – de verwondingen die deze vrouwen zijn toegebracht zijn onbeschrijfelijk. De bordeelhoudster heette Marta Borek. De drie meisjes waren Wanda Draczynski, Rozalia Glomb en het derde meisje heette Ludka. De rentmeester kende haar achternaam niet. Dat is tot nu toe het enige wat we van ze weten.'

Rheinhardt stond op uit zijn stoel en liep naar de boekenkast, waar hij eerder die avond zijn tas had neergezet, een grote, bruine reistas. Hij maakte de gesp los, deed de tas open en haalde er een boekje en een handjevol foto's en papieren uit. Hij liep weer terug naar zijn stoel en gaf het boekje aan Liebermann.

'Dit vond ik in de kamer van het meisje Ludka.'

Liebermann bekeek de opdracht.

'Dat is Jiddisch.'

'Ja: "Voor mijn liefste Ludka van je liefhebbende grootvader". Het is een gebedenboek.'

Liebermann bladerde het door.

'Staat er nog meer in geschreven?'

'Nee,' antwoordde Rheinhardt. 'Ze maakte ongetwijfeld deel uit van het groeiende leger Galicische vrouwen die tegenwoordig stelselmatig als prostituee worden verkocht. Blanke slavernij is tegenwoordig internationale handel. Je vindt Galicische meisjes in de bordelen van Alexandrië, New York, Buenos Aires en Londen. Er zijn zelfs al verhalen over het transport van Galicische vrouwen naar Afrika, China en India.'

'Ze was Joods,' zei Liebermann en er verscheen een lichte frons op zijn voorhoofd.

'Dat klopt. De meeste...' Rheinhardt aarzelde even. 'Nou ja, laten we zeggen, veel van die arme meisjes zijn Joods.'

'Ik had me niet gerealiseerd...' Liebermann maakte zijn zin niet af.

In plaats daarvan wapperde hij met zijn hand en zei: 'Laat maar,' en legde het boek naast de asbak.

'Ik moet je wel waarschuwen,' zei Rheinhardt. 'Dit zijn bijzonder onaangename plaatjes.'

'Ik ben wel wat gewend als arts,' zei Liebermann.

'Maar toch... Zoiets heb je nog nooit gezien, dat verzeker ik je.'

Rheinhardt gaf de foto's aan zijn vriend. Liebermann bekeek de bovenste: de bordeelhoudster, Marta Borek, die in een plas bloed lag. Vervolgens bekeek hij de tweede foto: een close-up van de diepe snee in haar hals. Liebermann werkte de hele stapel werktuiglijk door, zonder lang stil te staan bij de afzonderlijke foto's. Eén keer staakte hij zijn ritme echter om een foto om te draaien – om erachter te komen of hij niet op zijn kop lag. Hij liet hem aan Rheinhardt zien.

'Wat is dat?'

'Een soort kruis. Het was op de muur van de overloop getekend – met bloed.'

'Van wie?'

'Dat kunnen we niet met zekerheid zeggen, maar hoogstwaarschijnlijk dat van Marta Borek. Haar lichaam vonden we het eerst, in een kamer beneden. Er liep een spoor van bloed naar de overloop. Het monster moet speciaal met dat doel een kwast hebben meegenomen!'

Liebermann knikte, dronk het restje cognac in zijn glas op en ging door met het bekijken van de foto's. Zijn gezicht stond strak, zijn kaak was gespannen.

Rijtwonden, sneden, toegetakelde pudenda, een dik snoer van darmen...

Toen hij alle foto's had gezien, legde hij ze op het tafeltje naast het gebedsboek en zei zacht: 'Hier zijn geen woorden voor.'

Rheinhardt overhandigde Liebermann een groot vel papier, waarop de plattegrond van het bordeel in Spittelberg was getekend. De muren waren gearceerd en elke kamer stond vol symbolen: een kwartcirkel om de draaicirkel van een opengaande deur te laten zien, een lange rechthoek voor een tweepersoonsbed, enzovoort. Bij elk object stond een letter en die letters werden verklaard in een legenda: D = deur, B = bed, H = haard. Een smalle gestreepte rechthoek gaf aan waar de trap zich bevond, waarop een pijl getekend was met de tekst 'naar boven'.

'Marta Boreks lichaam is in deze kamer gevonden,' zei Rheinhardt en hij wees de plaats op de kaart aan. 'De kamer aan de andere kant van de hal is een nogal armoedig wachtkamertje. De drie meisjes zijn boven gevonden. Wanda Draczynski lag in de eerste kamer. Zij is degene met de...' Zijn stem haperde.

'Genitale mutilatie?' opperde Liebermann.

'Ja,' pakte Rheinhardt de draad weer op. 'Genitale mutilatie. Rozalia Glomb lag in de tweede kamer – zij is degene bij wie de inhoud van haar buik over het bed verspreid lag. En Ludka is hier gevonden.' Rheinhardt tikte op de plattegrond.

Liebermann bladerde door het stapeltje gruwelijke beelden tot hij bij de foto's van Ludka kwam: een slank meisje dat in haar nachtjapon op de grond lag, met haar rechterarm uitgestrekt en haar vingers om een deken die ze bijna van het bed getrokken had.

'Zij lijkt niet verminkt.'

'Nee, zij is op haar achterhoofd geslagen. Maar dat was genoeg om haar te doden.'

'Wanneer is dit gebeurd?'

'Dinsdag.'

'En hoe laat?'

'Laat in de ochtend of aan het begin van de middag.'

'Waarom lagen al die vrouwen toen in bed?'

'Om die tijd slapen prostituees, Max.'

'O, ja... natuurlijk.' Liebermann keek even gegeneerd, maar vervolgde al snel: 'Ik vraag me af hoe hij, de dader, die gruwelijkheden heeft kunnen begaan. Dat moet toch wel enig lawaai hebben gemaakt? Waarom is niemand van die vrouwen wakker geworden en heeft niemand alarm geslagen?'

'Ik denk dat Ludka dat gedaan heeft,' zei Rheinhardt. 'Daarom heeft zij een klap op haar achterhoofd gekregen. Ze botste bij de deur tegen hem op, draaide zich om en heeft toen de fatale klap gekregen.'

'Maar ik begrijp niet hoe hij...'

'Laat het me even uitleggen,' zei Rheinhardt.

Liebermann leunde achterover in zijn stoel en nam een karakteristieke pose aan: met zijn rechterhand leunde hij tegen zijn wang, drie vingers samengebald, de duim omhoog en de rechtopstaande wijsvinger tegen zijn slaap.

'Ik denk,' vervolgde Rheinhardt, 'dat de dader toen hij bij de voordeur aankwam, zeker wist dat de vrouwen alleen in huis waren. Ik vermoed dat hij het huis al een tijdje had geobserveerd en pas tot actie overging toen hij alle klanten die hij naar binnen had zien gaan ook weer naar buiten had zien komen. Vervolgens klopte hij op de deur, die na enige tijd werd opengedaan door Marta Borek. Hij stak haar in de borst en sleepte haar krachteloze lichaam naar de kamer waar wij haar hebben gevonden. Daarna is hij de trap op gelopen en Draczynski's kamer binnengegaan, waar hij haar in haar slaap de keel heeft doorgesneden om daarna hetzelfde bij Glomb te doen. Intussen was Ludka hoogstwaarschijnlijk wakker geworden en uit haar bed gekomen... Nadat hij zich van Ludka had ontdaan, is de dader naar beneden gegaan en heeft hij Boreks keel doorgesneden. Toen hij weer naar boven ging had hij een kwast bij zich die hij in Boreks bloed had gedoopt. Vervolgens is hij Draczynski en Glomb gaan verminken, maar daarbij werd hij gestoord voor hij aan Ludka kon beginnen.'

'Waardoor?'

'Dat weet ik niet. Een andere bezoeker misschien... Toen is de dader voor de laatste keer de trap af gelopen en heeft hij via Boreks raam het huis verlaten. Achter het huis loopt een steegje.'

'Waar komt dat op uit?'

'Het splitst zich voor het bordeel en komt erachter weer bij elkaar.'

Liebermann schonk zichzelf en de inspecteur nog een glas cognac in.

'Hij moet onder het bloed hebben gezeten,' zei Liebermann. 'Doorweekt. Hij kan zich zo niet buiten het huis hebben vertoond, zelfs niet in het relatief rustige Spittelberg. Hij moet zich voor vertrek hebben verkleed.'

'Er zijn geen weggegooide kleren in de buurt gevonden.'

'In dat geval moet hij een koffer of een tas of iets dergelijks bij zich hebben gehad.'

Liebermann pakte de foto's weer op en zocht die van de close-up van Boreks keel.

'De snee is zo diep; ze is bijna onthoofd. De dader moet een enorm mes hebben gehad, of misschien zelfs een zwaard. Bij de autopsie opperde professor Mathias dat het met een sabel kon zijn gedaan, wat een uiterst relevante observatie lijkt. Spittelberg ligt tussen twee kazernes in en het bureau van Marta Borek zat vol schuldbekentenissen van militairen.'

'Als zou blijken dat dit bloedbad het werk is van een van de soldaten van Zijne Majesteit...'

'Dan zou dat de keizer met ontzetting vervullen!'

Liebermann bladerde nog eens door het stapeltje en schudde zijn hoofd.

'Alleen een man die al ervaring heeft met doden kan zoveel mensen met zo'n meedogenloze doeltreffendheid uit de weg ruimen, lijkt me.' Liebermanns vinger tikte tegen zijn rechterslaap. 'Dit is zeker het werk van een persoon die gewend is bloed te zien.'

'Het doet me denken,' zei Rheinhardt, 'aan de beroemde Whitechapelmoorden.'

'O?'

'Jij bent te jong om je die te herinneren, maar ze veroorzaakten destijds overal ter wereld ophef. Ze vonden plaats in een van de armste buurten van Londen en werden toegeschreven aan een man die de Engelsen Jack the Ripper noemen.'

'Ach, ja,' zei Liebermann. Die naam had hij eerder gehoord. 'Ik geloof dat die zaak beschreven staat in de nieuwste editie van Krafft-Ebings *Psychopathia Sexualis*.'

'De slachtoffers van de Ripper,' vervolgde Rheinhardt, 'waren eveneens prostituees en hij had ook de gewoonte hen te verminken en hun inwendige organen te verwijderen. De ware identiteit van de moordenaar is nooit aan het licht gekomen, maar ik herinner me nog wel dat sommige verslaggevers opperden dat de slachtoffers door een arts moesten zijn vermoord.'

'En hij is nooit gevonden, zei je?'

'Nee.'

'En wanneer hebben die moorden plaatsgevonden?'

'Even denken.' Rheinhardt telde in zijn hoofd terug. 'Een jaar of dertien, veertien geleden.'

De twee mannen keken elkaar aan, trokken hun wenkbrauwen op en schudden tegelijk het hoofd.

'Nee,' zei Liebermann met een ongemakkelijk lachje. 'Toch vraag je je onwillekeurig af hoe het met zo'n monster is afgelopen...'

De jonge arts bood zijn vriend nog een sigaar aan, die Rheinhardt dankbaar aannam. Zwijgend staarden ze in de vlammen, allebei diep in gedachten verzonken. Af en toe haalde Liebermann een foto uit het stapeltje om die nog wat beter te kunnen bekijken. Na enkele minuten wendde hij zich tot Rheinhardt en zei: 'Dit is duidelijk geen gewone moord. De gruweldaden van deze dader liggen te ver verwijderd van de gebruikelijke criminele drijfveren van hebzucht, afgunst en wraak. Zijn motieven zijn gestoord en duister, maar toch valt er voor de moderne psycholoog wel het een en ander te duiden.'

Liebermann drukte zijn sigaar uit in de asbak.

'Deze dader haat vrouwen of, om wat preciezer te zijn, de seksuele macht van vrouwen. Dat verklaart zijn keuze van prostituees als slachtoffer. Ook koos hij ervoor de gebieden van hun lichaam die met de voortplanting te maken hebben te verminken: de genitaliën en de buik. Hij had er niet genoeg aan om die jonge vrouwen alleen te vermoorden. Hij moest hun geslachtsorganen volledig vernietigen. Ik vermoed dat hij seksueel onervaren is – mogelijk impotent – sociaal onhandig en op enig moment in zijn leven erg te lijden heeft gehad onder een verliefdheid op, of afwijzing door een vrouw. Maar meteen al terwijl ik dit zeg, besef ik dat mijn beschrijving hopeloos tekortschiet. Er moet veel, veel meer achter zitten...'

'Ga door,' zei Rheinhardt.

'De enorme gewelddadigheid,' vervolgde Liebermann, 'lijkt een veel dieperliggende achtergrond te verraden – de invloed van vroege herinneringen. Er is hem in zijn kindertijd iets overkomen, iets traumatisch, wat aan het erotische instinct raakte, maar ook zijn karakter heeft gevormd. Wat er ook is gebeurd, hij geeft vrouwen de schuld.'

Rheinhardt haalde zijn opschrijfboekje tevoorschijn en noteerde enkele van Liebermanns opmerkingen. En terwijl hij daar nog mee bezig was, zei hij: 'En wat denk je van dat kruis met die geknakte poten? Waarom heeft hij in vredesnaam de moeite genomen om dat op de muur te schilderen?'

'Aanvankelijk dacht ik dat de dader misschien op een of andere religieuze kruistocht is, dat hij denkt dat hij een werktuig van God is en opdracht heeft gekregen om Wenen van morele onzuiverheden te ontdoen. Maar als dat het geval was, zou ik een conventioneler kruis hebben verwacht – één lange verticale streep met een kortere horizontale erdoorheen. Daarom denk ik nu dat dit symbool eerder een persoonlijke dan een religieuze betekenis heeft. Het is als het ware zijn visitekaartje. Ik denk daarom ook dat hij sociaal onhandig of incapabel is. Een onbeduidend iemand, die geen echte status geniet en niets heeft bereikt, is er vaak toe geneigd een merkteken – zijn initialen of een ander soort identificatie – achter te laten, het ergens op een openbare plek te krassen. Het is zijn enige manier om een stempel op deze wereld te drukken, zijn enige nalatenschap. Van dat soort graffiti kun je verschillende voorbeelden vinden in de toren van de kathedraal... In die zieke geest van hem heeft deze gruweldaad', Liebermann tikte op de foto's, 'de proporties aangenomen van een prestatie, een eervolle prestatie waarvoor hij naar erkenning smacht en die ook eist. Hij kon niet weggaan zonder zijn "kunstwerk" te signeren. Het vreemde kruis is zijn handtekening.'

Rheinhardt legde het stompje van zijn sigaar in de asbak en pakte de foto's weer terug.

'Zeg, Oskar,' zei Liebermann, 'heeft hij in al dat bloed nergens voetafdrukken achtergelaten?'

Rheinhardt schudde van nee.

'Het is dus misschien iemand die op de hoogte is van de werkwijze van de politie?'

'Daar lijkt het wel op.'

Rheinhardt voelde ergens in zijn hoofd iets zeuren – een vage herinnering die hij niet helemaal kon plaatsen. Hij fronste zijn voorhoofd en draaide weer aan zijn snor.

'Wat is er?' vroeg Liebermann, toen hij zag hoe hard zijn vriend zich mentaal inspande.

'Niets,' zei Rheinhardt. Hij keek Liebermann met zijn melancholieke, omwalde ogen aan. 'Hij zal het hier niet bij laten, hè?'

'Nee,' zei Liebermann, die er weinig woorden aan vuilmaakte. 'En hij zal er ook niet lang mee wachten, verwacht ik.'

9

Het vertrek was vol en het geroezemoes van gesprekken gonsde door de lucht. De aanwezigen waren keurig, maar sober gekleed en zaten op de in hoefijzervorm geplaatste banken. De stemming was dezelfde als die in een theater vlak voor het doek opgaat, maar ook als in een kerk: een vreemde combinatie van spanning en eerbied. Voor de voorste rij, vlak bij de houten troon, stonden professor Foch, Andreas Olbricht en Hermann Aschenbrandt. De professor haalde zijn horloge uit zijn vestzakje, klapte het deksel open en keek hoe laat het was.

'Hij is te laat,' zei Olbricht.

'Ja,' antwoordde de professor onbewogen.

De deur achter in het vertrek knarste open en een gedrongen, gezette man kwam binnen. Zijn wangen gloeiden en hij was duidelijk in opperbeste stemming. Hij lachte breed en stralend. Hij bleef staan om de hand te schudden van een of twee leden van het gezelschap en knikte nadrukkelijk in reactie op hun vragen.

'Hannisch kijkt opgewekt,' zei Olbricht.

'Dan zal híj wel gearriveerd zijn,' zei Aschenbrandt.

Kort daarna ging de monotone dreun die eerder in de kamer hing over in het ruisende gesis van fluisterstemmen. Sommige woorden en zinnen klonken wat luider.

'Hij is er...'

'Genie...'

'Grootsheid...'

'Reputatie...'

De gezette man ging op een stoel zitten die voor hem was vrijgehouden aan het andere einde van het hoefijzer en wuifde ter begroeting naar de professor, die dat beantwoordde met een kort neerwaarts rukje van zijn hoofd, als een pikkende vogel.

Plots ging de deur opnieuw open en riep een stem: 'De eerste opzichter van de Orde van het Oervuur.'

Het gezelschap stond op. Gustav von Triebenbach kwam het vertrek binnen in een statige rode mantel afgezet met hermelijn. Hij had een versierde staf in zijn hand, waarmee hij zich afzette als een gondelier die zijn boot voortduwt. Von Triebenbach werd gevolgd door een dienaar in livrei, die zijn rechterarm door de linkerarm van een opvallende metgezel had gestoken, een man van in de vijftig met een slordige lange grijze baard en een enorme, detonerende, borstelige zwarte snor. Hij had een vrij vormeloze fluwelen platte muts op, die niet misstaan zou hebben op het hoofd van een hoveling uit de Renaissance. Het meest opmerkelijke aan zijn verschijning waren wel de stroken verband die om de bovenste helft van zijn hoofd waren gewikkeld. Niets van zijn gezicht boven het puntje van zijn neus was daardoor zichtbaar.

Terwijl de drie mannen naar voren liepen, begon de broederschap te klappen, een enthousiast onthaal dat in het afgesloten gewelf luid weergalmde.

De bediende in livrei wilde de man in het verband op de houten troon helpen, maar die aarzelde: een plotselinge beweging van zijn handen, die wanhopig in de leegte graaiden, leek te duiden op een moment van angstige onzekerheid. Uiteindelijk kreeg hij het echter toch voor elkaar om zich tussen de gekrulde leuningen te laten zakken, waarop de bediende in livrei zich met een buiging terugtrok.

Von Triebenbach stond voor in het vertrek en hief zijn rechterarm.

'Heil und Sieg!'

Het gezelschap beantwoordde het gebaar en herhaalde de oorlogskreet.

Toen het applaus wegstierf, gingen de mannen weer zitten en al snel was het stil. Von Triebenbach maakte een buiging en sprak op plechtige toon: 'O oerlicht, vergun ons uw troost, zegen onze woning en zuiver ons bloed. Verlos ons van de obstakels en hinderlagen van onze vijanden en omhul ons met het pantser van uw redding.'

De aanwezigen beantwoordden dat met een zacht 'Heil und Sieg'.

Von Triebenbach keek op.

'Broeders... het lot is ons vanavond gunstig gezind.' In het licht van de flakkerende toortsen glommen de griffioenen in de stof van Von Triebenbachs rode mantel. 'Bij de genootschappen die hebben gezworen onze roemrijke erfenis – onze taal, onze kunst, onze waarden – te behouden en te beschermen, is Guido Karl Anton List een vertrouwde naam die zeer veel aanzien geniet. Hij mag onder de grote denkers van onze tijd worden geschaard. Ten behoeve van onze nieuwe leden voel ik me verplicht enige woorden ter introductie te spreken. Ik weet zeker dat de meesten van u het meesterwerk van onze gerenommeerde gast, *Carnuntum*, hebben gelezen, een uitermate indrukwekkende en edele roman. Het is nu een jaar of veertien geleden dat dit invloedrijke werk verscheen en het heeft een niet onbelangrijke rol gespeeld bij het inspireren van zijn vele lezers tot de trotse herontdekking van de nalatenschap van onze voorouders. De auteur wist met *Carnuntum* ook de aandacht te trekken van vele politici, die sinds die tijd zo verstandig zijn traditionele waarden te propageren. Onze eminente gast is verantwoordelijk voor de vorming van twee literaire genootschappen, het Vrije Duitse Genootschap voor Literatuur en het Donaugenootschap, die sindsdien een vrijhaven vormen voor vele schrijvers die anders geen platform zouden hebben gevonden voor hun werk in een stad die is geobsedeerd door ontaarde, modieuze trivialiteiten. Sommigen van de aanwezigen zullen net als ik met grote graagte terugdenken aan de door de Germaanse Bond gesponsorde, schitterende voordracht van het dramatische gedicht van onze eminente gast, *Het ontwaken van de Wala*, die werd bijgewoond door meer dan drieduizend toehoorders.' Er klonk zacht instemmend gemompel. 'Hoewel onze eminente gast nog herstellende is van een oogoperatie – waarvan het succes helaas nog zeer onzeker is – is hij toch zo goed om ons vanavond toe te willen spreken, waarvoor we hem uiterst dankbaar zijn.' Von Triebenbach wendde zich tot de man op de troon en verkondigde: 'Ik, Gustav von Triebenbach, eerste opzichter van de Orde van het Oervuur, heet u, onze hooggeëerde gast, geleerde en skald, van harte welkom.'

De man knikte en Von Triebenbach ging naast professor Foch zitten, aan het uiteinde van de bank die het dichtst bij de troon stond.

'Eerste opzichter, vrienden en broeders, dank u zeer,' zei de man in het verband en zijn stem klonk enigszins droog en schor. Hij hief zijn hand.

'Heil und Sieg.'

'Heil und Sieg,' klonk het ten antwoord.

'Mijn goede vrienden,' zei List en hij spreidde zijn armen in een smekend gebaar. 'U ziet hier een verzwakt man voor u. Ik ben blind – en zal misschien nooit meer zien. Maar vergis u niet. Iemand zonder zicht is niet gespeend van inzicht. Mijn lichaam mag dan zwak zijn, maar om eerlijk te zijn heb ik me nog nooit zo sterk, zo krachtig en zo helder van geest gevoeld. Ik ben nooit zekerder geweest van de fundamentele waarheden die ons denken moeten leiden...'

Lists hoofd bewoog van links naar rechts, alsof hij de ruimte in zich opnam en de aandachtige gezichten van zijn gehoor een voor een bekeek.

'Er is een thema dat veel van onze beroemde verhalen delen.' Zijn stem werd iets luider. 'De belofte van verlossing door lijden. Ik ben tot duisternis veroordeeld, maar ben ook verlost. Mij zijn onthullingen gedaan...'

Olbricht en Aschenbrandt leunden naar voren; de bank kraakte.

'Toen ik nog maar een jongen was,' vervolgde List, 'in mijn veertiende levensjaar, kreeg ik een voorgevoel over mijn lotsbestemming. Ik mocht met mijn vader mee toen hij en zijn vrienden een bezoek brachten aan de catacomben van de Stephansdom. We daalden de trappen af en door alles wat ik zag raakte ik vervuld van een vreemde, geladen energie. Toen we naar de vierde laag afdaalden, ontdekten we de restanten van een altaar. Ik werd overmand door een emotie waarvoor ik zelfs nu nog woorden te kort kom om ze te beschrijven. Ik heb toen plechtig verklaard: "Als ik volwassen ben, zal ik een tempel voor Wotan bouwen." Natuurlijk werd ik uitgelachen en om eerlijk te zijn wist ik ook weinig meer over Wotan dan ik in Vollmers *Mythologisch woordenboek* had gelezen. Maar de sfeer die in de catacombe hing, riep een religieus gevoel bij me op, en intuïtief wendde ik me daarvoor niet tot Christus, maar tot de goden van onze vaderen. De oude goden...'

De spreker wachtte even. Opnieuw wekte hij met de bewegingen van zijn hoofd de indruk dat hij door het verband heen kon zien en zijn gehoor in zich opnam. Olbricht en Aschenbrandt leunden allebei weer achterover, alsof ze door een vreemde kracht werden teruggeworpen, zodra ze in het blikveld van zijn verborgen, blinde ogen kwamen.

'Ik ben de eerste opzichter veel dank verschuldigd voor zijn vriendelijke en grootmoedige woorden over mijn roman *Carnuntum*. Regelmatig wordt mij gevraagd: waar komt zo'n werk toch vandaan? In zekere zin voel ik me een fraudeur als ik het auteurschap claim, omdat ik alleen maar een kanaal ben waardoor *Carnuntum* de wereld in is gekomen. Het werk is echter uit een kiem opgegroeid en ik was getuige van het moment waarop die kiem werd gezaaid...' Een zwakke glimlach zweefde rond zijn lippen. 'Toen ik nog jong was, een jaar of zevenentwintig, was ik op pad met een aantal vrienden om een kilometer of veertig ten oosten van Wenen de zonnewende te vieren in de ruïnes van de Romeinse stad Carnuntum. Die plaats heeft een grote betekenis voor het Duitse volk. Het was immers in Carnuntum dat de Quaden, een dappere en moreel zuivere Germaanse stam, het decadente Romeinse garnizoen versloegen en mettertijd een nieuw Teutoons keizerrijk stichtten. De Quaden waren geen barbaren, maar een nobel ras dat verloren grondgebied terugeiste.

Onze zogenaamde geleerden hebben nauwelijks aandacht besteed aan het schrift van onze Duitse voorvaderen, de runen. Ze hebben al hun wetenschappelijke verhandelingen gebaseerd op de onjuiste en ongegronde veronderstelling dat de Germaanse volkeren geen enkele vorm van schrift kenden en dat hun geschreven letters foutieve kopieen waren van het Latijnse schrift. Maar ze vergissen zich deerlijk!'

Tijdens deze pedagogische zijsprong was Lists stem zeurderig en verongelijkt gaan klinken. Misschien was hij zich ervan bewust dat hij was afgedwaald van zijn voorgenomen verhaal, want hij zuchtte en pakte de draad van zijn relaas weer op.

'Het was een zware tocht, maar we hielden vol. We bleven stug doorklimmen tot ik de *Heidentor* in de verte zwart zag afsteken tegen de horizon – een grote boog die boven ons uittorende. Toen we ons doel hadden bereikt, stak ik het zonnewendevuur aan. Eendrachtig stonden we daar en brachten een dronk uit op de lang vergeten helden van de Quaden... en in de gloeiende sintels van dat heilige vuur legde ik onze flessen in de vorm van de achttiende rune. De sterren glinsterden in de heldere lucht als lichtjes aan de hemel.'

Terwijl hij die woorden sprak, stak List zijn handen in de lucht alsof hij een dringende bede aan een godheid richtte. Zo bleef hij even zitten voor hij zijn handen weer langzaam liet zakken. Toen hij verder sprak, klonk zijn stem minder plechtstatig.

'In de weken na mijn staaroperatie, was ik aan mijn bed gekluisterd, waar mijn enige troost de zorgende hand van mijn dierbare vrouw was en ik ervoer...' Zijn woorden stierven weg. 'Ik ervoer een soort... wakende droom. Opnieuw liep ik op de Heidentor af, waar ik deze keer geen zonnewendevuur ontstak, maar een aanroepingsvuur. Ik tuurde in de dansende vlammen, die bepaalde vormen leken te suggereren – vluchtige patronen die ontstonden en meteen weer verdwenen. Tussen de kronkelende vlammenslierten door bemerkte ik een zekere regelmaat in de vormen – de welvingen en kruising van lijnen, het opduiken van een lichtgevende vrouwengedaante die gaandeweg duidelijker werd. Wat volgde was een ervaring die bijna niet te beschrijven valt... Woorden, normaal gesproken zo effectief, schieten hier tekort. Maar na vele uren van diep nadenken, was de enige conclusie die ik kon trekken dat mijn ervaring er een van mystieke openbaring was geweest.'

De aanwezigen schoven onrustig heen en weer en er werden enkele vragende blikken uitgewisseld.

'Lange uren van oneindig eenzame duisternis hebben mijn ziel bevrijd. Zij heeft door de afgrond gezweefd en was één met de *Weltseele*, de wereldziel. Ik ben een kanaal geworden waardoor heilige kennis stroomt. Ik spreek u vanavond niet toe als een blinde wetenschapper, maar als een profeet. De duizendjarige schemering van het Duitse volk nadert haar einde. Nog tijdens dit tijdperk zullen we de dageraad van een nieuwe gouden eeuw van heldendom meemaken. Laat onze vijanden maar schimpen en spotten – laat ze de traditie maar belachelijk maken... want hun tijd zal spoedig ten einde zijn.'

Onverwacht stonden twee mannen in het midden van de groep op en staken hun handen omhoog.

'Heil und Sieg!' riepen ze en al snel werd de oorlogskreet door alle aanwezigen overgenomen.

10

Nadat de succesvolle bijeenkomst was afgesloten en de spreker met een luid applaus was bedankt, nodigde Von Triebenbach op discrete wijze zijn meest vertrouwde genootschapsleden uit voor een informele afsluitingsbijeenkomst. Tot zijn vreugde kon hij hun meedelen dat hun gast bereid was gevonden daarbij aanwezig te zijn, in de bovengelegen woning van Von Triebenbach. Ze bestegen de stenen trappen die omhoog leidden vanuit de kelder – met zijn honingraat aan kamertjes – naar de begane grond, waar ze de volgende trap op liepen naar de eerste verdieping. Bij Von Triebenbachs deur werden ze verwelkomd door bedienden met kokardes op het hoofd die hen door twee voorvertrekken voorgingen naar een indrukwekkende salon.

Een berg vurige kolen zorgde voor een knappend vuur onder de boog van een grote zwartmarmeren schouw. Op de schoorsteenmantel stond een fikse klok, waarvan het ingewikkelde mechaniek zichtbaar was door de glazen kast. Het meubilair, dat bestond uit vitrinekasten, een bureau, drie banken en verschillende stoelen, was vroeg achttiende-eeuws. De muren waren bekleed met gestreept bordeauxrood behang en bijna levensgrote klassieke beelden musiceerden geluidloos op fluiten en lieren. In het midden van de kamer stond een vleugel van rozenhoutfineer, waarvan de zwenkwieltjes wegzonken in het dikke Perzische tapijt.

Aschenbrandt popelde om List zijn werk te laten horen en zodra de grote man op een van de banken had plaatsgenomen, vroeg hij de baron List aan hem voor te stellen. List nam de uitgestoken hand van de jongeman aan en Von Triebenbach – die een zwak had voor Aschenbrandt – legde uit dat de jonge musicus graag de ouverture van een werk in uitvoering aan hem wilde laten horen: een opera die was gebaseerd op de roman van de schrijver, *Carnuntum*.

List stemde daar welwillend mee in en Aschenbrandt nam, boven-matig geagiteerd, plaats achter de Webervleugel en sloeg zijn muziek open.

De kamer viel stil.

Aschenbrandt schoof enkele dunne sprietjes platinablond haar achter zijn oren en zijn bleke gezicht werd ernstig. Hij tilde zijn han-den op en liet ze op de toetsen vallen, waarmee hij drie dramatische openingsakkoorden aansloeg. Zijn celluloid manchetten kletterden tegen de toetsen. Een ostinate bas riep beelden op van marcheren-de soldaten, waarbij een trillend motief van open kwarten en kwin-ten een schetterende klaroenstoot voor de geest riep. De muziek was prozaïsch, maar blijkbaar naar de smaak van het publiek dat waarde-rend knikte bij de doorzichtige programmatische verwijzingen. Het stuk eindigde met een triomfthema in de majeurparallel, fortissimo gespeeld. Nog voordat de brallerige coda tot zijn voorspelbare con-clusie was gekomen, was Von Triebenbach opgesprongen. De ovatie duurde minutenlang en List deed er net zo hard aan mee als de andere aanwezigen. Het was een erkenning waar Aschenbrandt niet eens van had durven dromen en toen List de jonge componist persoonlijk feli-citeerde, voelde dat alsof hij hem een lauwerkroon opzette.

Na het concert voorzagen de bedienden de gasten van champagne en geglaceerde blokjes gekonfijt fruit. Gedurende korte tijd liep ie-dereen druk door elkaar, terwijl Von Triebenbach met al zijn vrien-den een praatje maakte. Uiteindelijk vormden zich kleine groepjes, waarvan sommige zaten en andere stonden, en overal werd geani-meerd gepraat.

Von Triebenbach en professor Foch zaten aan weerskanten van List, die zijn mening over de geschriften van Houston Stewart Cham-berlain ventileerde, een Engelsman die Wenen tot zijn nieuwe woon-plaats had gekozen. Chamberlains idee van een grote noordelijke alliantie, waarin al de oude Germaanse volken – de Duitsers, Oosten-rijkers, Engelsen, Nederlanders en Scandinaviërs – de krachten zou-den bundelen, was dan ook uiterst aantrekkelijk. Zo'n bondgenoot-schap zou, zoals Chamberlain suggereerde, onoverwinnelijk zijn; List betwistte echter Chamberlains meetelling van de Fransen als Teuto-nen – een standpunt dat hem onhoudbaar leek. Maar afgezien daarvan had hij grote waardering voor het werk van de Engelsman.

Hannisch, Aschenbrandt en Olbricht vormden een groepje bij de piano.

'Nou,' zei Hannisch tegen Aschenbrandt. 'Je bent zeker wel trots nu? Wat zei hij tegen je?' Het raadslid wierp een blik op List.

Aschenbrandt boog zich naar voren om zich ervan te verzekeren dat zijn woorden binnen de kleine kring zouden blijven.

'Hij zei dat hij diep geroerd was... dat mijn muziek perfect de heroische inborst van de Quaden had weten te vangen.'

'Dat is zeker grote lof,' zei het raadslid en hij liet een blokje gesuikerde pruim tussen zijn helderrode hartvormige lippen verdwijnen. 'Jij boft, jongeman.'

'Zeker, en ik ben van mening, meneer, dat we dat allemaal aan u te danken hebben vanwege uw...'

Hannisch legde hem met een handgebaar het zwijgen op en begon sputterende geluidjes te maken. 'Ach, welnee, beste kerel, helemaal niet. Het was me een genoegen.' Hij likte wat suiker van zijn vingertoppen. 'Je ouverture deed me een beetje aan *Das Rheingold* denken,' voegde hij daaraan toe. 'Het moment dat de reuzen hun entree maken.'

'Dat is te vriendelijk van u,' zei Aschenbrandt.

'En wanneer denk je dat de opera af is?'

'Over een jaar of zo, misschien. Nu ik de goedkeuring van de schrijver heb, kan ik niet wachten om verder te schrijven. Ik ben van plan dag en nacht aan de muziek te gaan werken.'

'Zeg, Hannisch,' zei Olbricht. Het raadslid keek hem aan. 'Is de burgemeester nog van plan dat gedenkteken voor Mozart door te zetten?'

'Ik geloof het wel,' antwoordde Hannisch. 'Als ik de notulen goed begrepen heb, tenminste.'

'Ik heb wat ontwerpen op het stadhuis ingeleverd...'

'O ja?'

'Helaas zijn die afgewezen. Hoewel ik, om heel eerlijk te zijn, niet goed weet wat ik van het project moet vinden.'

'Heb je je beschermvrouwe nog gevraagd haar invloed aan te wenden?'

'Ja, natuurlijk, maar haar pogingen waren helaas vergeefs.'

'Waar gaat dit over?' vroeg Aschenbrandt, die langzaam weer uit zijn waas van zelfbehagen tevoorschijn kwam.

'De districtsvoorzitter zeurt de burgemeester al tijden aan zijn hoofd om een monument voor Mozart op de stoep van dit gebouw.'

'Mag ik vragen welke kunstenaar de opdracht uiteindelijk gekregen heeft?' vroeg Olbricht.

Hannisch keek Olbricht in de wijd uit elkaar liggende ogen. Diens poging om onverschilligheid te veinzen had iets zieligs.

'Ik weet het eigenlijk niet, mijn beste,' antwoordde Hannisch.

Een bediende kwam hun glazen bijschenken, terwijl een andere meer brokjes gekonfijt fruit aanbood. Hannisch nam er twee en duwde er meteen een tussen zijn lippen.

'Hoe komt het eruit te zien? Het monument?' vroeg Aschenbrandt.

'Hmmm...' Hannisch leek te zeer afgeleid door het proeven van de lekkernij. Hij hield zich duidelijk bezig met de belangrijke taak de smaak ervan vast te stellen. 'Pardon?'

'Hoe komt het monument eruit te zien?' zei Aschenbrandt, wiens stem nu lichtelijk gepikeerd klonk. 'Wat voor iets wordt het?'

Hannisch slikte.

'Voor zover ik weet wordt het een fontein met daaromheen bronzen sculpturen die een scène uit *Die Zauberflöte* moeten voorstellen.'

'Mozart! Mozart!' gromde Aschenbrandt. 'Waarom niet Beethoven? Of Richard Wagner verdorie! We hebben al een Mozartmonument.'

'Ik ben het helemaal met je eens,' zei Olbricht. 'En waarom hebben ze er in godsnaam voor gekozen zijn belachelijkste opera te gedenken?'

'Het is weinig meer dan kindervermaak,' vervolgde Aschenbrandt.

'Zeker, zeker, hij is in veel opzichten een oppervlakkig componist,' zei Hannisch. 'Toch wordt hij steeds populairder.'

'Dat hebben we aan die Mahler te danken,' merkte Aschenbrandt op. 'Hij zet Mozart steeds weer op het programma. Voor dit seizoen staat alweer een nieuwe productie van *Die Zauberflöte* gepland.'

De drie mannen keken ontstemd bij dat vooruitzicht.

'Hoe sneller we van hem af zijn, hoe beter,' mopperde Olbricht.

Hannisch hapte in zijn tweede brokje fruit. 'Ze zeggen dat het een vrijmetselaarsopera is, *Die Zauberflöte*, vol met hun geheimen.'

'Klopt,' zei Aschenbrandt. 'Mozart schijnt de woede van zijn vrijmetselaarsbroeders te hebben gewekt door veel van de door hen gekoesterde symbolen in de tekst en de enscenering te verwerken. Het werd beschouwd als het verraad van vertrouwen en heeft hem misschien zelfs zijn leven gekost.'

'Hmmm...' Hannisch' reactie werd uitgesteld door een langdurige kauwsessie. 'Mozart is nu misschien uit de gratie bij zijn vrijmetselaarsbroeders vanwege zijn indiscretie, maar ik neem toch aan dat het de bedoeling van de componist was om hun doctrine te róémen in *Die Zauberflöte?*'

Voor Aschenbrandt kon antwoorden, mompelde Olbricht: 'Hij is er waarschijnlijk zelf ook een.'

Hannisch en Aschenbrandt keken hun metgezel aan.

'De districtsvoorzitter,' verklaarde Olbricht zich nader. 'Hij is er waarschijnlijk zelf ook een, een vrijmetselaar. En dirigent Mahler ook.'

'Nou,' zei Aschenbrandt. 'Dat zou me inderdaad niets verbazen.'

11

Toen Rheinhardt de avond tevoren naar huis had willen gaan, was de adjudant van hoofdcommissaris Brügel langsgekomen. De zelfingenomen assistent van Brügel had hem een envelop overhandigd en plechtig meegedeeld: 'U dient zich morgenochtend te melden bij de hoofdcommissaris voor een gesprek.' Het was nergens voor nodig om Brügels sommatie te bekrachtigen met een bevel (Rheinhardt piekerde er niet over een verzoek van de hoofdcommissaris naast zich neer te leggen), maar de adjudant was een typisch voorbeeld van het soort mensen dat, zodra ze ook maar een greintje macht krijgen, niet nalaten die te misbruiken. Het briefje was weliswaar in krullerig gotisch schrift geschreven, maar het had de moderne deugd van beknoptheid en was opgesteld in telegramstijl zonder fratsen: 'Spittelberg. Voortgangsverslag. Mijn kantoor. Morgenochtend zeven uur. Brügel.'

Nu zat Rheinhardt geduldig te wachten, terwijl de hoofdcommissaris de foto's van het bloedbad in Spittelberg bekeek. Brügel keek niet geschokt of verbijsterd, enkel geïrriteerd. Af en toe gromde hij chagrijnig. Er ging een aanzienlijke tijd voorbij eer hij zijn vierkante hoofd oprichtte en vroeg: 'En wat zeiden die soldaten?'

'Pardon?' vroeg Rheinhardt.

'Die soldaten!' snauwde Brügel. 'Lipošćak, Alderhorst, Hefner...'

'Doelt u op de schuldbekentenissen?'

'Natuurlijk.'

'Ik heb hen nog niet kunnen traceren.'

'Hoezo niet? Is dat een probleem dan? Is het een geheim waar ze gestationeerd zijn?'

'Nee, meneer...' Rheinhardt kreeg opeens last van een knellende boord. 'Ik heb tot op heden nog geen gelegenheid gehad de kazerne te bezoeken. Ik ben van plan...'

'Rheinhardt,' onderbrak Brügel hem. 'Het is vandaag vrijdag. Deze gruweldaad heeft dinsdag plaatsgevonden. Wat heb je in de tussentijd in vredesnaam uitgevoerd?'

'Met alle respect, meneer, maar dat kan ik uitleggen...' Rheinhardt haalde diep adem. 'Professor Mathias was op dinsdag afwezig. Hij lijdt aan een ademhalingsziekte en als het koud is krijgt hij last van zijn longen. De beste professor is een briljant patholoog, maar hij werkt traag en had pas woensdagavond laat de vierde autopsie afgerond. Op donderdag heb ik aan mijn voorlopige verslag gewerkt en later die dag heb ik dokter Liebermann geraadpleegd. Ik heb deze ochtend een afspraak in de kazerne.'

Brügel leek niet onder de indruk.

'Het was nergens voor nodig om op de resultaten van de autopsie te wachten. Je had ook direct contact kunnen opnemen met de militaire politie.'

'Dat is waar, maar...'

Brügel sloeg met zijn hand op tafel.

'Geen smoesjes, Rheinhardt!' De hoofdcommissaris snauwde iets onverstaanbaars en barstte opnieuw in een tirade uit. 'Twee dagen, Rheinhardt. Je hebt twee dagen verspild. Het bordeel is maar een klein eindje lopen van de kazerne, drie van de vrouwen zijn duidelijk met een zwaard vermoord en in het bureau van madame Borek heb je de namen van acht soldaten gevonden die haar geld schuldig zijn. Is het dan niet duidelijk wat je had moeten doen?'

Rheinhardt, die geen zin had om de hoofdcommissaris tegen de haren in te strijken, gaf hem op dat punt gelijk: 'Ja, meneer. Dat is duidelijk. Het was niet handig om eerst de autopsieresultaten af te wachten.'

Eigenlijk vond Rheinhardt dat helemaal niet. Hij startte zijn onderzoeken bij voorkeur pas op nadat hij professor Mathias had geraadpleegd. Verder was hij zich er heel goed van bewust dat als hij op donderdagmiddag geen voorlopig rapport klaar had gehad, de hoofdcommissaris net zo ontevreden zou zijn geweest als hij nu was. Hij kende Brügels opvliegende humeur echter goed genoeg om afstand te doen van het bescheiden en riskante genoegen om dat soort argumenten onder zijn aandacht te brengen.

Brügel maakte een bruingele archiefmap open en haalde er de plattegrond van madame Boreks bordeel uit. Hij vouwde het stugge papier open en streek het glad op zijn bureaublad, terwijl hij iets over een onbenulligheid bromde. Vervolgens pakte hij Rheinhardts voorlopige rapport erbij en begon de rechercheur daar omstandig over uit te horen. Brügels ondervraging was intellectueel niet al te inspannend, maar zijn aanhoudende spervuur van vragen bezorgde Rheinhardt toch een knallende hoofdpijn.

Even was er een rustpunt toen de adjudant arriveerde met de thee voor de hoofdcommissaris. Rheinhardt zag tot zijn afgunst dat er een stapeltje *Manner Schnitten,* met hazelnootcrème gevulde wafeltjes, op het schoteltje lag. De inspecteur was de laatste tijd verslingerd geraakt aan dat nieuwe koekje. De hoofdcommissaris wist ze allemaal weg te werken zonder ook maar de geringste indruk te wekken daar genoegen aan te beleven, iets wat naar Rheinhardts mening nog meer over Brügels tekortkomingen zei dan zijn gebruikelijke lompheid.

De hoofdcommissaris dronk zijn thee op en depte zijn bakkebaarden droog met een servetje.

'Ik lees niets over Liebermann in je verslag,' gromde hij.

Rheinhardt legde uit dat dat kwam omdat hij de jonge psychiater pas had gesproken nadat hij zijn voorlopige rapport had ingeleverd. Hij probeerde zo goed en zo kwaad als hij kon het psychologische portret dat zijn vriend van de dader had geschetst samen te vatten, maar voor hij daarmee klaar was, wapperde Brügel al ongeduldig met zijn hand door de lucht: 'Ja, ja, ik begrijp waar hij heen wil, maar dat is allemaal niet meer dan speculatie, toch?'

Omdat Rheinhardt moe was, was hij al halverwege een zin waarvan het doel was Brügel eraan te herinneren dat Liebermanns psychologisch inzicht in het verleden al meer dan eens uiterst bruikbaar was gebleken bij rechercheonderzoeken, voor hij zijn vergissing bemerkte aan de dreigende manier waarop Brügel zijn linkerwenkbrauw had opgetrokken. Hij liet zijn verklaring eindigen in een onsamenhangend gebrabbel.

'Vergeet niet, Rheinhardt,' zei Brügel op zwaarwichtige toon, 'dat niets een gedegen politieonderzoek kan vervangen. Zoek naar aanwijzingen. Ondervraag verdachten. En verwaarloos nooit het maken van rapportages.'

De inspecteur bedankte de hoofdcommissaris voor zijn wijze raad.

'En dan is het nu tijd,' zei Brügel op vriendelijker toon, 'om aan de slag te gaan!' Hij sloeg zijn handen ineen en wreef ze alsof hij zich verheugde op het vooruitzicht op slopende lichamelijke arbeid.

'Ja, meneer.' Rheinhardt stond op uit zijn stoel. Hij boog kort en liep naar de deur.

'En Rheinhardt?'

'Ja, meneer?'

'Gisteren kregen we bezoek van een van de medewerkers van Zijne Majesteit. Hij wilde weten of er al nieuws was over het merkwaardige voorval in de dierentuin. Die toestand met die slang.'

'Hildegard?'

'Ja. Ik kreeg de indruk dat het dier een persoonlijke favoriet van de keizer was.'

Rheinhardt slikte.

'Het spijt me, meneer, maar door dat voorval in Spittelberg... Ik ben nog niet in de gelegenheid geweest om...' Hij schudde zijn hoofd en maakte een verzoenend gebaar met zijn handen.

De hoofdcommissaris zuchtte. Hij leek geen zin te hebben om Rheinhardt nog eens de mantel uit te vegen. Rheinhardt had het idee dat dat eerder uit vermoeidheid was dan uit sympathie.

'Het zij zo,' zei Brügel. 'Ik zal het paleis melden dat het onderzoek nog lopende is, maar dat er nog geen nieuwe feiten te melden zijn.'

'Dat klopt, meneer. Dank u wel.'

Rheinhardt sloot zijn hand om de deurklink en prees zich in stilte gelukkig met zijn ontsnapping.

12

Het dienstmeisje sprak fluisterend tegen Bettina.

'Het is Herr Fränkel. Hij staat erop u persoonlijk te spreken te krijgen. Hij zegt dat hij belangrijke documenten voor Herr Weiss heeft.'

Bettina sloeg haar ogen vermoeid ten hemel en keek Liebermann en Clara aan.

'Het is een van Konrads zakenpartners, Moritz Fränkel. Ik weet niet wat hem bezielt. Hij staat erop contracten persoonlijk te overhandigen en weigert ze aan de bedienden af te geven. Hij is altijd bang dat ze kwijt zullen raken of gestolen worden. Het is vast een ziekte. Misschien moet jij hem maar eens in behandeling nemen, Max.'

Liebermann schudde zijn hoofd. 'Ik dacht het niet.'

Bettina stond op en tikte bij het weglopen tegen het neusje van haar zoon: 'Mama gaat even naar de voordeur, Leo. Lief zijn tegen oom Max en tante Clara, hè.' Ze sloop naar de deur, maar maakte daarbij een kleine boog zodat ze buiten het blikveld van baby Emil bleef. 'Ik ben zo terug,' zei ze met een blik achterom naar haar gasten.

Zodra ze de deur achter zich had gesloten, keek Clara van Leo naar Emil en weer terug. Haar gezicht straalde van pret en ondeugende opwinding. Ze leek niet goed te weten met welk neefje ze het eerst zou spelen. Vrolijk zette ze al haar goede manieren overboord, sprong op van haar stoel, liet zich op de grond zakken en kroop op handen en voeten naar Emil toe.

'Ik kom jou pakken,' verkondigde ze met langgerekte lettergrepen en een lage stem die dreigend moest klinken. 'Ik kom eraan.'

Leo, die in een houten kinderstoel zat, was zo onder de indruk van het ongebruikelijke gedrag van zijn tante dat hij van pure spanning een hoog gilletje uitstootte. De peuter was nogal formeel gekleed in een roodgestreept jasje met gouden knopen, een fluwelen hoedje en een minivlinderdasje. Clara keek op: 'Precies, Leo, waarschuw jij je kleine broertje maar. Ik kom eraan... Ik kom.'

Liebermann kon niet op tegen Clara's onbekommerdheid, haar natuurlijke vermogen om zoveel plezier te putten uit zulke onschuldige genoegens. Ze was een vrouw met vele tekortkomingen – ze kon oppervlakkig zijn, was sterk gericht op sociale trivialiteiten en geneigd tot onwaardige roddelpraatjes – maar emotionele onwaarachtigheid bezat ze niet. Haar liefde was eenvoudig en direct, niet gehinderd door nodeloze cerebrale complicaties.

'Ik kom je opeten,' stootte Clara dreigend uit.

Toen Liebermann haar zo bezig zag, maakten tedere gevoelens plaats voor begeerte. Het wiegen van Clara's heupen, de puntige hakjes van haar leren laarsjes en de glimp van haar zijden ondergoed vermorzelden al snel de fragiele zuiverheid van zijn mijmerij.

'Max?'

'Ja?' Hij schoof ongemakkelijk heen en weer op zijn stoel.

'Geef me die Perzy eens aan. Snel.'

'De wat?'

Clara draaide zich om.

'De sneeuwbol! Hij staat op de schoorsteenmantel. Vlak bij je elleboog.'

Liebermann pakte een glazen bol die op een zwart gipsen voetstuk gelijmd was. In de bol bevond zich een piepkleine replica van het Riesenrad – het enorme reuzenrad op het Prater.

'Deze?'

'Ja.'

'Wat is dat dan?'

'Schud maar, dan zie je het vanzelf.'

Dat deed hij. Opeens werd de wereld in glas verlevendigd door een woeste sneeuwstorm. Duizenden witte vlokjes dwarrelden rond in een cycloon van onzichtbare turbulentie.

'Ha!' riep Liebermann uit. 'Wat vernuftig!'

'Had je zoiets nog nooit gezien?'

'Nee.'

'Je moet je echt eens wat meer bezighouden met de echte wereld, Max! Ze zijn de laatste tijd erg in de mode. Perzy maakt ze sinds een paar jaar. Hij heeft een winkel in Hernals.'

Liebermann gaf de sneeuwbol aan Clara. Ze schudde ermee en zette hem voor Emil neer. Het kind lag op zijn buik en drukte zijn bovenlichaampje omhoog met zijn korte, dikke armpjes, waarvan de uiteinden verdwenen in een kussen. Hij had een lang wit smockhemdje aan en kleine wollen schoentjes. Zijn enorme ronde hoofd wiebelde op en neer, slechts ondersteund door een dun nekje.

'Kijk eens, Emil. Sneeuw!'

Het kind bleef met een glazige blik vol verbazing en onbegrip om zich heen kijken tot hij opeens de glinsterende bol in het oog kreeg. Zijn mondje viel open, waardoor een dun, maar ononderbroken straaltje kwijl langzaam op de vloer drupte waar het terechtkwam in een steeds groter wordend plasje kleurloos speeksel.

'O, lieve hemel!'

Clara gaf de sneeuwbol terug aan Liebermann, haalde met de behendigheid van een goochelaar uit het niets een zakdoek tevoorschijn, veegde Emils mond af, depte de vloer droog en nam het kind in haar armen. Liebermann vond het ongekunstelde gemak waarmee ze de situatie te lijf ging zeldzaam ontroerend.

Hij boog zijn knieën en ging naast haar zitten.

Clara had haar ogen dicht en hield haar lippen tegen Emils bolle rode wang gedrukt. Het kind maakte gorgelende geluidjes en bracht de onrijpe, schorre muziek van babygelach voort. Liebermann had Clara nog nooit zo tevreden, kalm en mooi gezien. Toen ze haar ogen weer opendeed, passeerde er iets tussen hen. Onuitgesproken, maar krachtig: de belofte van intimiteit en kinderen van henzelf.

Liebermann slikte en voelde een ongemakkelijke brok in zijn keel.

Clara stak haar hand uit en raakte Liebermanns gezicht even aan. Het contact was even zacht als het schampen van een vallend blad.

'Wat is er, Max?'

De deur ging open en ze draaiden zich allebei om bij het geluid. Het was Bettina. 'Wat doen jullie daar nou op de grond? Jullie zijn nog erger dan de kinderen. Ik kan jullie nog geen twee minuten alleen laten!'

13

Rheinhardt liep achter kolonel Pál Kabok aan door de schaars ver-
lichte gang van het kazernegebouw. Kabok was een gedrongen man
met korte benen en een zware, logge tred. De kolonel deed een van
de vele identieke deuren open en gebaarde dat Rheinhardt naar binnen kon gaan.

'Hier zal niemand ons storen.'

Rheinhardt zag tot zijn verrassing dat hij in het privévertrek van
de kolonel was binnengelaten. Dat bevatte een ijzeren veldbed, twee
kleurenprenten – een van de keizer en de ander van wijlen keizerin
Elizabeth – en een paar slordig ingelijste foto's van regimentsinspec-
ties en diners. Aan de muur boven het bed hingen een stel gekruiste
zwaarden en een fraai versierd Turks pistool. Verder stond er niets in
de kamer: geen klerenkast, geen tafel, zelfs geen stoel. Er was geen
enkele concessie gedaan aan de soberheid ervan. De kolonel draaide
zich om en keek Rheinhardt aan. Hij bleef pal voor hem staan, met
zijn handen in de zij.

'Ja, inspecteur?'

Rheinhardt had niet verwacht zijn gesprek staand in het midden
van een kille, halflege kazernekamer te moeten voeren.

Buiten klonk hoorngeschal, gevolgd door hoefgetrappel. Rheinhardt had zo'n vermoeden dat de kolonel het niet erg zou vinden als
hij meteen ter zake kwam.

'Ik doe onderzoek naar de moorden in Spittelberg.'

Het lage, osachtige voorhoofd van de kolonel fronste zich.

'Moorden? In Spittelberg?'

'Ja. Daar hebt u misschien over gelezen in de *Zeitung*?'

'De *Zeitung*? Ik heb al twintig jaar geen krant meer gelezen, inspecteur.'

'O...'

'Net als Zijne Majesteit, de keizerlijke opperbevelhebber, geef ik de voorkeur aan de militaire courant. Wat daar niet in staat, hoef ik niet te weten.'

Rheinhardt liet zich hierdoor niet uit het veld slaan en vervolgde: 'Op dinsdag zijn vier vrouwen vermoord in een bordeel in Spittelberg. Een madame en drie van haar meisjes van wie we vermoeden dat ze onlangs vanuit Galicië naar Wenen zijn gekomen.'

De kolonel draaide zijn kogelvormige hoofd op zijn dikke stierennek. Zijn starre uitdrukking veranderde een heel klein beetje: 'O ja, daar heb ik de mannen over horen praten in de mess.'

'Hebt u hen er iets over horen zeggen?'

'Ja.'

De kolonel voelde zich niet genoopt daar nader op in te gaan. Hij bleef Rheinhardt strak aankijken vanonder zijn borstelwenkbrauwen.

'De vrouwen,' vervolgde Rheinhardt, 'waren gruwelijk mishandeld – hun genitaliën waren verminkt, hun keel was doorgesneden. De sneden waren diep. Het is goed mogelijk dat sommige van die verwondingen waren toegebracht met...' Hij richtte zijn ogen op het wapen van de kolonel, '... een sabel.'

Kaboks grove boerentrekken bleven onaangedaan. Zijn gezicht deed Rheinhardt denken aan een aardappel waarmee hij zijn dochters een keer had vermaakt. Na een lang stilzwijgen, zei de kolonel alleen maar: 'U wilde mijn hulp.'

Rheinhardt overhandigde hem een vel papier. Daarop stonden de namen van verschillende militairen.

'Al deze mannen waren klanten van het etablissement in Spittelberg.'

'Waar hebt u die namen vandaan?' brulde de kolonel.

'Die stonden op schuldbekentenissen die we vonden in het bureau van de madame. Kent u ze?'

'Jazeker. Luitenant Lipošćak, luitenant Hefner...' Kaboks ogen schoten van links naar rechts. 'Renz en Witold.'

'Ik wil hen spreken.'

Voor het eerst kwam Kabok in beweging. Hij stampte naar de prenten van de keizer en de overleden keizerin, waarbij zijn sporen in de afgesloten ruimte een dof gerinkel produceerden. Met zijn ogen strak op de keizerlijke opperbevelhebber gericht, zei hij: 'Er is voor mij op deze wereld niets belangrijker, inspecteur, dan de ulanen en niets heiligers dan de eer van ons regiment. Ik ken deze mannen...' Hij wapperde met het vel papier in zijn hand. 'Niemand kent ze beter dan ik. U zult geen spikkeltje roest op hun zwaard vinden, geen ongepoetste knoop, geen vlekje op hun laarzen. Ze strekken Zijne Majesteit en het keizerrijk tot eer. Geen van hen zou het regiment ooit te schande maken. Als die schanddaad, zoals u suggereert, door een van mijn mannen zou zijn begaan, dan zou ik Zijne Majesteit hebben teleurgesteld. Ik zou dat pistool van de muur halen en mijn kop eraf schieten.'

Rheinhardt ging ongemakkelijk van zijn ene voet op de andere staan.

De kolonel keek op. Zijn wangen hadden een lichte blos en op zijn slaap klopte een ader.

'Ik zal zorgen dat u deze mannen te spreken krijgt. Maar ik verzeker u, inspecteur, dat het tijdverspilling is.'

14

Rheinhardt werd naar een kamer in een bijgebouw gebracht dat een eindje van de kazerne vandaan lag. Aan de muur hing zoals overal een prent van keizer Franz Jozef, al was dit niet een bijzonder goed gelijkend portret en zaten er schimmelvlekken op de randen van het papier. Een kacheltje verwarmde de ruimte, maar was jammerlijk ontoereikend. Rheinhardts vingertoppen waren stijf van de kou. Hij had luitenant Harry Lipošćak, een beleefde, zij het wat zwijgzame Hongaar, al verhoord en was nu bezig met de ondervraging van luitenant Ruprecht Hefner.

Hefner was een slanke, knappe man met een lichte huid en blonde krullen, die onder zijn pet uit sprongen, en een donzige, zorgvuldig gekamde snor. Hij was exact het soort jonge officier dat Rheinhardt in een liefdesroman zou verwachten. Zijn uniform was, zoals kolonel Kabok al had aangekondigd, onberispelijk. Zijn jas en broek waren helderblauw als een zomerse hemel. De knopen fonkelden magistraal en zijn eersteklas lederen rijlaarzen kraakten tevreden bij iedere stap die hij zette. Aan zijn sabelknop hing een goudgele kwast. De andere luitenant, Lipošćak, was ook keurig in uniform verschenen, maar Hefners houding, de wijze waarop hij zijn rug rechtte, zijn kin vooruitstak en zijn schouders ontspannen hield, verleende de kleding net iets meer zwier.

'Waar was u dinsdagochtend?' vroeg Rheinhardt.

'In bed. Ik voelde me niet lekker.' Hefner sprak met heldere, vaste stem, maar er klonk ook een zekere apathie in door. Hij leek zich een levensmoeheid te hebben aangemeten die eerder bij een man van twee keer zijn leeftijd paste.

'Wat had u?'

'Ik weet het niet... gewoon, ziek.'

'Heeft iemand u op dinsdagochtend gezien?'

'Yerik, mijn knecht.'

'Verder nog iemand?'

'Nee.'

'Waarom hebt u de regimentsarts niet laten komen?'

'Heb ik wel, later op de dag.'

'Wat was er volgens die arts met u aan de hand?'

'Hij zei dat ik een ontstoken darm had.'

'En dat kwam door...?'

'Geen idee, inspecteur. Ik ben geen arts.'

Rheinhardt toverde een vel papier tevoorschijn dat hij over de tafel schoof.

'Herkent u dit?'

'Ja,' zei Hefner rustig. 'Het is een schuldbekentenis, door mij getekend. Madame Borek kreeg nog tien kronen van mij.'

'Hoe vaak bezocht u madame Boreks etablissement?'

'Zeer geregeld.'

'Waarom?'

'Ligt dat niet voor de hand, inspecteur?' Een zweem van een glimlach speelde om Hefners fletse lippen. Kennelijk vond hij de vraag vermakelijk.

'Er zijn veel bordelen in Spittelberg, luitenant. Waarom dat van madame Borek?'

'Ik was nogal gesteld op een van haar meisjes. Ze was nieuw daar...'

'Hoe heette ze? Dat nieuwe meisje?'

'Lucca? Zoiets althans.'

'Ludka?'

'Ja, klopt, Ludka. Heel aantrekkelijk...' Hefner glimlachte weer. 'En heel gewillig... als u begrijpt wat ik bedoel.'

Hij tilde zijn kin een tikje hoger op, los van zijn stijve hoge boord die versierd was met twee geborduurde gouden sterren.

'Madame Boreks etablissement had geen overheidsvergunning,' zei Rheinhardt.

'Waarom zou ik mij daar druk om maken?'

'Het etablissement was illegaal.'

Hefner haalde zijn schouders op: 'Ik heb niets onwettigs gedaan.'

'Officieel geregistreerde prostituees worden twee keer per week medisch gekeurd. Welke voorzorgsmaatregelen denkt u dat madame Borek nam?'

Hefners lippen krulden weer even.

'Het najagen van genot brengt altijd risico's met zich mee, inspecteur. Ik ben ervan overtuigd dat een man met uw...' Hefner nam Rheinhardt van onder tot boven op '... erváring dat gegeven onderkent.'

Het was een onbeschofte opmerking die Rheinhardt geen antwoord waard achtte. In plaats daarvan noteerde hij een paar regels in zijn opschrijfboekje. Toen hij weer opkeek, lag er nog steeds een hautain lachje om Hefners lippen.

'Had madame Borek vijanden?'

'Hoe zou ik dat moeten weten?'

'Hebt u ooit opgevangen dat er iemand agressief was tegen een van de meisjes van madame Borek?'

'Nee.'

'Hebt u ooit iemand gezien die zich vreemd gedroeg? Iemand die volgens u misschien mentaal onevenwichtig was?'

Hefner lachte.

'Inspecteur, als ik madame Boreks etablissement bezocht, hield ik me niet bepaald bezig met het gedrag van andere bezoekers. En bovendien, die zag ik vrijwel nooit.'

'Hebt u luitenant Lipošćak bij madame Borek gezien?'

'Nee.'

'En Renz en Witold dan?'

'Ik heb Renz daar één keer gezien... een paar weken geleden.'

'Kent u kapitein Alderhorst?'

'Die naam heb ik nog nooit gehoord.'

'Soldaat Friedel?'

'Wie?'

'Friedel.'

'Nee, die naam ken ik evenmin.'

Rheinhardt keek naar het raam. Het was een bewolkte dag en door de wolken scheen een vuil grijsgroen licht.

'Luitenant Hefner,' zei Rheinhardt, 'Ludka, dat Galicische meisje waar u naar eigen zeggen nogal op gesteld was, madame Borek en nog twee vrouwen, Fräulein Draczynski en Fräulein Glomb, zijn het slachtoffer van het meest gruwelijke geweld geworden.'

'Dat weet ik.'

'Maar hun lot lijkt u niettemin niet...', Rheinhardt zocht een diplomatieke formulering, '... te raken.'

'Inspecteur,' zei Hefner, 'ik ben een officier van het achttiende regiment. Wat verwacht u van mij? Dat ik ga huilen als m'n grootmoeder? Met mijn vuist op tafel sla en tegen de hemel foeter?' Hefner sloeg langzaam zijn benen over elkaar en zijn sporen kletterden. 'Ik ben een vertegenwoordiger van het keizerlijk leger. Een cavalerist. Ik draag dit uniform met trots. Wij moeten over onze reputatie waken. Ik ga het regiment niet te schande maken met de een of andere ongepaste vertoning van emotionele incontinentie. Als u zoiets wilt zien, kunt u beter een Italiaanse korporaal ondervragen!'

15

Liebermann keek omhoog naar de koepel. Zestien cherubijntjes dansten boven acht ronde ramen; het geheel rustte op vergulde bogen.

Hij was een groot liefhebber van het Natuurhistorisch Museum. Hier kon je je verbazen over de verscheidenheid aan levensvormen en je verdiepen in de uitzonderlijke kracht van de wetenschap waarmee de geheimen van het universum werden ontsloten. Charles Darwin had een 'schepper' overbodig gemaakt en die vervangen door een eenvoudig principe: natuurlijke selectie. In zijn meesterwerk *Over de oorsprong der soorten door middel van natuurlijke selectie, of het behoud van begunstigde rassen in de strijd om het leven* was het de grote natuurwetenschapper gelukt om het evolutionaire proces met één eenvoudige zin te beschrijven: 'Vermenigvuldig, varieer, laat de sterkste leven en de zwakste sterven.' Het was verschrikkelijk en prachtig tegelijk en verklaarde alles: ogen, oren, vogels en begeerte... niets viel buiten het bereik van Darwins ontzagwekkende theorie.

'Waar gaan we nu heen?' vroeg Clara.

'Naar onze familie.'

'Heb je die uitgenodigd?'

'Nee... ze zijn hier al.'

'Wat!' Clara was duidelijk gepikeerd.

Het stel betrad een enorme zaal vol met glazen toonkasten waarin zich allemaal opgezette dieren bevonden. Liebermann wees naar een kast met een groep gorilla's, een vrouwtje, een mannetje en twee jongen, die onder een schriele boom zaten.

Clara porde met een vinger in Liebermanns ribbenkast en riep: 'Max!'

'Ach,' zei Liebermann, 'strikt genomen zijn we familie.'

'Jij misschien...'

'Klopt. Ik geef met alle plezier toe dat de Liebermannstamboom bepaalde kenmerken heeft die uitgesproken mensaapachtig zijn. Kijk eens naar dat mannetje. Hij lijkt een beetje op mijn vader, vind je niet?'

Clara ging wat dichter bij de ruit staan en onmiddellijk verscheen er een verraste glimlach op haar gezicht. Het was waar. De gorilla leek echt een beetje op de vader van Max. Er was iets in de zware frons en verbeten kaaklijn van dat beest wat haar, al was het slechts in de verte, aan Mendels afkeurende gelaatsuitdrukking deed denken.

'Max...' zei Clara en ze legde gechoqueerd, maar ook schalks eventjes haar hand op haar mond. 'Je mag niet zo respectloos zijn... maar...' en nu begon ze te giechelen, '... ze lijken wel griezelig veel op elkaar.'

'Voilà. Een onweerlegbaar bewijs voor de hypothese van de heer Darwin.'

Clara's gezichtsuitdrukking veranderde. Ze perste haar lippen op elkaar en trok een pruilmondje.

'Wat is er?' vroeg Liebermann. Hij deed een stap naar voren zodat zij tegen zijn borst kon leunen. Er waren geen andere bezoekers, maar Liebermann hield niettemin de deur nauwlettend in de gaten. Openlijk vertoon van genegenheid zou in het keizerlijk museum niet worden geduld.

'Geloof je dat echt, Max? Dat we... hoe zeg je dat... geëvolueerd zijn? Echt? Dat we geëvolueerd zijn uit de apen?'

'Nou ja,' antwoordde Liebermann, 'wat ik zeker niet geloof, is dat Adam en Eva het menselijk ras hebben voortgebracht nadat ze uit het paradijs waren verbannen.'

Clara keek naar hem op. Haar rode lippen waren onweerstaanbaar uitnodigend en Liebermann drukte er snel een kus op.

'Maar apen...' zei ze zachtjes.

Liebermann kuste haar nog een keer, deze keer op de wang. Clara reageerde niet en keek steeds ernstiger. Het idee leek haar buitensporig dwars te zitten.

'Maxim...' begon ze aarzelend.

'Ja?'

'Als wij geëvolueerd zijn uit apen... zouden we dan niet, op een dag, ook weer apen kunnen worden?'

'Er zijn heel wat wetenschappers en artsen die daar bang voor zijn. Ze hebben voorgesteld dat beschaafde gemeenschappen alert moeten zijn op aanwijzingen van wat zij "degeneratie" noemen. Daartoe behoren grove uiterlijke kenmerken en bepaalde karaktertrekken. Maar zo'n afdaling naar chaos zou vele generaties duren. Duizenden, zo niet miljoenen jaren...'

Clara's gezicht klaarde onmiddellijk op. Het leek alsof haar kortdurende neerslachtigheid er niet was geweest. Haar lippen openden zich tot een stralende, brede lach.

'Laten we de stad in gaan, Max. Moeder vertelde dat er bij de juwelier aan de Kärntner Straße granaten oorbellen in de etalage liggen, net gearriveerd uit Praag.' Ze deed een stapje achteruit. 'Ik denk dat ze goed bij mijn nieuwe jurk van crêpe de Chine zullen staan. Weet je nog, die jurk die ik op het feestje van de Weigels aanhad? Hij kostte honderd florijnen. Natuurlijk weet je welke ik bedoel.'

16

Rheinhardt was klaar met zijn verhoren. Kolonel Kabok nam onverschillig afscheid van hem en gaf hem duidelijke aanwijzingen mee om zijn vertrek te bespoedigen. Rheinhardt zocht zijn weg langs een verzameling bijgebouwen en kwam al snel uit bij een bevroren paradeterrein. Hij volgde een dikke rand van modder en ijs die eerder die dag naar de kant was geschoven.

Een regiment ulanen was bezig met een ingewikkelde exercitie die veel behendigheid en concentratie vergde. Alle paarden hielden hun hoofd in dezelfde hoek gebogen en alle ruiters wezen met hun zwaard naar boven. Een officier op een prachtige vosruin was duidelijk ontevreden over een van zijn mannen en reed in galop naar de ongelukkige knoeier. Hij opende zijn mond en slingerde hem een reeks vulgaire krachttermen naar het hoofd. De ruiter leek vervolgens wat kleine correcties aan te brengen, maar Rheinhardt bespeurde geen zichtbare verandering in zijn houding. Voor zijn ongeoefende oog zagen paard en ruiter er exact hetzelfde uit. De officier leek echter tevreden en reed spoorslags weer weg.

Rheinhardt liep onder een poort door waarop twee gebeeldhouwde paardenhoofden stonden. Toen hij die nader bekeek, zag hij dat het kleinere beeld een levend paard voorstelde en het grotere diens beschermende hoofdtooi of harnas.

Het was bepaald geen productieve ochtend geweest. De cavaleristen waren stug en weinig behulpzaam geweest en Rheinhardt was vertrokken met de indruk dat hij, alleen al door wat routinevragen te stellen, in hun ogen de integriteit van het keizerlijk leger in twijfel trok en dus een onpatriottisch onderzoek leidde. Het kwam misschien door dit gevoel dat hij zo weinig had bereikt dat Rheinhardt snel langs de uitnodigende, bewasemde ramen van verschillende koffiehuizen liep, waarachter de onbedekte blauwe gasvlammen flakkerden, en de weg naar Spittelberg insloeg. Hij wist niet zeker wat hij met die omweg hoopte te bereiken, maar meende dat actie, om het even welke, de beste remedie was tegen het gevoel van frustratie dat sinds zijn eerste ontmoeting met kolonel Kabok in hem was gegroeid.

Rheinhardt zette de kraag van zijn jas op en vervolgde zijn weg via een reeks achterafsteegjes naar zijn bestemming. Toen hij Spittelberg bereikte, merkte hij dat hij op de glibberige kasseien uit moest kijken waar hij liep.

Het was nog betrekkelijk vroeg in de namiddag, maar de schemering begon al te vallen. Een vrouw met een brede sjaal om haar hoofd liep langzaam de nauwe straat af. Ze hield een tenen mand vast die was afgedekt met een smoezelige doek. Ze werd op de voet gevolgd door een jongetje met een speelgoedzwaard van twee stukken hout die met een roestige spijker aan elkaar waren getimmerd. Rheinhardt knipoogde naar hem, maar het soldaatje had het te koud om te reageren.

Toen Rheinhardt in de buurt van madame Boreks adres kwam, ontwaarde hij een bekende verschijning: een oudere man met een brede Boheemse hoed die over zijn stok gebogen stond. Het was dezelfde oude kerel die voor de deur van madame Borek had staan wachten toen de inspecteur er de eerste keer met Haussmann was geweest. Rheinhardt zwaaide en de oude man beantwoordde zijn groet door zijn hoed te lichten.

'Kijk aan,' zei Rheinhardt. 'U staat hier nog steeds te wachten.' De oude bewoog zijn kaak en maakte een smakkend geluid. Hij wierp een vragende blik naar zijn gesprekspartner. 'We hebben elkaar al eens ontmoet,' zei Rheinhardt nog.

'Zeker,' zei de oude man. 'U bent die politieman die tegen me zei dat ik vort moest maken. U zei dat ik thuis lekker bij het vuur moest gaan zitten.'

'Klopt. En vandaag is het weer een bitter koude dag. Waarom staat u hier nu weer, mijn beste? U loopt nog een longontsteking op!'

'Ik wacht op mijn dochter,' antwoordde de oude man. 'Soms als ze laat is, word ik ongerust. Ik ga dan hierheen en wacht onder de heilige Jozef.' Hij wees naar het beeld met de aureool van metalen stroken. 'Vanaf hier kan ik haar de hoek om zien komen.' De oude man gebaarde naar een punt verderop in de straat.

'Wat doet ze? Uw dochter?' vroeg Rheinhardt.

'Ze verkoopt glazen augurkensap aan de schooljongens op de broodmarkt. Ze is een beetje onnozel.' Een windvlaag blies een wolk poedersneeuw op, zodat de oude man zijn ogen even sloot. Toen hij ze weer opende waren ze vochtig en glinsterden ze. 'Hebt u hem al te pakken?' vroeg hij op hese toon.

'Wie?'

'Krull – de man die ze heeft vermoord... Frau Borek en de drie meiden.' De oude man wees met zijn stok naar het verlaten bordeel.

'Wat zei u?'

'Krull. Hebt u hem al gevangen?'

'Wie is Krull?'

'De man die ze allemaal heeft vermoord.'

'Waarom zegt u dat? Waarom denkt u dat Krull ze heeft vermoord?'

'Hij hing hier altijd rond.'

'Hier bij madame Borek voor de deur?'

'Ja.'

'Wat deed hij dan?'

'Wachten.'

'Op wie?'

'Op een van de meiden... hij had het er steeds over hoe mooi ze wel niet was en dat hij haar iets wilde geven... weet ik het.'

'Hebt u haar ooit gezien? Dat meisje bedoel ik?'

'Ja. Het was die kleine. Ze leek nog een kind.'

'En wat deed Krull? Ging hij met haar naar binnen?'

'Nee. Hij ging nooit naar binnen. Hij wachtte altijd buiten. Hij wachtte geduldig het juiste moment af.'

Rheinhardt pakte zijn opschrijfboekje en begon te schrijven.

'Hoe ziet hij eruit?'

'Nou, hij is klein. Niet veel langer dan ik.'

'Wat voor kleur haar heeft hij?'

'Dat weet ik niet. Hij heeft altijd een hoed op.'

'En hoe oud is hij?'

'Twintig, dertig...' De oude man trok aan zijn baard. 'Veertig... misschien.'

Rheinhardt slaakte een zucht.

'Jong of oud?'

'Jong... maar weet u, in mijn ogen is iedereen jong. O ja, en hij loopt mank.'

'Waarom hebt u mij dit niet eerder verteld?'

'Ik wist niet dat ze dood waren. Dat hebt ú mij niet verteld. Ik hoorde het van mijn dochter.'

'Ja, uiteraard,' zei Rheinhardt verontschuldigend. 'Maar toch, toen u Herr Krull eenmaal verdacht, had u uw dochter moeten zeggen dat ze de politie moest inlichten.'

De oude haalde zijn schouders op. 'Ze is onnozel.'

'Weet u waar ik Herr Krull kan vinden?'

De oude man staarde blanco terug.

'Kerel,' zei Rheinhardt en hij probeerde zijn kalmte te bewaren. 'Het is uitermate belangrijk dat ik deze man vind. Weet u waar hij woont?'

'Ga naar de kroeg en vraag het de waard. Herr Jutzet heet-ie, hij weet iedereen te wonen.'

17

De trap was gemaakt van grof uitgehouwen steen en stond ingeklemd tussen twee hoge, raamloze muren. Naarmate je hoger kwam, werden de treden smaller en ongelijker. Helemaal bovenaan was een nis waarin een gipsen beeld stond van Christus aan het kruis. Het baadde in een ziekelijk geel licht dat door een haperende gaslamp werd afgegeven. Om bij de eerste tree te komen, moest je over een plas bevroren water stappen in een kuil waar een aantal straatstenen ontbraken.

Rheinhardt duwde met zijn schoen op het ijs en keek hoe de barsten zich vanaf het drukpunt vertakten. Hij duwde wat harder. De vloeistof die tussen de barsten opwelde leek eerder op olie dan op water.

'Gaan we naar boven, meneer?' vroeg Haussmann.

'Dit moet het adres wel zijn, denk ik.'

Herr Jutzet, de waard met dikke buik en rossige wangen, was heel toeschietelijk geweest.

'Ja, Herr Krull, die ken ik wel. Een einzelgänger, met een mank been. Ik krijg nog vier kronen van hem. Dit is zijn adres. Ik zal het voor u opschrijven. Als u hem ziet, zegt u hem dan dat ik mijn geld wil. Vier kronen. Als hij niet snel betaalt, kom ik het geld zelf bij hem halen.'

De twee politiemannen begonnen aan hun tocht naar boven. Aan weerszijden staken grote spijkers uit de muren, waaraan een hele reeks smoezelige voorwerpen hing: een gebarsten oude spiegel, wat stukken touw en allerlei vieze lompen.

Bij een van de eerste treden glibberde Rheinhardt al weg. Het was lastig om niet uit te glijden op de hellende treden. Hij steunde tegen de muur om zijn evenwicht te hervinden.

'Gaat het, meneer?' vroeg Haussmann.

'Ja, dank je,' antwoordde Rheinhardt, al was hij er niet helemaal gerust op dat ze hun bestemming zouden bereiken zonder ernstig letsel op te lopen. Ze vorderden langzaam omdat ze op iedere tree even bleven staan voordat ze de volgende aandurfden. Ten slotte waren ze boven. Daar bleven ze allebei staan om het kruisbeeld te bekijken, dat in een nis met ijzeren tralies stond. Het beeld zelf miste een paar hoekjes en was vaal van kleur, maar het leek alsof Christus' doornenkroon en de speerwond in zijn zij onlangs met een flinke klodder rode verf waren bijgeschilderd. Op de grond voor het kruis lagen verschillende kaarsstompjes en Christus' benen waren zwart van het roet. Rood en wit kaarsvet was over de rand van de nis gedruppeld en in stroompjes op de pleisterkalk gestold.

'Niet bepaald een meesterwerk, hè?' zei Rheinhardt.

'Nee,' antwoordde Haussmann. 'En dit is een verschrikkelijk oord.'

De jongere man huiverde onwillekeurig.

'Wat hebben we daar?' Rheinhardt boog zijn hoofd en tuurde de nis in. Het licht scheen uiterst zwak, maar hij meende iets kleins en vaalwits te zien. Hij tastte in zijn zak naar een doosje lucifers en stak er een aan. In de vlam was het voorwerp duidelijker te zien.

'Zie je het?' Rheinhardt fluisterde nu.

'Ja, meneer.'

'Ik steek nog een lucifer aan. Probeer jij dan of je dat ding eruit kan krijgen.'

In de fosforescerende gloed stak Haussmann zijn lange vingers door de tralies en greep het voorwerp met een scharende beweging. Hij trok het langzaam uit de nis en tilde het op. De flakkerende gaslamp gaf net genoeg licht.

'Mijn god,' zei Rheinhardt.

'Het lijkt wel...' Haussmann maakte zijn zin niet af.

'Het is een botje.'

De jongere man rilde weer.

'Menselijk?'

'Zou kunnen.'

'Meneer?'

'Ja?'

Haussmann sprak nu zo zacht dat Rheinhardt zich dichter naar hem toe moest buigen om hem te kunnen verstaan: 'Denkt u dat het wel verstandig is dat wij hier zo zijn, alleen wij tweeën? We hebben op het bureau niet gezegd waar we heen gingen. Als Krull die vreselijke dingen die we hebben gezien op zijn geweten heeft...'

Rheinhardt nam het botje over van zijn collega en draaide het rond tussen duim en wijsvinger. Hij liet het in zijn jaszak glijden. Toen hij zijn hand weer uit zijn zak trok, had hij een revolver vast.

'Ik zou jouw leven nooit op het spel zetten, Haussmann,' zei hij ferm. Hij stak de revolver weer in zijn zak en legde zijn hand op de schouder van zijn assistent. 'Kom, er is werk aan de winkel.'

De twee mannen liepen door de donkere gang tot ze bij een deur kwamen. Rheinhardt tastte naar een klopper, maar vond er geen. Hij balde zijn vuist en bonsde op een van de deurpanelen. Ze wachtten.

'Wie is daar?' klonk een gedempte stem.

'Politie. Openmaken,' riep Rheinhardt.

Er volgde een scala aan geluiden. Grendels werden opzijgeschoven, kettingen rammelden en een sleutel draaide in het slot. Uiteindelijk ging de deur open. Rheinhardt kon de gelaatstrekken van de man in de deuropening niet onderscheiden. Het enige noemenswaardige licht kwam van een paraffinelamp achter hem.

'Herr Krull?'

'Ja.'

'Detective-inspecteur Rheinhardt... en mijn assistent, Haussmann. Mogen we binnenkomen?'

De man keek met een snelle beweging eerst naar Rheinhardt, toen naar Haussmann en vervolgens weer naar Rheinhardt.

'Ik zie geen uniformen. Hoe kan ik weten of jullie van de politie zijn of niet? Dat kan iedereen wel beweren.' Krull sprak met een rauw, ongepolijst accent. Zijn Duits klonk onmelodieus. Hij sprak vrijwel uitsluitend van achter uit zijn keel. Het was bijna alsof hij alleen maar rochelde in plaats van te praten.

Rheinhardt zuchtte en liet identificatiepapieren zien. Krull bekeek ze een paar tellen en knikte.

'Goed dan, kom maar binnen. Je kunt hier niet voorzichtig genoeg zijn.'

Krull wenkte hen naar binnen. De kamer was niet veel meer dan een armoedig hok. Een tafel, een stoel en een kacheltje. Op de tafel lag een groot, in leer gebonden boek. Het zag eruit als een bijbel.

Door een openstaande deur keek je een donkere slaapkamer in: op de grond lag een stromatras en er stond een enorme klerenkast. Er hing een bedompte lucht. Op de vensterbank voor een vierkant raampje zag Rheinhardt een beeldje van de maagd Maria staan. Krull hinkte naar de stoel en ging zitten.

'Wat hebt u aan uw been?' vroeg Rheinhardt.

'Klompvoet,' zei Krull.

'Is dat pijnlijk?' vroeg Rheinhardt.

'Soms,' zei Krull.

Rheinhardt deed een stap naar voren en lette goed op dat er niets wat Krull als wapen zou kunnen gebruiken binnen handbereik was.

'Vertel, waar gaat het eigenlijk om?' wilde Krull weten.

Rheinhardt nam de heetgebakerde kleine man op en kon niet besluiten of de gepaste reactie afkeer of medelijden was. Van de vele verschillende menselijke types was Krull een uiterst ongelukkig exemplaar. Een criminoloog die wel wat zag in de ideeën van Galton en Lombroso zou Krull onmiddellijk als moordenaar aanwijzen. Zijn trekken waren opmerkelijk primitief: een laag voorhoofd, flink afstaande oren en een benige richel boven de kassen van zijn diepliggende ogen. Een platte neus en een vooruitstekende kaak maakten het mensaapachtige geheel af.

'Wij zijn bezig met een moordonderzoek, Herr Krull.'

'Ik weet niets van moorden of zo.' Hij schudde zijn hoofd.

'Misschien niet, maar ik denk dat u ons misschien kunt helpen met ons onderzoek.'

'Denk wat u wilt... maar ik weet van niets.'

Haussmann ging onopvallend achter Krulls stoel staan, maar niet zo onopvallend dat Krull het niet zou hebben opgemerkt. De kleine man keek over zijn schouder en toen met een angstige blik weer naar Rheinhardt.

'Waarom bent u hier? Wat wilt u van mij?'

'Herr Krull... U bent vast op de hoogte van de recente gruweldaad die in Spittelberg is gepleegd.'

'Ik bemoei me met niemand.'

'Nou, dat is niet helemaal waar. Ik heb begrepen dat u Herr Jutzet goed kent.'

Haussmann had nog een religieus beeld ontdekt en hield dat achter Krulls rug kort in de lucht. Het was een houten beeldje van Franciscus van Assisi die zijn zegen gaf.

Krulls kaak leek nog verder vooruit te steken.

'Herr Jutzet heeft u gestuurd?'

'Hij gaf ons uw adres. Trouwens, de beste man hechtte er nogal aan dat u langs zou komen om uw geldelijke verplichtingen na te komen.'

'Wat?'

'Het gaat om uw schuld, Herr Krull. Er werd gesproken over vier kronen.'

'Drie kronen. Hij heeft er een kroon bij opgeteld als rente. Die man is erger dan een Jood. Hij ís vermoedelijk een Jood.'

Rheinhardt keek over Krulls schouder. Haussmann was achteruit de slaapkamer in gelopen.

'Herr Krull,' ging Rheinhardt verder. 'Eerder vandaag sprak ik met een kennis van u, een zekere Herr Chalupnik.'

'Wie?'

'Herr Chalupnik. Een ouder heerschap. Hij staat vaak onder het beeld van de heilige Jozef op zijn dochter te wachten.'

Krull haalde zijn neus op.

'Ik ken zijn naam niet. U hebt het vermoedelijk over die oude Tsjech.'

'Ja. Grote hoed, lange baard... loopt met een stok. U kent hem dus wel.'

'Ik zou niet te veel waarde hechten aan wat hij te vertellen heeft.'

'Waarom niet?'

'Hij is seniel.'

'Hij is dan misschien wel oud en zijn geheugen hapert soms, maar u, Herr Krull, lijkt toch veel indruk op hem te hebben gemaakt.'

Haussmann opende de deur van de kast. Hij probeerde het zachtjes te doen, maar de deur kraakte luid.

Krull draaide zich abrupt om.

'Wat doet u daar? Weg daar. Maak dat u daar wegkomt, nu meteen.'

De groteske kleine man stond moeizaam op en wilde naar de slaapkamer lopen.

'Herr Krull,' riep Rheinhardt. 'Blijft u alstublieft zitten.'

Krull negeerde de inspecteur en haastte zich naar de jongere detective. Maar toen hij de slaapkamer bereikte, lag er al een hoop kleren op de grond die uit de kast waren gevallen. Zelfs in het halfduister waren de vlekken duidelijk te zien.

'Meneer...' riep Haussmann.

'U begrijpt het niet,' zei Krull. 'U zit ernaast. U zit er heel ver naast.'

Rheinhardt kwam de slaapkamer binnen en hurkte neer naast de stinkende berg kleren. Hij tilde een hemd op. De stof was hard en korrelig van de kristallen opgedroogd, gestold bloed.

18

Krull was uit zijn cel gehaald door twee agenten die nu buiten de speciaal voor het onderzoek ingerichte kamer de wacht hielden. Liebermann had Krull bij binnenkomst opgedragen om op de divan te gaan liggen. De kleine man had onmiddellijk geprotesteerd.

'Herr Krull,' zei Rheinhardt, 'rechters hebben weinig sympathie voor verdachten die niet met de politie willen meewerken. Dat zou u misschien in overweging moeten nemen voordat u zo'n stampei maakt.'

Krull vloekte binnensmonds en klom houterig op de divan. Zijn aapachtige trekken gingen niet gepaard met apenbehendigheid.

Liebermann pakte een stoel en zette die bij het hoofdeinde van de divan neer, buiten Krulls gezichtsveld. Krull draaide meteen zijn hoofd naar hem toe.

'Alstublieft, Herr Krull,' zei Liebermann. 'Wilt u proberen niet naar mij te kijken? Ik wil dat u recht voor u uit kijkt. Of uw ogen sluit. Wat u prettiger vindt.'

'Prettiger?' herhaalde Krull. 'U bent een grappenmaker, dokter.'

Liebermann sloeg zijn benen over elkaar, liet zijn elleboog op de armleuning rusten en zijn hoofd op zijn rechterhand. Hij begon met het opnemen van een anamnese, zoals hij ook bij een nieuwe patiënt zou doen.

Krull was geboren en getogen op het platteland en naar Wenen gekomen om zijn geluk te zoeken. Net als velen die hem waren voorgegaan ontdekte hij al snel dat de grote stad nogal grillig in haar vrijgevigheid was. Niet iedereen vond werk en wist rijkdom te vergaren. De eerste winter verbleef Krull in een opvanghuis, de daaropvolgende drie jaren in een mannenpension in Brigittenau. Zijn metgezellen waren voor het merendeel arbeiders en handwerkers. Zij kwamen net als hij voornamelijk uit Beneden-Oostenrijk, maar Krull moest een slaapzaal delen met een aantal 'leugenachtige Kroaten', 'gierige Hongaren' en nu en dan een 'vuile Rus'. Hij verhuisde eerst naar de Landstraße en vervolgens naar Ottakring tot hij uiteindelijk de betrekkelijke luxe van zijn deprimerende woning aan de rand van Spittelberg vond. Gedurende de vele jaren van diepe armoede was hij in contact gekomen met een katholieke priester, ene pater Anselm, die zijn spiritueel leidsman was geworden.

'Die moet u opzoeken!' riep Krull. 'Hij doet vast een goed woordje voor me. Hij kan u vertellen dat u een enorme fout begaat!'

Liebermanns wijsvinger kwam in beweging. Hij tikte drie keer tegen zijn slaap en vroeg: 'Waarom bezocht u het bordeel van madame Borek, Herr Krull?'

De kleine man bromde iets onverstaanbaars en antwoordde uiteindelijk: 'Ik heb madame Boreks bordeel nooit bezocht.'

'U bent verschillende keren bij haar voor de deur gesignaleerd. Wat deed u daar?'

Krull liet zijn hoofd verder achterover vallen.

'Waarom moet ik hier zo liggen. Gaat u iets met me doen?'

'Nee,' antwoordde Liebermann geduldig. 'Wilt u nu alstublieft antwoord geven op mijn vraag? Wat deed u daar?'

'Ik wilde het meisje zien,' beet Krull hem toe.

'Welk meisje?'

'Dat jonge, Ludka.'

'Waarom wilde u haar zien?'

Krull kneep in zijn dikke onderlip. Donkere halvemaantjes waren zichtbaar waar vuil onder zijn nagels was gaan zitten.

'Ik wilde met haar praten.' Liebermann liet de stilte die volgde wat langer duren. 'Ik wilde haar rédden.'

De jonge arts trok zijn wenkbrauwen op en wierp een blik naar Rheinhardt.

'Haar redden?' herhaalde Liebermann.

'Ja, van een leven in zonde.'

'Aha,' zei Liebermann. Hij zette zijn benen weer naast elkaar en leunde naar voren: 'Hebt u Ludka ooit gesproken?'

'Eén keer maar.'

'Wanneer was dat?'

'De eerste keer dat ik haar zag, de eerste keer dat we elkaar ont-moetten. Ongeveer een maand geleden, bij de fontein.'

'En waar had u het met haar over?'

'Ik was verkouden en moest niezen. Ze gaf me haar zakdoek. Ik vroeg haar waar ze woonde en ze wees de straat in. Ik kende dat huis... dat wil zeggen, ik wist wat voor een adres dat was. Ik beloofde dat ik de zakdoek terug zou brengen. Het punt is alleen, dat haar Duits niet zo goed was. Ik weet niet zeker of ze me heeft begrepen.'

'En hebt u uw belofte waargemaakt? Hebt u de zakdoek teruggege-ven?'

'Nee, daartoe heb ik de kans niet gehad.'

'Waar is die zakdoek nu?'

Krull gebaarde alsof hij op zijn hart tikte, waaruit Liebermann af-leidde dat de zakdoek in een van Krulls zakken zat.

'Mag ik hem zien?'

De kleine man schoof zijn rechterhand onder de linkerrevers van zijn jasje en haalde een vierkant lapje wit katoen tevoorschijn. Langs de randen liep een guirlande van geborduurde roosjes.

'Dank u wel,' zei Liebermann.

Krull hield de zakdoek tegen zijn neus, snoof de geur even op en stopte hem toen weer in zijn binnenzak.

'Ik ging vaak naar dat huis,' vertelde Krull verder. 'Dat ontken ik niet. Ik bleef uren in de kou wachten tot ze naar buiten zou komen. Zo raakte ik aan de praat met die oude kletskous Chalupnik.'

'Waarom klopte u niet op de deur?'

'Ik weet 't niet... verlegenheid... schaamte. Al te vaak belandde ik daarna in de kroeg, waar ik met iets te veel glaasjes slivovitsj weer op temperatuur kwam.'

'En na die eerste keer hebt u haar nooit meer gezien, zegt u?'

'Jawel, ik heb haar daarna nog één keer gezien. Chalupnik was er-bij. Ze kwam naar buiten met een cavalerist. Blonde kerel, lang... knap noemen ze dat, denk ik. Ze lachten... Ik denk dat hij dronken was. Ik voelde me... Ik weet het niet... van m'n stuk gebracht. Ik draaide me van ze af en zei iets tegen die ouwe. Ze zag me niet.'

'Herr Krull, was u verliefd op Ludka?'

'Welnee, het idee alleen al! Ik had medelijden met haar. Ik wilde haar helpen daar weg te komen. Die soldaten... ik heb gehoord wat ze allemaal uithalen. De keizer moest eens weten...'

Liebermann haalde een klein wit voorwerp tevoorschijn dat hij boven Krulls hoofd hield.

'Herkent u dit, Herr Krull?'

'Nee.'

'Het derde middenhandsbeentje, geloof ik. Van een vrouw van een jaar of negentien, twintig.'

'Midden wat? Waar hebt u het over?'

'Het is een vrouwenvinger, Herr Krull. En weet u waar dit werd aangetroffen? In de nis net buiten uw kamer, tussen de votiefkaarsen.'

'Ze gooien daar altijd van alles in. Het is vast van een van die medicijnenstudenten beneden...'

Liebermann legde het botje weer weg.

'Herr Krull, waarom zaten de kleren in uw kast onder het bloed?'

'Dat weet u al... ik heb het de inspecteur verteld.'

'Ja, maar ik wil dat u het míj vertelt.'

'Mijn kleren zaten onder het bloed omdat ik in een slachthuis werk. Het is varkensbloed.'

'Bergt u uw bebloede kleren altijd in de kast op?'

'Ja. Ik kan ze verder nergens kwijt. Als ik geen tijd heb voor het badhuis, blijven mijn kleren ongewassen.'

19

Het kleine koffiehuis nabij het Anatomisch Instituut bevond zich op loopafstand van bureau Schottenring. Liebermann zat weer eens aan het tafeltje bij het raam en keek naar het langsrijdende verkeer. Tegenover hem bewonderde Rheinhardt het kunstige bouwwerk op zijn bord. Het was een flinke portie *Tiroler Strauben*, knapperige, vers gebakken sliertjes pannenkoekenbeslag verrijkt met schnaps en tot slot bestrooid met poedersuiker. Rheinhardt sneed met zijn vork een krul van de lichtbruine lekkernij af en bracht die naar zijn mond.

'O ja,' zei hij en hij kauwde vol overgave. 'Echt heel lekker... precies zoals die in Tirol afgelopen zomer.'

Liebermann nam een slokje van zijn *Schwarzer* en trommelde op het tafelblad een vijfvingerige oefening.

'En?' vroeg Rheinhardt uiteindelijk.

'Ik denk na,' zei Liebermann.

'M'n beste kerel,' zei Rheinhardt, 'ik vermoedde al dat je niet bezig was met trams tellen. Misschien zou je me deelgenoot willen maken van je gedachten?'

Liebermann zuchtte en keek naar zijn vriend.

'Dat uiterlijk van Herr Krull zit me dwars.'

'Je zegt het. Toen ik hem voor het eerst zag dacht ik bij mezelf: dit is nou een gezicht dat het bewijs vormt voor Lombroso's theorieën. Ik weet dat jij niets moet hebben van Lombroso, Max, maar die man ziet eruit, en vergeef me mijn botheid, als een aap. Ik heb een keer een gereconstrueerde tekening gezien van het wezen waaruit *homo sapiens* zou zijn geëvolueerd. Het had Krulls broer kunnen zijn.'

'En dat is precies het probleem,' zei Liebermann. 'We zien zijn gezicht en zijn onmiddellijk bevooroordeeld. Daar komt nog bij dat de hork niet erg hard z'n best doet om ons op andere gedachten te brengen. Zijn gedrag en voorkomen zijn affreus. Heb je zijn nagels gezien?' Liebermann rilde met veel misbaar. 'Maar juist daarom moet je zo oppassen,' vervolgde hij.

Rheinhardt hield op met eten en legde zijn vork naast het bord.

'Met alle respect, Max,' zei hij langzaam, 'maar ik begrijp geloof ik niet precies wat je bedoelt.'

Liebermann maakte een dakje van zijn handen door de vingertoppen tegen elkaar te plaatsen.

'Het is te makkelijk je voor te stellen hoe een zielige figuur als Krull een wrede daad zou begaan: eenzaam, aan lager wal geraakt en teleurgesteld, om zijn wanstaltige verschijning afgewezen door zijn seksegenoten, en ook door vrouwen. Uit verbittering wendt hij zich van de maatschappij af en omarmt hij God. Zo wordt hij de ongelukkige volgeling van een fanatieke priester. Hij heeft het gemunt op prostituees, zijn gewelddadige gevoelens worden gerechtvaardigd door een geloof dat hem ertoe aanzet de verloedering uit de wereld te bannen. Hij is goed uitgerust voor die taak, zijn gevoelens zijn afgestompt door de dagelijkse slachting van dieren. Iedere moord is gewijd aan zijn verlosser tijdens een privéceremonie, waarbij een trofee die van het lijk is verwijderd tussen de votiefkaarsen wordt geplaatst.'

Rheinhardt leunde voorover. Hij luisterde gefascineerd en de lijntjes rondom zijn ogen vermenigvuldigden zich. Liebermann liet zijn handen openvallen.

'En stel je dan nu eens het volgende voor: in dit donkere, eenzame, kille bestaan verschijnt een droombeeld van medeleven. Hij ontmoet een vrouw, Ludka, die mooi is en hem vriendelijk bejegent. Het is een zeldzaam en exquis genot. Haar glimlach licht zijn bestaan op als de voorjaarszon. Onze man is verscheurd. Hij weet dat Ludka een prostituee is, een vervloekte, maar voor het eerst in jaren worden zijn psychische wonden door de balsem van medelijden verzacht. Hij is extreem in de war: schommelt tussen uitersten, piekert, stelt uit en probeert zijn pijn met drank te verdoven. Uiteindelijk komt hij erachter hoe hij het vreselijke conflict kan oplossen en dan treedt het psychologische verdedigingsmechanisme van rationalisatie in werking. Hij zal het arme kind bevrijden van het aardse lijden en haar afzetten bij de hemelpoort. Hij zal haar in feite verlossen van een zondig leven. Als hij madame Borek en de andere twee vrouwen ombrengt, is zijn woede onvervalst. Hij doodt ze zonder genade en verminkt hun lichamen. Ludka kan hij echter niet schenden... haar vriendelijke daad heeft zich in zijn ziel genesteld. Haar zakdoekje zal nooit van zijn hart wijken.'

'En wat was deze keer de trofee? De lichamen waren verminkt, maar er ontbraken geen lichaamsdelen.'

'Bloed,' zei Liebermann. 'Hij nam hun bloed. Dat hij heel handig had opgedept met de kleren die we in zijn kast aantroffen.'

Liebermann dronk zijn kopje leeg.

'Hemeltje! Het klopt allemaal,' riep Rheinhardt uit en hij schoof de complete honinggele rest van zijn Tiroler Strauben in een keer in zijn mond.

'En ga na,' ging Liebermann verder, 'zo'n vent zou zijn gruwelijke daad misschien zelfs vieren door het bordeel met een kruis te wijden.'

Rheinhardt sloeg zijn handen in elkaar: 'Ja, natuurlijk, dat ook, dat ook! Het klopt allemaal!' Zijn opgetogenheid hield echter niet lang stand toen hij de zure blik op het gezicht van de jonge arts zag. 'Wat is er, Max?'

'Het ligt te veel voor de hand. Krull is de, eh, de ideále verdachte: een perfect voorbeeld van Lombroso's *L'uomo delinquente*, wiens persoonlijke geschiedenis en psychologische conflicten naadloos aansluiten bij de misdaad.'

Rheinhardt leunde achterover in zijn stoel en schoof zijn bord opzij.

'En wat is daar in godsnaam mis mee?'

Liebermann haalde zijn schouders op.

'Al mijn getheoretiseer slaat natuurlijk nergens meer op als we erachter zouden komen dat Krull de waarheid spreekt over die vlekken; als we ontdekken dat het geen menselijk bloed is.'

'Klopt,' zei Rheinhardt. 'Maar hoe kunnen we dat ooit vaststellen? Bloed is bloed... toch?'

'Niet exact.'

'Bestaat er een proef?'

'Ik weet er geen... maar we kennen allebei iemand die dat misschien wel weet.'

'Wij allebei?'

'Ja: Miss Lydgate.'

Rheinhardt trok zijn wenkbrauwen op.

'Die Engelse vrouw... Ik wist niet dat je daar nog steeds contact mee had.'

'Ze werkt momenteel met Landsteiner aan een onderzoek naar ziektes van het bloed. Aan het Pathologisch Instituut,' ging Liebermann verder. 'Als er een procedure bestaat waarmee dierlijk bloed van menselijk bloed kan worden onderscheiden, dan garandeer ik je dat zij daarvan op de hoogte is.'

20

Amelia Lydgate schonk thee in en bood Liebermann een Engels kaakje aan.

'Mijn moeder stuurt ze me op uit Londen. Ze heeft ze bij Fortnum's gekocht.'

'Fortnum's?'

'Ja, Fortnum and Mason – een kwaliteitszaak in Piccadilly. Een hofleverancier.'

'Dank u,' zei Liebermann. Hij nam een hapje van het eenvoudige, knapperige rondje en ving de kruimels op in zijn tot een kommetje gevormde hand. Het koekje smaakte nergens naar en was gortdroog. Het leek in de verste verte niet op de smaakvolle, fruitige creaties met suikerglazuur die je bij iedere Weense bakker zag liggen. Niettemin glimlachte hij beleefd en nam een slokje Earl Grey om de droge smaak weg te spoelen.

'Het was aardig van u om zo snel op mijn briefje te reageren,' zei Amelia en ze nam aan de andere kant van de klaptafel plaats.

'Ach, welnee,' zei Liebermann. 'U wilde mijn mening over iets horen?'

'Ja,' antwoordde Amelia. 'Kent u professor Foch?'

'De chirurg?'

'Ja. Ik heb een aantal van zijn colleges en practica bijgewoond, die over het geheel uitermate informatief waren. Maar een paar weken geleden stond hij erop dat ik een bijeenkomst verliet omdat ik volgens hem ieder moment kon flauwvallen. Dat was niet het geval, maar professor Foch was onvermurwbaar en ik moest uiteindelijk wel gehoor geven aan zijn verzoek. Ik sprak hem de volgende dag. Hij gaf aan dat zijn colleges misschien niet geschikt waren voor jonge dames en opperde dat ik uit zou kijken naar andere mogelijkheden. Ik deed wat navraag en ontdekte dat professor Foch al studentes uit zijn colleges zet sinds de medische faculteit twee jaar geleden is begonnen vrouwen toe te laten. Ik heb vervolgens een officiële klacht ingediend bij de decaan.' Amelia zweeg even en fronste haar voorhoofd. 'Dokter Liebermann, vindt u dat een gepaste reactie? Of heb ik volgens u overhaast gehandeld?'

'O, u hebt zonder enige twijfel de juiste stappen ondernomen... maar...'

'Ja?'

'Een man als professor Foch is een invloedrijk arts in Wenen en mocht u voor uw afstuderen besluiten u toe te leggen op zijn discipline, dan waag ik te beweren dat hij het u heel moeilijk zou kunnen maken. Maar aangezien uw belangstelling elders ligt en u reeds een invloedrijke vriend hebt gevonden in doktor Landsteiner, vermoed ik dat het indienen van uw klacht weinig, zo niet geen, nadelige gevolgen zal hebben. De decaan zal professor Foch moeten berispen, wat naar men mag hopen het gewenste effect heeft. Maar ik betwijfel ten zeerste of de decaan hem ook sancties zal opleggen. Hij is helaas eveneens een misogyne man. Hij heeft eens tegen een van mijn collega's gezegd dat vrouwen ongeschikt zijn voor het beroep van arts aangezien ze behept zijn met kleinere hersens.'

Miss Lydgate sloeg vol afgrijzen haar hand voor haar mond.

'Als hij er zo over denkt, waarom zou hij dan ook maar iets met mijn klacht doen?'

'O, hij heeft geen keus. De keizer is een groot voorstander van vrouwelijke artsen. Alleen een volslagen idioot zou het wagen het ongenoegen van de keizer over zich af te roepen. In Wenen zijn veelbelovende carrières volledig de grond in geboord door een vluchtige ontevreden blik op het gezicht van de keizer, een blik die net zo goed te wijten kan zijn geweest aan opspelend maagzuur!'

'Dan moet ik misschien de keizer zelf aanschrijven.'

Amelia sprak deze woorden in alle ernst en kalmte.

'Tja, dat zóu u natuurlijk kunnen doen,' zei Liebermann en hij liet zijn verbazing niet blijken. 'Maar ik zou u willen adviseren te wachten eer u een dergelijke stoutmoedige stap zet. Laten we de zaak eerst even aankijken. Zelfs iemand als professor Foch kan zich niet tot in het oneindige tegen de vooruitgang blijven verzetten.'

'Dank u wel, dokter Liebermann,' zei Amelia. 'U hebt me bijzonder goed geholpen. Mag ik u nog een kaakje aanbieden?'

Liebermann weerde iets te haastig af.

'Nee, dank u. Heel vriendelijk, maar nee, dank u wel.'

'Nog wat thee dan?'

Amelia schonk het kopje van de jonge arts vol en reikte hem het kannetje met melk aan.

Ze spraken een tijdje over Amelia's ervaringen aan de universiteit en de projecten die ze met Landsteiner aan het Pathologisch Instituut wilde opzetten. Hoewel ze zich, zoals altijd, koel en afstandelijk ge-droeg, kon Liebermann merken dat ze erg enthousiast was over haar nieuwe leven. Ze sprak weliswaar op ingehouden toon, maar ook in kleurrijke bewoordingen en met veel bezieling over de vakken die ze had gekozen, een compleet wetenschappelijk curriculum met onder meer anatomie, plantkunde, scheikunde, microscopie, natuurkunde en fysiologie. Ze volgde zelfs een aantal colleges buiten haar discipli-ne over filosofie, aangezien ze onlangs kennis had gemaakt met en ge-interesseerd was geraakt in het werk van Nietzsche.

Toen ze deze onderwerpen uitputtend hadden besproken, vroeg Liebermann: 'Miss Lydgate... ik heb een vraag aan u. Zou u nog een keer willen helpen bij een politiezaak?'

'Natuurlijk, heel graag zelfs. Gaat het goed met inspecteur Rhein-hardt?'

'Ja, heel goed, dank u. Hij laat u hartelijk groeten.'

'U wilt me hopelijk ter wille zijn en ook mijn groeten aan hem overbrengen?'

Liebermann zweeg even en vouwde zijn handen.

'Miss Lydgate,' begon hij. 'Bent u op de hoogte van wat er deze week in Spittelberg is gebeurd?'

'Ja,' zei Amelia. 'Vier vrouwen zijn vermoord. Ik heb erover gelezen in de *Zeitung*.'

'Aha. Een gruweldaad, zoals inspecteur Rheinhardt en zijn collega's bij de recherche nog nooit hebben meegemaakt. Er is al een verdachte opgepakt. In zijn klerenkast zijn bebloede kleren aangetroffen, maar hij werkt in een slachthuis en beweert dat het varkensbloed is. Bestaat er een manier waarop we kunnen vaststellen of hij de waarheid spreekt of niet?'

'Ja,' zei Amelia eenvoudig.

'Maar hoe...'

'Er bestaat een proef,' zei Amelia. 'Een assistent-professor aan de universiteit van Greifswald heeft die ontwikkeld. Hij is meen ik Weens van geboorte, Paul Uhlenhuth heet hij.'

'Die naam heb ik niet eerder gehoord.'

'Een briljant man. Voor de procedure moet een antiserum worden gemaakt, waarmee de aanwezigheid van kenmerkende precipitaten kan worden vastgesteld. De proef staat bekend als de precipitinetest.'

Liebermann had Amelia's korte uitleg niet echt begrepen, maar was te opgewonden om zijn volgende vraag te laten wachten ten gunste van zijn wetenschappelijke nieuwsgierigheid.

'Miss Lydgate, ik vermoed dat professor Uhlenhuth zijn experimenten in een laboratorium heeft gedaan, waarbij hij gebruik heeft gemaakt van vers bloed. Kan dezelfde test worden gebruikt om de herkomst te bepalen van bloed dat bijna een week oud is?'

'Ja. De kristallen opgedroogd bloed worden eenvoudig opgelost in zout water. De test is vervolgens net zo zuiver.'

'Wilt u... Kunt u... ?'

'De precipitinetest uitvoeren? Ik moet dan wel eerst nog eens een aantal artikelen van Uhlenhuth lezen, maar ja, zeker, de basisprocedure is verder niet ingewikkeld.'

'Wat hebt u nodig?'

'Een aantal injectiespuiten, wat reageerbuisjes, een beetje menselijk bloed, de bebloede kleding... en...' Amelia legde een vinger op haar lippen, keek in de verte en zei: 'Een konijn.'

'Pardon?'

Amelia keek Liebermann aan. Op haar gezicht was geen spoortje van een lach te ontdekken.

'Een konijn.'

'Hoe... een willekeurig konijn?'

'Ja. Mits het leeft, is ieder konijn geschikt.'

'Kunt u de proef morgen doen?'

'Ik kan er morgen mee beginnen, maar een antiserum maken duurt een week of twee.'

'En de resultaten zijn eenduidig?'

'Absoluut. Toe, dokter Liebermann, u hebt maar één kaakje gehad. Neemt u er toch nog een.'

Uit gêne en schuldgevoel pakte Liebermann een bleek schijfje van het bord dat ze hem voorhield, glimlachte flauw en beet met voorbeeldige gelatenheid in het dunne, droge biscuitje.

21

De stoelen in de Bösendorfer-Saal waren niet van elkaar gescheiden door armleuningen en toen de muziek onstuimiger werd schoof Clara onopvallend dichter naar haar verloofde toe. Liebermann boog zijn hoofd en ving een glimp op van de zoom van Clara's rok en haar zwarte laarsjes. Ze strekte achteloos haar tenen waardoor, als was het per ongeluk, de ronding van haar enkel zichtbaar werd. Hij stelde zich haar kleine voeten voor – die hij in werkelijkheid nog nooit had gezien – en hoe haar middenvoetsbeentjes fijntjes uitwaaierden onder de doorschijnende, blanke huid. Hij pakte haar hand en voelde haar vingers, die bij ieder muzikaal hoogtepunt harder knepen en vervolgens weer ontspanden als de spanning wegebde. Toen de pianiste het recital ten slotte tot een dramatisch einde had gebracht en het publiek met applaus reageerde, was het jonge stel buiten adem van opwinding.

Liebermann nam Clara's arm en liep achter de andere bezoekers de Bösendorfer-Saal uit, de drukke Herrengasse in. In de stralenbundels van de koetslampen glinsterden een paar dwarrelende sneeuwvlokken. Liebermann stak zijn arm op om een naderende huurkoets aan te houden.

'Nee,' zei Clara, 'laten we een stukje lopen.'

'Lopen? Het is erg koud.'

'Ja, maar ik heb zin om te lopen.'

Clara glimlachte onzeker.

'Goed dan. Welke kant zullen we op gaan?'

'Naar de Volksgarten, dan kunnen we daarna doorsteken naar de Burgring. Bij het Hoftheater staan vast ook huurkoetsen.'

Ze gingen langzaam op weg en liepen langs een straatverkoper met een houtskoolrooster dat vol verschroeide *Käsekrainer*-worstjes lag.

'En, vond je het mooi?' vroeg Liebermann.

'Het was prachtig,' antwoordde Clara. 'Ik was zo verbaasd. Ze is geen bijzonder grote vrouw en niettemin bracht ze zoveel... geluid voort!'

'Haar techniek is vlekkeloos. Maar dat kun je vermoedelijk ook verwachten van de leerling van zo'n vermaarde docente.'

De pianiste, Ilona Eibenschütz, had les gehad van Clara Wieck. Op het programma van Eibenschütz hadden onder meer een ontroerende *Romanze* van haar docente gestaan, de tweede sonate in G-klein van haar docentes echtgenoot Robert Schumann en de *Paganini-variaties* van hun gezamenlijke vriend Johannes Brahms. Ze had alle stukken buitengewoon hartstochtelijk gespeeld, maar Eibenschütz' vertolking van de *Paganini-variaties* was waarachtig formidabel geweest: bravourespel van de bovenste plank, de handen van de pianiste waren amper nog afzonderlijk te onderscheiden geweest terwijl ze met een duivelse snelheid over de toetsen raasden.

'Hij is krankzinnig geworden, toch?'

Clara's stem klonk ver weg. Het hoofdthema van de *Paganini-variaties* speelde nog steeds door Liebermanns hoofd als begeleiding van een duister ballet van vreemde vleselijke beelden, alsof je door een wijnglas naar een van de schilderijen van Gustav Klimt keek.

'Max?'

'Pardon?'

Liebermann besefte dat Clara iets had gezegd terwijl hij compleet in zichzelf verdiept was geweest.

'Robert Schumann. Herr Donner vertelde me dat Schumann krankzinnig is geworden... Hij – dat wil zeggen Herr Donner – leert me *Einsame Blumen* spelen, althans, dat probeert hij.'

'Een alleraardigst stuk,' zei Liebermann. 'En ja, Herr Donner heeft het helemaal goed. Die arme Schumann is in een gesticht overleden.'

'Wat was er met hem aan de hand?'

'Dat is een zeer boeiende vraag. Zijn symptomen zijn in medische kringen onderwerp geweest van menige discussie. Hij werd gewelddadig, leed aan onbeheersbare woedeaanvallen en verkondigde hoogdravende ideeën. Op een gegeven moment beweerde hij, meen ik, dat hij in gesprek was met engelen.'

Ze bogen een zijstraat in en lieten de geluiden van de Herrengasse achter zich.

'Maar waarom werd hij krankzinnig? Hoe kon zo'n grote geest zo...
gestoord raken?'

'Er wordt wel beweerd dat hij helemaal niet krankzinnig is geworden en dat zijn vrouw hem op infame wijze heeft laten opsluiten.'

'Maar waarom zou ze dat hebben gedaan?'

'Om de weg vrij te maken voor een clandestiene verhouding met
Brahms.'

Clara sperde haar ogen vol belangstelling open.

'Klopt dat?'

'Wie zal het zeggen? Ik betwijfel het. Er bestaan veel onafhankelij-
ke beschrijvingen van Schumanns overlijden. Hij was beslist erg ziek.
Maar wat de exacte oorzaak daarvan was... nou ja, ik heb daar wel eens
iets over gehoord.'

'O?'

'Een paar jaar geleden heb ik een psychiater uit Bonn ontmoet.
Zijn vader, die eveneens psychiater was, had ooit in datzelfde gesticht
gewerkt waar Schumann is overleden. De beste man was de mening
toegedaan dat Schumann de ultieme prijs had betaald...' Liebermann
zweeg even, fronste en sprak toen verder: 'Voor een faux pas uit zijn
jeugd.'

Clara zuchtte.

'Max. We gaan trouwen. Ik word de echtgenote van een arts. Je
hebt het neem ik aan over syfilis?'

Liebermann glimlachte.

'Ja, syfilis.' Hij articuleerde het woord duidelijk, maar vond het
toch ongemakkelijk om de ziekte in Clara's aanwezigheid te benoemen.

'En syfilis leidt tot krankzinnigheid?'

'Ja. Dat kan het gevolg zijn.'

'Maar zou zijn vrouw...'

Liebermann verwachtte de voor de hand liggende vraag al.

'Syfilis heeft een lange incubatietijd. Schumann en Wieck trouw-
den vele jaren nadat het gevaar van besmetting was geweken.'

Zo spraken ze nog een tijdje verder, in ongewoon ingetogen en
weldoordachte zinnen. Dit was zelfs zo opvallend dat Liebermann
nog eens terugdacht aan wat Clara's zachte vermaning kon betekenen.

Werd ze door het vooruitzicht van hun ophanden zijnde huwelijk verstandiger? Volwassener? En had hij haar, alweer, ten onrechte als een kind behandeld?

Ze betraden de Volksgarten. Het park was veranderd in een betoverd eiland dat in vorst en maanlicht glinsterde. Dikke, laaghangende wolken dreven als enorme zeewezens boven hun hoofd langs en tegen de gele glans van de lucht boven de stad doemde het pikzwarte klassieke bouwwerk van de Theseus-tempel op, een exacte replica van het origineel in Athene. Terwijl ze dichterbij kwamen, leek het gebouw strenger en mysterieuzer te worden. Ze bogen iets van hun pad af en liepen eropaf alsof ze werden aangetrokken door een geheimzinnige dwingende toverformule. Zwijgend beklommen ze de treden.

Ze bleven even staan en namen de omgeving in zich op. Toen draaiden ze zich langzaam naar elkaar toe. Clara leunde met haar rug tegen een van de grote Dorische zuilen. Haar ogen leken zich te laven aan de duisternis en groter te worden. Ze legde haar hoofd in haar nek.

'Max...' Ze zei zachtjes zijn naam en strekte haar hand uit. Haar vingers vonden de zijne en ze trok hem naar zich toe.

Ze kusten, een lange, lome kus die geleidelijk hartstochtelijker werd. Clara, die doorgaans de amoureuze avances van haar verloofde passief in ontvangst nam, reageerde met een ongekende honger, met een gretige, zuigende kus. Liebermanns handen gleden langs haar lichaam en vonden ten slotte een opening via welke hij de warmte en zachtheid onder haar jas verkende. Clara kreunde van genot.

Ze maakten zich los, geschrokken dat ze zich allebei zo hadden laten gaan.

Clara trachtte haar schaamte te verbergen door haar hoofd tegen Liebermanns borst te drukken.

'Het spijt me,' zei Liebermann. 'Vergeef me...'

Hij keek op naar de hemel, maar zag alleen de onderkant van de grote architraaf waaraan enorme ijspegels hingen. Ze deden hem denken aan de ongelukkige Damocles die ertoe verdoemd was een banket bij te wonen terwijl hij gezeten was op een stoel waarboven een zwaard aan slechts één haar hing.

'We gaan tróuwen...' zei Clara zachtjes. 'Als je wilt... ik...'

'Nee,' zei Liebermann. 'Nee, het zou onvergeeflijk zijn. Ik ga geen misbruik van je maken. Ik zal nóóit misbruik van je maken.'

Clara vlijde zich dichter tegen hem aan. Liebermann tilde zijn kin op om ruimte te geven aan haar hoofd. Tegen zijn blote hals voelde hij de warme pufjes van haar snelle ademhaling. Het was ondraaglijk opwindend. Niettemin bewoog hij niet, maar staarde hij over Clara's hoed naar de roerloze, bevroren wereld terwijl zijn bewustzijn zich pijnlijk vernauwde tussen de tegenpolen van vuur en ijs.

22

Andreas Olbricht stond midden in zijn atelier. Op de ramen stond bevroren condens, waardoor ze ondoorzichtig waren geworden en het licht van buiten temperden. Tegen de muren leunden verschillende houten lijsten om doek op te spannen, een aantal voltooide schilderijen en een grote passpiegel. Olbricht bestudeerde zijn spiegelbeeld: een kleine man met een slappe pet op, in een bruine kiel van een grove stof die vol verfvlekken zat. Hij nam een plechtige houding aan.

De kunstenaar aanvaardt de scheppingsdaad.

Zijn blik bleef even op een veeg vermiljoen hangen.

Hij draaide zich om en liep over de kale houten vloerdelen naar zijn tafel, waar hij zijn collectie pigmenten in ogenschouw nam: oker, malachiet, alizarine, ongebrande siena. Het malachiet trok zijn aandacht. Hij strooide wat van het smaragdgroene poeder in de vijzelkom en vermaalde het met een houten stamper. Terwijl hij zo bezig was dacht hij terug aan zijn gesprek met Von Triebenbach over de opdracht van Herr Bolle. Welke scène uit de *Ring* zou hij kiezen? De goden in een zee van vuur, de rit van de Walkuren, Siegfried op de brandstapel? Hij was er toen vrijwel zeker van geweest dat het onderwerp van deze opdracht iets heroïsch zou zijn. Maar toen hij bezig was met de voorbereidende schetsen, drong zich steeds weer een volslagen andere scène aan hem op, namelijk het tableau waarmee de *Ring*-cyclus opent: de drie Rijndochters – Woglinde, Wellgunde en Flosshilde – en de dwerg Alberich. Die scène kwam steeds terug en liet zich bijna met een zekere koppigheid gelden. Hij was uiteindelijk gezwicht en had zich neergelegd bij de aanname dat een groot kunstwerk zich naar zijn ontstaan worstelde.

Olbricht mengde wat lijnzaadolie door het vermalen malachiet en goot het mengsel op zijn palet. Hij draaide zich weer om en keek naar het grote doek op zijn ezel. Het werk bevond zich in het allervroegste beginstadium. Alleen in de bovenste linkerhoek stonden kleurige verfstreken, voor de rest was alles nog schets. De figuren had hij met rood krijt neergezet en Olbricht stelde tevreden vast dat het effect sterk leek op een bekende tekening van Leonardo da Vinci.

Op tafel lag naast de stamper en vijzel een schrift waarin hij een aantal oorspronkelijke toneelaanwijzingen van Wagner had overgeschreven.

'In de diepten van de Rijn.'

'Een groenige schemering, naar boven toe helderder, naar beneden toe donkerder. Het bovenste deel is gevuld met kolkend water... Steile rotsachtige klippen steken vanuit de diepte alle kanten op... In het midden van het podium staat een klip met een slanke spits die door het troebele water naar boven wijst waar het licht helderder is...'

Olbricht druppelde wat extra lijnzaadolie op zijn palet en roerde die met een stugge varkensharenkwast door het malachiet.

Hij was tevreden met zijn Rijndochters. Ze zagen eruit als frisse, sympathieke Duitse meisjes. Gezond, weelderig en onbezorgd, begiftigd met een onschuldige charme. Als dezelfde scène door een van de secessionisten onder handen was genomen, had het resultaat er beslist heel anders uitgezien. Iemand als Klimt – of een van zijn gedegenereerde vakgenoten – zou van de Rijndochters uitgemergelde, orgiastische waternimfen hebben gemaakt, naakt, met piepkleine borsten en zichtbare genitaliën. De modernisten waren niet in staat de vrouwelijke vorm waardigheid te geven, ze konden die alleen maar corrumperen. Hun werk was obsceen.

Herr Bolle was een verstandig man, die traditionele waarden hooghield. Hij zou niet anders willen dan dat zijn Rijndochters ingetogen, kuis en puur waren.

In een rotsige spelonk had Olbricht de eerste lijnen geschetst van wat uiteindelijk een enorme klomp goud moest worden. Hij overwoog welke pigmenten hij zou gebruiken: lood-tingeel, loodwit en ijzeroxide. Voor zijn geestesoog zag hij hoe de amberkleurige gloed door de donkergroene diepten zou dringen. Hij liet zijn blik naar beneden glijden en bleef hangen bij de schets van Alberich, de Nibelungdwerg, die uit een donkere kloof in de rivierbedding klom.

De Rijndochters bewaakten het *Rheingold*, de heilige schat waarvan een ring kon worden gesmeed. De drager van die ring zou over de wereld heersen. Maar, zo vertelt de legende, daarvoor zou hij eerst de liefde moeten opgeven. De Rijndochters kweten zich niet zo nauwgezet van hun taak omdat ze ervan overtuigd waren dat geen enkele dief bereid zou zijn zo'n hoge prijs te betalen. Wie zou ooit de vreugden der liefde afzweren in ruil voor wereldse macht?

Olbricht deed een stap dichter naar het doek en hurkte neer om beter naar de dwerg te kunnen kijken die als een giftig reptiel uit de rotsscheur klauterde terwijl hij met zijn uitpuilende ogen de enorme goudklomp in het vizier hield.

Was het zo opmerkelijk dat een veracht, bespot en als wangedrocht beschouwd wezen moeite zou hebben met zo'n ruil? Liefde voor macht?

Zo opmerkelijk was dat ook weer niet.

23

Hermann Aschenbrandt zat in een rieten stoel naast de piano en luisterde geconcentreerd. De aspirant-leerling had Aschenbrandt geschreven nadat hij een uitvoering van diens kwintet in D-klein (*De onoverwinnelijke*) had gehoord in de Tonkünstlerverein. De brief was een lange lofprijzing geweest en de jongeman had aangegeven niets liever te willen dan zo spoedig mogelijk met compositielessen beginnen. Aschenbrandt had ingestemd met een eerste ontmoeting, maar nu zijn bewonderaar naast hem aan de piano zat, was hij er niet meer zo zeker van dat Herr Behns muzikale instincten en de zijne inderdaad op een lijn lagen. Het was een zeer misleidende brief geweest.

De jonge musicus was halverwege zijn *Fantasia in Bes-groot*. Het werk was begonnen met een improvisatorisch eerste deel dat heel in de verte deed denken aan Chopin, maar vervolgens, via een aantal kwellende harmoniewisselingen, was overgegaan in een lethargisch, emmerend adagio. Boven een vage baspartij meanderde een melodie met omslachtige wendingen en versieringen die aan het oosten deed denken: niet het oosten van de Arabieren of de Chinezen, maar het meer nabijgelegen oosten, dat van Hongarije, Galicië en Transsylvanië. De muziek irriteerde Aschenbrandt een beetje, als een mug die in zijn oor zeurde.

'Ja, ja...' zei hij ongeduldig en hij streek een dunne lok witblond haar uit zijn gezicht. 'Ik begrijp het. Misschien kunnen we nu het laatste deel horen?'

Behns vingers werden langzamer en hij tilde zijn handen van de toetsen.

'O, er komt net een interessante modulerende passage aan, een paar maten nog.' Hij begon zenuwachtig door de muziek te bladeren.

'Herr Behn,' zei Aschenbrandt vinnig. 'Het laatste deel, alstublieft.'

'Ja,' zei de jongeman. 'Excuses. Natuurlijk.'

Behn vond de juiste pagina en begon te spelen. Weer klonk de muziek als Chopin. Maar het viel Aschenbrandt op dat de melodie hardnekkig trachtte zich los te maken van haar harmonische grondtoon, steeds weer opspeelde en rondtuimelde om de grenzen van de tonaliteit. Het klonk als het ongedisciplineerde en verwoede gekras van een zigeunerviolist! Aschenbrandt bestudeerde nauwkeurig Behns fysionomie.

Behn was een kleine, dunne man met hellende schouders. Zijn huid was beslist donker gekleurd en die wenkbrauwen... zoals die bijna doorliepen. Ja, hij begreep het al.

Aschenbrandt luisterde nog een paar minuten en constateerde dat hij de dissonanten niet langer kon aanhoren. Hij klapte in zijn handen.

'Dank u, dank u wel, Herr Behn!'

De jongeman hield op met spelen en ervan uitgaande dat Aschenbrandt meer voorbeelden van zijn werk wilde horen, pakte hij een ander stuk van de stapel die hij op de piano had gelegd.

'Drie romantische liederen?' zei hij en zijn stem steeg verwachtingsvol.

Aschenbrandt glimlachte vlak en liet zijn gebalde rechtervuist voorzichtig in de holte van zijn linkerhand zakken. Behn begreep dat zijn voorstel niet in goede aarde viel en legde het manuscript zwijgend terug.

'Vertel eens, Herr Behn,' zei Aschenbrandt langzaam. 'Welke componisten bewondert u?'

'Nou... afgezien van u, maestro Aschenbrandt, houd ik erg van de muziek van Karl Prohaska. Ik heb vorig jaar zijn vierde strijkkwartet gehoord, uitgevoerd door het Fitzner-kwartet. Ik vond het een schitterend stuk, heel talentvol. En Wöss... ik ben weg van zijn symfonische gedicht *Sakuntala*.'

'Maar Herr Behn, dat zijn met de beste wil van de wereld echt geen belangrijke componisten.'

Behn zweeg even, zette zijn bril recht en zei: 'Goldmark, Alexander Zemlinsky en Mahler, natuurlijk. Zijn tweede symfonie is zonder meer een meesterwerk.'

Ja, de situatie werd met de minuut helderder.

'Herr Behn, ik vrees dat ik u op alle punten moet tegenspreken. Geen van deze heren is een componist van belang en ik kan u verzekeren dat de tweede symfonie van Mahler geen meesterwerk is. Als u daar zo over denkt, zit u er heel ver naast.'

'O...' zei Behn.

'Het is geen symfonie, maar een onsamenhangend, slecht gestructureerd samenraapsel van ideeën die volgens een infantiele gedachtegang bij elkaar zijn gebracht. Zoals Wagner heel wijs opmerkte heeft Beethoven de symfonie tot haar absolute grootheid gebracht. Alleen de stomste, of arrogantste man zou trachten de symfonie voorbij Beethoven te ontwikkelen!'

'Aha,' zei Behn en hij trok zenuwachtig aan zijn manchetten.

'Herr Behn,' sprak Aschenbrandt verder, 'ik moet eerlijk tegen u zijn. Ik ben niet bijzonder onder de indruk van uw werk. U bent een competent musicus en sommige harmonische sequensen van u geven blijk van vindingrijkheid, maar u hebt niet dat ondefinieerbare talent, de essentiële vonk, de gáve, die de ware componist, de ware kunstenaar, onderscheidt van de deuntjesschrijver, de dilettant.'

'Maar...' Behn kreeg een kleur. 'Maestro Aschenbrandt, onder uw begeleiding zal ik toch zeker...'

'Nee,' onderbrak Aschenbrandt hem kil. 'Ik kan u niet als leerling aannemen.' Behn trok zijn borstelige wenkbrauwen op. 'Begrijpt u mij alstublieft goed, Herr Behn. Ik zou u een zeer slechte dienst bewijzen als ik u zou stimuleren om een muziekloopbaan te volgen die voorbestemd is te mislukken. U studeert momenteel rechten en als u daar goed uw best in doet, ben ik ervan overtuigd dat u een lucratieve carrière in het Justizpalast zult maken. Bewaar muziek voor uw vrije tijd, voor uw plezier...'

'Maar muziek is mijn léven.' Behn spreidde machteloos zijn handen. 'Ik wil componeren.'

'Het spijt me, Herr Behn. Ik kan u niet als leerling aannemen.'

Behn schudde zijn hoofd, pakte zijn muziek en borg die op in zijn leren tas.

Aschenbrandt stond op, pakte een handbelletje en liet dat hard rinkelen.

'Elga laat u uit.'

Even later verscheen een dienstmaagd.

'Goedendag, Herr Aschenbrandt. Ik ben, zoals u zult begrijpen, erg teleurgesteld. Maar ik ben ook van mening dat begaafde mensen hun roeping trouw moeten zijn. Ik respecteer uw eerlijkheid.'

'Precies,' zei Aschenbrandt.

De afgewezen leerling liep naar de deur.

'Herr Behn,' riep Aschenbrandt hem achterna.

De jongeman bleef staan en draaide zich naar hem om.

'U kunt altijd Zemlinsky nog proberen...'

Behn knikte en verliet de kamer.

Aschenbrandt veegde met zijn zakdoek het pianokrukje schoon, ging zitten en begon de openingsakkoorden van een nieuwe baritonaria te spelen: *Wij zullen zegevieren*. Het moest de centrale aria worden in de eerste akte van *Carnuntum*. Toen Aschenbrandt zijn handen liet zakken, kwam van onder de mouw van zijn jasje een bedelarmband tevoorschijn. Een van de kleine voorwerpen die aan de zilveren ketting waren bevestigd, was een bedeltje van een man in een kaftan die aan een galg hing. Het stelde een opgehangen Jood voor.

24

Café Imperial: geïrriteerde obers, gebarende gasten en het gerammel en getik van bestek.

De pianist had net het slotakkoord van een polka van Strauss gespeeld en zette na een korte pauze een luchtig populair deuntje in.

'Wat is dat?' vroeg Mendel.

'De *Schaatserswals*,' zei Liebermann. 'Waldteufel.'

'Zie je wel?' zei Mendel tegen Jacob Weiss. 'Hij kent ze allemaal.'

Liebermann zat tegenover zijn vader en zijn toekomstige schoonvader. Ze hadden het even gehad over de voorbereidingen voor de trouwerij, maar waren daar al snel over uitgepraat. De drie heren lieten dergelijke zaken met alle plezier over aan hun echtgenotes en de aanstaande bruid.

Een ober kwam met een blad vol koffie en gebak: een Weense walnoten-appeltaart onder een golvende laag slagroom bestrooid met kaneel en zilveren pareltjes, een stuk maanzaadstrudel en een dikke, luchtige plak *Gugelhupf*.

'Dank je wel, Bruno,' zei Mendel.

De ober zette de bestelling op tafel, klikte met zijn hakken en verontschuldigde zich.

Mendel sneed al snel het onderwerp zaken aan.

'Ik overweeg al enige tijd er nog een fabriek bij te nemen. Onze families hebben nu een gezamenlijk belang...' hij knikte naar zijn zoon, '... misschien is het tijd dat wij, Jacob, aan samenwerking gaan denken.'

'Ben je nog steeds in onderhandeling met Blomberg?' vroeg Jacob en hij stak zijn vork in een sappig brokje strudel.

'Ja,' zei Mendel. 'Zijn warenhuis loopt nog steeds heel goed. Hij probeert me al een tijd voor een samenwerkingsverband te strikken, maar ik weet het niet. Volgens Redlich is hij niet te vertrouwen.'

'Redlich?'

'De eigenaar van de suikerraffinaderij in Göding.'

'O ja, díe Redlich!'

'Maar toch. Een warenhuis aan de Kärntner Straße kan niet mislukken, wat je ook van Blomberg denkt.'

Herr Weiss knikte en stelde een paar vragen over de grondpacht, belastingen en rentetarieven.

Liebermann schepte de slagroom van zijn gebak, kantelde zijn vorkje en liet de zilveren pareltjes het licht vangen. Het waren volmaakte bolletjes van verschillende grootte die als sterren flonkerden. Toen zijn vaders stem weer tot hem doordrong, besefte hij dat hij wat langer afwezig moest zijn geweest.

'... een nicht van me, Selma, getrouwd met een Pool, hij heet Kinsky.' Mendel spietste een brok Gugelhupf op zijn vorkje en lichtte het van zijn schoteltje. 'Ze zijn acht jaar geleden naar Engeland geëmigreerd, naar een plaats die Manchester heet. We schrijven elkaar nog steeds regelmatig. Ze hebben twee zoontjes, Peter en Robert, en hun import-exportbedrijf loopt als een trein. Waar het om gaat, is dat ze willen uitbreiden en daarvoor hebben ze een groot geldbedrag nodig. Ik weet zeker dat ik gunstige voorwaarden zou kunnen bedingen.' Mendel stak het stukje tulband in zijn mond en kauwde met overgave. 'Ik weet niet hoe jij erover denkt,' vervolgde hij met zijn mond nog vol. Een paar kruimels vielen in zijn lange baard. 'Maar ik ben er erg op gespitst om elders een voet tussen de deur te krijgen, op een minder onstabiele locatie. Iedere keer als de politici het verknoeien, gaan de mensen op zoek naar een zondebok...'

'Je klinkt als Herzl!' zei Liebermann.

'En wat dan nog?'

'Als Herzl tegenwoordig naar het theater gaat,' zei Liebermann, 'wordt hij begroet met de woorden "Welkom, Uwe Majesteit!"'

Jacob Weiss keek niet-begrijpend.

Liebermann leunde naar hem toe en zei: 'Het komt door Kraus, de publicist. Hij omschreef Herzl in *Die Fackel* als de koning van Zion.'

Mendel schudde zijn hoofd en begon luid te sputteren.

'Herzl heeft een veel betere kijk op de situatie hier dan jij beseft.'

'Vader...' zei Liebermann. 'Wenen is onze stad. Het Duits is onze taal, niet het Hebreeuws, en ik wil niet in Palestina wonen!'

Mendel wierp een blik op zijn oude vriend.

'Wij herinneren ons nog hoe Schönerers knokploeg door de Taborstraße marcheerde... Zoiets vergeet je niet, jongen. Geloof me maar!'

Liebermann stak zijn hand over de tafel heen en greep even die van zijn vader.

'Ik weet dat er problemen zijn, vader. Maar we leven nu in betere tijden.' Hij keek naar Herr Weiss, glimlachte en keek weer naar zijn vader. 'Je maakt je zorgen om niets.' Diezelfde woorden had Konrad een paar weken geleden geuit.

'Ach, de jongere generatie,' zei Weiss en hij haalde zijn schouders op. Hoewel zijn uitspraak als een neutrale observatie bedoeld was, leek die toch zeldzaam verhelderend.

'Vergeet je taart niet,' zei Mendel en hij wees naar de walnotenappeltaart van zijn zoon. 'Je hebt er haast nog geen hap van genomen.'

25

Café Haynau lag maar een paar minuten lopen van de kazerne en werd daarom veelvuldig door militairen bezocht. De waard, die na de dood van zijn vrouw zijn grote liefde voor wodka had ontdekt, was zelden aanwezig, maar zijn twee plichtsgetrouwe dochters stonden altijd klaar om tijdens zijn afwezigheid de zaak over te nemen. Ze konden geen van beiden mooi worden genoemd, maar waren allebei welgevormd en niet vies van gekoketteer, zij het speels, met de soldaten. De oudste van de twee, Mathilde, beschouwde zichzelf graag als zangeres en zong vaak sentimentele ballades, begeleid door een oude accordeonist.

Luitenant Robert Renz en tweede luitenant Christian Trapp zaten aan hun gebruikelijke tafeltje een langgerekt potje tarot te spelen. Onder een boog door konden ze een biljarttafel zien waar een grote menigte cavaleristen zich had verzameld. Een vaandrig baarde nogal opzien toen hij van de regimentsarts won, een man die al een maand lang niet was verslagen. Er werd gejuicht toen de vaandrig weer een bal in de zak speelde. De arts keek op en trok aan het puntje van zijn keurig gecoiffeerde baard.

Ruprecht Hefner stormde door de deur naar binnen en liep linea recta naar het tafeltje van Renz en Trapp. Hij ging op een van de lege stoelen zitten, nam een teug schnaps rechtstreeks uit de fles van zijn kameraden en zei: 'Ik ben blij dat jullie hier zijn. Jullie moeten iets voor me doen.'

Renz en Trapp keken elkaar aan en legden hun kaarten op tafel.

'Wat dan?' vroeg Renz langzaam.

'Een gunst,' antwoordde Hefner. 'Kennen jullie Freddi Lemberg?'

'Nee.'

'De zoon van Alfred Lemberg. Lemberg – de industrieel!' Renz gaf geen blijk van herkenning. 'Laat ook maar. Ik kwam Lemberg junior tegen bij de opera, *Siegfried*, een ontzettend goede uitvoering gediri-geerd door die aap van een Mahler. Ze zeggen dat Joden Wagner niet kunnen begrijpen, maar bij hem ga je daar toch aan twijfelen. Anna von Mildenburg was geweldig. Ik geloof dat ik verliefd op haar aan het worden ben! Ze zeggen dat ze een verhouding met hem heeft gehad, wisten jullie dat?'

'Wie, Lemberg?' vroeg Renz.

'Nee, Mahler, idioot!'

'Vertel, wat is er met die Lemberg?'

'Ja, goed. Ik zag hem na de tweede akte en hij deed uitermate ver-velend. Ik was geagiteerd door die opera, had daarom helemaal geen zin in zijn flauwekul en onze conversatie werd nogal verhit. Het komt erop neer dat Lemberg op een gegeven moment genoegdoening eis-te. Natuurlijk zei ik dat ik daar met alle plezier mee instemde. Hij was met Tarnoploski en die smeekte ons allebei ervan af te zien. Maar Lemberg had overduidelijk zijn besluit genomen. Wat had ik anders kunnen doen?'

'Je had het Waidhofen-manifest kunnen aanhalen,' zei Trapp. 'Een Jood wordt zonder eer geboren en heeft daarom het recht niet om ge-noegdoening te eisen.'

Hefner wuifde Trapps raad met een hooghartig gebaar weg. Uit de biljartzaal klonk een luide zucht en Renz was even afgeleid.

'Opgelet,' zei Hefner en hij tikte op het tafelblad. 'Ik wil dat jullie naar café Mozart gaan.'

'Wat, nu?' vroeg Renz.

'Ja, nu,' zei Hefner. 'Daar zitten Lembergs secondanten.'

Hefner haalde een stukje papier tevoorschijn en las de namen op: 'Fritz Glöckner en Gerhard Riehl. Je mag iedere voorwaarde die ze noemen accepteren: sabel, pistool, het maakt mij niet uit. Hij kan met allebei niet overweg, hoewel hij wel een zeer goede violist schijnt te zijn, heb ik me laten vertellen.'

'Maar waar ging het dan over? Jullie woordenwisseling?' vroeg Trapp en hij schonk zichzelf nog wat schnaps in.

'O, iets... iets wat ik afgelopen zomer zou hebben gedaan.'

Hefner nam zijn pet af en streek met een hand door zijn dikke blon-de haar. Vanaf de andere kant van de ruimte merkte Mathilde hem op en zwaaide. Hefner boog zijn hoofd en glimlachte hoffelijk.

'Ga door,' zei Renz.

'Hij denkt dat ik zijn vrouw heb verleid,' vertelde Hefner verder. 'Ik logeerde op Schloss Triebenbach aan het Kammermeer, als gast van de baron. De Lembergs hadden net buiten het dorp een villa gehuurd. Zijn vrouw was aan het herstellen van een of andere nerveuze aandoening...' Hefner speelde even met de goudgele kwast die aan zijn sabelknop hing. 'Ze was vaak alleen in huis. Freddi en zijn vrienden namen graag de stoomboot over het meer naar Weyregg. Ik heb een paar keer mijn opwachting bij haar gemaakt, dat is alles...'

Er gleed een dubbelzinnige lach over zijn knappe gezicht.

Uit de biljartzaal klonk plotseling applaus. Cavaleristen feliciteerden de regimentsarts, die, tot verbijstering van de vaandrig, weer een overwinning had binnengehaald.

'Hem moet ik ook nog even spreken,' zei Hefner en hij gebaarde naar de dokter. 'Ik zal hem nu aanschieten, zolang hij nog in een goede bui is. En dan ga ik naar bed waar ik ongetwijfeld zal dromen van Mildenburg die me naar het Walhalla ontvoert!' Hij stond meteen op en riep: 'Dokter, dokter! Geweldig! Pas maar op, u wordt nog eens een legende. Neemt u me niet kwalijk, maar mag ik u even lastigvallen? Kan ik u onder vier ogen spreken?'

26

Het politielab van Schottenring bevond zich in een ruime rechthoekige kamer met hoge glas-in-loodramen. Buiten was het dikke wolkendek opengebroken en helder winterzonlicht stroomde de kamer binnen. Amelia Lydgate stond bij een lange werkbank en hield een reageerbuisje tegen het licht. Ze had haar haar opgestoken in een grote gevlochten knot. Maar ook deze drastische maatregel kon niet verhinderen dat haar strak samengebonden koperen lokken het licht weerkaatsten. Toen ze haar hoofd schuin hield lichtte een rosse gloed op.

Ze droeg een eenvoudige, hooggesloten, witte blouse en een lange grijze rok die bijna tot de vloer kwam. Liebermann liet zijn blik langs haar rug naar beneden glijden en bleef rond haar heupen even hangen. Even flakkerde onder in zijn buik een gevoel van opwinding, gevolgd door een hamerslag van schaamte. Hij keek weg en staarde recht naar het trillende neusje van een fors bruin konijn.

'En, Miss Lydgate?' vroeg Rheinhardt.

Amelia draaide zich om en keek de twee mannen aan. Zoals altijd verried haar gezichtsuitdrukking geen enkele emotie.

'Er heeft zich geen precipitaat ontwikkeld.'

'En dat betekent?' vroeg Rheinhardt.

'Het bloed op Krulls kleren is niet menselijk.'

Rheinhardt bolde zijn wangen en liet de lucht langzaam weer ontsnappen.

'Aha.'

Er volgde een lange stilte en Liebermann legde een troostende hand op de mouw van zijn vriend.

'Neemt u me niet kwalijk, Miss Lydgate,' ging Rheinhardt verder, 'maar weet u het absoluut zeker?'

'Ik weet het beslist zeker, inspecteur.'

'Er is geen kans dat deze proef een onjuist resultaat zou kunnen op-leveren?'

'Nee.'

Zijn teleurstelling ontsnapte niet aan haar opmerkzame blik.

'Inspecteur, sta toe dat ik de procedure nog eens toelicht.' Hoewel Amelia Lydgate zich volkomen hoffelijk gedroeg, klonk er toch een spoortje ongeduld in haar stem door. 'Als menselijk bloed twee we-ken lang in een levend konijn wordt geïnjecteerd, verkrijgt het bloed van dat konijn een bepaalde eigenschap: het gaat een reactie aan met menselijk bloed zodat er een precipitaat ontstaat. Dat komt omdat deze regelmatige injecties van menselijk bloed in het bloed van het konijn een defensieve reactie opwekken. Ik heb dit konijn...' ze ge-baarde naar de kooi '... een paar weken lang met mijn eigen bloed geïn-jecteerd en het bloed van het beestje is nu een antiserum. Het herkent de unieke eiwitten in menselijk bloed en gaat daar een reactie mee aan waardoor een precipitaat ontstaat.'

Amelia liep naar Rheinhardt toe en hield een reageerbuisje voor zijn ogen. In het heldere licht van het laboratorium leek de inhoud te gloeien.

'Het is zonneklaar, inspecteur. Als het bloed op Krulls kleren men-selijk bloed was geweest, zou het serum troebel zijn geworden. Pro-fessor Uhlenhuths precipitinetest mag dan eenvoudig zijn, maar hij is absoluut betrouwbaar.'

Rheinhardt knikte.

'Dank u wel, Miss Lydgate, dank u. Ons bureau is u wederom zeer erkentelijk.'

'Graag gedaan, inspecteur Rheinhardt.'

De inspecteur zuchtte diep en liep naar de konijnenkooi.

'Dat betekent natuurlijk niet dat Krull onschuldig is,' zei Lieber-mann zachtjes.

'Nee,' zei Rheinhardt, 'maar het bewijsmateriaal pleit wel steeds meer in zijn voordeel. De medicijnenstudent die onder Krull woont heeft bekend dat hij lid is van een sociëteit die tijdens de ontgroening onder andere nieuwe leden lichaamsdelen uit het lijkenhuis laat ste-len!'

'Wat de aanwezigheid van het middenhandsbeentje zou verklaren.'

'Inderdaad.' De inspecteur boog zich naar voren, stak een vinger door de tralies van de kooi en kroelde het zachte konijnenkopje.

'En ook jou zit het vandaag niet mee,' zei hij enigszins verstrooid.

'O?' riep Amelia. 'Hoezo, inspecteur?'

'Hoofdcommissaris Brügel heeft me gevraagd hem te waarschuwen als de proef klaar is. Hij had bedacht dat zijn kok een lekkere stoofpot van dit arme ventje kon maken.'

Amelia fronste haar voorhoofd.

'Met alle respect, inspecteur, ik zou willen vragen of de hoofdcommissaris zijn mening kan herzien. Dit konijn is het enige dier in Wenen waarvan het bloed een reactie aangaat met menselijk eiwit. Als het verder regelmatig injecties krijgt, blijft het reactief. U moet het aanhouden als een waardevol lid van de wetenschappelijke staf.'

Rheinhardt wilde glimlachen, maar onderkende, net op tijd, dat Miss Lydgate volkomen serieus was.

'Natuurlijk,' zei hij. 'Ik zal kijken of er een geschikt formulier voor is. Misschien kan ik het inschrijven als junior expert.'

Amelia's frons werd wat minder diep. Gezien haar wat eigenzinnige karakter was dat het duidelijkste teken van goedkeuring dat je mocht verwachten. Rheinhardt wierp een steelse blik richting Liebermann en sloeg toen zijn ogen ten hemel. De jonge dokter probeerde zijn lach te onderdrukken, maar ontdekte tot zijn gêne dat zijn schouders schokten.

Aan het eind van de middag had Rheinhardt zijn rapport geschreven en er een officieel registratieformulier aangehecht. Daarin werd Miss Lydgates konijn benoemd tot een van de leden van de recherche met als functie 'laboratoriumassistent'. Zijn grapje was profetisch gebleken. In Oostenrijk-Hongarije was niets zo nietig of onbeduidend of er bestond wel een of andere registratie, vergunning of officieel stempel voor.

Er komt een dag dat dit rijk bedolven wordt onder een bureaucratische lawine!

Rheinhardt rekte zich uit, gaapte, stond op en knipte het bureaulichtje uit.

Hij was moe en besloot zijn muffe hoofd uit te laten waaien door te voet naar huis te gaan in plaats van met een huurkoets. Het was de hele dag onbewolkt gebleven en nu kelderden de temperaturen. Een gure wind schrijnde zijn wangen, maar Rheinhardt stapte vastbesloten door. Hij kwam langs een tramhalte waar een aantal heren in een rij stond te wachten en sloeg de promenade voor het stadhuis in. Het was een wijde, open ruimte die werd onderverdeeld door een laan van gaslampen. De vlammen gaven een zwavelgele gloed af die sterk genoeg was om het stadhuis zelf te verlichten, Rheinhardts favoriete gebouw in Wenen.

'Betoverend.' Hij sprak het woord hardop uit terwijl hij het uitzicht bewonderde.

Het leek zo weggelopen uit een sprookje: een gotisch paleis bestaande uit een massief centraal bouwwerk, zo groot als een kathedraal, en vijf torentjes. Boven op de hoofdtoren, die veel hoger was dan de overige vier, stond het beeld van een middeleeuwse ridder in volledige wapenrusting. Hij stond zo hoog dat hij amper te zien was, maar Rheinhardt ontwaarde zijn donkere gestalte tegen een achtergrond van flonkerende, rancuneuze sterren. Het gebouw maakte in zijn geheel een zeer complexe indruk. Er waren lantaarns, fioelen, boogramen met verticale stijlen, steunpilaren en verschillende schuine daken. Het was een grandioos gezicht dat nog aan grandeur won door de afwerking met guirlandes van sneeuw. Rheinhardt genoot ervan dat hij even de enige toeschouwer van al dit moois mocht zijn.

Hij wenste de ridder goedenacht, liep om het stadhuis heen en vervolgde zijn weg door de achterafstraten van Josefstadt.

Het was een teleurstellende dag geweest.

Was die proef maar positief uitgevallen...

Maar dat was hij niet...

Toen Rheinhardt bij zijn woongebouw kwam, beklom hij de stenen trap naar de eerste verdieping. Zijn zware stappen kondigden zijn komst aan. Nog voor hij boven aangekomen was, vloog de deur van zijn woning open en verscheen zijn vrouw Else.

'Daar ben je eindelijk!' riep ze. 'Waar was je toch?'

'Op het bureau,' zei Rheinhardt.

'De recherche heeft gebeld...'

'Maar ik was net nog op de Schottenring!'

'Ze zeiden dat je al een tijd weg was.'

'Tja, dat kan misschien wel kloppen. Ik ben komen lopen.'

Elses gezichtsuitdrukking schommelde tussen boosheid en op-luchting.

'Ik was ongerust,' zei ze uiteindelijk.

'Nou, dat was nergens voor nodig,' zei Rheinhardt en hij beklom de laatste treden en kuste zijn vrouw op haar voorhoofd. 'Waarom belden ze?'

'Je moet naar de Ruprechtskirche komen.'

'Nu?'

'Ja. Er is weer een moord gepleegd.'

27

De eerwaarde zat op de stoel van de meester, een prachtige troon van eiken houtsnijwerk. Naar men vermoedde was hij rond 1690 in Schotland gemaakt en aan een van de eerste Weense loges geschonken, misschien zelfs aan *Aux Trois Canons*, de allereerste. Hij liet zijn vingers over de gebeeldhouwde leuning glijden en volgde de lijnen van een opgewerkt pentagram, het Pythagoreesche zinnebeeld van perfectie. De vijfpuntige ster lag tussen de poten van een passer.

Vanaf deze plek kon de eerwaarde dwars door de tempel kijken en de ingang zien, twee grote bronzen deuren geflankeerd door Korinthische zuilen die aangeduid werden als J en B, voor Jakin en Boaz, in navolging van de twee zuilen die Hiram bij de poort van de tempel van Salomo had laten oprichten. Daarboven stond een gelijkzijdige driehoek in reliëf van waaruit een alziend oog onbewogen de lege banken overzag. Aan de oostwand bevond zich een onvoltooide muurschildering. Bij voltooiing zou hier de ark des verbonds te zien zijn en Jakobs ladder die oprees naar de Hebreeuwse letter Jod. We hebben geen haast, dacht hij bij zichzelf. We hebben nog steeds genoeg tijd om alles in orde te maken...

De eerwaarde stond op uit de stoel en liep het middenpad af. Bij iedere gaslamp bleef hij even staan om die uit te doen en zo vorderde hij langzaam richting uitgang. Hij duwde een van de bronzen deuren open en pakte een van de twee olielampen die aan haken in de muur hingen. In de betrekkelijk kleine hal bevond zich een doorlopende trap: de ene helft liep naar boven, de andere naar beneden. De eerwaarde nam de trap naar beneden, een nauwe wenteltrap met uitgehakte stenen treden die ver de diepte in reikten. Beneden aangekomen bevond hij zich weer in een ander voorvertrek waar uit een half geopende deur licht naar binnen viel.

'Ah, ben je daar nog, broeder?' zei de eerwaarde met luide stem.

'Ja,' kwam het antwoord. 'Ik ben er nog.'

De eerwaarde duwde de luid knarsende deur open. Stukje bij beetje werd een rechthoekige ruimte zichtbaar die aanzienlijk kleiner was dan de tempel. De muren gingen nagenoeg volledig schuil achter boekenkasten, hoewel de planken grotendeels leeg waren. Midden in de ruimte stond een aantal kisten. Twee ervan waren leeg, in de derde bevond zich een verzameling in leer gebonden boeken. Aan een bureau daarnaast zat een man die zich steeds weer naar de halfvolle kist vooroverboog, de boeken eruit tilde, deze bestudeerde en vervolgens nauwgezet alle gegevens in een groot register noteerde.

'Zijn ze allemaal veilig aangekomen?' vroeg de eerwaarde.

'Ja, ik geloof het wel.'

'Mooi.' De eerwaarde wierp een blik op zijn zakhorloge. 'Het is al laat, broeder. Tijd om naar huis te gaan.'

De bibliothecaris keek op, legde zijn pen op tafel en strekte zijn armen.

'Het is de laatste kist. Ik kan het net zo goed nog even afmaken.'

De eerwaarde glimlachte en liep naar het bureau. Hij pakte het boek op dat de bibliothecaris aan het inschrijven was en bekeek de rug. Er stond: *Journal für Freymaurer, 1784-1786, Band IV*.

'Hebben wij alle twaalf delen?' vroeg de eerwaarde.

'Uiteraard,' zei de bibliothecaris.

'Uitstekend,' zei de eerwaarde en hij liet zijn hand over de rug glijden. 'Alle documenten van de *Zur Wahrheit und Einigkeit*. Een uiterst waardevolle aanvulling op onze collectie.'

De bibliothecaris nam zijn pen weer ter hand en begon een volgende titel in het register te schrijven. De eerwaarde wilde net gaan, maar bleef even staan toen zijn oog op een opengeslagen boek viel dat ondersteboven op het bureau lag. Hij pakte het op en bekeek een gravure. Onder de afbeelding stond een bijschrift: *Schaffers ontwerp voor de opvoering van Schikaneder*.

Het was een afbeelding van een slang die in drieën was gehakt.

DEEL TWEE

Het rijk van de nacht

28

Rheinhardt voelde zich niet op zijn gemak in het mortuarium. Zelfs als door de holle ruimte het geruststellende geluid van menselijke stemmen klonk, bleef het een grimmige, misantropische plek. Hij stak voor de zoveelste keer zijn vinger in zijn vestzakje en trok het horloge er aan de ketting uit. De wijzers waren nog nauwelijks verschoven. *Waar blijft hij?*

Vanaf het plafond hing een elektrische lamp naar beneden. Het licht werd met behulp van een laag kegelvormig kapje op een laken gericht, waarvan de topografie een liggende menselijke gedaante verried. Buiten de geconcentreerde lichtbundel heerste een ondoordringbare, uitgestrekte duisternis.

De kou was verschrikkelijk, maar Rheinhardt trachtte niet langer zijn ineengevlochten vingers warm te blazen. Hij had zich erbij neergelegd dat het zeurende gevoel in zijn gewrichten vanzelf zou overgaan in verzengende pijn. Hij kon alleen maar hopen op de onbevredigende verlichting van verdovende gevoelloosheid die erop zou volgen.

De ondoordringbare stilte was zo dicht dat hij oorverdovend in Rheinhardts oren suisde. Om zichzelf op te monteren begon hij een vrolijk deuntje te fluiten dat hij ter plekke verzon. Bij het eind van de tweede frase werd de korte pauze gevuld door een lange, uitgerekte kreun. Tot zijn schrik klonk het dichtbij. Het laken ging nauwelijks waarneembaar, maar uiterst verontrustend op en neer, wat bevestigde dat het klaaglijke geluid van de dode afkomstig was.

Een verlammende angst greep Rheinhardt bij de keel. Zijn hoofd bonsde en zijn hart bonkte tegen zijn borstwand.

Leeft hij nog?
Onmogelijk!

Rheinhardt trok de bovenste helft van het laken opzij, zodat het hoofd van een man van in de vijftig tevoorschijn kwam. Hij had een breed, Slavisch gezicht met hoge jukbeenderen en naar achteren gekamd, vettig haar. De blauwe lippen stonden open. Rheinhardt hield zenuwachtig zijn handpalm boven de mond van het lijk maar voelde niets.

'Wat ben jij in vredesnaam aan het doen, Rheinhardt?'

De inspecteur schrok.

'O, professor Mathias.'

De patholoog-anatoom schuifelde naar binnen, trok zijn jas uit en zette zijn hoed af.

'Wat is er? Je kijkt alsof je een geest hebt gezien!'

'Hij kreunde,' zei Rheinhardt en hij wees naar het lijk. 'Ik zweer het. Hij kreunde. Het klonk zo.' Rheinhardt stootte een klaaglijk gekerm uit.

'Dat zijn de gassen, inspecteur. De chemische mengsels die vrijkomen bij de verwerking van zijn laatste maal door de bacteriën. Ze stijgen op en zetten het strottenhoofd in werking.'

Mathias hing zijn jas en hoed op en pakte een schort van een haak. De oude man liet de bovenlus over zijn hoofd glijden, knoopte de aan weerszijden bungelende banden achter zijn rug vast en slofte naar de tafel.

'Goedenavond, meneer,' sprak hij het lijk toe. 'En met wie, mag ik vragen, heb ik de eer?'

'Hij heet Evžen Vaněk,' antwoordde Rheinhardt.

'Een Tsjech?'

'Ja. Hij had zijn paspoort op zak. Hij verkocht kippen op de vleesmarkt.'

'Waar is hij gevonden?'

'Vlak bij de Ruprechtskirche.'

'Was hij pas in Wenen?'

'Hij is twee maanden geleden aangekomen.'

'Ach, Evžen.' De professor aaide met zijn vingers door het haar van de man. 'Je had thuis moeten blijven... *Untergrub denn nicht der Erde Veste lange schon das Reich der Nacht?*' De professor keek met vochtige ogen, die achter de dikke brillenglazen nog boller leken, naar Rheinhardt op. 'Nou, inspecteur?'

'Ik zou het niet weten.'

'Het is Schiller, Rheinhardt. "Melancholie." Dat had een kind kunnen weten!'

Mathias mopperde in zichzelf en slofte naar zijn instrumentenkarretje waar hij een ritueel begon dat Rheinhardt maar al te goed kende. De professor rolde zijn hemdsmouwen op en begon zijn instrumenten te schikken en herschikken. Een spatel werd via de tweede en de derde plank van de onderste naar de bovenste plank verplaatst. Een klem werd naar een lagere rang gedegradeerd. De grootste boor werd opgetild, nauwkeurig bekeken en vervolgens weer op precies dezelfde plaats teruggelegd.

'Hij is in de borst gestoken,' zei Rheinhardt.

'Ssst!' Mathias stak zijn hand omhoog met de palm naar Rheinhardt toe alsof hij diens onderbreking afweerde. Hij bezag zijn verzameling instrumenten en legde voorzichtig een beitel naast een rijtje scalpels neer. 'Dat is het,' zei hij, alsof zich plotseling de moeilijk grijpbare oplossing van een al langer spelend probleem had aangediend. Hij draaide zich om naar Rheinhardt en vroeg: 'Wat zei u?'

'Hij is in de borst gestoken.'

De professor sloeg de lakens terug, waardoor de bovenste helft van het lichaam zichtbaar werd. Vaněks overhemd was donker, maar de bloedvlekken waren duidelijk zichtbaar. Een spleet gaf aan waar het mes naar binnen was gestoken. Van het onderlichaam van de dode steeg de prikkelende lucht van ammoniak op.

Mathias probeerde het bovenste knoopje los te maken, maar slaagde daar niet in. Het zat vast in een dikke korst gestold bloed. De oude man bestudeerde de korrelige vlekken op zijn vingertoppen en pakte een fikse schaar van het karretje. Met praktische handigheid knipte hij het overhemd van de boord tot de zoom open en trok de stijve stof opzij. Twee banen borsthaar kwamen mee los. Rheinhardt wendde zijn blik af. De aanblik en het geluid van de ontharing waren misselijkmakend.

'Was hij getrouwd?' vroeg Mathias.

'Nee.'

'Dan mogen we God danken voor zijn kleine daden van barmhartigheid,' zei de patholoog-anatoom.

In het niets verhullende licht stak Vaněks wond fel af: een helder-rode halvemaan waar een korrelige, zwarte korst omheen gekoekt zat.

Zonder naar het karretje te kijken, stak Mathias zijn hand uit en griste een vergrootglas van de tweede plank. Hij boog zich over het lijk en tuurde door de grote, stalen cirkel.

'Interessant,' mompelde hij. 'Bijzonder interessant. Zou u mis-schien iets achteruit kunnen gaan, inspecteur? U staat in mijn kost-bare licht.' Rheinhardt voldeed aan het verzoek. 'Een steekwond, dat klopt,' vervolgde Mathias. 'Maar ietwat onregelmatig. Het lemmet van een mes wordt gekenmerkt door een achterzijde en een scherpe zijde. Het wapen dat bij deze heer is gebruikt, was tweesnijdend.'

'Een zwaard wellicht?'

'Heb geduld, Rheinhardt: *festina lente.*'

Mathias liet zijn vingers voorzichtig in de wond glijden – een ma-noeuvre die hij met de doelbewuste precisie van een jonge minnaar uitvoerde. Hij sloot zijn ogen en leek in een necromantische trance te raken. Hij wiegde licht en mompelde in zichzelf. In het scherpe elektrische licht bleven zijn ademstoten als dampende witte wolken boven het lijk hangen. Hij leek wel een medium dat ectoplasma uit-braakte. Het gemompel van de oude man werd na iedere ademhaling onderbroken door zijn astmatische longen, die vanuit zijn door de vrieskou gekwelde ziekelijke bronchiën een macabere harmonium-achtige begeleiding voortbrachten.

'Een sabelwond,' zei hij zachtjes. 'Een gewone sabel, geen Turkse, want die hebben een veel uitgesprokener kromming. Het blad is door het borstbeen gedrukt, door het pericardium tot aan de achterkant van het hart.' De professor opende zijn ogen en trok zijn vingers te-rug. Ze lieten een bloederig, slijmerig spoor achter.

'Net als in Spittelberg.' Rheinhardts stem klonk vlak.

'Wat?'

'De Spittelbergmoorden. De vrouwen... u zei dat hun verwondin-gen waarschijnlijk met een sabel waren toegebracht.'

'Is dat zo?'

'Ja.'

Mathias klonk verstrooid en maakte geen oogcontact.

'Denkt u dat het om hetzelfde wapen gaat?'

'Arme Evžen,' zei Mathias en hij keek op naar de ernstige, bijna nobele uitdrukking van rust die over het gezicht van de Tsjech lag. De
patholoog-anatoom bewoog nu minder soepel en zijn ledematen leken versteend. Hij verstarde in een onhandige houding, alsof hij door
een merkwaardige speling van de natuur met de rigor mortis van het
lijk besmet was.

'Professor Mathias?' vroeg Rheinhardt voorzichtig.

'Hoe vaak moet ik het nou nog zeggen?' snauwde de oude man. 'Altijd maar dat gehaast!'

Mathias' uitdrukking veranderde geleidelijk. De lijnen in zijn gezicht vormden mozaïeken die eerst medeleven, toen verbazing en ten
slotte nieuwsgierigheid uitdrukten.

De patholoog-anatoom schoof dichter bij de tafel en bestudeerde
het gezicht van de dode beter. Zijn hoofd zwaaide over het lijk en beschreef zo een acht in de lucht. Zijn plotselinge onrust had iets dier-
lijks – als een bosdier dat een begraven wintervoorraad op het spoor
is.

'Professor!' zei Rheinhardt nu wat nadrukkelijker. 'Ik zou het erg
op prijs stellen als...'

'Kijk daar,' viel Mathias hem in de rede, totaal ongevoelig voor
Rheinhardts toenemende ongeduld. 'Lichte bloeduitstortingen rond
de nek.' En vervolgens meer tegen zichzelf: 'Maar hij is niet gewurgd.'
Op luidere toon voegde hij daaraan toe: 'Er is ook iets aan de hand
met de cervicale omgeving. Het uitstekende gedeelte van de larynx is
enigszins opgezet.'

Rheinhardt had niet veel medische kennis in huis, maar toch genoeg om een poging te wagen. 'Struma, misschien?'

Mathias reageerde met een minachtende blik en richtte zijn aandacht weer op het lijk. 'Excuseer, meneer,' verontschuldigde hij zich
en hij voelde onder de stoppelige kin van de dode. Hij drukte aan beide zijden op de keel en trok zijn handen opeens schielijk terug alsof
hij zich had gebrand.

'Lieve hemel!'

Rheinhardt, die geen zin had zich nog een vermaning op de hals te
halen, onderdrukte de neiging om de professor te vragen wat hij had
ontdekt.

Mathias pakte een rubberen stop van het karretje en overhandigde die aan Rheinhardt. Toen wrikte hij Vaněks mond open, een daad die een luid soppende 'plop' veroorzaakte. Mathias hield met beide handen de boven- en onderkaak uit elkaar en zei: 'Kunt u de kaak alstublieft voor me openkrikken, inspecteur?'

De rotte tanden van de dode piepten tevoorschijn nu de lippen naar achteren werden getrokken. Rheinhardt zag het roze verhemelte en de hangende huig. Hij wilde voorkomen dat zijn vingers het levenloze vlees aanraakten.

'Tempo, inspecteur!' snauwde Mathias.

Aangezien Rheinhardt regelmatig een snauw kreeg van de professor als die zich opgejaagd voelde, kon hij met moeite een scherp antwoord inslikken. Gelukkig won zijn gezonde verstand het en hij duwde gehoorzaam de rubberen stop tussen de tanden van de Tsjech.

'Dank je,' zei Mathias.

'Graag gedaan,' zei Rheinhardt met een uiterst onoprechte glimlach.

De oude man slofte naar zijn karretje en scharrelde daar een vreemd gevormde tang op. Hij maakte rechtsomkeert, liep ermee naar het hoofd van de tafel en tuurde in Vaněks keel.

'Goed...' zei hij en er ontsnapte een wolkje condens uit zijn mond. 'Laten we dit raadsel eens oplossen.'

Mathias stak de tang in Vaněks mond en mopperde daarbij binnensmonds, blijkbaar omdat de actie die hij probeerde uit te voeren een stuk lastiger bleek dan hij had verwacht. Na een paar mislukte pogingen ontspande zijn gezicht en begon hij het instrument terug te trekken.

'Apart,' zei Mathias en hij stak de tang omhoog in het licht.

Rheinhardt knipperde met zijn ogen. Hij had niet verbaasder kunnen zijn, zelfs niet als hij in een tent op het Prater had gestaan en een buitengewoon indrukwekkend staaltje goochelkunst had aanschouwd. Want daar, in de klem van de tang van professor Mathias, zat een huis-tuin-en-keukenhangslot.

'Wat zeg je daarvan, Rheinhardt?'

De inspecteur was sprakeloos.

'Ik veronderstel,' vervolgde Mathias, 'dat de aanwezigheid van dit voorwerp het fenomeen verklaart waarover u het eerder had. Misschien kwam het hierdoor dat de gassen eenvoudiger langs de stembanden konden ontsnappen.'

'Wat zou het in godsnaam kunnen betekenen?' wist Rheinhardt met moeite uit te brengen en in elk woord klonk paniek door.

Mathias schudde zijn hoofd.

'Het spreekt vanzelf dat als de moordenaar zo gestoord was om één voorwerp te verstoppen...' De patholoog-anatoom trok zijn wenkbrauwen op, klemde zijn lippen op elkaar en sprak een lang en vragend 'Hmmm?' uit.

'Pardon?' Rheinhardt wist net genoeg vastberadenheid in zijn stem te leggen om kalmte te suggereren. 'Wat wilt u daarmee zeggen?'

'Alleen maar dat het me verstandig lijkt om onze arme vriend wat beter te onderzoeken,' zei Mathias. 'Laten we ook maar een kijkje in zijn maag nemen – en uiteraard de inhoud van zijn rectum inspecteren.'

Rheinhardt hoestte. 'Als u het niet erg vindt, meneer de professor, rook ik liever buiten een sigaar, terwijl u...'

'De autopsie afrondt?'

'Inderdaad.'

'Ga gerust je gang, mij maakt het niet uit. Ik roep je wel als ik iets interessants tegenkom.'

Rheinhardt liep over de tegelvloer naar de deur, maar wierp voor hij de zaal uitliep nog één blik over zijn schouder. Daar stond Mathias zich in een ijzige lichtkring voor te bereiden op een bizarre speurtocht door het lichaam. Stoomwolkjes stroomden als drakenadem uit zijn mond naar buiten. De patholoog-anatoom was opeens uitermate energiek en zijn bewegingen waren een stuk sneller door zijn geestdrift – een kinderlijk soort enthousiasme en opwinding – waarbij Rheinhardt zich uitgesproken ongemakkelijk voelde.

In een hoek buiten het mortuarium leunde Rheinhardt met zijn rug tegen de vochtige muur en haalde een Trabuco-sigaar tevoorschijn. Hij streek een lucifer aan en stak de brand erin.

Sabelwonden... een kruis met geknakte poten... een hangslot.
Dit is het werk van een en dezelfde man.

Karsten Krull is absoluut onschuldig en de maniak loopt nog steeds vrij rond.

Voor het eerst begon Rheinhardt zich zorgen te maken over de veiligheid van zijn gezin.

29

De ruimte was luxueus ingericht: kroonluchters, zware gordijnen, verguld meubilair en een verzameling biedermeier olieverfschilderijen. Gustav von Triebenbach stond bij een sokkel met daarop een witmarmeren buste van Richard Wagner. Er waren heel wat gasten – niet allemaal volwaardige leden van het Richard Wagner Genootschap, maar allemaal begaan met de doelstellingen ervan. In de verste hoek van de kamer stond een glimmende Steinway. Daarachter zat Hermann Aschenbrandt samen met nog een jonge musicus. Ze speelden een quatre-mains bewerking van Strauss' *Morgenblätter*.

Von Triebenbach nam een slokje van zijn champagne en keek de kamer rond. Hij herkende verschillende belangrijke hoogwaardigheidsbekleders, onder wie een paar naaste medewerkers van de burgemeester en een predikant die lid was van de Christlichsoziale Partei. Bij de haard stond een rijzige, voornaam uitziende dame in een lange zwarte japon met een collier met robijnen. Dat was barones Sophie von Rautenberg – Olbrichts beschermvrouwe. Von Triebenbach prentte zich in dat hij haar aan het eind van de avond een compliment moest maken. Hoewel ze al in de vijftig was, was ze nog steeds een aantrekkelijke vrouw. Voor zover hij wist had ze na de dood van Von Rautenberg nooit een minnaar gehad. Hij vroeg zich af of hij haar ooit zou kunnen overtuigen hem als mogelijke kandidaat te overwegen. Vlak bij de barones zat Houston Stewart Chamberlain, de Engelsman. Hij was erelid van de vereniging en sprak een groepje bewonderaars toe. Von Triebenbach had Chamberlains boeken en essays over 'de grote componist' met het grootste genoegen gelezen.

Aan de andere kant van de kamer zag Von Triebenbach Ruprecht Hefner staan. De luitenant viel op tussen de aanwezigen door zijn felblauwe uniform (Oostenrijkse militairen mochten ook buiten dienst geen burgerkleding dragen). Hefner was in gesprek met een knap meisje in een jurk van gele zijde. Von Triebenbach herkende haar niet, maar had het sterke vermoeden dat ze de dochter van de predikant was.

De cavalerist boog zich naar haar toe en fluisterde haar iets in het oor. Ze bloosde, keek zenuwachtig om zich heen en liep toen weg, waarbij ze haar rokken iets optilde om zich sneller uit de voeten te kunnen maken.

Die knul gaat zich nog eens flink in de nesten werken.

Von Triebenbach trok Hefners aandacht en stak zijn champagneflûte omhoog. De luitenant lachte en kwam naar de andere kant van de kamer, waarbij hij het gouden kwastje dat aan zijn zwaardgevest hing opvallend heen en weer liet slingeren. Enkele mensen staakten hun gesprek en keken bewonderend toe hoe de ulaan soeverein door de kamer schreed.

'Baron!' zei Hefner met een buiging. 'Het is me een genoegen.'

'Mij ook, Hefner. Hoelang is het al niet geleden?'

'Veel te lang.'

'Inderdaad. Ik kan me de laatste keer dat ik je bij onze bijeenkomsten zag niet eens meer voor de geest halen.'

'U hebt gelijk, baron, vergeef me. Ik heb het de laatste tijd druk gehad met andere dingen. Het gerucht ging op de kazerne dat Zijne Majesteit van plan was het achttiende te komen inspecteren. U kunt zich wel voorstellen wat voor effect dat had op een pietlut als Kabok! We zijn dag en nacht aan het exerceren geweest!'

'Natuurlijk, natuurlijk, maar u moet binnenkort toch gauw weer eens komen. We hebben bijzonder interessante gasten gehad, moet u weten. Bij onze laatste bijeenkomst hadden we de eer niemand minder dan List te mogen ontvangen.'

'Werkelijk? Ik verkeerde in de veronderstelling dat de oude heer allang dood was.'

'Niet Liszt, mijn beste, Guido List! De beroemde schrijver?'

'Aha...'

Het antwoord van de soldaat klonk niet zo wakker als je bij daadwerkelijke herkenning zou verwachten, maar Von Triebenbach had niet de behoefte daarop door te gaan. 'Doet er niet toe. Kom vooral als je kunt.'

De muziek hield op en er klonk een enthousiast applaus. De musici kwamen half omhoog van hun stoel en bogen en lachten naar alle kanten. Zodra ze weer waren gaan zitten, klonk een sluipend staccato intro, gevolgd door een fortissimo akkoord waarna een gewichtloze, huppelende begeleiding inzette. Toen de melodie van de *Liebeslieder-Walzer* – broos en vloeibaar – uit de toetsen druppelde, begonnen sommige aanwezigen opnieuw te klappen.

Von Triebenbach boog zich wat dichter naar de knappe cavalerist toe om op vertrouwelijke toon te zeggen: 'Over geruchten gesproken, ik hoorde dat je een akkefietje hebt gehad met Freddi Lemberg. In de opera?'

'Is dat zo?'

'Ja. En ik begreep dat hij genoegdoening eist.'

'Van wie hebt u dat gehoord?'

'Je kunt moeilijk verwachten dat zoiets onopgemerkt blijft, Hefner.' De luitenant haalde zijn schouders op. 'Mijn beste kerel,' vervolgde Von Triebenbach, 'je moet echt wat meer discretie betrachten.' Hij knikte naar het meisje in de gele jurk, dat net de kamer weer binnenkwam. 'Op alle terreinen.'

Hefner grinnikte.

'Zoals altijd ben ik u weer veel verschuldigd voor uw wijze raad, baron. Maar in dit geval vraag ik verschoning. De zaak waar u nu aan refereert is nog lopende.'

Hefner boog en verdween weer tussen de mensen. Het was duidelijk dat hij achter zijn prooi aan ging.

Von Triebenbach schudde zijn hoofd.

O, weer jong te zijn! En zich onoverwinnelijk te voelen!

Terwijl hij met weemoed terugdacht aan de veroveringen uit zijn eigen jeugd, drong Von Triebenbach zich door de mensen in de richting van de bekoorlijke weduwe Von Rautenberg. Toen hij dichterbij kwam, werd hij afgeleid door het groepje dat om Chamberlain heen zat. Von Triebenbach kon niet elk woord verstaan dat hij zei, maar had algauw in de gaten dat de Engelsman het over zijn landgenoot sir Francis Galton had. Zijn dunne maar duidelijke stem steeg boven het geroezemoes uit. Hij sprak foutloos Duits: 'Hij dient al sinds de jaren zestig verzoekschriften in bij de Britse regering... dat ze een vergelijkend onderzoek naar erfelijke verdiensten moeten steunen... degenen van superieure afkomst moeten worden uitgenodigd in Westminster Abbey te trouwen en door postnatale toelagen worden aangemoedigd sterk en gezond nageslacht voort te brengen.' De mensen die voor hem stonden gingen uiteen en Von Triebenbach kon de Engelsman nu voor het eerst goed zien.

Chamberlain had een bleke huidskleur en zijn haar en snor vertoonden verschillende nuances van geelbruin. Zijn gezicht onder het extreem hoge voorhoofd was merkwaardig langwerpig. Ja, zijn hele verschijning was lang en dun, alsof zijn hele lichaam was uitgerekt. Zijn lippen waren te vol, vrouwelijk bijna, en zijn ogen waren groot en deden Von Triebenbach denken aan die van een nachtelijk zoogdier. Toch had hij iets uitgesproken aristocratisch, misschien door zijn kalmte of de zorgvuldigheid waarmee hij sprak.

Von Triebenbach kon nu elk woord dat Chamberlain sprak verstaan.

'Het is onmogelijk het genie en de ontwikkeling van onze Noord-Europese cultuur op waarde te schatten als we koppig onze ogen blijven sluiten voor het feit dat het een *bepaald soort* mensen is die daar de fysieke en morele basis van vormen. Dat is vandaag de dag duidelijk zichtbaar, want hoe minder Teutoons een land is, des te onbeschaafder. Wie tegenwoordig van Londen naar Rome reist, gaat van mist naar zonneschijn, maar tegelijkertijd van de meest verfijnde beschaving en hoge cultuur naar semibarbarij – vuil, ruwheid, onwaarachtigheid, armoede.'

Een ober bood de baron een zalmhapje aan, maar hij sloeg het af om maar geen woord te hoeven missen van wat de Engelsman zei.

'Aan de ene kant diepzinnigheid, kracht en directheid van uitdrukking als onze meest kenmerkende gave en aan de andere kant het grote geheim van onze superioriteit op zoveel terreinen, met name onze aangeboren neiging om de natuur eerlijk en trouw te volgen.'

'Zo is dat,' zei een van zijn volgelingen, wat een algemeen instemmend geroezemoes tot gevolg had.

Als het zover is, dacht Von Triebenbach, kunnen we in elk geval op de Engelsen rekenen.

30

Professor Freud ging bijna compleet schuil achter een dikke wolk sigarenrook. Hij weidde al geruime tijd uit over de psychologische verschillen tussen bewuste en onbewuste processen. Tijdens dit exposé
werd Liebermann afgeleid door een zonderlinge dagdroom die zich
als een Grieks drama in de halfduistere buitencirkel van zijn geest afspeelde. In de fantasie was hij, of iemand die heel erg op hem leek, een
neofiet in een oude sekte die een orakel raadpleegde dat zich mani-
festeerde in halfdoorschijnende sluiers die opstegen uit een gouden
wierookschaal...

'Al het bewuste is onderhevig aan een proces van slijtage, terwijl
wat onbewust is relatief onveranderlijk is. Neem bijvoorbeeld deze
antieke beeldjes...' Freud liet zijn handen over de beeldjes gaan, die
de wacht hielden op zijn bureau. Liebermann onderscheidde onder
meer een gevleugelde sfinx, een dwerg met een buitenproportioneel
groot hoofd en een godheid met een valkenkop. Zijn dagdroom trok
zich terug.

'Dat zijn voorwerpen,' vervolgde professor Freud, 'die begraven
hebben gelegen in de graftombes van Egypte. Het oudste hier is bijna drieduizend jaar. Toch is dat graf hun redding geweest. Hetzelfde
geldt voor onbewuste herinneringen – die liggen beschermd onder
de oppervlakkige sedimentatie van de psyche. Denk aan Pompeï. Is
dat werkelijk vernietigd door de uitbarsting van de Vesuvius in 79 na
Christus? Welnee. De vernietiging van Pompeï is nog maar net begonnen, nu het ontdekt is en wordt opgegraven!'

Freud knipte van een volgende sigaar het puntje af en bood hem
aan zijn gesprekspartner aan, maar Liebermann bedankte. Als hij zou
proberen de oude man bij te houden zouden ze allebei in de steeds
dikker wordende, donkergrijze mist verdwijnen.

Freud had voor de vuist weg gesproken, maar zijn verhaal was gedetailleerd en uitgebreid geweest. Het deed Liebermann denken aan de zaterdagcolleges van de professor: Freud had de gewoonte om die zonder aantekeningen te houden en toch bestonden ze altijd uit complexe argumentaties en waren ze foutloos gestructureerd. Liebermann besefte dat de beroemde psychoanalyticus elk moment de draad van zijn verhandeling zou kunnen oppakken en dan weer minstens een halfuur bezig zou zijn, dus leek het hem verstandig deze onderbreking te benutten. De oude man streek een lucifer af en trok aan zijn corona.

'Professor?' Freuds doordringende ogen keken hem door de donkergrijze wolk aan. 'U hebt veel geschreven over het optreden van symbolen in dromen en ik vroeg me af of u bereid zou zijn een bepaald teken voor me te bekijken dat ik in de loop van mijn... mijn werkzaamheden ben tegengekomen.'

'Vanzelfsprekend,' zei Freud. 'Hoewel symbolen op het terrein van de interpretatie van dromen, zoals je zult begrijpen, geen vaste, onveranderlijke betekenis hebben, zoals de grammalogen van steno.'

'Dit symbool kwam niet in een droom voor,' zei Liebermann onverstoorbaar. Freuds blik bleef op hem gericht, zijn ogen twee puntjes van geconcentreerde aandacht. 'Ik vermoed,' vervolgde Liebermann, 'dat het een of ander heilig beeld is – een ideogram. Gezien uw uitgebreide kennis van de antieke wereld en haar culturen, hoopte ik dat u het misschien kunt thuisbrengen.'

De professor trok een overduidelijk geveinsd bescheiden gezicht en mompelde: 'Tja, misschien...'

Liebermann stond op en liep naar het bureau.

'Mag ik?' Hij wees naar een vulpen.

Freud knikte en haalde een velletje gepersonaliseerd briefpapier uit de bovenste bureaula. Liebermann tekende een eenvoudig kruis en voegde aan alle vier de uiteinden 'armpjes' toe in een hoek van negentig graden. Toen hij klaar was schoof hij het velletje naar de professor, die de tekening even bekeek en toen uitriep: 'Ja, dat heb ik inderdaad eerder gezien. Het staat wel eens op Egyptische kunstvoorwerpen, maar ik geloof dat het in het algemeen vaker wordt geassocieerd met het Indiase subcontinent.'

'En wat is het precies?'

'Dat weet ik niet. Maar ik heb een uiterst informatief werk over het Indo-Europese schrift in mijn bezit waar het waarschijnlijk wel in zal staan.' Freud stond op en liep naar zijn boekenkast. Hij liet een nicotinegele wijsvinger langs een rij dikke boeken over archeologie glijden. 'Waar staat het ook al weer? Ik weet zeker dat het hier ergens moet zijn.' Hij liet zijn vinger weer terugglijden. 'Ah! Hier is het, weggedrukt tussen Evans en Schliemann.' Het boek dat hij van de plank haalde was klein, dik en enigszins gehavend. De rug was geknakt en de kaftdelen flapten open als een openslaande deur.

Opeens veranderde heel Freuds voorkomen. Hij liet een luide zucht horen en een onzichtbaar juk nestelde zich op zijn schouders. Hij leek te krimpen.

'Professor?' vroeg Liebermann bezorgd.

De oude man streelde de uit elkaar hangende band van het boek en schudde zijn hoofd.

'Dit boek... ooit was het van een dierbare vriend.' Freud wees naar een fotografisch portret aan de muur: een knappe jongeman met donker haar en zachte, omfloerste ogen. 'Fleischl-Marxow.'

Liebermann had zich vaak afgevraagd wie de jonge man was en had abusievelijk aangenomen dat hij een ver familielid was.

'We waren collega's in Brückes laboratorium op het Fysiologisch Instituut. Hij had eersteklas hersens – was uitermate briljant. We hadden geweldige gesprekken samen: over filosofie, kunst, wetenschap en literatuur. We bespraken werkelijk alles. En hij was zo'n genereuze man... als ik blut was (en dat gebeurde in die dagen maar al te vaak) schoot Fleischl altijd te hulp. Tijdens zijn werk in het lab liep hij een infectie op, als gevolg waarvan zijn rechterduim moest worden afgezet. De operatie was geen succes. Er ontstonden neuromen waaraan hij ook weer geopereerd moest worden. Maar dat bood geen soelaas. De pijn werd erger en erger tot hij zo goed als onverdraaglijk werd en Fleischl aan morfine verslaafd raakte.

In die tijd was ik net bezig met een onderzoek naar de medicinale eigenschappen van cocaïne, het alkaloïde dat Niemann uit de cocaplant had geïsoleerd. Ik stuitte bij toeval op een artikel in *The Detroit Medical Gazette* waarin werd aangevoerd dat een verslaving aan morfine kan worden behandeld met substitutie door cocaïne, waarvan werd aangenomen dat het minder schadelijk was. Ik was dolgelukkig, dat kun je je voorstellen. Wat een ontdekking! Ik moedigde Fleischl aan die nieuwe behandeling te proberen. En dat deed hij. Ja, mijn vriend klampte zich aan dat middel vast als een drenkeling...'

Freud schudde nogmaals zijn hoofd.

'Hij verving simpelweg de ene verslaving door de andere. In drie maanden tijd had hij 1800 mark uitgegeven: een hele gram per dag! Honderd keer meer dan de aanbevolen dosis! Hij begon wartaal uit te slaan, leed aan hallucinaties en werd suïcidaal. Hij kon niet meer slapen en hield zichzelf tijdens de lange en pijnlijke uren van de nacht bezig met de studie van het Sanskriet. Ik weet niet waarom, maar ik beloofde hem dat ik zijn geheime passie nooit zou verraden. Ik neem aan dat het gewoon paranoia van hem was, nog zo'n bijwerking van mijn geweldige kuur... Voor hij stierf, stelde hij voor dat ik dit boek mee zou nemen, zodat niemand erachter zou komen waar hij zich mee bezig had gehouden. Ach, wat doet dat er nu nog toe? Ik weet zeker dat hij me dit kleine verraad van zijn vertrouwen zou hebben vergeven.'

De professor zat met gebogen hoofd. Hij streelde het boek nogmaals en probeerde de geknakte rug weer goed te buigen.

'U probeerde uw vriend alleen maar te helpen,' zei Liebermann.

Freud keek op.

'Maar ik maakte het erger.'

'U deed het in goed vertrouwen. Is dat in wezen niet het enige wat je van een arts kan vragen?'

Freud glimlachte zwak. 'Ja, dat is eigenlijk wel zo.' Hij schudde zijn hoofd. 'Excuses, het was niet mijn bedoeling...'

Liebermann stak zijn hand in de lucht om de verontschuldiging af te wimpelen.

Freud knikte. Het was een eenvoudige, bijna onzichtbare beweging maar een die veel uitdrukte. Respect voor zijn jonge collega, het instemmen met goede raad en de noodzaak voor alle mensen, zelfs de vader van de psychoanalyse, om op de hoede te zijn voor de listige val van hedonistisch schuldgevoel.

De professor sloeg het boek open en bladerde door de dunne, vergeelde pagina's. Op veel ervan had zijn vriend opmerkingen en tekens gekrabbeld. Nu en dan stopte Freud om een aantekening te lezen voor hij weer verder zocht. Het lezen van de notities leek hem goed te doen. Een keer of twee schoot de professor zelfs in de lach – misschien omdat hij terug moest denken aan de goede tijden met zijn vriend.

'Daar staat het!' riep Freud uit. Hij stak het boek omhoog voor Liebermann. 'Waar is die schets van je?' Freud legde het boek naast Liebermanns tekening. 'Lijkt er erg op, maar niet helemaal. Kijk maar, jouw figuur is rechtsom, terwijl dit kruis linksom staat. Het is een symbool dat bekendstaat als...' Freud bracht zijn gezicht wat dichter naar de kleine lettertjes. '... de swastika.'

'De swastika?' Liebermann herhaalde het woord en proefde de nieuwe, onbekende lettergrepen.

'Ja,' vervolgde Freud. 'Van het Sanskriet *su*, dat "goed" betekent en *asti*, dat "zijn" betekent. De letterlijke vertalingen zijn "veel geluk", "welzijn" of... "het is goed".' Hij liet zijn ogen over de tekst gaan. 'Het symbool kwam het eerst in de Veda's voor, de heilige teksten van het hindoeïsme. Ik neem aan dat het het Aziatische equivalent is van onze eigen esculaap, de slang die zich rond de staf wikkelt. Heb je dit symbool in een of ander oud medisch werk gevonden?'

'Inderdaad. Ik ben onderzoek aan het doen voor een essay over de geschiedenis van symbolen die met gezondheid en heelkunde worden geassocieerd.'

Freud keek lichtelijk verbaasd.

'Echt waar? Ik wist helemaal niet dat jij je voor dat soort dingen interesseerde.'

Liebermann hoorde de opmerking van de professor niet. Hij dacht terug aan een flard van een gesprek. Iets wat Rheinhardt had gezegd over de beruchte Whitechapelmoorden.

'*De ware identiteit van de moordenaar is nooit aan het licht gekomen, maar ik herinner me nog wel dat sommige verslaggevers opperden dat de slachtoffers door een arts moesten zijn vermoord.*'

'Ik moet zeggen,' hield Freud vol, 'dat je me verbaast. Ik kan meestal wel bogen op aardig wat mensenkennis, maar ik had geen idee dat jij een historicus in de dop was.'

31

Rheinhardt deed zijn bureaula open en schoof het onafgemaakte verslag erin. Het viel op een stapel officiële documenten, waarvan de meeste maar half af waren.

Ik maak het wel af als ik terugkom.

Het ontbrak de gedachte aan overtuiging. Zo erg zelfs, dat Rheinhardt zichzelf bestraffend moest toespreken: *Het moet echt!*

Hij duwde de la weer dicht, haalde zijn horloge uit het krappe vestzakje en hapte naar adem.

'Haussmann!' riep hij naar zijn assistent. 'We moeten gaan, anders komen we te laat.'

Onwillige getuigen wachtten meestal niet lang.

Haussmann, die ijverig de inhoud van zijn opschrijfboekje had zitten overschrijven in een dik dossier, stond gehoorzaam op van zijn stoel. Op dat moment klonk er een klop op de deur en sjokte er een andere jonge agent – met een uitgesproken beerachtig uiterlijk – de kamer binnen.

'Meneer,' zei hij tegen Rheinhardt. 'Er staat een man uit de dierentuin voor de deur. Hij zegt dat hij u direct moet spreken.'

'Een man uit de dierentuin?' zei Rheinhardt vragend.

'Een dierenverzorger. Herr Arnoldt.'

Rheinhardt was nog steeds met zijn gedachten bij de achterstand in zijn administratie en de afspraak waarvoor hij binnen niet al te lange tijd te laat zou zijn, waardoor de aankondiging van de jonge agent niet tot hem doordrong. Hij keek hem eerst verward, toen wezenloos en tot slot vragend aan.

'Herr Arnoldt,' zei Haussmann behulpzaam. 'De verzorger van de slang, Hildegard.'

'O, ja,' zei Rheinhardt. 'Die Herr Arnoldt. Wat heeft die hier te zoeken?'

De jonge agent aan de deur besloot dat wat extra informatie de inspecteur misschien zou aanzetten tot meer besluitvaardigheid.

'Hij wil u graag spreken, meneer. Erg graag.'

Rheinhardt trok een grimas.

'Dat kan nu echt niet. Zeg maar dat hij later terug moet komen. Of, beter nog, morgen.'

De jonge agent werd opeens opzij geduwd en de deur vloog verder open. Herr Arnoldt kwam het kantoor binnenvallen. Hij was duidelijk in een staat van grote opwinding. Zijn haar zat in de war en hij hield zijn armen in de lucht waar ze schokkende bewegingen maakten alsof ze bewogen werden door een uitzinnige poppenspeler.

'Inspecteur, inspecteur,' zei de onbesuisde dierenverzorger. 'Goddank dat u er bent! Er is iets vreemds gebeurd. Ik heb mijn geheugen weer terug. Ik zou graag een nieuwe verklaring afleggen.'

De beerachtige agent stak een grote klauw in de lucht en maakte daarmee een gebaar, waarmee hij leek uit te drukken dat hij ten zeerste bereid was de verzorger uit de kamer te verwijderen als de inspecteur dat wenste. Maar Rheinhardt schudde van nee en zei rustig: 'Dank u wel. U kunt nu gaan.' De jongeman deed de deur teleurgesteld achter zich dicht.

'Herr Arnoldt,' zei Rheinhardt. 'Misschien kunt u morgen terugkomen. Ik heb over twintig minuten een afspraak met een andere heer in verband met een moordonderzoek. Ik moet nu echt weg.'

'Een moordonderzoek!' riep Herr Arnoldt uit. 'En Hildegard dan? Is zij soms niet vermoord?'

Rheinhardt keek gepijnigd. 'Natuurlijk, maar ik ben toch bang...'

'Ze was het lievelingsdier van de keizer!'

In gedachten zag Rheinhardt commissaris Brügel hem weer vanaf de andere kant van zijn bureau humeurig aankijken.

'Gisteren kregen we bezoek van een van de medewerkers van Zijne Majesteit. Hij wilde weten...'

'Ik weet het goed gemaakt, Herr Arnoldt,' zei Rheinhardt. 'Gaat u zitten, alstublieft. U kent mijn assistent reeds.' Hij knikte naar Haussmann. 'Hij is een bekwame kerel en zal alles wat u te vertellen hebt zorgvuldig noteren. Als ik terugkom heb ik de tijd om uw verklaring de volle aandacht te geven die ze verdient. Als er zich kwesties voordoen die nadere opheldering vereisen, zal ik via Herr Pfundtner van de dierentuin contact met u zoeken. Goedemorgen.'

Rheinhardt maakte een buiging, deed voor de verzorger kon protesteren de deur open en vertrok.

Haussmann herhaalde enigszins beduusd de uitnodiging van de inspecteur aan Herr Arnoldt om te gaan zitten.

De dierenverzorger trok een stoel bij het bureau en boog zich voorover.

'Het was zo raar, opeens was mijn geheugen weer terug.'

'Eén momentje, graag,' zei Haussmann, die zijn stoel verzette en uit een van de laden een blanco formulier haalde. 'Neemt u me niet kwalijk, gaat u verder.' Hij hield zijn pen in de aanslag om aan te geven dat hij klaar was om het verhaal te noteren.

'Mijn geheugen,' zei Herr Arnoldt buiten adem. 'U herinnert zich vast nog wel dat ik het kwijt was, nadat die schurk me op mijn hoofd had geslagen. Ik kon me niets meer herinneren, alleen dat ik die ochtend had ontbeten. Welnu, heel langzaam begon alles weer terug te keren, in de juiste volgorde. Eerst had ik ontbeten en toen herinnerde ik me weer dat ik de omnibus had genomen. Een tijdje later wist ik opeens weer dat ik uitgestapt was en langs het paleis had gelopen. Daarna kwam er een hele tijd niets meer tot ongeveer een uur geleden. Het was alsof... alsof... de zon doorbrak. In een flits kwam alles wat ik vergeten was terug.' Herr Arnoldt grijnsde breed. 'Ik herinner me weer dat ik de dierentuin in liep, de deur naar de slangenkuil opendeed, Hildegards voer klaarmaakte – de karkassen op de plank voor me...'

Haussmanns krassende pen kwam tot stilstand. Hij keek op.

'Kan het iets langzamer, Herr Arnoldt?'

'Natuurlijk.' De verzorger haalde diep adem, dwong zichzelf tot kalmte en vervolgde zijn verhaal. 'De karkassen, ze lagen op de plank voor me. Ik weet dat het die ene ochtend was – en niet een willekeurige andere – omdat een van de dode muizen een opvallende vacht had – wit met een oranje vlek. Op dat moment hoorde ik... voetstappen. Ik nam aan dat het een van de andere verzorgers was. Het waren namelijk geen sluipende voetstappen, zoals je zou verwachten van iemand die kwaad in de zin had. Nee, zo klonken ze helemaal niet. Deze man had een vastberaden tred. Alsof hij marcheerde. Een twee, een twee. En dat niet alleen, hij floot ook. Hij floot dit deuntje.'

Herr Arnoldt barstte in zingen uit.

'Pa, pa, pom, pom, ta-ta-ta-ta, pom pom pom...'

Hij zong twee frasen en keek de assistent-detective met wijd open ogen en iets te opgewekt aan. Haussmann begon zich af te vragen of de klap op zijn hoofd misschien meer schade had aangericht dan alleen aan zijn geheugen.

Haussmann was niet erg muzikaal, maar hij meende het deuntje in de verte te herkennen. Het was vrij bekend, maar niet zo beroemd als het werk van Strauss of Lanner. Hij schreef 'pa, pa, pom' op het formulier en streepte het toen weer door. Hij loste het probleem van de transcriptie op met de eenvoudig geformuleerde mededeling: 'Herr Arnoldt zingt een liedje.' De zin leek iets te kort en na een kort moment van overpeinzing voegde hij er nog '(vrolijk)' aan toe.

'Nou,' zei Herr Arnoldt. 'Wat denkt u daarvan?'

Haussmann was niet bijster onder de indruk van deze nieuwe informatie, maar de verzorger keek hem vol verwachting aan. Haussmann had door het observeren van zijn mentor de waarde van een diplomatiek antwoord leren kennen.

'Interessant,' zei de assistent-detective. 'Bijzonder interessant.'

De verzorger lachte blij en leunde achterover in zijn stoel. Hij was duidelijk opgelucht.

32

Ze zaten in de Budweiser biersalon – de favoriete stek van Tsjechen met heimwee. Jiří Zahradník was zenuwachtig. Hij zat over zijn pul gebogen en wierp af en toe steelse blikken naar links en rechts.

'Wat is er?' vroeg Rheinhardt.

'Niks.'

'Denkt u dat degene die uw vriend heeft vermoord ook achter u aan zal komen, als iemand ziet dat u met mij praat?'

'Ik weet het niet. Misschien.'

Rheinhardt haalde zijn schouders op en trok zijn opschrijfboekje tevoorschijn.

'Alstublieft, inspecteur,' zei Zahradník. 'Niet hier.'

'Ook goed.' Rheinhardt liet het opschrijfboekje weer in zijn zak glijden en nam een slok. 'Ik ben een groot liefhebber van jullie Tsjechische bier, vooral van Budweiser.'

Zahradník negeerde de beleefdheidspraat van de inspecteur.

'Het spijt me, inspecteur, maar ik kan niet lang met u praten. Voor Evžen werd vermoord, heeft hij me verteld dat hij door iemand was lastiggevallen op de markt. Die man zeurde altijd over Evžens prijzen. Hij noemde Evžen een oplichter en een dief. Evžen vroeg natuurlijk helemaal niet meer dan de andere verkopers, maar die...'

'Momentje, alstublieft,' onderbrak Rheinhardt hem. 'Hoe zag hij eruit? Heeft Evžen dat verteld?'

'Hij was goed gekleed.'

'Daar heb ik niet zoveel aan.'

'En het was een Duitser.'

'Hoe bedoelt u? Een Duitser?'

'Net als u.'

'Bedoelt u dat hij Duits sprak?'

'Dat zeg ik, een Duitser.'

Rheinhardt drong maar niet aan op verdere verduidelijking van de gebruikte terminologie.

'Ga door...'

De Tsjech werd afgeleid door de binnenkomst van drie muzikanten: een klarinettist, een accordeonspeler en een man die een contrabas meezeulde. Kort daarna voegde zich nog een knappe jonge vrouw in een boerenjurk bij hen met een tamboerijn in haar hand. Er klonk een flauw applaus, een dronken aanmoedigingskreet en een of twee heren riepen iets in het Tsjechisch.

'Hé, Slovani... Waar staat mijn huis?... Hé, Slovani.'

Rheinhardt nam aan dat het om verzoeknummers ging. De klarinettist glimlachte toen hij Zahradník zag zitten.

'Ken je hem?' vroeg Rheinhardt.

'Een kennis, meer niet. We spelen wel eens *mariás* samen.'

'Wat?'

'Het kaartspel!'

'Kende hij Evžen ook?'

'Misschien. Dat weet ik niet.'

De vrouw met de tamboerijn telde een vierkwartsmaat af en het orkestje begon te spelen. De contrabas zette een simpel tweetonig basje in en de andere muzikanten speelden daar allerlei ingewikkelde improvisaties op. De vrouw hield de tamboerijn hoog boven haar hoofd en schudde er heftig mee. Haar vrije hand gebruikte ze om met de vele plooien van haar rok te zwaaien. Ze opende haar mond en bracht een schitterende rauwe klank voort, ongeschoold, maar krachtig. Een paar mannen die aan de bar zaten begonnen te joelen. Rheinhardt had wel in de gaten dat de muzikanten met opzet met een patriottische publieksfavoriet waren begonnen.

Zahradník draaide met een ruk zijn hoofd terug, bijna alsof het een tic was, en vervolgde zijn verhaal: 'Dus die Duitser begon Evžen te bedreigen. Zei dat hij terug naar huis moest en dat hij spijt zou krijgen als hij niet terugging.'

'Waarom is Evžen toen niet naar de politie gegaan?'

'De politie! Alsof Duitsers hem zouden helpen.'

'Dit is Wenen en de "Duitsers" die hier wonen hebben een heel andere houding dan degenen die u misschien in Bohemen bent tegengekomen.'

Zahradník grinnikte en wees naar een met hout dichtgetimmerd, verbrijzeld raam.

'Zo anders nou ook weer niet, inspecteur.'

Toen Rheinhardt terugkwam, zat Haussmann nog steeds achter zijn bureau. Gelukkig was er geen spoor van de opgewonden dierenverzorger te bekennen.

'Ha, Haussmann,' zei Rheinhardt, die een warm gevoel kreeg bij de aanblik van zijn assistent die met het soort administratie bezig was waar hij zelf met een grote boog omheen liep. 'Het spijt me dat ik zo overhaast vertrok.'

Haussmann draaide met de pen in zijn hand. Hij wist niet goed hoe hij om moest gaan met een schuldbewuste chef (inspecteurs bij de recherche stonden er niet om bekend dat ze hun assistenten met ook maar iets meer dan de minimale hoeveelheid respect bejegenden).

'Heeft het gesprek met die Zahradník nog wat opgeleverd, meneer?'

Rheinhardt trok zijn jas uit.

'Evžen Vaněk schijnt bedreigd te zijn door een man die het niet nodig vond dat Wenen de Tsjechen met open armen verwelkomt. Verder schijnt die heer "goed gekleed" te zijn geweest. Dat is zo'n beetje alles wat ik te weten ben gekomen.'

'Niet erg productief dus, meneer?'

Rheinhardt hing zijn jas en hoed aan de kapstok.

'Nee, al was het bier verrukkelijk. En jij? Hoe ging het gesprek met Herr Arnoldt?' De assistent-detective overhandigde Rheinhardt het voltooide gespreksverslag. De inspecteur schudde van nee. 'Een samenvatting, Haussmann, aan de hoofdpunten heb ik genoeg.'

Haussmann legde het verslag netjes op een dossiermap waarop HILDEGARD stond.

'Goed, meneer,' zei Haussmann. 'Ten eerste leek het erop dat het geheugen van Herr Arnoldt weer terug was. Ten tweede wist hij nu weer dat de aanvaller die hem op zijn achterhoofd heeft geslagen hem met kwieke pas naderde en een deuntje floot.'

Rheinhardt leunde achterover en leunde met zijn achterste tegen de rand van zijn bureau.

'En?'

Haussmann keek nog eens naar het verslag, in de hoop dat er mis-schien iets aan zijn aandacht was ontsnapt.

'Nee, dat is het, ben ik bang. Er is geen derde punt, of enig ander punt van belang, meneer.'

Rheinhardt draaide aan zijn snor.

'Waarom dacht hij dan in godsnaam dat dat zo belangrijk was?'

'Ik weet het niet, meneer.'

'Kende hij het deuntje?'

'Nee, meneer, maar hij wist nog wel hoe het ging. Sterker nog, hij stond erop om het voor me te zingen en ik moet zeggen dat het inder-daad bekend klonk.'

'Hoe ging het dan?'

'Wat? Wilt u dat ik het voorzing, meneer?'

'Ja.'

'Ik ben bang dat ik niet goed kan zingen, meneer.'

'Dat doet er niet toe, Haussmann. Je hoeft geen auditie te doen voor een hoofdrol bij de Hofoper!'

De assistent-detective kuchte en bracht vervolgens met de ielst voorstelbare tenor een melodie ten gehore die dwars door minstens drie toonaarden slingerde.

'Nee, nee, nee. Zo doe je dat niet!' Rheinhardt liep naar Hauss-mann toe en liet zijn handen op de schouders van de jonge man neer-komen. Hij schudde hem zachtjes. 'Ontspannen. En nu diep ademha-len.' De inspecteur deed het voor. 'Laat je hele lichaam resoneren. Zo.' Hij zong een stijgende toonladder van één octaaf. 'Nu jij.'

Haussmann, die diep gekrenkt was, maar van nature niet in staat was zijn chef niet te gehoorzamen, bracht een zwakke imitatie voort die niet erg vast van toon was. Op dat moment ging de deur open en stond daar de gedrongen gedaante van hoofdcommissaris Brügel. Hij bleef enkele tellen sprakeloos staan koken van woede, waarbij zijn gelaat steeds dieper paars kleurde tot hij ontplofte. Zijn minachting daalde over de arme inspecteur neer als verzengende vulkanische as.

'Rheinhardt! De afgelopen maand heeft onze stad te maken gekre-gen met de vreselijkste slachting sinds mensenheugenis. Ik ging ervan uit dat jij je onvermoeibaar bezig zou houden met de taak om de maniak die verantwoordelijk is voor de moorden in Spittelberg en bij de Ruprechtskirche te pakken te krijgen. Maar nu ben je blijkbaar – tenzij ik er volledig naast zit – je assistent zangles aan het geven. Zou je dat kunnen uitleggen?'

33

Haussmann had het geluk – of de pech, afhankelijk van zijn stemming – dat hij op weg naar huis altijd langs verschillende bierkelders kwam. Hij was die middag echt toe geweest aan een Budweiser en had het gevoel dat hem iets was afgenomen waar hij recht op had toen Herr Arnoldt opeens zo ongelegen voor de deur had gestaan. Na zo te zijn gedwarsboomd leek het vooruitzicht van een versterkend biertje uitermate aanlokkelijk. Tegen de tijd dat Haussmann in Mariahilf aankwam, had hij zich weten te overtuigen dat het geen kwaad kon – sterker nog, dat het hem goed zou doen – een korte stop te maken bij een kroegje dat hij kende in de Stumpergasse. Zo kwam het dat hij kort na achten naast het open haardvuur zat met een flinke pul Zwickel. Dat was precies wat hij nodig had: soepel, krachtig en een tikje troebel.

Terwijl hij tot rust kwam, liet hij de gebeurtenissen van de dag nog eens aan zijn geestesoog voorbijglijden. Het akkefietje met hoofdcommissaris Brügel was uiterst gênant geweest, al had Rheinhardt het doel van hun vocale gymnastiek met opvallend veel geduld uitgelegd. Toen Brügel uiteindelijk was vertrokken, was de oude brombeer gekalmeerd, al was hij nog steeds niet erg te spreken geweest over Rheinhardts gedrag. De hoofdcommissaris was een moeilijke, opvliegende man en Haussmann was blij dat hij niet direct aan hem verantwoording hoefde af te leggen. Als hij te zijner tijd promotie maakte, zou hij echter ook met Brügel de nodige conflicten moeten uitvechten. Bij de gedachte daaraan dronk de assistent-detective in één teug zijn pul leeg. Hij gebaarde naar de waard – door een onzichtbaar glas in de lucht scheef te houden – dat hij nog wel een Zwickel kon gebruiken.

Haussmann drong de gedachten aan zijn werk naar de achtergrond en besteedde wat meer aandacht aan zijn omgeving. De besloten ruimte van de kelder gonsde van de gesprekken. De meeste tafeltjes waren bezet en de lucht was er te snijden door de sigarettenrook. De bezoekers waren allemaal arbeiders, op drie universiteitsstudenten na, die in een donker hoekje onder een gemetselde boog zaten. Ze waren gekleed in het blauw van het duellerende studentencorps Alemania.

Het was niet ongebruikelijk dat jonge mannen van hun soort in het verband zaten. De verenigingsleden waren er zelfs trots op en pronkten met hun medische bindsels alsof het eretekens waren. Vaak was er ook een streepje pluksel op de linkerwang zichtbaar, waar een rechtshandige opponent zijn slagen het makkelijkst kon toebrengen. Bij een van deze Alemanianen zat echter het hele hoofd in verband gewikkeld, afgezien van een klein 'raampje' voor zijn bril. Hij was blijkbaar bij een bijzonder gewelddadige slagenwisseling betrokken geweest. Zijn kaak zat boven en onder de mond strak dicht gewikkeld. Haussmann bedacht dat dat waarschijnlijk was gedaan om te voorkomen dat de wonden tijdens het eten onverhoeds weer zouden openscheuren. Maar niet alle vormen van consumptie werden door de toestand van de Alemaniaan onmogelijk gemaakt. In het verband was een klein gaatje gemaakt waardoor hij met een rietje kon drinken. Een Weense student kon wel een tijd zonder voedsel, maar niet zonder bier.

De waard verscheen met Haussmanns tweede Zwickel. Hij zette de pul met een klap op tafel waardoor een flinke golf bier over de rand gutste.

'Pak an,' baste hij in ongepolijst boerenduits. 'Steek dat maar achter de knopen.' Hij liet zijn grote, rood aangelopen gezicht zakken. 'Een betere Zwickel vind je niet. Nergens niet.'

Haussmann zag dat er een pamflet op tafel slingerde, vlak bij zijn pul. Toen er een stroompje bier door een brede groef in het tafelblad begon te lopen, schoof hij het opzij zodat het niet nat zou worden. Daarbij viel zijn oog op iets wat op het voorblad afgedrukt stond.

Voordat de waard weg kon lopen, greep Haussmann hem bij de arm.

'Wat?' De waard was duidelijk verbaasd over de kracht waarmee de tengere jonge man hem beetpakte.

'Dat pamflet. Wie heeft dat daar neergelegd?'

'Ik zou het niet weten.'

'Wie heeft er voor mij aan deze tafel gezeten?'

De waard dacht even na.

'Daar vraag je me wat. Dat weet ik echt niet meer.'

'Was het een vaste klant?'

'Zou goed kunnen. Maar mag ik mijn arm nu weer terug, vriend?'
Haussmann had niet eens gemerkt dat hij de waard nog steeds vast-
hield. Hij knikte en trok zijn hand terug.

'Dat is beter,' zei de waard met een brede grijns. 'Ja, toch?' Hij was
kennelijk gewend om dronkaards op geruststellende toon te bejege-
nen.

'Hoe zagen ze eruit?' vroeg Haussmann.

De waard haalde zijn schouders op.

'Ik zei toch al dat ik het niet meer weet. Wat doet het ertoe? Dat
soort spul wordt hier zo vaak achtergelaten door van die politieke types. Allemaal flauwekul. Ik zou het maar niet te serieus nemen.'

Haussmann pakte het pamflet en bekeek het voorblad wat beter.
Het kruis met de geknakte poten was hetzelfde als dat wat hij op de
muur van madame Boreks bordeel had gezien.

34

De tram naderde door de mistige duisternis.

Zoals alle nieuwe trams die het rondje door de Ringstraße maakten, was ook bij deze niet te zien hoe hij werd aangedreven. De keizer had bezwaar aangetekend tegen de aanleg van bovengrondse kabels in de Ringstraße omdat hij vond dat die het aanzien van de straat zouden schaden. Maar Liebermann wist net als veel van zijn tijdgenoten heel goed dat de werkelijke reden voor het keizerlijke veto was dat de oude Franz Jozef (altijd even achterdochtig tegenover wetenschappelijke vooruitgang) geobsedeerd was geraakt door het idee dat een elektrische kabel op zijn koets zou kunnen vallen, waardoor hij ernstig (zo niet dodelijk) gewond zou raken.

Neurotisch, dacht Liebermann. Uiterst neurotisch.

Toen de tram langzaam tot stilstand kwam, keek Liebermann door de beslagen ruit en zag dat alle zitplaatsen bezet waren. Op het balkon waren echter nog wel staanplaatsen. Liebermann liep erheen en toen hij een plekje had gevonden, rinkelde de bel en schoot de tram naar voren. Door die plotselinge beweging verloor een jonge vrouw die voor hem stond haar evenwicht. Ze wankelde, maar wist zich staande te houden door haar handpalmen op Liebermanns borst te laten neerkomen. Opeens keek de dokter in een knap, open gezichtje en een stel markante groene kijkers.

'Het spijt me verschrikkelijk,' verontschuldigde de vrouw zich met omfloerste alt. 'Ik kon er niks aan doen.'

Hoewel haar accent haar eenvoudige afkomst verried, viel het Liebermann op dat haar handschoenen nogal kostbaar waren: rood hertenleer, afgezet met sabelbont. De rest van haar kleding was eenvoudig, maar smaakvol: een lange, zwarte jas, Franse enkellaarsjes en een hoed met een brede rand zonder opsmuk, zelfs geen lint. Ze leek niet van haar stuk gebracht door de situatie en had blijkbaar geen haast om zich uit hun omstrengeling los te maken. Liebermann nam aan dat ze op een of ander galant gebaar van hem wachtte en maakte haar handen voorzichtig van zijn lichaam los.

'Dank u wel,' zei ze met een glimlach. 'Dat is heel vriendelijk van u.'

'Graag gedaan,' zei Liebermann. Hij wierp een blik over zijn schouder, verhief zijn stem en voegde eraan toe: 'Misschien is een van de heren binnen wel zo vriendelijk om zijn plaats aan u af te staan, Fräulein.'

'Nee!' sputterde de dame tegen. 'Ik vind het helemaal niet erg om hier te staan.'

'Zoals u wilt,' zei Liebermann.

De conducteur drong zich door de mensen heen naar het achterbalkon, verkocht een paar kaartjes – onder meer aan Liebermann – en keerde weer terug naar zijn post. Toen Liebermann zijn kaartje in zijn zak stak, hoorde hij dezelfde aangename altstem weer. 'U bent arts, zeker?'

De jonge vrouw keek hem glimlachend aan.

'Ja,' zei Liebermann. 'Hoe wist u dat?'

'Dat zie ik aan uw kleren.'

Ze stak haar hand uit en raakte zijn mouw even aan.

Liebermann keek naar zijn astrakanjas en zag niets waaruit je zijn beroep zou kunnen afleiden. Misschien plaagde ze hem? Voor hij een speels antwoord kon formuleren, had de vrouw zich al voorgesteld.

'Ik ben Ida Kainz.'

'Aha, Kainz,' zei Liebermann. 'Net als de acteur.'

'Welke acteur?'

'Josef Kainz.'

Ze schudde haar hoofd en tuitte haar lippen.

'Ik ga bijna nooit naar het theater.' Ze trok een zielig gezicht dat aan de ontgoocheling van een teleurgesteld kind deed denken. 'Ik heb niemand die me ermee naartoe neemt.'

De tram hield stil en er klommen nog meer mensen aan boord, waardoor Ida Kainz opnieuw in aanraking kwam met Liebermanns borst. De situatie leek haar niet te deren en Liebermann keek weer in haar ogen die zich nu iets hadden vernauwd. Haar parfum rook aangenaam naar appelbloesem.

'Mijn vader werkt bij de post,' zei ze op luchtige toon, alsof ze de draad van een eerder onderbroken gesprek weer oppakte. 'We wonen met zijn drieën in het tiende district, mijn vader, mijn moeder en ik. Ik heb ook een zus, maar die is al getrouwd.' Toen pakte ze brutaal Liebermanns hand en drukte zijn vingers. 'Hebt u geen nieuwe handschoenen nodig, dokter...?'

De bel rinkelde en de tram reed verder.

'Liebermann.'

'Mooie naam. Ja, u hebt absoluut nieuwe handschoenen nodig, dokter Liebermann. En ik denk...' Haar lach werd breder zodat haar tanden tevoorschijn kwamen, 'dat ik u daar wel aan kan helpen.'

Ze haalde een visitekaartje tevoorschijn en overhandigde het aan Liebermann. Er stond een adres op van een handschoenenwinkel in de Währingerstraße. 'Kleinmann. Währingerstraße 24. Daar werk ik. Kom daar maar eens langs en vraag dan naar Ida.'

Ze reden langs het Hoftheater. Uit alle ramen viel de gloed van een verwelkomend geel licht.

'Daar gaat u zeker vaak heen?' zei het winkelmeisje.

'Als ik er tijd voor heb, hoewel ik meer van muziek houd.'

Ze knikte en trok een raadselachtig gezicht.

'Een dokter hoort betere handschoenen te hebben.'

De tram naderde Liebermanns halte. Hij maakte met een buiging duidelijk dat hij er bijna uit moest en de jongedame beantwoordde dat door haar hand uit te steken. Hij drukte het rode hertenleer tegen zijn lippen.

'Nog een prettige avond, Fräulein Kainz.'

Hoewel het zijn bedoeling was geweest om dat kleine gebaar van hoffelijkheid op nonchalante wijze uit te voeren, bleven zijn lippen toch iets langer hangen dan strikt noodzakelijk. Liebermann stapte uit maar liep niet meteen weg. Ida Kainz beantwoordde zijn blik met een neutrale uitdrukking op haar gezicht. De bel van de tram rinkelde en haar gedaante werd steeds kleiner. Op het moment dat ze in het spookachtige duister verdween, zag hij dat ze haar gehandschoende hand opstak, een opvallend vlekje karmijnrood in een verder kleurloze wereld.

Liebermann keek naar het kaartje.

Kleinmann.

Währingerstraße 24.

Hij bracht het kaartje naar zijn neus. Ook dat geurde naar appelbloesem.

Een dokter hoort betere handschoenen te hebben...

Liebermann zuchtte diep. Het leven was ook zonder deze complicaties ingewikkeld genoeg.

35

Lieder eines fahrenden Gesellen van Mahler was bekender als orkest-stuk, maar de bewerking voor piano, die was ontdaan van alle aflei-dende kleuren en effecten, onthulde een muzikale essentie van een buitengewone kracht en intensiteit.

Dat is de grootsheid van 'Duitse' muziek, dacht Liebermann. Zo aangrijpend, zo bezielend, zo moeiteloos superieur!

Rheinhardt was uitstekend bij stem. Het hoogtepunt van elke frase leek te zwichten, te bezwijken en ten onder te gaan in een overvloed van emotie.

'O Augen blau, warum habt ihr mich angeblickt?
Nun hab' ich ewig Leid und Grämen.'
(O blauwe ogen, waarom hebben jullie mij aangekeken?
Nu lijd ik eeuwig pijn en verdriet.)

De afgewezen reiziger neemt afscheid van zijn verre liefje en gaat in het donker van de nacht op weg over een verlaten hei met een hoofd vol kwellende herinneringen aan vallende lindebloesem...

Liebermann merkte dat de woorden bij hem een beeld opriepen, niet van Clara (die bruine ogen had), niet van Ida Kainz (die groene ogen had), maar van Miss Lydgate. Dat vluchtige portret, haastig ge-schetst en vaag, wekte bij hem een ingewikkeld samenspel van emo-ties op: begeerte, schaamte en een steek van iets wat erg in de buurt van lichamelijke pijn kwam. Liebermann boog zijn hoofd en liet zijn lange vingers zonder naar de muziek te kijken de laatste, ontroostbare akkoorden zoeken. Dit waren gevoelens waarmee Liebermann niet erg vertrouwd was, hoewel ze de laatste tijd steeds vaker de kop opsta-ken.

Toen ze klaar waren met musiceren, trokken de jonge dokter en zijn gast zich terug in de rookkamer. Ze zaten op hun gebruikelijke plaatsen en rookten een eerste sigaar bij een glas Hennesy *pale* cognac. Liebermann liet de vloeistof in zijn glas rondwalsen en snoof het subtiele, doordringende aroma op. Vervolgens leunde hij opzij en maakte een loom gebaar in de richting van Rheinhardts koffertje.

'Foto's?'

'Ja,' antwoordde de inspecteur. 'De moord bij de Ruprechtskirche.'

'Ik heb het artikel in de *Neue Freie Presse* gelezen.'

'Weinig informatief, ben ik bang,' zei Rheinhardt en hij zette het koffertje op zijn knieën. Hij maakte de gespen los en haalde er een stapeltje foto's uit. 'Het slachtoffer heet Evžen Vaněk. Hij was nog maar een paar maanden in Wenen, maar had wel al een kraampje weten te bemachtigen op de vleesmarkt waar hij kippen verkocht.

Rheinhardt gaf de foto's aan zijn vriend. Op de eerste stond Vaněks lijk dat languit op de straatkeien lag – een opname van grote afstand waarop in de verte de Ruprechtskirche te zien was met de met sneeuw bedekte toren.

'Hij was nogal een eenling,' vervolgde Rheinhardt, 'maar enkele van zijn landgenoten in de Budweiser biersalon kenden hem wel. Ik heb er vorige week een gesproken, een kerel die Zahradník heet. Veel kon hij me niet vertellen. Nou ja, afgezien van één ding dan.'

'En dat was?'

'Vaněk was lastiggevallen door iemand die iets tegen Tsjechen had.'

'In welk opzicht lastiggevallen?'

'Beschimpingen, bespottingen. Hij kreeg te horen dat zijn kippen veel te hoog geprijsd waren. En dat hij naar zijn eigen land terug moest.'

'Niet zo bijzonder.'

'Inderdaad. Hoewel ik moet bekennen dat ik geen idee had dat de anti-Tsjechische sentimenten zo sterk waren in sommige kringen.'

'Was Vaněk politiek actief?'

Rheinhardt schudde zijn hoofd. 'Dat betwijfel ik. Hij moest elke dag een lange tocht ondernemen naar een leverancier in Ottakring om kippen te halen. Hij had dus maar weinig tijd voor politiek.'

Liebermann bekeek de volgende foto: een close-up van Vaněks borstwond. Rheinhardt vervolgde zijn uiteenzetting. 'Hij is twee keer in het hart gestoken. Professor Mathias zei dat de fatale steek was toegebracht door iemand met een sabel.' De jonge arts keek met een ruk op. Het licht weerkaatste spiegelend in zijn brillenglazen. 'Ja,' zei Rheinhardt, die de gedachten van zijn vriend las. 'Van hetzelfde type als waarmee madame Borek is vermoord, en ook Fräulein Draczynski en Fräulein Glomb. En kijk nu eens naar de laatste foto.'

Liebermann deed wat hem werd opgedragen.

'Een hangslot?'

'Professor Mathias ontdekte wat abnormaliteiten: enkele kneuzingen, een gezwollen adamsappel. Zijn aandacht werd getrokken door Vaněks keel.'

'En daar vond hij dit?'

'Ja. Het was Vaněks slokdarm ingeduwd en moest er met een tang worden uitgetrokken.'

'Dat stond niet in het krantenartikel.'

'Nee, de censor vindt dat soort details... smakeloos. Het slot is gemaakt bij een bedrijf met de naam "Sicherheit". Ze hebben een grote fabriek in de Landstraße. Helaas voorzien ze het halve keizerrijk van sloten, dus we hebben geen idee waar dit specifieke slot is gekocht.'

Liebermann liet zijn schouders zakken. Zijn kin vond steun op zijn gebalde vuist.

'Was er nog meer in het lichaam verstopt? De sleutel, wellicht?'

'Nee.'

'Heeft Mathias daarnaar gezocht?'

'Ja.' Rheinhardts schouders huiverden bij de herinnering aan de kou in het mortuarium die terugkeerde om zijn bovenste rugwervels te kietelen.

'Met het verbergen van een gesloten hangslot in de keel,' zei Liebermann, 'lijkt de dader te willen benadrukken dat zijn slachtoffer tot zwijgen is gebracht. Als de heer Vaněk nu een gevierd spreker was geweest, had dat nog betekenis gehad, maar dat is duidelijk niet het geval.'

De jonge dokter staarde in de vlammen van het haardvuur. Hij had zijn rechterwenkbrauw opgetrokken, wat erop wees dat zijn gedachten verder maalden ook al was hij gestopt met praten.

'Ik moet je nog wat laten zien,' zei Rheinhardt. 'Bekijk dit eens.'

Liebermann draaide zich om. Het was een pamflet, van het soort dat meestal door kleine politieke drukkerijen werd gemaakt. Het papier was grof en het zetsel liet zwarte vlekken achter op Liebermanns vingers.

In gotische letters verkondigde het: *Het geheim van de runen – Een inleidende lezing door Guido von List.*

Onder de aankondiging stonden twee concentrische cirkels. In de binnenste ring stond een kruis met geknakte poten en in de ruimte tussen de binnenste en buitenste ring stonden primitieve hoekige lettertekens. Ze zagen eruit alsof ze met een vork in de bast van een boom waren gekrast.

'De swastika,' zei Liebermann.

'Pardon?'

'Zo heet het, dat hakenkruis. Het is een Indo-Europees symbool dat voor goedheid en gezondheid staat. Professor Freud heeft het voor me opgezocht in een boek over het Sanskriet.' Liebermann wapperde met het pamflet. 'Waar heb je dat vandaan?'

'Het lag op een tafeltje in een bierkelder. Haussmann heeft het gevonden.'

'Waar?'

'In Mariahilf – vlak bij zijn huis.'

Liebermann bladerde door de folder en begon te lezen: 'Runen waren meer dan de letters van nu, maar ook meer dan louter lettergrepen of tekens voor hele woorden. Het waren heilige tekens, magische letters. Ze waren in zekere zin net zoiets als de sigils uit latere tijden die een opmerkelijke rol speelden bij de duivelse betovering van Dr. Johann Faust...' Liebermann krulde zijn bovenlip minachtend. 'Wat een onzin, Oskar. Gebazel.'

'Niet helemaal. Het is bedoeld als verhandeling over de oorsprong van de Duitse taal. De schrijver, Guido List...'

'Vón List,' corrigeerde Liebermann hem en hij tikte met zijn vinger op de door de inktvlekken moeilijk te lezen auteursnaam.

Rheinhardt schudde zijn hoofd. 'Hij is als schrijver, voor zover wij weten, altijd alleen bekend geweest onder de naam Guido List. Dat moet een drukfout zijn.'

'Of hij heeft besloten zichzelf in de adelstand te verheffen!'

'Tja, nu je het zegt... Het zou me niets verbazen. Hij is kennelijk nogal een pompeus type. Hoewel het grootste deel van het pamflet over de mystieke betekenis van runen gaat, eindigt hij zijn exegese met een merkwaardige en nogal verontrustende polemiek. Hij verkettert en belastert een aantal instituten en groepen mensen: de katholieke kerk, vijandige nomaden (waarmee hij, denk ik, de Joden bedoelt), de internationalen (ik weet niet precies wie hij daarmee bedoelt) en de vrijmetselaars. Hij doet vooral erg smalend over de vrijmetselaars.'

'Wat heeft hij dan tegen die groepen?'

'Ik zou het niet weten, Max. Het is allemaal nogal onsamenhangend... Hij was vroeger journalist. Zijn artikelen verschenen in de *Neue Deutsche Alpenzeitung* en de *Deutsche Zeitung*. Maar hij is nu het bekendst vanwege zijn historische roman, *Carnuntum*. Ken je die?'

'Nee.'

'Die was een aantal jaren geleden erg populair. Hij gaat over een Germaanse stam die in 375 na Christus een overwinning heeft behaald op de Romeinen.'

De klok sloeg tien en de twee vrienden wachtten tot hij was uitgeslagen voor ze hun gesprek voortzetten.

'Denk je dat er een verband is?' vroeg Liebermann. 'Tussen deze schrijver en de moorden in Spittelberg?'

'Toen Haussmann me dat kruis liet zien... hoe zei je ook al weer dat het heette?'

'De swastika.'

'Toen Haussmann me die swastika liet zien, dacht ik van wel. Maar nu ik weet dat dat symbool een letter uit het Sanskriet is, zoals jij zegt, ben ik daar niet meer zo zeker van. Misschien moeten we op zoek naar een Indiaas heerschap.'

'Heeft List het over de swastika in zijn pamflet?'

'Ja, maar hij noemt 't het *fyrfos*, het hakenkruis of de achttiende rune.'

Liebermann bood zijn vriend nog een sigaar aan.

'Dank je,' zei Rheinhardt. Hij bewoog de corona heen en weer onder zijn neus en knikte goedkeurend.

'Waar was List op de dag van het bloedbad?'

'Toen we hem verhoorden, zei hij dat hij thuis was. Bij zijn vrouw.'

'Geloof je hem?'

Rheinhardt knipte het puntje van zijn sigaar.

'Dat doet er niet toe. Hij heeft het niet gedaan.'

'Waarom denk je dat?'

'Hij is blind, Max, en dat is hij al een paar maanden. Hij is aan staar geopereerd en heeft nog steeds een verband voor zijn ogen. Als er al een relatie is tussen List en de moorden, dan moet die indirect zijn.'

Rheinhardt stak zijn sigaar aan en blies twee perfecte kringetjes rook.

'Waar staan we dus op dit moment?' Liebermann klonk licht geïrriteerd. 'De vrouwen in dat bordeel in Spittelberg zijn allemaal, op het meisje Ludka na, met een sabel vermoord, net als Evžen Vaněk. De moorden in Spittelberg en die bij de Ruprechtskirche kennen alle een paar merkwaardige details: een letterteken uit het Sanskriet dat goedheid en gezondheid betekent en een hangslot dat misschien is gebruikt om aan te geven dat het slachtoffer niet langer zal spreken. Geen van beide lijkt erg betekenisvol.' Liebermann keek door zijn cognac naar het vuur. Zijn glas leek op die manier gevuld met een magisch glanzend elixir. 'De gedachte kwam bij me op,' vervolgde hij, 'dat de swastika, als symbool van gezondheid, wellicht een medische betekenis heeft. Ik moest denken aan jouw opmerking over de Whitechapelmoorden.'

'De Londense Ripper zou inderdaad heel goed een arts hebben kunnen zijn. Maar als ónze dader ons had willen laten weten dat hij medicus is, waarom kalkt hij dan een of ander obscuur letterteken uit het Sanskriet op de muur?'

'Om ons een raadsel op te geven, om ons te laten weten dat hij meer weet dan wij.'

'Waarom zou hij dat doen?'

'Uit arrogantie?'

Rheinhardt zuchtte.

'Ik ben het met je eens,' vervolgde Liebermann, 'dat niets van dit alles erg veel oplevert. Toch biedt het ongebruikelijke wapen wel perspectief. Een sabel is groot en lastig te verbergen...'

'Tenzij je het toch al draagt als onderdeel van je uniform.'

'Maar waarom zou een militair die vrouwen haat een arme, mannelijke Tsjechische marktverkoper uitkiezen als zijn volgende slachtoffer? En wat moeten we hiermee?' Liebermann pakte het pamflet op en zwaaide ermee. 'Is het onmens iemand die het vroege Duitse alfabet bestudeert? En als dat zo is, wat heeft dat dan in godsnaam te betekenen?'

Liebermann nipte aan zijn cognac en keek Rheinhardt aan. De politieman haalde zijn schouders op en de jonge dokter, die anders zo vol ideeën en verklaringen zat, bleef onrustbarend stil.

36

Luitenant Ruprecht Hefner, zijn secondanten Renz en Trapp en de regimentsarts stapten allen uit het rijtuig. Een van de paarden brieste krachtig en stootte twee wolken stoom uit zijn trillende neusgaten. Het rijtuig dat voor hen had gereden stond al in de berm geparkeerd. Het was zwart gelakt en zou niet hebben misstaan onder de koepel van het Hofburgpaleis.

'Lemberg,' zei Trapp.

De anderen keurden die waarneming geen reactie waardig.

Boven de oostelijke horizon van het Wienerwald begon zich een streepje licht af te tekenen. Binnen die bleke strook omgaf een roze, lichtgevende halo een ongewoon stralend lichtpunt. De arts bleef even staan om het verschijnsel wat beter te bekijken en concludeerde toen dat die fraaie wachtpost de planeet Venus was.

'Komt u mee?' riep Renz hem toe. 'We hebben nu geen tijd voor sterrenkijkerij.'

De dokter knikte een tikje gegeneerd en liep haastig verder. Hij tikte aan zijn pet toen hij langs het andere rijtuig liep en vanaf zijn hoge bok hief de koetsier zijn zweep in een zwijgende groet.

Hefner liep voorop en doorzocht een stel doornstruiken aan de kant van de weg. Hij zwaaide met iets wat hij had gevonden. Het was een rafelige rode zakdoek. De anderen liepen achter hem aan. Ze daalden een steil pad af dat door bevriezing en losse steentjes erg glad was. Het pad leidde door het bos en een paar minuten lang zagen ze niets anders dan een gang tussen de donkere sparren en een stukje van het hemelgewelf boven hun hoofden. Hefner stapte op een dennenappel, wat een plezierig krakend geluid onder zijn voeten maakte.

Uiteindelijk leidde het pad hen naar de bodem van een smal dal. Van een beekje in de buurt was alleen nog een druppelend stroompje over, maar dat maakte nog verrassend veel lawaai.

Halverwege het 'veld van eer' stond de *Unparteiische*. Hij had een hoge, zijden hoed op en een zwarte, lange jas aan. Onder zijn rechterarm hield hij een mahoniehouten kistje. Een eind verderop, achter de Unparteiische, stond Hefners tegenstander Lemberg tegen een beukenboom geleund.

Hefner en de regimentsarts bleven staan en Renz en Trapp liepen verder. Lembergs secondanten kwamen eveneens naar voren, toen ze de twee ulanen op zich af zagen komen. De vier mannen naderden elkaar moeizaam door de hoge sneeuw. Ze ontmoetten elkaar bij de man met de hoge hoed, waar ze bleven staan en voor elkaar bogen. Na het uitwisselen van wat voorbereidende mededelingen wendden ze zich tot de Unparteiische, die het mahoniehouten koffertje openmaakte en hun de inhoud liet zien. Renz en zijn tegenhanger (van wie Hefner aannam dat het Glöckner moest zijn) haalden er elk een pistool uit en bestudeerden dat nauwgezet. Ze richtten het ter controle ergens op en keken of het mechanisme goed werkte. Vervolgens wisselden ze de pistolen uit en herhaalden de inspectie. Het laden van de wapens werd gezamenlijk gedaan. Toen beide secondanten tevreden waren, werden de pistolen teruggegeven aan de Unparteiische.

Intussen hadden Trapp en Riehl, Lembergs andere secondant, het 'krijt' betreden en maten nu, vanaf een startpositie waar beide mannen volgens de regels rug aan rug moesten gaan staan, een overeengekomen afstand in precies even grote stappen af. Trapps stem, die de stappen aftelde, was goed te horen: 'Vijf, zes, zeven...' Beide mannen hadden iets omvangrijks in hun armen.

'Hoe is het met u?' vroeg de regimentsarts.

'Kan niet beter,' antwoordde Hefner. 'Zo kalm als wat.' Ten bewijze daarvan stak de luitenant zijn handen uit. Roerloos. Ze leken eerder uit marmer gehakt dan van vlees en bloed. 'Om u de waarheid te zeggen, dokter, wil ik dit akkefietje graag zo snel mogelijk achter de rug hebben om te kunnen ontbijten. Er zit een uitstekend eethuisje in het dorp waar we doorheen kwamen. De Postschänke. Kent u dat?'

'Nee.'

'De koolsoep is daar weergaloos. En het brood dat ze serveren is...' Hij zocht even naar het juiste superlatief. 'Als ambrozijn. Ja, ambrozijn. Hebt u trek?'

'Niet echt.'

'Jammer.'

Trapp en Riehl stonden stil en nu was beter te zien wat ze in hun armen hadden: houten palen. Ze staken elk een paal in de grond en duwden op het afgevlakte uiteinde om de punt diep in de sneeuw te drukken. De markeerpunten stonden ongeveer vijftien passen uit elkaar. Vervolgens maten Trapp en Riehl aan weerszijden van de palen nog eens een afstand af die aan beide kanten werd aangegeven met felgekleurde zakdoeken, die op hun plaats werden gehouden met een steen.

Renz liep terug naar Hefner. Het laatste stukje holde hij.

'Prima pistolen,' riep hij. 'Duits. Beetje zwaar misschien, maar heel degelijk.'

'Uitstekend,' zei Hefner.

Trapp kwam er al snel achteraan.

'Het licht kan ermee door. Geen schaduwen. Geen wind. En afgezien van die beuk is er niets wat jullie kan afleiden. Ben je zover?'

'Ja.'

'Laten we maar gaan dan. Succes.'

'Ja, succes, Hefner,' zei ook Renz.

De dokter, die vanuit zijn functie onpartijdig moest blijven, haalde diep adem. Hij wist niet zo goed wat hij van die hele toestand met Hefner vond. Hij bewonderde hem natuurlijk wel, maar of hij hem graag mócht, was een ander verhaal.

Renz en Trapp liepen voor Hefner en de regimentsarts uit door het dalletje. Dezelfde afstand, maar dan van de andere kant, werd afgelegd door Lemberg en zijn twee secondanten. Beide groepen kwamen tot stilstand voor de Unparteiische, die een uiterst gedistingeerd ogende heer bleek te zijn met een gepommadeerde snor.

Hefner en Lembergs blikken kruisten elkaar. De zoon van de fabriekseigenaar was woedend, maar zijn woede was niet zo hevig dat ze zijn angst wist te verbergen. Hefner beschouwde zichzelf als een mensenkenner en voelde zich gesterkt door wat hij zag: een veelzeggende glinstering van dierlijke paniek.

Mooi, dacht Hefner. De Jood heeft zwakke zenuwen. Hij zal onder druk een inschattingsfout maken.

De Unparteiische verzocht de strijdende partijen hun zakken leeg te maken en de inhoud aan hun secondanten te geven. Eerloze duellisten hadden in het verleden wel eens horloges, portefeuilles, munten en sleutels op hun lichaam verborgen om hen te beschermen tegen de kogels die een lage snelheid hadden maar niettemin dodelijk waren. Nadat ze gecontroleerd waren, wendde de Unparteiische zich tot Lemberg.

'Bent u de gekrenkte partij?' De jongeman knikte. 'Dan hebt u het recht ten overstaan van de aanwezige getuigen de voorwaarden te bepalen. Op het eerste bloed of tot de dood?'

'Tot de dood,' zei Lemberg. Zijn stem haperde even.

Riehl, die de oudste was van Lembergs twee secondanten, rilde.

'Doe dat nou niet, Freddie,' beet hij hem toe. 'Het is nog niet te...'

'Stil!' zei Lemberg scherp, in een poging iets van zijn afkalvende waardigheid terug te winnen.

'Dit is waanzin,' mompelde Riehl zacht en hij keek de regimentsarts vragend aan met iets van wanhoop in zijn ogen. Maar het was niet aan de dokter om in te grijpen.

De Unparteiische opende het mahoniehouten koffertje en liet de inhoud aan beide partijen zien. Op een bedje van groene stof lagen de speciaal voor duels aangepaste pistolen. De achthoekige lopen waren van Damascusstaal en donker gemaakt om reflectie tegen te gaan. Om diezelfde reden was geen enkel metalen oppervlak gegraveerd. De vizierkorrels (voor en achter) waren verwijderd. De pistolen waren van alle opsmuk ontdaan en puur functioneel, teruggebracht tot hun meest noodzakelijke onderdelen en dienden nog maar één enkel en dodelijk doel.

De Unparteiische hield Lemberg het koffertje voor.

'Meneer?'

Lemberg pakte het dichtstbijzijnde pistool.

Vervolgens werd de koffer voorgehouden aan Hefner, die er het overgebleven wapen uit haalde. Hij keurde het gewicht door het pistool losjes in de hand te houden en kon een tevreden grijns niet onderdrukken. Het was perfect.

'Heren? Bent u klaar?' De Unparteiische keek eerst Hefner aan en vervolgens Lemberg. 'Op uw plaatsen, graag.'

Lemberg liet zijn jas van zijn schouders glijden en op de grond vallen. Het was een manoeuvre die bedoeld was om hem een klein voordeel te geven. Het wit van zijn hemd zou hem minder zichtbaar maken tegen het besneeuwde landschap. Hefner, die de plicht had te allen tijde zijn ulanenuniform te dragen, had niet de vrijheid datzelfde te doen. Toch kon hij nog wel het een en ander doen om zijn kwetsbaarheid te verkleinen. Onopvallend zette hij de revers van zijn overjas omhoog om de sterren op zijn boord aan het oog te onttrekken.

De twee duellisten werden door hun secondanten elk naar hun eigen plaats begeleid, die met de felgekleurde zakdoeken was gemarkeerd. Vervolgens keerden de secondanten in grote ernst op hun schreden terug tot ze weer bij de Unparteiische waren.

De regimentsarts zuchtte en maakte zijn tas open. Hij haalde er een scalpel en een flesje fenol uit.

'Meneer de dokter,' zei de Unparteiische, 'ik verzoek u beleefd uw instrumenten weg te stoppen. Het is niet wenselijk de partijen te demoraliseren.'

'Een onnodige vertraging kan soms het verschil tussen leven en dood betekenen,' protesteerde de dokter.

'Mag ik u eraan herinneren, dokter,' zei de Unparteiische streng, 'dat in een treffen als dit zaken van leven en dood minder van belang zijn dan die van eer en fatsoen. Ik sta erop dat u uw instrumenten wegstopt.'

Het was niet voor het eerst dat de dokter in aanraking kwam met dergelijke pedanterie. Met tegenzin stopte hij de scalpel en het flesje weer in zijn tas terug.

Een ongewone rust daalde over het dalletje neer. De twee tegenstanders staarden elkaar dwars over het witte niemandsland aan, waar niets anders te zien was dan de verticale houten staken. De veertig passen die de mannen scheidden hadden wel wat weg van een begraafplaats voor vampiers. Boven de besneeuwde heuvels verbleekte het licht van de ochtendster.

'Voorwaarts!' riep de man met de hoge hoed.

Zijn bariton weerkaatste tegen de steile heuvelwanden alsof het de stem van Jehova zelf was.

De tegenstanders begonnen naar elkaar toe te lopen.

Hefner hield zijn pistool omhoog, met de loop naar de wolken gericht, en hield zijn gebogen arm tegen zijn borst gedrukt. In het onwaarschijnlijke geval dat Lemberg goed zou mikken, zou de onderarm van de luitenant zijn hart beschermen en het pistool zijn neus. Hij wendde zijn romp iets naar links, waardoor hij de grootte van het lichaamsoppervlak dat aan Lemberg was blootgesteld verkleinde.

Ze kwamen met lange, statige passen steeds nader tot elkaar.

De regels van het pistoolduel waren simpel. Beide partijen konden op elk gewenst moment blijven staan, richten en vuren. Het voordeel van als eerste schieten was het preventieve overlijden van de tegenstander. Als men echter miste, moest men vanwege die premature actie een serieuze straf ondergaan. De al te schietgrage partij moest stil blijven staan en het tegenschot afwachten. De tegenstander kreeg een volle minuut om de dichtstbijzijnde paal te bereiken waarvandaan hij op zijn gemak kon riposteren. Aldus werd het nadeel van als tweede vuren gecompenseerd door het voordeel om vanaf kortere afstand op een bewegingloos doelwit te kunnen mikken. Hefner was een groot voorstander van het pistoolduel. Hij vond de wiskundige logica ervan uitermate bevredigend.

De tegenstanders naderden elkaar.

Vijfendertig passen, dertig passen, vijfentwintig passen...

Lemberg bleef staan en hief zijn pistool.

Hefner had niet anders verwacht.

De Jood heeft geen lef...

De ulaan onderbrak zijn afgemeten stappen niet. Hij controleerde of hij zijn arm nog steeds in de juiste positie hield en spande zijn buikspieren aan. Een holle buik was minder makkelijk te raken.

Hij keek Lemberg in de ogen.

De tromp van Lembergs pistool was niet in de juiste positie.

Als hij nu vuurt, mist hij.

Er klonk een luide knal. Hefner hoorde achter zich het sneeuw van de takken van de dennen vallen. Er hing een scherpe lucht van salpeter en zwavel. Hij voelde geen pijn en liep nog steeds...

Mis!

Lemberg liet zijn pistool zakken en wachtte zijn lot af.

Hefner vertoonde geen spoor van opgetogenheid. Hij versnelde zijn pas niet. Zijn hart roffelde regelmatig in zijn borst. Toen hij bij de dichtstbijzijnde paal was, bleef hij staan, richtte en beschouwde zijn doelwit. Lemberg trilde hevig, dat was duidelijk te zien.

Hefner haalde de trekker over.

Een luide knal, nog meer sneeuw die viel. Een doffe plof en geritsel als rijst op papier.

Lemberg wankelde. Zijn pistool viel uit zijn hand en zijn knieën bezweken. Voor hij de grond raakte, was de regimentsarts al naar hem onderweg.

Hefner kon maar aan één ding denken: ontbijt in de Postschänke. De dokter zou niet lang werk hebben. Daarvan was Hefner overtuigd.

37

Het was laat in de middag en ongebruikelijk stil in het ziekenhuis. Zelfs de onrustigste patiënten, wier klaaglijk gejammer doorgaans door de gangen weergalmde, zwegen. Misschien was het te koud. Het verwarmingssysteem van het ziekenhuis bleek niet opgewassen tegen de Siberische temperaturen die door de muren naar binnen drongen en geleidelijk alle afdelingen in bezit namen. Veel patiënten lagen de hele dag onder hun gesteven lakens te rillen in bed.

Herr Beibers uitpuilende buik rees en daalde onder zijn loshangende ziekenhuishemd. Hij was een kleine, stevige man met een rebelse snor en baard van een opzienbarende oranjegele kleur. Vanaf zijn positie kon Liebermann zien dat de beste man kalend was. Op zijn kruin was een tonsuurachtige kale plek ontstaan met hier en daar wat sproeten. Hij zag eruit als een bedelmonnik. In feite werkte Herr Beiber voor een boekhoudkantoor dat dicht bij de Graben gevestigd was.

'Ze is zo'n buitengewone vrouw...' Zijn stem klonk vol en warm en hij sprak declamerend als een toneelspeler. 'Haar huid lijkt wel van porselein en in haar ogen gloeit een hartstochtelijk vuur.' Hij strekte zijn benen uit op de divan en wiebelde met zijn tenen, waarvan de puntjes blauw zagen van de kou. 'Kent u Plato's *Symposion*, dokter?'

'Niet zo goed...'

'Het is een van de vroegste werken over de liefde. Volgens de Griekse overlevering waren mensen ooit tweehoofdige wezens met vier benen en vier armen. Maar wij mensen waren een hooghartig ras en Zeus besloot dat we moesten worden gedeemoedigd. Hij bedacht daarvoor een straf: hij sneed ieder lichaam doormidden zodat er twee wezens ontstonden waar er voorheen een was geweest. Daarna smachtte ieder incompleet schepsel naar vereniging met zijn wederhelft. Het is een nalatenschap die tot op heden voelbaar voor ons is. We komen niet op de juiste wijze op deze wereld. We zijn onaf.'

'En u gelooft in deze platonische leer?'

'Het is geen kwestie van geloven, dokter. Ik wéét dat het waar is.'

'Maar het is toch zeker slechts een metafoor... een mythe?'

'Nee, dokter. Het is iets wat ik zelf heb ervaren, iets wat ik heb beleefd.'

Herr Beibers lippen krulden zich kalm tot een vrome, bedachtzame glimlach. Hij verstrengelde zijn vingers op het hoogste punt van zijn buik en zuchtte behaaglijk.

'Maar hoe dan?' vroeg Liebermann.

'Als we onze wederhelft vinden, is de wederzijdse aantrekkingskracht onweerstaanbaar, hij is overweldigend en onloochenbaar waar. Ik zou de platonische leer net zo min kunnen betwijfelen als het feit dat deze divan hier staat.' Hij tikte tegen het houten zijpaneel om zijn argument kracht bij te zetten. 'Daarom ben ik absoluut bereid om deze... deze procedure te ondergaan. U lijkt me sympathiek genoeg en ik heb geen reden om aan uw oprechtheid te twijfelen. Ik heb er vrede mee dat ik hier nu lig, dokter, en zal al uw vragen te goeder trouw beantwoorden, omdat ik weet dat welke hindernissen er ook op onze weg liggen, zij en ik op een dag samen zullen zijn. U zult eenvoudiger de zon beletten om langs de hemel te trekken dan onze uiteindelijke vereniging verhinderen.'

Liebermann opende Herr Beibers dossier en maakte een snelle aantekening: *Monomania. Platonische mythe – paranoia erotica?*

'Maar hoe kunt u beweren dat deze aantrekkingskracht wederzijds is?' drong Liebermann aan. 'De dame in kwestie heeft nooit met u gecorrespondeerd, nooit met u gesproken en u nooit de geringste aanwijzing gegeven dat zij zelfs maar van uw bestaan weet.'

Herr Beiber begon zachtjes in zichzelf te grinniken alsof alleen hij, door superieure kennis, wist hoe grappig dit was.

'Dat denkt ú, dokter!' Herr Beiber tikte met zijn mollige wijsvinger tegen de zijkant van zijn neus.

'Heb ik het fout?' vroeg Liebermann.

'Ik heb haar niet als eerste opgemerkt, dokter. Zij was het die mij ontdekte.'

Liebermann besloot even in die gedachtegang mee te gaan.

'Weet u de eerste keer nog dat zij u opmerkte?'

'Ja, dat was afgelopen zomer op een zondagmiddag. Ik was naar de dierentuin geweest en liep naar de tramhalte, net voorbij paleis Schönbrunn. Het was een prachtige dag, een beetje te warm naar mijn smaak, en ik bleef bij de hoofdingang even staan om op adem te komen. Ik draaide me om naar het paleis dat in het zonlicht helder geel schitterde. Ik kneep mijn ogen halfdicht tegen de glinstering en iets... iets trok mijn aandacht naar de vierde verdieping. Er zijn vijf ramen onder de balustrades van een dakbalkon. Ik zag iets bewegen achter het middelste raam... en ik wist dat zij het was.'

'U kon haar vanaf die afstand herkennen?'

Herr Beiber glimlachte minzaam, alsof Liebermann een onschuldige, maar domme vraag had gesteld.

'Zij was het,' zei hij met rustige overtuiging.

'Wat wilde ze?' vroeg Liebermann.

'In eerste instantie alleen mijn belangstelling wekken, zichzelf bekendmaken.'

'En wat deed u?'

'Ik gebaarde dat ik haar teken had ontvangen...'

'Hoe gebaarde u dat?' onderbrak Liebermann hem.

De klerk schudde zijn hoofd heen en weer. 'Dat, dokter, is iets wat ik niet kan onthullen.'

'Goed,' zei Liebermann. 'Wat gebeurde er toen?'

'Ik stapte op de tram en ging naar huis. U kunt zich wel voorstellen dat ik behoorlijk onrustig was. De gebeurtenis bleef door mijn hoofd spoken en het lukte me bijna niet om te slapen. Maar hoe meer ik erover nadacht, des te duidelijker werd het me dat het contact een diepere betekenis had... en hoe meer ik over deze betekenis mijmerde, des te meer werd ik gegrepen door een duizelingwekkende opwinding. Was het mogelijk, vroeg ik me af. Was het echt mogelijk dat zo'n verheven dame gevoelens zou kunnen hebben voor een eenvoudige kerel als ik? Een nederige boekhoudklerk in dienst van Hubel & Wiesel. Het leek absurd, belachelijk, maar ik kon de vloedgolf van emotie in mijn hart niet ontkennen. Het heldere vuur van herkenning brandde in mijn ziel... ze had mij gevonden en ik was niet bij machte weerstand te bieden.'

Op Herr Beibers gezicht verscheen een lichte blos terwijl hij terugdacht aan die nacht waarin alles was veranderd.

'De week daarop keerde ik op verschillende tijden terug naar het paleis. Ik bleef er urenlang wachten... vaak in het donker. Maar ik wist dat ze mijn aanwezigheid zou bespeuren en op zeker moment naar het raam zou komen. Ze was, en daarvan ben ik overtuigd, even overweldigd en ontdaan, ja ontdaan, door deze belevenis als ik... Ze moest mij daar bij de ingang kunnen zien staan, standvastig en trouw. Ze moest worden gerustgesteld, getroost en ervan worden overtuigd dat wat wij beiden doormaakten absoluut echt was. Hoe dan ook, de zekerheid van ons lot was onontkoombaar. De signalen werden duidelijker en talrijker. Ze was diep ongelukkig en ik besloot haar te redden.'

'En toen kwam het tot die ruzie met de paleiswachters?'

'Inderdaad. Het is te betreuren dat mijn poging is mislukt, maar ik ben absoluut niet ontmoedigd en nog even vastberaden. De arme vrouw kan zich niet bevrijden uit de greep van haar koninklijke hoeders en het is mijn plicht om te volharden.'

Liebermann vond het verhaal van de fantaserende klerk enigszins vermakelijk, maar voelde ondanks zichzelf ook een steek van medelijden. Het was treurig dat bij deze verder zo gewone man een verstoring was opgetreden in zijn psyche, een stoornis waardoor hij met heel zijn hart in een romance geloofde die zou zijn begonnen in de mythische groene weiden van het oude Griekenland.

De kleine man sloot zijn ogen en sprak verder: 'Ik zal alles doen wat gedaan moet worden.' In Herr Beibers stem klonk voor het eerst een zekere dreiging door.

Liebermann leunde achterover in zijn stoel en plukte een haar van zijn broek. Het was een springerige, kastanjebruine haar. Hij had geen idee van wie die oorspronkelijk geweest zou kunnen zijn.

'Herr Beiber,' begon hij. 'U zei dat de signalen duidelijker en talrijker werden... Hoe heeft ze nog meer contact met u gemaakt?'

De klerk stak een hand in zijn ziekenhuishemd en trok een ansichtkaart tevoorschijn. Hij zei niets, maar strekte alleen zijn hand naar Liebermann uit zodat hij de kaart kon pakken.

Het was een familieportret. Rechts zat een kalende heer met bril, met op zijn schoot een jong meisje. Hij droeg een militairachtig uniform met gevlochten sluitingen en een hoge kraag. Naast hem zat een aantrekkelijke vrouw met een langgerekt, elegant gezicht. Ze droeg haar haar opgestoken en ook bij haar zat een kind op schoot. Andere, iets oudere, kinderen stonden aan weerszijden van hun ouders.

Liebermann herkende de aantrekkelijke vrouw onmiddellijk. Ze was de dochter van de keizer, aartshertogin Marie-Valerie, die het middelpunt was van Beibers fantasie.

'Ik begrijp niet...' zei Liebermann.

'Kijk naar de tafel,' zei Beiber.

Op de voorgrond van de foto stond een houten tafeltje. Het was een onopvallend ding, een rekwisiet dat ongetwijfeld heel uitgekiend op die plek was geplaatst ten behoeve van de compositorische wensen van de keizerlijke fotograaf. Er lag een gesloten boek op met de versierde rug naar de kijker toe.

'Ziet u het?' vroeg Beiber.

'Ik zie een tafel... en een boek.'

'Precies,' zei Beiber. 'Dat boek heeft zij daar neergelegd.'

'En wat betekent het?' vroeg Liebermann.

'Die vraag hoeft u toch zeker niet te stellen, dokter.'

Liebermann kantelde de ansichtkaart om meer licht te vangen.

'Het spijt me, Herr Beiber, maar ik kan echt niet...'

'Het boek, dokter. Kunt u niet zien welk boek dat is?'

De ansichtkaart was te korrelig om de titel leesbaar weer te geven.

'Neemt u me niet kwalijk, Herr Beiber, maar mijn ogen zijn niet zo scherp,' zei Liebermann beleefd. 'Misschien kunt u mij helpen?'

'Plato's *Symposion*!' riep Beiber uit en hij sloeg zijn handen in elkaar.

Liebermann zuchtte en onderstreepte de woorden 'paranoia erotica'.

38

Het was vroeg in de morgen. Vlokjes sneeuw dwarrelden uit de grauwe hemel naar beneden en bedekten het plein met een fijne witte poederlaag.

Andreas Olbricht bleef voor de Academie voor Schone Kunsten staan en legde zijn hoofd in zijn nek om de indrukwekkende neorenaissancegevel te kunnen bekijken. Een brede trap leidde naar drie verschillende dubbele deuren. Aan weerszijden van de trap stonden op grote grijze steenblokken twee centauren. De linker hield zijn hand omhoog alsof hij de toeschouwer beval halt te houden. De entree kwam nog indrukwekkender over door zes Dorische zuilen, waarop een rij mannelijke en vrouwelijke klassieke beelden stond. Daarboven bevonden zich boven elkaar rijen met boogramen afgewisseld met nissen waarin weer andere goden stonden. In Olbrichts ogen waren dit geen onverschillige goden, maar goden die oordeelden. Het gebouw was een vesting die door de troep gewijde wachters angstvallig werd bewaakt.

Jaren geleden had Olbricht aan de academie willen studeren. Hij had het toelatingsexamen gehaald, maar zijn portfolio was afgewezen. Volgens de professoren was zijn werk 'niet origineel'.

Wacht maar. De woorden galmden als een Russische klok door Olbrichts hoofd.

In een galerie nabij het operahuis zou een tentoonstelling van zijn olieverfschilderijen worden gehouden die mogelijk was gemaakt dankzij een gulle schenking van zijn beschermvrouwe, de barones. Ook Von Triebenbach was zo vriendelijk geweest een kleine bijdrage in de kosten te leveren.

Binnenkort zouden ze de affiches laten drukken.

Olbricht – Onze helden en mythes.

Zwart-wit lithografie – Wotan met opgeheven speer.

De schilder stak trots zijn borst vooruit en besteeg de trap. Toen hij de hal betrad, knikte de portier ter begroeting. Hij herkende Olbricht, die erom bekend stond dat hij vaak 's ochtends vroeg de studiecollectiezaal bezocht. Als Olbricht later kwam, zouden er ook studenten rondlopen, die hij stuk voor stuk onuitstaanbaar vond. Hij ergerde zich alleen al aan hun bestaan.

Niet origineel.

De woorden vielen als bijtende druppels in zijn geest. Hij voelde hoe ze dwars door hem heen vraten en zijn diepste wezen in rook en lucht oplosten. Zo ging dat altijd op de academie. Maar hij kon het niet laten erheen te gaan, omdat de collectie een schilderij bevatte dat hem ongelooflijk boeide. Hij moest het zien, het helemaal doorgronden en de talloze scènes tot in de kleinste details bestuderen. Het was een schilderij dat voortdurende bestudering verdiende omdat het steeds iets nieuws prijsgaf.

Olbricht liep door een gang met een tongewelf. Er waren hoge ramen, maar die lieten slechts een zwak, vermoeid licht door. Hij besteeg een brede trap en tikte bij iedere stap met zijn hand op de dikke stenen balustrade. Zijn mistroostige tocht eindigde buiten de studiecollectiezaal, waar een spichtige beheerder, wiens gezicht voor de helft schuilging achter de veelvuldig om zijn hoofd gewikkelde sjaal, bij een kacheltje zat te rillen. Net als de portier knikte de man herkennend. Olbricht duwde in het voorbijgaan een munt in zijn hand.

De studiecollectie bevatte een groot aantal werken: Murillo's *Dobbelende straatjongens, De drie gratiën* van Rubens en Rembrandts *Meisje in lijst.* Maar Olbricht had slechts oog voor één werk: *Het laatste oordeel,* een drieluik van Hiëronymus Bosch.

Olbricht liep op de drie panelen af, niet opgewonden, blij of eerbiedig, maar veeleer vol onverzadigbare nieuwsgierigheid, verwachting en een vreemde mengeling van duisterder emoties als wellust, afgrijzen en walging.

Op Bosch' drieluik waren drie fantastische landschappen afgebeeld: *De erfzonde, Het laatste oordeel* en *De hel.* Het middenpaneel, waaraan het drieluik zijn naam ontleende, was het grootste en meest complexe van de drie. Het bovenste deel bestond uit een helderblauwe hemel met in het midden de heerser over het al, gekleed in een koninklijk-rode mantel. Een handjevol engelen met doorschijnende vleugels zweefde in de hoogste sferen van de hemel en blies op lange trompetten om het einde der tijden aan te kondigen. Onder het hemelse baldakijn lag een verwoest landschap met uitgebrande gebouwen en apocalyptisch vuur, een verschrikkelijk duister oord waar mensen nietig als mieren in nagenoeg volledige duisternis rondkropen. Daar beneden wemelde het verder van de naakte mannen en vrouwen die allerlei verschillende kwellingen en martelingen ondergingen. Hun lichamen werden dubbelgeklapt, uitgerekt, doorpriemd en opengereten en door hordes duivels aan de afgrijselijkste schendingen onderworpen. Er stonden enorme apparaten, duivelse machines waarvan de enige functie het toebrengen van onvoorstelbare pijn leek te zijn. Een kaal gebouw zonder enige opsmuk diende als opslag voor de karkassen van een vernietigde mensheid. De amper te onderscheiden lijken hingen aan haken, als gedode dieren in een slachthuis. Het was een scène van verdelging die op industriële schaal werd doorgevoerd, als een nachtmerrievisioen van de grote fabrieken aan de randen van de stad, waar de schoorstenen onafgebroken wolken zwarte rook uitbraakten.

Hoe langer Olbricht keek, des te meer zag hij. Verschillende details: een vrouw, kwetsbaar naakt afgebeeld, die op het punt stond door een monsterlijk wezen te worden verkracht, een andere die werd besprongen door een gigantische kever, drommen mensen die in biervaten waren geperst, aan bomen hingen of aan een spies waren geregen om te worden geroosterd. Iedere afzonderlijke kwelling leek zonder emotie nauwgezet uitgewerkt.

Herr Bolle was tevreden geweest met Olbrichts *Rheingold* en had de kunstenaar gevraagd nog een andere opdracht aan te nemen voor een begeleidend werk: *Götterdämmerung*. Op die manier zou hij zowel het allereerste begin als het allerlaatste slot van Wagners epische cyclus bezitten. Herr Bolle schepte veel genoegen in dergelijke symmetrische verhoudingen. Olbricht had de opdracht aangenomen, maar wist niet zeker hoe hij de godenschemering zou weergeven. Terwijl hij naar Bosch' *Het laatste oordeel* keek, begon hij hier een idee voor te ontwikkelen.

Vuur dat zich over de hemel uitbreidde, vlammen die bezit namen van de zalen van het Walhalla, kleine godenfiguren, geschilderd met de fijne penseelstreken van een miniatuurschilder, die verzwolgen werden door een geweldige vuurzee...

'Pardon, meneer.'

De stem sprak Duits met een licht accent.

Olbricht draaide zich abrupt om.

Het was een jonge student, hooguit twintig jaar oud, die klaarstond om een kopie te gaan maken. Hij was slank, had wel wat van een faun en droeg een korte zwarte cape en een baret.

'Zou ik misschien... wilt u misschien...' De student bewoog zijn hoofd op en neer om aan te geven dat Olbricht zijn uitzicht belemmerde.

'Wat?' vroeg Olbricht korzelig. 'Mag ik hier niet staan?'

De student gebaarde kalmerend met zijn handen. 'Ik moet een schets maken voor het college van vanochtend. Professor Münchmeyer...'

Olbricht voelde een golf van woede door zijn lichaam slaan.

'Loop naar de duivel,' zei hij en hij stormde de zaal uit.

39

Liebermann zette Franz Liszts *Consolations* op de standaard. Het was bijna elf uur en hij zou maar een van deze miniaturen kunnen spelen voordat het volgens de wet te laat was om nog te spelen. Maar door het gebouw klonk het lage gebrom van een cello, misschien kwam het wel uit de woning onder de zijne, dus als hij een paar minuten langer speelde zou hij ten minste één buur niet lastigvallen.

Liebermann bladerde door de muziek tot hij bij nummer drie kwam, een *lento placido*, het populairste en vriendelijkste stukje uit de hele verzameling. Zijn vingers vonden de vertrouwde noten en hij genoot van het gevoel van de pianotoetsen die zijn aanraking gehoorzaamden. Hij duwde de pedalen voorzichtig in en liet ze weer vieren om de muziek diepte te verlenen zonder de harmonische subtiliteiten te vertroebelen. Boven de murmelende begeleiding liet hij de zuivere, meditatieve melodie zweven. Het heette een werk te zijn dat de deugden en beloningen van eenzaamheid huldigde, maar putte meer uit de romantische bronnen van Chopin dan uit de ascetische aspiraties van de feitelijke componist.

Terwijl hij speelde, dwaalden Liebermanns gedachten af naar zijn patiënt Herr Beiber. Diens liefde voor aartshertogin Marie-Valerie was zo intens, zo veelomvattend, zo diep en toch was die niet meer dan een waanidee. Al eeuwen lang waren er gevallen van monomane liefde bekend.

Waardoor wordt de een krankzinnig en de ander een groot romanticus? Wat is het verschil tussen echte liefde en krankzinnigheid?

Als aartshertogin Marie-Valerie Herr Beibers liefde zou beantwoorden, zou zijn patiënt niet langer een gek zijn, maar een zeer gelukkig man.

De muziek leek naar de achtergrond te verdwijnen naarmate hij meer in gedachten verzonken raakte.

Professor Freud meent dat alle vormen van romantische liefde in ieder geval tot op zekere hoogte op een waanidee berusten.

Maar als dat zo is, hoe kunnen we de liefde dan vertrouwen?

Door een fout in zijn linkerhand realiseerde Liebermann zich hoezeer zijn gedachten waren afgedwaald van de muziek. Hij riep zichzelf tot de orde en concentreerde zich weer op de muzieknoten. Maar zijn spel was nu zielloos en hij speelde de laatste maten zonder gevoel. Hij was zo ontevreden met dit mechanische afraffelen dat hij de laatste tonen niet door liet klinken, maar de pianoklep abrupt sloot.

Liebermann trok zich terug in de rookkamer en zocht daar zijn boekenkast af. Hij vond Freuds *De droomduiding* en ging in een van de lederen fauteuils zitten. Hij begon te lezen in het deel 'De droom is een wensvervulling'. Professor Freud schéef prachtig: 'Wanneer men over een smalle holle weg is gelopen en plotseling op een heuvel aankomt, van waaraf de wegen zich splitsen en een weids panorama naar verschillende richtingen openligt, mag men een ogenblik stilhouden en erover nadenken waarheen men het eerst zijn schreden zal wenden.' Geen andere professor aan de universiteit zou het aandurven zulk gewaagd proza op te stellen, waarmee de leeservaring een imaginaire tocht door de bergen werd. De dwingende, overtuigende stem van de auteur verleidde Liebermann verder te lezen. Hij las nog enige tijd tot zijn ogen zwaar werden en de samenhang van Freuds verhandeling verloren ging doordat hij herhaaldelijk wegdutte. De kamer flikkerde aan en uit alsof Liebermanns bewustzijn een vlam was die de wereld bij vlagen verlichtte voordat hij onvermijdelijk en sputterend uit moest gaan. Gaandeweg raakte Liebermanns geest zijn zwakke grip op de bewuste gewaarwording kwijt en sleepte de vermoeidheid hem de duisternis in...

Miss Lydgate zit in het laboratorium van het politiebureau Schottenring; maar het is ook het Grand Hotel in Baden. Ze kijkt door een microscoop. Ze maakt een aantekening en verwijdert het glasplaatje, maar als ze het hem aanreikt ziet hij dat ze iets anders in haar hand heeft. Het is een enorme vijg, een ronde, paarse vrucht met een poederachtige blos. De vijg is van boven tot onder opengesneden en binnenin glinstert het rode vruchtvlees. Met zijn vinger schept hij de vlezige pulp uit de vrucht en brengt die naar zijn mond. Op dat moment knalt een enorme donderslag en wordt hij overvallen door diepe angst.

Liebermann opende zijn ogen.

Hartkloppingen.

Zijn hart sloeg razendsnel in zijn oren.

Er stond iemand op zijn voordeur te bonzen.

Hij keek op zijn horloge. Het was kwart voor één in de ochtend.

Liebermann stond op en strompelde naar de deur. Zijn ledematen verzetten zich tegen het ruwe ontwaken.

In de gang riep hij: 'Ogenblikje, ik kom eraan.'

Toen hij de deur opendeed, stond Haussmann daar.

De twee wisselden een korte blik en Liebermann begreep onmiddellijk waarom Haussmann er was.

'Weer een? Nu al?'

'Ja, dokter. Het spijt me dat ik u zo laat kom storen, maar inspecteur Rheinhardt vraagt of u hem alstublieft kunt bijstaan.'

De koets kwam ratelend tot stilstand voor een grote villa met gebogen voorgevel in Wieden. Voor de deur stonden al twee andere rijtuigen. Liebermann vermoedde dat een daarvan eveneens net was aangekomen, want de flanken van het paard dampten nog. Hij stapte uit en zette de kraag van zijn astrakanjas op om de gure wind te weren. Donkere wolken joegen langs de helder schijnende maan.

Liebermann liep achter Haussmann aan naar de voordeur van de villa. De assistent-detective greep de grote zwarte deurklopper, die in de ongebruikelijke vorm van een scarabee was gegoten, en tikte een roffel op de deur die Liebermann aan Beethovens vijfde symfonie herinnerde: *ta-ta-ta taaa*. Ze stampten de sneeuw van hun schoenen en werden binnengelaten door een politieagent in uniform.

'Deze kant op, dokter,' zei Haussmann.

Liebermann voelde zich vreemd. Het was alsof hij door de gang zweefde en zijn tred leek extra te veren door het dikke, zachte oosterse tapijt. Toen ze bij een openstaande deur kwamen, draaide Haussmann zich naar hem om en keek met een gekwelde blik naar Liebermann, alsof hij hem de aanstaande beproeving wilde besparen maar niet bij machte was het nodige soelaas te bieden.

Ze liepen naar binnen, een ruim opgezette ontvangstkamer in, die Liebermann deed denken aan de studeerkamer van professor Freud.

Aan de muren hingen afbeeldingen van Egyptische monumenten – piramides, sfinxen en obelisken – en de schouw stond vol beeldjes: de bekende verzameling dieren, goden met een valkenkop en hiërofanten.

Rheinhardt stond achter de politiefotograaf, die de hoogte van zijn statief aan het verstellen was. Toen hij daarmee klaar was, verdween de fotograaf onder een zwarte doek en gebaarde naar zijn assistent. De jongen stak een magnesiumlint aan en in een felle lichtscheut werd het voorwerp waar het hun om ging zichtbaar.

In het midden van de kamer stond een grote ronde tafel. Op het tafelblad lag met armen en benen gespreid het lichaam van een man wiens huid de kleur had van een Brauner, een kop mokka met room. Liebermann had in boeken foto's gezien van zwarte mannen en had op het Prater zelfs een of twee echte zwarte mannen gezien. Maar deze zag er anders uit. Hij had lang, golvend haar en zijn gelaatstrekken waren scherper doordat zijn lippen en neus niet zo vol en breed waren. Zijn hoofd was achterovergevallen waardoor een diepe snee te zien was die zijn luchtpijp had opengelegd en dwars door de halsslagaderen en keeladeren liep. In het schelle magnesiumlicht zag de gapende wond er net zo fel en sappig uit als het vruchtvlees van een watermeloen. De uitgestrekte armen van het lichaam hingen levenloos over de rand van de tafel. De man droeg een wijd, katoenen hemd zonder boord, dat misschien ooit wit was geweest, maar nu met bloed doordrenkt was, en een nauwsluitend geborduurd vest. Zijn katoenen broek had de losse snit van een kniebroek.

In het kruis van de broek was de stof opengescheurd en op de plek waar zijn mannelijkheid zich had moeten bevinden zat een rafelige, pulpachtige uitholling. Een hoopje vlezige delen in een donkere plas bloed op de vloer maakte duidelijk aan welke gruwelijke boosaardigheid en perversie de dader zich had overgegeven.

Rheinhardt liep naar zijn vriend toe om hem te begroeten, maar toen ze elkaar de hand schudden, kon hij niet meer uitbrengen dan 'Het spijt me...'. Hij legde een hand op Liebermanns schouder en voerde hem terug naar de gang, waarbij hij over zijn schouder nog riep: 'Haussmann – de plattegrond, alsjeblieft.'

De twee vrienden betraden een aangrenzende kamer, die kleiner was dan de eerste en gerieflijker ingericht. Ze gingen op een grote, lage bank zitten.

'Hetzelfde monster – zonder twijfel,' zei Rheinhardt. 'Er zijn geen zichtbare excentrieke details, zoals het Sanskrietsymbool, maar hij heeft misschien weer iets met het lichaam uitgehaald; het is uiteraard aan professor Mathias om dat aan het licht te brengen. We hebben buiten wel dit gevonden...' Liebermann was nog zo overdonderd door wat hij net had aanschouwd, dat hem nog niet was opgevallen dat zijn vriend een grote papieren zak in zijn hand had. Rheinhardt kantelde hem iets naar Liebermann toe. Er zat een stuk groen met gele stof in. 'Het is een herensjaal. Kijk, er zitten geen bloedvlekken op. Misschien heeft iemand anders hem laten vallen en anders moet de dader zich hebben verkleed voordat hij vertrok.'

'Wie is het slachtoffer?' vroeg Liebermann.

'Dat weten we niet. Daarom had ik jou hier nodig.'

'Oskar, ik ben een psychiater. Ik kan niet met de doden praten!'

'Dat hoef je ook niet, nou ja, niet echt. De moord is gemeld door een zakenman uit Triëst, ene signor Borsari. Hij was met de late trein aangekomen, iets na elven. Toen hij langs dit gebouw liep, werd de voordeur opengegooid en werd hij aangesproken door een oudere heer in avondkleding die hem om hulp smeekte. Toen de Italiaan het lichaam zag, werd hij begrijpelijk genoeg doodsbang en vertrok hij haastig. Maar door een gelukkig toeval liep hij al snel een agent van het plaatselijke politiebureau tegen het lijf en zo werd de misdaad om tien voor halftwaalf al gemeld bij de recherche. Uit papieren op dit adres hebben we kunnen vaststellen dat de oudere heer die Borsari te hulp riep, professor Moritz Hayek is, een vrij bekende archeoloog. Maar we hebben geen flauw idee wie de ongelukkige hiernaast is.'

'Waar is professor Hayek nu?'

'In een van de slaapkamers boven.'

'Waarom vraag je het hem dan niet?'

'Dat heb ik gedaan.'

'En...'

'Hij geeft geen antwoord.'

'Wat? Weigert hij te praten?'

'Nee, Max. Hij kán niet praten.'

40

Professor Hayeks slaapkamer was een duister hol waar een scherpe, muskusachtige lucht hing. Net als alle geuren riep ook deze een herinnering op, die niet meteen te plaatsen was. Liebermann had hem met zekerheid al eens geroken, maar het duurde een paar tellen voordat hij weer wist waar: in een nogal ranzige club in Leopoldstadt die hij als student wel eens had bezocht. De zware lucht was afkomstig van hasjiesj.

Op een nachtkastje brandde één kaars met een vaste gele vlam, die een man in avondkleding verlichtte. Hij zat op het bed. Professor Hayek had een karakteristiek uiterlijk. Zijn huid was bruin en getaand en over zijn wangen liepen diepe verticale groeven, maar zijn baard en snor waren kort, keurig gecoiffeerd en helderwit. Ook het hoofdhaar van de professor was wit, maar dat stond komisch alle kanten op. In zijn gezicht en halsspieren trilden voortdurend een soort zenuwtrekjes. Zijn smaragdgroene ogen waren open en staarden wezenloos naar zijn schoot waar zijn vingers om elkaar heen kronkelden met de slome gespierde bewegingen van een nest slangen.

Liebermann pakte een stoel en ging direct voor de bejaarde archeoloog zitten.

'Professor Hayek?'

Geen reactie.

'Kunt u mij horen?'

Liebermann bewoog zijn handen voor het gezicht van de professor. Hayek knipperde niet eens met zijn ogen.

'Wat is er met hem aan de hand, Max?'

Rheinhardt stond geduldig bij de deur te wachten.

'Een ernstig trauma kan soms een dissociatieve hypnoïde toestand veroorzaken, een bewustzijnsvernauwing. Hij heeft ook een tic bij de sternocleidomastoideus rechts.'

'Pardon?'

'Hij is in shock, Oskar.'

'Aha... Maar kun jij iets voor hem doen?'

De jonge arts zwaaide weer langzaam met zijn handen voor de ogen van de patiënt.

'Ik weet het niet. Maar ik wil het met alle plezier proberen.'

Met die woorden stond Liebermann op en trok behoedzaam de jas en het jacquet van de professor van diens schouders. Toen knoopte hij zijn vest open. Heel voorzichtig maakte hij zijn stropdas los en verwijderde de stijve boord. Hij pakte de kaars van het nachtkastje, ging weer op de stoel voor de professor zitten en zwaaide ter hoogte van de schoot van de professor met de vlam heen en weer. Het eenzame miniatuurvuurbaken flakkerde bij iedere beweging.

'Kijk naar de vlam, professor,' zei Liebermann. 'Kijk er goed naar. Concentreert u zich op het licht. Kijk hoe het danst. Kijk hoe het brandt. Hoe mooi het is. Kijk hoe de vlam patronen in zich verbergt. Hoe beter u oplet, des te zichtbaarder worden ze.'

Liebermann praatte een tijd op deze toon door, zacht, maar ook indringend, en op een gegeven moment begon het hoofd van de professor steeds duidelijker heen en weer te zwaaien. De jonge arts tilde de kaars op en de professor tilde zijn hoofd ook op zodat zijn ogen de vlam konden blijven volgen. De scène deed Rheinhardt denken aan een Indiase slangenbezweerder die een cobra uit een mand lokt.

'Let op de vlam,' zei Liebermann. 'Het licht is nu heel sterk en uw ogen zijn moe. Uw oogleden worden steeds zwaarder... zwaarder en zwaarder... u zult al snel in een diepe, prettige slaap vallen. Een bijzondere slaap waarin u mijn stem nog kunt horen en mijn vragen kunt beantwoorden.'

De oogleden van de professor begonnen te trillen.

'Het is bijna ondoenlijk om uw ogen open te houden. Als ik tot drie heb geteld, sluit u uw ogen, als ik tot drie heb geteld, slaapt u. Eén... twee...' Liebermann wierp Rheinhardt een snelle, triomfantelijke blik toe. 'Drie.'

De oogleden van de professor vielen dicht.

'Kunt u mij horen, professor Hayek?'

'Ja,' klonk het antwoord. Een droge, krassende stem.

'Ik moet u een aantal vragen stellen. En u moet eerlijk antwoorden. Begrijpt u dat?'

'Ja.'

Liebermann leunde achterover in zijn stoel.

'Waar was u vanavond, professor?'

'Ik was in de opera...'

'Alleen?'

'Ja.'

'Was het een aangename avond?'

'Verrukkelijk...'

'En wat hebt u na de voorstelling gedaan?'

'Eerst koffie gedronken in het Imperial – zoals ik altijd doe – en toen naar huis.'

In de hals van de professor ging een spiertje tekeer en hij vertrok zijn gezicht.

'U bent hier nu veilig...' zei Liebermann geruststellend.

'Ik klopte op de deur,' ging de professor verder. 'Ik verwachtte dat Ra'ad open zou doen...'

'Ra'ad?'

'Mijn bediende.'

'De zwarte man?'

'Ja. Ik pakte mijn sleutel en ging naar binnen. De deur van de ontvangstkamer stond open. Ik riep: "Ra'ad, waar ben je, jongen?" Maar niemand antwoordde. Er hing een vreemde lucht in huis... Ik wist dat er iets mis was. Ik betrad de ontvangstkamer en zag...' Het gezicht en de hals van de professor verkrampten weer.

'U bent hier veilig, professor,' zei Liebermann met nadruk.

'Ra'ad... Mijn prachtige jongen... dood. Vermoord...' De klankkleur van de professors krassende stem veranderde, hij sprak nu meer opgewonden: 'Zijn glanzende haar, zijn gladde, zachte huid... Hoe heeft iemand zo'n verdorven daad kunnen uitvoeren op zo'n volmaakt, nobel wezen?'

Gegeneerd door de lofspraak van de professor verplaatste Rheinhardt zijn gewicht van de ene op de andere voet.

'Wat deed u? Toen u Ra'ads lichaam zag?'

'Ik werd overvallen door angst... paniek... Ik holde de straat op en smeekte een voorbijganger om hulp. Hij ging mee naar binnen, zag die arme Ra'ad en rende weg... En toen... En toen...'

'Ja, professor?'

'Niets... Niets, alleen duisternis.'

'Waar komt Ra'ad vandaan, professor?'

'Hij is een Nubiër. Hij is nu zo'n vijf jaar mijn bediende... en mijn metgezel. Ik heb hem in Kerma ontmoet toen ik daar een opgraving leidde. De grote begraafplaats... een complex van tunnels en grafheuvels vol opmerkelijke schatten. Ra'ad was een van onze gidsen...'

De tic speelde weer op en over zijn gezicht spreidde zich een netwerk van verkrampte spiertjes uit. De oude man leek pijn te hebben.

Liebermann leunde voorover en plaatste zijn handpalm op Hayeks wang.

'De spieren ontspannen... ze ontspannen meer en meer. Voel de warmte op de zijkant van uw gezicht, een geleidelijk doordringende warmte, net als die van de zon. Warm en troostend. De spanning zakt weg. Er is geen spanning in uw gezicht, geen spanning in uw hals...' Toen Liebermann zijn hand weghaalde, waren de dikke zichtbare spierstrengen verdwenen. 'Het is tijd voor u om te slapen, professor.'

De jonge arts bukte zich en trok de schoenen van de professor uit. Vervolgens tilde hij Hayeks benen op het bed en met dezelfde beweging draaide hij diens lichaam. Hij legde zijn hand op het voorhoofd van de professor en zei beslist: 'Ga liggen.'

De oude man liet langzaam zijn hoofd zakken tot dat zacht op een kussen belandde.

'U moet nu gaan slapen,' zei Liebermann. 'Een diepe, herstellende slaap. Een vreedzame, kalme, rustige, ongestoorde slaap. Als u wakker wordt, zult u zich alles herinneren wat vannacht is gebeurd, maar deze herinneringen zullen u niet overweldigen, beangstigen of in verwarring brengen. Slaap nu... Slaap, professor.'

De ademhaling van de professor werd oppervlakkiger en hij begon te snurken. Liebermann gebaarde naar Rheinhardt dat ze moesten vertrekken.

Buiten op de overloop bood Rheinhardt Liebermann een sigaar aan.

'Ik denk dat het wel goed met hem komt,' zei Liebermann. 'Ik heb alleen maar de eenvoudige suggestiemethode van Charcot en Janet gebruikt, maar het kan gunstig zijn als het dissociatieve proces al vroeg wordt onderbroken. Zorg ervoor dat een van jouw mannen hier morgenvroeg is om hem bij te staan als hij wakker wordt.'

'Natuurlijk,' zei Rheinhardt en hij streek een lucifer aan. In het opflakkerende vlammetje zagen ze ineens de enorme sarcofaag die tegen de muur stond. 'Nou, Max...' zei Rheinhardt en hij gaf Liebermann een vuurtje. 'Een hoerenmadam, drie prostituees, een Tsjechische kippenverkoper en een Nubische bediende. Wat is het verband?'

'Ik weet het niet,' zei Liebermann. 'Ik zie er de logica niet van in.'

Rheinhardt stak zijn eigen sigaar aan en blies een rookwolk richting de sarcofaag.

'Er moet een verband zijn, iets gezamenlijks. Is het mogelijk dat iemand zo wreed tegen alle redelijkheid ingaat?'

'Het gegeven dat twee van de prostituees – en wellicht drie als hij daartoe de kans had gehad – en de man hier beneden seksueel verminkt zijn moet iets te betekenen hebben. Maar waarom heeft de dader de Tsjech dan niet iets vergelijkbaars aangedaan?'

'Misschien werd hij weer gestoord.'

'Hij had voldoende tijd om dat hangslot te verbergen. Als hij de Tsjech echt had willen castreren, had hij dat ook kunnen doen.'

'Tot nog toe was geen van de slachtoffers van geboorte Weens.'

'Dat klopt, Oskar. Maar als xenofobie voor de dader het leidende principe is, had hij veel makkelijker en met minder kans dat hij zou worden betrapt legio vreemdelingen kunnen doden in de achterbuurten van de stad: Favoriten, Landstraße, Simmering. En waarom zou een xenofoob zijn slachtoffers seksueel verminken? Met alleen de keel doorsnijden zou hij er ook al zijn. Ik ben het met je eens, Oskar, dat er sprake moet zijn van opzet, een plan achter zijn daden, een soort logica, al is die nog zo duister. Maar ik heb geen flauw idee welke dat zou kunnen zijn.'

41

Aschenbrandt had de hele dag aan de piano gecomponeerd. Hij had gewerkt aan *Carnuntum*, om precies te zijn aan een instrumentaal intermezzo dat hij voorlopig *De vooravond van de oorlog* had genoemd. Het was, net als de ouverture, programmatisch en verklankte de komst van een groot onweer met paukenroffels en grimmige uitbarstingen van de contrabassen en celli. Hij vroeg zich af of het stuk baat zou hebben bij de diepe klank van een Wagner-tuba, maar was er nog niet uit.

Het intermezzo was duister en dreigend, wat hij heel zorgvuldig had opgebouwd. Het triomfthema dat aan het eind van de ouverture opdook en naar de zege van de Quaden verwees, werd in een breder tempo en in de mineurparallel herhaald. Eerst was er alleen het onheilspellende unisono van de fagotten, dat vervolgens verschillende octaven hoger met exquise tederheid in een althobosolo werd herhaald. Het intermezzo werd afgesloten met een trompetstoot die het geluid van een kraaiende haan voorstelde. De dag brak aan, een Homerische 'rozevingerige' dageraad. In de volgende scène zou de aanvoerder van de Quaden zijn manschappen bijeenroepen en een aria zingen die iedere goede, oprechte Duitser met trots zou vervullen.

> 'De dag is aangebroken,
> De beslissende dag voor ons lot.
> Laat ons zegevieren
> Of anders een heldendood sterven.
> In latere dagen zullen kinderen rond de haard
> Het verhaal willen horen
> Over dappere voorvaderen
> Die de macht van Rome

Waagden te betwisten.
Bloed en donder,
Bloed en donder,
Verlossing en zege,
Bloedrode velden.
Wotan – laat deze heilige dag van ons zijn.'

Aschenbrandt was uitgeput. Hij stond op van de piano, liet zich op een leunstoel zakken en sloot zijn ogen. Hij kon niet tot rust komen. De thema's van zijn opera kwamen steeds weer terug, als herinneringsflarden. Hij stond weer op, haalde zijn cello uit de kist, harste zijn strijkstok en zette Bachs eerste cellosuite op de lessenaar. Aschenbrandt was geen volleerd cellist, maar toch bekwaam genoeg om een deel van de Bach-suites redelijk te kunnen spelen. Hij speelde niet altijd even zuiver, maar kon wel met gemak een groot, expressief geluid produceren.

Hij begon met de prelude in G-groot.

Zijn hoofd werd meteen helder. Het was alsof hij in een bundel zonlicht stond.

Bach had muziek zonder melodie geschreven.

Via de textuur, de structuur en het vloeiende ritme werd de luisteraar meegevoerd in cycli van spanning en oplossing. Maar toen Aschenbrandt de laatste noot liet wegsterven, was de stilte niet totaal. De aanvoerder van de Quaden zong de laatste regels van zijn aria, een diepe bas:

Bloed en donder, Bloed en donder.

Het was een geslaagd thema.

Als hij dat niet nu meteen noteerde, vergat hij het misschien weer en zou het voor altijd verloren zijn. Met tegenzin legde Aschenbrandt de cello op zijn kant, liep naar de piano en begon de melodie te noteren: D, G, BES, A. Gepuncteerde kwart, achtste, kwart, halve.

Zijn muze was meedogenloos, maar het was zijn plicht haar te gehoorzamen.

Wat er ook werd gevraagd, hij móest er de kracht voor vinden.

42

'Ik kom voor inspecteur Rheinhardt,' zei Amelia Lydgate.
'Wordt u verwacht?' vroeg de officier van dienst.
Amelia gaf hem de brief. Hij las:

Geachte Miss Lydgate,
Wegens de extreme weersomstandigheden zijn de technische medewer-
kers van ons laboratorium Schottenring door allerlei winterkwalen ge-
veld. Onze gezamenlijke vriend dokter Liebermann stelde dientenge-
volge voor dat we u nogmaals vragen ons te helpen. Ik begrijp dat u
aanzienlijke academische verplichtingen hebt en respecteer derhalve
uw goed recht om nee tegen ons te zeggen. Maar mocht u, gewaardeerde
Miss Lydgate, in de gelegenheid zijn ons nog één uurtje van uw waarde-
volle tijd ter beschikking te staan, dan zal de Weense recherche u uiter-
mate erkentelijk zijn.
Met vriendelijke groet en hoogachting,
Detective-inspecteur Oskar Rheinhardt

De officier glimlachte naar Amelia en begeleidde haar naar het labo-
ratorium, waar Rheinhardt en Liebermann haar reeds verwachtten.
De twee mannen bogen toen ze binnenkwam.
'Inspecteur Rheinhardt, dokter Liebermann.'
Ze keek ze om beurten aan terwijl ze hun naam zei. Door haar ge-
reserveerde toon klonk de begroeting bijna alsof ze hen allebei identi-
ficeerde.
'Miss Lydgate,' zei Rheinhardt, 'heel fijn dat u kon komen.'
'Graag gedaan, inspecteur,' zei Amelia. Ze sprak meteen verder
en smoorde zo alle mogelijkheden voor verder gebabbel in de kiem:
'Waarmee kan ik u van dienst zijn?'
'Ja, natuurlijk!' zei Rheinhardt, alsof een onredelijke buitenstaan-

der had getracht hen tegen te werken. 'Op vrijdagavond is in het vierde district een moord gepleegd. Een heer van Afrikaanse komaf die in dienst was van een bekende archeoloog, professor Hayek. Voor het huis hebben we deze sjaal gevonden.' De inspecteur pakte een papieren zak, verwijderde de sluiting en liet Miss Lydgate zien wat erin zat. 'Het is er eentje van een grote partij, die verkocht worden in een herenzaak achter het operahuis. De winkelbediendes hebben ons niet verder kunnen helpen met ons onderzoek. Er zijn sinds de temperaturen zo zijn gedaald veel sjaals verkocht en ze kunnen zich eenvoudigweg geen praktische bijzonderheden herinneren met betrekking tot afzonderlijke klanten. Misschien heeft iemand die niets met de moord te maken heeft dit kledingstuk verloren. Maar als het wel van de schurk is, zou een microscopische analyse misschien aanwijzingen kunnen opleveren ten aanzien van zijn identiteit.'

'U hebt vastgesteld dat hij niet van de professor is?'

'Ja, dat hebben we.' Op een andere toon vervolgde Rheinhardt: 'Het enige lid van onze technische staf dat een uitputtende verkoudheid bespaard lijkt te zijn gebleven is uw oude kennis in die kooi daar.' Rheinhardt gebaarde naar het bruine konijn dat zijn trillende neusje tegen de tralies duwde. Rheinhardt had verwacht dat Amelia een blijk van vermaak zou tonen, maar ze keek alleen even naar het diertje, knikte kort, alsof ze wilde aangeven dat alles in orde was, en wendde zich weer tot Rheinhardt.

De inspecteur voelde zich een beetje voor gek staan, kuchte in zijn hand en sprak verder: 'De recherche heeft in het verleden profijt gehad van uw forensische vaardigheden. Zou u bereid zijn ons bewijsstuk microscopisch te onderzoeken en een kort verslag te schrijven?'

Zonder te aarzelen antwoordde de Engelse: 'Met alle plezier, inspecteur.'

Ze draaide zich om, hing haar hoed aan de kapstok en schudde met haar schouders om haar jas uit te kunnen trekken. Liebermann stapte naar voren om haar te helpen.

'Dank u, dokter Liebermann.'

Liebermann leunde dichter naar haar toe en zei op een licht vertrouwelijke toon: 'Gaat het goed met u, Miss Lydgate?'

'Heel goed, dank u.'

Hun handen raakten elkaar even toen haar arm uit de mouw kwam.

'Pardon,' zei Liebermann. Maar ze leek niets te hebben gemerkt en wierp hem een vluchtige, vragende blik toe. Voordat hij kon reageren, liep ze al naar de enorme microscoop die op een van de werkbanken stond. Ze bestudeerde de aanwezige apparatuur en wendde zich toen tot Rheinhardt.

'Inspecteur,' zei ze tegen hem. 'Zou u zo vriendelijk willen zijn om die zak weer te sluiten?' Hij deed wat ze hem vroeg. 'En wilt u nu met de zak schudden en tegen de zijkanten slaan?'

Rheinhardt schudde de zak zo stevig door elkaar dat zijn wangen meetrilden. Vervolgens sloeg hij een paar keer met de vlakke hand tegen de zijkant.

'Nee,' zei Amelia. 'Dat is niet voldoende. Ik wil u vragen nog wat langer tegen de zak te slaan. En met meer geweld.'

Rheinhardt trok zijn wenkbrauwen op.

'Met hoeveel geweld precies?'

'Behoorlijk wat.'

'Zoals u wilt,' zei Rheinhardt. Hij haalde uit met zijn grote hand en sloeg herhaaldelijk op de zak. Het maakte zoveel lawaai dat een gesprek uitgesloten was. Terwijl Rheinhardt hiermee bezig was, waste Amelia haar handen en legde ze glasplaatjes in rijen klaar. Ze vond een fles met het etiket 'Arabische gom' en smeerde dat op ieder rechthoekig glaasje dun uit.

Na enige tijd stond Rheinhardt het zweet op het voorhoofd. Hij hield op om op adem te komen en tijdens die onderbreking stapte Liebermann naar voren.

'Oskar, ik wil je wel aflossen, mocht je...'

'Dat is niet nodig, dokter Liebermann,' onderbrak Miss Lydgate hem. 'Ik ben ervan overtuigd dat er nu wel een flinke hoeveelheid stof uit de vezels is geklopt.'

Amelia nam de zak van Rheinhardt over, verwijderde de sluiting en terwijl ze de sjaal nog wat schudde tilde ze hem voorzichtig uit de zak. Vervolgens keerde ze de zak boven de glasplaatjes om en klopte voorzichtig op de onderkant. Op het oog viel er niets uit. Amelia legde de zak weg, pakte een ander flesje en een pipet, snoof even aan het geopende flesje en liet toen op ieder glasplaatje een druppel vallen.

Toen ze daarmee klaar was, opende ze een doos met vierkante dek-glaasjes die ze een voor een voorzichtig op haar monstertjes plaatste.

Amelia pakte het eerste glasplaatje, schoof het in de objecttafel van de microscoop en boog zich over het oculair. Vervolgens verwisselde ze de objectieflenzen. Ze werkte stilzwijgend en snel en bekeek ieder plaatje in verschillende vergrotingen. Sommige glasplaatjes legde ze rechts van zich neer, andere links. Toen ze klaar was, keek ze op van de microscoop en wendde zich tot Liebermann en Rheinhardt.

'Heel interessant,' zei ze. Op haar voorhoofd zat een horizontale frons.

'Miss Lydgate?' vroeg Rheinhardt afwachtend.

'In de sjaal zaten voornamelijk papiervezels,' zei ze.

'Van de papieren zak van inspecteur Rheinhardt?' vroeg Lieber-mann.

'Ja, inderdaad, dokter Liebermann. Maar op de glasplaatjes zijn al-lerlei verschillende soorten vezels zichtbaar, die wijzen op verschil-lende productiemethodes en verschillende leeftijden.'

'En dat wijst op...?' hielp Liebermann haar verder.

Amelia legde haar vinger op haar onderlip en leek in gedachten verzonken.

'Miss Lydgate,' probeerde Rheinhardt het nog eens.

'O, ja... neemt u mij niet kwalijk.' De Engelse schrok op uit haar ge-mijmer. 'Er waren ook sporen van textiel, kleine kristallen van iets wat naar ik vermoed lijm is en minieme deeltjes leer. Een aantal daarvan waren trouwens bijzonder oud.'

'Aha,' zei Rheinhardt. 'Zeer, ehm, raadselachtig.'

Hij draaide aan een van de puntjes van zijn snor.

'Ook weer niet zo raadselachtig, inspecteur!'

'Ik begrijp het niet,' zei Rheinhardt. 'Bedoelt u dat deze stoffen iets betekenen, Miss Lydgate?'

'Als de sjaal van de moordenaar is wel.'

'In welk opzicht?' zei Rheinhardt en hij probeerde nonchalant over te komen.

'Ze verraden zijn beroep.'

'Heus?'

'Ja. Hij is de eigenaar van een antiquarische boekhandel. Of hij is een bibliothecaris.'

43

Ze zaten met z'n zevenen in de koets.

Liebermann, Jacob Weiss en zijn vrouw Esther aan de ene kant, Clara, Konrad, Bettina en Rachel aan de andere.

Het binnenwerk van de koets was kostbaar uitgevoerd: sierlijk lijstwerk, hoogpolige vloerbedekking, hoofdsteunen van geplooid satijn, twee spiegels met houtsnijwerk, kalfslederen accessoires (met bijpassende zijden afwerking), Franse deurklinken en, wat heel ongebruikelijk was, een elektrische bel om de koetsier te roepen. De buitenkant was nog indrukwekkender: olijfgroene panelen, dikke rubberen wielen, brede stootranden en twee enorme, verzilverde koplampen.

'Dit is een prachtige koets,' zei Clara en ze streek over het glimmende groene leer. 'Geef toe, was dit niet de juiste keuze? Had ik niet gelijk, vader? We hadden toch niet in onze oude bak kunnen aankomen? Dat had gewoon niet gekund.'

Jacob Weiss keek over zijn bril naar zijn dochter.

'Ja, m'n kind,' zei hij toegeeflijk. 'Je had zeker gelijk. En dit is inderdaad een zeer fraaie koets. Een elektrische bel! Wie had dat gedacht? Ik ben zwaar in de verleiding die nog eens in te drukken.'

'Nee,' zei Esther. 'Je hebt de koetsier al twee keer zonder goede reden lastiggevallen. Een derde keer zou onvergeeflijk zijn.'

Jacob Weiss haalde zijn schouders op en gaf een klopje op de hand van zijn vrouw.

'Zou de keizer er zijn?' vroeg Rachel.

'Nee,' zei Clara.

'Je weet het nooit. Misschien wel,' zei Weiss.

Clara negeerde haar vader en sprak haar jongere zus belerend toe: 'Maar er zullen wel allemaal andere belangrijke mensen zijn: politici, diplomaten, de Rothschilds, de Wittgensteins...'

'De Lembergs,' vulde Bettina aan.

'Dat denk ik niet. Niet vanavond,' zei Clara.

'Hoezo niet?' vroeg Bettina.

'Heb je het niet gehoord?' vroeg Clara. 'Ze zeggen dat de jonge Lemberg vorig week bij een schietongeval is gedood. Maar iedereen weet dat het eigenlijk een duel was.'

'Wat verschrikkelijk...' zei Bettina.

'Ik weet niet wat er dezer dagen aan de hand is met die jongemannen,' zei Jacob. 'Wat is er in ze gevaren? Zo'n verspilling, zo'n zinloze verspilling.'

'Hoe dan ook,' sprak Clara verder. 'Er zullen veel belangrijke mensen bij de opera zijn en daarom moeten we er op ons best uitzien.' Ze draaide zich naar Liebermann en zei: 'O, ik was het bijna vergeten, maar ik zag gisteren Frau Trenker en ze heeft nog steeds last van zware hoofdpijnen. Haar dokter zei dat ze haar hoofd een uur per dag in een koude, natte handdoek gewikkeld moest houden, maar ze heeft er niet veel baat bij. Ik zei dat ik jou om raad zou vragen.'

'Zeg haar dat ze aspirine moet nemen,' zei Liebermann.

'Aspirine?' herhaalde Jacob Weiss. 'Werkt dat?'

'Ja,' zei Liebermann.

De koets minderde vaart en sloot aan in een korte rij voor de opera. Uiteindelijk reden ze onder de overkapping van het grote balkon, waar de koets bleef staan. De koetsier klopte discreet met het handvat van zijn zweep op de bok.

'We zijn er!' zei Jacob.

Een bediende liep naar de koets, trok de inklapbare treden uit en opende de deur. Een voor een stapten de leden van het gezin Weiss uit onder toeziend oog van een kleine menigte goed geklede toeschouwers.

Liebermann bleef onder een paal met gaslampen staan. Hij was al vaak naar de opera geweest, maar had tot dan toe nooit opgemerkt dat de voet van de straatlamp in de vorm van vier gevleugelde sfinxen gegoten was.

Om onverklaarbare redenen bleef hij er gebiologeerd naar kijken.

Geheimen, geheimen, geheimen...

'Kom, Max,' zei Clara. 'Waar staar je zo naar?'

'O, niets.'

Hij nam haar bij de arm en ze betraden het gebouw.

Nadat ze bij de garderobe waren geweest en programmaboekjes hadden gekocht, verzamelde het gezin Weiss zich onder aan de grote marmeren trap. Liebermann keek omhoog naar de onmetelijke, duizelingwekkende, open ruimte boven zijn hoofd. Die was zo immens groot: de kroonluchters en wandverlichting leken hele werelden, zonnen, planeten, die zachtjes aan het uitspansel gloeiden. Rondom de centrale ruimte stonden enorme ronde bogen en daardoorheen zag je weer andere bogen. Op hoge vierkante zuilen stonden zeven standbeelden die personificaties van architectuur, beeldhouwkunst, dichtkunst, dans, schilderkunst, muziek en toneelkunst verbeeldden. Ze stonden daar als beschermgoden die de lichtgevende werelden voorgingen in de oneindigheid. Boven de bewaarders, zuilen en balustrades spande zich de kunstmatige hemel van een dwarsgewelf waarin de kleuren van vage fresco's in wit, blauw en vermiljoen oplichtten.

Clara leunde voorover naar Rachel en fluisterde haar achter haar waaier iets toe.

'Wat is er?' vroeg Liebermann.

Ze keek snel naar links, waar een gezette man stond met twee vrouwen die ieder een dikke bontstola droegen.

'Hammerstein,' fluisterde ze.

'Wie?'

Clara sloeg haar ogen ten hemel.

'De sigarenmaker. Ze zeggen dat hij zo rijk als een aartshertog is.'

Liebermann was geen groot operaliefhebber. Hij hield er niet van dat de meeste mensen, en ook Clara, niet voor de muziek kwamen, maar om deel te nemen aan een sociale gebeurtenis. De muziek zelf was bovendien vaak niet naar zijn smaak. Hij vond die te druk, te overdadig, te melodramatisch. Hij gaf verreweg de voorkeur aan de eenvoud van liederen, de intimiteit van een strijkkwartet of de abstracte zuiverheid van een symfonisch werk. Niettemin keek hij ernaar uit *Die Zauberflöte* weer eens te horen. De recensies waren uitzonderlijk positief geweest. Zelfs de recensent Theodor Helm had, in een artikel in de van oudsher antisemitische *Deutsche Zeitung*, Mahlers nieuwe productie geprezen. De dirigent had het orkest teruggebracht tot een

kleiner ensemble en liet de musici de opera spelen alsof het kamer-
muziek betrof. Liebermann was ervan overtuigd dat deze interpretatie van het stuk hem bijzonder goed zou bevallen.

Ze liepen de grote trap op.

Clara trok Liebermann dichter naar zich toe. Het was de eerste
keer die avond dat ze een intieme blik wisselden. Liebermann voelde zich ongemakkelijk. Ze was zo mooi. Iedere keer als ze haar gezicht naar hem ophief, wilde hij haar onder kussen bedelven. Maar
was dat genoeg? Waren haar zoete adem en haar zachte bleke wangen
voldoende om een verbintenis in stand te houden die voor de eeuwigheid werd gesloten?

'Ben je gelukkig, Max?'

Het was een onschuldige vraag, die echter zo diep aan zorgen en
twijfels raakte die hij amper kon benoemen, laat staan confronteren,
dat zijn boord strak leek te trekken en de woorden die hij sprak ge-
smoord klonken.

'Ik heb *Die Zauberflöte* jaren geleden voor het laatst gezien...' zei hij
moeizaam en hij probeerde te glimlachen. 'Het wordt vast een heer-
lijke avond.'

Nu begreep hij waarom hij zo gebiologeerd naar die vier sfinxen
had gestaard. Ook hij was de bewaarder van een verschrikkelijk geheim. De verlovingsring van Clara drukte zwaar op zijn geweten. Het
was alsof iedere diamant als een molensteen om zijn nek hing.

Jacob Weiss bracht de groep naar hun loge, waar twee flessen
champagne in een emmer met ijs klaarstonden. Op een klaptafeltje
stonden de champagneflûtes, naast een schaal met witte chocolade-
truffels. Terwijl Konrad de champagne inschonk en Rachel met de
truffels rondging, nam Liebermann de zaal in zich op.

In het midden van het magnifiek versierde plafond hing een enorme kroonluchter, als een krans van sterren. Onder de keizersloge,
een geheimzinnig duistere grot, was een ruimte die gereserveerd
was voor bezoekers met een goedkoop kaartje. Dit aparte vak met
staanplaatsen werd in tweeën gedeeld door een bronzen stang. De
ene helft was gereserveerd voor burgers, de andere voor soldaten. De
twee delen liepen langzaam vol met aan iedere kant grofweg evenveel
mannen.

In de orkestbak doken de eerste orkestleden op, voor het merendeel strijkers en af en toe een houtblazer.

Rachel kwam met de schaal met truffels langs en liet die onder Liebermanns neus zwaaien, alsof ze de verlokkelijke geuren wilde verspreiden. Het geluid van een klarinet, die wat loopjes in de lage registers speelde, leverde een prettige, welluidende begeleiding.

Liebermann glimlachte.

'Zie je een beroemdheid?' vroeg Rachel.

'Ik let er eerlijk gezegd niet op.' Hij pakte een chocolaatje en beet het doormidden.

'Welles, dat deed je wel. Je probeerde te zien of er iemand in de keizersloge zit.'

Esther ving het gesprek op en zei luid: 'Rachel! Niet zo onbeleefd!'

Het meisje kreeg een kleur.

Liebermann keek naar Esther en wuifde met zijn hand alsof hij wilde zeggen 'Het stelde niets voor'. Toen keek hij weer naar Rachel. 'Ik keek eerlijk gezegd naar de staanplaatsen.' Rachels blos trok langzaam weg. 'Zie je? Waar de soldaten staan?'

Rachel keek over de rand van de loge.

'Waar staan de vrouwen?' vroeg ze.

'Nergens. Vrouwen mogen daar niet naar binnen.'

'Waarom niet?' hield ze vol.

'Dat weet ik niet precies,' zei Liebermann en hij koos ervoor een eenvoudig antwoord te geven. 'Misschien nemen hun jurken te veel ruimte in.'

Hij stak de rest van de truffel in zijn mond en ging zitten. Clara reikte hem een champagneflûte aan en nam naast hem plaats. Ze haalde een toneelkijker tevoorschijn en ging daarmee systematisch alle vijf de rijen met loges aan de andere kant van de zaal af. Af en toe fluisterde ze een binnen de beau monde bekende naam: 'Barones Von Ehrenstein... Hofrat Nicolai'. En toen, met wat meer opwinding: 'Gravin Staray!'

Snaren, het tinkelen van een klokkenspel, een zachte roffel op de pauk.

Liebermann ergerde zich lichtelijk aan de onophoudelijke opsomming van namen, maar kon niet ontkennen dat de aanwezigheid van zoveel illustere bezoekers absoluut bijdroeg aan de sfeer. Het geroezemoes klonk steeds luider tot hij op een gegeven moment niet meer kon horen wat Clara zei.

De musici waren aan het stemmen. Liebermann nam zijn bril uit zijn vestzak en klemde de metalen poten achter zijn oren. Hij wilde het schouwspel nader bekijken. De stalles zaten nu vol, in de staanplaatsruimte had zich een ware menigte verzameld en bij ieder balkon hingen groepjes witte ovale gezichten als spoken boven de rand. Het werd langzaam donkerder. Er bewoog iets in de orkestbak en plotseling dook een energieke Mahler op de bok op. Het publiek klapte, sommige officieren rammelden met hun sabels. Liebermann voelde een zekere opluchting. Hij kon nauwelijks wachten tot hij zich mocht overgeven aan de muziek van vanavond.

Mahler draaide zich om, tilde beide handen boven zijn schouders en bestookte het orkest met zijn dirigeerstokje. Uit de orkestbak steeg een prachtige, organisch aandoende klank op: een goddelijke opeenvolging van akkoorden, die stuk voor stuk aanzwollen en ontloken alsof de muziek daadwerkelijk als een bloem tot bloei kwam. Het sublieme ontluiken werd gevolgd door adembenemend delicate passages. De instrumentatie was doorzichtig en doortrokken van een exquise, luchtige lichtheid.

Het doek rees en een verlaten landschap met woeste rotsen en hier en daar een boom werd zichtbaar. Aan weerszijden van een ronde tempel doemden enorme bergen op.

Clara greep Liebermanns hand vast. Een rilling ging door het publiek. Uit de schaduwen achter op het toneel verscheen een reusachtige slang. Het was een enorm beest, als een Chinese draak. De muzikale begeleiding werd wild en onstuimig terwijl het dier boven een klein menselijk wezen oprees.

'Help mij,' zong prins Tamino. 'Anders ben ik verloren. Aan deze slang kan ik niet ontkomen.'

Het beest draaide om de wanhopige prins heen.

'Ze komt steeds dichterbij:
Help mij toch.'

Clara kneep in Liebermanns hand.

Het leek erop dat het laatste uur van de prins had geslagen. Hij bezwijmde en zeeg neer. Boven hem zwaaide de slang haar enorme kop heen en weer. Ze opende haar bek zodat je haar angstaanjagende lange giftanden zag. Op het moment dat alles verloren leek, ging de poort van de tempel open en verschenen er drie gesluierde vrouwen.

'Sterf, monster,' riepen ze, 'door onze macht.'

Ze hieven hun armen en lieten een magische wraakgodin uit de hemel afdalen.

Het beest sloeg met zijn staart, kronkelde, sidderde en hapte naar lucht. De slang rees nog één keer op, leek het uit te schreeuwen en stortte ten slotte in een samengedraaide hoop in elkaar.

'Victorie,' zongen de drie mysterieuze vrouwen. De muziek zwol triomferend aan. 'De heldendaad is verricht.'

Ze liepen naar de bewusteloze prins toe en prezen zijn schoonheid. Vervolgens moesten ze hem, tot hun spijt, achterlaten omdat ze zich moesten melden bij hun meesteres, de Koningin van de Nacht.

De volgende scène was komisch.

De prins werd wakker. Hij was in de war en verstopte zich achter een rots. Toen verscheen er een man in een verenkostuum en met verschillende fluiten en lege kooien. Hij probeerde vogels te vangen en zong daarbij een vrolijk lied. Aan het eind van het lied kwam de prins uit zijn schuilplaats en stelde zich aan de vogelvanger voor. Die vond het wel grappig dat de prins dacht dat híj de monsterlijke slang met zijn blote handen had verslaan en liet hem in die waan.

De drie dames kwamen terug en begroetten de vogelvanger als Papageno. Kennelijk was het gebruik dat Papageno de dames vogels aanbood in ruil voor wijn en suikerbrood. Deze keer hielden de dames zich echter niet aan de traditie. In plaats van wijn gaven ze hem water en in plaats van suikerbrood een steen. Om te verhinderen dat Papageno nog eens zou liegen vergrendelden ze zijn mond met een gouden hangslot...

Liebermann trok zijn hand uit Clara's greep en leunde over de rand van de loge.

Het verhaal ontwikkelde zich verder en nieuwe personages maakten hun opwachting: de Koningin van de Nacht, die Tamino vertelde dat haar dochter Pamina ontvoerd was door de boosaardige Sarastro, drie wijze knapen die in een vliegende wagen verschenen en Tamino bij zijn zoektocht begeleidden, slaven, prinses Pamina zelf en tot slot de wellustige Moor Monostatos.

Liebermann werd steeds onrustiger.

Er waren absoluut parallellen...

Hij kon haast niet geloven wat hij zag. Het was te merkwaardig, te vreemd.

Clara siste afkeurend omdat hij zo op zijn stoel zat te draaien.

Toen Monostatos de Moor weer verscheen, sloeg Liebermanns onrust om in opwinding.

Hij werd overvallen door duizelingen. De loge voelde niet veilig, alsof die ging kantelen en hem en het voltallige gezin Weiss in de stalles onder hen zou kieperen. Zijn hart leek opgezwollen en sloeg heftig tegen zijn ribben alsof het uit zijn benige kooi wilde ontsnappen.

Hij leunde voorover naar Clara. Haar zachte haar kietelde tegen zijn lippen.

'Ik moet gaan,' zei hij.

Ze draaide zich naar hem toe, deinsde terug en keek verward en vol ongeloof.

'Wat?'

Ze was zo verrast dat ze hardop sprak. Herr Weiss strekte zijn nek om te zien wat er aan de hand was.

Liebermann trok haar weer naar zich toe en fluisterde in haar oor.

'Het is belangrijk. Ik moet gaan... Ik leg het... Ik leg het morgen uit.'

Clara greep zijn arm om hem te beletten te gaan.

'Waar heb je het over? Je kunt niet zomaar gaan.' Haar stem klonk veel te hard.

Liebermann haalde haar hand van zijn arm en stond op.

'Het spijt me.'

Alle leden van het gezin Weiss hadden hun ogen op hem gericht. Hij haalde diep adem, opende de deur en vertrok.

44

De drie Oervuurvertegenwoordigers hadden geschenken meegebracht die voor de voeten van de grote man lagen. Nu ze compleet
waren had de groep veel weg van een wonderlijke variant op het tafereel met de drie koningen, waarin de aanbiddende wijzen niet aan een
goddelijk kind, maar aan een bejaarde profeet hun respect betuigden.
Guido List had voor de offergaven van zijn gasten bedankt met een
geïmproviseerde verhandeling over de Arische bakermat van de klassieke beschaving. Terwijl hij nog uitweidde over de Romeinse bouw-
kunst, onderbrak zijn vrouw hem.

Frau List was een opvallende vrouw: jeugdig, aantrekkelijk en een
befaamd actrice. Ze had als Anna Wittek de rol van Wala in Lists *Het
ontwaken van de Wala* vertolkt. Von Triebenbach was bij de veelgeprezen uitvoering geweest die zeven jaar geleden dankzij financiering
van de Germaanse Bond had plaatsgevonden. De statige Wittek had
Lists dichtregels in de zachte avond gedeclameerd en Von Triebenbach herinnerde zich haar fraaie brede schouders en de ronding van
haar boezem nog goed...

Anna nam het verband dat om het hoofd van haar echtgenoot zat
tussen haar vingers en trok eraan om te zien of het nog stevig vastzat.
Het gaf een beetje mee.

'Ik moet je verband iets aantrekken,' zei ze zachtjes.

'Dat is goed, mijn liefste,' zei List. Vervolgens wendde hij zich tot
zijn gasten: 'Heren, wilt u mij verontschuldigen. Dit is zo gebeurd.'

De actrice frutselde even aan wat weggestopte spelden en trok zo
het verband weer strak. Toen ze tevreden was met het resultaat, liet ze
zich op een krukje zakken en herschikte ze de geruite deken die over
de benen van haar man lag.

'Mijn engel,' fluisterde List en hij nam haar vingers in zijn hand en
drukte ze in de stugge haren van zijn baard. Hij draaide zijn hoofd zo-

dat het leek alsof hij zijn gasten rechtstreeks aankeek. Von Triebenbach stond achter Aschenbrandt en Olbricht, die naast elkaar tegenover hun gastheer zaten.

'Ik weet niet wat ik zonder haar zou moeten,' zei List teder.

'U hebt het erg getroffen,' zei Von Triebenbach en hij sprak zijn
woorden zorgvuldig uit om een spoortje afgunst te verdoezelen dat
de hartelijkheid uit zijn innemende bariton dreigde te verdringen.

'Zeer juist,' zei List en hij liet Anna's hand in zijn schoot vallen. 'Erg
getroffen.'

Hij hield haar hand stevig omklemd.

Om een verlegen makende lofrede voor te zijn, wendde Anna zich
tot de jonge componist en zei: 'Herr Aschenbrandt, ik heb gehoord
dat u een opera schrijft die is gebaseerd op mijn mans *Carnuntum*?'

'Ja...' antwoordde Aschenbrandt, die niet zeker wist of hij wel geacht werd hierover uit te weiden voordat List zijn verhandeling had
afgesloten.

'Het wordt een mooi stuk,' zei Von Triebenbach en hij klopte
Aschenbrandt op de rug.

'Afgezien van *Het ontwaken van de Wala*,' zei Anna, 'dat me bijzonder dierbaar is, is *Carnuntum* me van de werken van mijn man wel het
liefst.'

'Het is een meesterwerk,' zei Aschenbrandt. 'De grootste roman in
de Duitse taal. En ik voel me oprecht vereerd dat ik de zegen van de
auteur heb.' Met iets luidere stem vervolgde Aschenbrandt: 'Dank u
wel. Ik zal u niet teleurstellen.'

'Op basis van uw ouverture,' zei List, 'weet ik dat mijn lievelings-
kind in capabele handen is. Ik heb alle vertrouwen in uw gave.'

'Dank u wel,' zei Aschenbrandt weer. 'Dat is bijzonder vriendelijk
van u.'

Olbricht ging verzitten om de baron eraan te herinneren dat hij er
ook was. Von Triebenbach had Sophie von Rautenberg beloofd dat
hij de schilder tijdens de soiree van het Wagner Genootschap aan
Guido List zou voorstellen.

'In december,' zei Von Triebenbach, 'wordt er een tentoonstelling
georganiseerd met werk van Herr Olbricht, waaronder een aantal
olieverfdoeken geïnspireerd op uw werk.'

'Is dat zo?' vroeg List.

'Ja,' zei Olbricht. 'Ik ben met name trots op een doek gebaseerd op *Pipara*.'

'*De Germaanse in Caesars purper*,' vulde Anna de romantitel aan.

'Ze staat op een bordes en overziet een groot Romeins leger onder haar bevel,' zei Olbricht.

'Als dit ellendige verband eraf mag,' zei List, 'kan ik misschien weer zien en dan zal ik in de gelegenheid zijn om uw... interpretatie te bewonderen.'

'Dat zou mij immens verheugen.'

List vroeg verder niet door over Olbrichts tentoonstelling, maar wendde zich weer tot Aschenbrandt.

'Misschien zou u, Herr Aschenbrandt, een van onze muziekavondjes willen bijwonen. Mijn lieve Anna zou heel graag de *Carnuntum*-ouverture willen horen, dat weet ik zeker.'

'Maar natuurlijk... en ik heb onlangs een instrumentaal intermezzo voltooid, *De vooravond van de oorlog*, dat ik kan bewerken voor piano. Daarin wordt het triomfthema uitgewerkt dat aan het eind van de ouverture te horen is, maar dan in een breder tempo. Het is een donker, droefgeestig stuk, heel stemmig. Het wordt gevolgd door een aria, een gedreven strijdlied, *Bloed en donder*, gezongen door de aanvoerder van de Quaden. Met uw permissie zou ik een tenor kunnen meenemen, een vriend van me, Herr Hunger. Dan zou u zowel het intermezzo als de aria kunnen horen.'

List en zijn vrouw gaven beiden aan dat ze dit een prachtig voorstel vonden. Von Triebenbach trachtte nog eens het gesprek terug te brengen op Olbrichts tentoonstelling, maar zijn poging liep op niets uit. Hij troostte zichzelf met de gedachte dat hij in ieder geval tegen de charmante weduwe Von Rautenberg kon zeggen dat hij woord had gehouden.

Op een gegeven moment hadden ze alle aspecten van Aschenbrandts opera uitputtend besproken en vroeg de jonge componist List beleefd om terug te komen op zijn eerdere verhandeling over de Arische bakermat van de klassieke beschaving, die halverwege was onderbroken en die hij, tot dan toe, nog niet had kunnen afmaken.

List liet zich dat geen twee keer vragen en beschreef hoe de Ariers gedurende de ijstijd gedwongen waren geweest hun noordelijke steden te verlaten, zich vervolgens hadden gemengd met de inferieure volkeren van het zuiden en daarmee de kiem hadden gelegd voor de beschavingen van Griekenland en Rome. Via een vage redenering kwam hij uit bij een bekrachtiging van het nationalistische, pangermaanse programma en een venijnige veroordeling van hun vijanden. Nadat hij de kerk en de monarchie ervan langs had gegeven, richtte hij zijn pijlen op een derde en al even verwerpelijk instituut.

'We mogen de vrijmetselaars niet onderschatten. Ze vormen een groeiende bedreiging. In het verleden hebben ze bepaald geen geringe invloed op gebeurtenissen in de wereld uitgeoefend en ze zullen trachten dat weer te doen... met alle verschrikkelijke gevolgen van dien. We zijn zelfvoldaan geworden. Politici zijn kort van memorie. Zij zijn de vrijmetselaarsopstand van 1766 misschien vergeten, maar ik zeker niet!'

'Met alle respect,' zei Von Triebenbach voorzichtig. 'Ik moet tot mijn schaamte bekennen dat ook ik me deze... belangrijke historische gebeurtenis niet voor de geest kan halen.'

'1766!' zei List en hij sloeg met zijn vrije hand op de leuning van zijn stoel. 'Een opstand die volgens plan in Praag zou beginnen en zich vervolgens over heel Europa moest uitbreiden. De broederschap zou in ieder land van betekenis de macht hebben gegrepen. Gelukkig was de geheime politie op de hoogte van de plannen en arresteerde de kopstukken van de samenzwering. Maar neem van mij aan...' List bracht zijn hand naar zijn slaap en schudde zijn hoofd. Hij zag er gekweld, angstig uit, alsof zijn duistere wereld door afgrijselijke visioenen werd bezocht.

'Mijn liefste...' Anna boog zich voorover en streek een rimpel op zijn bezorgde voorhoofd weg.

'Neem van mij aan,' zei List nog eens, 'dat het weer kan gebeuren. Ik heb gehoord dat de vrijmetselaars in Bohemen en Hongarije oppositionele gevoelens aanwakkeren... en niemand onderneemt iets tegen ze. Onze politici zijn slap. Zwak. Een stelletje slaapkoppen! Ze vermoeden niets van het naderende gevaar.'

Er viel een stilte.

'Het is de hoogste tijd voor een held,' zei Von Triebenbach plechtig. 'Vers bloed... een nieuwe Siegfried.'

Zijn hand vond Aschenbrandts schouder en bleef daar even liggen.

Het was een klein gebaar, maar het ontging Anna niet. Ze glimlachte, eerst naar de baron, toen naar de jonge componist.

DEEL DRIE

Salieri

45

Liebermann verliet halsoverkop het operahuis en liep gehaast naar de achterkant van het gebouw. Aan zijn linkerhand lag de oostvleugel van de Hofburg, met voor het bastion een ruiterstandbeeld van aartshertog Albrecht. Hoewel dat hier zo opvallend stond, werd het plein voor hem toch beheerst door een ander beeld: een witmarmeren Mozart met een opengeslagen partituur op een fraaie lessenaar. Hij droeg een lange cape die kunstig over zijn linkerschouder gedrapeerd was, een nauwsluitend jacquet, manchetten met volant en een strakke pantalon. Om de grote sokkel dansten putti. De sokkel zelf was versierd met losse manuscriptvellen, lauwerkransen en een lukrake verzameling instrumenten. Naast dit fascinerende monument moest Liebermann zijn, in het toepasselijk genaamde café Mozart.

Binnen kon hij meteen niets meer zien omdat zijn bril besloeg. Hij zette hem ongeduldig af en schoot een van de obers aan.

'Goedenavond. Zou ik alstublieft de telefoon kunnen gebruiken?'

De ober boog en bracht hem naar een afgeschermde telefooncel. Liebermann was er met zijn hoofd niet bij en gaf de ober een overdreven hoge fooi. De ober glimlachte kruiperig en opende de deur met de overdreven zwier van een hoveling. Liebermann ging naar binnen en belde Rheinhardt.

'Oskar, hier Max. Ik moet je onmiddellijk spreken.' In zijn woorden klonk een ademloze urgentie door. 'Ik weet hoe hij te werk gaat. Ik weet hoe hij zijn slachtoffers kiest.'

Er klonk gekraak op de lijn en Liebermann hoorde op de achtergrond het gelach van Rheinhardts twee dochters.

'Waar ben je?'

'In café Mozart.'

'Wacht daar op me. Ik kom er meteen aan.'

Liebermann legde de hoorn weer op de haak en verliet de telefooncel. Niet ver van hem stonden twee lawaaierige heren in gestreepte jasjes luidruchtig met een jongedame te praten. Een donkergroene anderhalve-literfles champagne deed vermoeden dat ze haar hadden verleid om een onbezonnen, zo niet alleszins onverantwoorde hoeveelheid alcohol te drinken. Liebermann tuurde zoekend door kringelende wolken sigarenrook naar een leeg tafeltje. Hij kon er geen ontdekken, maar werd al snel te hulp geschoten door de ober die, misschien omdat hij hoopte op meer blijken van erkentelijkheid, de jonge dokter naar een vrije plek bij het raam bracht.

Liebermann bestelde een Schwarzer.

'En iets te eten, meneer?' De ober reikte hem de menukaart aan. Liebermann gebaarde dat hij die niet nodig had.

'Mozarttaart,' zei hij beslist.

'Uitstekende keuze, meneer,' zei de ober. Hij glimlachte en liep achterstevoren weg met zijn hoofd gebogen tussen zijn opgetrokken schouders.

De aangeschoten vrouw gooide haar hoofd in haar nek en lachte een schrille, onaangename lach. Haar opgestoken haar was deels losgekomen en enkele donkere plukken dansten onstuimig op haar schouders. De twee schuinsmarcheerders wisselden begerige blikken. In hun ogen brandde een zinnelijk verlangen. Een groepje deftige stedelingen aan een belendende tafel schudde het hoofd en fronste afkeurend.

Liebermanns aandacht werd weer opgeëist door de ober die de koffie en taart serveerde. De Mozarttaart was een bont geruite creatie van chocolade en Moskovisch gebak met pistachesmaak. Bovenop lag een marsepeinen flik waarop het hoofd van de grote componist en profil was afgebeeld. Liebermann nam een hap, vond het gebak iets te zoet en besloot dat de tijd net zo snel zou verstrijken met een sigaar.

Ruim twintig minuten later kwam Rheinhardt binnen. Hij trok zijn jas niet uit, maar liep rechtstreeks naar Liebermanns tafeltje.

'Nou, Max,' zei Rheinhardt. 'Dit is wat onverwacht.'

Liebermann stond op en ze gaven elkaar een stevige hand.

'Alsjeblieft, ga zitten...'

Nog eer ze allebei echt zaten, stond de ober er ineens weer, alsof hij uit een werveling van sigarenrook was verrezen.

'Nog een Schwarzer,' zei Liebermann. 'En voor mijn vriend een Türkische.'

'Sterk. En met extra suiker...' vulde Rheinhardt hem aan.

De ober verdween in de geelbruine rooknevel.

'Het is uitzonderlijk,' begon Liebermann. 'Hij moet uniek zijn... nergens beschreven in de leerboeken van de abnormale psychologie. We hebben te maken met een uiterst opmerkelijk persoon. Een unieke, eigenaardige geest.'

'Max,' zei Rheinhardt en hij wierp zijn vriend een blik toe die hem dwong kalmer te spreken. 'Langzaam, alsjeblieft. En vanaf het begin.'

Liebermann knikte: 'Ik voel me bijna koortsig van opwinding.'

'En ik twijfel er niet aan dat je daar alle reden toe hebt. Maar toch...'

'Ja, natuurlijk. Langzaam en vanaf het begin.' Liebermann leunde achterover en deed zijn stropdas wat losser. 'Ik was vanavond in de opera.'

'Het moet een ongebruikelijk korte voorstelling zijn geweest.'

'Ik ben eerder weggegaan.'

'Was het zo beroerd?'

'Nee, geenszins. Het was *Die Zauberflöte* met Mahler.'

'Waarom ben je...'

'Ken je die?'

'*Die Zauberflöte*? Niet zo goed... Ik heb hem jaren geleden voor het laatst gezien.'

'Net als ik.'

'En?'

'De personages, Oskar. Herinner je je de personages?'

'Er is een prins, Tamino... en een prinses, Pamina. De Koningin van de Nacht, die die grandioze aria zingt... Die beroemde waarin de melodie rondhuppelt langs de hoogste tonen.'

'Ja, de Koningin van de Nacht! Denk goed na, Oskar! Doet die naam, Koningin van de Nacht, je niet aan een bepaalde uitdrukking denken?'

Rheinhardt draaide het rechterpuntje van zijn snor tussen duim en wijsvinger.

'Dame van de nacht?'

'Of, zoals de Fransen zeggen: *fille de nuit*. En dat betekent?'

'Een prostituee, natuurlijk!'

'De Koningin van de Nacht heeft drie hofdames... of dienende dames...'

De inspecteur sperde zijn ogen zo wijd open dat hij een sterke gelijkenis begon te vertonen met een patiënt met de ziekte van Graves die Liebermann eerder die dag had onderzocht.

'Hemeltjelief,' bracht Rheinhardt hijgend uit. 'Madame Borek en de drie Galicische meisjes...'

'Precies! En dan heb je Papageno, de vogelvanger. Die gestraft wordt omdat hij liegt. Weet je nog hoe hij wordt gestraft, Oskar?'

'Lieve god! Zijn mond wordt verzegeld met een hangslot!'

'Denk dan nu aan de moord in Wieden. De zwarte man.'

'Nee zeg, die moet wel te maken hebben met de Moor.'

'Monostatos...'

Plotseling veranderde Rheinhardts gezichtsuitdrukking. Even leek hij in volledige wezenloosheid te zwemmen, maar toen verviel hij onmiskenbaar in moedeloosheid.

'O, nee, nee, nee.' De inspecteur steunde alsof hij fysiek pijn had.

Liebermann begreep niets van de onverwachte reactie van zijn vriend.

'Oskar?'

Rheinhardt pakte zijn hoofd met beide handen vast.

'Wat een sufferd ben ik geweest. Wat een ontzettende sufferd!'

Liebermann voelde zich nogal op zijn plaats gezet door deze reactie.

'Zo voor de hand liggend was het nou ook niet, Oskar. Om die overeenkomsten te herkennen was wel enige verbeeldingskracht nodig.'

'Neem me niet kwalijk, Max. Ik wilde je ontdekking niet bagatelliseren. Maar voor míj had het echt voor de hand moeten liggen!'

'Waarom? Je bent een politieman. Geen Mozartdeskundige.'

De ober kwam met hun koffie. De inspecteur keek op, nam een slokje van zijn Türkische en deed er twee stukjes kandijsuiker in. Zijn melancholieke, omwalde ogen leken op het punt te staan zich met tranen te vullen.

'Het begint met een slang, toch?'

'Pardon?' vroeg Liebermann die hem even niet kon volgen.

'*Die Zauberflöte*: die begint toch met de dood van een slang?'

'Ja.'

'Nou, deze reeks moorden ook.'

Liebermann schoof het aangesproken stuk Mozarttaart over de tafel richting de terneergeslagen inspecteur. Hij had talloze keren meegemaakt dat Rheinhardts humeur na een paar happen zoetigheid acuut opknapte. Rheinhardt plantte bijna gedachteloos het vorkje in de uitnodigende zachte cake.

'Vlak voor de gruweldaad in Spittelberg is in de dierentuin een reuzenanaconda vermoord,' zei Rheinhardt.

'Hildegard.'

'Klopt. Heb je er iets over gelezen?'

'Ja. Ik herinner me dat het beest een lieveling van de keizer zou zijn geweest.'

'Inderdaad. Ik heb het incident zelf onderzocht. Het was een hoogst ongebruikelijke misdaad, die in het licht van latere gebeurtenissen niettemin in het niet vielen. De Spittelbergmoorden werden de volgende dag ontdekt... en de lievelingsslang van de keizer ben ik toen eenvoudigweg vergeten. Zelfs het leven van het meest verheven keizerlijk dier mag niet hoger worden aangeslagen dan het leven van een mens, al was dat nog zo beklagenswaardig, en vanuit die gedachte hevelde ik al mijn aandacht van de ene zaak over op de andere. Maar nu besef ik dat ik daar natuurlijk fout aan deed. Stom van me!'

Rheinhardt schoof werktuiglijk een stukje Mozarttaart in zijn mond. Hij kauwde, slikte en sprak verder: 'De anaconda was met een groot wapen heel precies in drie delen gehakt, naar alle waarschijnlijkheid met een sabel. De dader heeft de slangenkuil betreden en weer verlaten zonder enig spoor in de aarde na te laten. Madame Borek en twee van de meisjes zijn ook met een sabel vermoord... en ook al lag overal in het bordeel bloed, de dader wist niettemin te vertrekken zonder ook maar één voetafdruk op de houten vloer achter te laten. Het gaat duidelijk om dezelfde man.'

Rheinhardt bestudeerde de restjes van het gebak op het bordje.

'Mozarttaart? Is dat grappig bedoeld, Max?'

'Het leek toepasselijk, maar ik ontdekte dat ik niet zo'n trek had.'

Rheinhardt nam nog een hap en liet voor het eerst iets van zijn gebruikelijke waarderende reactie zien.

'Heerlijk... weet je zeker dat je niet ook een hapje wilt?'

Liebermann schudde zijn hoofd. De inspecteur keurde een brokje met pistachesmaak en nam weer het woord: 'Goed, jij hebt nu zijn methode ontdekt, Max, maar wat zegt ons dat over de man zelf? Is hij een Mozartliefhebber? Een fanatieke kenner van zijn opera's?'

'Oskar, niemand die Mozart waardeert, zou ooit zulke gruweldaden kunnen begaan.' De jonge dokter ging rechtop zitten. 'Mozart heeft een absoluut beschavende uitwerking.'

'En toch is de dader beslist zeer goed met Mozart bekend.'

'Ja, maar ik kan me haast niet voorstellen dat iemand die oprecht van Mozarts *Singspiel* houdt, in dat verhaal en de personages een draaiboek voor moord zou zien. Ik denk eerlijk gezegd dat het tegendeel het geval is. De dader houdt allerminst van Mozart en haat *Die Zauberflöte* hoogstwaarschijnlijk.'

Rheinhardt schraapte wat chocoladevlokken van de buitenrand van het bordje.

'Maar een minder aanstootgevende opera zou ik niet kunnen noemen...'

'Het is zonder enige twijfel een weergaloos charmant werk. Maar in de geest van de dader wordt *Die Zauberflöte* overschaduwd door de duisterste gevoelens: haat, angst, afgunst.' Liebermann sloeg zijn handen in elkaar. 'Het zou me niet verbazen als hij in zijn vroegste jeugd heel nare dingen heeft meegemaakt, misschien terwijl er muziek van Mozart werd gespeeld.'

'Maar zou zo'n ervaring, al was die nog zo vervelend, hebben bepaald dat dit ongelukkige kind zich te zijner tijd tot een monster moest ontwikkelen?'

'Nee, helemaal niet. Professor Freud is ervan overtuigd dat psychopathologie ontstaat als het mentale apparaat kracht put uit een primaire bron, of oorsprong. Ik ben geneigd aan te nemen dat *Die Zauberflöte* voor de dader in zijn vroegste jeugd een verschrikkelijke betekenis heeft gekregen. Maar die is nadien veranderd in een middel waarmee zijn huidige gewelddadige impulsen worden geordend en gestuurd. Om die nu te begrijpen, zouden we zijn voorgeschiedenis moeten kennen en moeten weten wat zich in zijn onbewuste afspeelt.'

Een ober liep langs hun tafeltje en nam discreet Rheinhardts lege bordje mee.

'Er bestaat een verhaal, toch?' vroeg Rheinhardt. 'Over een Italiaanse componist die ervan wordt beschuldigd dat hij Mozart zou hebben vermoord. Hoe heette hij ook alweer?'

'Salieri,' antwoordde Liebermann. 'Maar er zijn er ook die beweren dat Mozart vermoord zou zijn door zijn vrijmetselaarbroeders omdat hij in *Die Zauberflöte* hun geheimen had onthuld.'

'Een passende bijnaam voor onze dader, vind je niet? Salieri?'

'Salieri.' Liebermann liet de exotische combinatie van klinkers en medeklinkers over zijn tong rollen. 'Ja, erg toepasselijk.'

'Goed, dan wordt het Salieri!' zei Rheinhardt.

Alsof ze hierop had gewacht klapte de aangeschoten vrouw in haar handen en kirde van plezier. Een van haar metgezellen gaf haar een doosje. Ze opende het en haalde er een goedkoop sieraad uit.

'Er dringen zich nog twee vragen op met betrekking tot *Die Zauberflöte*,' zei Liebermann. 'Ten eerste: kunnen we meer te weten komen over Salieri's oogmerk als we de opera bestuderen? En ten tweede: in hoeverre werpt de opera nieuw licht op het bewijsmateriaal dat we reeds hebben?'

Rheinhardt trok aan zijn onderlip.

'Ik ben geen kenner van Mozart-opera's, maar de consensus is toch dat *Die Zauberflöte* zijn minst samenhangende werk is.'

'Dat komt omdat in *Die Zauberflöte* niets is wat het lijkt te zijn. De opera zit vol geheime vrijmetselaarssymbolen.' Liebermann herinnerde zich ineens dat hij het programma van de Hofoper nog bij zich had. Hij haalde het uit zijn zak en bladerde erin tot hij een korte biografische schets van de componist vond. 'Kijk, hier hebben we het... Mozart... op 14 december 1794 ingewijd in de leerlingengraad in de loge *Zur Wohltätigkeit*... in 1785 in de gezellengraad en een maand later in de meestergraad... libretto van Schikaneder, die ook aangeduid wordt als een logebroeder...' Liebermanns ogen vlogen over de pagina. 'Baron Ignaz von Born... grootsecretaris van de Weense loge *Zur wahren Eintracht*... het concept van de opera werd besproken aan het bed van Born, een kenner op het gebied van vrijmetselaarssymbolen en een autoriteit die door alle Weense vrijmetselaars werd vereerd.'

'Staat er iets over de mogelijke betekenis van die symbolen?'

'Nee. Dat zul je een vrijmetselaar moeten vragen.'

'Ik betwijfel ten zeerste of zij bereid zullen zijn te helpen.'

'Waarom zeg je dat?'

'De verhoudingen tussen de recherche en de vrijmetselaars zijn niet goed.' Liebermann hield zijn hoofd peinzend schuin. 'O, het is allemaal nogal ingewikkeld.'

'Vertel...'

'De vrijmetselaars mogen hun rituelen al zo'n dertig jaar niet uitvoeren in Oostenrijk. Volgens de wet mogen ze alleen als genootschap van vrienden bij elkaar komen, meer niet.'

'Is de vrijmetselarij onwettig?'

'Nou, niet echt. Jaren geleden is besloten dat er iets moest worden ondernomen tegen de uitbreiding van subversieve genootschappen. In die dagen maakte men zich meer zorgen over andersdenkenden en dat is begrijpelijk. De revolutie van 1848 lag nog vers in het geheugen. Daarom werd de Wet op verenigingen aangenomen. Die stelde overheidstoezicht op alle verenigingen in.'

'Wat houdt dat in?'

'Simpel: als je een vereniging wilt oprichten, of het nou een filosofische, kunstzinnige, politieke of andere vereniging is, moet je een licentie aanvragen die verleend wordt na beoordeling door een speciaal hiervoor aangestelde commissaris. De uitkomst hiervan was, althans voor de vrijmetselaars, nogal onbevredigend. Het is niet onwettig om een vrijmetselaar te zijn en evenmin onwettig voor vrijmetselaars om bij elkaar te komen. Maar het is wel onwettig als vrijmetselaars bij elkaar komen om een "geheim" ritueel uit te voeren. Daarom heeft de recherche de vrijmetselaars behoorlijk nauwgezet in de gaten moeten houden en dat heeft veel kwaad bloed gezet. Als we meer te weten willen komen over de symboliek van *Die Zauberflöte*, bereiken we dat, vermoed ik, alleen na urenlange bestudering van boeken in de bibliotheek. Gelukkig kan ik over Haussmann beschikken.'

'Ik vraag me af of...' Liebermann fronste geconcentreerd zijn voorhoofd en zijn stem stierf weg.

'Wat vraag je je af?'

Liebermann keek Rheinhardt aan.

'Ik vraag me af of de swastika een rol speelt in hun geheime symboliek.'

'Heel goed mogelijk. Ik meen dat de vrijmetselaars veel oude symbolen gebruiken. Alchemistische tekenen, het alziend oog, de zevenvoudige vlam...'

Rheinhardt staakte zijn opsomming van mystieke symbolen. 'Max?'

De jonge dokter had de grote bezorgdheid op het gezicht van de inspecteur al opgemerkt.

'Ja, Oskar. Salieri heeft de Koningin van de Nacht, haar drie hofdames, Papageno en Monostatos vermoord. Maar in het verhaal van *Die Zauberflöte* zitten veel meer personages: Tamino, Pamina, Sarastro.'

'En kinderen! Is er niet een soort koor bestaande uit drie jongens?'

'Ja,' zei Liebermann. Hij bladerde verder door het programma en staarde neerslachtig naar de lange lijst met zangers. 'Als hij van plan is ze allemaal uit te schakelen, is hij nog maar net begonnen.'

46

Het was laat in de middag. De gaslampen waren aangestoken en de tentoonstellingszalen van het Natuurhistorisch Museum waren grotendeels uitgestorven.

Liebermann had eerder die dag een briefje geschreven aan Clara en haar familie, waarin hij zich verontschuldigde voor zijn onbeleefde en overijlde vertrek de vorige avond. Hij had hun om vergiffenis gevraagd en toegezegd dat hij het allemaal zou uitleggen. In werkelijkheid wist hij echter nog steeds niet goed wat hij moest zeggen.

Clara had per kerende post een antwoord naar het ziekenhuis gestuurd, waarin ze haar verloofde op zakelijke toon liet weten dat de familie Weiss hem die avond om halfacht voor het eten verwachtte. Haar briefje eindigde niet met de gebruikelijke opsomming van dweperige lieve woordjes. Liebermann vouwde het twee keer dubbel, stopte het in zijn bovenste vestzakje en concentreerde zich de rest van de middag op zijn patiënten: Fräulein Allers, die last had van hysterische buikpijnen, Herr Fogel, die zonder duidelijke aanleiding jammerlijk weende, Frau Huhle, die aan een stuk door haar handen waste en tot slot Herr Beiber, de monomane man die verliefd was op aartshertogin Marie-Valerie. Toen Liebermann zijn patiëntaantekeningen had bijgewerkt, schoot hem Clara's briefje weer te binnen en voelde hij zijn hart zwaar worden. Deze fysieke gewaarwording ging gepaard met een algemeen gevoel van zwaarmoedigheid.

Toen hij het ziekenhuis verliet, besloot Liebermann dat hij misschien baat zou hebben bij een kort bezoek aan het Natuurhistorisch Museum. Ook als het zijn humeur niet zou verbeteren, zou het hem in ieder geval een kans geven om zijn gedachten op een rijtje te zetten.

Liebermann besteeg de brede trap en liep rustig door de hoofdzalen. Hij keek in de glazen toonkasten en bestudeerde de museumstukken: felgekleurde vogels, een spichtige vos, een troep leeuwen, tarantula's groter dan een mensenhand, magistrale tijgers en vlinders met turquoise en gele crêpepapieren vleugels, een enorme krab (een geschenk van de keizer van Japan aan keizer Franz Jozef), de gefossiliseerde restanten van grote hagedissen, het vrijstaande skelet van een walvis en als laatste een prehistorische man en vrouw die dicht bij elkaar in het stoffige bed van hun grafkuil lagen.

Dat was pas een huwelijk voor altijd...

Liebermann probeerde zich zijn en Clara's botten voor altijd bij elkaar onder de grond voor te stellen. Maar hij kreeg het niet voor elkaar. Het toneel van zijn verbeelding bleef hardnekkig in het duister gehuld.

Een zaalwachter sloot net de grote houten deur voor hem. Daarachter viel een schaduw over een levensgroot papier-maché model van een stegosaurus.

Liebermann draaide zich om en liep dezelfde weg terug.

De gaslampen in de geologische zaal waren al laag gedraaid, maar de edelstenen en fossiele stenen speelden nog met het weinige licht. Het gaf een toverachtig effect. Liebermann liep over het middenpad, begeleid door golven fonkelend licht. Stenen vlamden op en glinsterden alsof een onzichtbare hand sterrenstof voor hem uitstrooide.

Aan de andere kant van de zaal zat een vrouw op een stoel bij het raam. Haar vlammende haar en rechte rug verrieden meteen wie ze was: Miss Lydgate. Ze zat met haar neus in een boek. Met een vloeiende beweging sloeg ze razendsnel de pagina om. Het leek alsof ze de tekst griezelig snel verslond.

Liebermann liep verder en liet zijn voetstappen opzettelijk luider klinken. Toen hij dichtbij was, raakte ze uit haar concentratie en keek op.

'Dokter Liebermann... wat een aangename verrassing.' Ze sprak zachtjes, dromerig, alsof ze uit een diepe slaap ontwaakte. Ze wilde opstaan, maar Liebermann gebaarde dat ze moest blijven zitten.

'Miss Lydgate.' Liebermann boog.

De gaslampen sisten en de ongebruikelijke stilte werd alleen onderbroken door het verre gesteun van piepende scharnieren en het zachte gerammel van sleutels. De zalen werden een voor een afgesloten.

'Ik kwam voor de meteorieten,' zei Amelia.

'Aha,' zei Liebermann, die niet goed wist hoe hij het gesprek na zo'n ongebruikelijke verklaring moest voortzetten. Met een beleefde vraag redde Amelia hen gelukkig allebei van het gevaar van een ongemakkelijke stilte: 'Hoe gaat het met inspecteur Rheinhardt?'

'Heel goed.'

'En het onderzoek?'

'Dat vordert.' Liebermann was niet geneigd hierop uitgebreider te antwoorden. Hij wilde de onverwachte ontmoeting niet bederven met gepraat over Salieri, bloed en verminkte lijken. 'Wat leest u?' vroeg hij om het gesprek op een aangenamer onderwerp te kunnen brengen.

Op haar voorhoofd verscheen de vertrouwde verticale lijn die zich meteen daarna verdiepte.

'Ontspannende lectuur. Ik deed er beter aan een leerboek anatomie te lezen. Maar vandaag kreeg ik een aantal pakketjes uit Londen en in een daarvan zat deze roman.' Ze liet het dunne boekje zien. 'Een cadeautje van mijn vader.'

Liebermann vertaalde de titel en begreep het niet. Ontspannende lectuur? Een verhaal over een uurwerk klonk in zijn oren niet bepaald als ontspanning.

'*De tijdmachine*,' las hij hardop, 'van H.G. Wells.'

'Ja, mijn vader is een groot bewonderaar van de auteur, die, in tegenstelling tot zijn vakgenoten, uitzonderlijk goed op de hoogte is van wetenschappelijke ontwikkelingen.'

'Is het een verhaal over een klok?'

'Nee, het woord "tijdmachine" verwijst naar iets veel interessanters. Het is een apparaat dat door de tijd kan reizen. De tijd zelf wordt heel ingenieus voorgesteld als een vierde dimensie die de bekende Euclidische begrippen van lengte, breedte en diepte aanvult.'

Miss Lydgate gaf het boekje aan Liebermann, die de rug bekeek. De roman was uitgekomen bij een uitgeverij die Heinemann heette. Liebermann vroeg zich af waarom de heer Wells door een Duits bedrijf werd uitgegeven.

'De verteller reist naar de verre toekomst,' vertelde Amelia verder. 'Daar ontdekt hij dat de mensheid gedegenereerd is tot twee afzonderlijke soorten. De Morlocks, een aapachtig ras dat onder de grond woont, en de Eloi, een weerloos, zwak volk met kinderlijke kenmerken. Hoewel *De tijdmachine* slechts een...' De verticale rimpel op Amelia's voorhoofd werd weer dieper terwijl ze het juiste woord zocht. '... een wetenschappelijke toekomstroman is, kan ik me niet aan de indruk onttrekken dat Mr Wells meer dan alleen spanning bij zijn lezers wilde oproepen. Ik meen zelfs dat dit verhaal ook bedoeld is als een soort voorspelling... of waarschuwing...'

Het overkwam Liebermann weer dat hij volledig in de ban raakte van deze opmerkelijke vrouw: haar belerende taal, haar vaste blik, de kracht van haar intellect.

'Waarschuwing?' herhaalde hij haar laatste woord, in de hoop dat dit bescheiden voorzetje een uitgebreidere uiteenzetting zou uitlokken.

'In onze moderne wereld,' begon Amelia, 'groeit de kloof tussen arm en rijk. Daar komt bij dat degenen die binnen de arbeidersklassen worden geboren vaak onder de grond leven – en werken. In Londen is het bijvoorbeeld gebruikelijk dat huisbedienden, zoals dienstmeiden, kokkinnen en wasvrouwen, het grootste deel van hun leven in souterrains en kelders doorbrengen. In Engeland is het zelfs zo dat de bedienden het over *upstairs* en *downstairs* hebben als benamingen om de hogere klasse van de lagere te onderscheiden. Er zijn ook veel aangrijpender voorbeelden van ditzelfde fenomeen. Denk aan mijnwerkers, die gedoemd zijn letterlijk af te dalen in de diepste diepten van de aarde. Denk aan treinbestuurders, waarvan er tegenwoordig veel onder de grond moeten werken. Sommigen zien het daglicht nooit. Je hoeft eigenlijk alleen maar te denken aan een willekeurige moderne metropool: Londen, Wenen, New York. Ze zijn allemaal gebouwd op een ondergrondse honingraat van ketelruimten, tunnels en werkplaatsen.'

Ze keek hem met heldere ogen aan.

'Mr Wells lijkt te suggereren dat als de trend doorzet het menselijke ras uiteindelijk gescheiden zal raken langs de breuklijnen van de maatschappelijke tweedeling. Er zullen steeds minder mogelijkheden voor klassenoverschrijdende huwelijken zijn, wat zal leiden tot de vorming van nieuwe subspecies. Wij zijn voorbestemd om Morlocks en Eloi te worden.'

Liebermann gaf het boek weer aan haar terug.

'Het is een uitermate interessante hypothese, Miss Lydgate. Maar...' Hij glimlachte vriendelijk omdat hij haar enthousiasme niet met harde kritiek wilde verstikken. 'Het lijkt mij niet echt waarschijnlijk. De mensheid heeft zich gevestigd op de sneeuwvlakten van de noordpool, in de dorre woestijnen van Arabië en in de jungles van het donkerste Afrika. Maar de menselijke basisvorm is constant gebleven.'

'Met alle respect,' zei Amelia die het boek tegen haar borst klemde. 'Ik kan het daar helaas niet mee eens zijn. De menselijke vorm is erg flexibel. Lijkt de Eskimo op de bedoeïen? De Bantoe op zijn Scandinavische neef?'

'Nee... maar voor zover ik weet heeft dat niet geresulteerd in een biologisch verbod op voortplanting tussen de rassen. Ondanks onze neiging om verschillende milieus te verkennen en ons daar te vestigen, wat onvermijdelijk tot een aantal oppervlakkige, uiteenlopende aanpassingen heeft geleid, zijn we nog steeds één mensheid.'

'Maar wat gebeurt er uiteindelijk, dokter Liebermann? Als dergelijke verschillen duizenden jaren lang worden versterkt, gedurende periodes zo lang als die die zijn vereist om, laten we zeggen, een Carboonbos in kool te veranderen, dan zou toch zeker...'

Aan het andere eind van de zaal dook een zaalwachter op. Hij klikte met zijn hakken en zei op overgedienstige, deftige toon: 'Het museum gaat dadelijk sluiten.'

Amelia stond op en glimlachte bijna onmerkbaar.

'Ik zou ons gesprek zeer graag willen voortzetten, dokter Liebermann, maar ik ben bang dat ik nu mijn jas en hoed bij de garderobe moet ophalen.'

Liebermann wierp een blik op zijn horloge. Hij wist dat wat hij wilde gaan zeggen niet gepast was. En dat als Miss Lydgate instemde, hij vrijwel zeker te laat zou zijn voor het avondeten in huize Weiss. Niettemin hoorde hij zijn stem, alsof die zich van hem had losgemaakt, op luchtige toon zeggen: 'Maar we kunnen dit gesprek natuurlijk voortzetten, als u dat wilt. Er is een koffiehuis aan de Museumstraße...' Zijn uitnodiging bleef half uitgesproken in de lucht hangen.

Miss Lydgate keek hem met haar intrigerende, metaalachtig glanzende ogen aan.

In de stilte die volgde leek het gesis van de gaslampen luider te worden en de ruimte met een verontrustend heftig geraas te vullen. De zaalwachter kuchte ongeduldig.

'Wat een verrukkelijk idee,' antwoordde Amelia. 'Zeg eens, hoe denkt u over de geschriften van Jean-Baptiste Antoine de Monet?'

47

'Inspecteur Rheinhardt?'

'Herr Arnoldt.'

'Wilt u binnenkomen?'

Rheinhardt keek over de schouder van de dierenverzorger, maar kon in het duistere interieur weinig onderscheiden. Hij zag bosjes dicht gebladerte: grote, spatelvormige, druipnatte bladeren en hangende, harige klimplanten. De lucht die door de halfopen deur naar buiten ontsnapte was warm en kwalijk riekend.

'Niet echt,' zei Rheinhardt, die beide woorden vol twijfel uitsprak.

'Waarom niet? Het is hier niet gevaarlijk, hoor. Giselle is een goeiige lobbes. Echt waar.'

Rheinhardt was er niet van overtuigd dat hij op de verzekeringen van de dierenverzorger kon vertrouwen, maar stapte toch de drempel over en liet zijn schoenen in het tapijt van verend mos wegzakken. Herr Arnoldt draaide zich met een ruk om en liep een glooiende heuvel af. 'Zou u de deur achter u dicht willen trekken, inspecteur? Goed stevig,' riep hij over zijn schouder.

Rheinhardt deed wat hem gevraagd werd, maar vroeg zich toch af, zij het in stilte: Waarom?

Hij liep haastig achter Herr Arnoldt aan die door een gordijn van samenklittende, hangende ranken was verdwenen. Rheinhardt volgde hem en zag dat de dierenverzorger wijdbeens en met de handen in zijn zij over een glad oppervlak van donkergroen water stond uit te kijken. Het heldergroene, spiegelgladde water werd omringd door weelderige moerasvegetatie. Aan de overkant lag een enorm reptiel met een brede, platte snuit. Zijn schubbige vel was bruin en zwart, maar de gedeeltes rond de kaak en de zichtbare delen van zijn nek en buik waren roomwit.

'Giselle,' zei Herr Arnoldt.

'Een krokodil?'

'Nee,' zei Herr Arnoldt. 'Een Amerikaanse alligator. *Mississippiensis.*'

'Aha,' zei Rheinhardt. 'En u weet zeker dat ze niet... gevaarlijk is?'

'Heel zeker.'

Opeens verschenen er stilletjes twee olijfgroene ogen net boven het wateroppervlak.

'Mijn god, wat is dat?' riep Rheinhardt uit.

'O, dat is Richard maar,' zei Herr Arnoldt.

'Richard...'

'Ja.'

'U had niets over Richard gezegd.' Herr Arnoldt zweeg onheilspellend. 'Is *hij* gevaarlijk?'

'Niet als we op afstand blijven.'

'Ik was geenszins van plan dichterbij te komen.'

De dierenverzorger draaide zich naar Rheinhardt om en liet zijn handen losjes langs zijn zij bungelen.

'Ik dacht alleen... ik dacht dat u het leuk zou vinden ze zo te zien. Er zijn maar weinig mensen die die kans krijgen. Het zijn prachtige dieren.'

Iets in de toon van de dierenverzorger gaf Rheinhardt het gevoel dat hij kleingeestig was. Herr Arnoldt had hem met de beste bedoelingen uitgenodigd. Het was een excentriek, maar in wezen vriendelijk gebaar.

'Ja,' zei Rheinhardt. 'U hebt gelijk. Het zijn inderdaad prachtige dieren. Dank u. Heel vriendelijk van u.'

De dierenverzorger knikte in het besef dat het kleine misverstand nu uit de wereld was. Hij klapte in zijn handen en wreef ze nieuwsgierig. 'En? Hebt u hem al te pakken?'

'Nee,' antwoordde Rheinhardt. 'Helaas niet.' De dierenverzorger keek misprijzend. 'Maar we boeken wel vooruitgang. Niet zoveel als ik had gehoopt in dit stadium, maar niettemin vooruitgang. Ik vroeg me af of u ons nogmaals zou kunnen helpen. Ik heb een vraag over de verklaring die u op bureau Schottenring hebt afgelegd.'

Herr Arnoldt knikte.

'Toen u uw geheugen weer terug had,' vervolgde Rheinhardt, 'herinnerde u zich dat de aanvaller door de gang op u af was komen lopen onder het fluiten van een... vrolijk deuntje?'

'Ja, dat klopt,' zei Herr Arnoldt. 'Ik heb uw assistent alles al verteld. Ik ben bang dat ik daar verder niets aan toe te voegen heb.'

'Natuurlijk. Maar ik heb begrepen dat u het deuntje voor mijn assistent Haussmann kon nazingen. Zou u dat misschien ook nog eens voor mij kunnen proberen?'

Er klonk een zacht klotsend geluid. De zo-even nog ondergedoken alligator was tevoorschijn gekomen en nu in volle glorie te bewonderen.

'Lieve hemel, wat een enorm beest!'

'Iets langer dan vier meter,' zei Herr Arnoldt kalm. 'Voor een mannetje is deze *Mississippiensis* niet uitzonderlijk groot.'

Richard sperde zijn kaken open en leek te geeuwen.

'Wat een tanden...' zei Rheinhardt, die een luchtige gesprekstoon voorwendde, terwijl hij intussen met alle geweld zijn drang om te vluchten onderdrukte.

'Ja, dat zijn er wel zeventig, tachtig. En stuk voor stuk vlijmscherp.'

'Bent u ooit gebeten?'

De dierenverzorger schoot in de lach. 'Nee, inspecteur. Wie door een *Mississippiensis* wordt gebeten, kan dat doorgaans niet navertellen.'

'Goed,' zei Rheinhardt, 'waar was ik gebleven?'

'Het wijsje. U zei dat u wilde dat ik het wijsje voor u zing.'

'Als u het zich nog kunt herinneren, graag.'

De dierenverzorger schraapte zijn keel en begon.

'Pa, pa, pom, pom, ta-ta-ta, pom, pom...' De eerste paar frasen waren duidelijk en toonvast. Daarna werd de melodie vrijer en geïmproviseerder om uiteindelijk af te zakken tot iets compleet zelf verzonnens. 'Zoiets was het,' zei Herr Arnoldt. 'Het laatste stukje weet ik niet zeker meer, maar het begin is zeker goed.'

Rheinhardt sloeg een groot in stof gebonden boek open dat hij onder zijn arm had. Herr Arnoldt zag dat de pagina's vol muzieknoten stonden. Toen Rheinhardt de juiste pagina had gevonden, haalde hij diep adem en begon hij van blad te zingen:

'Der Vogelfänger bin ich ja,
Stets lustig heissa hopsasa'
('Ik ben de vogelvanger
Altijd blij van zin')

Rheinhardts fraaie, volle bariton vulde het hele hok. Hij golfde over het water en weerkaatste tegen het hoge plafond. Hij had nog nooit in zo'n ongewoon theater opgetreden en voor zo'n ongewoon publiek. Het was zelfs zo'n merkwaardige situatie dat hij heel even de mogelijkheid overwoog dat hij nog gewoon in bed lag en de gebeurtenissen van die ochtend droomde.

Giselle en Richard reageerden niet, maar de dierenverzorger onderging een complete transformatie.

'Ja, dat is het,' riep hij uit. 'Dat is het!'

Rheinhardt zong verder:

'Weiß mit dem Locken umzugeh'n
Und mich aufs Pfeifen zu versteh'n!'
('Ik ben goed in het zetten van een val
En fluit als een vogeltje')

De melodie was speels, charmant en in de stijl van een volksliedje gecomponeerd.

'Wat is het voor een lied?' vroeg Herr Arnoldt.

Rheinhardt sloeg het boek langzaam dicht.

'Het komt uit *Die Zauberflöte.*'

Hun gesprek werd onderbroken door het geluid van zich verplaatsend water. Richard was in beweging gekomen. Hij leek zich razendsnel te verplaatsen. Zijn snuit veroorzaakte een hoge boeggolf.

'Ik geloof...' zei Herr Arnoldt, die nu toch wat bezorgd begon te kijken, 'dat het tijd is om te vertrekken.'

48

Olbricht liet zijn ogen over de met verf bespatte houten vloer glijden en stond opeens oog in oog met zichzelf in de manshoge spiegel. Hij ontspande zijn benen en draaide zijn polsen naar binnen, waardoor zijn houding deed denken aan die van Michelangelo's David. Vervolgens stak hij zijn hand omhoog en stelde zich voor dat zijn vingers zich om een lauwerkrans sloten. Hij werd bevangen door een bijzondere sensatie, alsof hij via zijn verbeelding werkelijk één werd met de *Weltseele*, de wereldziel. Hij sloot zijn ogen in de hoop het moment nog even te kunnen vasthouden, maar het ongewone gevoel verdween en liet alleen een doffe hoofdpijn achter.

De kunstenaar draaide zich om en overzag de schilderijen die hij had klaargezet voor zijn komende tentoonstelling.

Alberich en de drie Rijndochters, Een blinde skald in een vakwerkhuis, Siegfried die de draak verslaat...

Hij liep een rondje door het atelier om zijn prestaties te bewonderen, maar bleef voor het doek met Pipara staan, de heldin van Lists gelijknamige boek. Brede schouders, blond haar in vlechten, een krachtig, bijna mannelijk gezicht. Ze stond op een verhoogd stenen bordes en keek uit over een zee van zwaarbewapende Romeinse legionairs.

Olbricht deed een stapje dichterbij.

Hij herinnerde zich nog hoe innig tevreden hij met zijn Pipara was geweest toen het schilderij af was, maar na het een tijdje opzij te hebben gezet, stond haar voorkomen hem niet helemaal meer aan. Olbricht pakte zijn palet en een fijnharige kwast en begon verbeteringen aan te brengen in het gezicht van de keizerin.

Iets aan de brug van haar neus klopte niet helemaal. En haar jukbeenderen zaten te laag. De vorm van haar kin was te breed. Olbrichts bewegingen werden vloeiender. Iets van zijn vereniging met de wereldziel was blijven hangen. Hij voelde zich geïnspireerd, geleid door een geestenhand naar de bewerkstelliging van een moeilijk grijpbaar ideaal.

Ten slotte deed hij een stap achteruit.

De keizerin vertoonde nu een griezelige gelijkenis met Frau Anna, de vrouw van Guido List. Ze was zo mooi, Frau Anna. Zo'n perfect voorbeeld van Arische vrouwelijkheid.

Had hij haar maar als de *Wala* kunnen zien...

Was hij daar maar bij geweest, bij die veelgeprezen gebeurtenis, die was gesteund door de Germaanse Bond.

Had hij maar...

Iets in hem brak, als een eierschaal die vertrapt werd.

Olbricht stak een trillende vinger uit en ging daarmee langs de welving van de boezem van de keizerin.

List was geen aantrekkelijke man en aanzienlijk ouder dan de mooie Anna. Toch was ze met hem getrouwd. Hij had haar liefde gewonnen met de kracht van zijn intellect, de voortreffelijkheid van zijn geest, de woestheid van zijn genie...

'Ik ben ook een groot kunstenaar.' Onwillekeurig had Olbricht de woorden hardop uitgesproken.

Zijn gedachten keerden terug naar de tentoonstelling.

Ze zou onder de indruk zijn. Dat wist hij zeker. Zij, en andere vrouwen zoals zij. Ze zou heus de enige niet zijn, die een held wist te herkennen. De enige die een zuivere, van smetten vrije verbintenis wenste, een zielsverbond.

Olbricht trok zijn bevende hand terug van het schilderij.

'Ik kan dit beter... nog beter,' mompelde hij. 'Veel, veel beter nog.'

Hij pakte zijn palet weer op en bestudeerde de fellere kleuren.

Het moest een brutaler werk worden, uitdagender, een werk dat niet alleen Pipara's innerlijke kracht uitdrukte, maar ook de zijne.

49

Ze zaten naast een van de sfinxen in de tuinen van het Belvedere. Tussen de vleugels van het standbeeld had zich een driehoek van sneeuw verzameld en de sfinx leek met gekrenkte trots voor zich uit te staren. Het lagergelegen paleis achter de verzonken haagtuin en bevroren fonteinen was in een paarlemoeren wintermist gehuld.

Clara's stemming paste goed bij het landschap: kil en onvermurwbaar. Ze hadden nauwelijks nog gesproken sinds ze uit de woning van de familie Weiss waren vertrokken.

'Je vader toonde veel begrip,' zei Liebermann zacht.

'Hij moest wel beleefd zijn,' zei Clara. 'Hij accepteerde je excuses omdat hij geen ruzie wilde. Vooral nu niet.'

'Is hij dan boos op me?'

'Ik ben boos op je, Max...'

Liebermann zuchtte en keek naar zijn schoenen.

'Het was belangrijk, Clara. Heel belangrijk.'

'Dat zal wel... Maar naar de opera gaan met mijn familie was dat ook. Je hebt de avond voor ons allemaal bedorven.'

Liebermann stak zijn hand in de lucht, alsof hij de sfinx wilde smeken hem te steunen: '*Die Zauberflöte* is de sleutel. Dat moest ik inspecteur Rheinhardt onmiddellijk laten weten.'

'O, ja? Kon dat geen uurtje of twee wachten?'

'Nee. Ik heb gezien waartoe die gek in staat is. Er staan mensenlevens op het spel.'

'Heeft hij dan opnieuw toegeslagen, die gek van jou?'

'Dat niet, maar...'

Clara viel hem in de rede. 'Dan had het best kunnen wachten!' Ze wist zich even te beheersen maar werd toen weer door woede overmand.

'En waarom was je gisteren te laat voor het eten?'

'Ik had schermles.'

De leugen gleed al te gemakkelijk over zijn lippen.

'Ik dacht dat je alleen 's ochtends les had?'

'Vorige week was signor Barbasetti verhinderd.' Liebermann sprak op kalme toon en keek tijdens het praten naar de kop van de sfinx. Haar uitdrukking leek van gekwetste trots in afkeuring te veranderen. 'We hadden de les naar gisteravond verplaatst. Helaas liet ik me nogal door het gevecht meeslepen en vergat ik de tijd.'

Clara schudde haar hoofd.

'En wat zegt dat over jouw... jouw houding?'

Liebermann voelde zich nogal overdonderd door die merkwaardige vraag.

'Pardon?'

Hij draaide zich naar Clara om. Haar donkere ogen keken hem ongewoon doordringend aan.

'Ik herinner me...' begon ze langzaam, alsof de daad van het herinneren haar moeite kostte. 'Ik herinner me dat je een keer hebt gezegd dat álles betekenis heeft – alles wat we doen, hoe klein ook: versprekingen, ongelukjes, dingen niet kunnen vinden... Wat zou het dus betekenen dat jij onze eetafspraak was vergeten?'

Liebermann kreeg het gevoel alsof er een aardverschuiving had plaatsgevonden. Hij had haar onderschat. Ze was meer dan alleen de knappe, amusante Clara – een jonge vrouw uit de juiste familie, met de juiste achtergrond, zijn verloofde, zijn toekomstige vrouw. Ze had dieptes, die hij nooit helemaal zou kunnen doorgronden en een fundamenteel, onvervreemdbaar recht om op haar eigen voorwaarden gelukkig te zijn. Ze had veel fouten, maar ze was tenminste eerlijk, wat meer was dan hij op dit moment van zichzelf kon zeggen.

'Nou?' drong Clara aan.

Liebermann wist wat hem te doen stond – en alleen de gedachte al bracht hem aan de rand van een innerlijke afgrond. Duisternis en wanhoop hunkerden ernaar hem op te slokken.

50

Beiber vertoonde geen spoortje van onrust of ongemak. Hij leek het wel naar zijn zin te hebben op de ziekenhuisdivan en had er schijnbaar geen moeite mee om gehoor te geven aan de opdracht van de jonge dokter om ongeremd alles te zeggen wat er bij hem opkwam. Het leek zelfs wel, vond Liebermann, alsof de boekhouder er plezier in had.

'Ik herinner me nog dat ik op een ochtend voor paleis Schönbrunn stond. Het zal een maand geleden zijn geweest, net voor de eerste sneeuw viel...' Beiber stak zijn hand op en liet hem op zijn buik vallen, wat een hard, kletsend geluid maakte. 'Het was nog heel vroeg. De ochtendmist was net opgetrokken en ik wist, ik wist gewoon, dat ze nog lag te slapen. Ik stelde me haar voor, sluimerend in haar vergulde hemelbed, haar lieve neusje in de zachte donzen kussens gedrukt. Op dat moment zag ik een man mijn kant op komen, een muzikant met een cello op zijn rug. Opeens kreeg ik een inval. Het zou een pracht van een gebaar zijn als ik een concertje zou regelen, zodat ze wakker zou kunnen worden op de melodie van een mooi liefdeslied. Dat doet me denken aan dat vaak aangehaalde beroemde citaat van een Engelse schrijver: *"If music be the food of love, play on..."* '

'Shakespeare,' zei Liebermann.

'Is dat zo?'

'Ja, het komt uit *Twelfth Night*.'

'Misschien heb ik dat wel in het Hoftheater gezien. Om eerlijk te zijn weet ik het niet meer. Enfin, het leek me een goed idee, dus ik stak mijn hand op en de cellist bleef staan. Ik vroeg hem of hij zo vriendelijk wilde zijn om een liefdeslied voor aartshertogin Marie-Valerie te spelen. Het was een vreemd mannetje... er was iets met hem... Nou ja, doet er niet toe. Hij begon weg te lopen en ik smeekte hem nog even te blijven staan. "Ik zal je ervoor belonen," zei ik. "Uiteraard." Hij reageerde niet. "Wat wil je ervoor hebben?" vroeg ik. "Twee kronen?" Dat leek me geen krenterig bod, maar hij gaf geen krimp. "Goed," zei ik, "laten we er dan drie kronen van maken." Nog steeds niks. Toen bood ik hem, meer uit nieuwsgierigheid dan iets anders, twintig, vijftig en ten slotte honderd kronen. En u zult het niet geloven, maar hij ging nog steeds niet akkoord. Hij zei alleen maar: "De aartshertogin hoort het toch niet." Ik betwistte dat. "Het is een doodstille ochtend, mijn beste," zei ik. "De cello heeft een krachtig, doordringend geluid, natuurlijk hoort ze dat." Hij schudde van nee. "Ik kan u verzekeren van niet," zei hij. "Dit is het zomerpaleis. Er is niemand aanwezig." En toen liep hij weg. Het was niet leeg, natuurlijk. De dwaas sloeg de plank helemaal mis. Ze was wel in het paleis, dat wist ik gewoon!'

In zijn laatste uitroep was iets van kribbigheid geslopen, maar hij zuchtte, trok aan zijn oranjegele baard en vervolgde op kalmere toon: 'Zo jammer... Als hij wat bereidwilliger was geweest, had ze op een schitterende manier kunnen ontwaken. Die lieflijke oogleden, nog zwaar van de slaap, die trillend zouden opengaan. Haar hoofd dat zich naar het raam zou keren om de melodie beter te kunnen horen... Ze zou meteen weten dat ik het was, natuurlijk.'

Hij sloot zijn ogen en mijmerde in stil geluk door over de denkbeeldige koninklijke slaapkamer.

'Herr Beiber,' zei Liebermann. 'Indien u met de aartshertogin zou worden... verenigd, hoe stelt u zich dan voor dat u samen uw tijd zou doorbrengen? Wat zou u doen?'

'Dat is een interessante vraag,' zei de boekhouder, 'en daar heb ik al vaak over nagedacht. Maar vergeeft u me, als ik uw formulering enigszins corrigeer. Die is immers een tikje misleidend. De vraag is niet óf dat ooit gebeurt, maar wanneer. Hoe zullen aartshertogin Marie-Valerie en ik, wanneer we eenmaal samen zijn, onze tijd doorbrengen?'

'Ook goed,' zei Liebermann.

'Dan gaan we samen wandelen. En naar concerten. Poëzie lezen. Elkaars hand vasthouden. Ik zal dagenlang in haar lieve, warme ogen staren. Haar haren kammen. Eindeloze gesprekken voeren over onze wonderbaarlijke liefde. We zullen elkaar keer op keer het verhaal vertellen van hoe we elkaar hebben gevonden.'

Beiber bevochtigde zijn lippen en vervolgde zijn opsomming.

'Ik zal haar pen met inkt vullen als ze brieven wil schrijven. Ik zal deuren voor haar openhouden als ze van de ene kamer naar de andere wil. Ik zal haar rozen geven...'

Zo ging Beiber nog een tijdje door. Zijn voorstelling van het leven als metgezel van de aartshertogin was weinig creatief. Het was niets meer dan een verzameling tableaux vivants van genegenheidsgebaren en afgezaagde romantische motieven.

Liebermann kuchte ter onderbreking van de clichématige litanie.

'Excuseer dat ik u onderbreek, Herr Beiber.' Hij zweeg even en keek op de besproete kale plek op het hoofd van de boekhouder neer. 'En de erotische gevoelens?'

'Wat is daarmee?'

'Daar hebt u het niet over.'

'Waarom zou ik? Ik hou met heel mijn hart van de aartshertogin. Is dat niet duidelijk genoeg?'

Liebermann tikte met zijn vinger tegen zijn slaap.

'Herr Beiber,' zei hij. 'Hebt u wel eens een seksuele relatie met een vrouw gehad?'

De grote romanticus keek ietwat ontdaan.

'Ik... eh... Ik heb nog nooit een... vriendin gehad, nee.'

'Jaagt het idee van de coïtus u angst aan?'

Beiber schoot in de lach.

'Lieve hemel. Welnee, dokter. Wat een krankzinnig idee!'

Liebermann kende het werk van de Franse neuroloog Guillaume Duchenne, in het bijzonder zijn *Mécanisme de la physionomie humaine* over de gezichtsuitdrukkingen van de mens. Hoewel Beibers mondhoeken omhoogkrulden, waren de orbicularis oculi-spiertjes rond zijn ogen niet samengetrokken. De lach was zonder enige twijfel niet gemeend.

51

Achter Rheinhardts bureau hing een grote kaart van Wenen. Het centrum van de stad werd afgebakend door de Ringstraße – die eigenlijk meer een hoefijzer was, waarvan de uiteinden aansloten op het Donaukanaal. Verder naar het noorden lag de brede diagonaal van de machtige Donau zelf. Meer naar het oosten lag het open, groene terrein van het Prater en in het westen de uitlopers van het beroemde Wienerwald. In de linkeronderhoek van de kaart lag een netwerk van lijnen die de paden en tuinen van paleis Schönbrunn voorstelden. Een punaise met een dikke zilveren kop was binnen de omtrek van de keizerlijke dierentuin geprikt. Er waren er nog drie: een net buiten de oostelijke bocht in de Ringstraße, een in het stadscentrum en een in Wieden – vlak bij een delta van zwarte spoorlijnen die eindigden in het woord *Südbahnhof*.

Rheinhardt trok met een denkbeeldige pen verbindingslijnen tussen de vier punaises. Het onzichtbare resultaat deed hem vagelijk denken aan iets wat op een vlieger leek. De inspecteur vroeg zich af of er, in het onverhoopte geval dat er meer punaises zouden moeten worden toegevoegd, een veelzeggender patroon tevoorschijn zou komen. Salieri had duidelijk een zwak voor programma's en symbolen. Hij zou zijn handtekening overal in de stad achter kunnen laten door middel van een zorgvuldige locatiekeuze.

De inspecteur werd in zijn overpeinzingen gestoord door het geluid van Haussmann die de bladzijden van zijn opschrijfboekje omsloeg.

'We houden de woning van List nu al drie weken nauwgezet in het oog,' zei de assistent-detective.

Rheinhardt maakte zich groter door op zijn tenen te gaan staan en zakte vervolgens weer terug op zijn hielen zonder zich ervan bewust te zijn dat hij dat deed.

'Klopt.'

'En ondanks zijn handicap,' vervolgde Haussmann, 'of misschien wel daardoor, heeft hij veel bezoekers ontvangen. Zijn oogarts, natuurlijk, Chamberlain, de Engelsman, raadslid Schmidt, Hertz, een student, Bernhard, de acteur – ik had nog nooit van hem gehoord, maar hij schijnt nogal beroemd te zijn.'

'Ja, ja, Haussmann,' zei Rheinhardt, die zijn groeiende ongeduld probeerde te verbergen. 'Als ik me niet vergis, heb je me dat vorige week ook al verteld.'

Haussmann sloeg de bladzijde om.

'Dat is zo, meneer. Mijn excuses. Behalve voornoemde heren heeft List verder op bezoek gehad... Viktor Gräsz, een uitgever, August Haddorf, nog een acteur, en Gustav von Triebenbach, een bekende kunstliefhebber.'

Rheinhardt richtte zijn melancholieke, omwalde ogen op zijn assistent. Hij moest de grootste moeite doen om niet ongeduldig te klinken. 'Heb je ook iets interessants te melden, Haussmann?'

De assistent-detective kleurde licht.

'Ja, meneer, hoewel het misschien alleen in mijn ogen interessant is, als u begrijpt wat ik bedoel.'

'Op die basis wil ik wel aanhoren wat je te zeggen hebt.'

Haussmann wist niet goed hoe hij de strenge blik van de inspecteur moest duiden en knipperde onzeker met zijn ogen. 'Al die mensen,' vervolgde hij voorzichtig, 'hebben banden met verenigingen en sociëteiten. Het Richard Wagner Genootschap, bijvoorbeeld, de Germaanse Bond, Alemania – het studentencorps – en het Gilde van Arische Acteurs.'

'Tja, gezien de geschriften van de heer List verbaast het me niets dat hij omgaat met personen die zijn pangermaanse sympathieën delen.'

'Ja, maar baron Von Triebenbach...'

'Wat is er met hem?'

'Hij is de voorzitter van een groepje dat zichzelf het Eddisch Literair Genootschap noemt.'

'De *Edda*, Haussmann,' zei Rheinhardt, die in de leraarsrol schoot, 'zijn de twee verzamelingen IJslandse literatuur die samen de belangrijkste bron van alle Scandinavische legenden vormen.'

'Ja, meneer, maar het ging me niet om de naam van het genoot-schap, maar om de plaats waar ze bijeenkomen.'

'Waar is dat dan?'

'In het appartement van baron Von Triebenbach in de Mozartgas-se.'

Rheinhardt slikte.

'Hoe zei je?'

'De Mozartgasse, meneer. Ik dacht...' Haussmann schokschouder-de. 'We hebben het steeds over *Die Zauberflöte*... Misschien is er een... verband?' Hij liet zijn vinger langs de Naschmarkt over de kaart glij-den. Hij hield stil bij een kleinere straat die op het plein uitkwam. 'De Mozartgasse. Die is in Mariahilf. Ik ken het daar vrij goed.'

Rheinhardt liet zijn hand met een vriendelijk gebaar op Hauss-manns schouder neerkomen.

'Interessant, Haussmann. Heel interessant.'

'Zal ik aan een ledenlijst proberen te komen?'

'Haussmann,' zei Rheinhardt en hij boog zich naar zijn assistent toe. 'Zal ik je eens wat vertellen? Al een tijdje koester ik het vermoe-den dat jij eigenlijk een helderziende bent. Echt, als je nog eens een andere baan zoekt, zou het variététheater heel blij met je zijn.'

De assistent-detective durfde voorzichtig te lachen.

'Goed werk, Haussmann!' baste Rheinhardt. 'Uitstekend speur-werk.'

52

De planken van de bibliotheek waren nu gevuld. De verhuiskisten waren opgeruimd en de bibliothecaris was ijverig als altijd een nieuw verwijzingssysteem aan het ontwerpen. Het enige wat je hoorde was het krassen van zijn kroontjespen op de kaartjes, dat klonk als het gescharrel van een muis achter de plint.

De eerwaarde stapte de drempel over en de bibliothecaris keek op. 'Gaat u gerust door,' zei de eerwaarde. 'Ik wilde u niet storen.'

De bibliothecaris knikte en hervatte zijn werk.

In de hoek was een nieuwe en bijzonder fraaie porseleinen kachel geplaatst. Er stonden lederen fauteuils met gaslampjes erboven. Alles bij elkaar genomen hing er een warme sfeer.

De eerwaarde liep door de langwerpige ruimte en bekeek de ruggen met hun kleurige reliëfdruk.

Humanitas: handelingen, Societas Rosicruciana, The Order of the Secret Monitor.

Daaronder was een plank met dikkere banden. Die waren heel oud en gingen over allerlei soorten ceremoniën.

Het kabbalistisch meesterrituaal, De Egyptische Ritus, Zalving en zuivering.

En dan waren er nog de werken over filosofie en alchemie...

'Gaat het nog door?'

Dat was de bibliothecaris.

De eerwaarde draaide zich met een glimlach om.

'Ja, broeder.'

'Zal hij hier worden ingewijd?'

'Ja, hij blijft nog een paar nachten bij onze vrienden in Pressburg, maar daarna komt hij naar Wenen.'

De nijvere bibliothecaris legde zijn pen op het bureaublad. De eerwaarde zag dat hij zwaar ademde.

'Gaat het wel goed met u?'

'Ja, hoor,' zei de bibliothecaris met een enigszins rood aangelopen gezicht. 'Heel goed. Het is de opwinding van het vooruitzicht...'

De eerwaarde liep naar het bureau en legde zijn hand op de schouder van de bibliothecaris. 'Het is heerlijk nieuws, maar nu is er werk aan de winkel: zo'n veelbelovende gelegenheid moet met een unieke ceremonie worden gevierd. Ik heb enkele kleine aanpassingen in gedachten... Kunt u me vertellen, broeder, waar ik de ritualen van de Grootloge van de Zon kan vinden?'

53

De Maximilianplatz was een handige plek om af te spreken, omdat het even ver van bureau Schottenring als van het ziekenhuis lag. Liebermann zat op een bankje naar Rheinhardt te kijken, die bezig was een grote zak geroosterde pompoenpitten te kopen van een straatverkoper. De kolen in de vuurkorf van de verkoper gloeiden fel en er hing een zoete geur van gekaramelliseerde suiker in de lucht. Het pompoenpittenkraampje stond voor het grijze stenen gebouw van de Votivkirche waarvan de twee Gotische torens energiek de helderblauwe lucht in priemden.

Het parkje waar Liebermann zat werd omringd door een brede weg waar een draaimolen van rood-witte trams als een perpetuum mobile rondjes reed. Dat fraaie spektakel werd begeleid door het gerinkel van bellen.

Rheinhardt kwam terug met een papieren zak vol vetvlekken in zijn hand. Liebermann vouwde zijn handen tot een kommetje en stak ze uit naar de inspecteur die ze gehoorzaam vulde met een hoopje warme groene pitten. Ze verspreidden een rokerig aroma waarin de geuren van verbrand hout, honing en kruiden zich vermengden. Liebermanns maag trok zich samen en rommelde.

'Ik ben bij Herr Arnoldt langs geweest,' zei Rheinhardt.

'Bij wie?'

'De verzorger van Hildegard, in de dierentuin.' Liebermann knikte en kiepte een gedeelte van de pitten in zijn mond. 'Het was Salieri,' voegde Rheinhardt er zonder omhaal aan toe.

'Weet je dat zeker?'

'Herr Arnoldt is een week of drie geleden bij ons langs geweest, omdat hij beweerde dat hij zijn geheugen terug had – je herinnert je vast nog wel dat de arme kerel buiten bewustzijn was geraakt na een klap op zijn hoofd. De man die hem die klap had gegeven bleek vlak daarvoor een deuntje te hebben gefloten. Helaas heeft de jonge Haussmann toen met Herr Arnoldt gesproken...'

'Ik had de indruk dat je erg te spreken was over Haussmann?'

'O, maar dat ben ik ook. Hij is erg bekwaam. Deze keer kwam het alleen niet zo goed uit, omdat hij geen muzikaal gehoor blijkt te hebben, wat ik nu pas heb ontdekt. Daardoor lukte het hem niet het wijsje dat Herr Arnoldt hem had voorgezongen voor mij te reproduceren.'

Rheinhardt proefde een paar pompoenpitten en knikte goedkeurend.

'Omdat ik mijn handen vol had aan de moorden in Spittelberg, bij de Ruprechtskirche en in Wieden, had het vaststellen van de muzikale voorkeuren van de aanvaller van Herr Arnoldt geen prioriteit en besloot ik de zaak te laten rusten. Maar na onze afspraak in café Mozart besefte ik dat ik – alweer, misschien – een belangrijk detail over het hoofd had gezien. De volgende middag ben ik naar Schönbrunn gegaan, waar Herr Arnoldt uiterst behulpzaam bleek en me heeft voorgezongen wat hij zich nog van het wijsje van zijn aanvaller herinnerde. Herr Arnoldt heeft geen heel krachtige stem, maar de melodie die hij zong leek erg op deze.' Zonder onderbreking begon Rheinhardt zachtjes te zingen: 'Der Vogelfänger bin ich ja...'

'Het lied van Papageno!' riep Liebermann uit.

'Inderdaad. Het is nu dus wel zeker dat het Salieri was die Hildegard heeft omgebracht!'

Er kwam een jongetje in huzarenuniform met een omgorde sabel en een pistool in zijn riem langs. Hij salueerde naar Rheinhardt, die met een doodernstig gezicht terug salueerde. Het huzaartje werd gevolgd door een knappe kinderjuffrouw die een nog kleiner kind op haar arm droeg. In het voorbijlopen glimlachte ze naar de twee heren. Liebermann voelde een onwelkome prikkeling van zinnelijke aantrekkingskracht.

'We weten dat Salieri naar alle waarschijnlijkheid nog een keer toe zal slaan,' vervolgde Rheinhardt. 'En we weten ook dat zijn volgende slachtoffer gelijkenis zal vertonen met een personage uit Mozarts Singspiel. Maar welk personage, Max? Als we dat wisten, hadden we nog een kans – hoe klein misschien ook – om een volgende gruweldaad te voorkomen.'

Liebermann schudde zijn hoofd.

'Salieri mag zijn moordprogramma dan volgens een vast aantal principes afwerken,' zei Liebermann, 'maar dat zijn zeker niet de voor de hand liggendste – zoals zijn personages in volgorde van opkomst in de opera om het leven brengen of de bijrollen als eerste doden en pas daarna de hoofdrollen. Dat kan twee oorzaken hebben. Ofwel Salieri voert zijn plannen uit volgens een systeem dat te buitenissig is om te doorzien: het is er wel, maar wij zien het niet. Ofwel er is geen ander systeem dan het systeem dat we al doorhebben. Dat wil zeggen dat Salieri zich bij de keuze van zijn slachtoffers laat leiden door de dramatis personae van *Die Zauberflöte*, maar dat er niet nog meer verbindende factoren zijn. Als dat zo is, valt met geen mogelijkheid te voorspellen waar hij de volgende keer zal toeslaan. Dan handelt Salieri volledig opportunistisch. Als hij iemand tegenkomt die naar zijn idee Tamino, Sarastro, de Spreker van de Tempel of wie dan ook van de resterende personages vertegenwoordigt, wordt zijn moordinstinct gewekt en zal hij plannen maken voor een nieuwe slachtpartij.' Bij die lugubere woorden kiepte Liebermann de overgebleven pompoenpitten in zijn open mond. Na even stevig te hebben gekauwd, voegde hij eraan toe: 'En nu moet je toch echt over de brug komen, Oskar.'

'Waarmee?'

'Met die belangrijke doorbraak. Daarom zijn we hier toch? Ik moet binnen een uur weer terug zijn in het ziekenhuis en zou het erg op prijs stellen als je die belangrijke informatie zonder verder talmen met me zou delen.'

'Ha!' zei Rheinhardt. 'Je flikt het me weer! Hoe wist je dat nou weer?'

'Aanstaande zondag komen we bij elkaar om de Zigeunerliederen van Dvořák te spelen. Het is onze vaste gewoonte om na onze muzikale activiteiten van gedachten te wisselen over lopende zaken. Blijkbaar kon je niet wachten tot zondag, dus ik ga ervan uit dat je iets belangrijks te melden hebt.'

Rheinhardt grinnikte en schudde met de papieren zak.

'Nog wat pompoenpitten, meneer de dokter?'

'Nee, dank je.'

'Je hebt helemaal gelijk. Er is iets belangrijks aan het licht gekomen.' Rheinhardt boog zich wat dichter naar zijn vriend toe. 'Sinds we dat pamflet van Guido List hebben gevonden, houdt onze jonge vriend Haussmann de woning van de man in de gaten. List en zijn vrouw – de actrice Anna Wittek – hebben vele gasten ontvangen. Allemaal delen ze Lists obsessie met de Germaanse volkstradities en -cultuur. Een van hen – baron Gustav von Triebenbach, een bekende kunstliefhebber – is voorzitter van een organisatie die het "Eddisch Literair Genootschap" heet.' Rheinhardt haalde een pamflet uit zijn jaszak en overhandigde het aan zijn vriend. 'Dit is een voorbeeld van hun werk. Het lijkt inhoudelijk sterk op Lists *Inleidende lezing*. Ook hierin treffen we verwijzingen aan naar de skaldische traditie, Scandinavische legenden, de godsdiensten van de Arisch-Germaanse volkeren... en ook dit eindigt net als bij List in een conclusie waarin verschillende groepen en instituten worden verketterd.'

'De vijandelijke nomaden?'

'Helaas wel. En de Jezuïeten, de vrijmetselaars, de Slaven, de aanhangers van het vrouwenkiesrecht, de secessionisten en anarchisten.'

'En wat is dat?'

Liebermann wees naar het symbool op het voorblad. Het zag eruit als drie stokken die in de vorm van een scheve boog waren neergelegd.

'Ur, een letter uit het runenalfabet. Daar wordt in het pamflet van List naar verwezen.'

'Heeft het een speciale betekenis?'

'Het wordt verondersteld het oorspronkelijke te vertegenwoordigen – het oerlicht of oervuur. Volgens List bezit het helende krachten en zouden artsen het moeten gebruiken als een soort amulet.' Liebermann kon zijn afkeer niet langer binnenhouden en bracht een harde plofklank voort. Hij veegde een gevallen pompoenpitje van zijn jas. 'Maar wat het interessantste van dit alles is,' vervolgde Rheinhardt, 'is de plaats waar het Eddisch Literair Genootschap bijeenkomt...'

Hij laste even een theatrale pauze in om het moment van onthulling nog wat uit te stellen.

'De Mozartgasse,' zei Liebermann, die Rheinhardt daarmee de pas afsneed.

Rheinhardts onderkaak zakte open als een mechanisch speelgoedje.

'Soms kun je zo verschrikkelijk irritant zijn, Max.'

'Heb ik gelijk?'

'Ja.'

'Gezien het voorgaande kon het bijna nergens anders zijn.'

Rheinhardt schudde zijn hoofd, enigszins chagrijnig nu zijn dramatische zet bedorven was, en vervolgde koppig: 'Het Eddisch Literair Genootschap is acht jaar geleden goedgekeurd door de beoordelingscommissie voor verenigingen. Alle verenigingen zijn wettelijk verplicht de commissie te voorzien van een ledenlijst. Het Eddisch Literair Genootschap heeft drieënveertig volwaardige leden en tien ondergeschikte.'

De inspecteur trok een vel papier tevoorschijn waarop twee rijen namen stonden – een lange en een korte. Twee namen in de lange rij waren onderstreept: Hefner en Aschenbrandt. Onder de tweede naam zag Liebermann een andere naam staan die hem bekend voorkwam.

'Professor Erich Foch.'

'Ken je hem?'

'Alleen van gezicht – hij geeft les aan de universiteit. Professor Foch is chirurg en een bijzonder onaangenaam persoon. Hij heeft onlangs geprobeerd Miss Lydgate uit een van zijn colleges te verwijderen. Hij vindt dat vrouwen inferieur zijn aan mannen en geen medicijnen zouden moeten mogen studeren.'

'We hebben altijd gedacht dat Salieri een arts zou kunnen zijn. En al die runen en symbolen...' Rheinhardt gebaarde naar het pamflet. 'Die lijken ook allemaal met heelkunde te maken te hebben.'

'Toch lijkt het onvoorstelbaar,' zei Liebermann, 'dat een man in professor Fochs positie in staat zou zijn tot zo'n afschuwelijke onmenselijkheid. Het is één ding om een uitgesproken mening te hebben over de opleiding van vrouwen, maar moord? Wrede, stompzinnige moord?'

'Mag ik je nogmaals aan de Londense Ripper herinneren? Van hem wordt eveneens aangenomen dat hij een arts was.'

'Maar dat is nooit bewezen, toch?'

De inspecteur haalde zijn schouders op. Liebermann richtte zijn aandacht weer op de lijst met genootschapsleden.

'Luitenant Ruprecht Hefner?'

'Een ulaan bij het achttiende. Ik heb hem al verhoord, een paar dagen na de moorden in Spittelberg. Zijn naam stond op een schuldbekentenis in madame Boreks bordeel. Hij had een alibi, dat door zijn knecht is bevestigd, wat uiteraard van nul en generlei waarde is. Het is bijzonder interessant dat we zijn naam hier ook weer tegenkomen...'

'Wat voor iemand is hij?'

'Jong, knap, en onuitstaanbaar arrogant. Hij beweerde een zekere genegenheid te hebben opgevat voor het Galicische meisje Ludka, maar was in het geheel niet geschokt door haar afschuwelijke lot. Hij maakte op mij de indruk een man te zijn bij wie elk natuurlijk gevoel ontbreekt.'

Rheinhardts bescheiden verwijzing naar een psychologische abnormaliteit was genoeg om de belangstelling van de jonge arts te wekken. Liebermann ging rechtop zitten en keek zijn vriend aan.

'Wat weet je nog meer van hem?'

'We hebben navraag naar hem gedaan en hoorden dat luitenant Hefner de reputatie heeft nogal een rokkenjager te zijn en dat zijn romantische verwikkelingen meestal in schandalen eindigen. Er wordt ook gefluisterd dat hij een verstokt duellist is.'

'We hebben dus een arrogante, narcistische man, die gedreven wordt door het najagen van zinnelijk plezier. Hij ontwikkelt geen hechte vriendschappen, hij buit vrouwen uit en schept er plezier in zijn leven herhaaldelijk op het veld van eer op het spel te zetten. Hij onderschrijft een chauvinistische doctrine, die zekere instituten en groepen als "vijanden" beschouwt. Verder is hij een soldaat en kan hij dus te allen tijde een sabel bij zich hebben zonder de minste verdenking te wekken. Vind je misschien dat ik eens met luitenant Hefner moet gaan praten?'

'Nee.'

Liebermann trok zijn wenkbrauwen op.

'Nee?'

'Helaas stelt het leger zich weinig coöperatief op,' zei Rheinhardt. 'Ze lijken elk onderzoek dat door een buitenstaander wordt ingesteld als smaad te beschouwen – een persoonlijke belediging aan het adres van de keizer. Het was al lastig genoeg voor mij, als detective-inspecteur, om toestemming te krijgen om met de dierbare ulanen van Zijne Majesteit te mogen praten, dus de kans dat jij, een nederige ziekenhuisarts, datzelfde privilege zult mogen genieten is verwaarloosbaar klein. Er is trouwens iemand anders met wie ik graag wil dat je praat.'

Liebermann liep de namenlijst langs.

'Hermann Aschenbrandt?'

'Precies. De heer Aschenbrandt is musicus, componist eigenlijk. Er zijn al een aantal kamerwerken van hem uitgevoerd en de meeste daarvan zijn heel goed ontvangen.'

'Heeft hij niet het kwintet *De onoverwinnelijke* geschreven?'

'Ja, dat is een van zijn werken.'

'Ik heb dat een keer gehoord in de Tonkünstlerverein.'

'En?'

Liebermann draaide met zijn hand een rondje in de lucht.

'Het ging maar door. Een eindeloze chromatiek die zonder duidelijk doel voortkabbelde. De strijkerspartijen waren kundig geschreven, technisch perfect zelfs, maar het was allemaal nogal zielloos en weinig origineel – opgewarmde Wagner.'

'Hij is nu aan een opera bezig – *Carnuntum*.'

'Gebaseerd op Lists boek?'

'Inderdaad.'

'Ik neem aan dat je Aschenbrandt als verdachte beschouwt, aangezien hij musicus is. Je mag er gevoeglijk van uitgaan dat hij vertrouwd is met de opera's van Mozart.'

Rheinhardt glimlachte.

'Aschenbrandt kent de opera's van Mozart heel goed, vooral *Die Zauberflöte*, waar hij een uitgesproken mening over heeft. Zozeer zelfs dat hij zich genoopt zag een brief naar de *Zeitung* te schrijven, waarin hij Mahler de oren wast omdat hij een dergelijk inhoudloos en onzinnig werk op het programma zet.'

'Houdt hij niet van Mozart?' riep Liebermann uit, alsof het koesteren van een dergelijke mening publieke terechtstelling verdiende.

'Hij houdt niet alleen niet van Mozart,' zei Rheinhardt, 'hij grúwt van hem.'

54

'Ik ben dokter Max Liebermann. De recherche heeft mij opdracht gegeven de heer Aschenbrandt enkele vragen te stellen.'

Het geluid van een piano was te horen: bombastisch gedonder in
lage octaven gevolgd door dalende chromatische tertsen.

'Hebt u een afspraak?' vroeg het dienstmeisje.

'Nee.'

'Herr Aschenbrandt wordt niet graag gestoord.'

'Dat begrijp ik,' zei Liebermann, 'maar dit is een politiekwestie...'

Het dienstmeisje klopte bedeesd op een paneeldeur aan het eind
van de gang, maar de piano donderde gewoon door. Een tel later, na
een hardere klop, hield de muziek toch op en klonk er een gedempt
'binnen'. Het dienstmeisje draaide de deurknop om en liep de kamer
in. Zodra de deur openging, brulde de pianist: 'Wat nou weer, Elga?'

Even later kwam het dienstmeisje terug.

'Het spijt me, dokter.' Ze sloeg haar ogen beschaamd neer. 'Maar
Herr Aschenbrandt wil uw papieren zien.'

'Uiteraard,' zei Liebermann en hij haalde zijn papieren uit zijn
borstzak en gaf die aan het meisje.

Elga liep met de documenten de kamer weer in en even later werd
hij binnengelaten in de studeerkamer van de componist.

Aschenbrandt draaide zich plichtmatig om. Hij kwam niet van zijn
pianokruk en gebaarde dat Liebermann kon gaan zitten als hij dat wilde. Liebermann koos een versleten leunstoel.

De kamer was niet groot en maakte door de gigantische Blüthner-
vleugel een uitgesproken volgestouwde indruk. Overal lagen velletjes
muziekpapier op de grond met afgekeurde versies van verschillende
muzikale ingevingen. Op een lange plank, die doorboog onder het
gewicht van de vele literaire en filosofische werken, stond een gipsen buste van Richard Wagner. Het was een nogal slonzige omgeving

en de gordijnen beperkten de natuurlijke lichtinval doordat ze half dichtgetrokken waren, wat een stoffige en sombere sfeer schiep. Tegen de tegenoverliggende muur stond een cellokist geleund, waarvan de lange hals eindigde naast een inkttekening van een gotisch kasteel in de stijl van Caspar David Friedrich.

'Mijn excuses als ik onbeleefd overkom,' zei Aschenbrandt, 'maar ik ben aan een nogal veeleisende doorwerking bezig. Ik zou het dus zeer op prijs stellen als dit verhoor zo snel mogelijk kan worden afgerond.'

Liebermann glimlachte. 'Het is nauwelijks een verhoor te noemen, Herr Aschenbrandt. Ik wil u alleen maar namens de recherche enkele vragen stellen. Als u zou willen helpen, zou ik u zeer erkentelijk zijn.'

'Laten we dan maar snel van start gaan.'

Voor een jonge man kwam hij bijzonder zelfverzekerd over.

'Waar bent u mee bezig?' vroeg Liebermann. 'Vanuit de gang klonk het als een dramatisch stuk.'

'Een opera, ja.'

'Uw eerste?'

'Afgezien van wat jeugdstukken, ja.'

Liebermann zag Lists roman naast de muziekstandaard staan.

'Is hij op *Carnuntum* gebaseerd?'

'Inderdaad.'

'Ik heb me vaak afgevraagd wat de keuze van een componist voor een zekere tekst bepaalt. Omdat muziek zo'n verheven kunstvorm is, zou ik denken dat tekst voor u – voor een deel althans – louter ballast is waar u uw muzikale invallen liever niet mee belast.'

Achenbrandts lichtblauwe ogen leken een vreemde, fosforescerende gloed uit te stralen.

'Uiteraard,' antwoordde hij. 'Vanzelfsprekend vind ik muziek de hoogste kunstvorm, maar als een tekst een nobel standpunt uitdrukt kan de taak om een melodie te vinden bij een geschikt vers hoogst bevredigend zijn. Zoals Wagner al zo duidelijk heeft aangetoond...' Hij wierp een snelle blik op de buste op de plank, 'kan het geheel meer zijn dan de som der delen.'

'En is de tekst van List daar een voorbeeld van?'

'Dat geloof ik wel.'

Liebermann leunde achterover en liet zijn gebalde vuist tegen zijn wang rusten. Zijn wijsvinger stak uit de vuist en lag met het topje tegen zijn slaap.

'Ik moet bekennen dat ik niet bekend ben met het werk van List.'

'*Carnuntum* is een meesterwerk,' zei Aschenbrandt. 'Het is bijzonder inspirerend: het verhaal van een belegerd, dapper volk dat een machtige vijand weet te verslaan. Het is een zuiver werk dat van groot inzicht getuigt, al is het...' Hij stak zijn nek uit en leek zijn bezoeker wat beter te bestuderen. '... niet naar ieders smaak. Er zijn mensen, maar dat kan ook niet anders, die zijn intellect niet op waarde weten te schatten.'

Aschenbrandts neusgaten sperden zich open: de subtiele maar zichtbare verwijding en samentrekking gaf Liebermann het ongemakkelijke gevoel dat hij door een speurhond was betrapt. Zijn vinger tikte langzaam tegen zijn slaap.

'Ik heb onlangs een uitvoering van uw kwintet bijgewoond op de Tonkünstlerverein.'

'Is dat zo?' De componist ging weer iets rechter zitten.

'Ja. *De onoverwinnelijke*. Waarom heet het eigenlijk zo?'

Aschenbrandt keek hem aan met een blik die het midden hield tussen verbazing en minachting.

'Vanwege de profetie, dokter.'

'De profetie?'

'Aangezien u niet vertrouwd bent met *Carnuntum*, bent u vast ook niet op de hoogte,' Aschenbrandts bovenlip krulde, 'van Lists wetenschappelijke werken.'

'Is *De onoverwinnelijke* de titel van een boek?'

'*De onoverwinnelijke: De grondbeginselen van een Germaans wereldbeeld*. Het is een paar jaar geleden uitgekomen.'

'En de profetie?'

'*Der Unbesiegbare*: de onoverwinnelijke, de sterke man van boven.'

Liebermann trok zijn wenkbrauwen op waarmee hij zwijgend om meer uitleg vroeg.

Aschenbrandt zuchtte.

'Ik wil graag verder met mijn werk, dokter. Wat is het doel van uw bezoek?'

Liebermann negeerde de vraag van de componist en hield koppig vol aan die van hemzelf. 'De profetie, Herr Aschenbrandt? Ik had me niet gerealiseerd dat uw kwintet programmatisch was.' Liebermann boog zich voorover en wendde verbazing en grote belangstelling voor. Aschenbrandt kon, wellicht mild gestemd door de vleierij, de verleiding om daarop in te gaan niet weerstaan.

'Het is niet programmatisch in de zin dat het een verhaal vertelt. Het bedoelt alleen de geest van de profetie te belichamen.'

'En die is?'

'Dat het Duitse volk op de proef zal worden gesteld en uiteindelijk zal worden verlost door een groot leider, de onoverwinnelijke. De profetie gaat terug tot Eddische tijden.'

'U hebt het over "een sterke man van boven": gelooft u dat Guido List een soort... messias is?'

'Natuurlijk niet!' snauwde Aschenbrandt, maar daarna keek hij opeens vreemd dromerig. 'Hoewel...' voegde hij er op afwezige toon aan toe. 'Misschien is List wel de wegbereider...'

De rechterhand van de componist dwaalde naar de toetsen en vond daar drie ijle akkoorden. Het was alsof zijn gedachten werden begeleid door denkbeeldige harmonieën en hij overmand was geraakt door de drang ze ook echt te horen.

Liebermann kuchte om zijn aandacht weer te trekken.

'Herr Aschenbrandt... u hebt een nogal scherpe kritiek geschreven op Herr Mahler vanwege zijn voorkeur voor Mozart.'

De musicus keek hem met felle blik aan.

'Dit zijn serieuze tijden, dokter. De Opera zou er goed aan doen degelijker werk op het programma te zetten.'

'Is *Don Giovanni* geen degelijk werk dan?'

'Nee, dokter. Dat is een farce.'

'Werkelijk?'

'*Così fan tutti* is een oppervlakkige komedie en *Die Zauberflöte*...' Aschenbrandt schudde zijn hoofd, waardoor een gordijn van platinablond haar voor zijn ogen viel. 'Die is zo grillig, zo onsamenhangend, zo zonder enige waarde... Ik begrijp werkelijk niet dat Mahler nog steeds niet ontslagen is.'

'Wanneer hebt u *Die Zauberflöte* voor het eerst gehoord, Herr Aschenbrandt?'

'Pardon?'

'Was dat toen u nog een kind was?'

Aschenbrandt schudde met zijn hoofd om het gordijn van haar voor zijn ogen weg te halen. Het gebaar had iets gekunstelds en paardachtigs.

'Dat denk ik wel.'

'Wanneer precies?'

'Ik zal een jaar of elf, twaalf zijn geweest. Mijn vader heeft me er mee naartoe genomen. We hebben hem in Salzburg gezien.'

'Had u een goede relatie met uw vader?'

'Pardon?'

'Kon u goed met hem opschieten?'

'Best.'

'En wat vond u ervan? Van die opvoering van *Die Zauberflöte*? Genoot u ervan?'

'Toevallig wel, ja. Maar dat is precies wat ik bedoel: het is vermaak voor kinderen. Het is onacceptabel om het beroemdste operagebouw ter wereld – op dat van Bayreuth na, natuurlijk – als kindertheater te gebruiken. Het Weense publiek verdient beter dan een aaneenschakeling van populaire deuntjes en kinderrijmpjes.'

'Ik ben natuurlijk geen expert, maar ik heb de indruk dat Mozarts ontegenzeggelijke luchtigheid – de onvergelijkbare transparantie van zijn instrumentatie – misleidend kan werken. Mozart snijdt verheven onderwerpen aan, maar met een buitengewone bedrevenheid. Er zitten subtiliteiten in Mozarts muziek die wellicht aan de aandacht zouden kunnen ontsnappen van iemand wiens zinnen zijn afgestompt door het luisteren naar meer bombastische muziek.'

Aschenbrandt boog zich voorover.

'Meneer de dokter...' Hij kon zich nauwelijks voorstellen dat hij het goed gehoord had. 'Meneer de dokter, begrijp ik goed dat u suggereert dat de opera's van Richard Wagner...'

'Misschien ligt de fout bij mij,' onderbrak Liebermann hem. 'Maar ik heb Wagners muziek altijd nogal grof gevonden. Hoogdravend. Hij heeft mij persoonlijk nooit erg aangesproken, zal ik maar zeggen.'

Aschenbrandts bleke huid kreeg een roze tint.

'Met alle respect, dokter, maar dat verbaast me niets.'

'O?'

'U bent een Jood.' Aschenbrandt keerde zich naar de toetsen. 'Wagner heeft zijn muziek niet voor uw soort geschreven. En hoe kunt u beweren dat Wagners muziek niet verfijnd is? Een man die dit heeft geschreven...' Zijn vingers zochten de klaaglijke opening van de prelude voor het eerste bedrijf van *Tristan en Isolde*. De eenzame melodie steeg en viel, gesteund door akkoorden die weigerden op te lossen, gekweld door onzekerheden en een angstig voorgevoel. 'Ik wil er niet omheen draaien, dokter,' vervolgde Aschenbrandt. 'Ik geloof niet dat uw ras Duitse muziek kan waarderen. U hebt uw eigen cultuur...'

'Ja, Joden hebben een andere muzikale traditie,' zei Liebermann, die overeind ging zitten. 'Maar we zijn heel goed in staat Duitse muziek te waarderen. De openingsmaten van *Tristan en Isolde* zijn prachtig, dat ben ik met u eens. Zozeer zelfs dat ik uw vertolking ietwat teleurstellend vind. U verzuimde de dis in het bedrieglijk slot te spelen...' Aschenbrandt wierp hem een onthutste blik toe en keek vervolgens naar zijn vingers. 'Die dis is onmisbaar voor het effect dat Wagner daar beoogt.' Met die woorden stond de dokter glimlachend op. 'Bedankt voor uw tijd, Herr Aschenbrandt, en nog een prettige dag verder.'

De componist keek beduusd.

'Maar u zei dat u in opdracht van de recherche hier was. Het ging toch om een politiekwestie?'

'Dat klopt.'

'En de ondervraging dan?'

'Die is al weer voorbij, Herr Aschenbrandt. En u hebt mij zeer geholpen.'

55

Liebermann slikte zijn slivovitsj door en keek door het lege glas naar zijn vriend.

'Waar was ik gebleven?' vroeg Kanner.

'Bij Sabina.'

'O ja, Sabina.'

Kanner pakte de fles van tafel, maar had niet zoveel kracht meer waardoor die door zijn vingers glipte. Er gulpte wat pruimenbrandewijn uit, die een kring van gele vlekken op het witte tafelkleed achterliet.

Ze zaten in een van de verschillende privé-eetzaaltjes achter in een restaurant in Leopoldstadt. Het had geen ramen en er stonden maar vier meubelstukken: een kleine tafel, twee stoelen en een groene divan. Die laatste hoorde bij de standaarduitrusting. Dit soort privézaaltjes werd vooral gebruikt door getrouwde mannen voor clandestiene ontmoetingen met barmeisjes, winkelmeisjes of naaistertjes.

Het eten was er weliswaar niet erg fantasierijk, maar bijzonder voedzaam: *Frittatensuppe,* soep met reepjes pannekoek, gekookt rundvlees met groenten, en tot slot *Germknödel,* gestoomde deegballen met gesmolten boter, suiker en gemalen maanzaad.

Liebermann draaide het lege glas in het rond en zijn beneveлde vriend viel in stukken uit elkaar. Kanners felrode das en geborduurde vest spatten uiteen in caleidoscopisch bonte scherven. Eén snelle draai terug en Kanner was weer in zijn oude staat teruggebracht. Terwijl Liebermann die handeling herhaalde, voelde hij de twijfel knagen over het psychologische rapport dat hij voor Rheinhardt had geschreven. Had hij daarin wel vermeld dat Aschenbrandt *Die Zauberflöte* voor het eerst in Salzburg had gezien? De vraag bleef een tijdje door zijn hoofd spoken, maar werd al snel minder dringend om vervolgens naar onbereikbare diepten te zinken.

'Neem er nog één!' riep Kanner en hij schonk een buitenissige hoeveelheid slivovitsj in Liebermanns glas. Hij trok zijn das wat losser en krabde over de stoppels op zijn kaak. In het flakkerende gaslicht leek Kanner schurkachtig knap. 'Zo gaat het altijd,' gromde hij. 'Je wordt verliefd, krijgt omgang met elkaar... even ben je in de zevende hemel, maar dan loopt het mis. Ik dacht dat ik echt van Sabina hield. En ik wist zeker dat ze hetzelfde voor mij voelde.'

'Hebben jullie ruzie gehad?'

'Nee.'

'Wat is er dan gebeurd?'

'Weet ik niet.'

Ze hadden allebei veel te veel gerookt; toch kon de verstikkende benauwdheid in de raamloze kamer Kanner er niet van weerhouden zijn laatste Egyptische sigaret op te steken.

'Vorige week bracht ik haar naar huis,' vervolgde Kanner. 'Onderweg bleven we ergens staan om een charmant pleintje te bewonderen. Ik was er nog niet eerder geweest: een kerkje, een fontein en een rijtje booglampen, heel vredig allemaal. Er stond een bankje en we besloten even te gaan zitten. Sabina was een beetje moe. We waren naar het theater geweest. Ik draaide me naar haar toe om haar te kussen... en toen wendde ze zich af.'

'Had ze dat al eens eerder gedaan?'

'Nee, hoewel...' Hij dacht even na. 'Als ik eerlijk ben, is het wel al eerder een paar keer gebeurd dat ik vermoedde dat ze, hoe zal ik het zeggen, minder op haar gemak was met intimiteit dan eerst. Natuurlijk vroeg ik haar wat er was. Ze keek me met die prachtige zwarte kijkers van haar aan en zei: "Er is iets veranderd, hè?" Ik had de neiging om meteen "Welnee, schatje, alles is nog precies hetzelfde" te roepen, maar ik wist dat ze gelijk had. Er was inderdaad iets veranderd. Een maand geleden, misschien nog wat langer. Een langzame verkoeling van de liefde, een groeiend ongemak tijdens gedeelde stiltes... Ik wist het natuurlijk best, maar had niet de moed er iets van te zeggen. Ik wilde haar geen pijn doen. Gelukkig was zij de sterkste van ons beiden.'

Liebermann kreeg een gevoel alsof de kamer overhelde als een boot. Kanner nam een trek van zijn sigaret en vervolgde: 'Je mag niet met een leugen leven, Max. Je mag liefde niet veinzen.'

Liebermann voelde een hevige druk op zijn borst, alsof zijn longen werden opgeblazen en zo groot werden dat ze tegen zijn ribbenkast persten.

'Ik kan het niet, Stefan. Ik kan er niet mee doorgaan.'

Hij struikelde over de woorden die zonder dat hij het wilde zijn mond uit tuimelden, maar zodra hij ze had uitgesproken ervoer Liebermann een enorme opluchting. De druk op zijn borst zakte weg en hij bleef enigszins buiten adem en licht in het hoofd achter.

'Pardon? Wat zei je?' vroeg Kanner.

'Ik kan het niet door laten gaan, Stefan. Mijn huwelijk met Clara. Je hebt helemaal gelijk. Je mag niet met een leugen leven. Dat zou verkeerd zijn. Clara zal er kapot van zijn, maar het is veel beter voor haar om met een man te trouwen die echt van haar houdt.'

Kanner bleef roerloos zitten en knipperde alleen met zijn ogen.

'Wat? Je... Ik dacht... Ik dacht...' De woorden aaneenrijgen tot zinnen vergde eenvoudigweg te veel van hem.

'Het is precies zoals je zegt,' vervolgde Liebermann. 'Er is iets veranderd. Het was niet mijn bedoeling niet langer van haar te houden. Het gebeurde gewoon.'

Kanner liet zich achterover in zijn stoel vallen en trok aan de dienstbel. Bijna meteen ging de deur open en verscheen er een kelner.

'Meer slivovitsj,' riep Kanner hem met enigszins dubbele tong toe.

De kelner wapperde met zijn hand om iets van de rook te verdrijven.

'Weet u dat zeker?' vroeg hij in langzaam, slepend Duits. Het klonk Liebermann Transsylvaans in de oren.

'Heel zeker,' antwoordde Kanner. De kelner boog en liep met een minachtende glimlach op zijn gezicht achterwaarts de kamer weer uit. 'Nou Max...' vervolgde Kanner, terwijl hij de laatste druppels in zijn glas schonk. 'Ik weet gewoon niet wat ik moet zeggen...'

Er volgde een lange stilte.

'Sinds drie weken,' zei Liebermann zacht, 'heb ik de heer Beiber onder behandeling...'

Kanner fronste zijn voorhoofd bij het verzinnen van een zinnige reactie. 'Die monomaan die geobsedeerd is door aartshertogin Marie-Valerie?'

'Inderdaad,' zei Liebermann. 'Ik weet dat hij ziek is, maar tijdens onze sessies is me duidelijk geworden dat hij in zijn gekte dichter bij het algemene idee van ware liefde komt dan ik ooit geweest ben. Merkwaardig genoeg benijd ik hem in zekere zin. Ik heb Clara begeerd, ik verkeerde graag in haar gezelschap en voelde opwinding als ik aan de huwelijksnacht dacht, maar ik heb nooit...' Zijn zin stierf weg.

'Wat?'

'Ik heb nooit het gevoel gehad dat... dat ik niet zonder haar zou kunnen leven, dat we zielsverwanten zijn, dat we voorbestemd waren om elkaar te ontmoeten en dat we door een hogere macht bij elkaar zijn gebracht.'

'Waar héb je het over, Maxim? Je gelooft toch niet echt in die dingen: de ziel, het lot, een hogere macht?'

Liebermann schudde zijn hoofd.

'Het is moeilijk uit te leggen... maar mijn gesprekken met Beiber hebben de onvolkomenheden van onze relatie onderstreept. Ik heb Clara nooit roekeloos en woest liefgehad. En zo zou het wel moeten zijn.' Hij viel even stil en herhaalde toen zijn laatste woorden, meer bij zichzelf dan voor zijn gesprekspartner. 'Zo zou het wel moeten zijn.'

De deur ging open en de kelner kwam binnen. Hij zette de fles op tafel en verdween toen weer buitengewoon discreet.

Kanner vulde hun glazen.

'Neem me niet kwalijk als ik bot klink, Max, maar ik ben je vriend en...' Liebermann gebaarde dat hij verder moest gaan. 'Is er een ander in het spel?'

'Nee!' Liebermann ontkende het zo krachtig dat het zelfs bij Kanner, in zijn benevelde staat, achterdocht wekte. Iets van zijn klinische ontvankelijkheid had de uitspattingen van die avond overleefd en hij bestudeerde zijn vriend aandachtiger.

'Zoiets kan gebeuren, Max.' Kanners toon was begripvol. 'Als er een ander is...'

Miss Lydgate in de erker van het Natuurhistorisch Museum. Haar roodgloeiende haar in het schemerdonker. Stenen en edelstenen om haar heen, schitterend als sterren aan het firmament.

'Nee,' zei Liebermann opnieuw. 'Er is geen ander.'

Hij greep zijn glas en klokte de pruimenbrandewijn naar binnen. Die was wrang en scherp, bijna bijtend.

'En wat nu?' vroeg Kanner.

'Wat kán ik? Ik heb geen keus. Ik zal de verloving moeten verbreken.'

'Zou je daar niet nog eens heel goed over nadenken, Max?'

'Dat heb ik al gedaan, Stefan. Dag en nacht. Ik kan wel zeggen dat ik sinds het voorjaar over weinig anders heb nagedacht.'

'Waarom hoor ik er dan nu pas wat over?'

'De gelegenheid deed zich niet eerder voor. Ik was er bijna over begonnen toen we laatst in het Bristol dineerden...'

'Maar dat is maanden geleden.'

'Ik weet het.'

Kanner beet op zijn onderlip.

'En ik maar denken dat ík problemen heb...'

Ze spraken tot in de kleine uurtjes tot het gesprek onsamenhangend en verward werd. Op een gegeven moment moest Liebermann in een rusteloze slaap zijn gevallen, want hij werd met een schok wakker om te ontdekken dat de stoel tegenover hem leeg was. Hij draaide zijn hoofd om en zag Kanner op de divan liggen. Dat hij niet sliep was duidelijk, want hij lag zachtjes te zingen.

'*O heiliges Band der Freundschaft treuer Brüder...*'
(O, heilige band van vriendschap tussen trouwe broeders...)

Kanner bezat een ongeschoolde tenorstem, maar het wijsje klonk onmiskenbaar melodieus en helder.

'Stefan?'

Kanner deed één oog open.

'Ah, Max!' Het klonk alsof hij zijn vriend daar niet aan tafel had verwacht.

'Is dat Mozart?'

Kanner haalde lachend zijn schouders op.

'Wat?'

'Dat lied. Is dat van Mozart?'

'Ik... eh... ik zou het niet weten.'

'Het klonk als Mozart.'

'Misschien is het dat ook wel.'

'Waar heb je het vandaan?'

Kanner keek raadselachtig betrapt.

'Ik weet het niet... ik zal het wel ergens gehoord hebben. Ik heb echt geen idee.' Hij ging overeind zitten en kromp ineen. 'Ai, mijn hoofd. Hoe laat is het?'

'Drie uur.'

'Ik heb over vijf uur klinisch onderricht.'

'Niet waar. Het is zondagochtend.'

'Zeg, Max, ik heb zo raar gedroomd net. Ik droomde dat jij zei... je zei dat je je verloving met Clara ging verbreken.'

Liebermann gooide wat muntgeld op tafel.

'Kom, Stefan. Opstaan. Ze willen hier van ons af.'

56

Rheinhardt keek in de spiegel. In het spiegelbeeld zag hij op de achtergrond een kleine man met een slappe pet en een kiel vol verfspatten.

'En hoe word je lid van het Eddisch Literair Genootschap, Herr Olbricht?'

'Op uitnodiging.'

'Van wie?'

'Van de voorzitter, baron Von Triebenbach. Ieder lid kan belangstellenden voordragen, maar de voorzitter beslist. Hij is degene die aspirant-leden uitnodigt.'

Rheinhardt draaide zich om.

'En wie heeft u voorgedragen, Herr Olbricht?'

'Het doet me deugd te kunnen melden dat dat de voorzitter zelf was.'

De kunstenaar kon een zelfvoldane glimlach niet onderdrukken. Heel even waren de twee onregelmatige rijen stompjes tanden zichtbaar. Rheinhardt liep naar een groot onafgemaakt doek dat tegen de muur geleund stond. Er stond een man met lang geelblond haar op die zijn zwaard in de nek van een draak stak. Zwartrood bloed spoot tussen de beschadigde, metalig glimmende schubben uit.

'Siegfried?' vroeg Rheinhardt.

'Uiteraard.'

De inspecteur draaide aan de puntjes van zijn snor en keurde de scherpte ervan met het zachte kussentje van zijn wijsvinger.

'Hoe hebben de baron en u elkaar leren kennen?' vroeg Rheinhardt.

'Door de vriendelijke bemiddeling van mijn beschermvrouwe, barones Sophie von Rautenberg. Zij was van mening dat de verhalen en gedichten van de *Edda* mij tot inspiratie zouden kunnen dienen.'

'En was dat zo?'

'Zeker. De Eddische tradities waar ik me in heb verdiept hebben mijn werk een nieuwe impuls gegeven.'

'Hebt u aan de academie gestudeerd, Herr Olbricht?'

Olbrichts gezicht verstrakte. Rheinhardt zag dat vooral de lijnen rond zijn mond diep waren.

'Nee. Ze...' Hij leek even van de wijs gebracht en zijn ogen schoten zenuwachtig door de kamer. 'Ik ben een autodidact.' Daar voegde hij enigszins defensief aan toe: 'Ik heb niet te klagen over belangstelling voor mijn werk.'

'Hebt u een agent?'

'Ja, Ulrich Löb. Zijn galerie is echter maar klein en hij is enkel geïnteresseerd in architecturale tekeningen, de Stephansdom, de Hofburg, het stadhuis, dat soort dingen. Bijna al mijn belangrijkste werken zijn in opdracht gemaakt voor de vriendenkring van mijn beschermvrouwe.'

'Dan hebt u het getroffen, Herr Olbricht. Er zullen maar weinig kunstenaars in Wenen zijn die de steun van zo'n toegewijde bewonderaar hebben.'

'Dat is waarschijnlijk wel zo, maar toch...' Olbricht zweeg even. 'Er zijn ook maar weinig kunstenaars in Wenen wier beschermvrouw of -heer hun zoveel dankbaarheid verschuldigd is.' Rheinhardt bekeek het gezicht van de schilder wat beter. Dat was uitgesproken kikvorsachtig. Zijn neus leek onaf en zijn ogen stonden te ver uit elkaar.

'O?'

Olbricht mompelde met een tegenzin die niet geveinsd leek: 'Toen ik jong was, heb ik... heb ik Von Rautenberg het leven gered.'

'Werkelijk?' vroeg Rheinhardt en hij knikte hem aanmoedigend toe. Maar de schilder ging er niet op in. In plaats daarvan veegde hij een paar kwasten aan zijn kiel af en zette ze in een pot terpentine.

'U bent al te bescheiden, Herr Olbricht. Ieder ander zou de kans grijpen om zichzelf in een gunstig daglicht te plaatsen.'

'Het is al zo lang geleden.'

'Hoelang?'

'Ik denk wel al twintig jaar.'

'En wat waren de omstandigheden?'

De schilder kauwde bedachtzaam op zijn onderlip.

'Bosnië-Herzegovina, de veldtocht van 1878. Indertijd was ik een *Fußlappenindianer*.'

'Een wat?'

'Een infanterist. Von Rautenberg was onze bevelhebber.'

'En hoe hebt u zijn leven gered?'

'We hadden al wat schermutselingen met kleine groepjes opstandelingen achter de rug. Allemaal niet bijster goed georganiseerd. Toch was het nodig om dagelijks te patrouilleren. Het was vroeg in de avond en we waren in een heuvelachtig bos en daalden af naar een rivier.' Olbricht gaf met zijn handen de glooiing van de heuvel aan. 'De baron stond erop het detachement te leiden. Dat had een ondergeschikte ook wel kunnen doen, maar zoiets was typisch Von Rautenberg: die ging zijn verantwoordelijkheden niet uit de weg. Echt een militair van de oude stempel. Als we vandaag de dag wat meer mannen zoals Von Rautenberg hadden, zou niemand om dat keizerrijk van ons heen kunnen.' Olbricht sloeg zijn armen met ongewone felheid over elkaar. 'Ik zag iets bewegen in de struiken en handelde meteen, meer uit schrik of intuïtie dan welbewust. Ik kan in alle eerlijkheid echt niet zeggen dat het uit dapperheid was. Maar ik was nog erg jong, achttien of zo. Ik herinner me nog goed dat ik de baron tegen de grond duwde, een geweerschot hoorde en het bewustzijn verloor. Toen ik bijkwam, stond er een arts over me heen gebogen. Er was een kogel langs mijn hoofd geschampt.' Olbricht streek met zijn hand langs zijn rechterslaap om de baan van de kogel te tonen. 'Die was in een zilverberk ingeslagen, precies op de plaats waar de baron had gestaan. Ik dacht dat ik na een paar dagen in het militair hospitaal wel weer terug zou kunnen naar mijn regiment, maar het liep anders... Ik had last van duizeligheid, misselijkheid en hoofdpijn. Afschuwelijke, knallende hoofdpijn.' Hij huiverde bij de herinnering. 'Soms zo erg dat mijn zicht wazig werd. Het was onmogelijk nog te functioneren. Na een tijd werd ik op medische gronden ontslagen.'

'Bent u toen teruggegaan naar Wenen?'

'Ja. In de periode dat ik herstellende was, had ik me beziggehouden met het maken van pentekeningen van de patiënten op de ziekenzaal. Volgens de artsen had ik talent.'

Rheinhardt richtte zijn aandacht weer op het onafgemaakte doek van Siegfried in gevecht met de draak. Uit een minimale verandering in zijn uitdrukking bleek dat het schilderij hem wel aanstond. 'Het is nog lang niet af, natuurlijk,' zei de schilder.

'Ja...' Rheinhardt knikte en trok aan zijn kin. 'Maar toch, een treffend beeld.'

'Siegfrieds houding klopt nog niet helemaal,' zei Olbricht. 'Er spreekt nog niet voldoende kracht en sterkte uit... de manier waarop hij door zijn linkerknie zakt. Ik dacht dat zo'n detail het levendiger zou maken, maar ik ben bang dat hij er alleen maar zwak door lijkt.'

'Nee, nee, helemaal niet,' zei Rheinhardt. 'Fafner is een geduchte tegenstander. Van zelfs de grootste held mag je verwachten dat hij bij een dergelijk treffen wankelt.'

Olbricht was gevleid door de kennelijke bewondering van de inspecteur.

'Het werk zal bij mijn komende tentoonstelling te zien zijn, inspecteur. Als u die wilt zien, bent u van harte welkom. De vernissage is volgende week.' Olbricht liep naar een aftandse kist. Zijn voetstappen klonken hol op de kale planken. Hij tilde het deksel op en haalde er een strooibiljet uit dat hij aan Rheinhardt overhandigde.

De afbeelding die erop stond was eenvoudig: een oude Germaanse god, hoogstwaarschijnlijk Wotan, die zijn speer in de lucht hield. Vette gotische letters kondigden de titel van de tentoonstelling aan: OLBRICHT – ONZE HELDEN EN MYTHES. 'Het is in galerie Hildebrandt in de Kärntner Straße,' voegde Olbricht eraan toe.

'Ik kom graag,' zei Rheinhardt. 'Mag ik een vriend meenemen?'

'Vanzelfsprekend.'

Rheinhardt vouwde het biljet op en liet het voorzichtig in zijn borstzak glijden.

'Het valt me op, Herr Olbricht, dat u erg gesteld lijkt op operathema's.'

'De barones heeft veel vrienden bij het Richard Wagner Genootschap.'

'Wordt u weleens gevraagd om scènes uit andere opera's dan die van Wagner te schilderen?'

'Soms. Uit *Der Freischütz* en *Euryanthe*. En eerder dit jaar wenste een concertviolist een scène uit *Fidelio* voor zijn vrouw.'

'Hebt u weleens opdracht gekregen om scènes van Mozart te schilderen?' vroeg Rheinhardt.

'Nee.' Het eenlettergrepige woord viel in een poel van stilte. Hun blikken kruisten elkaar, maar in de blanco uitdrukking in Olbrichts ogen was geen spoor te bekennen van enig begrip waarom Rheinhardt hem juist deze vraag stelde. Geleidelijk ontspanden zijn trekken zich. 'Nee,' zei hij nog eens met een nauwelijks merkbaar hoofdschudden. 'Dat is me nog nooit gevraagd. Ik betwijfel ook of ik zo'n opdracht graag zou aannemen. Ik ben ervan overtuigd dat een Duitse opera het best tot zijn recht komt als het over romantische of heroïsche thema's gaat.'

Rheinhardt was gespitst op het minimaalste teken: een onwillekeurige beweging, een knippering van de ogen, een stilte, rusteloze, friemelende vingers. Het soort teken dat zijn vriend, de jonge dokter Liebermann, gewoonlijk betekenisvol vond. Maar afgezien van zijn amfibische uiterlijk was er niets opmerkelijks aan Olbricht te zien.

Rheinhardt besloot daarom terug te keren tot de meer conventionele onderzoeksmethoden, die hem beter lagen. Hij beklopte zijn jaszak en haalde er een opschrijfboekje en een potloodstompje uit.

'Mag ik u vragen, Herr Olbricht,' begon hij, 'of u zich kunt herinneren wat u op de ochtend van maandag 6 oktober deed?'

·

57

Professor Foch verwisselde zijn overjas voor een gewatteerd zwart huisjasje.

Zijn avondmaaltijd was sober geweest. Niets meer dan een bescheiden bordje goulash. Hij had besloten zich het genoegen van Frau Haushofers indrukwekkende, maar erg zoete *Salzburger Nockerln* met zwartebessensaus te ontzeggen omdat hij de laatste tijd vaak last had van borborygmus en tot de conclusie was gekomen dat hij waarschijnlijk te veel at.

Frau Haushofer was een plichtsgetrouwe dame en toen de Nockerln onaangeroerd naar de keuken terugkeerden, verliet ze onmiddellijk haar post aan het fornuis om in de eetkamer te gaan vragen of alles naar wens was geweest. De professor voelde zich niet geroepen een verklaring te geven. Ze was tenslotte maar een bediende. Terwijl hij opstond van tafel, verklaarde hij koel dat ze hem geen reden tot klagen had gegeven. Foch deelde de huisknecht mee dat hij de rest van de avond niet gestoord wenste te worden – behalve voor medische noodgevallen – en trok zich schielijk terug in zijn studeerkamer.

Hij deed de deur van zijn studeerkamer achter zich dicht, vouwde zijn handen ineen op zijn rug en begon te ijsberen. Terwijl hij dat deed mompelde hij af en toe wat in zichzelf. Ondanks zijn matigheid bij de maaltijd werden zijn mompelgeluiden begeleid door een rommelend commentaar dat uit zijn ingewanden opsteeg.

Na heel wat heen en weer geloop bleef de professor voor een kleine pentekening staan. De titel daarvan was *Wundenmann*. Het was een instructieve chirurgische illustratie van het soort dat sinds de middeleeuwen grote populariteit genoot.

Foch wiebelde heen en weer op de bal van zijn voeten, wat een klaaglijk gekraak aan de vloerplanken ontlokte.

De gedaante op de tekening leek wel weggelopen uit de hel: een ziel die was veroordeeld tot de gruwelijkste kastijdingen van het vlees. Naakt, op een lendendoekje na, stond hij met één knie gebogen en één hand naar de toeschouwer toe gedraaid. Zijn lichaam was weinig meer dan een speldenkussen: elk deel van zijn lichaam was opengereten, uiteengerukt, doorboord of verminkt door een wapen uit een gigantisch en ongewoon veelomvattend arsenaal. Een klein zwaard stak uit zijn voorhoofd, een mes uit zijn wang en uit een diepe jaap in zijn bovenarm hing een enorme hamer. De monnikskapspier was doorgesneden met een sabel...

Foch bestudeerde de verwondingen en dacht aan de folterende pijn die zulke wonden moesten veroorzaken.

In navolging van Christus was ook de zij van de gewonde doorboord door een speer en er zaten verschillende pijlpunten in zijn vastgebonden dijen verzonken. Foch deed een stapje dichterbij. De hand die naar de toeschouwer toegewend was, bleek los van de arm te hangen en zat er nog slechts met één pees aan vast, die zo dun was als een draadje. De pols was doorgesneden en daardoor was een rondje te zien dat de doorgesneden hoofdslagader voorstelde. Merkwaardig genoeg was de gezichtsuitdrukking van de gewonde man tweeslachtig. Iets aan zijn opgetrokken wenkbrauw en omgekrulde mond leek op plezier te wijzen, genot zelfs...

De muren van de studeerkamer van de professor waren aan het zicht onttrokken door de vele boeken; niet alleen de gebruikelijke boeken die je kon verwachten in de persoonlijke bibliotheek van een willekeurige universiteitsdocent. Tussen de gangbare vakliteratuur, geschiedkundige werken, biografieën en klassiekers zoals *De Ilias, De Edda, Het Nibelungenlied,* Goethe en Shakespeare, stonden verschillende boekwerken die er oud en kostbaar uitzagen. Foch was al sinds zijn studententijd een verwoed verzamelaar en door een combinatie van gehaaidheid, scherpzinnigheid en geluk had hij de hand weten te leggen op vele antiquarische werken, meest wetenschappelijke en medische boeken.

In een vitrine onder de *Wundenmann* lag Fochs dierbaarste bezit: een dik boek dat opengeslagen lag bij een gravure op het titelblad. Het was een eerste druk van *De curtorum chirurgia per insitionem* ('Over de chirurgie van de verminkte door transplantatie') van de zestiende-eeuwse Italiaan Gaspare Tagliacozzi. Op de perkament-achtige, deels verpulverde bladzijden stond Tagliacozzi's beschrijving van een vernuftige werkwijze voor de reconstructie van menselijke neuzen: het was een operatie die uiterst relevant was in het Wenen van nu, waar syfilis welig tierde en elk zesde huis werd bewoond door een arts wiens koperen bord onder de voordeurbel verkondigde dat hij 'specialist in huid- en venerische ziekten' was. Syfilis tastte vaak de neus aan en aangezien neuschirurgie een van Fochs specialismen was, had de verwerving van een bijbelse boekrol hem niet met meer trots kunnen vervullen dan het bezit van *De curtorum chirurgia*.

Door het bekijken van die kostbare schat voelde Foch zich onmiddellijk veel rustiger worden. Hij tilde de dekplaat van de vitrine omhoog, snoof de stoffige geur van het boek op en glimlachte. Die was zoet als een bloem. Hij sloot de vitrine weer, draaide zich om en liep terug naar zijn bureau. In het licht van de elektrische lamp gloeide de rechthoekige lederen inleg fel bloedrood.

Het moet gebeuren... Carpe diem, carpe diem.

Hij ging zitten, drukte zijn vingers tegen elkaar en liet ze tegen zijn getuite lippen stuiteren.

Genoeg is genoeg...

Foch vroeg zich al een tijd af wat hij moest doen. Sinds hij de brief met de berisping van de decaan had ontvangen, had zich in zijn maag een voorraad gal opgehoopt. Hoogstwaarschijnlijk was dat ook de oorzaak van zijn spijsverteringsproblemen. Hij was er echter niet de man naar om zich uitgebreid met zelfreflectie bezig te houden. Hij richtte zijn blik niet vaak naar binnen, misschien omdat hij bang was voor wat hij daar zou aantreffen...

Begin dat jaar had hij een van de zaterdagcolleges van professor Freud over psychoanalyse bijgewoond, maar hij had het onderwerp onverdraaglijk gevonden: al dat gepraat over onderdrukte seksuele driften en fallische symbolen, gewoonweg obsceen. Hij had zijn bezwaren kenbaar gemaakt door met zo veel mogelijk kabaal de zaal uit te stormen. Het idee om op een divan te gaan liggen en je diepste en persoonlijkste geheimen te vertellen aan een zelfvoldane Jood die bezeten was van vunzigheid vervulde hem met afschuw. Toch had

Freuds overtuiging dat vroege ervaringen een krachtige invloed hebben op de latere ontwikkeling zich onaangenaam in zijn hoofd genesteld. Foch was zich vaag bewust van de gebeurtenissen in een ver verleden die zijn eigen ontwikkeling hadden getekend: zijn hardvochtige moeder, het vroegrijpe buurmeisje, de ijskoude vingers van het Tsjechische kindermeisje die onder zijn dekbed gleden.

Het moet gebeuren... Carpe diem, carpe diem.

Genoeg is genoeg...

Hij zou een ingezonden brief aan de *Zeitung* sturen, waarin hij de situatie uiteen zou zetten. Te zijner tijd zou het gezonde verstand wel overwinnen, de publieke opinie zou zich achter hem scharen en de decaan – die kruiperige, hypocriete slijmbal – zou worden gedwongen zijn ontslag te nemen. Dat actieplan had zich geleidelijk uitgekristalliseerd nadat het in het milde, maar hardnekkige vuur van zijn eigen bedachtzame wrok was gestold.

Ter voorbereiding van zijn aanval had Foch papier klaargelegd, een vergulde vulpen en verschillende boeken en tijdschriften. Hij zou zijn betoog beginnen met een oproep aan alle Weense heren met verstand en hij zou een beroep doen op de hoogste wetenschappelijke autoriteit om zijn betoog te bekrachtigen. Hij strekte zijn arm uit naar zijn eerste editie van Darwins *The Descent of Man and Selection in Relation to Sex*. Hij haalde er een zijden boekenlegger uit, legde het werk open en begon het statige Engels te vertalen:

'Het belangrijkste onderscheid in de intellectuele vermogens van de twee seksen blijkt uit het feit dat de man in alles wat hij onderneemt een hoger niveau bereikt dan de vrouw – of het nu gaat om zaken die intellect vereisen, logisch denken of verbeeldingskracht, of louter het gebruik van de zintuigen en handen. [...] De man is uiteindelijk superieur aan de vrouw.'

Foch bromde en sloeg een oud exemplaar van *The Lancet*, een Engels medisch tijdschrift, open. Het was meer dan tien jaar oud, maar hij had het bewaard, omdat hij wist dat één passage daarin hem nog eens goed van pas zou kunnen komen.

'De vrouw is vanuit het oogpunt van ontwikkeling zonder twijfel een dier waarbij het evolutionaire proces tot stilstand is gekomen, of preciezer gesproken, van een algemene richting naar een specifieke richting is omgebogen met een expliciet voortplantingsdoel, voordat het hoogste punt kon worden bereikt.'

De professor pakte zijn pen en begon te schrijven:

We leven in roerige tijden. De op het gezonde verstand gebaseerde waarden die eeuwenlang golden, liggen nu onder vuur en nergens is dat zichtbaarder dan in kwesties betreffende het vrouwenvraagstuk. Ik ben ervan overtuigd dat het een vergissing is om vrouwen toe te laten tot de medische faculteit van de universiteit van Wenen en dat dat besluit dringend aan herziening toe is...

Nadat hij zijn positie met verwijzingen naar Darwin en verschillende evolutionaire theoretici had gerechtvaardigd, deed Foch verslag van een aantal experimentele onderzoeken van dokter Heydemann waaruit naar voren was gekomen dat de zintuigen van de vrouw op het gebied van de reuk, de tast, het zicht en het gehoor inferieur waren. Vervolgens haalde hij het werk van een groot aantal geroemde neurologen aan, die een verband hadden geconstateerd tussen de omvang van de hersenen en intelligentie. Het was uiterst absurd om van het veel kleinere, vrouwelijke brein te verwachten dat het even goed zou functioneren als zijn veel grotere, mannelijke tegenhanger. Vrouwen waren fysiek gewoonweg niet in staat goede artsen te worden.

Er zijn mensen die volhouden dat de bestaande intellectuele verschillen tussen man en vrouw te wijten zijn aan maatschappelijke ongelijkheid. Dat wil zeggen aan het feit dat vrouwen in het algemeen, in deze en vroeger eeuwen, weinig opleiding hebben genoten. Maar dat argument is veel minder steekhoudend dan algemeen wordt aangenomen. In de eeuw van Pericles, in het oude Griekenland, leefden hoogontwikkelde vrouwen als Aspasia, die zich tot de volgelingen rekenden van de grote filosofen. Sappho, Hypatia en vele anderen bewijzen het bestaan van een klasse van vrouwen die dankzij de antieke godsdiensten posities van het hoogste aanzien bekleedden. Toch leidde de opleiding van vrouwen er toen net zo min als later toe dat ze uitblonken in het menselijk streven naar grootheid. Hun geslacht heeft niet één groot beeldend kunstenaar, schrijver, musicus, uitvinder of wetenschapper voortgebracht. Zoals de traditionele Duitse zegswijze ons voorhoudt: '*Lange Röcke, kurzer Verstand*'.

Tevreden met zijn tirade leunde Foch achterover.

58

De dochter van de waard was achter de bar vandaan gekomen en stond fier, bijna uitdagend in het midden van de ruimte. Dit was een bekend ritueel voor de vaste klanten van café Haynau. Het publiek, dat merendeels uit militairen van de kazerne bestond, begon te klappen en met de voeten te stampen. Door de plotselinge luchtbeweging kringelde de dichte mist van sigaren- en sigarettenrook zich tot marmeren spookpilaren. Mathilda stak haar royale decolleté naar voren, wat haar een onverwacht statueske grandeur verleende. Helaas lokte haar houding een schuine opmerking van een jonge vaandrig uit en verdween haar broze statigheid als sneeuw voor de zon toen ze uithaalde en hem een draai om zijn oren gaf. Zijn vrienden bulderden het uit en moedigden Mathilde aan hem nog een klap te geven. Die uitnodiging sloeg ze af. Ze ging opnieuw in de houding staan en verzocht om stilte door haar handpalmen herhaaldelijk in de richting van de vloer te bewegen. De grappenmakers vielen stil.

'Dit lied,' kondigde ze aan, 'heet "Het witte stadje Rijeka". Ik heb het van een Kroatische soldaat geleerd...'

'En wat heb jij hem geleerd?' riep de vaandrig.

Er klonk opnieuw gelach en Mathilda stak streng haar vinger in de lucht. Ze gebaarde naar de oude accordeonspeler die de balg van zijn instrument samendrukte. Er ontsnapten enkele piepende akkoorden met een onvaste toon. Mathilde koos een willekeurige noot en zette haar lied in.

> 'Rika je bili grad mej dvima gorama
> Onaj ograjena hladnima vodama...
> Tan ta-na-na-na, ni-na ne-na'
> ('Rijeka is een witte stad tussen twee bergen
> Omgeven door koude bronnen')

Ze had geen goede stem, maar wat ze aan techniek miste, compenseerde ze ruimschoots met een overdaad aan dramatische gebaren en blikken. Wapperend met haar rokken stampte ze met haar klompen op de houten vloer en speelde ze dat ze in de verte tuurde naar de in nevelen gehulde Witte Stad die zich in de ruimte tussen twee denkbeeldige bergen had genesteld. Maar eigenlijk keek ze of ze de aandacht van luitenant Hefner had weten te trekken. Dat had ze niet. De knappe ulaan zat nors en vastberaden naar een halflege fles wodka te kijken. Teleurgesteld wierp Mathilde flirtende blikken naar de regimentsarts, die meer dan zijn vaste twee glazen slivovitsj achter de kiezen had en uitnodigend op zijn schoot klopte. Dat verrassende gebaar leidde tot enige beroering onder de leden van het achttiende, die de beste man waren gaan beschouwen als het toonbeeld van fatsoen en zelfbeheersing.

Hefner merkte niets van die verbijsterende gebeurtenis. Hij had geen oog voor zijn omgeving en was volledig in gedachten verzonken. Het was een merkwaardige dag geweest...

Het was al vroeg begonnen toen hij nog een verhoor had moeten dulden van die belachelijke inspecteur Rheinhardt. Dat verhoor was nog irritanter geweest dan het vorige. De oude dwaas had eindeloos doorgezanikt over de lawine aan moorden van de laatste tijd, te beginnen met het bloedbad waarvan madame Borek en haar drie meisjes het slachtoffer waren geworden. Daarna waren er nog meer doden gevallen: een Tsjechische markthandelaar, een zwarte man...

Allemaal vermoord met een sabel...

Af en toe had de politieman een stilte laten vallen die hij met opzet een tijdje had laten hangen. Hij had met zijn snor gespeeld en Hefner aandachtig aangekeken. Hefner begreep al snel dat de inspecteur hem niet alleen kwam vragen om hulp bij zijn onderzoek. Het was duidelijk dat hij iets serieuzers in de zin had. Hefner was een verdachte.

Wat had die grapjas van hem verwacht? Dat hij in zou storten en alles zou bekennen?

Geen van de tactieken van de inspecteur had veel opgeleverd. Zijn gewoonte om onuitgesproken suggesties in de lucht te laten hangen had niet gewerkt. De luitenant liet zich niet van de wijs brengen door ongemakkelijke stiltes. Wat hij wel uiterst onaangenaam had gevon-

den was de kennis die de inspecteur bleek te hebben van zijn privé-
aangelegenheden: zijn banden met Von Triebenbach, het Richard
Wagner Genootschap en het Eddisch Literair Genootschap (hoewel
de inspecteur goddank niet door leek te hebben dat dat laatste gezelschap louter een dekmantel vormde voor de Orde van het Oervuur).
De inspecteur leek zelfs op de hoogte van de opera's die hij had bezocht. Hij was zo brutaal geweest te vragen of Hefner Mahlers uitvoering van *Die Zauberflöte* had gewaardeerd.

'Tan ta-na-na-na, ni-na ne-na
Tan ta-na-na-na, ni-na ne-na.'

Ludka: hij herinnerde zich haar gewillige lichaam nog goed, de manier waarop ze gehoorzaam was neergeknield om hem in haar mond
te nemen, de manier waarop ze zijn hand op haar wang had gelegd en
naar hem had opgekeken met een blik waaruit bleek dat ze begreep
waar hij van hield. Hij herinnerde zich de bevredigende klets van zijn
handpalm toen die hard in contact kwam met haar jonge gezichtje,
begeleid door de explosie van warmte in zijn lendenen.
Stomme kleine slettenbak... het moest een keer gebeuren.
Hefner dwong zichzelf naar de zangeres te kijken, die nu vlak voor
de benevelde arts met haar heupen stond te wiegen en haar hand uit-
stak om met zijn zwarte krullen te spelen. Ze knipoogde en vrolijke
klanken huppelden van haar tong in een waterval van suggestieve
nonsens:

'Tan ta-na-na-na, ni-na ne-na'

Het gesprek met Rheinhardt had niet buitensporig lang geduurd en
Hefner had de politieman met de minachting die hij verdiende bejegend. Maar hij was vervolgens wel te laat gekomen voor de ochtend-
exercitie en Kabok had hem een stevige uitbrander gegeven. Hefner
had geprobeerd de situatie uit te leggen, maar de oude drilsergeant
had hem een flinke schrobbering gegeven. Zijn verbale uithalen ont-
aardden uiteindelijk in een serie halfgemompelde verwensingen die
buitensporig veel en hoorbare ingrediënten bevatten als 'hoereren',

'syfilis' en 'kop vol zaagsel'. Hefner was zo verstandig geweest er niet op in te gaan. De vernedering was onverdraaglijk geweest.

Die avond had hij de opera bezocht, maar hij had niet van de voorstelling kunnen genieten. Hij was geobsedeerd geraakt door het idee dat hij werd gevolgd en dat een jonge man met scherpe trekken een van Rheinhardts spionnen was. Hij stond op het punt de kerel daarover aan de tand te voelen, maar besloot op het laatste moment daarvan af te zien. Wat had het voor zin? Hij zou die schoft trouwens makkelijk af kunnen schudden in de massa bezoekers die na afloop de Ringstraße in zou stromen.

Toen Hefner het operagebouw uit kwam, wist hij zeker dat hem dat ook was gelukt. De man was nergens te zien geweest in de garderobe en leek ook niet in de foyer te hebben staan wachten. Maar de ulaan was nog niet op de Schillerplatz of hij hoorde tot zijn verbazing het geluid van voetstappen vlak achter zich. Hij draaide zich met een ruk om in de verwachting de jonge man met de scherpe trekken te zullen zien, maar was even van zijn stuk gebracht toen hij een merkwaardig heerschap in een bontjas en kostuum van pongézijde zag staan. Hij had een wandelstok in zijn hand, waarvan de knop de vorm van een jaguarkop had en aan zijn vest hing een monocle aan een zwart lint. De man had een breed gezicht met een oosterse hangsnor en een geitensikje. Onder de brede rand van zijn hoed waren zijn ogen bijna niet te zien.

'Moet ik u kennen?' vroeg Hefner.

De vreemdeling deed op zijn gemak een paar stappen dichterbij en glimlachte, een kille lach die meer weg had van een grimas.

'Nee.' Zijn adem veranderde in de vrieslucht in een wolkje. 'Maar ik geloof dat u wel bekend bent – zeer bekend – met mijn zuster.'

Hij had een Hongaars accent.

'Uw zuster?'

'De gravin? Herinnert u zich de gravin nog?'

Hefner schudde van nee.

De vreemdeling stootte vervolgens een sliert bonte en vrij schokkende beledigingen uit die elk met een bijna voldaan genoegen werden uitgesproken. Af en toe verviel hij in zijn moedertaal – waarschijnlijk omdat hij geen explosief genoeg Duits woord kon vinden om de gewenste graad van minachting mee uit te drukken die voor zijn beschimping nodig was. Hij spuugde scherpe medeklinkers en doffe klinkers uit. Uit die stortvloed van vloeken en verwensingen kwam langzaam naar voren waar het heerschap hem van beschuldigde. Hefner had zijn lieve, goedhartige zus verleid, haar vertrouwen misbruikt en zo haar goede reputatie door het slijk gehaald.

Het achttiende was die zomer in Hongarije gestationeerd geweest in een godverlaten uithoek aan de oever van de Tisza. Er was daar geen bal te doen geweest en Hefner had zich gedwongen gezien zijn verveling te verdrijven met enkele onbeduidende avontuurtjes: een melkmeisje, de vrouw van de plaatselijke huisarts... en ja, inderdaad ook een gravin, een gravin uit een familie die aan lagerwal was geraakt. Hoe heette ze ook al weer?

O ja, Záborszky.

Gravin Borbala Záborszky.

Hefner was niet in de stemming voor een dergelijke confrontatie. Het was allemaal al zo lang geleden. Hij kon zich de vrouw nauwelijks nog voor de geest halen.

'Luister, vriend,' had Hefner, een tikje laatdunkend gezegd. 'Volgens mij heb je de verkeerde voor je.'

De vreemdeling schudde zijn hoofd.

'Nee, er is geen vergissing mogelijk.'

Lusteloos – bijna loom – had hij aan het leer van zijn handschoen getrokken en het vinger voor vinger uitgerekt. Uiteindelijk was het dunne, nauwsluitende materiaal van zijn hand geschoten en weer tot de oorspronkelijke vorm teruggekeerd. De vreemdeling stak de handschoen, met de armzalige, omlaag hangende en verschrompelde uier van vingers omhoog en zei: 'Beschouw uzelf als geslagen.'

Een groepje goedgeklede mannen was blijven staan. Ze kwamen waarschijnlijk ook van de opera. De opgeheven handschoen van de vreemdeling liet er geen misverstanden over bestaan wat zich hier afspeelde.

In erezaken waren er drie categorieën in beledigingen. De eenvoudige kleinering, de directe beschimping en de slag of klap. De eerste twee konden zonder bloedvergieten worden opgelost, de derde niet.

Hefner boog kort en Záborszky en hij wisselden de namen van hun secondanten uit. De ulaan liep terug naar café Haynau waar hij Renz en Trapp aan hun vaste tafeltje aantrof. Hij stuurde ze onmiddellijk naar café Museum om daar volgens zijn instructies contact te leggen met de secondanten van de vreemdeling: dokter Jóska Dékány en Herr Otto Braun.

'Tan ta-na-na-na, ni-na ne-na'

Matilde draaide uitdagend met haar heupen voor het gezicht van de dokter. De mannen aan de naastgelegen tafeltjes begonnen te klappen en te joelen.

Lipje su Bakarke po drva hodéci
Nego Rikinjice v kamarah sidéci'
('De meisjes uit Bakar die hout sprokkelen
zijn mooier dan die uit Rijeka
die maar binnen zitten...')

De deur van het café zwaaide open en Renz en Trapp kwamen binnen. De rook wervelde om hun voeten en een paar verdwaalde sneeuwvlokjes volgden hen naar binnen.

'En?' vroeg Hefner.

De twee mannen lieten zich op hun stoelen vallen en zetten hun pet af. Hun schouders waren bedekt met sneeuw.

'Het is geregeld,' antwoordde Trapp.

'Waar vindt het plaats?'

'In een privékamer boven Kryszinski's hoerenkast.'

'Wát?' Hefner keek van Trapp naar Renz alsof Trapp zichzelf krankzinnig had verklaard en niet langer kon worden vertrouwd.

'Ze eisten een Amerikaans duel,' zei Renz.

'Een Amerikaans duel!' riep Hefner uit. 'En daar hebben jullie mee ingestemd?'

'Je zei toen we weggingen dat het je niet uitmaakte, dat alles goed was.'

'Allemachtig, dat is toch niet te geloven!' zei Hefner hoofdschuddend. 'Een Amerikaans duel...'

Trapp en Renz wisselden bezorgde blikken uit.

'Renz heeft gelijk,' zei Trapp. 'Je zei dat het je niet uitmaakte. Dat zeg je altijd.'

'Maar een Amerikaans duel...'

Er klonk luid gejoel en de drie mannen draaiden zich om, net op tijd om de rondborstige zangeres op de schoot van de regimentsarts te zien klimmen.

'Tan ta-na-na-na, ni-na ne-na'

'Nou ja,' zei Hefner. 'Deze keer zullen we hem in ieder geval niet nodig hebben.'

59

'Sneller!'

De koetsier liet de zweep knallen en schreeuwde er nog een verwensing aan het adres van de paarden achteraan. In de koets voelde de corpulente inspecteur zich als een zeeman die in een vreselijke storm verzeild is geraakt en wiens bootje op de golven heen en weer wordt geworpen. Rheinhardt tuurde uit het raampje, maar kon weinig onderscheiden. Winkels met gesloten luiken en gele gaslampen flitsten langs. Hij gaf het op en sloot zijn ogen. Raadselachtige flarden van een onderbroken droom spookten door zijn hoofd.

Een grote balzaal, van bovenaf bekeken.

Zwierende paren die onder een schitterende kroonluchter in driekwartsmaat rondcirkelen, ieder paar als een tandrad van een groot apparaat dat onophoudelijk draait. Dan een zin, uitgesproken door een prettige, bedachtzame, maar ook vermoeide stem: 'Niemand ontkomt aan de eeuwigheidswals, mijn vriend. Je zult zien, die gaat door en door en door.'

De eeuwigheidswals? Wat zou Max daarvan maken?

Ze hobbelden over een kuil in de weg en Rheinhardt stuiterde ongewild omhoog. Hij kwam met een doffe dreun weer op de zitting terecht en belandde daarmee op enigszins abrupte wijze terug in het heden. De koets schokte en Rheinhardt stootte zijn voorhoofd tegen het raampje. Hij vloekte hardop.

Nog geen twintig minuten geleden had hij diep liggen slapen in een warm, zacht bed. In zijn lichaam sluimerde nog een fysieke herinnering: het zachte, warme lichaam van zijn vrouw, de geruststellende sensatie van haar borsten onder haar katoenen nachtpon. Een vleugje van haar geur, zo huiselijk als vers gebakken brood en zoet als kamperfoelie, hing nog in zijn neus.

De telefoon had ongekend schel gerinkeld. De dansende paren in zijn droom waren de vergetelheid in gewalst, hij was overeind geschoten en had het duister in gestaard terwijl zijn hart luid en dringend bonsde als de pauken in een symfonie van Brahms. Een gevoel van ontzetting had hem in zijn greep gehad tot zijn verstandelijke vermogens eindelijk voldoende waren ontwaakt om te bepalen wat het ongeduldige gerinkel te betekenen had. Uiteindelijk wist hij die ontzetting aan een naam te koppelen: Salieri.

De koets vertraagde en kwam tot stilstand. Rheinhardt opende onmiddellijk het portier en stapte uit. De paarden briesten wild en schraapten met hun ongedurige hoeven over de kasseien. Op hun dampende flanken stonden schuimvlokken. De koetsier sprong van de bok en duwde een klontje kristalsuiker tussen de lippen van het dichtstbijzijnde dier.

'Snel genoeg voor u?'

'Ja,' antwoordde de inspecteur kortaf.

'Weer een moord?'

'Ik ben bang van wel.'

'En dan uitgerekend hier...'

Rheinhardt keek over de verlaten Neuer Markt die gedomineerd werd door de Donnerbrunnen. Naakte figuren, die ieder een zijrivier van de Donau personifieerden, zaten in bevallige poses op de rand. De fontein was met rijp bedekt en schitterde daardoor als mica. De lucht daarboven was onbewolkt en de sterren zagen eruit alsof een slordige engel ze over het uitspansel had uitgestrooid. Het had het effect van achteloze perfectie.

Een van de paarden schudde zijn kop en het hoofdstel bracht een zilveren gerinkel voort.

'Niets is nog heilig, hè?' zei de koetsier nog.

Rheinhardt draaide zich om en keek naar boven. De Kapuzinerkirche was geen mooi gebouw. Door het steile driehoekige dak en de afwezigheid van bijzondere kenmerken had het veel weg van een kindertekening van een huis. In de gevel zat een boogvormige nis met daarin een figuur die een kruis droeg, daaronder bevonden zich drie sobere ramen en het portaal. Het onopgesmukte uiterlijk suggereerde strenge soberheid, ascese en zelfopoffering. Naast de kerk bevond zich een rechthoekig bijgebouw, waarvan de grote deur op een kier stond. Dit was de ingang naar de keizerscrypte van de Habsburgers.

Een eenzame agent stond ervoor te stampvoeten en in zijn handen te wrijven.

Rheinhardt liep op de jonge agent af en stelde zich voor.

De agent kon amper antwoorden. Hij klapperde met zijn tanden en aan het puntje van zijn spitse neus hing vervaarlijk een druppel. 'Ga toch binnen staan,' zei Rheinhardt bezorgd.

'Dit is mij opgedragen, meneer.'

'Niemand komt op dit tijdstip zomaar binnenstappen. Kom, naar binnen. Als er vragen worden gesteld, zeg je maar tegen je baas dat ik erop stond.'

'Dank u wel, meneer,' zei de agent. 'Dat is heel aardig van u.'

De agent betrad het gebouw en liep voor Rheinhardt uit naar een steile trap. Beneden scheen een zwak licht.

Rheinhardt liep de trap af, waarbij hij met zijn vingertoppen houvast zocht bij de geruststellend stevige muur. Zijn ogen waren nog niet volledig aan het donker gewend en hij zette zijn voeten voorzichtig neer. De zoete geur van gesmolten was werd steeds sterker en in de verte klonk een spookachtig gemurmel.

Het werd geleidelijk lichter en toen hij onder aan de trap was, zag hij naast een hoge kandelaber nog een agent staan.

'Inspecteur Rheinhardt?'

'Ja.'

'Agent Stroop, meneer.'

'Kerel.'

'Dat... hij... het lichaam, meneer.' Hij wees in de duistere verte. 'Daarbeneden...' Zijn ogen glinsterden, wat zijn jeugdige leeftijd, maar ook een zekere angst bij de jonge agent benadrukte.

Rheinhardt knikte en tilde voorzichtig een kaars uit de klauwvormige houder. Hij liep verder het koude duister in richting het gemurmel. Zijn stappen weergalmden op de vloertegels. Hij passeerde twee rijen zeshoekige bronzen kisten en probeerde de vlam van zijn kaars met een holle hand te beschermen. De vlam flikkerde en flakkerde zenuwachtig en wierp een onrustig licht op de ornamenten op de kisten: grijnzende doodshoofden, bloemkransen en morbide ranken klimop. Ineens werd zijn aandacht getrokken door een enerverend afgietsel van een menselijke schedel, misplaatst getooid met sluier en kroon. De inspecteur keek vluchtig naar de inscriptie van de naam van een lang geleden overleden Habsburgse vorst. Hij moest denken aan iets wat hij ooit had gehoord over het keizerlijk begrafenisritueel. Vroeger werd het gezicht van de Habsburgse heersers vermorzeld zodat ze niet in ijdelheid voor de Almachtige zouden verschijnen. Ze kregen ook een bel met schellekoord mee die ze konden luiden, mochten ze merken dat ze levend waren begraven. Rheinhardt stelde zich voor hoe het er in de kist uitzag: stukjes verbrijzeld bot onder een stoffige pruik, een skelethand die zich uitstrekte naar het schellekoord. Onwillekeurig rilde hij. Hij hield de kaars hoger om de duisternis te verdrijven en zette zijn tocht voort.

In de vrieslucht dampte zijn adem voor hem uit. Door de nevelige sluiers ontwaarde hij twee knipperende lichtjes die helderder werden naarmate hij dichterbij kwam. Het vage gemurmel klonk luider en kreeg geleidelijk een talige structuur. Het was een taal die Rheinhardt herkende.

'*Requiem aeternam dona eis, Domine...*'

Er werden vormen zichtbaar, halfduistere contouren van mensachtige gedaantes en er klonk niet één stem, maar verschillende, die allemaal een eigen gebed prevelden.

'*Da, quaesumus Dominus, ut in hora mortis nostrae...*'

Rheinhardt had even het gevoel alsof hij een onwerkelijke scène naderde. Tussen twee zittende vrouwen, gehuld in golvende gewaden, knielden drie figuren met kappen op. Daarboven ontdekte hij een op het oog zwevend stel met het gezicht naar elkaar toe gekeerd en tussen hen in een schimmig engeltje.

'*Pater noster, qui es in caelis, sanctificetur nomen tuum...*'

Toen hij dichterbij was, viel alles op zijn plek. Drie kapucijner monniken zaten geknield voor een enorme kist. De andere gedaantes waren levensgrote bronzen beelden: de twee vrouwen bogen zich over de rijk versierde voorkant van de kist waar het stel en het engeltje bovenop zaten. In het zwakke kaarslicht werd niet veel meer dan de kist verlicht, maar Rheinhardt vermoedde dat zich boven hem in de duisternis een koepel of gewelf bevond. Voor de drie kapucijner monniken lag een lichaam op zijn rug.

Rheinhardt versnelde zijn pas.

Een van de monniken keek op, sloeg een kruis en stond op om de inspecteur te begroeten. Terwijl hij op hem af liep, schoof hij de kap van zijn hoofd. Hij was kalend en had, misschien ter compensatie, een lange witte baard en snor.

Rheinhardt boog.

'Ik ben inspecteur Rheinhardt – recherche.'

'God zegene u, mijn zoon. Dank u dat u zo snel bent gekomen. Ik ben broeder Ignatius.'

Ook in het vage lichtschijnsel kon Rheinhardt zien dat de ogen van de broeder rauw en bloeddoorlopen waren. Hij had duidelijk gehuild.

'Het is vreselijk, ik...' Rheinhardts zin bleef onaf in de lucht hangen. Intuïtief wilde hij troosten, maar hij vroeg zich af of hij de geestelijke echt iets te bieden had wat die niet al uit zijn geloof had kunnen putten. 'Is een van mijn collega's al hier?'

'Nee, mijn zoon, alleen de twee agenten.'

'Pater, ik moet het lichaam onderzoeken. En er zullen hier binnenkort ook anderen zijn... mijn assistent, mijn fotograaf.'

Broeder Ignatius knikte.

'Natuurlijk.'

Hij schuifelde naar de andere monniken, die hun indringende, zachte gezang niet hadden onderbroken, en fluisterde iets wat Rheinhardt niet kon verstaan. De twee monniken sloegen een kruis, stonden op, pakten een kaars en verdwenen zwijgend in de duisternis. Broeder Ignatius wenkte Rheinhardt naar zich toe.

'Hebt u het lichaam aangeraakt?'

'Jazeker... is dat erg?'

Rheinhardt zuchtte.

'Nee – dat is niet erg.'

Het lichaam van de dode monnik was zo neergelegd dat zijn voeten bij elkaar en zijn armen gekruist over zijn borst lagen. Rheinhardt hurkte neer en hield de kaars dichter bij het gezicht van de dode. Het was een rimpelig gezicht met een baard; de ogen waren gesloten. De vloertegels links van het lichaam zaten onder het bloed.

Rheinhardt trok aan de losse mouwen van de pij waardoor de armen van de dode openvielen. Hij cirkelde vervolgens met de kaars boven het lichaam en zag, zoals hij had verwacht, dat de grove bruine stof door een slag met een scherp voorwerp opengereten was. Tussen de randen van de met een scherpe haal doorgesneden stof zat gestold bloed.

'Wie is hij?'

'Broeder Franciscus...'

'Wat is er gebeurd?'

'We waren naar de kerk gekomen om te bidden. Hij had zich verontschuldigd met de verklaring dat hij naar beneden, naar de crypte zou gaan. Hem was gevraagd een speciaal gebed uit te spreken bij het graf van keizerin Maria Theresa. Het was een verzoek van een...' Broeder Ignatius aarzelde even voor hij zachtjes verder sprak: 'Van een keizerlijk persoon. Hij bleef lang weg en ik besloot zelf naar de crypte te gaan. Franciscus heeft problemen met zijn gezondheid gehad, ik maakte me zorgen om hem. Toen ik het gangpad af liep, zag ik dat er iemand op de grond lag. Ik dacht eerst dat hij gewoon was gevallen. Ik rende erheen en...' De monnik schudde zijn hoofd.

'Wat?'

'Ik geloof... echt zeker weet ik het niet...'

'Wat?'

'Ik geloof dat ik iemand hoorde, iemand die de trap op holde. Franciscus lag op zijn buik... en er was zoveel bloed. Ik draaide hem om en probeerde hem bij te laten komen. Maar ik kon natuurlijk niets meer doen. Uiteindelijk ging ik terug naar de kerk waar ik twee jongere broeders aantrof, Casimir en Ivo. Ik stuurde de jongere, Ivo, naar het politiebureau aan de Schottenring. Casimir en ik gingen terug naar Franciscus om te bidden.' De oude monnik schudde weer zijn hoofd. 'Wij zijn bezocht door een onnoemelijk kwaad. Wie doet er nou zoiets? Op heilige grond, in dit allerheiligste oord. Het is gruwelijk!'

Rheinhardt liet de kaars weer zakken en bestudeerde Franciscus' verweerde gezicht.

De oogleden van de dode trilden heel eventjes en toen sloeg hij plotseling zijn ogen open. Zijn borst schokte en uit zijn mond sijpelde een straaltje zwart bloed.

Rheinhardt hapte geschrokken naar adem, deinsde achteruit en liet de kaars op de grond vallen.

'Gezegend zij Jezus...' riep broeder Ignatius uit. 'Hij leeft nog. Het is een wonder.'

Rheinhardt onderdrukte een instinctieve golf van afgrijzen en angst en legde zijn hand op de met bloed doordrenkte borstkas. Heel even en amper waarneembaar bewoog de oude man.

'Hij leeft inderdaad.'

'Een wonder, inspecteur. *Benedictus Dominus Deus*. Een wonder.'

Broeder Franciscus haalde piepend adem en zijn lippen beefden. Hij leek iets te willen zeggen.

'Broeder Franciscus... ik ben inspecteur Oskar Rheinhardt. Ik kom van de Weense recherche. Kunt u mij horen?'

Hij pakte de koude, perkamentachtige hand van de monnik.

'Kunt u mij horen, broeder Franciscus?'

De monnik reageerde niet, maar zijn lippen beefden nog steeds en zijn piepende ademhaling klonk duidelijker en regelmatiger.

'Wie heeft dit gedaan? Wie heeft u aangevallen?'

Rheinhardt legde zijn oor tegen de dunne blauwe lippen van de monnik.

Hij hoorde een vochtig gereutel dat luider werd en toen fluisterde de gewonde man iets, dat wil zeggen: hij stootte gericht lucht uit en leek zo een of twee betekenisdragende woorden te vormen.

'Broeder Franciscus?'

Een laatste reutelende zucht...

Rheinhardt richtte zich op en zag nog net hoe de ogen van de oude man dichtvielen.

Hij wist dat broeder Franciscus nu echt dood was, zo dood als de Habsburgse keizers en keizerinnen in hun bronzen kisten. Niettemin haalde hij plichtsgetrouw het spiegeltje uit zijn binnenzak en hield dat onder de neus van de oude monnik. Het besloeg niet. Rheinhardt keek op naar broeder Ignatius en schudde zijn hoofd.

'Zei hij nog iets?'

'Ja.'

'Wat, mijn zoon? Wat zei hij?'

Rheinhardts gezicht betrok onzeker.

'Ik vroeg hem wie hem heeft aangevallen...' Rheinhardt sprak meer tegen zichzelf dan tegen zijn metgezel. 'En hij antwoordde... dat wil zeggen... ik verstond althans dat hij antwoordde: "een cellist".

'Wat zegt u?'

'Een cellist,' herhaalde Rheinhardt.

Uit de richting van de ingang klonk het geluid van voetstappen en stemmen. De anderen waren gearriveerd.

60

Jacob Weiss stond op en heette Liebermann welkom in zijn kantoor. 'Max, wat een onverwacht genoegen. Toe, kom binnen. Dit is Herr Pfeffer, mijn boekhouder.' Hij wees naar een mollige man in grijs pak die verrassend soepel opsprong. 'Emmanuel, dit is Max. Clara's Max.'

'Dokter Liebermann,' zei de boekhouder blij. 'Ik heb zoveel over u gehoord. Het is een groot genoegen u te ontmoeten.' Hij maakte een diepe, bijna kolderieke buiging.

'Misschien kunnen we deze zaken later afhandelen?' vroeg Jacob.

'Natuurlijk, geen probleem,' antwoordde Herr Pfeffer en hij pakte met beide handen een stapel dicht beschreven papieren op. Liebermann hield hulpvaardig de deur voor hem open. Bij het naar buiten gaan bleef Herr Pfeffer even op de drempel staan, keek Liebermann aan en fluisterde: 'O, en geluk gewenst.'

De onschuldige felicitatie had niet op een ongelukkiger moment kunnen komen. Het voelde voor Liebermann alsof er een dolk in zijn hart werd gestoken. Hij glimlachte mat, deed de deur dicht en sloot daarmee ook het zware metalige gerammel van een schrijfmachine buiten.

'Kom, ga zitten,' zei Jacob en hij bood hem een houten stoel aan. 'Hoe gaat het? Druk zoals altijd, neem ik aan.' Hij zat met zijn vingers verstrengeld achter zijn bureau en leunde voorover. Zijn ogen glinsterden achter de ovale glazen van zijn bril. Jacobs welwillende, onderzoekende blik bracht Liebermann erg in verlegenheid.

'Herr Weiss...' Liebermann had dagenlang op zijn tekst geoefend. Zelfs daarnet nog, op de trap naar Herr Weiss' kantoor, hadden de woorden in zijn oren betrouwbaar, weloverwogen en serieus geklonken. Maar nu waren ze ineens glibberig en vluchtig geworden en wilden ze hem niet gehoorzamen.

'Max... Wat is er?' Het was voor het eerst dat Jacobs robuuste harte-lijkheid leek te wankelen.

'Herr Weiss... Ik ben vandaag naar u toe gekomen om een delicate kwestie te bespreken...'

Het gezicht van de oudere man lichtte meteen op: 'Ah, ja, ik begrijp het. De lening, nietwaar? Je hebt iets eerder dan je had gedacht wat nodig?' Herr Weiss sprak snel door alsof hij verwachtte in de rede te worden gevallen. 'Alsjeblieft, nee, je bent me geen verklaring schuldig. Het verheugt me dat je hebt besloten mijn aanbod aan te nemen.'

De situatie werd ondraaglijk.

'Herr Weiss.' De naam kwam eruit als een smeekbede.

'We willen dat je als arts werkzaam blijft,' ging Jacob door. 'Het is je roeping. En zó lang zal het toch zeker niet duren voordat je een aan-stelling krijgt als... hoe heet het? *Privatdozent*?' Jacob hield even in om te kunnen worden verbeterd, maar Liebermann bleef zwijgen. 'En dan zal je positie heel anders zijn. In Wenen zijn ze dol op specialis-ten.'

'Herr Weiss, ik heb geen financiële steun nodig.'

Jacob trok een vragend gezicht en leunde iets achterover.

'O...'

Liebermann keek Jacob recht in de ogen. Hij kon geen woorden bedenken om de klap te verzachten. Zijn nieuws inleiden met kant-tekeningen vooraf en verontschuldigingen leek hem bepaald de ver-keerde aanpak. Daarmee zou hij de hele beproeving alleen maar rekken, niet alleen voor hemzelf, maar ook voor Jacob. Liebermann haalde diep adem en zei op opmerkelijk vlakke toon:

'Herr Weiss, ik kan niet met Clara trouwen.'

Jacob keek perplex, maar ondanks de reikwijdte van deze uitspraak nog betrekkelijk onaangedaan.

'Pardon?'

'Ik kan niet met uw dochter trouwen.'

'Hoe bedoel je?' Jacob hield zijn hoofd schuin. 'Ik begrijp het niet.'

Liebermann wendde zijn blik af en nam zijdelings een aantal voor-werpen in de ruimte waar: een pen in een houder, een stempel, een kalender aan de muur.

'Mijn gevoelens voor Clara zijn veranderd.'

Enigszins van zijn stuk gebracht probeerde Jacob wijs te worden uit de verrassende verklaring van de jongere man.

'Veranderd? Hoezo "veranderd"?'

'Ik ben erg op haar gesteld, heel erg. Maar ik kan niet met zekerheid zeggen dat ik van haar hou.'

'Max...'

'Ik verwacht niet dat u mij vergeeft. Ik heb een vreselijk foute inschatting gemaakt, waarmee ik u, uw gezin en, wat het allerergst is, Clara veel verdriet doe. Mijn gedrag is onvergeeflijk.' Formuleringen van zijn vooraf ingestudeerde woorden vonden hun weg in zijn zinnen. 'Toen wij ons verloofden was ik ervan overtuigd dat mijn gevoelens voor Clara oprecht waren. Maar de afgelopen maanden ben ik aan mijn genegenheid gaan twijfelen. Ik besef dat ik mijn onnoemelijke dwaasheid nooit goed zal kunnen maken. Geen enkele spijtbetuiging, al is die nog zo oprecht, zal kunnen opwegen tegen de teleurstelling en het verdriet die ik veroorzaak.'

De stilte die daarop volgde verwijdde zich als een brede afgrond, een breuk die de twee mannen steeds verder van elkaar verwijderde. Jacob duwde een gebalde vuist tegen zijn mond en herschikte met een reeks abrupte en uiteindelijk doelloze bewegingen een aantal voorwerpen op zijn bureau. Na deze korte schijnvertoning van drukte doorbrak hij het zwijgen met een harde aantijging.

'Heb je kennis gekregen aan een andere vrouw? Is dat het?'

Het bleef even verdacht stil voordat Liebermann ontkende.

'Nee, Herr Weiss, er is niemand anders. Ik ben Clara altijd trouw geweest.'

Weiss schudde zijn hoofd en trachtte, niet geheel met succes, een verzoenende toon aan te slaan.

'Max... alle mannen twijfelen. Ik herinner me toen...'

Liebermann viel hem in de rede: 'Herr Weiss, ik verzeker u dat ik zeer grondig en consciëntieus over deze kwestie heb nagedacht.' Hij wist dat zijn tegenwerping nogal dwingend zou kunnen overkomen, maar wilde zijn gesprekspartner te graag verdere teleurstelling besparen. Iedere poging van Herr Weiss hem over te halen zijn beslissing te herzien zou onvermijdelijk valse verwachtingen wekken en uitlopen op een deceptie.

'Heb je je vader ingelicht over je beslissing?'

'Nee.'

'Je moeder?'

'Nee.'

'Ze zullen het heel erg vinden.'

'Ik weet het.'

Jacob zweeg en tikte zijn wijsvingers tegen elkaar.

'Max, als je je eerder in je gevoelens hebt vergist, hoe weet je dan nu dat je het bij het juiste eind hebt?' Jacob slaakte een lange, diepe zucht. 'Misschien heb je het te druk? Misschien ben je niet in optimale doen? Ga er een tijdje tussenuit. Neem een wandelvakantie. Zuid-Italië. Wat denk je daarvan? Ik betaal...'

'Het spijt me, Herr Weiss.' Liebermann schudde zijn hoofd.

Het leven had voor Liebermann geen spiritueel doel. Hij leefde volgens pragmatische waarden en zijn filosofische kijk stoelde op eenvoudige, medische deugden: hulp aan anderen, de onbetwistbare goede daad van pijn verlichten. Nu hij ineens zelf de oorzaak van lijden was, wankelde er iets in zijn allerbinnenste kern. Iets essentieels begon te barsten en te scheuren en hij werd plotsklaps overvallen door een sterke behoefte om zichzelf vrij te pleiten.

'Herr Weiss... ik heb bewezen dat ik uw respect en vriendelijkheid allerminst verdien. Maar laat mij alstublieft één wens uiten ten aanzien van onze betrekkingen in de toekomst. Als uw boosheid, die even onvermijdelijk als gerechtvaardigd is, wegebt, hoop ik vurig dat u zult inzien dat ik mijn uiterste best heb gedaan om te goeder trouw te handelen. Met Clara trouwen zonder dat ik waarachtig van haar hou zou gelijkstaan aan verraad. Zelfs ik, in uw ogen nu een erbarmelijke ellendeling, kan het niet over mijn hart verkrijgen zo'n lief wezen te misleiden.'

Jacob liet zijn hoofd in zijn handen zakken.

'Lieve God... arme Clara.'

'Ik zal zorgen dat ik haar vanmiddag spreek.'

Jacob schoot omhoog.

'Wat?'

'Ik zal zorgen dat ik haar vanmiddag spreek. Ik moet haar uitleggen...'

'Ben je nou helemaal?' onderbrak Jacob hem. 'Vanmiddag spreek jij Clara niet, Max. Ik verbied het je!'

'Maar dat moet ik. Het is mijn verantwoordelijkheid en ik ben niet van plan me daaraan te onttrekken. Ik ga niet op eerloos gedrag ook nog eens lafheid stapelen.'

Herr Weiss krulde zijn lippen in een onaangename grijns. De scherpte in de woorden die volgden, verraste Liebermann niet echt: 'Je hebt al aangetoond dat je een lafaard bent, Max. In mijn tijd deed een man zijn verplichtingen gestand; tegen iedere prijs!'

61

'Waar is dokter Liebermann?'

Rheinhardt keek naar Miss Lydgate en haalde zijn schouders op.

'Ik probeer al de hele ochtend met de beste man in contact te komen, maar zonder succes. Ik neem aan dat hij onwel is, een andere verklaring kan ik niet bedenken.'

Miss Lydgate knikte kort.

'Als ik het goed begrijp, wilt u dat ik nog een microscopische analyse doe.'

'Inderdaad. Er is weer een moord gepleegd – een kapucijner monnik – gelooft ú het? – wiens lichaam afgelopen nacht aangetroffen is in de crypte van de Kapuzinerkirche. We hebben een aantal monsters van stof dat op de grond lag verzameld en ik vroeg me af of u die kunt vergelijken met de schijfjes die u eerder deze maand hebt geprepareerd.'

Rheinhardt wees naar een houten kist met daarop een gegomd etiket met de tekst:

RAÁD. 7 NOVEMBER 1902. MONSTERS VAN SJAAL.

GEPREPAREERD DOOR MISS LYDGATE OP 10 NOVEMBER 1902 – LABORATORIUM SCHOTTENRING.

'Aangezien u het materiaal al kent,' sprak Rheinhardt verder, 'leek u mij de aangewezen persoon om deze taak uit te voeren...' Aan het eind van de zin ging zijn stem omhoog alsof hij een vraag stelde.

'Ik weet zeker dat uw technische medewerkers bekwaam genoeg zijn om die analyse te doen. Maar aangezien ik hier nu toch ben en uw verzoek me bovendien vleit, ga ik er graag mee aan de slag. Waar zijn de nieuwe monsters?'

Rheinhardt haalde een stapel gegomde enveloppen tevoorschijn.

'In iedere envelop zit wat stof dat steeds van een andere plek in de crypte komt.'

Amelia nam de eerste envelop en las hardop de tekst die rechtsboven in de hoek met inkt was geschreven.

'Keizer Franz Stephan en keizerin Maria Theresa?'

'Ah, ja... dat verwijst naar de doden in de kist die zich het dichtst bij de plek bevindt waar het stof is verzameld.'

'Juist.'

'Dat is trouwens ook het belangrijkste monster. Het lichaam van de monnik lag naast diezelfde kist, we weten dus dat de moordenaar er dichtbij heeft gestaan. Ik zou u zeer erkentelijk zijn als u met name dat monster heel grondig zou willen bestuderen.'

'Inspecteur, ik zal álle monsters heel grondig bestuderen, zonder uitzondering.'

Er klonk iets uitdagends in de stem van Miss Lydgate door: in de gereserveerdheid waarmee ze sprak en dan die ongewoon intense blik.

'Dank u wel,' zei Rheinhardt, die hoopte dat hij haar niet had beledigd.

'Inspecteur, waarom gaat u niet terug naar uw kantoor? Ik ben hier wel even mee bezig en uw aanwezigheid hier heeft verder geen functie. U hebt, vermoed ik, genoeg andere belangrijke zaken die uw aandacht vragen.'

'O, maar ik kan u hier niet alleen laten.'

'Dat begrijp ik niet, waarom niet?'

'Dat zou onbeleefd zijn.'

'Inspecteur, het heeft mijn voorkeur.'

'Weet u het zeker?'

'Heel zeker, inspecteur.'

Amelia draaide zich om naar de microscoop. Rheinhardt bedankte haar nog eens, maar ze hoorde hem al niet meer, zo ging ze in haar taak op. Rheinhardt liep op zijn tenen naar de deur en glipte als een schaduw weg. Hij gluurde nog even door het gangraam naar binnen en zag hoe Miss Lydgate het laboratoriumgereedschap kordaat en efficiënt klaarlegde. Ze is een bijzondere vrouw, dacht Rheinhardt. Hij was er erg verguld mee dat hij haar had leren kennen.

62

De bibliothecaris betrad de kleine ruimte die aangewezen was voor gebruik als kamer van overdenking. De muren waren bedekt met ruwe pleisterkalk waardoor je je in een kluizenaarshol waande. De enige meubels waren een ijzeren tafel en een houten stoel. Hij stak de kaars die op tafel stond aan en het zwakke licht viel op een primitieve witte muurschildering op een zwarte ondergrond. Daarop was een jonge haan te zien en de letters V.I.T.R.I.O.L., een acroniem van een oude oproep tot zelfkennis: *visita interiora terrae, rectificando invenies occultam lapidem* (bezoek het binnenste der aarde en door zuivering zult u de verborgen steen vinden). Tegen de tafel leunde een grote roestige zeis.

De bibliothecaris opende zijn buidel en tilde er voorzichtig een aantal voorwerpen uit. Om te beginnen waren dat een menselijke schedel en verschillende lange beenderen. Hij plaatste ze bedachtzaam op tafel en legde er een homp droog brood, een zandloper en twee metalen borden naast. Vervolgens haalde hij twee medicijnflesjes uit de zak, waarvan hij de inhoud op de borden uitstrooide. Zo ontstonden er twee bergjes poeder, een wit en een geel. De witte substantie was zout, de gele zwavel. Hij herinnerde zichzelf eraan dat hij de volgende keer een glas water mee moest brengen.

Hij wilde vertrekken, maar bleef nog even staan om de zandloper om te draaien. Hij keek toe hoe de korrels zand het onderste reservoir insijpelden. Over ruim twee weken zou híj hier zitten, aan deze tafel, en zijn filosofisch testament schrijven. De bibliothecaris strekte zijn hand uit en omklemde de zeis. Iemand die hem vanachter naderde zou hem zo kunnen aanzien voor Magere Hein.

63

Herr Beiber lag op de divan en beschreef een droom die hij als kind had gehad.

'Het is vreemd, maar hij staat me nog heel helder voor de geest.'

'Hoe oud was u toen?' vroeg Liebermann.

'Heel jong.'

'Hoe jong?'

'O... vier, vijf misschien. Ik sliep nog in een bedje in de slaapkamer van mijn ouders.'

Na zijn enerverende gesprek met Herr Weiss had Liebermann zich op zijn werk in het ziekenhuis gestort. Het was een therapeutische bezigheid die voor de dokter nog effectiever bleek dan voor zijn patiënten. Vier muren, een liggende cliënt, praten en betekenisvolle stiltes: dat was Liebermanns wereld. Een intieme, veilige plek, een oord van rust. De therapeutische situatie had met haar vriendelijke vertrouwdheid iets buitengewoon kalmerends: het zorgvuldige luisteren had, als je je niet liet afleiden, een volledig verlies van zelfbesef tot gevolg. De gaslamp flakkerde en de dag ebde weg.

'Vier of vijf? Dat is best oud... om nog in de ouderlijke slaapkamer te slapen, bedoel ik.'

'Ja. Ik kan me vergissen,' zei Herr Beiber. 'Misschien was ik jonger. Aan de andere kant was ik als kind wel vaak ziek. Mijn moeder heeft me weleens verteld dat zij en mijn vader een of twee keer hebben gedacht dat ik doodging. Ik vermoed dat ze zich zorgen maakten om mijn gezondheid. Ik mocht pas veel later alleen slapen.'

Herr Beiber tikte met een vinger op zijn buik.

'En de droom?'

'O ja, de droom. Ik droomde dat het midden in de nacht was. De gordijnen waren niet gesloten en het was volle maan. Het was daarom behoorlijk licht in de kamer. Ik kon het bed van mijn vader en moeder zien, de kaptafel van mijn moeder en de wastafel met de kan en schaal. Alles was zilverwit. Maar het duidelijkst herinner ik me de klerenkast. Ik heb die kast altijd een eng ding gevonden. Het was een groot onversierd geval dat me aan een doodskist deed denken. Ik had doodskisten achter op lijkwagens gezien en in mijn kinderlijke geest had ik vast een of andere associatie gevormd. Het was een hersenschim van me, vermoed ik, dat er in mijn verbeelding iets macabers schuilging achter die kastdeuren.' Herr Beiber glimlachte en liet zijn hoofd verder naar achteren vallen. 'Ah, het lijkt erop dat ik onwillekeurig uw psychoanalytische ideeën heb overgenomen, dokter. Was dat niet een "interpretatie"?'

Liebermann schudde zijn hoofd.

'Vertel alstublieft verder. Uw droom interesseert me buitengewoon.'

'Werkelijk? Dromen zijn inderdaad een fascinerend fenomeen, hè? Ik had er voor ik hier kwam nooit zoveel aandacht aan geschonken.' Beiber klonk nu enthousiast: 'Ik hoop dat als de aartshertogin en ik samen zijn, wij vele gelukkige uren zullen doorbrengen waarin we elkaar deelgenoot maken van de dromen die we hebben gehad. Ik heb me vaak afgevraagd welke bijzondere dromen zich wel niet moeten afspelen achter die prachtige ogen als ze in haar slaap zijn gesloten.'

'Herr Beiber,' zei Liebermann. 'Uw droom?'

'O ja... waar was ik?'

'De klerenkast. Die deed u denken aan een doodskist.'

'Klopt. Goed. Daar lag ik dan naar die grote, saaie kast te staren die in mijn kinderlijke verbeelding vol met allerlei griezeligs zat. En wat denkt u dat er toen gebeurde? Mijn grootste vrees werd bewaarheid. De deuren gingen krakend open en terwijl dat gebeurde hoorde ik ineens iets of iemand zwaar ademen, een soort hongerig gehijg. De deuren gingen langzaam, heel langzaam open, naar het leek helemaal vanzelf, en daarachter heerste diepe duisternis, ook het maanlicht drong er niet binnen. De kast leek leeg, ik zag niets. Geen jassen, geen colbertjes, geen hoedendozen, helemaal niets, geen van de voorwerpen die voor mij de dagelijkse aanwezigheid van mijn vader en moeder vertegenwoordigden. Ik voelde me als verlamd en was, uiteraard, doodsbang. Ik vroeg me af welk wezen zo'n griezelig hijgend geluid maakte en

of het zou proberen uit zijn hol te ontsnappen. Er verschenen twee rode ogen. Ze glinsterden in het maanlicht. Toen verschenen er daarboven nog twee ogen... Ik wilde het uitschreeuwen, maar had geen stem.
Ik kon geen enkel geluid uitbrengen. Toen gebeurde er iets vreemds.
Een groot harig wezen sprong uit de kast. Het was een enorm kwijlend
beest, het zag eruit als een wolf uit een prentenboek of zo. Toen sprong
ook zijn metgezel naar buiten, eenzelfde wolfachtig wezen dat vrijwel
even groot was. Ze stonden samen naar me te staren met hun tong uit
hun geopende bek. En de hele tijd hoorde ik dat gruwelijke gehijg...
Ze kwamen dichterbij. Ze kwamen op me af.' Herr Beiber klonk nu gespannen. De spottende, eigenwijze toon was compleet verdwenen. 'Ze
stonden daar met die grote poten, krabden met hun klauwen over de
houten vloer, zwiepten met hun staarten heen en weer, keken met ge-
nadeloze wilde ogen...' Herr Beiber haalde steeds sneller en onregel-
matiger adem. 'Ze gingen me opeten. Ik stelde me voor hoe ze met die
scherpe tanden zouden toehappen, in mijn vlees bijten, me verwon-
den, me heen en weer schudden... Ik schreeuwde het uit. En opeens
ontdekte ik dat ik écht schreeuwde! Ik zat klaarwakker in mijn bedje en
klampte me met beide handen aan mijn dekbed vast...'

Herr Beibers vingers verkrampten bij de fysieke herinnering en
omklemden de stof van zijn ziekenhuishemd. Hij zweeg even.

'En wat gebeurde er toen?'

'Mijn moeder kwam naar me toe. Ze streelde en kuste me... zei tegen me dat het allemaal maar een nare droom was geweest en dat ik
niet bang moest zijn. Maar ik geloofde haar niet. En... en...'

'Ja, vertel.'

'Ik geloofde haar terecht niet. Dit zal u beslist vreemd in de oren
klinken, dokter, maar u hebt me gevraagd openhartig te zijn. In de
nachten die volgden luisterde ik heel zorgvuldig en ik zweer u dat ik
dat afgrijselijke gehijg weer uit de kast hoorde komen.'

'Misschien sliep u en was het weer een droom.'

'Nee, dokter, ik was wakker. Klaarwakker, zo wakker als u en ik nu.'

'Wat was het dan volgens u?'

'U zult, hoop ik, toegeven dat er in deze wereld veel is dat we niet
zomaar kunnen verklaren.'

De jonge dokter antwoordde niet.

64

Liebermann was laat thuis en werd opgewacht door zijn bediende die zenuwachtig in de gang stond.

'Wat is er, Ernst?'

'Uw moeder is hier.'

'Mijn moeder?'

'Ja.'

'Waar is ze?'

'In de muziekkamer.'

Ernst nam Liebermanns astrakanjas aan.

'Sinds wanneer is ze er?'

'Halfnegen, meneer.'

Liebermann keek op zijn horloge. Het was kwart over tien.

'Ze is er al de hele avond! Dank je dat je hebt gewacht.'

'Graag gedaan, meneer.'

Liebermann haalde diep adem en betrad de muziekkamer. Zijn moeder zat op de bank en leek hem eerst niet op te merken. Ze zag er klein, oud en bezorgd uit. Toen stond ze ineens verrassend vief op. Ze straalde iets strijdvaardigs uit.

'Maxim!'

'Moeder...'

Liebermann liep naar haar toe en aarzelde even voor hij haar kuste. Ze trok een vreemd gezicht, waarin op de een of andere manier zowel minzaamheid als medelijden en berusting lagen, en keerde hem haar bepoederde wang toe.

'Ik neem aan dat u het hebt gehoord,' zei Liebermann.

'Ja, ik heb het gehoord. Wanneer was je eigenlijk van plan het ons te vertellen?'

'Morgen. Het spijt me. Ik moest in het ziekenhuis zijn.'

'Het ziekenhuis, het ziekenhuis, altijd dat ziekenhuis. Weet je, soms denk ik dat je vader gelijk heeft en dat je beter af zou zijn als je een van zijn fabrieken beheerde. Ga zitten, Max.'

Hij deed wat ze hem opdroeg en zijn moeder nam naast hem op de bank plaats.

'Het spijt me, moeder. Echt.' Rebecca Liebermann haalde haar schouders op, maakte een vaag gebaar met haar hand en plukte een pluisje van haar zoons broek. 'Hoe hebt u het gehoord?'

'Jacob heeft het je vader verteld.'

'Ah...'

'Hij is woest. Toen ik het Concordiaplein verliet, dreigde hij je te zullen verstoten.'

Liebermann slikte.

'Heeft Herr Weiss het over Clara gehad?'

'Ja.'

'Hoe gaat het met haar?'

'Ze sturen haar voor een tijdje weg met haar tante Trudi.'

'Waarheen?'

'Dat weet ik niet. Gewoon weg.'

'Ik wilde haar zien, maar dat mocht niet van Herr Weiss.'

'Kun je het hem kwalijk nemen?'

Liebermann schudde zijn hoofd.

'Ik wilde enkel eerbaar handelen, dat is alles.' Liebermann speelde met een losse knoop op zijn jasje. 'Maanden geleden hebt u me gevraagd of zij de ware is, of ik echt van haar hield. Ik dacht toen van wel, maar ik had het verkeerd. Ik houd niet van Clara. Nou ja, niet zoals ik zou moeten. Dat wist ik tóen niet, maar nú wel. En als we toch waren getrouwd, zou het een slecht huwelijk zijn geworden. Een huwelijk gebaseerd op een leugen. Wat voor goeds had daar ooit uit kunnen komen? Ik dacht niet alleen aan mezelf... Ik dacht ook aan Clara'

Rebecca maande haar zoon de knoop met rust te laten: 'Laat toch zitten, straks valt hij eraf.' Ze pakte zijn hand en kneep in zijn lange sierlijke vingers.

'Ik vermoedde wel iets.'

'Echt?'

'Moederlijk instinct. Ik weet dat je me oud en dwaas vindt als ik zoiets zeg, maar het bestaat, of je het nu leuk vindt of niet.'

Liebermann keek zijn moeder onderzoekend in de ogen. Ze glommen, maar er waren geen tranen.

'Hoe pak ik het aan met vader?'

'Blijf uit zijn buurt, voor een tijd althans. Hij gaat je een brief schrijven. Negeer die. Hij is kwaad, dat is alles. Je kent hem toch. En mocht je wel antwoorden, vergeet dan niet dat hij je vader is. Ik zal doen wat ik kan...'

Rebecca duwde een opstandige pluk van haar zoons haar achter zijn oor, een van haar gewoontes die Liebermann bijzonder irritant vond, maar die hij haar nu graag vergaf. Toen stond ze abrupt op.

'Ik moet gaan,' zei Rebecca. 'Het is laat. Je vader wilde al helemaal niet dat ik hierheen ging.'

'Maar we hebben elkaar nauwelijks gesproken. En je hebt hier de hele avond gewacht.'

'Het geeft niet... ik heb jou gezien. Dat is genoeg.'

'Genoeg waarvoor?'

'Zo lang gestudeerd en soms begrijp je nog niets.' Op weg naar de deur bleef ze even bij de Bösendorfer staan. 'Ik hoor je tegenwoordig nooit meer spelen. Ik luisterde altijd zo graag naar je pianospel.'

65

Stefan Kanner en professor Pallenberg stonden in een zolderkamer van het Gemeenteziekenhuis. Over een centrale steunbalk was een stuk touw geslingerd, waarvan één uiteinde in een complex takelsysteem verdween. Het mechanisme van de takel was niet afgedekt en bestond uit verschillende grote houten tandwielen, een haspel en een lage krukas. Het andere uiteinde van het touw was dubbelgeslagen in een lus die strak om de voeten was getrokken van een man van middelbare leeftijd die nu zo'n anderhalve meter boven de vloer ondersteboven hing. Hij droeg een dwangbuis van grove bruine stof. Het vlees in zijn gezicht viel door de zwaartekracht anders dan normaal, waardoor hij een aparte gezichtsuitdrukking had gekregen die het midden hield tussen de ondoorgrondelijkheid van een Japanse boeddha en het komische schminkgezicht van een clown. Zijn haar hing steil naar beneden. De scène werd verlicht door een zwak, mat licht dat timide door een smal raam naar binnen viel.

'En?' vroeg professor Pallenberg.

'Ik moet bekennen dat ik niet bekend ben met deze vorm van...' Kanner aarzelde, beet op zijn onderlip en bracht ten slotte met moeite het woord uit: '... therapie.'

'Klopt,' zei Pallenberg. 'De meeste studenten van uw generatie kennen die niet.'

De patiënt draaide met de klok mee en vertraagde vervolgens langzaam tot hij volledig stil hing. Na een kort moment werd het touw ontrold en draaide de man in tegenovergestelde richting. In de dwangbuis zag hij eruit als een gigantische vlinderpop.

'Zoals u weet,' sprak Pallenberg verder, 'heeft Herr Auger niet gereageerd op traditionele behandelmethodes, met name morfine en barbital, en ik meende dat het tijd was een andere aanpak te onderzoeken... iets wat ik mij herinnerde uit mijn studietijd in Parijs.'

'Suspensietherapie is oorspronkelijk Frans?'

'Klopt. Ik ben een van de weinige Weense artsen die aan het Salpêt-rière onder Charcot mochten studeren. Kent u professor Freud?'

'Niet persoonlijk.'

'Hij had dat voorrecht ook. Een bijzonder man, die Charcot. De Napoleon van de neuroses.'

'Ik heb een aantal door professor Freud vertaalde werken van hem gelezen, maar daarin stond niets over deze specifieke...' hij kreeg het woord weer niet in één keer over zijn lippen. '... therapie.'

'Dat verbaast me niets. Charcots baanbrekende werk, waarin hij hypnose gebruikte om *la grande hystérie* te behandelen, heeft zijn andere bijdragen enigszins overschaduwd. Naar mijn mening zijn de opname van ijzervijlsel en suspensie in een tuigje twee uitvindingen die helaas te weinig aandacht hebben gekregen.'

'Mag ik vragen,' vroeg Kanner voorzichtig, 'hoe de suspensietherapie werkt?'

'Tja,' antwoordde Pallenberg, 'Charcot heeft bepaalde theorieën naar voren gebracht, die, als ik eerlijk ben, niet erg overtuigen. Maar ik heb altijd vermoed dat zijn werk op dit vlak toch meer aandacht verdient. Ik herinner me het geval van een geniesoldaat die aan achtervolgingswaan leed en die enorm veel baat had bij suspensietherapie. En dan was er een matroos die dacht dat een van zijn benen was geamputeerd terwijl hij ergens voor de kust van Portugal lag te slapen. Ik heb me sindsdien vaak afgevraagd of bepaalde vormen van waan, waaronder zeker ook het syndroom van Cotard, worden veroorzaakt door een afwijking in de bloedsomloop. Misschien heeft Charcot deze successen geboekt omdat het hangen een subtiel effect heeft op de slagaderlijke bloedstromen in de hersenen. Ik hoop ten zeerste dat Herr Auger de vruchten van een dergelijk proces zal plukken.'

'Zou je niet een vergelijkbaar effect bereiken als Herr Auger in bed zou liggen met zijn voeten wat hoger op een aantal kussens?'

Professor Pallenberg schudde zijn hoofd.

'Nee, dat betwijfel ik zeer.'

Kanner schikte zich in zijn rol als de jongere van het gezelschap en weersprak hem niet.

Professor Pallenberg liep naar zijn ondersteboven hangende patiënt toe. Het regelmatige draaien naar links en dan weer naar rechts ging gepaard met een dof, knerpend geluid.

'Herr Auger,' zei Pallenberg tegen het hoofd met de afhangende haren. 'Hoe voelt u zich?'

'Ik besta niet,' klonk het gelaten.

'Dat is aantoonbaar onwaar, Herr Auger,' antwoordde Pallenberg een beetje korzelig. 'Goed, nogmaals dan, zou u mij alstublieft willen vertellen hoe u zich voelt?'

'Ik ben niet hier.'

Kanner was opgelucht dat Herr Auger niet anders dan anders antwoordde. Als de arme man niet in zijn eigen bestaan geloofde, zou hij naar alle waarschijnlijkheid niet erg lijden.

Pallenberg haalde zijn schouders op en ving Kanners blik op.

'In dit zeer vroege stadium kun je nog niet veel verbetering verwachten. Ik zou u zeer erkentelijk zijn als u, dokter Kanner, ervoor zou willen zorgen dat Herr Auger iedere dag vijftien à twintig minuten suspensietherapie krijgt. De takel laat zich eenvoudig genoeg bedienen, maar de portiers zullen u uiteraard even moeten assisteren.'

'Prima, meneer.'

Pallenberg knikte kort.

'Goedemiddag, dokter.'

Kanner begreep dat hij geacht werd te vertrekken, boog en verliet de kamer. Hij liep verdwaasd de trap af. De scène zo-even met professor Pallenberg en de arme Herr Auger had hem enigszins overrompeld.

Toen Kanner eenmaal voor zijn kamer stond, was hij echter met zijn gedachten al elders. Voordat hij de deur opendeed, keek hij links en rechts de gang in. Daarna glipte hij snel naar binnen. Hij liep meteen naar zijn bureau, ontsloot de onderste la en haalde een sjerp en een schort tevoorschijn die met veel borduurwerk waren versierd. Op de schort stond de afbeelding van een tempel tussen twee zuilen, de ene met de letter J, de ander met de letter B. Kanner propte de spullen snel in zijn dokterstas en knipte die weer dicht. Hij haalde opgelucht adem en keek op zijn klokje.

66

Liebermann en Rheinhardt waagden zich aan Guglielmo's aria uit de eerste akte van *Così fan tutte*. Rheinhardts Italiaans was verre van volmaakt.

'*Guardate... toccate...*'
('Kijk... voel...')

Hij worstelde met de tweeklanken.

'*Il tutto osservate...*'
('Bekijk alles...')

Ze hadden het repertoire vooraf niet uitgebreid besproken, maar hun muziekavondje bevatte ongebruikelijk veel bewerkingen voor piano en zangstem uit opera's van Mozart. Dit gegeven gaf Liebermann een uitgesproken ongemakkelijk gevoel. Ze zochten onbewust naar aanwijzingen.

'*Il tutto osservate...*'
('Bekijk alles...')

Het musiceren was voor hen altijd iets heiligs geweest: ze hadden zich er nooit toe laten verleiden om andere zaken te bespreken, al waren die nog zo dringend, voordat de laatste akkoorden van het laatste lied waren verstomd. Maar Salieri leek deze traditie nu te hebben verstoord. Hij was ongemerkt de muziekkamer binnengeslopen – nota bene op de tonen van Mozarts goddelijke melodieën – en stond in de schaduw van de Bösendorfer: een onwelkome, spookachtige aanwezigheid.

Na Mozart keerden ze terug naar vertrouwder terrein: liederen van Brahms. De weelderige, romantische klanken leken de spookachtige gast, in ieder geval voorlopig, naar een ver afgelegen gebied te verbannen. Maar toen ze het muziekdeel van de avond hadden afgesloten met *Wir wandelten*, voelde Liebermann zich nog steeds ongemakkelijk. Niet alleen gedachten aan Salieri zaten hem dwars, maar er was ook een andere kwestie die hij wilde opbiechten. Hij wilde Rheinhardt op de hoogte brengen van zijn besluit om zijn verloving met Clara te verbreken en wist niet zeker hoe zijn vriend op dat nieuws zou reageren.

De twee mannen trokken zich terug in de rookkamer waar ze ieder hun eigen plaats voor de open haard innamen. Ze rookten een sigaar, nipten aan hun cognac en zaten een tijdje zwijgend te genieten. Toen er al flink wat rook in de kamer stond, nam de jonge dokter het woord.

'Vergeef me, Oskar. Ik ben je een excuus schuldig.'

De inspecteur draaide zich naar hem toe.

'O?'

'Het was nalatig van me dat ik vorige week niet op je briefje heb gereageerd.'

'Ik nam aan dat je ziek was.'

'Nee, ik was niet ziek. En jij hebt recht op meer uitleg dan het haastige antwoord dat ik je maandag stuurde.'

Het viel Rheinhardt op dat zijn vriend ongewoon gespannen was. Zijn zenuwachtig friemelende vingers verrieden een grote innerlijke onrust.

'Wat is er, Max?'

Liebermann aarzelde. Toen vermande hij zich, gooide zijn hoofd in zijn nek en slikte een grote slok cognac door. 'Vorige week,' zei hij langzaam, 'moest ik een beslissing nemen ten aanzien van een persoonlijke kwestie. Ik was daardoor flink uit het veld geslagen. Ik voelde me zelfs zo somber dat ik amper de energie kon opbrengen om mijn patiënten te zien.' Liebermann bestudeerde de gebroken regenbogen in het fijngeslepen glas. 'De beslissing die ik moest nemen zal denk ik niet jouw goedkeuring kunnen wegdragen.' Hij keek onzeker naar zijn vriend. Rheinhardt wuifde de opmerking met een handgebaar weg en gaf aan dat Liebermann verder moest praten. 'Je herinnert je zeker nog wel dat ik een keer vertelde twijfels te hebben of ik mijn verloving met Clara Weiss moest doorzetten of niet.' 'Klopt. We hebben het daar toen uitgebreid over gehad.' 'Nou, Oskar, ondanks jouw wijze raad heb ik mijn ongemakkelijke gevoelens ten aanzien van een huwelijk met Clara niet kunnen verjagen. Ik heb een afspraak met haar vader gemaakt en hem uitgelegd dat ik in alle eer en geweten niet met zijn dochter kan trouwen. Ik hoef je niet te vertellen dat hij geschokt was. Hij heeft me verboden Clara nog te zien. Ik heb begrepen dat ze daarna Wenen heeft verlaten en ik vermoed dat men haar naar een sanatorium heeft gestuurd.' Liebermann trok aan zijn sigaar en blies een grote wolk rook uit. 'Zo zie je maar, Oskar. Ik heb flink wat bereikt sinds we elkaar de laatste keer zagen. Ik heb mijn patiënten enorm in verlegenheid gebracht, ik heb een vrouw van wie ik eerder beweerde te houden onmetelijk veel pijn gedaan en ik heb aansluiting bij een gezin dat me tot voor kort alleen maar met vriendelijkheid en diepe genegenheid heeft bejegend van de hand gewezen. Ik zou het je niet kwalijk nemen als je slecht over me denkt.'

Een stuk hout in de haard vlamde plotseling op en veroorzaakte een felle vonkenregen. De inspecteur perste zijn lippen op elkaar en leek in gedachten te verzinken. Na een hele tijd ging Rheinhardt verzitten. Hij schraapte zijn keel, bromde even en nam toen eindelijk het woord.

'Max, ten eerste wil ik je mijn oprechte deelneming betuigen. Ik had er geen idee van dat je zo door twijfel werd gekweld. Had ik dat wel geweten, dan had ik je misschien anders geadviseerd. Ten tweede: ik heb alle vertrouwen in jouw karakter. Ik kan niet beweren dat ik specialistische kennis van het menselijk brein heb, ik ben geen psychiater, maar ik ben wel een behoorlijk goede mensenkenner en ik ken jou goed genoeg om te weten dat je bedoelingen eerzaam waren. Je wilde geen schijnhuwelijk aangaan, dat is duidelijk. Had je dat wel gedaan, dan had je jezelf geen goede dienst bewezen en Clara al helemaal niet. En ten slotte heb ik jou altijd een bijzonder moedig man gevonden. Naar mijn bescheiden mening, voor wat die waard mag zijn, is dit misschien wel de moedigste daad die je tot nog toe hebt verricht.

Het juiste doen betekent zelden de makkelijkste weg kiezen. Het zou moreel verwerpelijk zijn geweest als je, alleen om de schone schijn op te houden, een onoprecht huwelijk had doorgezet. Voor jou als een man wiens roeping... nee, wiens reden van bestaan het is menselijk leed te verlichten, moeten de gebeurtenissen van de afgelopen week veel van je hebben gevergd. Het spijt me zo voor je. Maar kop op, ik denk niet dat deze beproeving je geweten voor altijd zal blijven kwellen. Mettertijd zal iedereen de juistheid van je beslissing inzien: jouw familie, de familie Weiss en, wat het allerbelangrijkst is, je lieve Clara.'

Liebermann draaide zich langzaam om en keek naar het doorleefde gezicht van zijn vriend: de slappe, hangende huid onder zijn ogen, de zware wangen en daaronder die opvallend zwierige, puntige snor. Hij werd overspoeld door een golf van genegenheid en schoot bijna vol. Wat had deze man een grootse en gulle geest, dacht hij.

'Oskar, ik weet niet wat ik moet zeggen. Je bent te vriendelijk. Ik verdien het niet dat...'

'Onzin, onzin,' riep de inspecteur.

'Nee – Ik verdien het echt niet dat...'

'Basta!' Rheinhardt hief zijn hand. 'De integriteit van jouw karakter staat buiten kijf. Je hoeft mij nergens voor te bedanken.' Hij stond plotseling op om te vertrekken. 'Zoals je weet, wilde ik vanavond veel met je bespreken betreffende Salieri... maar laten we dat een andere keer doen. Ik wil je in deze zware tijd niet lastigvallen met recherchezaken. We spreken nog wel een keer af, als je je beter voelt.'

'Maar Oskar,' protesteerde Liebermann, 'ik voel me al veel beter. Ik ben enorm opgeknapt van jouw sympathieke woorden. Ik kan me bovendien geen betere remedie voorstellen dan mezelf nuttig te maken voor de recherche. Toe, ga weer zitten!'

Rheinhardt kneep zijn ogen halfdicht.

'Weet je het zeker?'

'Ja.'

De inspecteur glimlachte.

'Uitstekend.'

Rheinhardt maakte zijn tas open en haalde er een stapel foto's uit. Hij nam weer plaats en overhandigde ze aan Liebermann.

De jonge dokter bekeek de eerste foto: een donkere, korrelige weergave van een persoon die met een kap op zijn hoofd op een stenen vloer lag.

'Weer een Salierimoord?'

'Ik ben bang van wel.'

'Wanneer?'

'Donderdag.'

'Is de moord in het nieuws geweest?'

'In de *Zeitung*, de *Freie Presse* en dat afschuwelijke nieuwe krantje, de *Illustrierte Kronen-Zeitung*.'

Liebermann bekeek de foto's stuk voor stuk. Op iedere afbeelding was het lichaam vanuit een andere hoek gevangen. Close-up, van een afstand, van boven...

'Hij heet broeder Franciscus,' vertelde Rheinhardt. 'Een kapucijner monnik. Een van zijn confraters, broeder Ignatius, heeft zijn lichaam gevonden in de crypte van de Kapuzinerkirche. In Salieri's programma moet een van de vele priesters in *Die Zauberföte* het corresponderende personage zijn.'

'Of misschien de Spreker van de Tempel. Dat is een soort hogepriester.'

'Ja, dat kan ook. Professor Mathias heeft de doodsoorzaak toegeschreven aan bloedverlies als gevolg van een sabelwond.'

'Dezelfde sabel?'

'Dat kon hij niet zeggen.' Rheinhardt schoof iets naar voren en boog zich naar Liebermann over. 'Toen ik afdaalde naar de crypte, stond er een groepje monniken bij het lichaam. Ze spraken gebeden voor de dode uit. Ik ging er uiteraard van uit dat broeder Franciscus niet langer onder ons was. Maar ik zat er helemaal naast.'

'Hij leefde nog!'

'Ja. De arme man was zonder twijfel de dood nabij, maar moest het laatste stapje nog zetten. Hij bracht wat amechtig gehijg uit en leek weer bij bewustzijn te komen. Ik vroeg hem onmiddellijk wie er achter deze perfide daad zat. Zijn antwoord was... intrigerend. Hij zei: "Een cellist." En toen blies hij zijn laatste adem uit.'

Liebermann bekeek een close-upfoto van het gezicht van de dode monnik. Tussen twee diepliggende ogen stak een haakneus uit.

'Eigenaardig,' zei Liebermann die bij de laatste foto was beland.

Daarop was de keizerlijke graftombe te zien die als een door spoken bemand galjoen uit het duister oprees. 'In de crypte waren geen profane symbolen aangebracht?'

'Nee.'

'Professor Mathias heeft in het lichaam van de monnik geen verborgen voorwerpen ontdekt?'

'Nee.'

'En geen verminkingen?' Liebermann tikte op de stapel foto's.

'Salieri werd gestoord door de komst van broeder Ignatius. Ik vermoed dat hij niet genoeg tijd had.'

'Wat tevens zou verklaren waarom hij geen efficiënte slag met zijn sabel heeft toegebracht.'

'Klopt, hij moet op het beslissende moment zijn afgeleid.'

'Een cellist...' Liebermann draaide zijn glas in zijn hand. De regenbogen vielen uiteen en ontstonden opnieuw. 'Wat moeten we daaruit opmaken? Salieri zat vast niet in de crypte een stukje Bach te spelen. Heeft broeder Franciscus hem herkend? Is het een bekende artiest? Een virtuoos musicus? Of misschien een doodgewone orkestmusicus die onlangs heeft meegespeeld in een concert in de kerk?'

'Het kan allemaal,' glimlachte Rheinhardt vreugdeloos. 'En moeten we nu aannemen dat wij met onze keuze voor "Salieri" onze moordenaar een passender bijnaam hebben gegeven dan we vooraf ooit hadden kunnen bedenken?'

'Ik geloof dat de echte Salieri klavecimbel en viool speelde en geen cello. Waar het om gaat is dat alle bewijzen die we tot nu toe hebben verzameld erop wijzen dat ons doelwit een musicus is.'

'Aschenbrandt?'

'Hij is van al jouw verdachten de enige musicus. En hij is ook cellist. Toen ik bij hem was, zag ik het instrument tegen de muur staan.'

'Ja. Aschenbrandt – zou hij de moordenaar kunnen zijn? Ik heb je verslag met veel belangstelling gelezen. Maar ik vond het nogal... verwarrend.'

'O? Hoezo?'

'Je trekt verschillende conclusies, Max. Maar worden die echt onderbouwd door dat gesprek? Ik ga ervan uit dat je transcriptie getrouw is en dat er niet meer is besproken?'

'Dat klopt.'

'Misschien laat mijn geheugen me in de steek, maar is het niet zo dat jullie slechts één onderwerp van gesprek hadden? Namelijk muziek?'

'Wat verwachtte jij dan dat ik zou doen? Moordzaken bespreken?'

'Nou ja... gezien de omstandigheden...'

'Oskar, wat heb je aan dergelijke vragen? Mensen liegen, verdraaien de boel en verzinnen alibi's die vervolgens door medeplichtigen worden bevestigd. Ik ben alleen in de waarheden geïnteresseerd die mensen ongewild over zichzelf onthullen: een opgetrokken wenkbrauw, een aarzeling, een verspreking... subtiele reacties. Die zijn veel waardevoller. Het zijn authentieke mededelingen die uit het onbewuste komen. Als ik over moord was begonnen, was Aschenbrandt vrijwel zeker onmiddellijk op zijn hoede geweest.'

Liebermann stak een nieuwe sigaar op.

'Aschenbrandt,' zei hij, 'is zonder meer een gestoorde jongeman. Een antisemiet die half en half gelooft in het waanidee dat er een Teutoonse messias komt die voorbestemd is de Duitssprekende volkeren te redden. Het kan zijn dat hij zich aan deze krachtige mythe heeft overgegeven en dat die nu zijn geest als een demon in zijn greep heeft. Hij beschouwt zichzelf misschien zelfs als "De onoverwinnelijke" van zijn strijkkwintet, wiens taak het is Wenen te zuiveren van vijandelijke nomaden, Slaven, negers en zelfs, misschien, vertegenwoordigers van de oude orde – een corrupte katholieke kerk. Maar of hij Salieri is... ik heb zo mijn twijfels. Toen we het over *Die Zauberföte* hadden, leek Aschenbrandt heel kalm. *Die Zauberföte* is het organiserende principe van Salieri, het kanaal waarlangs hij al zijn haat en geweld tot uitdrukking brengt. Als Aschenbrandt Salieri zou zijn, had ik meer aanwijzingen moeten krijgen. Hij was kwaad, dat wel, kwaad dat ik hem stoorde en kwaad dat ik Wagners muziek bombastisch noemde. En hij ergerde zich behoorlijk aan mijn liefde voor Mozart. Maar op geen moment tijdens het gesprek over *Die Zauberföte* was er een waarneembare verandering in zijn manier van doen. Hij leek zich prima op zijn gemak te voelen tijdens de discussie over een onderwerp dat heel krachtige emoties had moeten losmaken, emoties die hij anders met moeite had kunnen verbergen.'

'Dat mag wel zo zijn, Max,' zei Rheinhardt, 'maar ik overweeg nog steeds een grondig onderzoek te starten naar Aschenbrandts muzikale activiteiten. Mochten we erachter komen dat hij aan een kamerconcert in de Kapuzinerkirche heeft deelgenomen, of in een andere kerk...'

'Uiteraard,' zei Liebermann. 'Ik geef alleen mijn mening. Salieri zou bovendien zo'n uitzonderlijk wezen kunnen zijn dat zijn mentale processen de wetten van de psychoanalyse misschien geeneens gehoorzamen.' Hij tikte de as van zijn sigaar. 'Goed. Vertel me nu eens, hoe zit het met de andere verdachten?'

'Ik ben bij die schilder geweest, Olbricht. Vreemde vogel.'

'Waarom zeg je dat?'

'Iets in zijn uiterlijk.'

'Ik hoop toch echt dat je niet weer Lombroso wilt aanhalen. Ik zeg het je voor het laatst, Oskar. Er is geen verband tussen iemands uiterlijk en zijn aard.'

'Ja, je hebt helemaal gelijk. Opmerkelijk genoeg is Olbricht een soort oorlogsheld. Hij heeft tijdens de campagne in Bosnië-Herzegovina in 1878 zijn bevelvoerend officier het leven gered. Voor een soldaat was hij opvallend terughoudend over de hele kwestie. Hij nodigde me uit voor de vernissage van zijn nieuwe tentoonstelling. In galerie Hildebrandt – in de Kärntner Straße. Andere leden van het Eddisch Literair Genootschap zijn daar vast ook. Heb je zin om mee te gaan?'

'Nou en of.'

'Uitstekend.'

'En luitenant Hefner?'

Rheinhardt trok een zuinig gezicht waarop afkeer overheerste.

'Haussmann heeft enige tijd in café Haynau doorgebracht, een ranzige kroeg waar veel soldaten komen. Als je de laatste roddels wilt horen, moet je daar zijn. Over Hefner wordt beweerd dat hij meer dan tien mannen bij duels heeft gedood. Dat aantal is vermoedelijk overtrokken, maar mocht het wel blijken te kloppen, dan zou het me ook niet verbazen. Zijn naam werd onlangs gekoppeld aan die van Freddi Lemberg, de zoon van de industrieel. Lemberg zou zijn overleden aan een dodelijke verwonding die hij zou hebben opgelopen tijdens een "schietongeval".'

Liebermann liet zich dieper in zijn stoel zakken.

'Het lijkt erop dat doden Hefners sport is.'

'En ze zeggen dat hij geen angst kent. Houdt altijd het hoofd koel en is in een pistoolduel altijd de tweede die schiet.'

'Kil, berekenend... en arrogant?'

'Onuitstaanbaar.'

'Er is een professor in Berlijn die een bepaald pathologisch type heeft beschreven, dat gekenmerkt wordt door afgestompte emoties, zelfobsessie en gewetenloosheid. Hij schrijft dit syndroom toe aan een ziekteproces dat de frontale hersenkwabben aantast...'

De twee mannen staarden in de vlammen. De gaslampen zoemden harmonieus een grote drieklank.

'Het punt is...' zei Rheinhardt, die er niet om zat te springen verder verzeild te raken in een technische verhandeling over een schimmige tak van de geneeskunde, 'dat Hefner, Aschenbrandt, Olbricht noch enig ander lid van het Eddisch Literair Genootschap zover ik weet bibliothecaris is of antiquarische boeken verkoopt.'

'Pardon?' zei Liebermann. Rheinhardt vermoedde dat zijn vriend met zijn gedachten nog steeds bij de frontale hersenkwabben zat.

'Tijdens jouw...' Rheinhardt glimlachte, '... afwezigheid ben ik zo vrij geweest nog eens de hulp van Miss Lydgate in te roepen en heb ik haar gevraagd stof te analyseren dat we hadden verzameld in de buurt van het lichaam van de monnik.'

'O?' Liebermann ging rechtop zitten.

'Ze is bijna twee hele dagen bezig geweest in het laboratorium Schottenring.'

'En hoe luidde haar conclusie?'

'Ze concludeerde dat het stof uit de crypte deeltjes leer, lijm en textiel bevatte die identiek waren aan die uit haar vorige analyse, al trof ze ze hier in veel kleinere hoeveelheden aan. Ze wist zelfs te vertellen dat een bepaald soort leer, rood van kleur, in beide analyses zichtbaar was en zeer waarschijnlijk van hetzelfde boek stamt.' Rheinhardt schonk zichzelf nog een cognacje in. 'We hebben vrijwel alle bibliothecarissen en handelaren in oude boeken ondervraagd. Het is uitgesloten dat een van hen Salieri is. Bovendien stroken haar bevindingen niet met de rest van het onderzoek: geen van onze verdachten is een bibliothecaris. Ik aarzel om dit te zeggen, want ik ben zeer op deze opmerkelijke vrouw gesteld, maar zou het kunnen dat Miss Lydgate zich vergist?'

'Nee, Oskar,' zei Liebermann ernstig. 'Ik denk dat die kans vrijwel nihil is.'

'In dat geval,' zei de inspecteur en hij nam een slokje cognac, 'tasten we nog steeds in het duister.'

67

De tentoonstelling werd goed bezocht, wat Liebermann en Rheinhardt een zekere anonimiteit gaf. Ergens achter het rondlopende publiek speelde een strijkkwartet een rustige Ländler.

Rheinhardt boog zich zo nu en dan voorover naar zijn vriend om hem op een gast te wijzen.

'Die kerel daar, die gesoigneerde man, dat is Von Triebenbach. En de vrouw met wie hij staat te praten is barones Von Rautenberg – Olbrichts beschermvrouwe.'

Ze stonden voor een manshoog portret van Wagners Brünhilde.

Rheinhardt knikte richting de ingang: 'Stevige kerel, rossig gezicht – raadslid Hannisch. Hij staat te praten met...'

'Professor Foch,' onderbrak Liebermann hem.

'Natuurlijk, die ken je.'

Het raadslid en de professor vormden een opvallend stel. Foch was zoals altijd volledig in het zwart en Hannisch droeg een groen pak en een felblauwe das.

'Ik ken hem alleen van gezicht,' verbeterde Liebermann Rheinhardt.

Liebermann richtte zijn aandacht weer op de Walkure. Ze droeg de gehoornde hoofdtooi van een Viking en zware bontvellen. Het puntje van haar speer was aangestipt met een lik rode verf. Rheinhardt keek om zich heen.

'Geen Aschenbrandt.'

Het geroezemoes werd luider. Er klonken joviale begroetingen en kreetjes van plezier. Dichtbij week de menigte iets uiteen waardoor Liebermann en Rheinhardt een glimp konden opvangen van een kleine man wiens hand bijna fijngeknepen werd door een infanteriekolonel.

'De kunstenaar zelf,' fluisterde Rheinhardt.

Olbricht werd even opgehouden voordat hij zijn ronde door de zaal kon hervatten. Toen hij Rheinhardt zag, glimlachte hij waardoor zijn onvolgroeide tanden zichtbaar werden.

'Ah, inspecteur, wat fijn dat u bent gekomen.'

Rheinhardt wees naar zijn metgezel.

'Mijn vriend, dokter Max Liebermann.'

Olbricht knikte even naar de dokter, maar boog niet.

Op dat moment baande een zeer aantrekkelijke jonge vrouw, het haar in goudblonde pijpenkrullen, zich een weg door een kleurloze groep mannen in pak.

'Wilt u mij even verontschuldigen...' zei Olbricht.

'Natuurlijk,' zei Rheinhardt.

'Herr Olbricht,' riep de jonge vrouw. 'Daar bent u! Ik heb mijn vader beloofd dat ik u zou zoeken. Hij wil u graag aan Hofrat Eggebrecht voorstellen.'

'Natuurlijk, Fräulein Bolle – ik sta geheel tot uw beschikking.'

Hij nam haar bij de arm en ze verdwenen achter twee kwebbelende douairières met benige vingers die glinsterden van de diamanten.

De jonge dokter keek een beetje onthutst.

'Wat is er, Max?'

Liebermann zei op gedempte toon: 'Zijn gezicht...'

'Wat?'

'Er is iets mee...'

'Ha! Zei ik het niet! En jij wees me nog wel terecht! Wat zei je ook al weer? Je stak een hele tirade over Lombroso af!'

Liebermann grijnsde.

'Ik hoop dat je mijn excuses aanvaardt.'

'Dat doe ik... in alle grootmoedigheid.'

Ze liepen langs de muur en bleven voor ieder schilderij even staan.

De dwerg Alberich en de drie Rijndochters; een magiër in een pentagram versierd met runensymbolen; een blinde skald die in een vakwerkhuis dichtwerken vervaardigt...

'Vind je het mooi?' vroeg Rheinhardt die zich erover verbaasde dat zijn vriend de schilderijen zo zorgvuldig bestudeerde. Hij wist dat Liebermanns voorkeur bij de moderne kunst lag en kon niet begrijpen waarom hij zo lang voor ieder werk bleef staan.

'Absoluut niet.'

'Kunnen we dan alsjeblieft doorlopen. In dit tempo komen we er nooit doorheen!'

Liebermann zuchtte en volgde zijn vriend.

Het volgende doek was een grote oorlogsscène met overal kleine mensenfiguurtjes. Het deed Liebermann denken aan het werk van Hiëronymus Bosch, met name aan *Het laatste oordeel*, dat permanent tentoongesteld werd in de kunstacademie. Maar toen hij het doek van dichterbij bekeek, werd duidelijk dat Olbricht niet over de techniek en zeker niet over de humor van Bosch beschikte. Liebermann viste zijn bril uit zijn bovenste colbertzakje en ging nog dichter bij het schilderij staan.

'Waar ben je in hemelsnaam mee bezig, Max?'

'De details bestuderen.'

Een nogal grote heer zei bruusk 'Pardon, meneer' omdat Liebermann hem de weg versperde. In zijn knoopsgat stak een witte kunstanjer, wat aangaf dat hij lid was van de Christlichsoziale Partei. De jonge dokter verontschuldigde zich en deed een stap achteruit. De man kneep zijn ogen tot spleetjes, keek Liebermann onderzoekend aan en zei iets tegen zijn vrouw. Liebermann noch Rheinhardt hoefde hem letterlijk te verstaan om te weten welk soort belastering hij had geuit. Rheinhardt stond op het punt de man ter verantwoording te roepen, maar Liebermann gebaarde dat dat niet nodig was. Ze liepen rustig verder.

'Schandalig...' zei Rheinhardt. 'Je had me echt moeten laten...'

'Oskar,' onderbrak Liebermann hem. 'Het gebeurt de hele tijd. Kom, we bekijken nog even de rest van de tentoonstelling.'

Op het volgende doek stond een vrouw met vlasblond haar die uitkeek over een immens groot Romeins leger op de terugtocht. Het heette: *Pipara: De Germaanse in Caesars purper*. Liebermann las een begeleidend tekstje: Vrije bewerking van de tweedelige roman van Guido von List, over de legendarische geschiedenis van een Germaanse slavin die eind derde eeuw opklom tot heerseres.

'Wat een prachtige vrouw,' zei Rheinhardt onschuldig.

De jonge dokter antwoordde niet. Hij bestudeerde het schilderij enige tijd en gaf toen aan dat ze konden doorlopen. Maar – heel raar – plotseling kon hij niet verder. Zijn voeten leken vast te zitten aan de vloer. Het was alsof het schilderij een vreemde uitwerking had en onbeweeglijkheid veroorzaakte.

Voor Liebermanns geestesoog verscheen ineens een hardnekkig beeld: het winkelmeisje dat hij in de tram had ontmoet, haar karmijnrode handschoen die in de duisternis verdween.

Rheinhardt was al doorgelopen, bleef weer staan en keek over zijn schouder naar zijn vriend.

'Max?'

'Dat schilderij...' fluisterde Liebermann.

Het strijkkwartet speelde de eerste maten van een wals van Strauss. Liebermann herkende de muziek onmiddellijk: *Wiener Blut*. Plotseling was de betovering verbroken en met een raadselachtige glimlach om de lippen liep hij naar zijn vriend.

68

In de kamer stond geen ander meubilair dan een speeltafeltje in het midden. Door de kale houten vloer klonk het gedempte geluid van een wilde braspartij die beneden plaatsvond. Een koor van aangeschoten mannenstemmen leek met man en macht boven de klanken van een valse piano uit te willen komen en de grenzen van muzikale samenhang op te zoeken. Aan de incidentele hoge kreetjes van verrukking te horen bevonden zich in het gezelschap ook verschillende dames van lichte zeden.

De kamer werd door slechts één flakkerende gasvlam verlicht die een scherpe geur verspreidde. Boven de ijzeren voet en gebarsten glazen bol van de lamp had zich een zwarte veeg roet op de muur gevormd die het doorlopende bloemmotief van het vergeelde behang onderbrak.

Rond de tafel stonden zeven mannen: luitenant Ruprecht Hefner, zijn secondanten Renz en Trapp, graaf Zoltán Záborszky en diens secondanten Braun en Dékány, en de Unparteiische, een bleke, magere man met blauwe lippen en doorschijnende vingers.

Op het groene laken van de tafel lagen dertien strookjes hout in een halve cirkel uitgespreid als de nerven van een open waaier. Twaalf waren identiek, op de dertiende zat een lik rode verf. De Unparteiische duwde het op zijn plek in een poging een perfecte symmetrische boog te vormen.

'U mag de lootjes keuren,' zei de Unparteiische met een stem die voor zo'n iele man verrassend veel diepte had.

Renz pakte een van de houten staafjes op en draaide het langzaam rond. Als secondant keurde hij doorgaans het gewicht en de kwaliteit van pistolen en hij wist niet zo goed wat hem hier precies te doen stond. Hij schokschouderde wat onzeker en liet het staafje weer op het laken vallen.

'Ik heb geen aanmerkingen,' zei hij.

'Herr Braun?' vroeg de Unparteiische.

De jongere secondant van de graaf deed een stap naar voren. Hij was een tengere man met een krachtige kaaklijn en donkere ogen die hem een zekere ruige charme verleenden. Maar de natuurlijke klasse van zijn trekken was onmiskenbaar ten prooi gevallen aan een liederlijk leven. Zijn dikke haar was vettig, de huid op zijn kin ruw en in de stoppels op zijn wangen schemerde veel zilverwit door. Braun ging systematisch de halve cirkel af en raakte ieder staafje even aan. Hefner merkte op dat de manchetten van zijn jasje rafelig waren en dat op zijn hand een smalle witte striem zat. Het zag eruit als een duelleerlitteken. De schlemiel draaide het rode staafje wat rond en zei toen: 'Ik heb geen aanmerkingen.' Zijn woorden gingen gepaard met een stevige alcoholkegel.

De Unparteiische gaf Braun een fluwelen zakje met een trekkoord. Braun maakte het open en hield het met de opening naar Renz gericht.

'Luitenant?' zei de Unparteiische vragend.

'Ja, natuurlijk,' zei Renz die ineens begreep wat er van hem werd verwacht. Hij verzamelde de staafjes in zijn hand en liet ze in het zakje vallen. Braun trok aan het koord en begon vervolgens met het zakje te schudden. De houten staafjes maakten een klepperend geluid. Van beneden klonk een plotse golf van rauw gelach.

Braun schudde nog steeds met het zakje.

Klikkerdeklak, klikkerdeklak...

Hij leek zijn betrekkelijk geringe taak veel te serieus op te vatten. De Unparteiische kon zich niet langer beheersen en wierp een boze blik op de overijverige secondant. De dreigende blik in zijn heldere ogen had het gewenste effect en de jongeman gaf hem het zakje met een gemompelde verontschuldiging terug.

De Unparteiische richtte zich tot Hefner en de graaf.

'Heren, bent u zover?' Ze knikten allebei. 'Goed. Laten we beginnen.'

De duellisten gingen aan weerszijden van de Unparteiische staan. Die maakte het koord los, hield het zakje vervolgens boven de tafel en hield Záborszky de opening voor.

De graaf klemde zijn stok onder zijn linkerarm en wreef over zijn oriëntaalse hangsnor. De uitdrukking op zijn brede, Mongoolse gelaat was ondoorgrondelijk en vreemd, bijna buitenaards intens. Hij sloeg langzaam een kruis, waarbij hij met overdreven uitvergrote bewegingen eerst met slappe wijsvinger tegen zijn voorhoofd, toen tegen zijn borst en tot slot tegen zijn schouders tikte. Een smaragdring glinsterde en verdween toen in het fluwelen zakje. Voordat hij zijn hand terugtrok keek de graaf de drie ulanen een voor een doordringend aan. Hij trok het lootje, hield het omhoog en draaide het rond om te laten zien dat het geen merkteken had.

Geïrriteerd door de overdreven vertoning van de graaf stak Hefner kordaat zijn hand in het zakje en haalde er een ander ongemerkt lootje uit. Hij hield het even omhoog en gooide het vervolgens nijdig op tafel.

De graaf liet zich door Hefner niet opjagen. Hij sloeg weer een sloom kruis en trok daarna aan het zwarte lint dat aan zijn vestzakje vastzat. Hij haalde de daaraan verbonden monocle tevoorschijn en drukte het glas tegen zijn linkeroog.

'Onuitstaanbaar...' fluisterde Trapp.

Toen de graaf, die demonstratief zijn eigen tempo bepaalde, eindelijk zover was, doorzocht hij naar wat een eeuwigheid leek de inhoud van het zwarte zakje en trok ten slotte weer een ongemerkt staafje.

De Unparteiische, wiens neutraliteit zwaar op de proef werd gesteld, bood het zakje aan Hefner aan. Maar voordat de soldaat kon reageren, riep Braun: 'Stop!'

Met zijn blik op het zakje gericht deed hij een stap naar voren. De drie ulanen wipten ongeduldig heen en weer, waardoor hun sporen een collectief getingel veroorzaakten.

'Zou meneer willen uitleggen,' zei de broodmagere scheidsrechter, 'waarom hij meent ons te moeten onderbreken?'

Braun wees naar het zakje.

'Ik dacht dat ik een gaatje zag.'

'Waar?'

Braun nam het zakje over van de Unparteiische, hield het boven zijn hoofd en draaide het rond.

'Nee – excuses. Ik heb me vergist.'

338

Hij gaf de zak weer aan de Unparteiische.

Renz en Trapp kreunden.

Braun keek hen verontwaardigd aan: 'Heren... ik wens mij niet te verbinden aan een oneerlijke wedstrijd. Als wij hier klaar zijn, gebiedt mijn geweten mij dat ik het gebouw verlaat in de zekerheid dat het lot, en alleen het lot, het meningsverschil heeft beslecht. Zoals u goed weet is het onze heilige plicht, de mijne én de uwe, op te treden als er ook maar de kleinste kans is dat de erecode wordt geschonden!'

Voordat de ulanen konden antwoorden, hief de Unparteiische zijn hand.

'Dank u wel, Herr Braun. Dat was heel oplettend van u. Ik ga ervan uit dat u verder geen aanmerkingen hebt en dat het duel kan worden voortgezet?'

'Ja,' zei Braun, die zijn ogen nog steeds op de ongedurige ulanen gericht hield.

De Unparteiische gaf het zakje voor de tweede keer aan Hefner.

Zonder te aarzelen stak Hefner zijn hand erin en trok een lootje. Hij bekeek het in het beschermende holletje van zijn gebogen vingers. De ulaan gaf geen blijk van enige emotie. Hij draaide het houtstaafje om en liet de fatale rode veeg zien.

Renz en Trapp hapten naar adem.

De Unparteiische keek Hefner rechtstreeks aan: 'Het duel is afgelopen. Graaf Záborszky heeft gewonnen. U weet wat dat betekent... Ik vertrouw erop dat u de code respecteert en binnen een week uw verplichting nakomt.'

69

De lange, aflopende straat was vrijwel leeg en toen Liebermann dichter bij het Donaukanaal kwam, leek de bevroren mist te verdichten en zich met katachtige nieuwsgierigheid rond zijn benen te kronkelen. Het negende district, een bastion van eerbare bourgeois normen en waarden, zag er eigenaardig anders uit, alsof een oude douairière haar garderobe had verruild voor die van een Circassische danseres. In haar nieuwe uitdossing van wervelende, ragfijne sluiers leek ze ineens in staat om verboden genot te brengen. En misschien zou ze dat uitgerekend deze avond ook wel doen...

Al lang voor de eerste bijeenkomst had professor Freud Liebermann uitgenodigd lid te worden van zijn Psychologisch Gezelschap dat op woensdagavond bijeenkwam. Maar tot nog toe had een combinatie van factoren – Clara, het ziekenhuis, Salieri – Liebermann verhinderd aanwezig te zijn. Zo was het gezelschap al ruim een maand wekelijks zonder hem bijeengekomen. Toen eindelijk de eerste gelegenheid om erbij te kunnen zijn zich voordeed, schreef Liebermann de professor een briefje waarin hij aangaf dat hij hoopte nog steeds welkom te zijn. Freud had vriendelijk gereageerd en Liebermann verzocht of hij, indien mogelijk, materiaal uit de praktijk wilde meenemen dat ze zouden kunnen bespreken. Zo kwam het dat Liebermann een manuscript bij zich had dat hij voorlopig de titel *Herr B: Aantekeningen over een geval van paranoia erotica* had gegeven.

Liebermann bedacht dat Sigmund Freuds Psychologisch Gezelschap in vele opzichten vergelijkbaar was met de talloze geheime genootschappen die in Wenen samenkwamen. Voor de zoveelste keer had een charismatische leider een groepje volgelingen om zich heen verzameld, een geheime kliek die de basisprincipes van zijn leer zou uitdragen en de gevestigde orde der dingen in twijfel zou trekken. Er was iets in deze stad, zíjn stad, wat intrige, samenzwering en opruiende elementen aantrok. Zieners en profeten konden haar niet weerstaan. Liebermann herinnerde zich ineens de straatlampen voor de opera, waarvan de voet in de vorm van vier gevleugelde sfinxen gegoten was. Toen moest hij aan de sfinxen in het Kunsthistorisch Museum denken, de sfinxen in de tuinen van het Belvedere en de sfinxen op het bureau van professor Freud. Overal in de stad zaten sfinxen...

Geheimen, geheimen, geheimen...

Liebermann werd zich bewust van een stijgende, bijna kinderlijke opwinding en versnelde zijn pas.

De grote deuren van Berggasse 19 stonden open. Hij ging naar binnen en liep door de lange, met keien bestrate doorgang. Zijn voetstappen weergalmden in de gesloten ruimte. Aan het uiteinde bevonden zich panelen van donker glas, waardoor je bij daglicht uitzicht had op een schattig binnentuintje met een kastanjeboom. Maar op deze avond weerkaatsten ze het halfdoorschijnende beeld van een jonge dokter in een lange astrakanjas.

Liebermann sloeg rechtsaf en liep een gebogen trapje op, langs een bolvormige gaslamp die op een zwierig versierde ijzeren trapleuning was bevestigd. Eromheen hing een nevelige halo, waarvan het gedempte licht net toereikend was om een zwart gelakte deur te verlichten. Midden op de deur hing een eenvoudig naambordje: PROF. DR. FREUD.

Liebermann belde aan en een dienstmeisje liet hem binnen en nam zijn jas aan. Ze wees hem Freuds wachtkamer, waarvan de inrichting een indruk van in schaduwen verhulde overvloed maakte: rode gordijnen en donker hout, een kastje waarin een kleine verzameling beeldjes stond en op een voetstuk een grote gipskopie van Michelangelo's *Stervende slaaf.* Aan de muren hingen afbeeldingen die Freuds grote interesse in de oudheid weerspiegelden: Romeinse ruïnes, een aantal achttiende-eeuwse afdrukken van klassieke scènes en, onvermijdelijk, een sfinx die voor een piramide lag te filosoferen. Rond een rechthoekige tafel zaten Freud en drie anderen.

'Ah, daar ben je,' riep de professor en hij stond kwiek op. 'Geweldig dat je hebt kunnen komen! En als ik me niet vergis, heb je inderdaad wat materiaal voor ons meegebracht. *Paranoia erotica*, zeg je? Zo, dat wordt een zeldzaam genoegen.'

Freud stelde de drie andere aanwezigen voor. Hij noemde alleen hun achternaam: Stekel, Reitler en Kahane. Liebermann herkende de eerste twee van Freuds zaterdagcolleges op de universiteit. De derde man kende hij niet, maar hij bleek de directeur van het Instituut voor Fysieke Therapeutische Methodes te zijn. Ze wisselden wat beleefdheden uit en Liebermann hoorde tot zijn verbazing dat Kahane ondanks zijn ogenschijnlijke interesse in de psychoanalyse zijn patiënten nog steeds met elektrotherapie behandelde (of eigenlijk martelde).

Een paar minuten later arriveerde Freuds laatste gast, een man van vroeg in de dertig, een gezette kerel wiens gelaatstrekken in een hooghartige uitdrukking om een grote neus samentrokken. Hij droeg een bril, had een snorretje en op zijn prominente kin zat een diepe, verticale gleuf. Liebermann wist dat hij Alfred Adler was, een arts die hij het jaar daarvoor via een gezamenlijke vriend had ontmoet. Op een feestje was Liebermann eens gevraagd Adler te begeleiden en de kracht en schoonheid van de zangstem die uit diens scheve mond was gekomen, hadden hem oprecht verrast. Het was alsof de gebreken in zijn uiterlijk door goddelijke bemiddeling waren gecompenseerd met een uitzonderlijke muzikale gave.

Toen iedereen plaats had genomen, liet Freud een grote doos sigaren rondgaan. Ter aanmoediging stond voor iedere plek aan tafel een aantrekkelijke asbak van jade. Niemand weigerde en terwijl lucifers opvlamden en weer doofden vulde de kamer zich met golvende wolken sigarenrook.

De professor gaf aan dat het tijd was om te beginnen. Hij kondigde twee gevalspresentaties aan: de eerste zou worden gehouden door dokter Stekel en de andere door dokter Liebermann (die hij meteen ook bij het gezelschap welkom heette). Na een onderbreking van vijftien minuten zouden ze vervolgens met de groep discussiëren.

Stekel, een blijmoedige huisarts, gaf een levendige beschrijving van een tweeëntwintigjarige patiënte die aan hysterische hyperalgesie leed, een aandoening die wordt gekenmerkt door extreme fysieke gevoeligheid. Het was verder helaas geen uitzonderlijk geval en Liebermann merkte dat zijn aandacht afdwaalde. Hij voelde zich een beetje gespannen en begon, bijna onbewust, zijn praatje te oefenen.

Herr B.
Achtendertigjarige boekhoudklerk.
In dienst van een goed bekendstaand kantoor in het centrum.
Geen voorgeschiedenis van psychiatrische ziekte...

Toen Stekel zijn gevalspresentatie had afgerond, klonken er ingetogen applaus en wat gemompelde woorden van dank. Freud wendde zich vervolgens tot Liebermann. De ogen van de oudere man waren donkerbruin en glansden intens.

'Dokter?'

'Dank u, professor.'

Liebermann zette zijn bril op en legde zijn aantekeningen recht.

'Heren,' begon hij, 'ik zal vanavond het geval beschrijven van Herr B. – een achtendertigjarige boekhoudklerk die begin november is opgenomen op een psychiatrische afdeling van het Gemeenteziekenhuis, onder enigszins spectaculaire omstandigheden. Herr B. schijnt een poging te hebben ondernomen paleis Schönbrunn binnen te dringen om aartshertogin Marie-Valerie te redden, die daar, naar hij beweerde, tegen haar wil werd vastgehouden. Na een vervelend incident met de paleiswachters is de politie erbij gehaald...'

Naarmate Liebermann geleidelijk meer vertrouwen kreeg, sprak hij vrijer en raadpleegde hij zijn aantekeningen minder vaak. Zijn publiek leek zeer geïnteresseerd, met name de professor, wiens oplettende gedaante achter een steeds dichtere wolk sigarenrook vervaagde.

Toen Liebermann Herr Beibers droom begon te beschrijven, sperde Freud zijn ogen open en nam hij een melodramatische houding aan. Hij legde zijn rechterhand theatraal tegen zijn slaap, als een overdreven spelende acteur aan het hoftheater. In de verwachting te worden onderbroken zweeg Liebermann even, maar de oudere man zei niets. Adler had eveneens zijn hand omhoog gebracht, maar alleen om zijn spottende glimlach aan Freuds gezichtsveld te onttrekken.

Liebermann was opgelucht toen hij aan het eind van zijn presentatie was. Het was een lastiger opgave geweest dan hij had verwacht en de kritische blikken van Freuds intimi hadden hem niet onberoerd gelaten. Hij was zich er scherp van bewust geweest dat iedere kleine verspreking tegen het psychoanalytische licht zou worden gehouden. In dit gezelschap waren alle fouten, al waren ze nog zo gering, veelzeggend. Gelukkig had hij zijn geval evenwichtig gepresenteerd en zich zelfs niet laten afleiden door Adlers gebrek aan respect.

Toen het applaus was verstomd, dankte de professor Liebermann voor zijn boeiende gevalspresentatie en belde het dienstmeisje. Ze verscheen met een groot dienblad met koffie en gebak. Zodra de bordjes, servetten en vorkjes op tafel stonden, sloeg de stemming in de kamer om. De aanwezigen ontspanden zich en wisselden zelfs wat luchtige verhalen uit. Stekel vertelde een grappig verhaal over verwisselde identiteiten en de professor reageerde daar onmiddellijk met een eigen grap op.

'Praag. Moscowitz de kleermaker is in de Oud-Nieuwe Synagoge in gebed verzonken. Plotseling schiet er een lichtflits door de ruimte. De muren schudden en een afzichtelijke gedaante met horens en een staart verschijnt. Er hangt een zwavellucht...' De professor trok aan zijn sigaar en zweeg even voor het effect. 'Moscowitz kijkt op, maar gaat door met bidden. De griezelige gedaante schudt met zijn vuist en de ark dondert naar beneden. Maar Moscowitz laat zich niet van zijn stuk brengen en blijft bidden. "Hé, jij daar," brult de angstaanjagende gedaante, "ben je niet bang?" Moscowitz haalt zijn schouders op en schudt zijn hoofd. De angstaanjagende gedaante zwiept woedend met zijn staart. Er vallen stenen. "Kleine jood," zegt de angstaanjagende gedaante, "weet je wie ik ben?" "Ja," antwoordt Moscowitz, "ik weet precies wie jij bent – ik ben al dertig jaar met je zus getrouwd!"'

Nadat het kabbelend gelach was weggestorven, stonden de heren op om de benen te strekken. Ze drentelden rond de tafel en zo belandde Liebermann op een gegeven moment naast Freud, die van zijn tweede plakje Gugelhupf stond te smullen. De cake was stevig en sappig en er steeg een rinse citroengeur van op. Voordat Freud hem op nog een grap kon trakteren, waarvan hij een onuitputtelijke voorraad leek te hebben, nam Liebermann de gelegenheid waar om een vraag te stellen die hem al een paar dagen bezighield.

'Professor,' zei hij voorzichtig, 'ik vroeg me af of ik u mocht lastigvallen om uw mening te geven... over een theoretische kwestie.'

Freud richtte zijn indringende blik op hem.

'Heb je deze cake al geproefd?'

'Ja.'

'Heerlijk, hè?'

'Buitengewoon.'

'Ik heb een groot zwak voor Gugelhupf.' Freud spietste een helder-geel stukje cake op de scherpe tanden van zijn vork. 'Maar wat zei je... een theoretische kwestie?'

'Ja,' antwoordde Liebermann. 'Denkt u dat de beginselen van de droomduiding ook op kunstwerken kunnen worden toegepast?' Het brokje cake bereikte Freuds mond niet. Ergens in de buurt van zijn sleutelbeen kwam de reis abrupt tot stilstand. 'Dat is een uitermate interessante vraag.' De professor zweeg even, slikte en zette zijn bord op de rand van de tafel. Hij had ineens totaal geen belangstelling meer voor zijn Gugelhupf.

'In dromen,' sprak de jonge dokter verder, 'wordt de inhoud van het onbewuste – traumatische herinneringen, verlangens, enzovoort – omgezet. Die verschijnt in een verhulde vorm. Als we uw technieken toepassen, kan de ware betekenis worden vastgesteld. Zouden we een schilderij of beeldhouwwerk niet als een soort... creatieve droom kunnen beschouwen?'

'Kent u Lermoliev – de Russische kunstkenner?' vroeg de professor.

'Nee.'

'Lermoliev was een pseudoniem. Hij was in werkelijkheid een Italiaanse arts genaamd Morelli. Hij ontwikkelde een methode waarmee authenticiteit kon worden vastgesteld en veroorzaakte vervolgens veel ophef in Europese kunstgalerieën toen hij het auteurschap van een groot aantal beroemde schilderijen in twijfel trok...' De professor trok aan zijn keurig gecoiffeerde baard. 'Lermoliev beweerde dat de aandacht niet op de algemene indruk van een schilderij gericht moest zijn, maar dat het juist ging om kleine details: hoe een vingernagel was neergezet, een oorlelletje, heiligenkransen. Dergelijke bijzaken blijven doorgaans buiten beschouwing en worden door de onoplettende kopieerder makkelijk over het hoofd gezien, maar worden door iedere echte kunstenaar in zijn zeer eigen stijl uitgevoerd. Zoals ik het zie vertoont de onderzoeksmethode van Lermoliev nauwe overeenkomsten met de techniek van de psychoanalyse. De psychoanalyticus heeft geleerd geheimen op te sporen op schijnbaar onbeduidende plekken...

zeg maar op de vuilnisbelt van onze waarnemingen.' De professor pakte een sigaar, stak die op en schraapte zijn keel. 'Ik zie geen reden waarom de beginselen van ons vak niet zouden kunnen worden toegepast op kunst. Je zou bijvoorbeeld kunnen zoeken naar bewijzen van onbewust materiaal dat, laten we zeggen, is doorgebroken... anomalieen, misschien? Vervormingen en symbolisatie... Zo beschouwd zou je een schilderij kunnen vergelijken met een raam waardoor een analyticus glimpen opvangt van het onbewuste van de kunstenaar.'

Het was het antwoord waarop Liebermann had gehoopt.

De klok sloeg.

'Hemeltje,' zei Freud. 'De tijd vliegt.'

Het dienstmeisje werd weer gebeld en toen zij de tafel had afgeruimd, namen de heren weer plaats om de gevalspresentaties te bespreken. Dit laatste deel van de avond was voornamelijk gewijd aan een gezamenlijke analyse van Herr Beibers droom. Freud vroeg Liebermann eerst de hoofdpunten nog eens te herhalen. Af en toe onderbrak hij hem met schijnbaar triviale vragen: 'Weet je zeker dat Herr B. vijf was?' 'Hoe groot waren die wolven precies?' 'Had een van de wolven een staart?' Enzovoort.

Nadat Liebermann de droom een tweede keer had beschreven, nodigde Freud de anderen uit te reageren.

'Het doet me denken aan een sprookje...' begon Stekel. 'Iets van de gebroeders Grimm: zoiets als Roodkapje. Ik ben ervan overtuigd dat het optreden van wolven in kinderverhalen onlosmakelijk verbonden is met de angst te worden verzwolgen.'

'Het zou kunnen zijn dat de wolven, die uit een spelonkachtige ruimte tevoorschijn komen, een substitutie zijn voor een meer fundamentele angst, die voor de *vagina dentata*,' zei Reitler.

Adler liet zich ook horen: 'Daarom onthoudt Herr B. zich, uit angst zijn mannelijkheid te verliezen, maar helemaal van de seksuele praktijk.'

'En,' zei Stekel met opgeheven vinger, 'vervolgens raakt hij geobsedeerd door aartshertogin Marie-Valerie – met wie hij nooit een relatie kan hebben.'

'Waarmee voor hem de huwelijkse vereiste van gemeenschap irrelevant wordt,' concludeerde Freud.

Liebermann verbaasde zich over de snelheid van de discussie. De ideeën schoten over de tafel.

Toen de eerste opwinding was gaan liggen, speculeerde Freud hardop verder.

'Heren, het staat buiten kijf dat Herr B.'s *paranoia erotica* een afweermechanisme is, een ongelukkig compromis tussen de behoefte liefde te vinden en de angst voor seksuele vereniging. Maar ik denk niet dat de wolvendroom een primaire, mythische angst vertegenwoordigt, maar dat die een vroege herinnering is van een echte, traumatische gebeurtenis. Herr B. was een ziekelijk kind dat in de ouderlijke slaapkamer sliep. Hij had de pech dat hij op een nacht wakker werd terwijl zijn ouders bezig waren met een *coitus a tergo* – vandaar de gedaanteverandering van zijn vader en moeder in beesten. Het gehijg bleef echter in de droom intact en werd niet vervormd. Herr B. had het grootste taboe van alle menselijke gemeenschappen geschonden. Welk kind, en eigenlijk ook welke volwassene, kan zonder gevoelens van schuld of angst over de omstandigheden van zijn eigen conceptie nadenken? Herr B. verwachtte dat hij voor zijn zonde zou worden gestraft. Een straf die uit het traditionele volksverhaal kwam: levend te worden opgegeten!'

Freud pakte een nieuwe sigaar. In de daaropvolgende stilte verdween hij geleidelijk volledig achter een kolkende rookwolk. Alleen een schorre hoest herinnerde de aanwezigen eraan dat hij er nog was.

70

Andreas Olbricht had de avond in verschillende koffiehuizen doorgebracht om de kritieken te lezen. Hij ging aansluitend niet naar huis, maar liep in plaats daarvan naar de andere kant van de stad, naar zijn atelier. Daar stak hij een kaars aan en schonk zichzelf een groot glas wodka in.

Losse woorden en zinnen speelden steeds weer door zijn hoofd, braken door het veerkrachtige oppervlak van zijn bewustzijn en strooiden hun venijn uit. Het voelde alsof zijn hoofd van binnen ziedde, alsof het van binnenuit werd weggevreten door bijtende druppels kwaadaardigheid.

Een kunstenaar zonder enig talent.

Technisch zwak.

Onbehouwen, fantasieloos, waardeloos.

Gespeend van alle oorspronkelijkheid...

Olbricht nam een grote slok.

Hoe konden ze dat soort dingen beweren?

Door de nevel van zijn eigen dampende adem kon hij net een onaf doek onderscheiden. Hij had het in zijn tentoonstelling willen opnemen, maar was in tijdsnood gekomen. Het was een schilderij van Loge, god van vuur, list en bedrog: een duivels silhouet voor een inferno van likkende vlammen. In het atelier hing een lucht van terpentine en lijnzaadolie.

Gebrekkige penseelvoering.

Een armzalig colorist.

Afgezaagde onderwerpen...

Olbricht nam nog een grote slok.

Er was één goede kritiek geweest, in een kleine pangermaanse publicatie. De auteur had Olbrichts edele idealen geprezen: zijn visie, zijn gevoeligheid, zijn *Weltanschauung.* Maar wat schoot hij daarmee op? Hij had erkenning nodig van de *Zeitung, Die Zeit, Die Fackel,* het *Neues Wiener Tagblatt,* de *Neue Freie Presse.* Hij had zoveel meer nodig. Plotseling maakte zijn droefenis plaats voor woede. Razernij schoot door hem heen en eventjes zag hij alleen een fel wit licht. Hij smeet zijn glas weg en zag hoe het op de tegenoverliggende muur uit elkaar spatte. Hij voelde hoe hij als door een vreemde hand naar de andere kant van de kamer werd geduwd. Met zijn zakmes in de hand stond hij voor het schilderij van Loge. Het lemmet glinsterde toen het naar beneden raasde en scheurde, openreet, kapotsneed. Hij hield niet op, haalde wild uit, hijgde en ging door tot er van zijn werk niets meer dan slordige flarden over was.

Olbricht liet zich langs de muur op de grond zakken. Uitgeput sloot hij zijn ogen en fluisterde in het donker: 'Het laatste oordeel.'

71

Liebermann had in eerste instantie twijfels ten aanzien van de juistheid van Freuds interpretatie. Freuds toenemende neiging om voor alle vormen van psychopathologie een seksuele oorzaak voorop te stellen, was niet onopgemerkt gebleven. Liebermann had zelfs eens een gastprofessor horen zeggen dat Freud aan een ontluikende seksuele monomanie leed. Niettemin, hoe meer Liebermann over Freuds interpretatie nadacht, hoe plausibeler hem die leek. Was er nou echt zo'n grote verbeeldingssprong voor nodig om een stoornis in het vermogen lief te hebben te koppelen aan een verdrongen seksueel trauma?

'Denkt u dat uw dromen iets betekenen, Herr Beiber?'

'Daar ben ik van overtuigd. Vooral als ze gepaard gaan met sterke gevoelens...'

'Zoals uw wolvendroom.'

'Ja, vermoedelijk wel.'

'Wat denkt u dat uw wolvendroom betekent?'

'Ik weet het niet. Maar zoals ik eerder al aangaf, kan hier een bovennatuurlijke aanwezigheid een rol spelen.'

'Dat zegt u omdat u het zware ademen, het gehijg, ook andere keren hoorde?'

'Ja.'

Liebermann leunde voorover en keek onderzoekend naar zijn liggende patiënt.

'Stel dat die droom een herinnering is?'

Herr Beiber fronste zijn voorhoofd.

'Onze geest maakt gebruik van mechanismen,' sprak Liebermann verder, 'die ervoor zorgen dat beangstigende herinneringen buiten onze bewuste gewaarwording blijven. Deze herinneringen worden vervolgens weggedrukt of verdrongen. Maar dat betekent niet dat ze inactief worden, ze sluimeren alleen. Als we slapen, verslapt het verdringingsmechanisme en kunnen ze weer bovenkomen. Gedacht wordt dat er een soort censor in de geest zit, die zijn best doet om deze herinneringen te vervormen zodat ze minder beangstigend zijn en de slaap niet verstoren. Soms slaagt de censor daar volledig in, soms alleen ten dele en soms helemaal niet. Het feit dat u wakker werd van uw droom wijst erop dat die een bepaalde traumatische herinnering vertegenwoordigt. Het soort herinnering dat de geest van een jong kind kan overweldigen.'

Liebermann zweeg zodat Herr Beiber zijn woorden kon verwerken. Hij zag dat zijn patiënt nadacht. Hij had zijn borstelige oranjegele wenkbrauwen peinzend samengetrokken.

'Ga door...' zei Herr Beiber.

'U was een ziekelijk kind. Dat was de reden dat u ook na uw vroegste jeugd op de kamer van uw ouders sliep. Het zou kunnen zijn dat u dingen hebt gezien...'

Liebermann beschreef heel zorgvuldig en voorzichtig Freuds interpretatie van de wolvendroom. Toen hij uitgesproken was, viel er een lange stilte. Herr Beiber tikte met zijn wijsvinger op de gelatineachtige massa van zijn buik waardoor die onder het katoenen hemd continu schommelde.

'Een herinnering, zegt u... een traumatische herinnering.' Herr Beiber herhaalde de woorden zachtjes.

'In de ogen van een kind zijn veel gedragingen van volwassenen vreemd en verontrustend... maar wat ú zag, moet angstaanjagend zijn geweest. Niettemin hebt u de overgang naar volwassenheid zelf gemaakt... u hebt niets meer te vrezen.'

Beibers vinger hield op met tikken.

'Als u een relatie zou aangaan,' zei Liebermann, 'met een vrouw – een gewóne vrouw: een typiste op kantoor, een winkelmeisje, een naaister, wie zal het zeggen? – maar een vrouw met wie u op een dag realistisch gesproken zou kunnen trouwen, zullen uw gevoelens voor aartshertogin Marie-Valerie naar ik vermoed snel afnemen.'

Herr Beiber beet op zijn lip.

'Het psychoanalytische proces is een proces van terugwinning,' sprak Liebermann verder. 'Als we eenmaal inzicht hebben, kunnen we het leven dat we hebben verloren heroveren. Wat voorheen door het onbewuste angstvallig werd bewaakt, wordt bewust; het irrationele moet wijken voor het rationele. Mocht u op een dag de echtelijke slaapkamer betreden, bedenk dan dat u dat als een man zult doen en niet als een verward, bang kind.'

Herr Beiber was voor het eerst sinds de start van zijn analyse ernstig. Er kwamen geen vrolijke commentaren of wilde fantasieën. Geen bloemrijke verklaringen van eeuwige, bovenzintuiglijke liefde. Het was alsof Liebermann een kiem had gezaaid die al wortel begon te schieten. Het deed hem denken aan het bekende beeld van een jong boompje dat tussen de barsten van het plaveisel oprijst. Het was opmerkelijk hoe iets wat zo fragiel, zo delicaat was het voor elkaar kreeg uiteindelijk zware stoepstenen opzij te duwen. Maar dat was precies hoe psychoanalyse werkte: het zaadje van inzicht dat groeit, zich ontwikkelt, krachtiger wordt en op een goed moment het pantser van de psychopathologie verbrijzelt.

Buiten sloeg een kerkklok het hele uur.

'Herr Beiber...' Hun tijd was om, maar Liebermann kon zijn patiënt niet laten gaan voordat hij hem nog één vraag had gesteld: 'In een vorige sessie had u het over een incident met een cellist. U probeerde hem zover te krijgen om voor paleis Schönbrunn een aubade te spelen. Weet u nog?'

'Ja. Hoezo?' Beiber klonk enigszins gepikeerd, alsof het hem stoorde dat zijn gedachtegang werd onderbroken.

'U zei,' sprak Liebermann verder, 'dat hij een aparte kerel was. U zei dat er "iets met hem" was.'

'O ja?'

'Ja. Wat bedoelde u daarmee?'

Herr Beiber was nog steeds elders met zijn gedachten.

'Een traumatische herinnering...' fluisterde hij.

'Herr Beiber?' Liebermann sprak iets luider. 'De cellist. U zei dat hij apart was... er was "iets met hem". Wat bedoelde u?'

De boekhoudklerk maakte zich los van zijn gedachten en zijn voorhoofd ontspande.

'Zijn gezicht, denk ik.'

'Wat was daarmee?'

'Nou ja... Het klinkt misschien harteloos, en ik besef dat ik zelf ook verre van volmaakt ben, maar deze arme kerel... nou ja, hij zag eruit als een kikker!'

Precies op dat moment klopte er iemand op de deur.

'Binnen,' riep Liebermann.

Kanner stak zijn hoofd om de hoek.

'Max?'

Liebermann stond op en liep naar zijn vriend toe.

'Wat is er?'

Kanner sprak op zachte toon verder: 'Er is zo-even een jongeman van de recherche binnengekomen. Ene Haussmann? Hij zei dat het om een dringende kwestie gaat. Iets over ene "Salieri" die gevonden zou zijn. Misschien een van je Italiaanse patiënten?'

72

Midden in de kamer stond een kleine ronde tafel met daaromheen drie stoelen. Op een daarvan zat luitenant Ruprecht Hefner. Hij zat wijdbeens en met zijn hoofd in zijn nek. Hij leek zijn rechterhand in zijn mond te hebben gepropt. Bij nadere inspectie kon je de matte metalen loop van een klein pistool zien, evenals brandplekken en blaren. Achter de stoel had zich een grote plas bloed gevormd. Het gladde oppervlak werd onderbroken door stukjes klonterige grijze hersenmassa. Opmerkelijk genoeg was Hefners uniform smetteloos: op het blauw was geen vlekje te bekennen en de koperen knopen glansden helder als goudsbloemen.

Liebermann liep erheen en hurkte neer. Achter in Hefners schedel zat een rafelige krater waaruit nog steeds met onregelmatige tussenpozen vocht op de grond druppelde.

'Zijn knecht heeft hem vanochtend vroeg gevonden,' zei Rheinhardt. 'Hij heeft een Amerikaans duel verloren.'

'Hoe weet je dat?'

Rheinhardt gaf Liebermann een vel papier.

'Zijn zelfmoordbrief.'

Liebermann nam het papier aan en begon te lezen:

Ik, luitenant Ruprecht Georg Hefner, gezond van geest, vertrek uit dit leven als een man van eer...

Liebermann las vluchtig de inleidende alinea's door.

Mijn sabel laat ik na aan luitenant Trapp en mijn pistolen aan luitenant Renz...

Mijn paard Geronimo laat ik na aan de regimentsarts, die mij bij vele gelegenheden uitmuntend heeft bijgestaan...

Verderop ging het over een aantal uitstaande gokschulden die Hefner tot zijn spijt niet zou kunnen voldoen.

Rheinhardt wees naar een passage lager op de pagina.

'Lees dit eens.'

Liebermann las verder:

Het is allemaal voorbij. De zon gaat onder voor onze mensen en er zijn te weinig goede mannen die bereid zijn zich te laten horen. Een eenzame stem hier, een eenzame stem daar; maar dat is niet genoeg. De lafaards in het regeringsgebouw en op het stadhuis doen niets. Onze prachtig stad is verziekt. Ik heb gedaan wat ik kon. Maar Wenen kan niet worden gered...

Er volgde een kwaadaardige aanval waarin alle vijanden van het Duitse volk het moesten ontgelden: de Joden, de Slaven, de katholieke kerk... de zuidelijke rassen.

'Daar heb je het!' riep Rheinhardt uit. 'Hij moet het zijn. Dit is nagenoeg een bekentenis!'

Liebermann draaide het blad om. De achterkant was leeg.

'We weten dat hij madame Boreks bordeel bezocht,' sprak Rheinhardt verder met wijd open ogen van opwinding. 'Hij was lid van het Eddisch Literair Genootschap en ook van het Richard Wagner Genootschap. Hij droeg een sabel en wilde Wenen redden van al die mensen en instellingen die Guido List ook zo verafschuwt. Hij moet het zijn. Hij móet Salieri zijn!'

'Nee, Oskar,' zei Liebermann. 'Ik ben bang dat je het mis hebt.'

Rheinhardt griste Hefners brief uit Liebermanns handen en las hardop: 'Onze prachtig stad is verziekt. Ik heb gedaan wat ik kon...'

De zin bleef tussen hen in hangen.

'Hij heeft het over duelleren, Oskar. Meer niet. Hij had er overduidelijk veel schik in om mensen die hij als vijand beschouwde te provoceren: Joden, Tsjechen, Hongaren... mensen als Freddi Lemberg.'

Rheinhardt zuchtte. Zijn stelligheid was in een klap verdwenen.

'Maar het bewijs, Max... Madame Borek, de sabel...'

'Salieri zou het niet hebben kunnen laten *Die Zauberflöte* te noemen.'

'Hij is lid van het Richard Wagner Genootschap...'

'En dan zijn er de bevindingen van Miss Lydgate.'

'Ze moet een fout hebben gemaakt.'

'Zoals ik je al eens zei: dat betwijfel ik ten zeerste.'

Rheinhardt keek zijn vriend plotseling recht in de ogen. Hij kon de irritatie in zijn stem niet verdoezelen.

'Max, hoe weet je dat zo zeker?'

Liebermann glimlachte en legde beide handen met een klap op Rheinhardts schouders.

'Ik weet het zo zeker, Oskar... omdat jij en ik Salieri vanavond een bezoekje gaan brengen.'

73

Graaf Záborszky keek over de lage Turkse tafel naar Otto Braun. Hij zoog aan het mondstuk van zijn waterpijp en blies een wolk scherp geurende rook uit. De kaars flakkerde in de tocht van zijn opiumadem.

'Zo...' zei hij. 'De dwaas is dood?'

'Ja,' antwoordde Braun. 'Het stond in de late editie van de kranten.'

De lippen van de graaf gingen een stukje uit elkaar en zijn scherpe tanden werden zichtbaar. Braun vatte het op als een glimlach.

'Jullie Duitsers...'

Braun sputterde.

'Hij was Oostenrijks. Geboren in Wenen.'

De graaf deed Brauns opmerking met een hoonlach en een vermoeid gebaar af.

'... met jullie belachelijke erecode.'

Van boven klonk het geluid van een piepend matras in een regelmatig, klaaglijk ritme. De graaf wierp een blik op het plafond.

'Heb je het nieuwe meisje al eens geprobeerd? Dat Galicische?'

'Nee.'

'Moet je doen.'

'Ik heb geen geld.' Braun sprak deze woorden nadrukkelijk uit.

De graaf liet zijn hand in zijn zak glijden, trok een kleine leren beurs en gooide die op tafel. De jongere man raapte hem op, voelde het gewicht in zijn hand en stopte hem in zijn zak.

Het piepen stopte.

'Hoe heb je het gedaan?' vroeg de graaf.

'Ach, geen kunst... ik deed vroeger zo'n soort truc in mijn goochelshow in het Blauwe Donautheater. Een nummer met een weddenschap die ik altijd won. Een snelle ruil. Het stelt niets voor...'

'Ja. Maar hoe?'

Braun schudde zijn hoofd.

'Dat verraad ik niet.' Hij nam een quasiplechtige houding aan en voegde daaraan toe: 'Geen enkele eerbare goochelaar zou de code schenden.'

De graaf zoog zachtjes aan zijn waterpijp en liet een schorre, droge lach horen.

'Uitstekend, Braun. Uitstekend.'

Boven ging een deur open en weer dicht. Op de overloop klonken voetstappen en vervolgens gelaarsde voeten die onzeker de trap afstommelden. Uit het donker dook een cavalerist op.

'Goedenavond,' zei de graaf. 'Hebt u zin om een potje kaart met ons te spelen?'

De pet van de ulaan stond vervaarlijk schuin op zijn hoofd.

'Ik moet u wel waarschuwen... Ik heb een formidabele reputatie.'

'Dat geloof ik onmiddellijk,' zei de graaf. 'Ga zitten...' Hij wees naar de stoel naast die van Braun. De goochelaar haalde een kaartspel tevoorschijn en liet die naast de kaars op tafel vallen.

'Wat zal het zijn?' vroeg hij en hij wierp de graaf een schalkse blik toe.

DEEL VIER

Onderwereld

74

De met kinderkopjes geplaveide straat leidde omhoog naar een kort, doodlopend weggetje. Het was een duistere, nogal verlaten plek, slechts verlicht door één gaslantaarn. De lage panden met maar één verdieping waren in gebruik voor bedrijfjes en de eigenaren daarvan hadden hun bezigheden voor die dag allang afgesloten. Uit grote houten borden bleek dat er een wagenmaker, een smid en een timmerman gevestigd waren. Een hoog woongebouw keek met zijn vele vensters op het doodlopende straatje neer. Uit enkele van de hogere ramen straalde licht, waaruit viel af te leiden dat niet alle bewoners sliepen.

Eerder die avond was er vanuit de bergen een warme, droge valwind gaan waaien, waardoor alle sneeuw en ijs in een paar uur tijd waren weggesmolten. Overal klonk het gedruppel en getik van stromend water op weg naar de goten. Door dit bizarre meteorologische natuurverschijnsel kon de temperatuur in één klap met meer dan twintig graden Réamur stijgen.

Liebermann knoopte zijn jas open en trok zijn das wat losser.

'Hij wordt in verband gebracht met krankzinnigheid, wist je dat?'

'Wat? De föhn?' vroeg Rheinhardt.

'Ja, dat zal iedere ziekenhuispsychiater je kunnen vertellen. De patiënten worden rusteloos en er zijn op dit soort dagen altijd meer opnames.'

'Hoe komt dat?'

'We hebben geen idee.' De jonge arts zuchtte. 'Het is geen goed voorteken.'

'Ik dacht dat jij niet in voortekens geloofde.'

'Salieri is al gestoord genoeg zonder een föhnwind die zijn geestelijke toestand er niet beter op maakt. Heb je je revolver bij je?'

'Natuurlijk,' zei Rheinhardt.

Ze hielden zich verscholen in een diep portiek. Rheinhardt keek om het hoekje naar een rij lege, zwarte ramen boven hen.

'Nog steeds niets... Hij is er niet.' Rheinhardt bolde zijn wangen.

'Besef je wel, Max, dat als je je vergist en we worden betrapt, mij een fikse uitbrander van hoofdcommissaris Brügel te wachten staat?' De jonge dokter liet zijn blik over de vochtige kasseien dwalen. 'En om eerlijk te zijn,' vervolgde Rheinhardt, 'heb je tot nu toe maar weinig losgelaten over je deductiemethoden.'

'Ik leg het je te zijner tijd allemaal uit.'

Rheinhardt draaide aan de puntjes van zijn snor.

'Hij is geen bibliothecaris.'

'Dat weet ik.'

'Miss Lydgate en jij kunnen niet allebei gelijk hebben.'

Liebermann haalde zijn schouders op.

De inspecteur sputterde nog wat, maar drong niet verder aan. Hij was bereid zijn vriend het voordeel van de twijfel te geven, omdat hij wist dat de jonge dokter vaak het onnavolgbaarst was als hij met zijn gevolgtrekkingen op het goede spoor zat. Maar hoe het ook zij, dacht Rheinhardt bij zichzelf, zijn hebbelijkheden kunnen wel knap irritant zijn...

'Misschien is het mogelijk de woning binnen te gaan zonder iets te beschadigen,' zei Rheinhardt. 'In dat geval hoeft niemand er ooit achter te komen dat we hier geweest zijn. Aan de andere kant zal ik, als we iets belastends vinden, hier moeten blijven wachten om een arrestatie te kunnen verrichten. Jij hoeft je niet verplicht te voelen om te blijven. Sterker nog, het zou waarschijnlijk handiger zijn als jij hulp ging halen.'

'En jou in je eentje het hoofd laten bieden aan dat monster? Geen sprake van.'

Rheinhardt glimlachte. 'Blijf hier dan maar wachten. En roep me als je hem ziet komen.' Hij stak de straat over en onderwierp de eenvoudige houten deur aan een grondig onderzoek. Liebermann zag dat zijn vriend in de weer ging met het slot, wat hem nogal verbaasde. Voor zover hij wist had de inspecteur geen bijzondere kennis van de werking van sloten. Maar na enkele minuten wenkte Rheinhardt hem met brede handgebaren. Liebermann kwam uit zijn schuilplaats tevoorschijn en haastte zich naar de overkant. Toen hij er was, draaide

Rheinhardt de deurknop om en duwde de deur open.

'Hoe heb je dat voor elkaar gekregen?' vroeg Liebermann, diep onder de indruk.

Rheinhardt hield een bosje vernuftig ogende staafjes met dunne uitsteeksels omhoog.

'Lopers,' zei Rheinhardt. 'Ze werken niet altijd, maar deze keer hebben we geluk.'

Hij haalde een voorwerp tevoorschijn dat Liebermann nog nooit eerder had gezien: een korte cilinder, die wel wat weg had van een telescoop, met eromheen verschillende zilveren ringen.

'Wat is dat in vredesnaam?'

'Een zaklantaarn.'

'Een wat?'

'Het is een Amerikaanse vinding. Kijk. Ik duw het schuifje naar voren...' Rheinhardt duwde een verhoogd metalen knopje met zijn duim naar voren en een straal licht zette de gang in een fel schijnsel. De lamp bleef enkele tellen schijnen voor hij weer uitdoofde.

'Sensationeel,' riep Liebermann uit. 'Een draagbare elektrische lamp!'

'Inderdaad,' zei Rheinhardt. 'Dit zal ons werk radicaal veranderen: het brandgevaar dat nachtelijk onderzoekswerk tot nu toe met zich meebracht behoort daarmee tot het verleden.'

Ze sloten de deur achter zich en beklommen een steile trap naar een kleine overloop. Aan de ene kant daarvan lag een schaars gemeubileerd kamertje met daarin een veldbed, een fornuis, een klerenkast en een boekenkast.

'Hierheen,' zei Rheinhardt.

Ze gingen de kamer binnen en begonnen een systematische zoektocht, te beginnen bij de klerenkast. Die bevatte niets opmerkelijks en rook sterk naar mottenballen. Onder het bed vonden ze een halfvolle po. De boekenkast stond vol voorspelbare titels: *Carnuntum, Deutschmythologische Landschaftsbilder, De onoverwinnelijke, Pipara* en andere werken van Guido List. Ook stonden er werken in van de Engelsman Houston Stewart Chamberlain: een biografie van Richard Wagner en zijn beroemde geschiedkundige werk *Die Grundlagen des neunzehnten Jahrhunderts.*

Hun onderzoek verliep traag, omdat het tempo bepaald werd door de korte, periodieke verlichting van de zaklantaarn. Na een tijdje raakten de mannen echter gewend aan het ritme dat hun door de beperkingen van het ding werd opgelegd. Het was bijna hypnotiserend. Flits – stop – donker. Flits – stop – donker.

Zoeken – wachten, zoeken – wachten...

Liebermann wierp een zenuwachtige blik door de open deur.

'Kom op,' zei hij. 'Er is hier niets. We moeten opschieten.'

'Tja, er is daar ook niet veel,' antwoordde Rheinhardt en hij scheen een straal licht naar de andere kant van de overloop.

'O, vast wel. Dat kan ik je verzekeren.'

Rheinhardt meende een nieuwe toon van zelfvertrouwen in Liebermanns stem te horen.

'Je hebt iets gezien, hè?'

'Later, Oskar,' siste Liebermann.

Rheinhardts ergernis stak de kop weer op, maar hij zei niets.

De twee mannen gingen behoedzaam het atelier binnen.

Het zag er nog bijna net zo uit als Rheinhardt het zich herinnerde: een gehavende kist, een tafeltje, houten lijsten en een manshoge spiegel tegen de muur. Het enige belangrijke verschil was dat alle schilderijen weg waren.

Liebermann liep voorop. Zijn schoenen maakten een hol geluid op de houten vloerdelen. Opeens veranderde het geluid. Er kraakte iets onder zijn voeten.

'Oskar...'

Rheinhardt hield de zaklamp bij de vloer en liet het licht op een grote hoeveelheid glinsterende scherfjes schijnen. Liebermann hurkte neer. Hij raakte met zijn vinger een van de schitterende lichtpuntjes aan.

'Glas...'

Toen Liebermann weer overeind kwam, schopte hij per ongeluk tegen iets hards. Het rolde over de vloer, wat een merkwaardig hard stommelend geluid maakte waarvan de toonhoogte onderweg heel even veranderde.

Flits – stop – donker. Flits – stop – donker.

Het geluid was afkomstig van een lege fles die tot stilstand was gekomen tegen een van de poten van een ezel. Liebermann raapte hem op en las wat er op het etiket stond. 'Wodka,' mompelde hij. Toen werd zijn aandacht getrokken door wat er van het schilderij op de ezel over was. Rode repen linnen hingen in rafels aan de lijst.

'Het is aan stukken gesneden,' fluisterde hij.

'Waarom zou hij dat hebben gedaan?'

'Vanwege de kritieken. Heb je ze gelezen?'

'Een paar, ja. Ze waren verschrikkelijk. Nogal onrechtvaardig, vond ik. Zó slecht is hij nou ook weer niet.'

'Hij heeft zich bedronken om de pijn te verdoven, in een aanval van woede zijn glas tegen de muur gegooid en daarna in een vlaag van wanhoop zijn nieuwste werk vernield. Ik vraag me af wat het voorstelde...'

Rheinhardt maakte de gehavende kist open en scheen er met de zaklantaarn in.

Flits – stop – donker. Flits – stop – donker.

Wat vuile kielen, een gipsen torso en een paar tentoonstellingsaffiches.

'Nou, op basis van wat hierin zit zullen we geen veroordeling krijgen.'

Rheinhardt liet het deksel van de kist weer zakken en liet het schuifje van de zaklantaarn los. De kamer loste op in duistere leegte. Buiten was de zachte muziek van het druppelende water nog steeds te horen en in de verte het getrappel van hoeven en het gerammel van paardentuig.

De inspecteur zuchtte. 'Je was er zeker van dat we bewijs zouden vinden...' De jonge dokter zweeg. 'Nou,' vervolgde Rheinhardt, die nu zijn ergernis niet langer kon verhullen. 'Waar dan?'

'Viel het geluid dat die fles maakte toen hij over de vloer rolde jou ook op? Het verschil in toonhoogte?'

'Nee.'

'Wij analytici zijn geoefende luisteraars. Daar ergens zul je vinden wat je zoekt.'

Rheinhardt schoof het schuifje weer naar voren en zette zijn metgezel in het licht. De jonge dokter wees met gestrekte arm naar het gedeelte van de vloer tussen de tafel en de kast.

'Onder de planken?' zei Rheinhardt.

'Ja,' antwoordde Liebermann kortweg.

De inspecteur ging op handen en knieën zitten en kroop over de vloerdelen in de aangewezen richting. Hij hield de lichtbundel dicht op de grond.

'Wat ben je in vredesnaam aan het doen, Oskar?'

Rheinhardt bedacht dat hij deze gelegenheid kon gebruiken om de jonge dokter een koekje van zijn eigen raadselachtige deeg te geven en dus zweeg hij.

'Oskar?' hield Liebermann vol. 'Wat doe je?'

Pas toen Rheinhardt ervan overtuigd was dat de jonge dokter de bedoeling van zijn ongebruikelijke zwijgzaamheid wel zou hebben begrepen, verwaardigde hij zich te antwoorden.

'Het zou te veel tijd kosten om alle planken eruit te halen,' begon hij, 'daarom zoek ik sporen van recente schade. Als een vloer voor het eerst wordt gelegd, worden de spijkers waarmee de planken op de dwarsbalken worden getimmerd er zo diep mogelijk in geslagen. Het is dan onmogelijk ze eruit te halen zonder het omringende hout te beschadigen. Als dergelijke sporen niet te vinden zijn, is het zinloos om door te gaan.'

Rheinhardt kroop heen en weer over de vloer met knieën die tegensputterend knapten en kraakten. Uiteindelijk riep hij uit: 'Ha! Hier is het. Een beschadiging! Kom eens kijken, Max...' Liebermann liep naar zijn vriend en zag rond een van de spijkerkoppen splinters en gekneusd hout zitten. 'En deze plank hier,' vervolgde Rheinhardt, terwijl hij een vloerdeel heen en weer wrikte, 'zit vrij los.'

'Ik neem aan dat dat betekent dat je morgenochtend terug zult moeten komen voor een officiële huiszoeking?'

'Helemaal niet.'

'Maar we hebben geen gereedschap bij ons om die planken eruit te krijgen.'

'O, jawel.'

Rheinhardt ging op zijn hurken zitten en haalde een nijptang uit de zak van zijn ruime jas.

'Lieve hemel, Oskar, wat heb je nog meer allemaal bij je?'

'Behalve mijn revolver en mijn lopers: een opschrijfboekje, een potlood, een zakmes, nog een kleiner tangetje, een pincet, een vergrootglas, handboeien en een paar enveloppen met verstevigde hoeken. Je moet altijd op alles voorbereid zijn, Max. Hier, hou jij de zaklamp even vast.'

Rheinhardt ging aan het werk om de spijkers eruit te trekken. Hij deed het met de systematische, grimmige vastberadenheid van een vakkundige tandarts.

Knijpen, draaien, trekken. Knijpen, draaien, trekken.

Toen hij alle spijkers uit de eerste plank had verwijderd, lichtte hij hem met behulp van zijn zakmes van de onderliggende dwarsbalk. Liebermann scheen met de zaklamp in het gat.

Zijn adem stokte even. 'Volgens mij zie ik wat liggen.'

Rheinhardt ging plat op zijn buik liggen en stak zijn arm in het gat. Hij tastte rond en opeens veranderde de uitdrukking op zijn gezicht van vastberaden concentratie in een mengeling van verbazing en triomf.

'Goede hemel!' riep hij uit. 'Het voelt als... Ik kan het bijna niet geloven... een cellokist!' Hij begon nog verwoeder in het rond te graaien. 'Ja, ja, een cellokist!'

Rheinhardt trok zijn arm terug en pakte zijn tang.

'Kom, we gaan verder.'

De inspecteur hervatte zijn taak met hernieuwd animo en wrikte elke spijker met één krachtige ruk los. Er verschenen zweetdruppeltjes op zijn voorhoofd. Al snel was de tweede plank los en onthulde de zaklamp een welving van versleten leer. De golvende vorm volgde duidelijk de lijn van de taille en buik van het instrument dat erin zat.

Toen Rheinhardt met de derde plank aan de slag ging, merkte hij opeens dat de pulserende lichtstraal was weggedwaald van de kop van de spijker.

'Max!' zei Rheinhardt. 'Iets meer naar rechts, graag.'

Maar de jonge dokter reageerde niet. In plaats daarvan hield hij de zaklantaarn op de deuropening gericht. De tijd leek te vertragen. Hij bewoog het schuifje naar voren, maar het reageerde langzamer dan voorheen. Het licht droop naar buiten als stroperige vloeistof en golfde door de kamer met de trage beweging van gemorste honing.

Flits – stop – donker.

De omtrek van de schilder nestelde zich in zijn geheugen als de vormen die op je netvlies blijven hangen als je in de zon hebt gekeken. Wat hij zag had het karakter van een toneelillusie. Een nonchalant geklede, gedrongen man met wijd uit elkaar liggende ogen. Olbricht leek niet bang. Integendeel, hij maakte een bijzonder kalme indruk.

Toen Liebermann de volgende lichtbundel op de deur richtte, stond er niemand meer en dreunde het geluid van Olbrichts rennende voetstappen nog na.

75

Liebermann sprong op en rende naar de deur. Vanaf de overloop richtte hij de lamp naar beneden en zag Olbricht naar rechts gaan. Zonder na te denken over de wijsheid van zijn daden, stortte Liebermann zich in het duister en gebruikte de muur om te voelen waar hij heen moest. Zijn afdaling was nogal wankel en op de onderste tree struikelde hij. Hij kon zijn evenwicht nog net bewaren en viel half door de openstaande deur naar buiten.

Liebermann bleef staan en tuurde in de duistere krochten van de doodlopende straat. De ene straatlantaarn sputterde. Zag hij daar iets bewegen? Niet meer dan een flikkering, het vermoeden van een oneffenheid in het weefsel van de nacht.

Hij zette de achtervolging weer in en rende over de natte kasseien. Toen hij in de pikdonkere schaduwwereld doordrong, zag hij dat hij een hoge muur naderde, een intimiderend bouwwerk dat de laatste huizen in de doodlopende straat met elkaar verbond en de straat feitelijk afsloot. Olbricht was nergens te bekennen, maar het was duidelijk dat de schilder, hoe lenig hij misschien ook was, nooit over die steile muur kon zijn geklommen. Liebermann boog zich voorover en liet zijn handen op zijn dijbenen rusten om op adem te komen. Terwijl hij zo stond uit te hijgen, hoorde hij dat Rheinhardt eraan kwam.

De inspecteur rende tot aan de muur, bleef staan en keek om zich heen.

'Waar is hij?' Rheinhardt legde zijn handen tegen het metselwerk en duwde, alsof hij een geheime uitgang verwachtte te vinden. 'Hoe is hij in vredesnaam ontsnapt?'

'Ik weet het niet...'

'Weet je zeker dat hij deze kant op ging?'

'Ik zag het niet héél duidelijk, maar ik dacht het wel, ja.'

Rheinhardt deed een stap naar achteren.

'Misschien is hij een van die huizen binnen gegaan?'

'Nee, hij ging deze kant op.'

'Maar hij kan toch niet in het niets zijn opgelost?'

Rheinhardt draaide zich om. Hij zag er radeloos en wanhopig uit. Hij hijgde en met een onkarakteristiek vertoon van frustratie knalde hij er een paar vloeken uit en sloeg met zijn hand tegen een ronde reclamezuil. Die galmde als een gong – een donkere dreun, die zich daarbinnen stuiterend verdiepte. Toen de echo wegstierf, begon de zuil een ander geluid voort te brengen, een metalig gekraak. De twee mannen keken verbluft toe hoe een stalen deur langzaam opendraaide op roestige scharnieren.

De inspecteur reageerde verbazend snel. In een oogwenk had hij zijn revolver in zijn hand. Hij liep voorzichtig op de deur af en gebaarde naar Liebermann dat hij hem moest bijlichten. De jonge dokter kwam achter hem aan. Heel even kruisten hun blikken zich voordat Liebermann het schuifje naar voren bewoog.

Flits – stop – donker.

Het licht onthulde een kaal en verroest binnenste, maar geen Olbricht.

Liebermann stapte de metalen zuil in en zag dat hij boven aan een wenteltrap stond die diep de grond in verdween.

'Hij moet daarlangs zijn afgedaald,' fluisterde Liebermann. 'Waar denk je dat het heen leidt?'

'Het riool...'

'Het is zo donker. Hoe wist hij de weg?'

'Het lijkt me sterk dat hij dit bij toeval heeft ontdekt. Hij moet ervan op de hoogte zijn geweest.'

Liebermann begon aan de afdaling. Rheinhardt liep vlak achter hem aan. Hij hield zijn arm met de revolver gestrekt over de schouder van de jonge dokter. Bij het afdalen van de wenteltrap verlichtte de zaklantaarn een dik baldakijn van spinnenwebben, niet het gewone weefsel van dunne draden, maar dikke plakken samengeklit rag. Het leek alsof ze in een tent liepen met als enige verschil dat er in de vouwen en plooien van de witgele stof honderden bruine, veelpotige wezens verscholen zaten – dikke arachniden met bolle lijven vol eitjes, die trilden op de dampen die uit de diepte opstegen. Liebermann rilde toen er iets van boven met een buitensporig harde dreun op de ijzeren leuning viel. Hoe lager ze kwamen, hoe lager ook het van spinnen vergeven baldakijn hing, tot de twee mannen met gebogen hoofd en ingetrokken schouders moesten lopen.

Onder aan de wenteltrap verdwenen de webben opeens, maar Liebermann, die het onaangename gevoel had dat er aan alle kanten spinnen over hem heen kriebelden, kon het niet laten met flink wat kracht op zijn kleren te slaan.

Rheinhardt bracht zijn wijsvinger naar zijn lippen. 'Sst.'

Ze stonden in een laag gangetje met een gewelfd plafond. De inspecteur hield zijn hoofd scheef. Bijna onhoorbaar klonk er een zwak geluid, eerder een luchtverplaatsing dan iets wat daadwerkelijk kon worden gehoord. Toch suggereerde de regelmaat ervan een vastberaden stap die in de verte verdween.

'Kom' zei Rheinhardt. 'We kunnen hem nog inhalen.'

Het was onmogelijk te zien hoe lang de gang was. Het licht van de zaklamp drong het duister maar een paar meter terug. Enige tijd lang liepen ze door de gang. Omdat er niets opvallends te zien was waaraan ze de afstand konden afmeten, leek het alsof ze niet vooruitkwamen, maar steeds op hetzelfde stukje met grind bedekte grond stapten. Wel had Liebermann het gevoel dat de muren elkaar steeds dichter naderden. Hij was zich onaangenaam bewust van de drukkende aanwezigheid van doorweekte klei boven zijn hoofd. Het was er kil, klam en claustrofobisch. Hij voelde een golf van paniek vanuit zijn binnenste opstijgen, die zijn vermogen om logisch na te denken wegspoelde. Het enige wat hem nog bezighield was zijn angst om onder de grond vast te komen zitten, levend begraven.

Vergetelheid, de smaak van zand in zijn mond, stikken...

Liebermann zette zich ertoe door te lopen en dwong het ene loodzware been voor het andere tot de gang hem goddank in een brede tunnel uitspuugde. Hij leunde tegen een muur en zuchtte van opluchting.

'Gaat het nog?' vroeg Rheinhardt.

'Jawel,' antwoordde Liebermann. 'Niks aan de hand, een beetje duizelig, verder niets.' Het licht van de zaklamp weerkaatste op een traag bewegend zwart kanaal. De vettige drab die erdoorheen stroomde deed Liebermann denken aan de wateren van de onderwereld: Acheron, de rivier van droefenis, Cocytus, de rivier van jammerklachten en Styx, de rivier van de haat. Hij hoopte dat dit geen voorspellende blik op zijn eigen dood was, dat hij niet spoedig de lamp van een veerman zou zien naderen of het zachte klotsen van boeggolfjes zou horen...

'Welke kant zullen we op gaan?' vroeg Liebermann, die het angstaanjagende beeld snel uit zijn hoofd zette.

Rheinhardt haalde zijn schouders op.

'Is hij rechtshandig?' vroeg Liebermann.

'Ja, volgens het autopsierapport van professor Mathias wel.'

'In dat geval kunnen we, als we het toch niet weten, het beste voor rechts kiezen, aangezien rechtshandige mensen vaker naar rechts gaan. Dat heb ik tenminste ooit gelezen in een neurofysiologisch handboek.'

'Laten we dan maar hopen dat die schrijver gelijk had.'

Liebermann liet de muur los en sloeg rechtsaf via een pad dat langs het onderaardse kanaal liep. De dreklucht werd sterker, een smerige stank die van elke ademhaling een beproeving maakte en van elke oppervlakkige inademing een triomf op een hevige braakimpuls.

Bij het lopen werden ze vergezeld door een onwelkome begeleidingsmuziek van trippelende klauwtjes en een rusteloos commentaar van gepiep en getjirp. Iets groots en glibberigs rende uit een dovende lichtschicht weg en plonsde in het water.

'Was dat een rat?'

'Ik vrees van wel.'

'Maar hij was gigantisch...'

Concentrische rimpelingen gaven de plaats aan waar het schepsel was weggedoken.

Rheinhardt raakte Liebermanns schouder aan en duwde hem zachtjes voor zich uit.

Een eindje verderop zagen ze in het licht van de zaklantaarn een grote ijzeren deur. Rheinhardt legde zijn vinger op zijn lippen. Liebermann ging zo staan dat hij, zodra de deur werd opengetrokken, de lichtbundel kon richten op hetgeen hun aan de andere kant wachtte. Rheinhardt stond met getrokken revolver naast hem. De inspecteur gebaarde en Liebermann rukte de deur open. Die bracht een gekweld, metaalachtig gekrijs voort.

Flits – stop – donker.

Het licht had het duidelijk weerkaatsende oppervlak van een menselijk oog gevangen. Het werd echter niet weerkaatst door één enkel paar ogen van Olbricht, maar door vele paren, allemaal wijd opengesperd en met van angst glinsterend oogwit.

'Lieve hemel.' Rheinhardt hapte naar adem.

Ze keken een vierkante ruimte met stenen muren in, waar een bonte mengeling van volwassenen en jonge kinderen op de grond lagen in kleren die weinig meer dan vodden waren. Er hing een scherpe ammoniaklucht. Sommige kinderen hadden geen schoenen aan en hun aandoenlijke toetjes zaten onder de zwarte strepen. Een van hen begon te huilen.

Rheinhardt liet zijn revolver zakken.

Een vrouw met lang haar vol klitten kroop naar voren, greep Rheinhardts hand en kuste die. Ze mompelde iets in een taal die hij niet verstond. De opgeluchte toon van haar uitlatingen wekte de suggestie dat ze hem, of God, voor zijn erbarmen bedankte. Beschaamd deed Rheinhardt enkele stappen naar achteren.

'Heeft een van jullie misschien een paar minuten geleden iemand langs horen komen?'

Geen van de uitgemergelde gezichten vertoonde enig spoor van begrip. Ze keken allemaal blanco terug: een oude man met een lange, grijze baard, een kind met zwart haar, een jongen met een platte pet... Het waren er meer dan tien, dicht op elkaar gepakt om hun warmte zo goed mogelijk te bewaren. De oude man hoestte in zijn mouw.

'Spreekt iemand van u Duits?' vervolgde Rheinhardt.

Niets.

'*Magyar... čeština?*'

Een vrouw riep van achter uit de ruimte iets terug – een reeks scherpe, schurende lettergrepen.

'Waar komen ze in godsnaam vandaan?' vroeg Liebermann.

'Geen idee,' antwoordde Rheinhardt. 'Kom, we moeten verder.' De inspecteur draaide zich al om om weg te gaan, maar bleef opeens staan. Het was een abrupte beweging, alsof zijn jas ergens achter was blijven haken waardoor hij werd tegengehouden. Hij doorzocht zijn zakken en haalde een handjevol losse munten tevoorschijn. Hij hield ze de vrouw aan zijn voeten voor die in plaats van dankbaar te lijken angstig naar haar metgezellen keek.

'Neem maar,' zei Rheinhardt. 'Alsjeblieft. Ik hoef er niets voor terug.'

Hij liet de zilveren munten in de plooien van haar gerafelde jurk vallen en vertrok toen haastig.

'Wie zijn dat?' vroeg Liebermann.

'Illegale immigranten,' antwoordde Rheinhardt. 'Ze komen hier in de winter schuilen, op zoek naar wat warmte en om uitzetting te voorkomen. Er schijnen er hier duizenden te zitten.'

'Duizenden?'

'Tienduizenden zelfs. Het riool is enorm uitgestrekt, met net zoveel verbindingswegen, zijweggetjes en rivieren als de stad hierboven. Het is een stad onder de stad. Een ander Wenen, dat gelukkig maar weinig mensen kennen.'

'Wat een hel om hier te leven,' zei Liebermann hoofdschuddend. 'Hels...'

'Zeg dat wel,' zei Rheinhardt.

'Ik heb me nooit gerealiseerd dat onder onze schitterende concertgebouwen, paleizen en danszalen...'

'Ik weet het. Het is schandalig.'

De twee mannen hervatten hun achtervolging. Ze liepen in gedachten verzonken naast elkaar. Liebermann moest aan zijn ontmoeting met Miss Lydgate in het Natuurhistorisch Museum denken en haar beschrijving van de toekomstroman die ze had zitten lezen. De schrijver, H.G. Wells, had daarin gefantaseerd over een toekomstige tweedeling van de mensheid, waarbij de armen ondergronds moesten leven, de uiteindelijke opdeling van de mensheid in twee verschillende soorten. Liebermann had het een absurd idee gevonden, maar moest zijn standpunt herzien nu hij zelf een groep mensen had aanschouwd die in dergelijke jammerlijke omstandigheden leefden.

'Wat is dat?' Rheinhardts vraag onderbrak ruw Liebermanns profetische overpeinzingen. 'Luister! Het lijkt wel een waterval.'

Toen ze verder liepen, werden de spetterende en kolkende watergeluiden steeds luider.

Hun pad was uitgekomen op een lage overwelfde doorgang waarachter ze een stenen trap zagen liggen die naar een lager niveau afdaalde.

Liebermann bewoog het schuifje van de zaklamp naar voren.

Flits – stop – donker.

De trap was steil en de muren waren klam onder hun aanraking. Naarmate de mannen verder afdaalden, werd het razen en suizen van kolkend water steeds luider. Liebermann werd zich bewust van een merkwaardig verschijnsel. De muren glinsterden. Hij was zo gewend geraakt aan het onverbiddelijke duister van de onderwereld dat hij de oorzaak van de glinstering niet had opgemerkt: een zwak licht dat van beneden kwam.

Ze betraden een grote ruimte die door elektrische peertjes aan kabels werd verlicht. Uit een van de muren stak een enorme pijp, waar een volwassen man doorheen zou kunnen lopen. Die vormde een kanaal voor een gestage stroom bruine, kleverige drab die neerstortte in de snelstromende rivier. De rivier zelf kwam aan de ene kant door een poort de ruimte binnen en verliet die weer door eenzelfde opening aan de andere kant.

Liebermann tuurde naar de snelstromende vloed en zag olieachtig rioolwater met uitwerpselen en geel schuim. Hij moest kokhalzen van de ronddwarrelende, smerige vlokken schuim die de lucht vochtig maakten.

Halverwege de wand aan de overzijde van de kwalijk riekende rivier lag een verhoogde ijzeren loopbrug, van waaraf Olbricht op hen neer stond te kijken.

Rheinhardt trok onmiddellijk zijn revolver en schreeuwde boven het voortrazende water uit: 'Staan blijven, Herr Olbricht, of ik schiet. Verroer u niet.'

De schilder keek hen rustig aan, zijn houding was ontspannen. Vanaf zijn hoger gelegen uitkijkpunt leek hij hen met emotieloze nieuwsgierigheid te bestuderen, als een heerser die zijn onderdanen met superieure verachting observeert.

'Misschien is hij gewapend, Oskar,' zei Liebermann.

'Herr Olbricht,' riep Rheinhardt nogmaals. 'Steek uw handen langzaam omhoog en leg ze op uw hoofd.'

De kunstenaar deed wat hem bevolen werd, maar meteen daarna vulde zijn schorre lach de ruimte. Achter Rheinhardt en Liebermann doken twee rioolarbeiders met lampen in hun hand op.

'Wat mot dat hier?'

Rheinhardt was een fractie van een seconde afgeleid, maar voor Olbricht was dat genoeg. Hij rook zijn kans en schoot ervandoor. Rheinhardt haalde de trekker van zijn revolver over, maar het was al te laat. Olbricht was via een uitgang aan het eind van de loopbrug verdwenen.

Rheinhardt draaide zich naar de rioolarbeiders om, die terugdeinsden uit angst voor de schutter.

'Ik ben inspecteur Oskar Rheinhardt van de Weense recherche. Waar leidt die loopbrug heen?' Hij wees met zijn rokende revolver naar boven.

'Naar de bovenste tunnels,' antwoordde de grootste van de twee.

'Komen die boven de grond uit?'

'Ja.'

'Waar precies?'

'Postgasse, Fleischmarkt, Parkring, op zoveel plaatsen.' Hij sprak in een ruw dialect dat Rheinhardt nauwelijks kon verstaan.

'Hoelang doen we erover om daar te komen?' Rheinhardt zwaaide met zijn revolver naar de verhoogde loopbrug.

'Daar?' De arbeider stak zijn kin in de lucht en zijn onderlip naar voren. 'Een halfuur, zoiets?' Hij keek naar zijn kleinere collega, die knikte, maar niets zei.

'Weet u dat zeker?'

De arbeider keek opnieuw vragend naar zijn collega, die heftig knikte.

Rheinhardt keek zijn vriend met zijn vermoeide, sombere blik aan. 'Tja, Max,' verzuchtte hij, 'dan vrees ik dat we ons voorlopig gewonnen moeten geven.'

76

Toen Liebermann en Rheinhardt terugkwamen in het schildersatelier begon het al te dagen. Een flauw licht drong door de ramen naar binnen en verlichtte het wanordelijke tafereel: het gebroken glas, het aan repen gesneden doek en, het meest opvallende, het gat in de vloer. Buiten duidden geluiden van stemmen en gehamer erop dat enkele van de bedrijfjes in de doodlopende steeg al open waren.

Rheinhardt ging weer aan het werk met zijn tang en verwijderde nog twee planken, waardoor hij de cellokist tevoorschijn kon halen. Die was oud en gehavend, van versleten bruin leer en met dof uitgeslagen gespen. Hij zag er zo gebruikt uit dat Liebermann vermoedde dat hij ooit van een beroepsmusicus moest zijn geweest.

Ze tilden de kist op en legden hem op Olbrichts tafel. De twee mannen keken elkaar kort aan, waarmee ze de spanning van het moment erkenden. Rheinhardt voelde aan de gespen.

'Hij zit niet op slot,' fluisterde hij.

Ze klikten open en hij lichtte het deksel op.

Het binnenste, dat was bekleed met door de motten aangevreten fluweel, zat vol oude kleren. Rheinhardt haalde er een paar kledingstukken uit: een met verf besmeurde kiel, een smoezelig hemd, een licht en hevig verkreukeld zomerjasje.

Beide mannen hapten naar adem.

Toen Rheinhardt het jasje eruit haalde, zagen ze het versierde gevest van een zwaard.

Liebermann stak zijn hand uit, greep het gevest en haalde een fraaie soldatensabel tevoorschijn. Het gekromde scherp schitterde toen hij het in het ochtendlicht ronddraaide.

'Dat lijkt me Salieri's wapen,' zei de jonge dokter.

Rheinhardt haalde nog meer kleren uit de kist. Toen die bijna leeg was, deed hij een tweede ontdekking: een in rode stof gebonden opschrijfboekje.

'Aha,' zei Liebermann veelbetekenend.

Rheinhardt bladerde het door. Het stond vol pentekeningen in dezelfde stijl als Olbrichts andere werk: strijders, maagden en mythische dieren. Verder stonden er citaten in, die in vette gotische letters waren overgeschreven. Rheinhardt liet zijn vinger langs de bladzijde glijden: 'Wat is goed? Alles wat het gevoel van macht bij de mens vergroot, het verlangen naar macht, macht zelf. Wat is slecht? Alles wat uit zwakheid geboren is. Wat is geluk? Het gevoel van macht die groeit, van verzet dat breekt...' In de kantlijn stond een aantal primitieve, geheimzinnige sigilla.

'Wat een vreselijk standpunt,' zei Liebermann.

'Ik vraag me af waar hij dat vandaan heeft.' Rheinhardt sloeg nog een bladzijde om en sperde zijn ogen wijd open.

Liebermann kwam wat dichterbij om het beter te kunnen zien.

De pagina stond vol kleine tekeningetjes: kronkelende ranken, dieren van het woud, de zuilen van een tempel. Bovenaan stond een slang, waarvan het lichaam in drieën was verdeeld. Daaronder stonden de personages uit *Die Zauberflöte*: Tamino, Papageno, de Koningin van de Nacht, de Spreker... Overal zaten inktvlekken, alsof de kunstenaar in grote haast had gewerkt en driftig met zijn pen op het papier had gekrast.

'Kijk,' zei Liebermann. 'Hij heeft iets naast de namen geschreven.' Hij haalde zijn bril tevoorschijn en boog zich voorover om het minuscule handschrift te kunnen ontcijferen.

'De Koningin van de Nacht... het cijfer zeven... een soort runeletter.'

'Thorr, geloof ik.' Rheinhardt wees naar iets wat op een hoekige P leek.

'En de cijfers één, vijf, twee en acht.'

De vinger van de inspecteur gleed naar een ander personage.

'Papageno, de vogelvanger... het cijfer zevenentwintig, Thorr en weer één, vijf, twee en acht.'

'De laatste cijferreeks is steeds hetzelfde. Alleen het eerste nummer verandert.'

'Maar hij gebruikt een andere runeletter na Monostatos en de Spreker van de Tempel... en weer een andere na prins Tamino en Sarastro. Ik weet niet meer hoe die eerste heet, maar de tweede komt voor in het pamflet van List: de Ur – het oervuur.'

'Ik denk dat het data zijn, Oskar. Wanneer zijn de Spittelbergmoorden ook al weer gepleegd?'

'Op 7 oktober.'

'En die op de Tsjech?'

'Op de 27ste.'

'Zie je wel: de zevende en de zevenentwintigste. Hij heeft oktober alleen vervangen door Thorr.'

'Ach, natuurlijk! De bediende van de professor is op 7 november vermoord. De andere rune betekent een andere maand. Maar waarom 1528 in plaats van 1902?'

'Ik herinner me dat mijn vader me eens heeft verteld dat Rijksraadlid Schönerer zijn eigen kalender heeft ontworpen. Zijn pangermaanse volgelingen rekenen de jaren niet vanaf de geboorte van Christus, maar vanaf de slag bij Noreia. Daarvan wordt aangenomen dat het de eerste Teutoonse overwinning op de Romeinen was.'

'Wanneer was die?'

'Ik weet het niet, maar in ieder geval voor de geboorte van Christus.'

'Dan kan Olbricht de Schöneriaanse kalender niet hebben gebruikt, want dan hadden er jaren bij 1902 opgeteld moeten worden in plaats van ervan afgetrokken.'

'In dat geval heeft Olbricht een latere datum gebruikt. Als we 1528 van 1902 aftrekken, krijgen we...' Liebermann maakte het sommetje in gedachten. '... een verschil van 374 jaar!'

'Carnuntum!' riep Rheinhardt. 'Hij heeft de data berekend vanaf de slag bij Carnuntum! 374 na Christus! Precies wat je kunt verwachten van een bewonderaar van Guido List!'

Liebermann deelde Rheinhardts vreugde over het kraken van de code niet. Hij zweeg en keek uiterst verontrust.

'Wat is er?' vroeg Rheinhardt bezorgd.

'Als je gelijk hebt, lijkt het erop dat Olbricht twee weken geleden Papagena heeft vermoord – een moord waar we niets van afweten – en van plan is over een paar dagen een dubbele moord te plegen: prins Tamino en Sarastro.' Liebermann wierp de sabel terug in de cellokist en sloot het deksel. 'Oskar, het was een veelbewogen nacht en als ik niet binnen een halfuur een koffiehuis vind, overleef ik het niet, dat verzeker ik je!'

77

Rheinhardt had twee stukken maanzaadstrudel besteld, een Türkische en voor zijn vriend een Schwarzer. Een ober met kalend hoofd, een walrussnor en het knorrige gedrag van een lid van de Geheime Raad bracht de bestelling prompt, maar zonder plichtplegingen. Terwijl Liebermann uit het raam keek, maakte Rheinhardt korte metten met zijn ontbijt. Toen Liebermann zijn blik ten slotte weer naar binnen wendde, zag hij de inspecteur schaamteloos en met grote belangstelling naar zijn eigen onaangeroerde gebak kijken. Rheinhardts blik was moeilijk te beschrijven. Die drukte op de een of andere manier in gelijke mate verlangen, grilligheid, spijt en hebzucht uit.

Liebermann schoof zijn strudel naar de andere kant van de tafel.

'Neem maar.'

'Weet je dat zeker?'

'Ja, ik neem straks wel een croissant.'

Er verscheen een lach op Rheinhardts gezicht en de spanning in zijn houding verdween. Hij viel met opmerkelijk veel animo op zijn tweede ontbijt aan en veroorzaakte een explosie van poedersuiker en papierdunne, karamelkleurige vlokken toen zijn vork in het zachte, meegevende gebak verdween.

Hij stak zijn vork in de lucht en zwaaide er gespeeld streng mee. 'En nu wil ik precies weten hoe je erachter bent gekomen dat het Olbricht was! Geen raadselachtige mededelingen, geheimzinnige blikken of ontwijkende antwoorden meer! Je bent je er hopelijk van bewust dat ik me de rest van de ochtend bezig zal moeten houden met het schrijven van een rapport voor hoofdcommissaris Brügel.' Rheinhardt slikte zijn strudel door. 'Dus, meneer de dokter, als u zo vriendelijk zou willen zijn. Ik snak naar een verklaring.'

Dit punt in de conversatie hadden ze bij eerdere gelegenheden al vaker bereikt en Rheinhardt was dan ook niet verbaasd zijn jonge vriend een nonchalante, loom onverschillige houding te zien aannemen. Hij plukte een pluisje van zijn broek, pakte zijn koffiekopje van tafel, snoof het aroma op en bekende toen pas: 'Het waren de schilderijen. De schilderijen die we op de tentoonstelling zagen.'

'Wat was daar dan mee?'

'Je herinnert je vast nog wel dat professor Freud van mening is dat dromen kunnen worden geduid. Ik heb de techniek van de droomduiding van de professor simpelweg toegepast op Olbrichts werk.'

'Ik zou het op prijs stellen als je iets specifieker was, Max.'

'Olbricht is in twee opzichten gefascineerd door bloed. Op de eerste plaats door het bloed dat hij ziet als hij met zijn sabel zwaait. Ik moet daarbij denken aan een zaak die beschreven staat in Krafft-Ebings *Psychopathia sexualis*: een tinnegieter die een prostituee naakt op de rand van haar bed liet plaatsnemen en haar met een lang mes drie keer in de borst en buik stak. Krafft-Ebing beschrijft dat de tinnegieter tijdens die handelingen voortdurend een erectie had. Ik vermoed dat Olbricht erotisch genoegen beleeft aan de aanblik van bloed. Ik denk ook dat een eerder door mij geuit vermoeden klopt. Olbricht is impotent. Zijn gebruik van de sabel heeft een fallische betekenis. Als hij met zijn sabel zwaait, heeft hij macht en potentie... is hij onweerstaanbaar. Het wapen dient ter compensatie voor zijn tekortkomingen als man...'

Rheinhardt kuchte ongemakkelijk. 'Ik weet niet of ik dat in mijn verslag kan zetten. Maar je zei dat hij in twéé opzichten door bloed gefascineerd is...'

'Ja, hij is ook bezeten van bloed in de betekenis van afkomst, ras en erfelijkheid – een obsessie die naar ik aanneem alleen maar is toegenomen door zijn bekendheid met de geschriften van List en de zijnen.'

'En wat heeft dat te maken met zijn schilderijen?'

'Olbrichts doeken zwemmen in het bloed. Hij kan het niet laten om zijn heroïsche taferelen te verlevendigen met likken en spatten rode verf. Hij heeft trouwens over het geheel een voorkeur voor een buitengewoon bloederig palet: koraal, roest, kers, scharlaken, karmijn, vermiljoen... het lijkt wel een dwangimpuls. En het mooiste voorbeeld van deze... deze obsessie, is het schilderij met de titel *Pipara: De Germaanse in Caesars Purper*. Herinner je je dat nog?'

'Jawel.'

'Is je daar iets vreemds aan opgevallen?'

Rheinhardt dacht even na.

'Nee, ik geloof het niet.'

'Haar mantel was róód, Oskar. Rood! Terwijl ze geacht wordt ge-kleed te zijn in het púrper van Caesar! Professor Freud heeft meer-maals opgemerkt dat verbale uitglijders – versprekingen – uiterst onthullend kunnen zijn. Olbrichts *Pipara* is het artistieke equivalent daarvan. Een verschildering!'

'Hmm, interessant.' Rheinhardt legde zijn vork op zijn schoteltje en haalde zijn opschrijfboekje tevoorschijn. 'Ga door.'

'Dromen verhullen wensen, vaak verboden wensen. Olbrichts on-derdrukte, verboden wens was om met bloed te schilderen – of, ten-minste met het bloed van degenen die hij als gevaarlijk of bedreigend beschouwde. Dat schrikwekkende verlangen wist hij gedeeltelijk te bevredigen met zijn veelvuldige gebruik van rode verf, dat wil zeggen, tot Spittelberg. Daar kwam zijn onderdrukte verlangen naar boven en kwam zijn psychische energie vrij bij het bekladden van de muur van madame Boreks bordeel. Olbrichts schilderijen dramatiseren ook een andere vorm van wensvervulling. Ze verbeelden verschillende vi-sioenen van een Teutoonse hemel: skalden, schone maagden en zege-vierende ridders. De horizon wordt onderbroken door de torens en pieken van fiere gotische kastelen. Het is een wereld die elke bezoeker van Bayreuth zal herkennen. Een wereld zonder Slaven, Joden en ne-gers. Een wereld bevrijd van de katholieke kerk. Een wereld waarin de goden van vroeger in hun oude luister zijn hersteld.'

'Frappant.'

Rheinhardt bladerde snel door naar de volgende bladzijde van zijn opschrijfboekje.

'Herinner je je nog Olbrichts voorstelling van een enorme barbaar-se horde?'

'Ja, een uitgestrekte zee van piepkleine gezichten.'

'Als je ze beter had bekeken, zou je hebben gezien dat elk daarvan een miniatuurstudie van xenofobische vooroordelen was. De horde bestond uit grove karikaturen van Joden, Slaven en de zuidelijke ras-sen: de vijanden die verslagen dienen te worden om de zuiverheid van de oude Germaanse stamboom te beschermen en bewaren.'

De chagrijnige ober kwam weer langs met de rekening die hij onder de suikerpot klemde.

'Als u mij toestaat,' zei Rheinhardt, 'zouden wij graag nog een koffie willen. Hetzelfde, graag.'

De ober mompelde iets in zichzelf, nam de vuile kopjes mee en slofte weg.

Liebermann ging door met zijn uiteenzetting. 'Een ander schilderij van Olbricht dat mijn aandacht trok was zijn *Das Rheingold*, waarop de Nibelungdwerg Alberich te zien is met de drie Rijndochters. Alberich wordt bijna altijd afgebeeld als een lelijk, misvormd schepsel, maar bij Olbricht lijkt hij meer op een romantische held. Nu is Herr Olbricht zelf in geen enkel opzicht een aantrekkelijke man te noemen, met die vreemde ogen van hem en al die rimpels. Het zou best kunnen dat hij zich met die dwerg heeft geïdentificeerd. Ik ben geneigd te geloven dat Herr Olbricht, net als Alberich, de nodige pesterijen van vrouwen te verduren heeft gehad. Vrouwen die hij vervolgens als mooi, harteloos, wreed en, het belangrijkst, onbereikbaar zal hebben beschouwd. Die identificatie zou versterkt kunnen zijn door hun sterk op elkaar lijkende namen: Olbricht, Alberich.' Liebermann wachtte even om Rheinhardt de gelegenheid te bieden de gelijksoortige klanken tot zich door te laten dringen. 'Als we dus naar Olbrichts voorstelling van Alberich kijken, zien we in feite een zelfportret, de manier waarop hij zichzelf ziet: knap, dapper, machtig. Een beetje zoals Lists *Unbesiegbare*, eigenlijk – de onoverwinnelijke, de sterke man van boven.'

'Aha, dat was wat je op Olbrichts plank zag staan toen we zijn slaapkamer doorzochten: *De onoverwinnelijke: De grondbeginselen van een Germaans wereldbeeld*.'

Rheinhardt stopte met schrijven om nog een hap strudel te nemen. 'Ik ben diep onder de indruk,' zei Rheinhardt. 'Maar je redeneertrant is nogal ingewikkeld en ik weet niet zeker of hoofdcommissaris Brügel een dergelijke verklaring wel op waarde zal weten te schatten.'

'In dat geval,' zei Liebermann, 'zal het je deugd doen te horen dat de psychoanalytische interpretatie van het werk van Olbricht niet de enige factor was die mij op het goede spoor heeft gezet.'

'O nee?'

'De afgelopen maand heb ik Herr Beiber onder behandeling gehad, een patiënt die aan *paranoia erotica* lijdt.'

'En dat is?'

'Een liefdeswaan. Hij gelooft dat hij en aartshertogin Marie-Valerie door een of andere spirituele verordening in liefde met elkaar verbonden zijn. Sterker nog, hij gelooft dat zijn gevoelens voor haar wederzijds zijn en dat ze haar liefde voor hem via bepaalde tekens aan hem kenbaar maakt. Dat kan van alles zijn. Op een gegeven moment namen die bijvoorbeeld de vorm aan van de bewegingen van een gordijn voor de ramen van paleis Schönbrunn. Op een ochtend stond Herr Beiber buiten de koninklijke woonverblijven toen hij een man met een cello zag lopen. Herr Beiber bood de man een aanzienlijke som geld om een aubade voor de aartshertogin te spelen. De man weigerde, niet omdat Herr Beibers aanbod hem niet aantrekkelijk leek, maar omdat hij geen cello in zijn kist had zitten, maar enkel een sabel, die hij zojuist had gebruikt om de lievelingsslang van de keizer in de Tiergarten mee in stukken te hakken.'

'Hoe weet je zo zeker dat het Olbricht was?'

'Omdat Herr Beiber iets zei over het merkwaardige gezicht van de man. Hij omschreef hem als iemand die op een kikker leek!'

'Verbazingwekkend!' Rheinhardt begon in zijn opschrijfboekje te krabbelen.

'Wenen is vol musici. De aanblik van een man met een cellokist valt hier niet op, op geen enkel tijdstip van de dag. Het was een ideaal ding om een sabel in te verstoppen en te vervoeren. Verder kon Olbricht schone kleren in de kist meenemen en die na zijn gruweldaden verwisselen voor de met bloed bespatte kledingstukken. Ik stel me zo voor dat hij dat heeft gedaan na de moorden in Spittelberg en Wieden.'

De chagrijnige ober keerde terug, zette hun koffie op tafel, wierp hun een norse blik toe en vertrok weer. Rheinhardt trok zich niets van de slechte manieren van de man aan, stopte met schrijven en zette een dikke streep onder zijn laatste zin.

'Uitstekend! Met die verklaring zal de hoofdcommissaris geen enkele moeite hebben. Ik ben wel bang dat ik je slimme gevolgtrekkingen naar aanleiding van Olbrichts kunstwerken onvermeld zal moeten laten, net als al die fallische toestanden uiteraard. Je zult begrijpen dat bij het omgaan met een man als Brügel pragmatisme het parool is.'

'Zoals je wenst,' zei Liebermann. 'Maar als het veroorloofd is, zou ik mijn observaties wel ooit in een academisch werk willen opnemen, een forensische studie, wellicht.'

'Als we Olbricht te pakken krijgen, mag je doen wat je wilt, Max. Wat ons bij de kwestie van het opschrijfboekje brengt. Het ziet ernaar uit dat Olbricht Papagena op 1 december heeft vermoord. Als ik me niet vergis, maakt zij in *Die Zauberflöte* eerst haar opwachting als oude vrouw en wordt ze dan veranderd in een jong, knap meisje. De moord op een vrouw – jong of oud – zou nooit onopgemerkt blijven. Misschien zijn de aantekeningen toch niet helemaal betrouwbaar?'

'Daar ben ik het niet mee eens.'

'Waar is het lichaam dan?'

Rheinhardt deed wat suiker in zijn Türkische.

'In het riool. Het is duidelijk dat Olbricht goed de weg weet in die gruwelijke onderwereld. Het zal niet erg moeilijk zijn geweest om daar een geschikt slachtoffer te vinden – en wie zou zich wat aantrekken van haar overlijden?'

'Dat is waar,' zei Rheinhardt en hij knikte ernstig. 'Lichamen die uit het riool worden opgevist, worden naar de begraafplaats voor anonieme doden gebracht. Ik zal de betreffende autoriteiten op de hoogte brengen.' Rheinhardt roerde in zijn Türkische en zoog bedachtzaam op zijn onderlip. 'Wat het uiteindelijke lot van Papagena ook is geweest – de arme ziel – we moeten ons nu op Tamino en Sarastro richten.' Rheinhardt nam een slokje koffie. 'Olbricht weet dat we hem op het spoor zijn. Een normaal mens zou zijn plannen in dat geval opgeven en proberen te vluchten...'

'Maar hij is geen normaal mens.'

'Denk je dat hij gewoon door zal gaan?'

'Dat weet ik wel zeker. Het vernielde schilderij, de lege wodkafles en het gebroken glas: hij is aan wanhoop ten prooi gevallen toen hij de kritieken las. Hij werd gedwongen in te zien dat hij nooit zal worden erkend als een groot kunstenaar. Maar het narcisme dat de creatieve drijfveer vormt kan niet zo makkelijk worden uitgeschakeld.

Het kan wel worden omgeleid en het doel kan worden verschoven. Bij Olbricht is de grens tussen kunst en moord altijd nogal vaag geweest. Denk aan de aandacht die hij besteedt aan de compositie van de plek van de moorden: Hildegard, madame Boreks bordeel, de bediende in Wieden... Hij kan nog steeds onsterfelijkheid bereiken door ideologische moorden te verheffen tot het niveau van hoge kunst.'

Liebermann keek uit het raam. Aan de overkant van de straat kwamen twee Bosnische soldaten langs, die in hun kenmerkende regimentsuniformen gekleed waren: een boordloos tuniek, knickerbocker, enkellaarzen, ransel en een fez met een kwastje. In de stad zelf zag je niet vaak Bosniakken, maar ze stonden wel regelmatig op wacht voor het Hofburgpaleis. Hun aanwezigheid op zo'n opvallende locatie was duidelijk opzettelijk: daarmee gaf de oude Franz Jozef een boodschap af aan zijn onderdanen: *Ook de moslims uit de bergen zijn gewaardeerde leden van onze grote Oostenrijks-Hongaarse familie.*

'Als Tamino een prins is,' zei Liebermann zacht, 'dan zou het mogelijk zijn...' Hij maakte zijn zin niet af en schudde zijn hoofd. 'Nee, dat is te afschuwelijk om over na te denken.'

'De keizerlijke familie?' riep Rheinhardt verschrikt.

'Als Olbricht een Habsburg om het leven zou brengen, zou hij zich daarmee absoluut van onsterfelijkheid verzekeren. Wie van ons zou ooit de naam Luigi Luccheni kunnen vergeten?'

'We moeten het paleis onmiddellijk op de hoogte brengen.'

Liebermann stak zijn hand op om hem vriendelijk tot beheersing te manen.

'Het is slechts een van de vele mogelijkheden, Oskar. Misschien vat Olbricht de titel van prins wel op een heel eigen manier op. Evžen Vaněk was geen vogelvanger en Ra'ad geen Moor. Zijn slachtoffers zijn slechts benaderingen van Schikaneders personages.'

De zorgelijke rimpels op Rheinhardts gezicht verzachtten zich enigszins, maar verdwenen nog niet helemaal.

'En Sarastro?'

'Een wijze, een filosoof-koning...' Liebermanns vingers speelden op het randje van de tafel, terwijl hij zich de aria voor de geest haalde: *In diesen heil'gen Hallen.* 'De leider van een geheime orde,' vervolgde hij.

'Aha,' zei Rheinhardt. 'Zou het, gezien het feit dat Die Zauberflöte een vrijmetselaarsopera is, kunnen dat Sarastro de leider van een vrijmetselaarsloge is?'

'Dat is zeker een mogelijkheid. Maar welke?'

'Tja, strikt genomen zijn er geen vrijmetselaarsloges in Wenen. Zoals je weet, is het ze niet toegestaan hun rituelen hier uit te voeren. Maar ze komen wel als vrienden bijeen, onder de vlag van een liefdadigheidsorganisatie met de naam Humanitas.'

Rheinhardt schreef nog wat zinnen in zijn opschrijfboekje. Vervolgens keek hij vragend op.

'Olbricht is van plan Tamino en Sarastro op dezelfde dag te vermoorden. Waarom zou dat zijn?'

'Misschien omdat Tamino en Sarastro zich op dezelfde plaats bevinden, net zoals de Koningin van de Nacht en haar drie hofdames.'

'Het lijkt onwaarschijnlijk dat een lid van de koninklijke familie een bijeenkomst van Humanitas zal bijwonen.'

Liebermann snufte. Hij werd zich opeens bewust van een onaangename geur. Hij tilde de mouw van zijn jas op en hield die onder zijn opgetrokken neus. Hij stonk naar onderaardse dampen. Nu begreep hij waarom ze zo onbeschoft ontvangen waren door de ober.

78

Herr Beiber werd wakker uit een bijzonder levendige droom... De paardenrennen op een vochtige dag in het begin van de zomer, nevel die over een veld vanaf de onzichtbare Donau aan kwam waaien. Horden en greppels omgeven door een helderwit hek en in de verte bossen vol weelderig groen gebladerte. Jockeys op hun paarden – grijs, appelgrauw, voskleurig, kastanje, gevlekt – glimmende, stralend witte zijden hemden die opbolden in de wind – rode, blauwe en gouden strikken. De donkere mensenmenigte die zich om de baan verdrong: graven, bankiers, cavaleristen, studenten, winkelbediendes, kantoorpersoneel en elegante dames met parasols, bij wie het briesje de lange mousseline rokken deed golven.

Het droombeeld van Freudenau was zo levendig geweest dat iets van de zomerse geuren – hooi, moerasspirea, paardendrek en alle mogelijke exotische parfums – nog in zijn neus hing en de doordringende en alomtegenwoordige eenheidsgeur van ziekenhuiscarbol verdrong.

Herr Beiber had dat soort dromen wel vaker en steeds was aartshertogin Marie-Valerie daarin zijn metgezellin. Meestal zaten ze met zijn tweeën in de koninklijke loge, waar ze van champagne nipten en zich vrolijk maakten om de namen van de paarden: *Kiss Me Quick, Lord Byron, Fräulein Minnie*. Maar deze droom was anders.

Hij had zijn sombere werkkleren niet aangehad, maar was in plaats daarvan gekleed geweest in een lange witte sportpantalon, een roodgestreept jasje en een strohoed met brede rand. Een verrekijker hing om zijn nek en in zijn hand had hij een stijlvolle ebbenhouten wandelstok. Hij herkende zichzelf bijna niet. En wat nog vreemder was: zijn metgezellin was niet aartshertogin Marie-Valerie, maar Frau Friedmann, een typiste aan een van de drie bureaus in zijn kleine kantoor.

Hij sloot zijn ogen en probeerde de droomwereld terug te halen.

De paarden verzamelden zich bij de poortjes, met wijd opengesperde neusgaten en glanzende flanken die oplichtten in de zon.

Welke is de jouwe?

Die zwartbruine hengst.

Ze hadden elkaar een arm gegeven en Frau Friedmanns lichaam drukte tegen het zijne. Toen hij zich dat gevoel herinnerde, voelde hij een onbekende prikkeling in zijn lendenen.

De rode vlag ging omlaag en de hengst stormde weg. Hij lag meteen op kop en schoot naar voren, tien, vijftien, twintig lengten...

Als Apollo wint, neem ik je mee uit eten naar Leidinger. En daarna kopen we concertkaartjes voor het Wiedner Theater. Eerste rij.

Herr Beiber deed zijn ogen open en keek naar het plafond.

Frau Friedmann...

Ze was hem op het werk nauwelijks opgevallen. Ze hoorde gewoon bij de kantoorinventaris. Maar nu bedacht hij opeens dat ze helemaal niet onaantrekkelijk was. Een weduwe met ronde rode wangen en een vriendelijke, aardige lach. En, ja, hij herinnerde zich opeens weer dat ze hem ooit had gecomplimenteerd met zijn dassenkeuze.

Vanwege haar weelderige figuur zaten Frau Friedmanns jurken altijd nogal strak. Als ze ging zitten, zag je allemaal kleine richeltjes geplooid vlees onder de strakgetrokken stof.

Weer die onbekende prikkeling.

Hij had later die ochtend een afspraak met dokter Liebermann. Hij zou hem over de droom vertellen. In dat soort dingen was de jonge arts geïnteresseerd.

Herr Beiber kwam overeind.

Hij voelde zich anders dan anders. Ja, hij voelde zich eigenlijk best goed. Misschien hadden die gesprekken met dokter Liebermann hem toch goed gedaan.

Frau Friedmann...

'Waarom is ze me eigenlijk nooit eerder opgevallen?' fluisterde hij in de frisse lakens.

79

Op het bureau van Herr Lösch stond een klein siervoorwerp van zilver en goud: een passer die geopend boven de boog van een cirkel stond waarin vreemde letters stonden gegraveerd. Het was het enige voorwerp in de kamer dat iets over de omgeving zei. Wat Herr Lösch zelf betrof, hij kwam op Rheinhardt over als niet subversiever dan een bankdirecteur of een huisonderwijzer. Het was moeilijk te geloven dat deze man de hoogstgeplaatste vrijmetselaar van Wenen was: de Hoog Eerwaarde Lösch, Grootmeester van Humanitas.

'Ik ben u uiterst erkentelijk voor uw bezorgdheid, inspecteur,' zei Lösch, 'en ik kan u verzekeren dat ik op mijn hoede zal zijn.'

Zijn intonatie maakte duidelijk dat de ontvangst ten einde was. Rheinhardt vroeg zich of zijn uitleg afdoende was geweest.

'Hij is een extreem gevaarlijk man,' zei Rheinhardt. 'En nogal gestoord.'

'Werkelijk?' zei Herr Lösch en hij streek door zijn witte puntbaardje. Zijn blik dwaalde af naar de tafelklok.

'Ik zou u de twaalfde graag van politiebescherming voorzien,' drong Rheinhardt aan.

Herr Lösch glimlachte. 'Dank u wel, maar dat is nergens voor nodig.'

De glimlach verdween en de ader op zijn slaap deed vermoeden dat hij zich begon te ergeren aan Rheinhardts aanhoudende aanwezigheid.

De inspecteur zuchtte.

'Herr Lösch, het paleis beschouwt dit als een zeer ernstige kwestie. Mijn chef is vanochtend door de hoge commissaris van het hof ontvangen.'

'Zo hoort het ook... Als u me nu wilt excuseren, inspecteur, ik heb nog werk te doen.'

Herr Lösch belde zijn bediende en de dubbele deuren gingen open.

Rheinhardt stond op uit zijn stoel.

'Ah, Hugo,' zei Herr Lösch. 'Zou je zo vriendelijk willen zijn de heer Rheinhardt even uit te laten?' De bediende boog. 'Goedendag, inspecteur.'

'Goedendag, Herr Lösch. Mocht u nog van gedachten veranderen over mijn aanbod, dan kunt u mij bereiken via bureau Schottenring.'

'Uiteraard. Mijn hartelijke dank.'

Zodra Rheinhardt de kamer had verlaten, haalde Herr Lösch een velletje schrijfpapier en een pen uit zijn bureau. Gehaast begon hij te schrijven. 'De recherche heeft ons in de gaten. Ik vermoed dat ze wat hebben gehoord over de twaalfde. Ik denk dat ze me zullen proberen te volgen. Zal moeten onderduiken. Elysium is de enige veilige plaats die ik weet. Geef dat door aan de anderen.' Hij ondertekende met een symbool in plaats van een handtekening, vouwde het papier dubbel en stopte het in een blanco envelop.

80

De eerste gang van kool-rozijnensoep was erg voedzaam geweest, maar Stefan Kanner had zich daardoor niet laten weerhouden om bij de ober nog een flinke portie wienerschnitzel, spruitjes, gepaneerde gebakken tomaten en *Innviertler Speckknödel* (blokjes in deeg gewikkeld en in zout water gekookt spek met gehakte peterselie) te bestellen. Ook vroeg hij om twee flessen van een wrange, plaatselijke wijn die hij naar een oud studentengebruik altijd jolig atropine noemde.

'Ik voel me zo verdomd schuldig,' zei Liebermann. 'De gedachte is bijna onverdraaglijk...'

'Je moest wel,' zei Kanner, die een spekknödel op zijn vork spietste. 'Je kon niet anders. Clara komt er wel overheen. Het is voor haar ook beter. Hou nou maar op met die zelfkwelling en neem nog wat atropine.'

Liebermann deed werktuiglijk wat hem gezegd werd en klokte het bittere vocht naar binnen. 'Wat jij nu nodig hebt,' vervolgde Kanner, 'is het gezelschap van een lieve meid met wie je vooraf duidelijke afspraken maakt. Mijn eigen sombere stemming is dankzij zo'n regeling een stuk opgefleurd.'

Kanner liet het deegballetje in zijn mond verdwijnen.

'Pardon?' zei Liebermann.

'Ze heet Theresa,' zei Kanner. 'Ze is de caissière van dat kleine koffiehuis in Mariahilf. Ik ga daar 's middags wel eens biljarten – en 's avonds kaarten. Ik vermoed dat ze iets met de hoofdkelner heeft, een losbol die er verzorgder uitziet dan de meeste van zijn klanten. Op een middag liep ik Theresa tegen het lijf toen ze net naar huis wilde gaan. We maakten elkaar duidelijk wat onze bedoelingen waren, werden het snel eens en reden in een gesloten rijtuig naar een afgezonderd plekje in het Prater waar we een bijzonder vrolijke avond hebben doorgebracht. Ze is uitgesproken knap met ogen als schoteltjes, al heeft ze de gewoonte om vaker dan ik strikt gesproken noodzakelijk acht een oud operettedeuntje te neuriën: *"Die Lieb' erfordert Studium, und wer nur einmal liebt, bleibt dumm, dumm, dumm"'* Kanner haalde zijn schouders op. 'En zoals dat gaat met die dingen, vergat ik mijn dierbare Sabina zo al snel.'

'Hmmm,' zei Liebermann.

'Vind je het slecht van me?'

'Het is geen kwestie van goed of slecht, Stefan. De behandeling moet bij de patiënt passen en in dit geval ben ik bang, meneer de dokter, dat zo'n kuur mijn ziekte alleen maar zal verergeren. Mijn schuldgevoel zal allerminst verlicht worden door met een caissière een ommetje te maken over het Prater.'

'Wat is jouw oplossing dan?' vroeg Kanner, die een tikje op zijn tenen getrapt leek door Liebermanns voorzichtige afwijzing.

'Werken.' Zodra dat woord over zijn lippen kwam, besefte Liebermann hoe pretentieus het klonk.

'Je lijkt mijn vader wel, Max!'

Liebermann maakte een sussend gebaar met zijn handen en glimlachte. 'Excuses, Stefan. Wat ik bedoel is dat ik de laatste tijd mijn politiewerk met inspecteur Rheinhardt uiterst...' Hij zocht even naar het juiste woord. 'Afleidend vind. Moet je horen, er zijn weer een paar verbazingwekkende ontwikkelingen.'

Liebermann bracht verslag uit van zijn laatste avonturen: de ontdekking van de cellokist en de achtervolging van Olbricht door het riool, de sabel en de inhoud van Olbrichts opschrijfboekje. Kanner luisterde aandachtig.

'En er komt dus nog een moord aan? Een dubbele moord?' zei Kanner. 'Op de twaalfde? Maar dat is morgen.'

'Vrijwel zeker, ja,' zei Liebermann.

De stemming in de kamer was nu ingetogen. Kanner was ongewoon stil en bedachtzaam.

'En jij denkt...' Kanner haalde een doosje Egyptische sigaretten uit de zak van zijn jasje. '... dat die Olbricht een aristocraat en de hoogste vrijmetselaar van Wenen om het leven gaat proberen te brengen. Op dezelfde dag?'

'Ik weet het niet zeker, maar het lijkt me heel aannemelijk.'

Kanner nam een sigaret en klopte ermee op de zijkant van het doosje.

'Inspecteur Rheinhardt heeft de leider van de vrijmetselaars gisteren gesproken,' zei Liebermann. 'Maar ik begreep dat hij de dreiging niet erg serieus leek te nemen. Rheinhardt vermoedt dat de man dacht dat zijn waarschuwing een soort val was van de recherche. De relatie tussen de politie en de vrijmetselaars is niet zo goed. Inspecteur Rheinhardt achtte het verstandig om de man te laten volgen, maar ontdekte tot zijn grote consternatie gisteren dat hij van de aardbodem verdwenen lijkt te zijn.'

Kanner stak zijn sigaret aan en blies een perfect rond kringetje dat opsteeg en boven zijn hoofd bleef hangen, waardoor het een uit elkaar vallend aureool leek.

'En jij weet zeker dat het geen politieval was?'

Liebermanns ongeloof sprak duidelijk uit zijn gezichtsuitdrukking.

'Natuurlijk is het geen val!'

Kanner pakte zijn kin vast en trok een grimas.

'In dat geval heb ik iets op te biechten.'

Liebermann bekeek zijn vriend aandachtig. Kanners blauwe ogen waren opzienbarend helder.

'O ja?'

'Ja. Ik ben zelf vrijmetselaar en morgen, op 12 december, zal prins Ambrus Nádasdy van Hongarije worden ingewijd als leerling in een geheime tempel, die Elysium heet. De ceremonie zal worden geleid door de leider van onze broederschap, de Hoog Eerwaarde Grootmeester Lösch, de man die erin is geslaagd je vriend Rheinhardt te ontlopen.'

Liebermann staarde Kanner verbluft aan.

'Dan weten we dus waar Olbricht zal toeslaan!'

'Max.' Kanner keek hem ernstig aan. 'Wat ik je net heb verteld, mag je aan niemand doorvertellen.'

'Maar de politie... Ik moet wel.'

'Dat zou zinloos zijn. Geen enkele vrijmetselaar in Wenen zal ooit de locatie van Elysium verraden. Wat wij doen is verboden.'

'Maar Stefan, prins Nádasdy en Herr Lösch lopen het gevaar te worden vermoord!'

'Misschien kunnen we, met jouw hulp, zo'n ramp voorkomen. Ik wil dat je een eed zweert. Zweer dat je niets van dit alles aan de politie zult vertellen.'

Liebermann slikte.

'Ik zal je vertrouwen niet beschamen, Stefan. Dat zweer ik.'

'Goed. Nou, waar hangt die ober uit? We moeten zo snel mogelijk afrekenen en vertrekken.'

'Vertrekken? Waarheen dan?'

'Naar Elysium!'

81

Professor Foch trok het boek van de plank en las de titel op de rug: *Die Beziehungen zwischen Nase und weiblichen Geschlechtsorganen* van Wilhelm Fliess, over de relatie tussen de neus en de vrouwelijke geslachtsorganen. Volslagen flauwekul, maar van een collega van Freud viel ook niet anders te verwachten. De enige zinnige mededeling in het hele boek betrof de ontdekking dat barensweeën konden worden verlicht door bij de vrouw cocaïne onder de neus te wrijven. Maar wat de rest betrof... Mystieke onzin en lariekoek! Er bestonden dan wel bepaalde overeenkomsten tussen het nasale en het genitale slijmvlies, maar het bouwsel dat Fliess op die zwakke grondvesten had opgetrokken was veel te ambitieus, te uitgebreid en te pompeus. Het zou snel worden afgevoerd naar de mestvaalt van de otorhinolaryngologie. En terecht.

Professor Fochs humeur sloeg plotseling om.

Fliess was werkzaam in Berlijn...

Dat voorspelde weinig goeds.

Werden zijn ideeën daar geaccepteerd?

Fliess beweerde dat de nasale membranen en botten van etiologische betekenis waren voor een breed scala aan medische aandoeningen: migraine, pijn in de buik, armen en benen, angina pectoris, astma, spijsverteringsproblemen... en seksuele stoornissen. Dat laatste had uiteraard de warme belangstelling van die verdorven Freud. Had hij niet Fliess' werk verdedigd tegenover critici binnen de faculteit? Maar nogmaals, wat kon je anders verwachten? Zo gingen ze te werk, die Joden. Die namen het altijd voor elkaar op. Ze vervuilden het vak met hun seksuele preoccupaties, vunzigheid en onzin.

Hij gooide het boek in de verhuiskist, waar het boven op drie enorme gele naslagwerken van Kaposi over syfilis en huidziektes landde.

Berlijn...

Dat het zover moest komen.

Naar de hel met ze.

Hij was donderdagmiddag bij de decaan ontboden. Voor een informeel, vriendschappelijk gesprek over een professionele kwestie. 'Uw artikel in de *Zeitung*...' De kruiperige, hypocriete slijmbal had op zijn stoel zitten draaien alsof hij op een gloeiende plaat zat. 'U hebt het ons bijzonder moeilijk gemaakt. Werkelijk bijzonder moeilijk...' Hij had zijn handen gewrongen, gezucht en omzichtig gestunteld. Maar uiteindelijk was hij dan toch tot de kern gekomen. 'U beoogde een groot publiek te bereiken en daarin bent u absoluut geslaagd. Uw stuk is gelezen door een van de keizerlijke adviseurs...' Vervolgens was het woord 'ongenoegen' herhaaldelijk gevallen.

Hij was niet ontslagen, althans niet direct. Maar hij had wel de gelegenheid gekregen om discreet te vertrekken.

'Een vriend van mij, Lehmann – u hebt misschien weleens van hem gehoord? Hij heeft een paar jaar geleden een doorwrocht artikel over het vestibulaire stelsel gepubliceerd...' De decaan had zalvend geglimlacht. 'Nou wil het gelukkige toeval dat hij een vacature heeft in het Gemeenteziekenhuis... voor een specialist op het gebied van de nasale chirurgie nog wel... Ik geef u uiteraard met alle plezier een klinkende referentie mee...'

Protesteren had geen zin gehad. Als het waar was, als het teken van afkeuring inderdaad van de Hofburg zelf was gekomen, dan was zijn carrière in Wenen voorbij. Zelfs zijn meest betrouwbare collegae zouden hem al snel uit de weg gaan. Ze zouden zijn blikken gaan ontwijken. Zijn uitnodigingen zouden worden afgewezen. Er zou worden gefluisterd in de wandelgangen. Hij had bij anderen gezien hoe dat ging...

Naar de hel met ze.

Hij keek op naar zijn reproductie van *Wundenmann*. De aanblik van de afbeelding deed hem verrassend goed. Hij voelde zich iets minder somber.

Berlijn...

Misschien viel het wel mee. In Wenen was alles een beetje uit de hand gelopen. Dat de medische faculteit hem nu als oud vuil behandelde, was alleen maar de zoveelste aanwijzing dat ze hier langzaam wegzakten in een moeras van decadentie. Om deze verdoemde stad te zuiveren had je niet één, maar wel honderd, nee, duizend, oervuren nodig. Misschien dat ze in Berlijn een man als hij wisten te waarderen, een man van goede, eerlijke Dúitse waarden.

82

Liebermann nam plaats in het rijtuig. Buiten hoorde hij de gedempte stem van zijn vriend die tegen de koetsier praatte. Het was een gammel voertuig; de zittingen waren versleten en in de aftandse houders zaten kaarsstompjes. Liebermann streek een lucifer aan en hield die bij de dichtstbijzijnde pit.

Kanner stapte in en trok de gordijnen dicht, waarbij hij ervoor zorgde dat de raampjes volledig aan het zicht werden onttrokken.

'Waar gaan we heen?' vroeg Liebermann.

'Ik ben bang dat ik dat niet kan zeggen. De locatie van Elysium is een goed bewaard geheim.'

Het rijtuig kwam in beweging.

'Maar waarom gaan we daar nu heen? De inwijding is morgen pas.'

'Onze eerwaarde houdt zich daar schuil.'

Nadat ze al enige tijd onderweg waren, tilde Kanner het gordijn op en wierp een snelle blik naar buiten.

'Maxim, het spijt me, maar ik moet je blinddoeken.'

'Wat!'

'We zijn bijna op onze bestemming... niet-ingewijden mogen absoluut niet weten waar Elysium zich bevindt. Als je niet meewerkt, kunnen we niet verder. Het is mijn plicht zo te handelen.'

Liebermann sloeg gelaten zijn ogen ten hemel.

'O, best.'

Kanner trok een donkere zakdoek uit zijn jaszak en knoopte die om het hoofd van zijn vriend.

'Excuses...' mompelde Kanner.

'Ja, ja,' zei Liebermann die zijn irritatie niet kon verhullen.

Het rijtuig kwam tot stilstand. Kanner sprong eruit en sprak met de koetsier, die een verraste kreet van tevredenheid slaakte en hem overvloedig bedankte. Hij had een aanzienlijke fooi in ontvangst mogen nemen in ruil voor de toezegging van absolute discretie.

'Hier... laat mij je even helpen.'

Kanner leidde Liebermann naar buiten.

De koetsier liet de zweep knallen en het rijtuig verdween met ratelende wielen.

Liebermann luisterde zorgvuldig. Een lichte nagalm leek te wijzen op een brede straat, uit de daaropvolgende stilte maakte hij op dat ze een heel eind van het stadscentrum vandaan waren. Hij vermoedde dat ze in een buitenwijk stonden. De lucht was koel en fris, ze bevonden zich dus op een hoger gelegen plek. Misschien waren ze richting westen gereden?

'Kom,' zei Kanner.

Liebermann hoorde een ijzeren poort opengaan en vervolgens het knerpen van grind onder hun voeten.

'Voorzichtig, Maxim. Er zijn hier een paar treden, drie in totaal. Ze zijn behoorlijk breed en hoog.'

Liebermann stelde zich de façade van een fraaie villa voor. Misschien waren ze naar Penzing of Hietzing gereden?

Kanner klopte op de deur.

Ra-ta-ta-tá. Ra-ta-ta-tá. Ra-ta-ta-tá.

Het exact herhaalde ritme deed vermoeden dat het een geheim teken was.

De deur ging open en Liebermann hoorde iemand naar adem happen.

'Ik moet onmiddellijk de eerwaarde spreken,' zei Kanner. 'Het gaat om een uiterst urgente kwestie.'

Ze mochten naar binnen en liepen door een, naar Liebermann aannam, lange gang die naar opgewreven houtwerk en lavendel rook. Die kwam uit bij een trap met een loper die, vermoedde Liebermann, hen naar de kelderverdieping zou brengen. Maar beneden aangekomen klonk er een rollend geluid, zoals dat van de wieltjes onder een boekenkast. Ze daalden vervolgens verder af langs een steilere wenteltrap. Toen Liebermann zijn hand uitstrekte, voelde hij een koude, beetje klamme stenen muur. Het rook er naar aarde. Voor de tweede keer binnen een tijdbestek van evenveel dagen was Liebermann in de onderwereld beland.

Elysium...
Ja, die naam was misschien heel toepasselijk.

Achter de eerwaarde bevond zich een groot beschilderd paneel. De afbeelding leek op een pelikaan met opengeslagen vleugels die drie jongen met haar eigen ingewanden voedde. Daarboven hing een kruisbeeld met één rode roos.

Liebermann had net zijn verhaal gedaan waarna er een zware stilte was gevallen. Hij keek weer naar het beschilderde paneel dat meteen nadat Kanner de provisorische blinddoek had verwijderd zijn aandacht had getrokken.

De eerwaarde drukte zijn vingertoppen tegen elkaar en vormde zo een dakje met zijn handen.

'Heel interessant.' Vervolgens keek hij Kanner aan en knikte goedkeurend. 'Dank je, broeder, je hebt verstandig gehandeld.' Kanner neeg dankbaar zijn hoofd. 'Dokter Liebermann,' sprak de eerwaarde verder, 'u bent aanzienlijk duidelijker dan inspecteur Rheinhardt. Maar als we willen bepalen hoe groot het gevaar is, voor ons en voor onze gasten, moeten we de feiten in ogenschouw nemen. Als deze booswicht een aanhanger van Guido List is, is hij beslist geen vriend van de vrijmetselarij. Zijn ontering van het gezegende werk van broeder Mozart is daar ook een bewijs van.' De eerwaarde zweeg even, tikte zijn vingers tegen elkaar en vervolgde: 'Het ís mogelijk, we moeten althans aannemen, dat ik zijn Sarastro zal zijn en prins Nádasdy zijn Tamino. Maar zeker weten kunnen we het niet.'

'Nee,' zei Liebermann. 'Maar het is volgens mij wel zeer waarschijnlijk.'

De eerwaarde streek over zijn puntbaardje.

'Hoe kan hij in hemelsnaam achter onze plannen zijn gekomen?'

'Misschien is iemand in uw gezelschap loslippig geweest?'

De eerwaarde schudde zijn hoofd.

'Dat betwijfel ik ten zeerste. De inwijdingsceremonie van morgen is voor ons de belangrijkste gebeurtenis in meer dan honderd jaar. Al onze logeleden beseffen bovendien terdege hoe politiek gevoelig deze gebeurtenis is. Prins Nádasdy maakt nog steeds aanspraak op de titel van rechtmatig heerser over Transsylvanië. Zijn vaders nalatenschap is na de revolutie in beslag genomen. Als wij morgen bij elkaar komen, tarten we niet alleen de politie maar ook de Hofburg. Loslippigheid zou ons duur komen te staan. Geen van ons zit erop te wachten om de rest van zijn leven opgesloten in het Landesgericht door te brengen.'

'Dan heeft Olbricht misschien een of ander document onderschept?'

'Onmogelijk,' zei de eerwaarde. 'Gevoelige informatie wordt altijd versleuteld.'

'Hij zou uw code ontcijferd kunnen hebben.'

'Dat lukt niemand met maçonniek geheimschrift. Hij zou een genie moeten zijn.' De eerwaarde leunde achterover. 'En dat allemaal doet – bij mij althans – grote vragen rijzen...' Hij kneep in zijn vooruitgestoken onderlip en fronste. '... met betrekking tot de juistheid van uw... theorie.'

'Herr Lösch,' zei Liebermann, 'ik hoop heel erg dat u morgen van de ceremonie afziet.'

De eerwaarde zuchtte en draaide aan de ring om zijn vinger.

'Dokter Liebermann, ik ben u dankbaar. Maar ik denk eerlijk gezegd niet dat we zoveel gevaar lopen als u zich voorstelt. Hoe zou die Olbricht de tempel binnen moeten komen? Die bevindt zich vier verdiepingen onder de grond! En er zullen dan wel veel aanwezigen zijn, maar we kennen elkaar allemaal. We zijn broeders. Een indringer zou onmiddellijk opvallen.'

'Olbricht weet buitengewoon veel over het riool. Misschien kent hij daar een mogelijke toegang.'

De eerwaarde schudde zijn hoofd.

'Ik was betrokken bij het ontwerp van Elysium. Zo'n toegang is er gewoon niet. En al was die er wel, dan zouden we hem eenvoudigweg bewaken of afsluiten! Dokter, ook deze Olbricht is maar een mens. U praat over hem alsof hij een bovennatuurlijk wezen zou zijn. Hij mag dan wel in staat zijn tot monsterlijke daden, maar hij kan niet door een muur lopen of onzichtbaar worden.' De eerwaarde nam plotseling een besluit en zijn gezicht verstrakte. 'De ceremonie zal volgens plan plaatsvinden. Prins Nádasdy zal worden ingewijd als leerling van de vrijmetselarij.'

Liebermann keek hem onderzoekend aan. De eerwaarde ontspande het pantser van gespannen spieren rond zijn kaak en de uitdrukking van vastbeslotenheid maakte plaats voor een enigszins zelfvoldane glimlach.

Herr Lösch leek om een reden waar Liebermann de vinger niet op kon leggen, niet bereid zijn waarschuwing voldoende serieus te nemen. Liebermann voelde frustratie, woede bijna. Hij onderdrukte de aandrang om de oude dwaas over de tafel heen te grijpen en door elkaar te schudden. Wat was er toch met hem? Liet het hem koud dat hij wellicht binnenkort zou kunnen worden gedood? Of zijn Hongaarse gast?

Liebermann staarde zwijgend en vol onbegrip naar de oude man, die raadselachtig zat te glimlachen. En ineens moest hij aan een sfinx denken. Weer werd hij eraan herinnerd dat er in Wenen zoveel van deze mythische wezens waren: waakzaam tussen de sarcofagen in het museum, op de versierde voet van straatlampen, zij aan zij langs de paden van het Belvederepark, in miniatuur op het bureau van professor Freud... Plotseling besefte hij zijn fout. Hij had zijn waarschuwing volkomen verkeerd overgebracht. De vrijmetselaars waren een geheim genootschap. Hij had niet de nadruk moeten leggen op het fysieke doodsgevaar, maar juist op het psychologische gevaar van ontmaskering!

'Herr Lösch,' zei Liebermann rustig, 'uw moed en vastberadenheid maken veel indruk op mij. Niettemin wil ik u vragen er nog eens over na te denken: stel dat ik het juist heb. Schuif uw ongeloof even opzij en probeer u voor te stellen wat er zou gebeuren als prins Nádasdy wél iets vreselijks overkomt. Er zal een grootschalig moordonderzoek worden ingesteld. De politie zal op een gegeven moment Elysium ontdekken en al uw activiteiten zullen aan het licht komen. Binnen enkele dagen zullen verslaggevers van de *Kronen-Zeitung*, het *Tagblatt* en de *Freie Presse* hier de deur platlopen.'

Er trok een onrustige angst over het eerst zo kalme gelaat van de eerwaarde. Hij spande zijn schouders.

'Ja... ja.' Hij murmelde zachtjes, peinzend. 'Dat zou zeer onwenselijk zijn.'

'Alles wat u na aan het hart ligt zal worden opgeblazen en onderworpen worden aan onwelwillende kritische blikken. Zo'n schandaal zou vermoedelijk het einde van de vrijmetselarij in Wenen inluiden. U wil toch zeker niet dat zoiets onder uw protectoraat zou gebeuren, Herr Lösch?'

De eerwaarde gooide zijn handen in de lucht. In zijn stem, die bijna oversloeg, klonk wanhoop door.

'Maar wat stelt u voor? Wat kan ik doen?'

'Annuleer de ceremonie.'

De gezichtsuitdrukking van de eerwaarde sloeg acuut weer om naar het masker van koppige onverzettelijkheid.

'Nooit.'

'Laat mij dan aanwezig zijn.'

'Wat zegt u?' zei de eerwaarde en hij neeg zijn hoofd en leunde iets naar voren alsof hij hardhorend was.

'Laat mij aanwezig zijn bij de ceremonie,' zei Liebermann zachtjes. 'Als Olbricht inderdaad opduikt, zou ik u kunnen bijstaan. Ik zal hem om te beginnen al herkennen. En als u gelijk hebt en hij inderdaad niet verschijnt, dan geef ik u mijn woord dat uw geheimen bij mij in veilige handen zijn.'

De eerwaarde trok een gezicht dat Liebermann deed denken aan iemand die een uitgesproken bittere pil doorslikt.

'Dat is onmogelijk, dokter. U bent geen vrijmetselaar!'

Kanner, die het hele gesprek zwijgend had zitten luisteren, kuchte om de aandacht van de eerwaarde te trekken.

'Meester Lösch?'

De eerwaarde keek naar hem.

'Het basisprincipe van de *Ars regia*,' zei Kanner, 'is dat alle mannen broeders zijn en beoordeeld moeten worden naar hun goede daden. Ik ben er trots op dat ik dokter Liebermann tot mijn vrienden mag rekenen en voel me vereerd dat hij een van mijn gewaardeerde vakbroeders is. Ik vertrouw hem onvoorwaardelijk. De ceremonie morgen zal in vele opzichten uitzonderlijk zijn... Ik wil u vragen het verzoek van dokter Liebermann heel ernstig in overweging te nemen.'

De eerwaarde slaakte een zucht en zette zijn vingers weer tegen elkaar.

'Een man die banden heeft met de recherche toelaten tot Elysium is één. Maar hem toestaan een rituaal bij te wonen is een heel ander verhaal. Dokter Liebermann is klaarblijkelijk een goed man en als zijn gissingen juist blijken, staat er voor ons veel op het spel. Daar komt bij dat het mijn plicht is alle maatregelen te nemen die vereist zijn om het voortbestaan van de loge te garanderen... Broeder Kanner, ik beloof je dat ik het verzoek van dokter Liebermann alle aandacht zal geven die het verdient.'

83

Het was een stralende dag. Clara zat op het terras, naast de stenen balustrade. Vanaf deze plek had ze perfect zicht op de spectaculaire bergpanorama's. Het zonlicht schitterde, zozeer zelfs dat ze de rand van haar hoed naar beneden moest trekken om de besneeuwde hellingen te kunnen bekijken. Ze haalde diep adem en voelde zich bijna duizelig: de lucht bezat de stimulerende vitaliteit van champagne. Clara had al een bad genomen in de warme bronnen en voelde zich behoorlijk braaf. Maar ze had wel besloten af te zien van het dieet van sla en karnemelk dat dokter Blaukopf had voorgeschreven. Dat leek haar toch weinig goed te doen. Bovendien was ze niet erg onder de indruk van dokter Blaukopf. Hoe kon ze respect opbrengen voor een man die de vlekken op zijn das niet opmerkte en zijn schouders optrok? Ze bedacht dat hij net als alle medici absoluut de verkeerde prioriteiten had.

Toen de ober kwam, besefte ze dat de frisse lucht haar eetlust had aangewakkerd en ze bestelde kaneelkoffie, vers gebakken *Kaisersemmel*, pruimenjam, honing, eieren... en een klein beetje fruit.

Terwijl ze op haar ontbijt wachtte, zag Clara hoe de markiezin door de open verandadeuren naar buiten stapte. Ze droeg een hooggesloten lange, zwarte jurk en om haar schouders een bontstola. Clara herkende de stola van de vorige avond. Een van de uiteinden was versierd met een miniatuurkopje van een roofdier, met naaldscherpe gele tandjes en zwarte glazen ogen. Clara verbaasde zich erover dat de markiezin er zo jong uitzag – fenomenaal als je bedacht dat tante Trudi had achterhaald dat de vrouw ten minste tweeëndertig moest zijn.

De markiezin zweefde langs.

'*Buon giorno*,' zei ze zachtjes, waarmee ze het voor elkaar kreeg zowel beleefd als onverschillig te zijn.

Clara boog en vroeg zich meteen daarna af of ze een sociale faux pas had begaan. Had ze gepast gebogen? Had ze te laag gebogen? Had ze wel moeten buigen? Misschien had ze de begroeting alleen moeten herhalen. Ze zou het straks aan tante Trudi vragen...

De ober kwam met een dienblad met het ontbijt. Clara brak de Kaisersemmel in tweeën. Het warme brood dampte in de koude lucht en geurde als ambrozijn. Ze besmeerde één helft met romige gele boter en bedekte die met een royale schep jam die van binnenuit leek te glinsteren als amethist. Toen ze een hap nam, golfde een explosie van zoet genot door haar lichaam. Dit was geen verrukking die ze bereid was zich nog eens te ontzeggen. De dokters konden zeggen wat ze wilden.

Terwijl ze mijmerend naar de dichtstbijzijnde bergtop keek, kwamen de herinneringen aan de vorige avond naar boven. Ze had met tante Trudi in de speelkamer kaart gespeeld en een jonge cavalerist was bij hen komen zitten. Hij heette luitenant Schreker. Hij had zeer onderhoudend met hen gepraat. Hij was geestig, amusant. Hij was naar talloze bals geweest en leek hordes belangrijke societymensen te kennen. En was het niet verschrikkelijk romantisch dat hij hier herstelde van een bijna fatale sabelwond die hij in Transsylvanië had opgelopen? Zijn regiment had een opstand van een handjevol afvallige Hongaarse aristocraten onderdrukt. Het klonk allemaal zo spannend.

Hij was zo anders dan andere mannen die ze had ontmoet. Zo anders ook dan Max, die het altijd over het ziekenhuis had – over patiënten en ziekte. En over psychoanalyse!

Tijdens een potje tarot was haar voet per ongeluk tegen luitenant Schrekers laars aangekomen. Ze had gebloosd en snel naar haar kaarten gekeken, maar had daarbij nog net een glimp opgevangen van Schrekers gezichtsuitdrukking. Hij had geglimlacht. Het was een ondeugende glimlach geweest, maar, dat moest ze toegeven, hij had er ook verdraaid knap uitgezien. In gedachten stelde Clara zich de charmante ulaan voor. Dat uniform stond hem zo goed; die ster op zijn kraag, zijn glimmende sporen en die blauwe pantalon die zo nauw om zijn lange ruiterbenen sloot... Al was ze alleen, Clara moest toch weer blozen.

Een handjevol andere vroege vogels was het terras opgestapt. Frau

Gast en haar dochter Constance, dat vervelende bankiertje dat zo'n ongewenste belangstelling voor tante Trudi had opgevat, Herr Bos die aan een zeldzame ademhalingsziekte leed en continu in zijn zakdoek hoestte en de excentrieke Engelse professor, die met veel enthousiasme trachtte Duits te praten, waar je toch geen woord van verstond.

Clara merkte dat ze naar de open verandadeur zat te staren in de hoop dat de volgende die naar buiten kwam luitenant Schreker zou zijn. En precies dat gebeurde. Haar hart sloeg plotseling sneller en ze was zonder te begrijpen waarom zelfs een beetje ademloos.

De knappe lange officier stond fier van het spectaculaire uitzicht te genieten. Hij draaide zich om, zocht een plekje om te zitten, zag Clara meteen zitten, glimlachte en liep dwars over het terras.

'Goedemorgen, *gnädiges* Fräulein.'

'Goedemorgen, luitenant Schreker. Goed geslapen, hoop ik?'

'Heel goed. En wat is het een prachtige dag.'

'Ja, inderdaad prachtig.'

Zijn blonde haar glansde in de zon.

'Mag ik bij u komen zitten?' Clara wierp een blik op de open deuren. De officier las haar gedachten en voegde er, op zijn hoede voor onfatsoenlijkheid, aan toe: 'Ik neem aan dat uw achtenswaardige tante er ieder moment zal zijn...'

Clara trok haar wenkbrauwen op, zette haar meest kokette gezicht op en antwoordde: 'Ik hoop het niet.'

84

Rheinhardt zat in zijn kamer op bureau Schottenring. Hij kon verder niets meer doen. Het paleis was op de hoogte gebracht en een aantal agenten in burger hield de maçonnieke liefdadigheidsvereniging Humanitas in de gaten. Hij zou zich binnenkort bij hen voegen. De inspecteur opende gedachteloos zijn bureau en trof daar een fles slivovitsj en een zak marsepeinen muizen aan. Hij had de muizen een tijd geleden gekocht als lekkernij voor zijn dochters, maar had vergeten ze mee naar huis te nemen. Hij kon zich niet inhouden, pakte zo'n muisje en wilde het net in zijn mond stoppen toen het muizensnoetje hem opviel. Het was een meesterstuk van hogere banketbakkerskunst; het muisje leek berustend de wereld in te kijken. Rheinhardt vermoedde dat dat opzet was. Zo konden kinderen zonder scrupules de kopjes eraf bijten in de wetenschap dat het muisje zijn lot al had aanvaard.

Rheinhardt wenste dat ook hij zich zo gerustgesteld voelde.

We kunnen verder niets doen...

Plotseling werd hij overvallen door de bijgelovige gedachte dat zijn lot en dat van de muis met elkaar verbonden waren: als hij de muis at, zou hij samenspannen met vrouwe Fortuna. Hij hield niet van het idee dat alles voorbeschikt was en het gevoel van onmacht dat daarbij hoorde. Hij liet de muis weer in de zak vallen en hoopte dat de gratie voor het beestje zou worden omgezet in een vergelijkbare meevaller voor hemzelf.

Rheinhardt besefte dat hij irrationeel bezig was en stelde zich de afkeurende blik van zijn vriend Liebermann voor. De jonge arts kon bijgeloof niet verdragen en de inspecteur schaamde zich stiekem voor zijn wanhopige daad.

Eerder nog had hij getracht Liebermann telefonisch te bereiken. Hij had diens bediende Ernst aan de lijn gekregen, die niet wist waar zijn werkgever uithing. Rheinhardt had vervolgens het ziekenhuis geprobeerd, waar men hem liet weten dat ze dokter Liebermann pas de volgende dag weer verwachtten. Ten slotte had hij Haussmann gevraagd om bij een aantal van Liebermanns favoriete koffiehuizen langs te gaan.

Het was niet noodzakelijk dat hij Liebermann sprak. Maar Rheinhardt had gehoopt dat zijn vriend hem misschien een laatste, essentieel inzicht zou geven. Dat was natuurlijk net zoiets als een muis gratie verlenen, namelijk het zoveelste teken van radeloosheid. Als Liebermann nog iets had bedacht, had hij beslist contact met hem opgenomen. Liebermann zou niet snel vergeten wat voor een dag het vandaag was. Niettemin voelde Rheinhardt een eigenaardig hardnekkige behoefte om Liebermann te spreken en nog een keer samen Olbrichts dagboekaantekeningen door te nemen.

Er werd op de deur geklopt.

'Binnen.'

Het was Haussmann.

'Het spijt me, meneer. Niets.'

'Goed dan,' zei Rheinhardt. 'We moesten maar eens gaan.'

85

Liebermann stond naast Stefan Kanner en trachtte, niet geheel met succes, te doen alsof hij bekend was met de ceremonie die op dat moment plaatsvond. Na lang wikken en wegen had de eerwaarde hem speciale toestemming verleend om erbij te zijn. Maar hij had verordend dat de buitenstaander alleen de inwijding mocht bijwonen en dat hij zich niet onder de broeders mocht mengen voordat het officiële deel van de avond begon. Bovendien had hij geëist dat Liebermann een geheimhoudingseed zou afleggen. Nooit zou hij aan iemand, en met name aan zijn contacten bij de recherche, bekend mogen maken wat hij vanavond te zien zou krijgen. Liebermann had vervolgens in een zijkamertje moeten wachten. Daar had Kanner hem verteld wat hij kon verwachten en hem kleding gegeven die geschikt was voor de gelegenheid. Pas toen de tempel vrijwel vol zat, had Kanner Liebermann meegenomen naar voor hen gereserveerde plaatsen tussen de jongere leden van de broederschap.

Er was een inleidend ritueel gaande waarin Herr Lösch en twee broeders uit het hoofd een soort maçonnieke catechismus leken op te zeggen. Daarnaast gebeurde er van alles op de achtergrond: de grote bronzen deuren gingen steeds open en dicht terwijl hooggeplaatste personen af en aan liepen.

Herr Lösch vervulde zijn rol met waardigheid. Hij zat op een grote houten troon en om zijn hals hing een V-vormige band van rode zijde, waaraan een grote letter G hing die op een cirkel met fonkelende gouden spaken was bevestigd. Rechts naast de troon stond een tafeltje met een scharlakenrood kleed waar de eerwaarde zijn hamer op kon slaan. De volle akoestiek van de onderaardse tempel verleende zijn stem een plechtstatigheid die hij anders ontbeerde.

Liebermann luisterde niet naar de inleiding. Hij was nog te zeer overdonderd door de afmetingen en de inrichting van Elysium, dat hem zo aan de Stadttempel deed denken, de synagoge waar Clara had willen trouwen. Een steek van schuldgevoel deed zijn hart sneller kloppen. De Stadttempel was een geheime ontmoetingsplaats, die gebouwd was in een minder liberale tijd toen volgens de wetten van Jozef II synagogen niet publiekelijk zichtbaar mochten zijn. De opvallendste overeenkomst was wel het plafond dat, net als in de Stadttempel, blauw was en bezaaid met gouden sterren. De symboliek van de vrijmetselarij leek zwaar te leunen op de rabbijnse traditie: op een muurschildering was de ark des verbonds afgebeeld en Jakobs ladder die oprees naar een letter uit het Hebreeuwse alfabet. Misschien schamperden de pangermaanse nationalisten daarom zo over 'joodse vrijmetselaars'.

Hoewel er gaslampen in de tempel hingen, waren die niet aangestoken. In plaats daarvan werd de ruimte door kaarsen in talloze, willekeurig geplaatste driepotige kandelaars verlicht. Helaas was Elysium te spelonkachtig om met zulke bescheiden middelen echt goed te kunnen worden verlicht en Liebermann maakte zich ongerust om de vele duistere hoekjes. Het waren stuk voor stuk uitstekende verstopplaatsen voor Olbricht.

De stem van de eerwaarde klonk ferm en vastbesloten.

'Geliefde broeders! Het hoofddoel van onze bijeenkomst vandaag is een profaan welkom heten: prins Nádasdy. Hij wacht in de voorbereidingskamer. Hij heeft de voorgelegde vragen beantwoord en ik wil nu de Broeder Secretaris verzoeken de antwoorden voor te lezen...'

Op de vloer lagen om en om witte en zwarte marmeren tegels, als een schaakbord; in het middenschip stond een eigenaardige verzameling van drie zuilen: een Ionische, een Dorische en een Korinthische. Boven op ieder kapiteel was een grote altaarkaars geplaatst. Tussen de zuilen lag een kleed waarop een scala aan geheimzinnige afbeeldingen was geborduurd: granaatappels, een grote rots, de zon en de maan, een winkelhaak en passer...

Liebermann liet zijn ogen ook over de verzameling vrijmetselaars achter de zuilen gaan, aan de andere kant van het middenschip. Ze droegen allemaal een pandjesjas, hoge hoed, witte handschoenen en een rijk geborduurd schort. Sommigen hadden bovendien een sjerp om, anderen een V-vormige band net als de eerwaarde. Alle aanwezigen droegen een sabel. Liebermann had Kanner gevaagd waarom de broeders hun tempel gewapend betraden en had te horen gekregen dat het een traditie was die hun gelijkheidsbeginsel tot uitdrukking bracht.

Weet je Max, vroeger, in de achttiende eeuw, was het zwaard een teken dat iemand van adel was. Maar vrijmetselaars droegen het om te laten zien dat ze gelijk waren en om duidelijk te maken dat edelmoedigheid een kwestie van handelen en karakter was en niet van afkomst.

Liebermann had een eenvoudig schort van lamsvel gekregen, waarvan het borststuk iets naar voren stak: een kleine verandering die aangaf dat hij een novice was. Kanner droeg zijn schort op dezelfde manier.

De eerwaarde richtte zich tot twee broeders die naar voren waren gestapt. Een van hen droeg een lamp en een in leer gebonden boek.

'Broeder Ceremoniemeester, u zal zich nu met de Broeder Redenaar naar de profaan begeven, hem inwijden in de beginselen van onze orde en hem oproepen nog een keer bij zichzelf te rade te gaan. Als hij bij zijn besluit blijft opgenomen te willen worden in onze orde, breng hem dan, ontdaan van alle metalen en bovenkleding, overeenkomstig oud maçonniek gebruik, naar de tempelpoort.'

De twee broeders bogen, draaiden zich om en liepen naar de bronzen deuren die openzwaaiden zodat ze ongehinderd konden doorlopen. Boven de ingang overzag het alziend oog de menigte met transcendente onverschilligheid. Terwijl de twee broeders in de duistere verte verdwenen, begon een pijporgel te spelen. De organist had een combinatie van registers gekozen die als een blokfluitensemble door de ruimte zongen. De akkoorden klonken als een hymne en de transparante, heldere harmonieën die gepaard gingen met een vriendelijke, barmhartige warmte verrieden onmiskenbaar de scheppende hand van Wolfgang Amadeus Mozart. Het gezelschap hief een lied aan:

'Laßt uns mit geschlung'nen Händen, Brüder, diese Arbeit enden...'
(Broeders, laten wij de handen in elkaar slaan en deze taak voltooien...)

Liebermann kende het lied niet en vroeg zich af of het deel uitmaakte van een obscuur opus dat de vrijmetselaars angstvallig geheimhielden.

'Es umschlinge diese Kette, so wie diese heil'ge Stätte,
auch den ganzen Erdenball...'
(Moge deze keten niet alleen deze gewijde plek omsluiten,
maar de hele aardbol...)

Terwijl de muziek verder speelde zocht Liebermann de gezichten tegenover hem af. Ze stonden daar met velen, allemaal met hoed op, en in de schaduwrijke ruimte leek het een onmogelijke taak Olbricht tussen alle aanwezigen te ontwaren. Daar kwam bij dat hij niet de gehele ruimte kon overzien. De vrijmetselaars achter hem kon hij niet zien, net zo min als de gezichten van de broeders die een soort bestuur leken te vormen en aan lager geplaatste tafels voor de troon van de eerwaarde zaten.

'Dann strömt Licht allein in Osten,
dann strömt Licht allein in Westen,
auch in Süd und Norden Licht.'
(Dan stroomt licht alleen naar het oosten,
dan stroomt licht alleen naar het westen,
dan stroomt ook naar het zuiden en noorden licht.)

Uit het orgel klonken de slotakkoorden en toen zweeg iedereen.
De stilte werd verbroken door drie harde slagen op de deur. Iedere klap dreunde als een grote trom. Liebermann zag hoe in de blauwgrijze nevelige verte een lange, slanke man zijn hand opstak.
'Eerwaarde meester!' riep hij luid. 'Iemand klopt als een profaan aan de tempelpoort.'
'Kijk wie dat is,' antwoordde de eerwaarde.
De bronzen deuren gingen weer open.
'Het zijn Broeder Ceremoniemeester en Broeder Hänsel, met de profaan.'
'Vraag aan hem of de profaan een vrij man is van goede naam...'

Meer vragen en antwoorden volgden en een verzoek aan de geleider om zichzelf te tonen. Een man verscheen in de deuropening en
verklaarde: 'Zover ik het kan weten, geloof ik dat de profaan mijn begeleiding waard is en ik hoop dat hij zal volharden.'

Hij sprak met een Hongaars accent.

De eerwaarde antwoordde: 'Laat de profaan dan nu binnentreden.'

Hij tikte een keer met zijn hamer. 'In orde, broeders.'

Weer begon het pijporgel te spelen en een tenorstem zette een bekende melodie in.

'O heiliges Band der Freundschaft treuer Brüder...'
(O, heilige band van vriendschap tussen trouwe broeders...)

Liebermann herkende de muziek meteen. Het was het lied dat Kanner in het restaurant had gezongen.

Een jongeman met lang donker haar werd naar de drempel van
de tempel geleid. Hij was geblinddoekt en zijn hemd, dat eerder een
achttiende-eeuwse snit had dan een twintigste-eeuwse, hing bij de
hals open en losjes van zijn schouders naar beneden. Dit moest de
profaan zijn: prins Ambrus Nádasdy. Liebermann besefte dat nu zowel de prins als de eerbare in dezelfde ruimte waren en werd nerveus.

Waar is hij?

Hij keek onrustig rond en zocht ook de donkerste uithoeken van
de tempel af.

De muziek stierf weg en de geleider van de prins verklaarde: 'Tot
hier heb ik u veilig begeleid. Nu is het moment aangebroken dat ik u
overdraag aan een andere geleider. Vertrouw op zijn leiding.'

De geleider droeg de jongeman over aan de slanke broeder.

'Heer!' riep de eerwaarde. 'Geen sterfelijk oog kan in het hart kijken. Als een zelfzuchtig motief u hierheen heeft gevoerd of u had
gehoopt via ons bovennatuurlijke informatie of geheime kennis te
ontdekken die buiten onze band niet bereikbaar is, dan zou u in uw
verwachtingen worden misleid. Onze orde is gewijd aan de medemenselijkheid. Onze eerste opdracht is door gezamenlijke inspanning
de zuivere aard van de mens in ons te koesteren. Als u vastbesloten
bent u aan te sluiten bij ons nobele werk voor de medemenselijkheid,

bevestig dit dan naar eer en geweten met een duidelijk "ja".'
De prins antwoordde zoals hem werd opgedragen: 'Ja.'
'Onderwerpt u zich aan onze leiding?' vroeg de eerwaarde. 'Vertrouwt u ons?'
Weer klonk het beslist: 'Ja!'
De eerwaarde sprak verder: 'Van alle aardse wezens is alleen de mens in staat en geroepen te werken aan de verbetering van zichzelf. De mens is voorbestemd voor een hogere perfectie. Maar de weg daarheen is moeilijk te vinden en vol gevaar. Broeder Geleider, laat de profaan zijn krachten beproeven tijdens de reizen die hij nu aanvaardt.'
Kanner trok Liebermann aan zijn mouw. De vrijmetselaars gingen als één man zitten.
De slanke, soepel bewegende broeder sprak tegen de prins, maar zo luid dat alle aanwezigen hem konden verstaan.
'In de oude mysteriën werden allegorische reizen en proeven voorbereid voor degenen die moesten worden ingewijd. Wij hebben deze traditie bewaard. De reizen die u gaat ondernemen vertegenwoordigen het leven. De vrijmetselarij leidt de jongeren op door hen via symbolische handelingen bewust te maken van het leven.'
Liebermann voelde zich niet op zijn gemak. Er was niets wezenlijks veranderd, maar hij voelde niettemin een onrustig gekriebel in zijn nek. Het leek op het plotselinge, hinderlijke gevoel dat je in de gaten wordt gehouden, dat je kunt krijgen nog voordat je je omdraait en ontdekt dat er daadwerkelijk iemand naar je zit te staren.
'Let goed op,' sprak de Broeder Geleider, 'en vergeet de waarschuwingen niet die u tijdens deze reizen zult krijgen. Wie in het donker naar onbekende oorden reist, zoals u zult doen, heeft een geleider nodig. Hij die in het donker een oprechte vriend en een vaardige gids treft, heeft geluk. Volg mij en ik zal u veilig geleiden.'
De slanke broeder pakte de linkerhand van de prins en liep met hem de tempel in. Toen ze bij de drie zuilen waren, begonnen ze plechtig aan een rondgang om het kleed.
'Het leven van de mens loopt in een cirkel,' sprak de geleider verder. 'Maar het eeuwige middelpunt van deze cirkels is de enige god die de vrijmetselaars vereren. Zij noemen hem de grote architect van

de wereld. Vrijmetselaars vereren God, al kan uw idee van God heel anders zijn.'

Nu de broeders zaten had Liebermann beter zicht op de tafels voor de troon van de eerwaarde. Hij zocht nauwkeurig iedereen die daar zat af. Kanner porde hem in zijn zij om hem weer bij de inwijding te betrekken. Kennelijk stond er iets belangrijks te gebeuren.

De geleider trok de prins ineens een stap naar achteren.

'Van het zicht beroofd,' hoonde hij, 'zou je zo in de afgrond voor je voeten vallen als de hand van een vriend je niet zou tegenhouden. De blinddoek voor uw ogen vertegenwoordigt uw onwetendheid die de gevaren niet kent die de paden van het leven onveilig maken.'

Liebermann wendde zijn blik weer naar de tafels.

Een van de broeders aan tafel keek niet op.

Hij zat met gebogen hoofd en er was iets vreemds aan zijn houding. Hij zag er ongemakkelijk uit, onhandig, hoekig. Liebermann besefte waarom. Hij hield zijn rechterarm naar achteren en zijn hand zat om het gevest van zijn sabel geklemd.

Het zou toch niet...

Liebermann wilde instinctief handelen, maar de vormelijkheid van de inwijdingsceremonie vereiste behoedzaamheid en respect.

Olbricht? Een vrijmetselaar?

Liebermann voelde zich gehinderd, geremd – hij kon geen alarm slaan. Stel dat hij zich vergiste?

Maar toch...

De slanke broeder leidde zijn koninklijke beschermeling door het middenschip naar de troon van de eerwaarde. Ze kwamen dichter bij elkaar. Als het Olbricht echt was, zouden de eerwaarde en de prins binnen zeer korte tijd binnen zijn slagbereik zijn.

Sarastro en Tamino...

Hij was het, vast...

De verdachte broeder tilde zijn hoofd iets op, maar door de brede rand van zijn hoed bleef het grootste gedeelte van zijn gezicht in de schaduw. Een kaars flakkerde en een minimaal moment werden zijn mond en kin helder verlicht. Liebermann herkende de brede lippen en de kenmerkende diepe groeven...

'Buig het hoofd!' beval de slanke broeder. 'Hier staat de zetel voor degene die uitverkoren is de wetten van onze orde toe te passen.'

De prins neeg zijn hoofd.

Liebermann kon niet langer wachten. Hij sprong op en wierp zich naar voren zodat hij tussen de prins en de lage tafels belandde.

'Olbricht!'

Zijn sprong veroorzaakte onmiddellijk grote opwinding. Er klonken uitroepen van ontzetting. De slanke broeder kwam dichterbij, nadat hij vragend naar de eerwaarde had gekeken die met een sussend gebaar zijn hand in de lucht had gestoken. Olbricht was echter al opgesprongen en rende dwars door het schip op de bronzen deuren af. Zijn hoed vloog met een grote boog om de drie zuilen achter hem.

86

Liebermann baande zich een weg door een haag van geschokte gezichten.

'Houd hem tegen!' riep de eerwaarde boven het stijgende tumult uit. 'Broeder Diethelm! Houd hem tegen!'

Liebermann hoorde de naam.

Broeder Diethelm?

Het leek alsof de eerwaarde het tegen Olbricht had en niet iemand anders die Diethelm heette tot actie aanspoorde.

Twee broeders die als ceremoniewachters bij de ingang van de tempel stonden, sprongen met uitgestrekte armen naar voren. Olbricht bukte en rende dwars door hun zwakke blokkade, waarbij hij beide mannen omverliep. Hij vluchtte tussen de twee grote Korinthische zuilen het donker in.

Liebermann versnelde zijn pas. Zijn stappen weergalmden op de zwarte en witte tegels. In de gang lukte het hem niet af te remmen en hij botste keihard tegen de stenen middenpijler van het trappenhuis. Hij hijgde van de klap die hem met een schok tot stilstand had gebracht. Van beneden klonk het geluid van wegstervende voetstappen. Bijna onbewust schoot er een vraag door Liebermann heen: *Waarom was hij niet naar boven gevlucht?* De vraag ging gepaard met een huivering van angst. Hij negeerde het dreigende gevoel en zette koers naar beneden. Onderweg verloor hij zijn hoge hoed. Razendsnel vloog hij de smalle wenteltrap af, steeds verder de diepte in, tot de stenen treden ophielden en hij in één beweging dolgedraaid door een openstaande deur schoot.

Hij constateerde dat hij zich in een bibliotheek bevond.

Er was geen andere uitgang waardoor Olbricht had kunnen vluchten. De muren aan weerszijden waren van boven tot onder gevuld met boekenplanken. Direct voor hem hing een geschilderd wapenschild met een zon en een maan die beide van een dreigend gezicht waren voorzien. Liebermann draaide zich haastig om en zag nog net hoe Olbricht de deur dichtgooide en een sleutel omdraaide.

De twee mannen bleven als verstijfd tegenover elkaar staan alsof ze oog in oog waren gekomen met een verstenende Gorgo.

Liebermann slikte. Een reeks beelden schoot door zijn hoofd die in zijn herinnering stuk voor stuk door een onbarmhartige magnesiumflits werden verlicht. Verminkte lichaamsdelen, enorme plassen bloed, uitpuilende ingewanden, het lijk van Ra'ad dat op tafel uitgespreid lag als een soort offer aan een perverse en wrede god.

Liebermann slikte nog eens. Maar deze keer was er geen speeksel in zijn mond. Paniek had hem uitgedroogd, een ijskoude, misselijkmakende, verlammende paniek die het merg uit zijn botten zoog en zijn benen onbetrouwbaar wankel maakte.

Er bonsde iemand met zijn vuist op de deur.

Drie slagen.

Pauze.

Vier slagen.

Toen een gedempte stem: 'Doe open! Doe open!'

Olbricht was onnatuurlijk stil, net als in het riool toen hij vanaf zijn hogere positie zijn achtervolgers rustig in ogenschouw had genomen. Hij leek het geluid van buiten niet op te merken.

Plotseling stak hij zijn rechterhand in de lucht en vormde met zijn uitgestrekte wijsvinger en duim een rechte hoek. Hij kneep even een oog dicht en nam de traditionele houding aan van een portretschilder die in gedachten zijn onderwerp 'inkadert'.

'Herr Olbricht...' De naam ontglipte Liebermann ongewild als een verzuchting. Maar toen zweeg hij. Wat kon hij tegen zo'n beest zeggen? Welke smeekbede zou hij kunnen doen? Olbricht smeken om rationeel, genadig of behoedzaam te zijn zou net zoveel zin hebben als hem te vergasten op een gedicht van Goethe.

Het bonzen op de deur was overgegaan in onophoudelijk getrommel. Het klonk als zware regenval.

'Doe open!' De gedempte stem was niet langer alleen.

Olbricht liet zijn rechterhand zakken tot die op het gevest van zijn wapen lag. Het krassende schrapende geluid van metaal klonk en onmiddellijk daarna hield hij zijn sabel boven zijn hoofd.

Woesj, woesj, woesj...

Olbricht sloeg met zijn sabel door de lucht als om zijn scherm-kunst te demonstreren. Na een wilde opeenvolging van slagen gooi-de hij zijn wapen in de lucht dat daar in weerwil van de zwaarte-kracht leek te blijven hangen. De lichtjes van de lampen rondom weerkaatsten op de ronddraaiende kling tot Olbricht zijn sabel met een snelle greep weer in bezit nam. Hoewel zo'n bravourestukje vaak niet veel meer was dan een karikaturale schurkenvertoning, loos ge-bluf, wist Liebermann instinctief dat dat hier niet het geval was. Hij stond oog in oog met een zelfverzekerde, assertieve schermer.

De kunstenaar kwam op hem af.

Met grote tegenzin trok ook Liebermann zijn sabel terwijl hij zichzelf inwendig vervloekte omdat hij niet beter had opgelet tijdens de schermlessen van signor Barbasetti. Waarom had hij zoveel van die kostbare tijd doorgebracht met gedachten aan gebak in plaats van techniek?

Liebermann zette zich schrap voor een agressieve aanval. Maar tot zijn verrassing kwam Olbricht langzaam, behoedzaam en wel-overwogen op hem af. Hun sabels naderden elkaar, maar raakten el-kaar niet. In plaats daarvan maakten ze minimale bewegingen, bijna speels provocerend en terugtrekkend. Het was alsof een onzichtba-re afstotende kracht het tactiele contact verhinderde. Maar op een gegeven moment werd de geheimzinnige ban opgeheven en raakten hun wapens elkaar voor het eerst met een zacht maar helder getin-kel.

Olbricht testte zijn tegenstander met een schijnaanval, die Lieber-mann vanaf een aanzienlijke afstand rustig pareerde. De dokter hield Olbrichts houding goed in de gaten. Iets in de veerkracht van diens lichaam, een zekere algemene spanning, leek aan te geven dat hij ie-der moment kon springen.

Het gebonk op de deur hield op en er klonk een luide stem.

'Open de deur anders breken wij hem open.'

Olbricht liet de dreigende woorden van zich af glijden. Hij schoof voetje voor voetje vooruit, waarbij hij, zoals de meeste ervaren schermers, de ogen van zijn tegenstander in het vizier hield en niet de positie van diens wapen.

Liebermann maakte een halve uitval, bedoeld als een schijnaanval, en liet daar een *passata sotto* op volgen. Olbricht wankelde niet. Toen merkte Liebermann dat hij als gebiologeerd toekeek hoe de kling van de wreedaard langs zijn buik gleed. Er bleef iets hangen. Het puntje van Olbrichts sabel was dwars door de stof van zijn vest gegaan. Liebermann was zo verbluft dat hij niet snel genoeg reageerde en door een krachtige lage stoot achteruit werd gedreven. De deurlijst kraakte fel. Helaas was die, net als alles in Elysium, zeer stevig gebouwd.

Liebermann trachtte nog een uitval te maken en Olbricht pareerde die met een perfecte wering, waarbij hij de kling van de jonge dokter omcirkelde en vervolgens achteloos verdrong. Hij had zich technisch zuiver en exact verdedigd.

'Herr Olbricht,' zei Liebermann hijgend van inspanning, 'de deur zal niet veel langer standhouden.'

Olbricht reageerde even doeltreffend als zijn wering.

'Ik weet het.'

Liebermann probeerde te bedenken wat hij nog meer kon zeggen, iets waarmee hij Olbricht nog een paar waardevolle seconden in een gesprek kon betrekken. Het was niet meer dan een kwestie van rekken. Maar er schoot hem niets te binnen. Zijn geest was een grote witte vlakte van angst: leeg, blanco, onbruikbaar.

Olbricht fronste geconcentreerd. Hij sprong naar voren, deze keer met enorme snelheid en kracht, zo snel dat het Liebermann maar net lukte om zijn eigen sabel ertussen te gooien. Weer werd hij alleen al door de enorme kracht van de aanval verder naar achteren gedreven.

Een regelmatig bonzend geluid maakte duidelijk dat de vrijmetselaars inmiddels trachtten de deur volgens een systematisch plan open te breken. Liebermann stelde zich voor hoe ze zich veel te inefficiënt met hun schouders tegen de panelen wierpen.

'Trappen! Trap hem in hemelsnaam in!' riep hij wanhopig. 'Trap tegen het slot.'

Nog eer hij zijn zin had uitgesproken, viel Olbricht hem aan en waren ze in een hevig gevecht verwikkeld. In de afgesloten ruimte weergalmde het felle gekletter van staal op staal.

Parade, parade, parade...

De scherpe aanvallen dreven Liebermann steeds verder achteruit. Hij verloor terrein en Olbricht stootte voorwaarts. Weer moest hij verder wijken en Olbricht viel nog feller aan.

Parade, parade, parade...

Liebermann voelde dat er iets achter hem stond. Een bureau? Het zou niet lang duren eer hij in de val zat. Hij werd overvallen door een onbeheersbare paniekaanval en rende zonder na te denken schuin weg, met zijn rug naar zijn tegenstander. Het was een enorme stommiteit. Zelfmoord. Hij verwachtte ieder moment de kracht van Olbrichts fatale uitval te voelen, de sabel die door zijn vlees zou snijden en zijn lever doorboren. Maar dat gebeurde niet. Pas toen onderkende Liebermann de ware aard van hun strijd. Olbricht speelde gewoon met hem, probeerde nieuwe angstregisters aan te boren, zuiver en alleen voor zijn eigen, verknipte genot.

De ondoordachte vlucht van Liebermann eindigde toen hij onhandig struikelde. Hij draaide zich om naar Olbricht en trachtte zijn paniek te bedwingen.

Hij is maar een mens, gewoon maar een mens...

Liebermann herhaalde deze woorden stilletjes als een gebed.

Gewoon maar een mens, gewoon maar een mens...

De hysterische paniek werd minder.

Liebermann dacht aan signor Barbasetti, hoe zijn schermleraar vaak zijn ontevredenheid liet blijken door tegen zijn slaap te tikken om een geliefde vermaning te onderstrepen: 'Nadenken, dokter! Als u niet nadenkt, is alles verloren.'

Weer sloegen hun wapens tegen elkaar.

Parade, aanval, parade, coupé, parade, aanval...

Liebermann constateerde verrast dat hij Olbrichts aanval deze keer iets beter wist te pareren. De schilder bewoog niet zo snel meer. Misschien werd hij overmoedig. Of, nog beter, misschien werd hij moe.

Liebermann viel met hernieuwde moed uit. Olbricht weerde de aanval af, maar slaagde er niet in goed terug in de stelling te komen.

Zijn borst was onbeschermd. Hij kon toeslaan – hij zóu nu toeslaan! Liebermann hief zijn sabel maar ontdekte dat hij niet in staat was de fatale slag te leveren.

Had hij nou maar beter opgelet tijdens de lessen van Barbasetti! Hoe vaak had de Italiaan niet juist deze manoeuvre voorgedaan? Een opzettelijk onbeschermd moment om een onbezonnen aanval uit te lokken.

Liebermann hield zijn adem in. Het prikkende gevoel in zijn hartstreek verlamde hem compleet. Olbricht hield zijn wapen volgens de hoogste regels der schermkunst tegen zijn hart gericht. Liebermann waagde het niet te bewegen. Als zijn eigen sabel ook maar trilde, zou Olbricht toeslaan. Liebermann sloot zijn ogen – en wachtte. De deurlijst kreunde.

Zelfs terwijl hij al toegaf aan de onvermijdelijkheid kon de arts in hem het niet laten een laatste klinische observatie te doen.

Hij geniet van mijn angst, smult van mijn paniek. Hij kan de kling pas in mijn hart steken als zijn sadistische honger volledig gestild is.

Liebermann deed zijn ogen open. Hij wilde niet als een lafaard sterven. Hij wilde zijn einde met opgeheven hoofd tegemoet treden.

Olbricht strekte zijn nek, hield zijn hoofd schuin en bestudeerde aandachtig Liebermanns gezichtsuitdrukking. De jonge dokter keek recht in de wijd uitstaande ogen en zag voor het eerst dat het alleen maar leek of ze wijd uit elkaar stonden door Olbrichts diepliggende neusbrug. De diepe groeven rond zijn mond verdichtten en Olbrichts lippen gingen uit elkaar. Hij glimlachte en daardoor werden zijn eigenaardige, onvolgroeide tanden zichtbaar, die twee onregelmatige, onafgewerkte lijnen vormden. Liebermann had Olbricht nog niet eerder van zo dichtbij gezien en nooit de kans gehad zijn eigenaardige fysionomie te bestuderen.

'*Nadenken, dokter! Als u niet nadenkt, is alles verloren.*'

Signor Barbasetti's vermaning zong weer hardnekkig door zijn hoofd.

Ja, natuurlijk!

Olbrichts onregelmatige trekken waren niet gewoon het gevolg van zijn ouderlijke nalatenschap, het kiemplasma van zijn vader en moeder, maar van een of ander proces: een pathologisch proces. De jonge dokter stelde zijn diagnose en trok daaruit een reeks stout-moedige conclusies.

'Uw moeder,' begon Liebermann. 'U hield van haar, niet? Maar zij heeft die liefde nooit beantwoord. Ze had nooit tijd. Altijd maar be-zig, heren onthalen. Buitenlanders. Hongaren, Tsjechen, Kroaten... Joden?'

Olbricht keek onthutst. Hij sperde zijn ogen open.

'En u had dromen,' vervolgde Liebermann nu zelfverzekerder. 'Vreselijke dromen. Nachtmerries. Over wolven, honden... Die hebt u nog steeds, toch?' Hij struikelde bijna over zijn woorden, zo snel en koortsachtig sprak hij. 'En dan was daar die muziek! U woonde achter een theater, een volkstheatertje. Als uw moeder druk in de weer was met al die bevriende heren, hoorde u die muziek. Ope-rettes, populaire liedjes. Maar de meest onvergetelijke deuntjes, die zich in uw hoofd nestelden om nooit meer weg te gaan, kwamen uit een opera van Mozart: *Die Zauberflöte*.'

Olbrichts gezichtsuitdrukking veranderde. Hij keek verbijsterd, bang bijna. Als een kind.

'Wat bent u voor iemand?' Zijn stem klonk hees. Alsof hij ineens oog in oog stond met een bovennatuurlijke intelligentie.

'Ik ben arts. Ik kan u helpen.'

Maar Liebermann had zich misrekend. Olbricht wilde helemaal niet worden geholpen. De angst trok weg uit zijn gezicht. Lieber-mann schoof voorzichtig naar achteren. Daarmee creëerde hij net genoeg afstand tussen Olbrichts kling en zijn borst om één snelle, bevrijdende uithaal te doen. Met de platte zijde van zijn gehand-schoende hand sloeg hij Olbrichts sabel opzij – en rende...

Toen Liebermann zich omdraaide stond hij met zijn rug tegen een muur en werd hij van voren met een duivelse hevigheid aange-vallen. Slag volgde op slag. Ze regenden op hem neer, steeds weer die zware, dodelijke slagen. Olbricht viel nu niet meer beheerst aan en Liebermann wist dat hij deze woeste aanval slechts een paar tel-len zou kunnen afslaan. Zijn arm deed pijn en werd met iedere klap verder verzwakt.

Liebermann viel op zijn knieën. Zijn wapen voelde loodzwaar en begon uit zijn hand te glijden. Uit een verborgen, vitale levensbron wist hij nog wat laatste kracht te halen en hij hief zijn sabel als een schild boven zijn hoofd. Gedreven door een onuitputtelijke woede sloeg zijn aanvaller onveranderd keihard toe. Liebermann was zich vaag bewust van het geluid van een harde klap – en plotseling was hij, als door een wonder, niet langer alleen. Achter Olbricht waren allerlei gezichten opgedoken. Een tel later stond Kanner naast Liebermann en weerde Olbrichts hamerslagen af.

Uitgeput en de bezwijking nabij zag Liebermann hoe de kunstenaar, omgeven door een grote menigte nieuwe, voortvarende tegenstanders, zich van hem verwijderde. Binnen de vonkende beschermende kring van zijn woest bewegende, glinsterende kling draaide Olbricht als een dodelijke derwisj rond.

Kanner knielde naast Liebermann neer en legde bezorgd een arm om zijn schouders.

'Gaat het?'

Liebermann knikte.

De menigte sloot zich om Olbricht heen. Liebermann kon hem niet meer zien, maar hoorde wel nog steeds het ijzige gekrijs van zijn rondmaaiende sabel. Op een gegeven moment nam het enerverende geraas van door de lucht suizend metaal af om plaats te maken voor de geluiden van een meer traditioneel sabelgevecht wat uiteindelijk overging in het incidentele gekletter van een schermutseling.

Een krachtige stem klonk boven het strijdgewoel uit: 'Broeder Diethelm, ik beveel je je wapen te laten vallen.'

Het gekletter viel stil. Er volgde een omineuze stilte.

'Tegen deze overmacht kun je niet op. Ik herhaal: laat je wapen vallen.'

Een penduleklok sloeg hol. Met iedere luide slag leek de spanning verder op te lopen.

'Broeder Diethelm?'

Er klonk een plof gevolgd door het gekletter van metaal en alom een zucht van opluchting.

Tussen de omstanders door ving Liebermann een glimp op van de verslagen kunstenaar. Hij stond met zijn armen uitgestrekt als een gekruisigde Christus en zijn hoofd in zijn nek. Hij snikte en zijn bovenlichaam schokte.

'Het is voorbij,' riep Olbricht. 'Meer kan ik niet doen.'
In zijn ogen zag Liebermann het vuur van een brandend Walhalla.

87

Rheinhardt duwde zijn knokkels tegen zijn ogen, liet ze weer los en hield zijn ogen vervolgens gericht op de klok aan de muur. In eerste instantie zag hij alleen maar caleidoscopische patronen van heldere vlekken. Toen kreeg hij langzaam weer helderder zicht en kwamen de wijzers scherp in beeld: kwart over één. Het was een lange, vermoeiende dag geweest.

Bij thuiskomst had hij niet kunnen slapen. Hij had op een stoel naast de telefoon gezeten in angstige afwachting van het moment dat die zou overgaan en hij vervolgens via de krakende verbinding de stem van de wachtmeester van Schottenring zou horen vertellen dat er tot zijn spijt twee lichamen waren gevonden. Rheinhardt was in een onrustige halfslaap gevallen en toen de telefoon, zoals verwacht, overging, had hij de hoorn verward en angstig opgepakt. Hij had naar het verslag van de wachtmeester geluisterd, maar kon niet echt geloven wat hij hoorde. Hij had de man verzocht zijn verhaal nog eens te doen. Die had daar beleefd gehoor aan gegeven. Deze keer kneep Rheinhardt in zijn dij om vast te stellen of hij droomde of niet.

De grote wijzer van de klok was vooruitgeschoven en Rheinhardt liet zijn blik zakken. Liebermann plukte aan een pluisje op zijn broek en mopperde ongeduldig omdat het zich niet liet pakken.

'Goed,' zei Rheinhardt, 'je komt dus op bureau Schottenring aan, gekleed in een hoge hoed, witte handschoenen en een pandjesjas, die, als ik me niet vergis, op twee plekken door een sabelkling is beschadigd. Je bent niet alleen, maar voert het monster Andreas Olbricht – geboeid en gekneveld – met je mee! De dienstdoende agent verzoekt je, in alle redelijkheid, een verklaring af te leggen. Jij besluit echter om in de vaagst mogelijke bewoordingen te reageren en beweert dat je hem met de hulp van een aantal vrijmetselaars hebt opgespoord en gevangen... Welnu, beste kerel, hoewel ik je voorkeur voor ontwijkende antwoorden ken en ook je nogal vermoeiende hang naar dramatische uitvluchten, lijkt het me dat je jezelf vanavond hebt overtroffen.'

Tijdens deze toespraak was de stem van de inspecteur steeds luider gaan klinken en waren zijn ogen dreigend gaan fonkelen.

De jonge dokter liet zijn inspanningen om het hardnekkige pluisje op zijn broek te verwijderen varen en rechtte schuldbewust zijn rug.

'Ik mag dan wel niet de scherpzinnigste geest hebben,' sprak de inspecteur verder, die probeerde zijn kalmte te hervinden door zijn handen plat op tafel te leggen. 'Maar je hoeft ook niet zo verschrikkelijk slim te zijn om te raden hoe het kwam dat je Olbricht eerder vanavond, of exact genomen gisteravond, in handen kreeg.' Hij wees even naar de klok. 'Je bent geïnfiltreerd in een clandestiene vrijmetselaarsbijeenkomst en hebt daar Olbricht betrapt die voorbereidingen trof om personen te vermoorden die een zekere overeenkomst vertonen met Sarastro en prins Tamino. Je hebt Olbricht uitgedaagd, met hem gevochten en hem uiteindelijk, met de hulp van de aanwezigen, overmeesterd.'

Liebermann knikte: 'In het algemeen gesproken klopt dat wel, ja.'

'Goed, dan moet ik je nu een ontzettend voor de hand liggende vraag stellen: heb je niet overwogen om de recherche in te lichten?'

'Natuurlijk heb ik overwogen om de recherche in te lichten. Er was alleen geen gelegenheid toe.'

Rheinhardt pakte zijn pen op en schreef de datum op het officiële dienstpapier dat hij op zijn bureau had klaargelegd.

'Oskar,' zei Liebermann, 'voordat we doorgaan moet je me iets beloven.'

'Wat?'

'Dat de recherche geen onderzoek naar de vrijmetselaars zal instellen of ze vervolgen.'

'Ik laat de vrijmetselaars er met alle plezier buiten. Maar hoofdcommissaris Brügel zou daar anders over kunnen denken.'

'Dan moet je hem dat uit zijn hoofd praten.'

'Hoofdcommissaris Brügel is uitgesproken eigenwijs. Ik ben bang dat hij, wat ik ook zal zeggen, vast zal houden aan zijn eigen mening.'

'Toe, Oskar, een man met jouw welbespraaktheid en charme zou...'

Rheinhardt hief een waarschuwende vinger op. Liebermann gaf met een spottend lachje toe dat zijn gevlei al te doorzichtig was en koos een andere invalshoek: 'Helemaal aan het begin van dit onderzoek vergeleek je Olbricht met de beruchte Ripper van Londen. Nu hebben wij, in tegenstelling tot Scotland Yard onze "Ripper" daadwerkelijk gevangen. Dat zal zonder twijfel het internationale aanzien van de Weense recherche verhogen. Het is zelfs denkbaar dat jouw chef, onder wiens leiding deze coup is gerealiseerd, een of andere blijk van erkenning vanuit de Hofburg kan verwachten.' Liebermann trok een engelachtig onschuldig gezicht. 'Ik wil me niet met jouw onderhandelingen met de beste commissaris bemoeien, maar ik ben ervan overtuigd dat het noemen van onderscheidingen eh... gunstig zal uitpakken. Als Brügel eenmaal wegdroomt van de keizer die hem een lintje geeft, zal hij veel minder geneigd zijn zich druk te maken om de onbelangrijkere details in jouw verslag.'

Rheinhardt zuchtte.

'We zullen zien...'

'Dank je, Oskar.'

'Hoe het ook zij, ik móet er nu op aandringen dat je me meer vertelt.' Rheinhardt zette een streep onder de datum en keek op naar zijn vriend. 'Hoofdcommissaris Brügel zal meer verwachten dan een paar cryptische zinnen. En je begrijpt dat ik zelf ook vragen heb.' Rheinhardt leunde achterover en gebaarde dat Liebermann verder moest praten. 'Ten eerste, hoe is het je in hemelsnaam gelukt een geheime vrijmetselaarsbijeenkomst bij te wonen?'

'Ik dineerde zaterdag met een goede vriend, die ik weleens iets vertel over mijn besognes met de recherche. Ik vertelde hem over Olbrichts dagboek en dat we bang waren dat Olbricht de volgende dag zou trachten een lid van de keizerlijke familie of een hooggeplaatste vrijmetselaar te vermoorden. Tot mijn grote verrassing onthulde mijn vriend dat hij zelf vrijmetselaar was. Bovendien zei hij mij dat zondag 12 december voor hem en zijn broeders een zeer belangrijke datum was. Een buitenlandse prins zou die dag op een geheime locatie in Wenen worden ingewijd. Ik kreeg toestemming het ritueel bij te wonen, mits ik plechtig beloofde niets van wat ik zou zien aan ook maar iemand door te vertellen. Met name niet', en hier tikte Liebermann twee keer op Rheinhardts bureau, 'aan een bepaalde detective-inspecteur met wie ik de laatste tijd vaak in verband word gebracht.'

Rheinhardt bromde wat en begon te schrijven.

'Wie was die buitenlandse prins?'

'Ik ben bang dat ik dat niet kan zeggen. Ik heb mijn woord gegeven.'

'Goed dan. Hoe heet die vriend van je?'

'Ik ben bang dat ik dat niet kan zeggen.'

'Laat maar. Heb je een man met een puntbaardje gezien?'

'Ik heb veel mannen met een puntbaardje gezien...'

'Een man met de naam Lösch?'

Liebermann haalde zijn schouders op.

De inspecteur keek langzaam op. Zijn ogen stonden gekweld.

'Oskar, ik heb dit jaar al een belofte gebroken,' zei Liebermann ernstig. 'Ik ben niet van plan er nog een te breken.'

De inspecteur zuchtte heel diep en legde met veel misbaar zijn pen neer. Hij trok de la van zijn bureau open en haalde er een fles slivovitsj en twee glazen uit. Hij vulde de glazen tot de rand en bood Liebermann vervolgens een marsepeinen muis aan, die de jonge dokter even bekeek en toen beleefd afsloeg. Rheinhardt leunde achterover en zei berustend: 'Goed dan. Vertel nu alsjeblieft je verhaal.'

Met een blik van immense opluchting zette Liebermann zijn verhaal voort: 'Gisteren werd ik naar de geheime locatie gebracht.'

'Ik vermoed dat het geen zin heeft om te vragen...'

'Nee,' onderbrak Liebermann hem. 'Inderdaad niet. Deze keer niet omdat ik het je niet wíl vertellen, maar omdat ik het niet kán. Ik heb geen idee waar het is. Ik was geblinddoekt. En toen ik met Olbricht terugging, was ik weer geblinddoekt.'

'Hoe lang was je onderweg?'

Liebermann haalde zijn schouders op.

Rheinhardt glimlachte, nipte aan zijn slivovitsj en gebaarde dat zijn vriend moest doorgaan.

'Ik woonde het inwijdingsrituaal bij...'

'Waar je verder niets over kunt zeggen,' viel Rheinhardt hem in de rede.

'En op zeker moment ontdekte ik een man waarvan ik vermoedde dat hij Olbricht was.'

'Vermoedde?'

'Het was nogal donker. De vrijmetselaarstempel was groot en werd door kaarsen onvoldoende verlicht.'

'Aha.'

'Terwijl Olbricht dicht bij de leider van de vrijmetselaars en de prins stond...'

'Sarastro en Tamino.'

'... zag ik dat zijn vingers zich om het gevest van zijn sabel hadden gesloten.'

'Hij droeg een sabel?' onderbrak Rheinhardt hem weer.

'Ik hoop dat ik het vertrouwen van de vrijmetselaars niet schendt...'

'De hemel beware ons!'

'... als ik je vertel dat ze allemaal een sabel droegen.'

'Allemaal, zo, zo...' zei Rheinhardt en hij knikte belangstellend.

'Op dat moment...'

De inspecteur hief zijn hand.

'Wacht even! Wat deed Olbricht bij deze geheime bijeenkomst? Hoe was híj naar binnen gekomen?'

'Ligt dat niet voor de hand?'

Rheinhardt fronste: 'Je wilt toch niet beweren...'

Liebermann perste zijn lippen samen en keek hem doordringend aan.

'Hij is vrijmetselaar. En niet alleen dat. Hij is bibliothecaris! Hij is al maanden bezig met een omvangrijke taak. Hij catalogiseert een grote collectie maçonnieke titels. Sommige boeken die door zijn handen zijn gegaan, zijn heel oud, handleidingen voor esoterische gebruiken en rituelen.'

'Miss Lydgate had dus toch gelijk.'

'Natuurlijk... ze is een bijzondere vrouw.' Liebermann zweeg even. 'Max?'

Liebermann kuchte, beschaamd dat hij even afgedwaald was.

'Ik denk dat Olbricht zich bij de broederschap heeft aangesloten als een soort spion. Je kunt je voorstellen dat hij met zo'n kinderlijk gewaagde daad, zo'n kwajongensstreek, het respect van zijn vrienden van het Eddisch Literair Genootschap wilde winnen. Zoals je weet haten de nationalisten de vrijmetselaars. In mijn onwetendheid heb ik me vaak afgevraagd waarom. Ik meende dat hun vijandigheid toe te schrijven was aan een bepaalde vorm van paranoia; maar het antwoord is heel simpel. De kern van de vrijmetselarij wordt gevormd door een geloof in universele broederschap en gelijkheid – een geloof dat haaks staat op de exclusieve, chauvinistische opvattingen van Guido List. Als vrijmetselaar heette Olbricht broeder Diethelm. Günther Diethelm. Interessant, vind je niet, dat hij die *nom de guerre* koos?'

Rheinhardt keek hem vragend aan.

'Günther,' zei Liebermann, 'betekent aanvoerder in de strijd en Diethelm beschermer van het ras of de mensen. Dat alles wijst volgens mij op een sterke identificatie met de legendarische *Unbesiegbare* – de onoverwinnelijke, of sterke van boven, de Teutoonse verlosser.'

Rheinhardt nipte aan zijn slivovitsj.

'Hij speelde een gevaarlijk spel. Stel dat een van de vrijmetselaars die hij had leren kennen, naar een tentoonstelling van hem was gegaan? Zijn vermomming zou onmiddellijk aan het licht zijn gekomen.'

'Zo groot was het risico niet. Ten eerste hing Olbrichts werk zelden in galerieën. Hij was niet goed genoeg en zonder de steun van Von Rautenberg zou hij nooit een tentoonstelling hebben gehad. Ten tweede leven Duitse nationalisten en vrijmetselaars in twee totaal verschillende werelden die elkaar zelden overlappen. Het is een eigenaardigheid van onze stad dat verschillende mensen naast elkaar kunnen bestaan en dicht bij elkaar kunnen wonen zonder elkaar ooit te ontmoeten.'

Rheinhardt bromde instemmend. Hij herinnerde zich de mensen in het riool al te levendig.

'Ik denk niet dat Olbricht zich bij de vrijmetselaars aansloot om een van hen te vermoorden,' zei Liebermann. 'Het was eerder zo dat de kans zich voordeed toen zijn eigenaardige plannen voor moord, en ook zijn ziekte, zich verder ontwikkelden.'

'Ziekte?'

'Excuses, ik sla stappen over.' Liebermann nam een slokje slivovitsj en rilde even omdat die zo sterk was. 'Hoe kom je hier in hemelsnaam aan?'

'Van een Kroatische scharensliep.'

'Dat verbaast me niets. Goed, waar was ik gebleven?'

'Je zag Olbrichts hand om het gevest van zijn sabel.'

'O ja...' Liebermann zette het glas misprijzend weer op Rheinhardts bureau en leunde achterover. 'Ik riep zijn naam en hij nam meteen de benen, rende de tempel uit en holde naar de bibliotheek, die zich op een lagere verdieping bevindt. Ik herinner me dat ik het raar vond. Iemand die wil ontsnappen zou toch zeker de trap naar boven hebben genomen en niet die naar beneden. Maar ik was zo bezig met de achtervolging dat ik zonder na te denken achter Olbricht aan ging. En zo liep ik in zijn val.'

'Val?'

'Hij had zich achter de bibliotheekdeur verstopt, sloot ons allebei binnen en trok zijn sabel. Vanaf het moment dat onze klingen elkaar raakten, was duidelijk dat hij de betere schermer was. Ik had alleen kans te overleven als ik hem op een afstand zou houden tot de vrijmetselaars de deur hadden opengebroken en me te hulp zouden komen.'

Rheinhardt keek naar de gescheurde stof in de buurt van Liebermanns hart.

'Het ziet ernaar uit dat hij je bijna had gedood.'

'Ja, bijna. Hij had me klemgezet tegen de muur. Hij hoefde alleen maar te duwen.'

'Wat weerhield hem daarvan?'

'Hij werd verrast, schrok zelfs, door een aantal observaties die ik verwoordde en waarvan ik, gezien zijn reactie, mag aannemen dat ze juist waren. Hij was afgeleid en ik ontkwam.'

Rheinhardt leunde voorover.

'Observaties? Wat voor observaties?'

'Dat zijn moeder een prostituee was die mannen van allerlei nationaliteiten tot haar klanten rekende, dat ze in de buurt van een volkstheater woonden waar *Die Zauberflöte* vaak werd opgevoerd en dat Olbricht altijd al, en nog steeds, gekweld wordt door enge dromen van dieren.'

Rheinhardt schudde zijn hoofd.

'Maar hoe kon je dat...'

'Weten? Ik wist het niet. Ik formuleerde alleen wat gegronde hypotheses.'

'Op grond waarvan?'

'Zijn uiterlijk.'

'Maar je hebt mij altijd gezegd dat ik iemand niet op zijn uiterlijk mag beoordelen.'

'Dat is waar. En in bijna alle gevallen kan er ook niets worden afgeleid uit de vorm van iemands neus, de grootte van zijn voorhoofd of de dikte van zijn lippen!'

'Wat was er dan anders aan Olbrichts uiterlijk dat je meende zulke boude en kennelijk kloppende beweringen te kunnen doen?'

Liebermann zette zijn lange vingers tegen elkaar.

'Zijn gezicht, zijn karakteristieke trekken. Het zijn een soort stigmata... maar stigmata die geheel niets te maken hebben met Lombroso's ideeën over de verhouding tussen fysionomie en criminaliteit.'

Rheinhardt begon zijn geduld weer te verliezen.

'Max, ik heb geen flauw idee waar je het over hebt. Zeg het in gewone woorden.'

'De diepliggende neusbrug, de rimpels rondom zijn mond, zijn vreemde gebit. Pas toen ik zo dicht bij hem stond, besefte ik wat dat allemaal betekende. Het zijn allemaal symptomen. Herr Olbricht heeft congenitale syfilis.'

Liebermann zweeg om Rheinhardt de kans te geven deze onthulling te verwerken.

'Wat? Hij heeft aangeboren syfilis?'

'Inderdaad. En toen ik dat feit eenmaal had vastgesteld, begreep ik onmiddellijk hoe zijn voorgeschiedenis eruit moest zien. Welke moeder heeft de meeste kans op syfilis? Een prostituee! Waarom zou Olbricht andere nationaliteiten zo haten? Omdat die haar klanten waren: aan lagerwal geraakte Hongaren, Polen, Tsjechen en Joden, die net naar Wenen waren gekomen. Deze mannen pakten haar van hem af. Waarom had *Die Zauberflöte* voor Olbricht zo'n bijzondere betekenis gekregen? Hij had die als kind onophoudelijk gehoord. Hoe zou iemand die schitterende melodieën ooit kunnen vergeten? En hoe kwam het dat de zoon van een prostituee operamuziek hoorde? Zijn moeder moest een kamer hebben gehuurd in de buurt van een volkstheater. De rassenhaat van de Duitse nationalisten gaf de volwassen Olbricht een motivatie voor veel van zijn aanvallen, maar zijn echte drijfveer lag veel dieper. In de donkerste spelonken van zijn psyche ging stilletjes nog steeds een boos, jaloers kind tekeer.'

Rheinhardt draaide aan zijn snor.

'Het lijkt er allemaal op te wijzen dat hij van zijn moeder hield. Maar hij koos ervoor vrouwen aan te vallen die in hetzelfde schuitje zaten. Die arme Galicische meisjes...'

'Ambivalentie, Oskar! Professor Freud heeft ons geleerd dat de wortels van motivatie diep verborgen liggen en hopeloos verward zijn. In het onbewuste bestaan liefde en haat naast elkaar, net zo knus als de rioolmensen en aartshertogen in onze geliefde stad! Olbricht hield van zijn moeder... maar hij haatte haar ook. Haatte haar omdat ze een prostituee was, haatte haar omdat ze hem verwaarloosde... en haatte haar vermoed ik vooral omdat ze niet Arisch was. Het zou me geheel niet verbazen als we er op een gegeven moment achterkomen dat Olbrichts moeder zelf ook Galicisch was! Misschien zelfs een Galicische Jodin.'

Rheinhardt bolde zijn wangen en liet de lucht langzaam weer ontsnappen.

'Congenitale syfilis,' sprak Liebermann verder, 'verklaart ook zijn afgrijselijke voorkeur voor genitale verminking. Hij viel in zekere zin de bron van zijn kinderleed aan.'

'En zijn dromen? Hoe wist je dat hij gekweld werd door dromen van dieren?'

'Het kind Olbricht moet af en toe wakker zijn geworden en hebben gezien hoe zijn moeder de...' Liebermann aarzelde tot hij een geschikte eufemistische formulering had gevonden, '... vereisten van haar beroep uitoefende. Dat moet een uitermate schokkende ervaring zijn geweest. Ik heb alle reden om aan te nemen dat dergelijke traumatische herinneringen in dromen worden omgezet. Afweermechanismen treden in werking en veranderen mensen in dieren. Met name in honden en wolven.'

Rheinhardt trok zijn wenkbrauwen op.

'Ik droom vaak van honden en ik ben ervan overtuigd dat ik...'

Liebermann schudde zijn hoofd.

'Ik beweer niet dat alle dromen over honden een dergelijke traumatische herinnering in zich bergen! Soms is een hond gewoon een hond!'

'Een pak van mijn hart!' zei Rheinhardt, die ongemakkelijk zat te draaien. 'Ga door, alsjeblieft.'

'Congenitale syfilis kan tientallen jaren latent blijven maar op een gegeven moment tast het doorgaans het centrale zenuwstelsel aan. Er treedt hersenverweking op, wat progressieve verlamming of krankzinnigheid of beide tot gevolg heeft. Grootheidswaanzin en irrationele woede zijn kenmerkend voor syfilitische krankzinnigheid. Toen Olbricht geleidelijk zijn voeling met de werkelijkheid kwijt begon te raken en gelijktijdig meer opstak uit Lists werk, kan de waanovertuiging dat hij de Teutoonse messias was hebben postgevat.' Liebermann pakte zijn glas slivovitsj en draaide het rond in zijn hand. 'En terwijl zijn innerlijke wereld steeds chaotischer werd, kan *Die Zauberflöte* voor hem steeds meer betekenis hebben gekregen als een organiserend principe aan de hand waarvan hij zijn gewelddadige gevoelens kon uiten. Gevoelens die, weer onder invloed van List, gericht waren tegen alles wat niet Germaans was. Ik denk ook dat, nadat zijn abominabele tentoonstelling de geringschatting van de critici had opgeroepen die zij verdiende...'

'Weet je,' onderbrak Rheinhardt hem. 'Sommige schilderijen van hem vond ik toch echt niet zo verschrikkelijk slecht.'

Liebermann negeerde de opmerking van zijn vriend en sprak verder: '... zijn creatieve impuls als het ware werd omgeleid. De opportunistische moord op Sarastro en Tamino zou de voltooiing van een macaber meesterwerk zijn geweest. Onder nationalisten zou zijn naam legendarisch zijn geworden.'

Liebermann nipte aan zijn slivovitsj en zijn gezicht betrok ontevreden. 'Wat mij echter dwarszit, is dat ik niet kan verklaren waarom hij juist nu besloot zijn plannen uit te voeren. Iets moet hem ertoe hebben aangezet, maar ik weet niet wat. Ik vermoed ten zeerste dat het antwoord verbonden is met het adres van het Eddisch Literair Genootschap: Mozartgasse. Ik hoop dat we daar op een dag nog achter komen en dan kunnen we een korte, verklarende voetnoot aan dit uitermate interessante geval toevoegen.'

De twee mannen zwegen allebei tot Rheinhardt de stilte verbrak.

'Je moet het einde van je verhaal nog vertellen.'

'Er valt verder weinig te vertellen. Het lukte me Olbrichts beslissende slag af te weren tot de deur werd opengebroken en ik gered werd door mijn vriend en zijn broeders. Als ze iets later waren gekomen...' Liebermann glimlachte. 'Ach, het is misschien beter niet te lang bij dergelijke dingen stil te staan.'

Rheinhardt schudde zijn hoofd en de wallen onder zijn ogen leken groter, donkerder en zwaarder. Met dit eenvoudige gebaar drukte hij veel uit: vermaning, afkeuring, bewondering en bezorgdheid. Er zat iets uitgesproken vaderlijks in Rheinhardts voorkomen. De droeve berusting van vaders die, gedreven door liefde, hun dwaze, koppige, geestdriftige zonen moeten berispen, maar die tevens weten dat hun woorden vergeefs zijn, want ook zij waren ooit jong.

'Ik ga ervan uit dat je nu genoeg hebt voor je verslag,' zei Liebermann.

Rheinhardt keek somber naar het lege vel papier voor zich.

'Het zal me wel lukken iets op papier te zetten voordat hoofdcommissaris Brügel komt.'

'En ik hoop oprecht dat je mijn wensen ten aanzien van mijn belofte aan de vrijmetselaars respecteert.'

Rheinhardt knikte.

Liebermann wierp een blik op de klok en zei: 'Ik word om acht uur in het ziekenhuis verwacht en wil nu graag naar huis. Ik wil deze belachelijke kleren eindelijk uittrekken en proberen nog een paar uur te slapen.'

'U kunt gaan, dokter.'

Liebermann zette zijn halfvolle glas slivovitsj op Rheinhardts bureau, stond op en liep naar de deur.

'O, voordat ik het vergeet,' zei hij terwijl hij zijn hoge hoed van de kapstok plukte. 'Ik heb een tijd geleden bij een uitgever in Moskou een aantal bundels met Russische liederen besteld. Ze werden nooit bezorgd en ik was het eerlijk gezegd helemaal vergeten. Dat wil zeggen, tot vorige week, want toen kreeg ik ze alsnog...'

'Mijn Russisch stelt niet veel voor.'

'Onzin. Toen we die romances van Tchaikovsky speelden, dacht ik even dat Fjodor Sjaliapin zelf stilletjes was binnengekomen! Misschien is je lieve vrouw bereid het morgenavond zonder je gezelschap te stellen?'

'Wat mijn uithuizigheid betreft is ze een ware engel.'

'Mooi. Dinsdag dan.'

Voordat Liebermann de deur kon sluiten riep Rheinhardt hem achterna:

'O, en Max...' Liebermann bleef staan in de verwachting de onvermijdelijke dankbetuiging te horen. 'Als je ooit nog eens op eigen houtje handelt, dan zal ik, zo waarlijk helpe mij God...' De inspecteur deed alsof hij een jonge dokter met veel geweld wurgde. Zijn wangen trilden terwijl hij de lege plek onder zijn bureaulamp deed stikken, waarmee hij een wervelstorm van glinsterende stofdeeltjes veroorzaakte.

Met geveinsde verontwaardiging zette Liebermann de hoge hoed expres brutaal schuin op zijn hoofd en maakte dat hij wegkwam.

88

Liebermann merkte dat hij steeds weer aan Miss Lydgate moest denken. Het beeld van haar, lezend in een erker van het Natuurhistorisch Museum, dook de hele dag geregeld in zijn hoofd op en onderbrak zijn concentratie: een vluchtige indruk van haar vlammende haar dat oplichtte als een baken. Terwijl hij zijn medische verplichtingen nakwam, had hij voor zichzelf toegegeven dat hij haar wilde zien en besloten bij de universiteit langs te gaan. Hij vermoedde dat hij haar eerder daar dan thuis zou aantreffen. Zijn besluit haar te zien kon hij bovendien een rechtvaardigende draai geven.

Ik moet haar laten weten dat haar microscopische bevindingen juist waren. Ja, dat hoort ze te weten.

Maar nog terwijl hij deze rechtvaardiging bedacht, wist deze Liebermann niet te overtuigen. De woorden klonken hol en onoprecht. De onderstroom van begeerte was te sterk om te negeren. Die ging als een elektrisch geladen stroom door zijn wezen, prikkelde zijn zenuwen en scherpte zijn zinnen.

De gedachte aan Olbrichts sabelkling oefende nog steeds een spookachtige druk op zijn hart uit en herinnerde hem eraan dat niets in het leven als vanzelfsprekend kon worden beschouwd en dat geen enkele kans mocht worden genegeerd. Het zou onvergeeflijk zijn, mijmerde hij, om met spijtgevoelens te sterven...

Liebermann borg prompt zijn dossiers in de la, deed die op slot en verliet het ziekenhuis.

De föhnwind had nog steeds een vreemde uitwerking op het weer. Het leek helemaal niet op een winteravond, eigenlijk veel meer op vroege lente. Voor de koffiehuizen, die voor het merendeel al voorzien waren van lampjes en kerstversiering, waren stoelen en tafels neergezet. In de straten gonsde het van gelach en geroezemoes. Een groepje zangers zong, begeleid door een cimbalom en een zigeuner-

441

viool, kerstliedjes in de Alserstraße. In de lucht hing een bedwelmend sterke geur, samengesteld uit een mengeling van gepofte kastanjes, honing en sigarenrook. De hele stad leek in feeststemming: mannen van middelbare leeftijd met korte grijze baarden, vrouwen in lange jurken en met gevederde hoeden op, soldaten, straatverkopers, kunstenaars die hun jassen modieus los over de schouder droegen, studenten, zakenlieden, bohemiens met dikke bossen haar en intense blikken, lichtvoetige docenten van de dansacademie, priesters, juristen en danseresjes. Liebermann haalde diep adem en voelde een golf van opwinding door zich heen gaan. Het leven was heerlijk...

Hij bleef voor de universiteit staan en stelde zich op onder een straatlantaarn. Geleidelijk kwam een stroom studenten op gang die door de enorme driebogige toegangspoort naar buiten liepen en de brede stenen trap afdaalden. Hij hoopte vurig dat Miss Lydgate zich onder hen zou bevinden. Als enige vrouw tussen zoveel mannen zou ze moeilijk over het hoofd te zien zijn.

De tram naar de Kahlenberg trok op. De bovengrondse kabels vonkten als bliksem. Toen die voorbijgereden was, zag hij Miss Lydgate onder de middenboog staan, verdiept in de inhoud van haar tasje. Liebermann had het gevoel dat ze, al was ze door mensen omgeven, toch alleen was. Om haar heen leek zich een wazig licht te verzamelen, waardoor ze extra in het oog sprong.

'Miss Lydgate!'

De Engelse keek op en tuurde de trap af. Een weerkaatsing van de vonkende kabels leek zich onverklaarbaar in haar ogen te hebben genesteld. Ze zag er daardoor ongetemd uit, begiftigd met een natuurkracht – bijna mythisch. Eventjes gaf ze geen enkele blijk van herkenning, maar ineens ontspande haar gezicht. Ze glimlachte.

Dankwoord en bronnen

Ik wil Hannah Black, Oliver Johnson en mijn agent Clare Alexander bedanken voor hun redactioneel commentaar, hun belangstelling en enthousiasme; Nick Austin voor zijn zinnige correcties; Steve Mathews voor het ter beschikking stellen van zijn onschatbaar waardevolle kritische geest en Raymond Coffer voor zijn aanwijzingen met betrekking tot verschillende vragen waar ik tijdens het onderzoek voor dit boek op stuitte. Martin Cherry van The Library and Museum of Freemasonry in Londen voor zijn behulpzaamheid bij het beantwoorden van mijn vragen over de geschiedenis van de vrijmetselarij en haar symbolen, en dr. Otto Fritsch van de Grootloge van Oostenrijk voor zijn informatieve brief over de beoefening van de vrijmetselarij in het Oostenrijks-Hongaarse keizerrijk; Helmut Portele van het Trammuseum voor zijn antwoorden op mijn vragen over de elektrificatie van de Weense trams, Frauke Kreutzler van het Wien Museum voor haar antwoord op mijn vraag waar het Mozartmonument in 1902 te vinden was en Mirko Herzog van het Technisches Museum, die me alert maakte op het bestaan van de *Illustrierte Kronen-Zeitung*. Nathalie Ferrier en Luitgard Hammerer voor hun onmisbare hulp in de vorm van vertalingen (en Bernardo voor zijn geduld terwijl genoemde vertalingen in de maak waren); Clive Baldwin voor zijn brede kennis van alles op het gebied van Oostenrijk-Hongarije, dr. Julie Fox voor haar informatie over de precipitinetest en de symptomen en oorzaak van aangeboren syfilis. En ten slotte Nicola Fox, omdat ze Max sinds 2003 een plekje in ons leven heeft gegeven, en voor een heleboel meer.

Ik citeer in dit boek uit Charles Darwins *The Descent of Man and Selection in Relation to Sex* (1871) en uit een artikel uit *The Lancet* uit 1886. Fochs ingezonden brief aan de *Zeitung* is een gekuiste versie van

Science Proves Women Inferior van dr. Charles H. Heydemann, uit *Ives Scrapbook*. Al die teksten zijn te vinden in de uitstekende bloemlezing *1900* die is samengesteld door Mike Jay en Michael Neve, een uitgave van Penguin uit 1999. Verder citeer ik uit *Rituals of the Masonic Grand Lodge of the Sun*, Bayreuth, dat uit het Duits is vertaald door Art de-Hoyos. Alle werken van Guido (von) List bestaan echt, behalve het pamflet *Het geheim van de runen – een inleidende lezing*, dat losjes is gebaseerd op zijn *Das Geheimnis der Runen* (1907/1908).

Frank Tallis
Londen, december 2005